エリザベス女王の事件簿
バッキンガム宮殿の三匹の犬

S・J・ベネット
芹澤 恵＝訳

角川文庫
23559

目次

登場人物

エリザベス二世
国民に愛される、英国女王。夫フィリップとの間に四人の子女——チャールズ、アン、アンドリュー、エドワードを生《な》す。

ロージー・オショーディ
女王の若き秘書官補。ナイジェリア系。

サー・サイモン　女王の優秀な秘書官。

サー・ジェームズ　女王手許《てもと》金会計長官。

マイク・グリーン　王室家政官。

ニール・ハドソン　女王付き絵画管理官。

デイヴィッド・ストロング　ロンドン警視庁SCD11所属の主任警部。

ビリー・マクラクラン　女王の元護衛官。

シンシア・ハリス　女王の信任厚い家政婦《ハウスキーパー》だが、宮殿の嫌われ者。不審な死を遂げる。

メアリ・ヴァン・レネン　サー・ジェームズの部下。ハリスにいじめられていた。

ルル・アランテス　王室メイド。伯父《おじ》のマックスもかつての王室執事。

スパイク・ミリガン　王室職員。

ミック・クレメンツ　王室運営部部長。

エリック・ファーガソン　ミックの部下。

ローナ・ロブ　王室職員。

アラベラ・ムーア　ハリスを恨む王室職員。

ヘレン・フィッシャー　ハリスの親友。

ショルトー・ハーヴィー　元絵画副管理官。

エレノア・ウォーカー　彫刻家のラヴィニアの叔母《おば》で、ハーヴィーの昔の恋人。

エディンバラ公フィリップ殿下は、二〇二一年四月九日に九十九歳でお亡くなりになりました。本書は殿下がお亡くなりになる以前に書いたものです。充実した人生を生ききられた殿下に、敬愛の念をこめて本書を捧《ささ》げます。そう申しあげることに、なんの不安もためらいもありませんが、殿下は呵々《かか》大笑なさるかもしれません。そして、にやりとなさったのち、本書を部屋の反対側めがけて放り投げられるかもしれません。わたしとしては、そうであってほしいと願うばかりです。

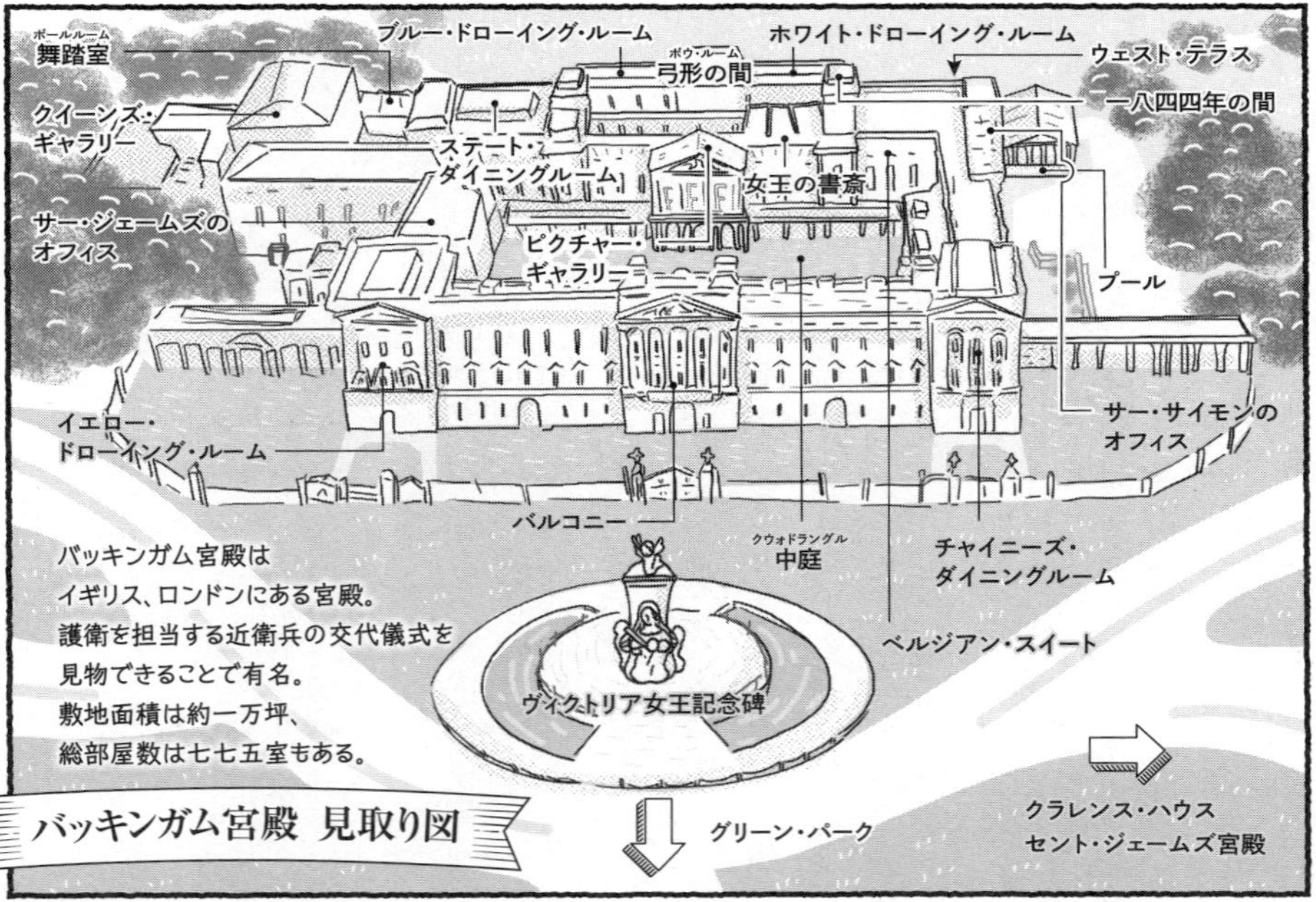
バッキンガム宮殿　見取り図
舞踏室《ボールルーム》
ブルー・ドローイング・ルーム
弓形の間《ボウ・ルーム》
ホワイト・ドローイング・ルーム
ウェスト・テラス
一八四四年の間
クイーンズ・ギャラリー
ステート・ダイニングルーム
女王の書斎
サー・ジェームズのオフィス
ピクチャー・ギャラリー
プール
イエロー・ドローイング・ルーム
サー・サイモンのオフィス
バルコニー
中庭《クウォドラングル》
チャイニーズ・ダイニングルーム
ベルジアン・スイート
ヴィクトリア女王記念碑
バッキンガム宮殿は
イギリス、ロンドンにある宮殿。
護衛を担当する近衛兵の交代儀式を
見物できることで有名。
敷地面積は約一万坪、
総部屋数は七七五室もある。
グリーン・パーク
クラレンス・ハウス
セント・ジェームズ宮殿

第一部　冷静沈着

女になにができるか、ご高名なるあなたさまに、
これからこのわたくしが見せて差しあげます。

――アルテミジア・ジェンティレスキ（一五九三～一六五四？）

プロローグ

二〇一六年十月某日　早朝――

サー・サイモン・ホルクロフトは泳ぐことが得意なわけでもなければ、とりたてて好きというわけでもなかった。現在は女王付きの秘書官をしているが、ざっと千年ほどまえ……と言うか、今となってはそれほど遠い過去の記憶になってしまったが、海軍で飛行訓練を受けたときには、各種の訓練の過程で、これでもかというほど水に突き落とされたものである。おかげで今でも、たとえば搭乗しているヘリコプターが大西洋に不時着し、刻一刻と沈みつつある、といったのっぴきならない状況に置かれれば、泳いで脱出することもできる。とはいえ、屋内プールのコースを、ただばしゃばしゃと行ったり来たりすることには、ほんのひとかけらの魅力も感じなかった。しかしながら、当年とって五十四歳、いわゆる〝いい年齢《とし》〟と呼ばれる年齢区分に差しかかろうとしている今、ズボンのウェストは理想とするサイズより五センチばかり太くなり、宮殿の医務官からはコレステロール値についてたびたび指導を受けている。それはもう、うるさいほどに。つまりはしかるべき対策を講じなければならない、ということであり、それはもちろん、ズボンのファスナーのうえのボタンの位置をずらすことで解決できる問題ではなかった。

サー・サイモンは疲れていた。気力が枯渇していた。昨日、スコットランドから戻る途上で、あのお世辞にも快適とは言いがたい長い長い車での移動のあいだに思い知らされた。ここにいるのは、スコットランド滞在中、ダンディ・ケーキを食べる機会はただの一度も逃さなかったにもかかわらず、バルモラル近隣の丘陵地帯を散策なさる女王陛下に、ただの一度もお供を申し出なかった男である、と。ケンジントン宮殿敷地内にある自分のコテッジに戻った時点で思ったのは、なんとかしないとまずい、だった。この体たらくから抜け出すために、自分で自分に活を入れる必要があった。

スコットランドのバルモラル城に滞在していた最後の数週間は、文字どおり多忙を極めた。まるでユスリカが寄り集まってハイランド・ゲームを繰り広げているかのような、目まぐるしさだった。午前中はほぼ連日、議会提出が間近に迫ったバッキンガム宮殿の大規模改修計画の細かな点についてフィリップ殿下と話しあうことに費やされ、夜は夜とて、これまたほぼ連日、電話にかじりつき、殿下からの新たなご提案やご質問について、おまけにサー・サイモン自らの提案や質問についても、同僚の王室職員たちと協議に次ぐ協議となった。大規模改修計画の原案とその見積りが国会に提出されるまでに課題をすべてクリアしておかなければ……そう、俗にいうところの、扇風機めがけて人間の排泄《はいせつ》物をぶん投げた状態、つまりは飛んできてほしくないものが四方八方に飛び散り、眼も当てられない惨状が繰り広げられることになる。

目下のサー・サイモンに必要なのは、活力だった。ついでに気分転換も。どうしてもそうしたい、という気分にはなれなかったが、とはいえ、バッキンガム宮殿の屋内プールで泳ぐことこそ最適解だと思われた。宮殿のプールは王室職員たちの使用も認められてはいるものの、王室《ロイヤル・ファミリー》ご一家が宮殿にいらっしゃるあいだは使用を控えるのが不文律となっている。問題は、ロイヤル・ファミリーが宮殿にいらっしゃらないときは、ほとんどの場合、サー・サイモンも宮殿にはおらず、その逆もまた然《しか》り、ということだった。しかし、その晩、ケンジントン宮殿敷地内のコテッジの寝室の姿見に不用意な一瞥《いちべつ》を向け——そもそもそんなところにそんなものが置いてあること自体、余計なお世話以外のなにものでもないのだが——鏡のなかのわが身を不用意にも見てしまったことから、四の五の言っている場合ではないと悟った。ここはひとつ肚《はら》をくくり、翌朝は早起きをしてひと泳ぎするしかなかった。それでも、スコットランド土産の虫刺されの痕《あと》だらけの身体に、今にも縫い目がはちきれそうな〈ヴィルブレクイン〉のスイミング・パンツという恰好《かっこう》でプールサイドに出てみたら、先客として鍛えぬいた肉体美を誇るフィットネス・フリークの若い侍従が準備体操をしていた、などという事態は願いさげである。いや、それどころか、文字どおりの優雅《ロイヤル》なひと泳ぎを終えてプールからあがってきたばかりのフィリップ殿下その人とばったり行きあってしまう可能性もゼロとは言えない。サー・サイモンとしては、そんな事態に遭遇しないことを祈るしかなかった。

　ケンジントン宮殿敷地内のコテッジを出たサー・サイモンは、ハイド・パークを突っ切り、グリーン・パークを抜けて——ロンドンの中心部を、それも緑豊かな地区を抜ける徒歩四十分ほど、という世間一般にはなかなかに得がたい通勤路を経由して——午前六時三十分には、バッキンガム宮殿に到着していた。トランクス・タイプのスイミング・パンツのうえからズボンを重ね穿《ば》きしてきたのは、あきらかに失敗だった。ごわついて、落ち着かないのだ。いったん執務室まで足を運び、机にブリーフケースを置いてスーツのジャケットを脱ぎ、コート掛けの木のハンガーに掛け、革靴《ブローグ》を脱いだ。次いでネクタイをはずして、ちなみにその日は小さなピンクのコアラを散らしたシルクのネクタイを締めてきたのだが、それをはずして几帳面《きちようめん》にくるくると丸め、左の靴のなかへ収めた。最後にタオルが入ったバックパックを背負い、足元は靴下という恰好で、宮殿の北西の角にあり、秘書官の執務室からもさほど離れてはいない屋内プール施設に向かった。その時点で時刻は、六時四十五分をまわっていた。

　屋内プールのある付属棟《パヴィリオン》は、グリーン・パークを見渡せるノース・ウィングの端から張り出すように建っていて、もともとはジョン・ナッシュが温室として設計したものだった。温室のままにしておけばよかったものを、というのがサー・サイモンの偽らざる思いだった。母親が園芸愛好家だったこともあり、温室は自然界への賛歌と解釈することもできたが、温水プールは……はっきり言って場違いではないかとも思えるのだが、いずれにしても、一九三〇年代に女王陛下の父君であるジョージ六世は、まだ幼い王女たちのためにその温室をプールに改築する、とお決めになったのだ。ゆえに、今現在、こうしてバッキンガム宮殿内にはプールが存在することになったのである。施設の正面にはギリシャ風の柱が並び、施設内にはどちらかと言えば蛇足的な装飾タイルが貼りつけられた状態で。そして、一般の人たちの眼には触れることのない、この宮殿のあちらこちらの小部屋やらこちらの物陰やらと同様、当世風《アップデート》に改装されることを必要としている。

　宮殿のノース・ウィングの建物と屋内プールのある付属棟《パヴィリオン》とは扉一枚でつながっていて、扉には火災発生時の避難に関する指示と単独でのプール使用を禁止する旨の警告文が貼りだされていたが、サー・サイモンは後者についてはあっさり無視した。付属棟《パヴィリオン》につながる通路に入った時点で、不快なほどもわっとした湿気に出迎えられた。ネクタイをはずしてきたのは正解だった、とサー・サイモンは改めて思った。男性用の更衣室でシャツと靴下とズボンを脱ぎ、バックパックから取り出したタオルを腕に掛けた。ふと見ると、ベンチのひとつに、クリスタルのウィスキーグラスが置かれたままになっていた。解せないことだった。王室ご一家《ロイヤル・ファミリー》は、昨夜ハイランド地方から戻られたばかりだったからだ。あるいは、お若い方々がロンドンに戻ってきたことを祝うという口実でプールに集合、ということになったのかもしれなかった。プール施設へのグラス類の持ち込みは禁止されてはいるものの、王子と王女全員に、お祖母《ばあ》さまの家でしていいこととしてはいけないことを、いちいち指図することなどできるわけもない。グラスを回収するよう、あとで家政《ハウスキーピング》部門に伝えること、とサー・サイモンは忘れないよう記憶に刻みつけた。

　手早くシャワーを浴びたあと、プールサイドに足を踏み出した。庭園に面した窓から、プラタナスの木が見えた。ヴィクトリアとアルバートの木と呼ばれている二本だった。差しかわす枝と枝が、朝のそよ風に揺れて、触れては離れてを繰り返していた。サー・サイモンは身構えた。当人の希望以上にみっしりと贅肉《にく》をまとった身体をプールに滑り込ませた瞬間の、ひやっという衝撃を想像して。

ところが、襲ってきたのは、まったく別の衝撃だった。

その光景を眼にした瞬間、サー・サイモンの脳はとっさに、視覚が伝えてくる情報を認識することを拒んだ。あれは毛布か？　施設内の照明の当たり具合であんなふうに見えるだけか？　ともかく赤いのだ。緑のタイル張りのプールサイドが、かなりの範囲にわたって赤黒く染まっている。その赤黒い大きなしみのまんなかに、脚が片方伸びていた。膝《ひざ》までむき出しになった、女の脚。その光景がサー・サイモンの網膜に焼きつけられた。サー・サイモンは眼を瞬《しばた》いた。呼吸が速く、荒くなった。サー・サイモンはそちらに向かって、二歩だけ近づいた。さらにもう二歩近づいたところで、自分が血の海に足を踏み入れ、その場の身の毛もよだつような全体像を見おろしていることに気づいた。

お仕着せの白いワンピースを着た女が横向きで身を丸め、赤黒い水たまりに倒れていた。唇に血の気はなく、かっと見開いた眼は虚空を見つめていた。右腕は、掌《てのひら》をうえに向ける恰好で脚のほうに伸びている。腕にも手にも、固まりかけた血がべったりと付着している。左腕はプールの縁《へり》に向かって伸ばされていた。赤黒い血だまりはプールの縁ぎりぎりまで広がっていた。

耳の奥で自分の鼓動が響いていた。いち、に、いち、に、とリズムを刻んでいた。

ゆっくりと膝をつき、気は進まなかったが、手を伸ばして女の首筋に指先を当てた。脈はなかった。あるはずがあろうか、こんなふうに眼を見開いたままなのに。とっさに瞼《まぶた》を閉じてやりたくなったが、それはこの場では控えるべきことだろうと思い直した。頭の周囲に拡がった髪も血にまみれ、赤い光輪と化していた。女は驚いているような表情を浮かべていた。いや、そう見えるのは想像力の産物か？　身体つきはとても華奢《きゃしゃ》で、息があるなら、軽々と抱えあげて安全な場所に運んでやることもできたにちがいなかった。

　立ちあがろうとしたところで、片方の膝頭に鋭い痛みが走った。膝にこびりついた血を拭《ぬぐ》い取ろうとして、指先になにやら硬い粒が当たった。よくよく見ると、分厚いガラスが割れてできた小さな破片だとわかった。このままでは膝頭の切り傷からあふれだした血が、女の血とまざってしまう、と思ったとき、それが眼に入った——深紅の海に浮かぶクリスタルの瓦礫《がれき》のような、割れたグラスの残骸が。

　女の顔や髪型には見覚えがあった。彼女はこんなところでなにをしていたのか、それもウィスキーグラスなんぞを持って。こわばって動こうとしない身体を引きずるようにしながら、サー・サイモンは助けを呼ぶため、その場を離れた。どんな助けだろうと、すでに手遅れだと思いながら。

1

さかのぼること、三ヶ月——

「フィリップ？」

「うん？」フィリップ殿下は、朝食のテーブルの蜂蜜《はちみつ》の容器にたたんで立てかけて読んでいた『デイリー・テレグラフ』紙から眼を離し、片方の眉《まゆ》を少しだけあげてみせた。

「あなたは覚えているかしら、あの絵のこと？」

「あの絵とはどの絵のことかね？　絵と言われても、なんせ、きみは七千点は持ってるじゃないか」とフィリップは言った。

　女王は心のなかで溜《た》め息をついた。いきなり話の腰を折るようなことを。それを今から説明しようとしていたのだ。「ブリタニア号の絵よ。以前、わたしの寝室を出たところに飾ってあったでしょう？」

「ああ、あれか。あの悪趣味で、見られたもんじゃない小品だろう？　ありゃ、舟の漕《こ》ぎ方もろくに知らんやつが描いたのさ。たしか、オーストラリアの画家じゃなかったか？　あの絵のことだろう？」

「ええ、その絵なんだけど」

「その絵がどうした？」

「じつはね、見かけたのよ、昨日。ポーツマスの海軍基地のセマフォア・ハウス（訳注：セマフォアとは腕木通信のこと。かつては電信ではなく腕木と呼ばれる数メートルの棒を組みあわせた構造物を動かし情報を伝達した。セマフォア・ハウスとはその腕木通信を送信・受信する基地局のこと）で。海景画展をやっていて、そこに展示されていたの」

　フィリップは『デイリー・テレグラフ』紙の社説ページの一点を鋭く見据えたまま、〝ううむ〟とも〝ふうむ〟ともつかない、うなり声をもらした。「そりゃ、まあ、当然と言えば当然だろうな。帆船の絵なんだから」

「そういうことじゃないの、わたしが言いたいのは。海軍で新たにデジタル化戦略を推し進める件であちらへ行ってみたら、海景画展ということでロビーに絵が何枚か展示されていたの」

デジタル化戦略とは、最先端技術で海軍を刷新するという、一筋縄ではいかない取り組みだった。海景画展のわかりやすさとは、はっきり言って大違いの代物だった。「ほとんどが戦艦の描かれた灰色っぽい絵だったわ。あとはサウサンプトンの港で総帆を張っているJクラスの大型ヨットの絵。あの絵はいつもあのロビーに飾ってあるからいいの。その隣にあったのが、一九六三年に描かれたあのブリタニア号の絵だったのよ」

「それがあの絵だって、どうしてわかるんだね？」とフィリップは言った。新聞から眼も離さずに。

「どうしてって、あれはあの絵だからよ」と女王は言い返した。思わず語気が鋭くなっていた。夫のあまりの無関心ぶりに、にわかに目まいがするほどの失望を感じた。「自分の絵ぐらいわかります」

「そりゃ、わかるだろうね、きみなら。七千点のうちのどの絵だろうと。そういうことなら、海軍に一発ねじ込んで返してもらいなさい」

「ええ、そう言いました」

「よろしい」

『デイリー・テレグラフ』紙の社説のテーマは、おそらくイギリスのEU離脱《ブレグジット》についてだろう、と女王は当たりをつけた。夫がいつも以上に怒りんぼモードになっているのも、そのせいにちがいなかった。キャメロンが首相を辞任。混乱に陥る与党。不愉快なまでの不手際の連続……それに比べれば、イギリスがヨーロッパ共同市場に参加するはるか以前に贈られた、さして有名でもない画家の手になる絵画など、たしかに重要度という点では劣る。女王は顔をあげ、バッキンガム宮殿のプライヴェート・ダイニングルームの壁を飾る、ジョージ・スタッブスの風景画をひとつひとつ眼でたどった。どれも王室所有の美しい馬を描いたものだった。もうだいぶ以前のことになるけれど、じつはフィリップも自らこの場所で、新聞を読んでいる女王を描いたことがあった。その腕前は、個人的に言わせてもらえば、ブリタニア号を描いた画家よりもいくらかうえだと思われた。それでも、あのブリタニア号の絵は、女王が大切にしていた一枚なのだ。

誰にも明かしていないいくつかの理由から、とくに気に入っていたのだ。女王としては、なんとしても取り戻すつもりだった。

　数時間後、ロージー・オショーディはノース・ウィングにある女王の書斎に参上した。女王陛下に眼を通して署名していただく書類を入れた赤い箱《レッドボックス》の、午前中の分の回収にきたのだ。ロージーは短期間ながら軍務に就き、その後民間の銀行勤務を経て女王付きの秘書官補になった。王室職員として働きはじめてまだ日も浅く、年齢的にもだいぶ若手に属してはいるものの、多岐にわたる職務内容にもかかわらず、これまでのところみごとな働きぶりを見せている。厳密に言えば、秘書官補の職務からは逸脱するのではないかと思われる方面のあれこれも含めて――というよりも、とりわけその方面において。

「なにかわかりましたか？」女王は、その日の午前中に確認すべき最後の書類から眼をあげて尋ねた。

　ロージーは昨日、王室所有の帆船《ロイヤル・ヨット》を描いた絵画が、現在の場所に保管されるにいたった経緯を調べ、速やかなる返却に向けて手《て》筈《はず》を整えるよう命じられていた。

「はい、陛下。ですが、よいご報告とは言えません」

「おや、そうなの？」意外だった。

「ポーツマス海軍基地の施設管理責任者に話を聞きました」ロージーは状況説明にとりかかった。「その担当者によれば、登録の際にとりちがいがあったのではないか、と言うのです。そのオーストラリアの画家が描いたブリタニア号の絵は、もともと一点だけではなかったのだろう、と言われました。というのも、今回展示された作品は、海軍第二卿《きょう》、つまり海軍軍令部次長から貸し出されたものとのことで。額縁に銘板のようなものはついていないそうですが、国防省の所蔵品《コレクション》のうちの一点であることはまちがいなく、海軍軍令部次長の執務室に長年飾られているものだ、と言うのです」

女王は遠近両用眼鏡のレンズ越しに、なにごとか考え込むような表情でロージーを見つめた。

「海軍軍令部次長の執務室にねえ。わたしが最後にあの絵を見たのは、一九九〇年代のことですよ」

「陛下？」

眼鏡のレンズの奥で、女王の眼がきらりと不敵な光を放った。「海軍軍令部次長のところにあるのは別の絵ではないわ。わたしの絵よ。別の額縁に納まっているだけ。で、その絵が長年、海軍軍令部次長の執務室に飾られている、そういうことですね？」

「ええと……はい。そのように理解しています」とはいえ、じつはまったく理解できてはいない、少なくともロージーの表情はそう言っていた。

「もう一度、調べてもらえるかしら、どういうことなのか？」

「承知いたしました、陛下」

女王は最後の書類に署名をしたためて赤い箱に戻し、その箱を受け取ったロージーは退出した。あとに残った女王は、ひとり静かに考えをめぐらせはじめた。

2

「このバッキンガム宮殿は、つまり死の陥穽《かんせい》というやつなんだよ」

「おいおい、ジェームズ、言うことが大袈裟《おおげさ》だよ」

「いや、そうでもないんだよ、これが」サー・ジェームズはそう言うと、女王付き秘書官愛用のアンティークの机越しにサー・サイモンをぎろりとにらんだ。「加硫ゴムが使われているところがどれだけあったか、わかってないだろう？」

「正直言うと、加硫ゴムというのがなんなのかもわかってない」サー・サイモンはそう言うと、左の眉をくいっと吊《つ》りあげてみせた。内心興味津々で話の続きを待っている、ということだった。女王付き秘書官としてサー・サイモンは、女王の公的な訪問やら政府とのもろもろの折衝やらの調整をはかる責任を担っているわけだが、その結果、女王に影響を及ぼす可能性がありそうなことについてはことごとく、一定程度の関心を払う習慣が身についている。おまけにジェームズ謂《い》うところの〝死の陥穽〟を含めて、バッキンガム宮殿に関することは、ほぼ確実にその範疇《はんちゅう》に入る事柄である。

目下、秘書官の執務室に来訪中のサー・ジェームズ・エリントンは、女王手許《てもと》金会計長官として王室の財務管理をしている人物だった。長年ともに働いてきた間柄だが、サー・ジェームズがサウス・ウィングの上層階にある執務室から、ノース・ウィングの一階にあるサー・サイモンの執務室まで、きびきびした早歩きで十分ほどかけて遠征してきては新たに明らかになったへまやら失態やらをネタに愚痴をこぼすのは、特段めずらしいことではなかった。イギリス紳士の上唇がきゅっと引き結ばれている場合、それは内心に相当の苛立《いらだ》ちを秘めていることを意味する。友人の表情から、サー・サイモンはその〝加硫ゴム〟とやらについてサー・ジェームズが常になく気を揉《も》んでいることを見て取った。それがいかなる代物であるかは、ひとまず置くとして。

「ゴムというのは、丈夫にするために硫黄《いおう》を加えて処理を施す」サー・ジェームズは説明を開始した。「そのうえで導線の外被として利用するんだ。というか、少なくとも五十年前はそうだった。電気系統の配線の外被として、ゴムは悪い素材じゃない。だが、長年のあいだに劣化する。空気や光や、その他もろもろにさらされるわけだから。つまりもろくなる《ブリトル》ってことだ」

「今朝のきみみたいに（訳注：brittle には〝つんけんした〟〝不愛想な〟という意味もある）？」サー・サイモンは言った。

「ふざけてる場合じゃないぞ。状況がまったく呑《の》み込めてないようだが」

「で、つまり……そのもろくなった加硫ゴムのなにが問題だと言うんだね？」

「裂けてきてるんだよ。この宮殿の電気系統の配線は、とっくに交換されていてしかるべきものだったのさ、もう何十年もまえに。電気系統がいかれてきつつあることは、われわれも把握はしていた。で、先月のことだが、例の漏水騒ぎがあっただろう、屋根裏区画の。あのときにわかったのさ、電気の接触が悪くなっている原因は、大量の裂けかけた配線にあることが。つまり、今やこの宮殿の電気供給は、〝たまたま〟と〝かろうじて〟によって保たれているってことさ。全長百キロ以上はあろうかという、今にも裂けて断線しそうな配線によって。どこか一ヶ所でも接続不良が発生したら、そのときは……ボンッ」サー・ジェームズは右手の指先を優雅に動かして、煙を連想させる仕種《しぐさ》をしてみせた。あるいは小さな爆発を表現しようとしたのかもしれなかった。

　サー・サイモンは、しばしのあいだ眼を閉じた。火災の恐ろしさについては、誰もが嫌というほど承知していた。一九九二年にウィンザー城で大火災が起こったあと、城を元どおりにするのに五年の歳月と数千万ポンドを費やすことになったのだ。そのため毎年、夏の一定期間、バッキンガム宮殿を一般にも開放して入場料を徴収し、修繕費の足しにしてきた。そして念には念を入れての措置ということで、このバッキンガム宮殿も調査してみたところ、あろうことかあるまいことか、ウィンザー城よりもさらに危険な状態にあることが発覚したのである。それを受けて現在、大規模改修計画が練られているわけだが、次から次へと難問が浮上してきて、頭痛の種に事欠かないありさまなのだ。

「それで、どうすればいい？」サー・サイモンは尋ねた。「ほかに移っていただくか？」

　移っていただくことになるかもしれない当事者についての言及は不要だった。

「おそらくそうなるだろう、それも可及的速やかに。もちろん、いい顔はなさらないだろうがね」

「まあ、そうだろうね」

「昨年の時点で観測気球はあげてみたんだ。改修工事の必要性についてそれとなくほのめかしてみたんだが、まあ、諸手《もろて》を挙げて賛成というご様子ではなかった」サー・ジェームズはむっつりと考え込む表情になった。「まあ、当然と言えば当然だよ。ほかに移っていただくとなれば、おそらくウィンザー城になるだろう。ウィンザー城ならご予定を変更せずとも対処できる。

しかしなあ、そうなるとＭ４号線は大使やら大臣やら園遊会の招待客やらを乗せた車が行ったり来たりすることになって、年がら年中大渋滞する。おまけに移転先として対応できるよう、ウィンザー城自体も多少手を入れなければならない。いったん移転と決まれば、陛下のことだから、ご不便やご不自由も全力で耐えしのんでくださりはするだろう。問題は電気系統なんだよ、配線さえ問題なければ……」

「でも、現に問題がある。そう言ったじゃないか」サー・サイモンは指摘した。

サー・ジェームズは溜《た》め息をついた。「ああ、そのとおりだ。たった今はっきりとご指摘いただいたとおり、問題だらけだ」そして天を仰ぐように眼をうえに向けた。「バッキンガム宮殿は問題だらけだ。これがたとえばバーミンガムのテラスハウスかなんかなら、修理業者が玄関に貼り紙一枚貼ればすむことさ、『作業終了まで居住者の立ち入りを禁ず』って具合に。ところがここは宮殿だし、おまけに陛下にとってもご一家にとっても公私における拠点でもあるわけだから、そんな手は遣えるわけがない。で、陛下に極力ご不便をおかけしないかたちでの大規模改修計画案とその見積りをまとめつつあるんだが——それで、まあ、ざっと百万か二百万ポンドは追加で必要になりそうだよ。ああ、そうそう、もうひとつ言い忘れてた。きみも知ってるだろう、メアリっていう、ぼくのところの秘書。メールには瞬時にして返信し、今回の改修計画の立案に関してはおよそ知らないことはないし、ちょっとした天才なんじゃないかと思うくらいの切れ者なんだよ」

「ああ、知ってるけど？」

「なんと辞表を出したんだ。詳しいことは聞いてないが、出勤してきてからずっと涙の大洪水なんだよ。それで――」

　そこでサー・ジェームズが口をつぐんだのは、ちょうど赤い箱を抱えたロージーが入室してきたからだった。ロージーは、ドアの横の、天板が大理石張りのコンソールテーブルに赤い箱を重ねて置いた。あとで内閣府の担当者が取りにくるのだ。

「問題はないかい？」サー・サイモンはロージーに尋ねた。

「はい、おおむね。一九九〇年代に陛下が個人的に所有していらした絵画作品についてですが、国防省に貸し出したかどうかを確認したいんです。どこに問いあわせればいいでしょうか？」

　サー・ジェームズは、自分にはほぼ無関係なロージーのその質問を機に席を立ち、秘書官の執務室を退出した。

　部屋を出ていくサー・ジェームズを、ロージーは怪訝《けげん》な面持ちで見送った。サー・サイモンは机に肘《ひじ》をつき、指をぴんと立てた両手を合わせ、思考の矛先を今しがたのロージーの質問に向けていた。女王付き秘書官はひとつの問題からまた別の問題に、ひらりと飛び移ることを得意としている。たとえるなら――ロージーがこれまでにたびたび抱いた感想によれば――体操の段違い平行棒の妙技のように、もしくは障害物を置いたケージのなかのリスのように。

「そうだな。それならロイヤル・コレクション・トラストに訊《き》いてみるといい」とサー・サイモンは言った。「陛下が個人的に所有しておられる美術品は、王室所有の美術品ともどもあそこが管理しているからね。しかし、なんでまたそんな確認が必要なんだね？」

「〝ボス〟が、ご自分の所有していらっしゃるはずの絵画作品が展示されているのを見たとおっしゃっているんです、ポーツマスの海軍基地にお出ましになったときに」ロージーは説明した。「ところが国防省に問いあわせたところ、国防省の所蔵品のうちの一点であるとの回答がありました。ですが、陛下は、問題の絵は画家から個人的に贈られたものだとおっしゃっています。陛下が勘違いなさることは、まずないとお思いになりませんか？」

「まあ、そうだろうな。国防省の言い分は？」

「同じ主題の作品が、じつは二点描かれていたのではないか、と言っています」

サー・サイモンは小さく口笛を吹いた。「強気だな、あちらさんも。その作品を描いた画家に直接問いあわせてみることは？」

「駄目なんです、それが。確認したところ、すでに死亡していました。ヴァーノン・フッカーという方で、一九九七年に亡くなっています」

「その画家は、船を主題にした作品を数多く残してるのかね？」

「はい、それはもう何百点も。インターネットで検索していただければ、実際の作品を確認できるかと」

　サー・サイモンがコンピューターの検索窓に画家の名前を正確に打ちこみ、画像検索を行うあいだ、ロージーは待機した。画像が表示されたとたん、サー・サイモンは思わず小さくのけぞった。

「なんとまあ……この画家、船に乗ったことはあるんだろうか、だな？」

ロージーは海景画については専門家でもなんでもなかったが、サー・サイモンの反応は充分うなずけるものだった。ヴァーノン・フッカーは、光と影を大胆すぎるほど簡略化し、というか有り体に言えばおおよそ無視して、明るく鮮やかな色彩で主題を描きだす画家だった。どの作品にも、一般に海や空と言われて誰もが思い浮かべる光景よりもはるかにたっぷりとエメラルドグリーンと鮮やかなブルーとピンクがかった藤色が用いられていた。それでも、まあ、女王のお気に入りの画家のひとり、テレンス・クーネオ（訳注：一九〇七～一九九六　イギリスの画家。一九五三年のエリザベス女王の戴冠式《たいかんしき》では公認の画家として作品を制作した）の描く列車や戦闘場面もどうがんばって形容しようとモノクロからは程遠い。おまけに、昨日ロージーが件《くだん》の画家についてインターネットを駆使して情報収集を行っていた際に判明したことだが、ヴァーノン・フッカーの手になる作品は、驚いたことに通常、数千ポンド程度の価格で売買されていることがわかった。要するに作品を入手するのが、たいそうたやすい画家なのである。

「なるほど。となると、あちらさんの言うとおりなのかもしれない」サー・サイモンはコンピューターのモニターに眼を戻し、そこに並んでいる画像をあらためて眺めながら、とりあえずの結論を口にした。「国防省の、という意味だよ。世の中には信じられないぐらい悪趣味なものなんてごまんとある。このフッカーなる画家も、ありきたりの風景なんぞを描いているよりも、王室の帆船《ロイヤル・ヨット》をけばけばしい蛍光色で描いたほうが金《かね》になっただろうからな。二点どころか、もっと何点も描いていたって不思議じゃないよ」

「陛下のお考えはかわりません。それに実際、ブリタニア号を描いているのは一点だけだと思われます。少なくともわたしの調べた限りでは、今のところほかに見つかっていません」

「であるなら、先ほど言ったとおり、ロイヤル・コレクション・トラストのニール・ハドソンに問いあわせてみるといい。王室から貸し出したものかどうか、わかるだろう。貸与だったら、国防省もそろそろ手放すころあいだ。二十年も抱え込んでりゃ充分さ」

「承知しました」と言って、ロージーはそこで話題を変えた。「先ほどお見受けしたところ、サー・ジェームズはお困りのご様子でしたが……ひょっとしてわたしがお話の邪魔をしてしまいましたか？」

「いや、なに、実在的絶望ってやつだよ。あのとてつもなく厄介な大規模改修計画がのしかかってきているからね。秘書は辞表を出すし、ここの電気系統が今や危機的状況にあることが判明するし……加硫なんとかいう代物が山ほど見つかったとかでね。この宮殿は文字どおり〝死の陥穽《かんせい》〟であるらしい」

「なるほど、そういうことでしたか。心に留めておきます」とひと言言って、ロージーは戸口に向かった。「かなりの出費になりそうですね」

「ああ、そうなるだろうな。予算案に計上されている金額だけでも、現時点ですでに三億五千万ポンドを超えている。十一月には議会に提出して承認を得なくちゃならないんだが、議会のほうも議員報酬のアップもできずにいるわけだし」

ロージーは戸口のまえで足を止めた。「それはそうですけど、この宮殿は人が住まう場所としては世界で二番目に有名な〝おうち〟ですからね」

「しかし……三億五千万ポンドだぞ」サー・サイモンはそう言うと、シャツ姿で腕を組み、意気消沈の面持ちでコンピューターの画面を見つめた。「これがぴったり三億ポンドだったりすれば、まあ、さほど聞こえは悪くないんじゃないかと思ったりもするんだが」

「おことばですが、十年がかりの計画ですよ」とロージーは指摘した。「それにウィンザー城の修復工事のときのように、工事が予定よりも早く進んで、当初予定していたよりも少ない費用ですむかもしれません。それに先日、小耳に挟んだのですが、国会議事堂の改修工事の予算案として四億ポンドが計上されているとか」

　女王付き秘書官は、少しだけ気を取り直した。「ロージー、確かにきみの言うとおりだ。どうもいかんね、休暇不足だと思考回路の働きが鈍ってくるらしい。そんなふうにいつも溌剌《はつらつ》としていられるのはどうしてだい？　秘訣《ひけつ》があるなら教えてほしいよ」

「新鮮な空気と身体を動かすことです」ロージーは即答した。「秘書官もぜひ一度お試しを」

「おっと、そこのお若いお嬢さん、年長者にはしかるべき敬意を払うもんだぞ。こう見えても、この年齢《とし》にしてはそれなりに引き締まってるほうなんだから」

　だが、〝そこのお若いお嬢さん〟は、年齢いかんにかかわらず――ちなみに当年取って三十だったが――それなりに引き締まっているどころか、ばっちり鍛えているのだ。そして最後ににっこりと気持ちのいい笑みを残して、隣の自室に引きあげていった。

　〝新鮮な空気と身体を動かすこと〟――表情にこそ出さなかったものの、それはサー・サイモンにとってぐさりと胸に突き刺さるひと言だった。秘書官補のロージー・オショーディは、すらりと長身の魅力的な若い女性で、アフロヘアを手の込んだカットで短くこざっぱりと整え、アスリートもどきの体形はだてではなく、体力も運動能力についても王立騎馬砲兵隊に在籍していた当時とほぼ変わらないレベルを維持している。それに引きかえ秘書官のほうは、彼女より四半世紀は歳を食っていて、膝《ひざ》は若いころのなめらかな動き方を忘れてしまっているし、腰についても同様。若いころはヘリコプター操縦士として、その後の外務省時代は外交官として、体力にはそれなりの自信を持っていたし、そこそこ運動もたしなんできたほうだった。大学時代は漕艇《そうてい》を愛好し、ラグビーのピッチでは機転の利く選手と評され、クリケットでは〝三門柱《ウイケット》際の魔人〟との異名を取り、その猛攻ぶりを恐れられたものだった。ところが、長い年月のあいだにボルドー産の質のいい赤ワイン《クラレット》の消費量が次第に増えていき、それと反比例するようにボートのオールやらラグビーのボールやらクリケットのバットやらを手にする時間が減っていって……今やこの体たらく。そろそろ本気でなんとかしなくてはならないところまできているのだった。

3

ロージーは自分のデスクに戻り、ノートパソコンを開いて画像のアイコンをクリックし、画面に大きく表示させた。ポーツマス海軍基地の施設管理責任者に問いあわせをした際に、ブリタニア号の絵についてもう少し詳しく知りたいので、実物を写真に撮って送ってもらえないだろうか、と頼んでおいたのだった。送られてきたのは、満艦飾の王室の帆船《ロイヤル・ヨット》が、何隻もの小型の船に囲まれている絵の写真だった。背景の平べったいしみのようなものは、陸地を表しているものと思われた。この作品に、どうして〝ボス〟はあれほどご執心なのだろう、と思わなくもなかった。不思議と言えば不思議だった。レオナルド・ダ・ヴィンチの手稿やウィリアム・ターナーの銅版画を何点も所有していらっしゃる方が。ウィンザー城にはレンブラントの手になる、なんとも心惹《こころひ》かれる小品までお持ちだというのに。あのレンブラントが自分のものになるのなら——とロージーは考えた——そう、愛車のミニだって歓《よろこ》んで売り払うだろう。

ポーツマス海軍基地の施設管理責任者には、主張を変える気はないようだった。海軍軍令部次長は、つまりは海軍のありとあらゆる〝人事〟における最高責任者である海軍中将は、執務室の備品のひとつとして各種の絵画を飾っているが、いずれも正当な手続きによって国防省より提供されたものである。国防省以外から作品を借り受けた場合は、詳細な記録を残し、しかるべき期間を経過した時点で海軍流の几帳面《きちようめん》さでもって正しく返却している。従って、件の作品は借り受けたものであるとは考えられない。である以上、単純に、同じ作品が二点存在すると考えるべきではないか、というのである。

ところが、〝ボス〟も同じくらいきっぱりと、同じ作品が二点描かれた事実はない、とおっしゃっている。

ロージーは手はじめに、この画家の作品を扱っているメイフェアの画商に電話をかけてみた。ヴァーノン・フッカーが問題の作品以外にもブリタニア号を描いていたかどうかは不明だが、画家の息子に話を聞いてみてはどうか、と提案された。

「ドンは父親の作品については専門家《エキスパート》だからね。もうじき七十になろうかって年齢だけど、呑《の》み込みがいいっていうか、まあ、話が早いんだ。ああ、今はタスマニア在住だから、この時間だとあっちはもう夜だけれど、ドンなら歓んでそちらの疑問に答えてくれると思う」

　そこまで寛大な対応を、とロージーはとっさに思ったが、すぐに自分の立場を、つまり誰の代理で電話をかけるのかを思い出した。そう、そうなるものなのだ――画家の息子も歓んで疑問に答えてくれるにちがいないのだ、なにしろ女王陛下が気になさっている問題の解決をはかるためなのだから。それがごく一般的な人の、ごく一般的な反応なのだ。

　ドン・フッカーは、画商から聞いたとおりの人物だった。

「ホーバート・レガッタの会場を訪れたときのブリタニア号を描いた作品？　ああ、わかりますよ、わかりますとも。あれは一九六二年だったか、六三年だったか――そのあたりに、陛下がこの国を周遊なさったときに描いたものでね。親父にさんざっぱら聞かされたんで覚えてるんです。あの絵を描いたことを、たいそう自慢にしてましたから。ええ、うちの親父は筋金入りの君主制支持者でね。イギリスから女王陛下が、あの見目麗しきレディが、ご自身の帆船で遠路はるばるやって来たわけですからね、もう大騒ぎでしたよ。ラジオのニュース番組を連日追いかけて、ぼくたち家族にまで強制的に聴かせるんですよ。ええと、ここだけの話ですがね、そのころはものを知らない若造でしたからね、ありがたみなんて毛ほども感じやしなかった。かたや親父のほうは、なにもかもがありがたいんです。壁に地図を貼って、陛下が訪ねた場所に小さな緑のピンでしるしをつけたりしてね。記念の絵葉書やら、マグカップやら、片っ端から買いまくってたな。親父いわく、船上の陛下はなんともお幸せそうだから、あとあと旅のことを思い出してもらえるような贈り物をしたいと思ったんだそうです。『歓びのひとかけら』を差しあげたいと思った、なんて言ってましたよ。で、新聞の写真を描き写して、ご存じのとおり、あの調子で色をつけて……。で、その後、上品なイギリス英語で書かれたお礼状を頂戴《ちょうだい》したんです。大きな赤い紋章入りの宮殿の便箋《びんせん》で。あんな色鮮やかなブリタニア号は陛下も初めてご覧になった、と書いてあったそうです。いや、親父があの船を描いたのは、そのとき一度だけですね。お礼状はまだ取ってあると思いますよ。お役に立つようなら、探してみますが……」

その結果、ロージーが改めてポーツマス海軍基地の施設管理責任者に電話をかけて問いあわせたところ、例の〝同じ主題の作品が複数点存在する〟という自説に対する自信がいくらか揺らいだようだった。

「では、こちらにあるのは複製画かもしれない」と言うのである。「もちろん、異例中の異例ではある。ああ、確かにそのとおりだ。だが、少なくとも宮殿からお借りしたものではない。それだけはまちがいない」

次に女王のところに参上するのはサー・サイモンの番だったので、御前にいるあいだに最新の状況をお伝えしてほしい、とロージーは頼んだ。

「あれは複製ではないそうだ」戻ってくるなり、サー・サイモンはロージーにそう言った。

「ご自身が所有していたオリジナルの作品にまちがいないとおっしゃっている。あの作品が今の場所にたどりついた経緯を突き止めないといかんな。へたな言い逃れは通用しない、とあちらさんに言ってやったほうがいい。ああ、陛下はかなりご立腹だよ」

「ですが、陛下にはどうしてあれがオリジナルだとおわかりになるんでしょう？」ロージーとしてはそこが解せなかった。いくらご自身が所有なさっていた絵とはいえ、まったく別の目的で海軍基地を訪問した際に、即席の展覧会の場に飾られていたものを、ろくな照明もされていないようなところで、ほんの何分間か眼になさっただけなのだ。

「それはわたしにもわからんよ。だが、まちがいないとおっしゃっている」

　陛下がまちがいないとおっしゃっている。であるなら、ロージーとしては、ともかくもこの仕事をやりとげなくてはならない、ということだった。


「恐縮ですが、お顔をもう少しだけ照明のほうに向けていただけませんか？」

　女王は顔の傾きを微調整した。首筋がこわばってきているのが感じられた。

「こうかしら？」

「ありがとうございます、陛下。はい、完璧《かんぺき》です」

　ほんのちょっとだけ、と胸のうちでつぶやきながら、女王は眼をつむった。イエロー・ドローイング・ルームは、なごやかで心地よい雰囲気に満たされていた。厚手のレースのカーテン越しに、ヴィクトリア女王記念碑――もしくは近衛《このえ》兵たちが呼ぶところの〝バースディ・ケーキ〟――のうえに立つ、勝利の女神の黄金像が陽光を照り返しているのがわかった。温かい光の筋が女王の左の頬を撫《な》でていたから。こんな窮屈なポーズをとりつづけていなくてもいいなら、すぐにでもうとうとしてしまいそうだけれど……。

しかし、ポーズはとりつづけていなくてはならないのだ。女王は眼をぱっちりと見開き、部屋の隅にある中国の塔の置物に視線を据えた。九重の塔は天井近くまで高さがあった。高祖母の父の兄であるジョージ四世は、中途半端は許さなかったのだ。

「ほかにご要望は？」と訊《き》いてみた。

「いいえ、もう充分です。もうちょっとだけご辛抱ください。あと数分で、肩を動かしていただけるようになりますから」

ラヴィニア・ホーソーン＝ホップウッドは――つまり、目下イーゼルの向こうで、女王の姿をデッサンしている女性彫刻家は、察しがよくて思いやり深い芸術家だった。モデル側が強いられる難行苦行を理解していて、できるだけ苦痛を感じさせない配慮を欠かさなかった。それもあって、女王はこの彫刻家との共同作業を好んでいた。ハリー王子ふうに言うなら、ふたりにとって、じつは今回が初めての〝ロデオ〟ではなかった（その言いまわしを、女王はひそかに気に入っていた。ロデオは胸を躍らせてくれるから。よく思うのだ、世が世なら、今とはちがった境遇に生まれついていたら、ロデオで大活躍することも夢ではなかったかもしれない、と）。

「今はどの部分に取りかかっているの？」

「眼です、陛下。どの作品でも、眼がいちばん難しい部分なんです」

「なるほど、そういうものなのね」窓の向こうに眼をやり、宮殿の門のまえで何組かのグループが記念撮影のためにポーズをとっている様子を眺めた。ひとりはダンスでも踊っているように身体を動かしていた。あれは……昨今、大流行中だとユージェニーが教えてくれた、なんとかというソーシャル・メディアのための撮影？　後学のためによく見ておこうと、わずかに首をまえに伸ばした。

「陛下、申しあげにくいのですが……」

「あら？」女王ははっとわれに返り、うっかり姿勢を変えてしまっていたことに気づいた。ラヴィニアの手が止まっていた。「ごめんなさいね。これでいいかしら？」

「ありがとうございます。あと一分ほどで……はい、どうぞリラックスなさってください。お水を召しあがりますか？」

「そうね、できればお茶だとありがたいわ」

どこからともなく、陶器のカップとソーサーが女王の肘《ひじ》のそばに現れた。差し出したのは女王付きの近習《きんじゅ》、サンディ・ロバートソンだった。女王はダージリン・ティーでひと息ついたあと、彫刻家が何枚かの下絵を見返しているあいだに、そっと伸びをして、こわばった両膝《りょうひざ》をさすった。

この制作作業を記録するため、近くに三脚付きのヴィデオカメラが二台に、ポールスタンド付きのガンマイクが立てられていた。三人からなるごく小規模な撮影隊は、揃ってTシャツにズボンというきわめて実用本位の服装で、物音を立てないように細心の注意を払いながら、撮影機材を確認しに来ては、奥の壁際に下がって用意された椅子に坐《すわ》ることを繰り返していた。その傍らに控えている、赤と濃紺の王室職員の制服をまとった長身痩軀《そうく》の若者は、必要とあらば撮影隊を手伝うべく、もしくは制止するべく待機していた。撮影隊などというものが同席しているのは、目下、ドキュメンタリー映画の制作が進められているからだった。『女王の芸術作品』というようなタイトルになる予定だったが、まだ確定はしていなかった。女王が所有している作品だけでなく、女王が制作にかかわった作品も併せて紹介する、という企画だった。

　新しいブロンズの胸像を制作することになったとき、女王は自らモデルになることを承知した。この日は、その制作風景の撮影が行われていた。ほんとうは、この撮影の様子も映像に残しておきたいのだろう、と女王は思った。それでこそ完璧というものではないか。そう、デッサンの撮影について映像に残すことについても、記事にする者がいてもおかしくないし、さらには……そう考えていくと、きりがなくなるけれど。女王は観察され、なにかの題材に使われることにはもう慣れていた。あまりに人を惹《ひ》きつけてやまないので、女王を観察する人たちもまた観察の対象となることにも。そう、それが女王というものでもあるのだ。

「今回の胸像は、等身大になるのかしら?」女王はラヴィニアに尋ねた。

　答えは知っていたが、撮影向けにちょっとした会話シーンが必要になることを心得ていたからだった。そうは言っても、ラヴィニアが先日、夫と泥沼の離婚劇を繰り広げたことや、息子が寄宿学校でドラッグを売って逮捕されたことは、〝会話シーン〟の話題としてふさわしくない。この気の毒な女性のプライヴァシーは、守られてしかるべきものである。

「ええ、そうですね」イーゼルの横のテーブルに並べた下絵に眼を向けたまま、ラヴィニアが答えた。「実際には等身大よりも少しだけ大きくなりますが。王立協会に置いたときに、ぱっと眼を引くようにしたい、というご希望なので」

「あらまあ。以前の作品も等身大より大きかった？」

「ええ、確か、そうだったと記憶しています。以前のものはお気に召していただけていたでしょうか？」

「ええ、気に入っていましたとも。だって、あなたが苦心して、わたしの姿をこんなふうに——」女王はそこで頬をぷっと膨らませて、ラヴィニアを笑わせた。「高祖母のヴィクトリアそっくりにならないようにしてくれましたからね」そう、どっしりしてもいなければ、老けてもいなかったし、たぷたぷの二重顎《あご》でもなかったのだ。

ラヴィニアはイーゼルのまえに戻った。「わたしが表現したいのは、陛下のきらめきなんです。たとえブロンズ像であっても、きらきらしている陛下を表現したいのです。さて、ご準備はよろしいですか？　では、お顔をこちらの手のほうに向けてくださいますか。もう少しこちらに。そう、その位置で……」

彫刻家はデッサン用の鉛筆を動かしながら、当たりさわりのない世間話をつづけた。無言でいるよりも会話をしているほうが、モデルの本人らしさを引き出せるからだった。とりわけ女王の顔立ちは、口元が動いていて表情に変化があるときのほうが明るく華やかなのだ。静止しているときは厳格で近寄りがたく見える。それを描写したのでは、あやまった印象を与えかねない。

「最近の美術展で注目していらっしゃるものはありますか？」ラヴィニアはそう尋ねて、すぐに悔やんだ。ここは競馬について訊くべきだった。

それでも、女王は機嫌を損ねたようには見えなかった。

「じつは来年に向けて準備を進めている企画展があって、今から愉《たの》しみにしているの」女王は言った。「《カナレットとヴェネツィア》という企画なんだけど。うちにはカナレット（訳注：一六九七～一七六八　ヴェネツィア共和国の景観画家、版画家。本名はジョヴァンニ・アントーニオ・カナールだが、父親のベルナルド・カナールも画家であったことから、「小カナル（カナレット）」と呼ばれるようになった）の作品がかなりの点数ありますからね」つまり、世界最大のコレクションだということだった。「ジョージ三世がジョセフ・スミスから大量に買いあげたのよ。スミスは当時の在ヴェネツィア領事だったんだけど、いつも思うの、なかなか興味深い人物にしては、ずいぶん平凡な名前よねって」

ラヴィニアはことばに詰まって、咽喉《のど》をごくりといわせた。「あの、その、なんと申しあげればいいか……」

女王は内心にやりとした。ほんの何日かまえ、絵画管理官とカナレットを話題にじつに愉しい会話を交わしたばかりだった。受け継いでからはや数十年、カナレットの収蔵品についてはかなり知識を深めていた。とはいえ、彼《か》の地については、実際に自分の眼で見たもののほうがはるかに印象的だった。ブリタニア号でアンコーナからヴェネツィアへと航海したのは一九六〇年――いいえ、あれは一九六一年だったかしら？　ヴェネツィア発祥の地と言われる、あのこぢんまりとしたトルチェッルロ島をフィリップと訪ね、月明かりを浴びながらゴンドラに揺られ……。

王室の帆船《ロイヤル・ヨット》の初期のころの航海に思いを馳《は》せた。イタリア、カナダ、太平洋諸島……。ブリタニア号は戦後に建造された船ではあったが、その時代はその時代で質素緊縮が求められていたこともあり、内装は贅《ぜい》を凝らすというよりは実用性を重視した。それが女王の好みにも合っていた。たった今、自分が置かれているような、こういう金ぴかできらびやかな環境よりもずっと性に合っていた。乗組員《ヨッティ》たちと一緒に、フィリップとふたり、世界の果てまで旅をして、このうえなく幸せな時間を分かち合った。素晴らしい思い出をたくさん作った。そのうちのいくつかの思い出を、魔法のようによみがえらせてくれたのが、フィリップ謂《い》うところのあの〝悪趣味で、見られたもんじゃない小品〟だったのだ。

「このあいだ、わたしが個人的に所有している絵が、海軍の基地に飾られていたのよ」と女王は言った。声に出して言ったことで、またしても腹立たしさがこみあげてきた。

「あら、それはすてきですね」彫刻家はうわの空で言った。

「いいえ、すてきじゃありませんよ。海軍に貸し出した覚えはないんですもの。わたしが最後に見たとき、その絵はわたしの寝室を出て向かい側の壁に掛かっていたんです」

ラヴィニアは驚いて顔をあげた。「あら、まあ」

「ええ、ほんとに、あら、まあ、ですよ」女王はうなずいた。

「いったいどうしてそんなことに？」

「じつに興味深い質問ね」と女王は言った。それから短い間を挟んでもうひと言つけくわえた。

「それでは、今日はここまでということに」

　和やかではあったが、有無を言わせない口調だった。彫刻家は、腕時計に眼をやった。事前に取り決めてあった一時間がちょうど終わったところだった。モデルはそそくさとダイアモンドのティアラをはずそうとしていた。胸像がティアラをつけたものになるので、モデルとしてティアラを着けることを快諾したのだが、着ているものはブラウスとカーディガンだったので、笑ってしまうぐらいアンバランスだったのだ。ドキュメンタリーの撮影班はヴィデオカメラを片づけはじめ、それをひょろっと長身の王室職員の若者が鋭い眼差《まなざ》しで見張っていた。女王の侍従がすでに出入口でじりじりしながら、女王の次の予定に同行するために控えていた。

「陛下、本日はどうもありがとうございました」とラヴィニアが言った。

　女王はうなずいた。「あなたの表現するきらめき、愉しみにしていますよ」そう言ったとき、口調はそっけなかったが、眼がきらりと光っていた。

4

　ロージーは時間を無駄にしない働き方が身についている。予定されていた打ちあわせが一件、キャンセルになったことでできた時間を利用して、サー・サイモンの助言どおり、ロイヤル・

コレクション・トラストを訪ねてみることにした。戸外は陽光にあふれている。この機会にオフィスのそとに出て足を延ばし、女王の絵画に関するちょっとした問題を解決することができるなら、なによりというものだった。

　きびきびとした足取りでオフィスのそばの通用口からくすんだピンク色の道路に出て、ブラックキャブをやり過ごし、観光客の乗った貸し自転車《ボリス・バイク》（訳注：二〇一〇年に当時のロンドン市長だったボリス・ジョンソンが導入したシェアサイクルシステム）二台のあいだをすり抜けて道路の向こうに渡った。気温があがって暑いくらいで、明るく晴れ渡った青空にうっすらと刷毛《はけ》で掃いたような雲が幾筋かたなびいていた。グリーン・パークの端を突っ切り、クラレンス・ハウスのまえを通り過ぎた。高くそびえるその白っぽい邸宅は、チャールズ皇太子のロンドン滞在中の住まいとなっている。その向こうにあるのが、ロージーの今回の目的地、セント・ジェームズ宮殿だった。

　セント・ジェームズ宮殿は、周囲とはまったく異なる様相を呈していた。テューダー朝様式で、ずんぐりしていて、赤煉瓦《あかれんが》造りで、周辺のほかの建物よりもずっと年季が入っていた。歴史マニアのサー・サイモンは、この場所にまつわる逸話の数々を嬉々《きき》としてロージーに語ってくれる。ロージーが気に入っているのは、チャールズ一世の第三子のジェームズ王子の逸話だった。オリヴァー・クロムウェルによってこの宮殿に軟禁されていたジェームズ王子は、見張りたちにかくれんぼ遊びをもちかけ、それを利用してまんまと脱出に成功したのだ。王子のほうから見張りたちをかくれんぼ遊びに誘い、そのたびに少しずつ見つかりにくい場所に隠れることを繰り返し、見つかるまでに時間がかかることに慣らさせたうえで、ある日、盗んだ鍵《かぎ》を使って庭園の門から外に出た。見張りたちが脱走に気づいたときには、王子はもうウェストミンスターのあたりまで逃げ延びていた。そしてついにはフランスまで逃げ切ったのだ。根っからのロマンティストであるサー・サイモンによると、チャールズ一世はこの宮殿からホワイトホールの処刑台に連行される際、シャツを三枚も重ねて着たらしい。ときは一六四九年の一月、凍てつく冬の寒さで身震いすると、恐怖で震えていると誤解されかねないから、という理由で。

　ステーブル・ヤードに面した職員専用口へ回りながらロージーは、世界各国の大使が今でも公式には〝セント・ジェームズ宮殿に派遣された大使〟を肩書にすることを思い出した。いったいどういう理由でそれが慣《なら》わしになっているのか、ロージーにはとんと理解できなかった（訳注：宮廷は現在もセント・ジェームズ宮殿を公的な住所にしているため、諸外国からイギリスへ派遣されてくる大使も、バッキンガム宮殿で女王から信任状を受けるが、名目上は「セント・ジェームズ宮廷の下」（près la Cour de St. James）に派遣されたことになっている）。門のところで立哨《りっしょう》についていた緋色《ひいろ》の詰襟に熊毛皮《ベアスキン》の高帽姿の衛兵は、ロージーが警備員に許可証を提示するあいだも、眉《まゆ》ひとつ動かさず、ぴくりとも動かず、真正面を向いたまま立ちつづけていた。警備員に付き添われて、ロージーは廊下を延々と歩き、二階にあがり、とある執務室にたどり着いた。そこが女王付き絵画管理官のニール・ハドソンの執務室だった。ニール・ハドソンは怪訝《けげん》そうな笑みを浮かべて、ロージーをオフィスに招じ入れた。

「おやおや、キャプテン・オショーディ、わざわざ訪ねてくるとは。どうしたんだね？　用があれば、こっちから出向くよ。わたしの根城を急襲するには及ばん」

　ロージーは室内を見まわした。根城にするには悪くない部屋だった。上げ下げ窓からピカデリーに続く広い通りが見おろせた。〈フォートナム＆メイソン〉やリッツ・ホテルは眼と鼻の先だった。羽目板張りの壁は、一面が天井から床まで、どれも小ぶりではあるけれどそれ相当の価値がありそうだとひと目でわかる絵画で、それ以外の壁面は、これまた天井から床まで、本で埋め尽くされていた。ウォールナットの机はびっくりするほど大きく、ひょっとすると規格外の大きさの机をふたつくっつけてひとつにしているのかもしれなかったが、天板がほとんど見えないぐらい、書類やら、ペーパーウェイトやら、ブロンズの小像やら、銀の写真立てやらでごった返していた。コンピューターらしきものはどこにも見当たらなかった。きっと来客があるたび、絵画管理官自ら抽斗《ひきだし》にでも隠しているのだろうと思われた。いまどき、まさか羽根ペンで仕事をしているわけではないだろうが、黄色のベストに、顎《あご》まで伸ばしたウェーヴヘアという当人の外見からすると、あるいはいまだに羽根ペンで仕事をしているのではないか、と思われたがっているのかもしれなかった。

「ある絵画作品の足取りを確認したいんです」とロージーは来訪の理由を説明した。「陛下が個人的に所有なさっている作品です。現在、どこにあるのかはわかっていますが、どうしてそこに行きついたのかがわかりません。長いこと、行方不明になっていた作品なので――」

「ストップ、ストップ！」ハドソンが片手をあげた。「はい、そこまで。それはないと断言できるよ。行方不明なんて事態は起こりようがない。われわれがロイヤル・コレクションの品を紛失するなんて考えられないことだからね」

「でも、まったくないわけじゃない」ロージーは相手の眼を見ながらきっぱりと言った。「そういうこともときには起こるのでは？」

「ごく、ごく、ごくまれに。つまりほとんどないということだ。暗にわれわれが紛失したと言おうとしているのであれば、きわめて心外だよ」

「そうですか、それをうかがって安心しました。つまり、問題の作品の足取りもこちらで把握していらっしゃるということですよね」

　ロージーは、ヴァーノン・フッカーの描いたブリタニア号について、これまでに把握できている事柄を残らず伝えた。絵画管理官は曖昧《あいまい》にうなずいた。

「一九九〇年代というのがせめてもの救いだ。かなり正確な記録が残されているからね。だが、その絵画が、その、なんと言えばいいかな……本来あるべき場所ではないところに誤配置されたとでも言えばいいかな――そのこと自体はもっと以前だったとすると、ちと厄介だな。所蔵作品の管理も今のように統一されてなかったころだからね。陛下が個人的に所有なさっている作品となると、なおさらだよ。とはいえ、どう考えても、陛下自ら貸し出されたとは思えない。王室所有の作品については、輸送に耐えられる状態であれば、依頼に応じて貸し出せるようにしてはいるよ。しかしなあ、その問題の絵のように小さなもので、しかも個人で所有しておられるものとなると――」ハドソンは鼻にしわを寄せた。「いずれにしても、どこのどいつだか知らないが、その絵を見る機会があり、なおかつ貸し出しの依頼をしたやつがいた、ということになる。調べるつもりなら、どうぞ。納得のいくまで調べてくれてかまわないよ」

ハドソンは助手を呼び、彼女の丁寧な案内で、ロージーはくすんだ色の廊下を進み、折り返し階段をいくつかのぼり、いくつか降りて、煌々《こうこう》と明かりのついた作業部屋をふたつ通り過ぎ、開け放ってあるドア越しに、さまざまな分野の修復士たちが黙々と作業をしている様子を眼にしたりしながら、建物にすると二棟分か三棟分ばかり奥まったところにある、見るからに窮屈そうな部屋にたどり着いた。ひとつしかない窓は開かず、天井の照明は忙《せわ》しなくちかちか瞬いていた。三方の壁にはガラス扉の書架が並んでいて、数えきれないほどたくさんの文書保管箱が無秩序に詰め込まれていた。古くは一九五二年までさかのぼる記録が保管されているのだ。汚れて曇った窓のしたの机に、コンピューターが一台置かれていて、デジタル化されているものについては、全資料のデータベースにアクセスできるようになっていた。

「あとはお任せします」なにがどこにあるのか、ひととおり説明してから助手が言った。「手袋の心配はご無用ですよ。二十世紀のものについては、わたしたちもそこまで貴重品扱いしてはいませんから。お帰りになるときには、出したものをすべて元の場所に戻して、電気を消していってください。ええ、それだけで大丈夫です。お探しのものが見つかるといいですね」

ありがとうと言ってはみたものの、ロージーの見たところ、〝お探しのもの〟は簡単には出てきてくれそうになかった。それから一時間かけて、これはと思った文書保管箱を開けては中身をひとつひとつ検《あらた》める、という根気を要する作業を気が遠くなるほど繰り返した結果、見つけられたのは、黄ばんだ記録簿に記された受領記録だけだった——〈油彩画／ホーバート・レガッタ百二十五周年記念大会のロイヤル・ヨット、一九六三年、金泥額、縦三十八センチ×横五十三センチ、ヴァーノン・フッカーより、一九六四年寄贈〉。そのあと、一九六四年から二〇〇〇年までの保管文書に片っ端から眼を通し、データベースでも調べてみたが、その絵が宮殿から持ち出された記録はどこにもなかった。

部屋を出るまえに、先ほどの保管箱を再度引っ張り出して、最後にもう一度、一九六四年の記録簿を見返すことにした。なにか見落としているのかもしれなかった。受領記録が記入されているページを開き、携帯電話で写真を撮った。そのとき、余白に鉛筆で書き込まれた走り書きのメモに改めて眼がいった。先ほど見たときは、書き込んである位置からして、そのすぐしたに記録されている彫刻作品についてのメモだと思っていたのだが……改めて見てみると、例の絵についてのメモと考えられなくもない位置だった。文字が斜めに傾《かし》いでいて判読しにくかった。ロージーはじっと眼を凝らした。

RUBBISH

これって……これって〝駄作《ラビッシュ》〟って書いてあるわけ？　えっ、まさか。いくらなんでも、それはないだろう。けれども、先だって写真で確認した例の絵を思い返してみるにつけ、ありえないことではないような気がしてきた。記録係は収蔵品に対する率直な感想を余白に書くものなのだろうか？　あるいは、あとから消しゴムで消すつもりだったとか？

改めて眼を凝らしてじっと見つめた。最初の数文字と、最後の二文字のあいだが少し空いているように見えた。さらに眺めたところで、その最後の二文字はアルファベットではなく、数字だと気づいた。〝SH〟ではなく〝8〟となにか——〝82〟か〝86〟か？　さらに眺めて、大文字だと思っていた最初の五文字に小文字の、〝f〟か〝g〟と思われるものが含まれているようだとわかった。それでRUBBISH——〝駄作〟の線はなくなった。〝Ref……〟のようだけれど——それ以上はわからなかった。

携帯電話で撮影した写真を見返し、可能な限り鮮明に撮れていることを確認した。自分のデスクに戻ってから、腰を据えてじっくりと調べてみることにした。

ところが、ランチの席で思いがけない場面に遭遇し、午前中にサー・サイモンが話のついでに口にしていたことを思い出すことになった。

ちょうど職員食堂のカウンターで料理の皿をトレイに載せたところだった。〝食堂《キャンティーン》〟というのは、いかにも王室らしい抑えた表現だった。職員食堂と称されるこのスペースには、料理が並ぶカウンターがひとつに羽目板張りのダイニングルームがふたつあって、いたるところにロイヤル・コレクションが誇るヨーロッパの巨匠による絵画が飾られ、さらにはかつてカナダ騎馬警察隊から寄贈されて女王の愛馬となったバーミーズ号の彫像に見守られている。

サー・サイモンによると、つい最近まで職員はそのヒエラルキーによって別々の部屋に分かれて食事をしていたそうだが、今ではそうした分け隔ては撤廃され、職位に関係なく入り交じって食事をしている。ロージーとしては、そこが気に入っていた。誰と同席することになるかはそのとき次第だった。たいていはなごやかな空気が流れていて雰囲気は悪くないし、提供される料理も、世界各国の国家元首に食事を提供するのが日常業務という厨房《ちゅうぼう》スタッフの手がけるものだから、期待を裏切られることがない。

　なのに、その日は様子がちがった。手前がわのダイニングルームに並ぶテーブルには、いつものように真っ白なテーブルクロスがかかり、銀のカトラリーが並んでいて、そのところどころに職員たちが、それぞれふたりだったり三人だったりのグループで坐《すわ》り、見たところ、漫然と世間話をしている。ロージーのトレイに載せたレストラン級の食事もいつものように食欲を刺激するにおいをさせている。なのに……室内の雰囲気はぴりぴりしていた。先日の国民投票でブレグジットが決定したからだろうか？　王室の上級職員のあいだでは、投票まえからその余波が懸念されていて、ロージーも小耳に挟んでいた――あの投票は個人の見解という池に波風を立てることになる、それまで口にされることのなかった暗黙の対立関係がいやおうなく表面化することになるだろう。離脱派か、ＥＵ支持派か、を選ばされ、旧イギリス連邦《コモンウェルス》を重視するのか、それともドイツやフランスとともに歩むのか、という問いを突きつけられる。どちらの味方なのか、旗幟《きし》鮮明《せんめい》にしろ、ということだ。どちらの味方って、両方に味方すればいい――ロージーは個人的にはそう思った。ほんの数ヶ月前までみんなそうしていたのだから。それが今では、それぞれの立場に分かれて対立するようになってしまった。ロージーが秘書室で働きはじめてから、まだ一年にも満たない。その短い期間に、理由はどうあれ、職員全体の雰囲気があきらかに変わったことを、ロージーは実感していた。

　奥のほうの隅にいるふたり組が眼に入った。若い女性と年嵩《としかさ》の女性が、顔を寄せあうようにしてなにやら話し込んでいた。若いほうの女性と眼があった。背中に垂らした燃えるように赤い髪、ラファエル前派の絵画みたいなそのヘアスタイルで誰だかわかる。サー・ジェームズ・エリントンのアシスタントのひとり、秘書のメアリ・ヴァン・レネンだった。ロージーは挨拶《あいさつ》の代わりに短くうなずき、そちらに足を向けた。テーブルのそばまで近づいたところではじめて、メアリが眼の縁を赤くして、暗い表情をしていることに気づいた。

「あっ、ごめんね。遠慮しといたほうがいい？」ロージーは尋ねた。

「ううん、いいからそこに坐って」メアリは自分の向かいの席を示した。「一緒に食べましょう」

　メアリはそう言うと笑みを浮かべてみせたが、眼が潤んでいるし、なんだか無理やり表情をこしらえているように見えた。現にメアリのまえに置いてあるロースト・チキンにはほとんど手がつけられていなかった。同席している年嵩の、細面でどことなく近寄りがたい顔立ちの女性のほうは、眼のまえの皿の料理をほとんど食べおえていた。

「あなたからも言ってやってくれない？」その女性が、ロージーが席に着くなり言った。メアリの痛々しい様子をまるで意に介していないようだった「このお嬢さんに言い聞かせてたとこなの、あなたのしようとしてることはとんでもなく愚かな選択だって」

　ロージーは友人に目顔で問いかけた。「こちらはシンシア・ハリス」気の抜けた声で、メアリが紹介の労をとった。「シンシア、こちらはキャプテン・オショーディ、女王陛下の秘書官補」

「ロージーです」右手を差し出しながら、ロージーは名乗った。

「そうだと思った」シンシア・ハリスはそう言って歯並びのよくない前歯をちらりとのぞかせると、フォークをちょこまかと動かして皿に残っていた人参《にんじん》とじゃがいもをすくった。ロージーは差し出した右手を引っこめた。「見かけたことがあるから」とシンシア・ハリスは言った。

「舞いあがっちゃうわよね、メアリ、こんな雲のうえの人と同席できて」

「とんでもない、雲のうえだなんて」ロージーはきっぱりと言った。

「あら、雲のうえよ、秘書室にいるんだもの。陛下直属の部署でしょ？　あたしたちにしてみたら、同席させていただけて光栄のいたりってものだわ、ねえ、メアリ？」

それをどう受けとったものか、ロージーは判断に困った。同意を求められたメアリのほうは、見るからにしおれた様子で眼のまえの皿を見つめている。メアリの人柄についてはロージーなりにある程度わかっているつもりだった。サー・ジェームズから言いつかる種々雑多な用向きで、秘書室にたびたび訪ねてきていたから。そのとき、ロージーは思い出したのだ、サー・サイモンがある秘書について言っていたことを。

「まさか、辞めるなんて言わないでよ。辞表を出したのって、まさか……？」

メアリは顔をあげずにうなずいた。両眼からこぼれおちた涙が、手つかずのマッシュ・ポテトの山に着地した。

「もうね、辞めるの一点張りなのよ、この人」シンシア・ハリスが隣の席から言った。「先行きを考えなさいって言ってるの、子どもじゃないんだから。ったく、大袈裟《おおげさ》なんだから」

ロージーは、持ち前の性格に任せれば嫌いになるまでは好意を以《もっ》て相手を見るほうだが、そのときは年嵩の女性に思わず粗探しの眼を向けていた。シンシア・ハリスはあきらかに痩《や》せすぎだった。あらかた白くなったストレートの髪を前下がりの短めのボブスタイルに切り揃え、ビーズのような眼が詮索《せんさく》好きな小鳥を思わせた。着ているのは家政婦《ハウスキーパー》の制服。しみひとつない真っ白な清掃用のワンピースのうえから濃紺のカーディガンを羽織っていた。棒切れのように細い身体は背筋がしゃんと伸びていて姿勢がよく、健康状態は申し分なさそうだったが、家政《ハウスキーピング》部門の現場で働くにはいささか歳がいきすぎているようにも思われた。だって、どう見たって六十五歳以下ってことはなさそうだもの、とロージーは声に出さずにつぶやいた。だけど、もしかすると、あの容貌《ようぼう》のせいで実年齢よりも老けて見えるのかもしれなかった。頬がげっそりとこけているし、小鼻から薄い唇にかけて、それに眉間《みけん》にも、深い皺《しわ》が何本も刻まれているし、鉤鼻《かぎばな》は、毛細血管が浮きでているせいでうっすらと赤らんでいる。シンシア・ハリスは澄ました顔で、皿の人参をフォークですくい口に運んだ。あの表情の意味するものは……ロージーは考えをめぐらせた。平常心？　言い負かしてやったという満足感？　それとも不満をくすぶらせている？　なんとも言えなかった。不意に、ビーズのような眼がこちらをまっすぐに見つめ返してきた。自分が相手のことを無遠慮に観察していたことに気づいて、ロージーはその視線をメアリのほうに移した。

そして「本当に辞めるつもりなの？」と尋ねた。

メアリはうなずいた。「仕方がないの。だってもう無理だもの」

「悲劇のヒロインを気取っちゃって」シンシアはそう言うと、小さく笑い声をあげた。

「怖いのよ、安心できないの」

「自慢に思えばいいのよ、そういうことは」

「安心できないって、どうして？」ロージーは尋ねた。

メアリはそこでようやく顔をあげた。「あのね、じつはね、しばらくまえから……つきまとわれてるの。男の人に。それに、送りつけてくるの、メッセージとか」

「だから、勘違いかもしれないって言ってるでしょ」シンシアは鼻先で笑った。

「でも、この眼で見たのよ、その人がうちのフラットのまえに立ってるのを」

「知りあいなの？」ロージーは尋ねた。

「メッセージを送ってきたアカウントは、知らない名前だった。向こうが言うには、以前マッチング・アプリ《ティンダー》で知りあったのに、わたしに冷たくあしらわれたって」

「えっ、そうなの？　つまり、直接顔をあわせたことがある相手ってこと？」

「ううん、それはないと思う。いろんな人にあってみたし、何度かつきあってもみたけど……確かに、なかにはちょっと変わった人もいたりはしたけど、それでもいないと思う。あんなことまで……」声がしりすぼみに小さくなり、メアリは黙り込んだ。

ロージーは胸のうちで、眼のまえの友人がマッチング・アプリ《ティンダー》を利用しているという事実を呑《の》み込もうとした。メアリ・ヴァン・レネン——このシャイで、生真面目で、どちらかといえば昔気質《かたぎ》の友人は、満ち足りたシングルライフを送っているか、もしくは長いつきあいの心優しいボーイフレンドひとすじか、そのどちらかだろうと、なんとなく思い込んでいたのだ。そう、メアリは少なくとも出会いを求めていた、ということだ——ロージーにはそんな余裕すらないというのに。

「そのメッセージだけど、なんて書いてあったの？」ロージーは尋ねた。

「そういう問題じゃないのよ」とメアリは言った。ずいぶん動揺しているようだったので、ロージーはそれ以上訊《き》くのは控えた。

「そうそう、だいたい送ってきたのがフラットのまえに立ってた男かどうかもわからないわけだし」シンシアが口を挟んだ。「フラットのまえに立ってたのだって、携帯で電話してたのかもしれないでしょ？」

「電話なんてかけてなかった、携帯、持ってなかったもの」

「最近はイヤフォンでも通話ができるじゃない」シンシアが言い返した。「ワイヤレスなんとかってのだってあるし。携帯を耳に当ててなくても通話はできるのよ。でなければ、誰かと待ち合わせしてたのかもしれないし」

「同じ場所に立ってるのを少なくとも三回は見てるの」メアリは眼をつむった。

「あら、そうですか」シンシアはそう言うと、ロージーに向かって眼をぎょろりとさせ、肩をすくめてみせた。「その程度じゃどうしようもないって、警察に言われたそうよ。同じところに立っているのを三回も見たとしても、それはなんの証拠にもならないって」

「警察に相談したのね？」

メアリはうなずいた。「でも、もっと証拠がないと、警察としてはなにもできないって。わたしの考えすぎだと思われたみたい。だけど……だけど、そのあと、わたしの自転車に……」

見ると、メアリは膝《ひざ》のうえで両手を握りあわせていた。腕が小刻みに震えるほど強く。ものすごく動揺しているのだ――精神的に深刻なダメージを受けている、というほうが正しいかもしれない。なのに、なぜシンシア・ハリスは同情の〝ど〟の字も示さないどころか、メアリを小馬鹿にしているような態度を取りつづけるのか？　ロージーにはとうてい理解できなかった。

「自転車がどうかしたの？」と訊いてみた。

メアリはひとつ大きく深呼吸をした。そうしないと答えを口に出せないようだった。それからまた眼をつむると、暗く沈んだ声で早口に言った。

「サドルにメモが貼ってあったの、テープで。こいつが羨《うらや》ましいって書いてあった。そこにわたしの――」今にも吐きそうな顔になりながら、それでもメアリはことばを続けた。「この場で口にはできないことばよ。そこに……その、わたしの身体の一部が当たるから、サドルが羨ましいって。そこにわたしが坐《すわ》るから。わたしのことをいつも見てる、とも書いてあった」メアリは眼を開けた。「通勤に使ってたから自転車には毎日乗ってた。でも、もう無理よ。もう乗れない。母は実家に帰ってきなさいって言ってる。だからそうするつもりなの、できるだけ早く」

「うん、それはひどいわ、ひどすぎる。警察にはそのメモのことも伝えたの？」

メアリは首を横に振った。「言えなかったの」涙がぽろぽろと頬を伝い落ちた。「口に出すたびに、あれを読んだときの気持ちが甦《よみがえ》るから。だったらもう黙って……」

ロージーは思わずテーブル越しに手を伸ばし、メアリがおずおずと滑り込ませてきた手をぎゅっと握り締めた。なぐさめと励ましの気持ちを込めて。

シンシア・ハリスは、見ていられないと言わんばかりに歯のあいだからシッという音を立てた。見ると、苛立《いらだ》ちを隠そうともしないで、メアリを睨《にら》みつけていた。

「ひどいのは、メアリ、あなたのほうでしょ？　たかが自転車にメモを貼られたぐらいで辞める？　だったら勝手にしなさいよ。サー・ジェームズがどんなに困ろうと、かまわないんでしょ？　とっととママのところに帰ればいい。これだから困るのよ、若い子って。男関係でちょっとつまずいたぐらいで、この世の終わりみたいにめそめそしちゃって。女王陛下のことを考えてみるといいわ、これまでどれほどの困難をくぐり抜けてこられたのか。その程度の覚悟で王室の職員だと言えるの？」

「わたしは、ただ……ただ、もう……ごめんなさい、失礼させて」

メアリは椅子の背もたれに掛けてあったバッグをひっつかんで席を立ち、今にもよろけそうな不安定な足取りでドアのほうに向かった。

「やれやれ、ね」

ロージーはシンシア・ハリスのほうに眼を向けた。シンシアは笑みを浮かべていた。なんともいいようのない笑みだった。それから弁解でもするように小さく肩をすくめた。「困ったものよね、ああいう根性なしは。あら、おいしそう」

シンシア・ハリスはそう言うと、メアリが置いていったボウルのぶどうに手を伸ばし、ひと粒つまんで口に放り込んだ。

5

七月も半ばを過ぎて、季節は夏の盛りを迎えていた。議会もまもなく夏休みに入ろうとするところで、通常の国務も〝凪《なぎ》〟の時期に入りつつあった。おかげで女王にもめずらしく、決まった予定のない時間がぽっかりと出現していた。昼食のあとには二、三着ほど夜会服を試着する予定が入ってはいるけれど、それまでにはまだ間があった。競馬もまだ先だった。はてさて、天の恵みのようなこの自由時間をどう過ごしたものか……。

バッキンガム宮殿の正面、あの〝バースディ・ケーキ〟とマル通りに臨むイースト・ウィングでは、つい先日、屋根裏部屋のひとつから水漏れが起こったばかりだった。五十年ほど使っていたタンクに気づかないあいだにいくつものひびが入り、階下の廊下に面した寝室を二部屋ばかり水びたしにしたのだ。事態が発覚したその日のうちに、女王も被害の状況を確認するため現場に足を運んだ。絨毯《じゅうたん》はどれもびしょぬれ、家具もたっぷりと水をかぶっていた。破損したタンクはその後撤去され、タンクとしての用途をより確実に果たせるものと交換された。王室家政官によると、被害を受けた二間はどちらも、乾燥作業をして新たに漆喰《しっくい》を塗りなおせば、問題なく使用できる状態に戻るだろう、とのことだった。

それでも、いちおうこの眼で見て確かめておかねば、と考えるのがエリザベス女王である。犬を一匹、なんなら二匹とも、お供に連れていこうかとも考えたが、どちらも昼食のまえに長いこと散歩をしてきたせいで、今は気持ちよさそうにうたた寝している。女王は近習《きんじゅ》に行き先を告げると、束の間とはいえ、誰にも邪魔されることなく考えにふけることのできる幸せをかみしめながら、問題の部屋に向かうべく、ひとり階段をのぼった。

ハイランドのことが浮かんできた。夏の残りを彼《か》の地で過ごすのだ。バルモラル城に移動するための準備で、これからの二週間は慌ただしくなるだろう。バッキンガム宮殿にはすでに、旅はもうはじまっているのだという雰囲気が忍び込んできている。騒がしいことをなによりも忌み嫌うフィリップは、ヨットレースを見物するというのを口実に数日間カウズに滞在することになっていた。女王自身は、北に旅するのがともかく待ち遠しくてならなかった。すがすがしい新鮮な空気を吸い込み、〝女王陛下〟としての肩の荷をほんの少しばかり降ろし、その分〝リリベット〟としての自分を取り戻すのだ。壊されて困るものもそんなにないから、ひ孫や犬たちを思い切り遊ばせてやることもできるだろう。跳ねまわるジョージ王子の姿を眺めて、赤ん坊のシャーロット王女ともっと仲良しになるのが、今から愉《たの》しみだった。

階段をのぼりきって、水漏れの被害に遭った部屋に続く廊下に足を踏み入れたとき、なにかが背筋を駆けあがった。ごくごくかすかに、でもまちがいなく、シダーの香りがふっと立ちのぼったのだ。あらまあ、不思議なこともあるものね、と女王は胸のうちでつぶやいた。湿気に出迎えられるものと覚悟していたのに、八十年もまえの世界にあっという間にタイムスリップしてしまうとは。ジョージやシャーロットのことを考えていたせいかもしれなかった。そのせいで自分まで、急にいたずら好きな小さな子どもに戻ってしまったような気がするのだろうか？　すぐそばに妹のマーガレットがいるような気がするのも、長らく眠っていたはずのいたずら心が眼を覚まして急に騒ぎだしたのも、そのせい？

廊下を進み、両側の部屋をそれぞれのぞき込んでは、鼻孔をうごめかせ、そのほのかな香りの出所をさがした。やがて女王の嗅覚《きゅうかく》は、廊下の柱の陰に半分ほど隠れている、マホガニーの大きな衣装戸棚《ワードローブ》の存在を察知した。扉のひとつが、少しだけ開いていた。近づいてみると、扉に挿した鍵《かぎ》からくすんだ金色のタッセルがぶら下がっているのに気がついた。そうそう、そうでしたよ、と女王は声に出さずにつぶやいた。

時間という霧の彼方《かなた》から漂い流れてくる記憶は、一歩ずつ戸棚に近づくごとに明確な輪郭を取り戻していくようだった。この戸棚は、その昔、子ども部屋のそとに置かれていたものだった。しまいきれなくなった大人の衣類を収納するために、お母さま付きの主任衣装係《チーフ・ドレッサー》が選んだものだった。横幅が広くしっかりとした造りで、今でもつや光りするほど磨き込まれていたが、長く使われてきたために金具類にはところどころ赤い錆《さび》も浮き出ていた。旧友に挨拶《あいさつ》をするような気持ちで、女王はいちばん手前の扉に手を伸ばした。

扉のひとつが半開きになっていたので、なかは空っぽだということがわかった。内部の両側に張られた補強板は、横に長い棚板を支えるためにあとからつけられたものだろう。そう、たしかつい最近まで棚板を入れてリネン類の保管に使われていたはずなので、その重量に耐えられるよう後付けされたのだ。今ではその棚板も含めて付属物はなにもかも撤去され、いつでも移動させられるようになっている。おかげで却《かえ》って、女王の記憶にあるのとほぼ変わらない姿を取り戻していた。

忘れもしない、一九三六年の十二月、エドワード八世として王位に即《つ》いていたデイヴィッド伯父《おじ》さまが王冠を捨てると決めたことで、一家を挙げて居心地のいいピカデリーの家から、このだだっ広くて、寒々しくて、古ぼけたバッキンガム宮殿に移らなければならなくなった。家族の誰ひとりとして、そんな引っ越しなど望んではいなかった。とはいえ、お父さまは宮殿で働くことになってしまったわけだから、家族みんなで〝仕事場のうえ〟に住まなくてはならないの、とお母さまに諭されたものだ。幼いころは、バッキンガム宮殿というのは何本もの廊下がどこまでもどこまでも続いていて、赤いお仕着せ姿の従僕たちがずらりと並んでいるところ、という以外の印象はほとんどなかった。そんな従僕たちに見張られているような気がして、ちゃんとプリンセスらしくしなくては、とは思いながらも、どう振る舞えばいいものやらよくわからなくて戸惑いっぱなしだったのだ。それでも、この宮殿に住むのも悪いことばかりではなかった。かくれんぼをするにはこれ以上ない場所だったから。

その昔、この戸棚の右側には布袋をかぶせたお母さまの長い毛皮が掛けてあって、左側のハンガーラックには丁寧に巻かれたカシミアのショールがしまわれていた。まんなかにはミンクのジャケット、それにオペラ鑑賞のときにはおる長いコートがそれぞれ何着か掛けられていたから、戸棚の頑丈な底板のうえに立つと、その隙間にすっぽり身を隠すことができた。妹のマーガレットが衣服保管用のコットン地の袋のあいだに身を滑りこませながら、「リリベット、早く！」と囁《ささや》き声で急《せ》きたててきたことを覚えている。あの囁き声には抵抗できなくて、ついつい誘いに乗ってしまったことも。もちろん、そのまえにサンダルが汚れていないことを、ちゃんと確認したうえで。姉妹はふたりともまだ小柄でほっそりとしていたから、かけてある衣類を乱すことなく戸棚のなかに入り込むことができた。お母さまの夜会服やら小物やらのあいだに身を隠しながら、虫除《よ》けのために張られたシダーの板の強いにおいに混じってかすかにお母さまの香りがすることに気づくと嬉《うれ》しくなったものだった。

あれは十一歳ぐらいのころだから、マーガレットは六歳か七歳だったはずだ、と女王は思いをめぐらせた。あのかくれんぼの目的は、家庭教師のクローフィー（訳注：マリオン・クロフォード（一九〇九～一九八八）のこと。一九三二年からエリザベスとマーガレットの家庭教師を務めた人物）の眼から逃れるためだったが、彼女のほうは自分が姉妹の遊びにつきあわされていることなど、これっぽっちも気づいていなかった。悪いことをしている自覚はあった。見つかったらぜったいに叱られるだろう、ということも。だからこそ、あんなに胸がどきどきしたのだ。そう、クローフィーには気の毒なことをした。ふたりの名前を呼びたてるクローフィーの声が聞こえてくると、マーガレットは笑いをこらえようと肩を震わせていたものだ。

この戸棚を隠れ場所にしたのは、一度や二度ではなかった。最後にはいつも見つかってしまったし、一度はおしおきを受けたこともある。どんなおしおきだったかは忘れてしまったけれど——たぶん、お茶の時間におやつをもらえないとか、そんな類《たぐ》いの罰だったはずだ——マーガレットはおじけづいたりしなかった。おしおきなんて怖くない、だってこんなに愉しいんだもの、と言い切ったのだ。そして、実際そのとおりだった。その衣装戸棚《ワードローブ》が今、こうして空っぽの状態で眼のまえにある。そのことについて、女王は考えをめぐらせた——ということは、今ならなかに入ってみることもできなくはない。あれからずいぶん歳をとってしまったし、膝《ひざ》も思うようにいうことをきいてはくれないけれど、それでも……。

　そんなことを考えている自分に気づいて、思わず笑みが浮かんだ。それから、次に気がついたときには、自分でも心底あきれかえったことに、戸棚の床板に足を乗せようとしていた。ちょっと試しにやってみるだけ、とでもいうように。右側の閉じた扉に手をかけて、ぐぐっと押した。戸棚の底板までは、廊下からわずか十五センチほど。右足を底板まで持ちあげたとたん、膝が文句を言ってきたが、耳を貸さずに左足も底板に乗せ、両足を揃えた。その瞬間、マーガレットの存在を感じた。そしてお母さまの気配も。お母さま愛用のゲランの〈ルールブルー〉の柔らかな香りは、シダーの香りもろとも消えてしまっていたけれど。さっき、お母さまのにおいがしたような気がしたのは、文字どおり気のせいだったのだろう。

　戸棚のなかは暗くて暖かく、気持ちが安らいだ。一九五〇年代になると、今度は娘のアンがここでかくれんぼに興じるようになった——おしおきを意に介さなかったところまで親譲りだった。ここに隠れていると、ナルニアを思い出すの、とアンは言った。そう、たしかに、こうしていると、壁のすぐ向こうはナルニア国だと思うことができる。子どもだけが訪れることのできる神秘的な魔法の世界の存在を、とても身近に感じることができる。女王は戸棚の扉を半分ほど閉めると、ぴたりと動きを止めて、深々と息を吸い込んだ。あのまぼろしの残り香を求めて。ほんのちょっぴり身を屈《かが》めるだけで、今でも楽々戸棚の奥に身を収めることができた。戸棚自体が大きいせいもあるけれど、たまには――ものすごくたまにではあるけれど――一六〇センチに縮んでしまったこの背丈が有利に働くこともあるのだ。女王は心のなかで妹に挨拶をした。女王のこんな姿を見たら、マーガレットならきっとおなかを抱えて大笑いするにちがいなかった。

そのとき、不意に、わりと最近、まだ若いロシアの青年がこれよりもずっと小さな衣装戸棚《クロゼット》のなかで遺体で発見されるという痛ましい事件があったことを思い出した。とたんに、そとに出たくてたまらなくなった。用心のため身体の向きを変え、後ろ向きになってそろそろと底板から降りようとしたそのとき、廊下の先の階段のほうから人の話し声が聞こえてきた。あわせて、こちらに向かってぐんぐん近づいてくる、ふたり分の足音も。

どうしよう？

もちろん、平静を保ってこのままそとに出て、なにごともなかったような顔をすべきである。それが最善手であることはまちがいないが、とはいえ、言うほど簡単なことではなかった。戸棚の底板と廊下のあいだの十五センチ分の段差を這《は》いおりるのは、よじのぼるよりも難しそうだった。それに、家具のなかからお尻《しり》が突き出てきたかと思うと、一国の君主がよたよたと這い出してくるところを、そんな威厳のかけらもない姿を、職員に見せてしまっていいものだろうか？　だめだめ。もちろん、だめに決まっている。

　近づいてくるふたりは、戸棚まであとほんの数歩の距離に迫っていた。女王は半開きにしておいた扉をもう少しだけ閉じた。扉の隙間は十五センチほど。廊下を歩いてくるふたりが眼を向ければ、女王がいることに気づいてしまうかもしれないが、衣装戸棚《ワードローブ》のなかに君主がいるかもしれないと思ってのぞく者など……大丈夫、いるわけがない。

　それでも気が気ではなかった。ふたりの足音がとまり、それからすぐそばの寝室のドアを開ける音がした。ドアを開けたものの、ふたりはなかには入らずに戸口のところで話をつづけている。女王の膝は悲鳴をあげはじめていたが、もうしばらくこのなかで待つしかなさそうだった。

　ふたりは声を落とした。今しがたまではスコットランドに移動する準備のことを、賑《にぎ》やかに、賑やかすぎるぐらい声高にしゃべりあっていたのだが……衣擦《きぬず》れのような音がして、雰囲気ががらりと変わった。どちらの声も、あたりをはばかるようなひそひそ声になった。

「ここに三人分あるから。ひとりは二週間以内に、そのあと残りのふたりを、あの女にやらせるように。タイミングは？」

「心得てますよ、もちろん。このあいだも言われたし。あんまり馬鹿にしないでくださいよ」

「では、前回と同じやり方で」

「まずまず合格点じゃないですか、あの働きぶりなら。今のところ文句を言ってきたこともないし。ただ、内心では死ぬほどいやがってるだろうけど」

「あの女の気持ちにまで配慮するとでも？」

ふてくされたような声で「まさかね」。

「わかってるなら、言われたとおりに進めればいい。それと、この件に関してひと言でも口外したら……」凄《すご》みをきかせたことばのあとに、しばしの沈黙がつづいた。「では、これで――ここはどうも気味が悪い」

ふたりは廊下を引き返していった。廊下のはずれのドアが閉まる音がするのを待って、女王は隠れていた場所からよたよたと這い出すと、その場で前かがみになって激痛のあまり悲鳴をあげている膝をさすった。これが十一歳のころなら、手に汗握る展開に身体が震えるほどわくわくしていただろうけれど、九十歳になる身としては、もう少し理性を働かせて判断するべきだったのだ。膝の痛みがおさまるのを待ちながら、先ほど聞こえてきた会話を思い返した。

あれは……男性同士の会話？　それとも、ひとりは声のかすれた年嵩《としかさ》の女性？　いったいなにをこそこそ企《たくら》んでいるのか？　場合によっては調べてみる必要が出てくるかもしれなかった。

しばらくして、女王は犬たちの待つ階下の部屋に引きあげるため、足を引きずりながら歩きだした。どうにか威厳を取りつくろってはみたものの、その努力は差しあたり、あまり成功しているようにも思えなかった。

6

お茶のテーブルに着いていたところに、近習《きんじゅ》から、秘書官補がひと言お伝えしたいことがあると面会を求めている、と耳打ちされた。めったにあることではなかった。女王は、まだひと口しか手をつけていないチョコレートビスケットケーキを、いささか未練がましく眺めた。このケーキは、食べ始めるとフォークが止まらなくなってしまうのだ。「通してちょうだい」ととりあえずそう答えたものの、秘書官補の言うひと言があまり長引かないことを願った。

「すぐにお知らせすべきかと思ったもので」とロージーは言った。「陛下の絵が行方不明になった経緯がわかったかもしれません。少なくとも、行方不明になった時期については特定できたと思います」

なるほど、それならお茶の時間を中断してでも耳を傾ける価値はありそうだった。

「それは興味をそそられますね。聞かせてちょうだい」

ロージーは、午前中にステーブル・ヤードのロイヤル・コレクション・トラストに足を運び、記録簿に残されていたメモを見つけたことを話した。「よく見ると、〝Ｒｅｆｕｒｂ'86〟と書かれているようでした。なにかお心当たりは？」

女王はしばらくのあいだ考えを巡らせた。「いいえ、これといってなにも。あとで考えてみましょう。つづけてちょうだい」

「運営部の職員数人に確認したところ、八六年に陛下の私室で小規模な改装作業《refurbishment》があったそうです。話を聞いた職員たちがまだこちらで働いていなかったころのことです——なにせ三十年もまえのことなので。ですが、この件については引き続き調べてみるつもりです。役に立ちそうな情報が得られた場合、すぐにご報告いたします」

「ありがとう、ロージー」

ロージーが退出するのを待って、女王はチョコレートビスケットケーキをもうひと口頬張り、一九八六年の記憶を手繰りよせようとした。あの年だと、どこでなにをしていたのだったか……

……別の年の記憶と入り混じっている部分はあるにしても、寝室の改装が行われたのなら覚えているはずだった。改装中はとにかく不便だったはずだから。不便な思いをしたという明確な記憶がないということは、女王がバルモラル城に滞在しているあいだに終わらせてくれたのかもしれない。とは思ったものの、どうも釈然としなかった。ハイランド滞在中でないとすると……

……ああ、なるほど。もっと遠くね、と女王は胸のうちでつぶやいた。国を離れていた可能性はある。あの当時、スコットランド以外に訪れた都市はアカプルコか、オスロだと思うけれど。

はてさて、一九八六年にはどこへ行ったのだったか。

女王はｉＰａｄで自分自身を検索してみた。そのほうが、しかるべき部署に電話をかけてしかるべき相手に尋ねるよりも、はるかに手っ取り早いからである。

そう、そうだった。検索結果で記憶が甦《よみがえ》った。その年、女王は中国を訪れていた。とても重要な外遊だった。一九九七年に迫った香港返還に向けた準備のために、彼《か》の地に赴いたのだ。兵馬俑《へいばよう》の発掘現場まで足を運び、中国政府の要人をもてなすためブリタニア号で宴《うたげ》を開き、そのあとフィリップとともに、あのロイヤル・ヨットで広州《こうしゅう》から香港まで珠江《しゅこう》をくだった。川岸で早朝から太極拳《たいきょくけん》の練習をする地元の人々の姿は美しく、とてものどかな光景だった。香港のヴィクトリア・ハーバー停泊中に、ちょっとした謎解きをすることにもなった。そう、当時の女王付き秘書官補、メアリ・パージターが大いに手を貸してくれたのだった。ちょうど今のロージーのように。

　あまりにも多忙だったのだ、あのころは。あまりにも多忙で、自分の住まいの日常的なあれこれをひとつひとつ気に留めている余裕がなかったのだ。王室の設備管理や営繕を担う部門がちょっとした〝改装〟が必要なところに手を入れたのは、ちょうどその外遊の時期だったものと思われた。外遊から戻ったとき、どの部屋も以前と変わってはいなかった。少なくともそう見えた。慣れ親しんだ淡い緑の壁の色合いはそのままに、幅木やチェアレールの傷みが少し目立たなくなったような気がするぐらいで。

　そして、女王の寝室の向かいの壁にかかっていたはずの絵画が一点、なくなっていたのだ。そうそう、まちがいない。あれ以降、あの絵を見ていない――一九八六年ということは、女王が予想していたよりも五年ばかりまえのことになる。絵が取りはずされたことに気づいたあと、その場所にはとりあえず、テレンス・クーネオの手になる庭園風景のスケッチ画を飾ることにした。彼のトレードマークのネズミ（訳注：クーネオは一九五四年以降、作品に小さなネズミを描き込んだことで有名）も描き込まれていて、とびきり素晴らしい作品だったけれど、あの絵の代わりにはならない。

　そのスケッチ画は今も同じ場所に飾られている。あれから三十年……。時間というものは、あるときには飛ぶように過ぎ、またあるときにはのろのろとしか流れない。お茶の時間が待ち遠しくてたまらない日もあれば、瞬きをするあいだに五年が過ぎてしまうこともあるのだ。

そのころロージーは、落ち着かない気持ちになっていた。ランチタイムのときのメアリ・ヴァン・レネンとあのシンシア・ハリスという家政婦《ハウスキーパー》のことが気になって、もう少し詳しい事情を知りたかったのだ。情報源なら心当たりがあるのだが……。

八ヶ月まえに秘書官補として働きはじめたとき、手頃な賃料で借りられるフラットが近くで見つかるまでの仮住まいとして、バッキンガム宮殿の部屋を貸与してもらえることになった。割り当てられたのはウェスト・ウィングの最上階の屋根裏区画で、裁縫室のうえの部屋だった。選択肢は三部屋、どの部屋もとにかく狭くて、夏には暑くて息が詰まりそうになるし、冬場は凍えるほど寒いうえに、天井やら壁やらを配管が伝い放題で、それがまた夜のあいだもひっきりなしに、ガタガタいったりゴボゴボいったりゴンゴンいったり、それはまあ賑やかなのだ。浴室については、サンドハースト王立陸軍士官学校の学生の身分だったときでも今より広い浴室に恵まれていた、と言えば充分だろう。それでも、この部屋の窓からはいくつもの庭園を望むことができるし、木《こ》の間《ま》越しにセント・ジェームズ・パークの池も顔をのぞかせている。眺めるたびに思わずうっとりしてしまう光景なのだ。それにロージーが育ったのは、母、父、妹のパワフルでエネルギッシュな四人家族で、しかもそこに従兄弟《いとこ》たちがひっきりなしに出入りしていた。四六時中なんらかの物音が聞こえる環境が苦にならないのは、そのせいかもしれなかった。おまけになんと言っても家賃も手頃だったし。そんなこんなで結局、ロージーはいまだに転居先を見つけられずに、仮住まいのつもりのその部屋で寝起きしているのだ。

　午後七時四十五分、遠慮がちなノックの音が聞こえた。タイミングをはかって部屋に戻ってきていたのは、そのためだった。毎日このくらいの時刻にメイドがやって来て、各部屋の在不在と、新しいタオルやベッドリネンが足りているかどうかを確認することになっている。ロージーの部屋がある区画を担当しているのはルル・アランテスという女性で、その手のことにはいたって疎いサー・サイモンとはくらべものにならないぐらい、職員たちのあいだのゴシップに通じている人物だった。

　ロージーは元気よく応《こた》えた――「どうぞ！」ドアが開いて、戸口のところからルルがひょいと顔をのぞかせた。

「こんばんは、キャプテン・オショーディ」

「こんばんは、ルル。肩はどう？」

　ルルは左手でお仕着せに包まれた右の腕をさすった。「痛いなんてもんじゃないのよ。あいかわらず鎮痛剤のお世話になってはいるんだけど、ここまでしかあがらなくて――ほら」そう言って右腕を曲げたまま鎖骨のあたりまで持ちあげると、顔をしかめてまたおろした。「それでも、足首のほうは、まあまあおさまってきたかな。おかげさまで、〝ずきずき〟が〝しくしく〟程度になってきてるし」

　ロージーが驚いてしまうのは、ルルがメイドという身体が資本といってもいい仕事をしているにもかかわらず、いつもどこかしら痛いところを抱えていることだった。それでも、エネルギーの塊のような人なので、それを口実に仕事を休むことはなかった。顔をしかめ、足を引きずりながらも、決められた仕事を次から次へとこなしている。

「だけど、無理しちゃだめだよ、体重がかかるとこなんだからね」ロージーは言った。「あのね、じつは……ひとつ訊《き》いてもいい？　今日、ある家政婦《ハウスキーパー》と顔をあわせたんだけど、その人のこと、あなたなら知ってるんじゃないかなあ、と思って。ちょっと気になったの、現場の仕事をするには歳をとりすぎてるように見えたし、それに――」

「ああ、シンシア・ハリスとご対面しちゃったのね。それはお気の毒さま」

　ルルは背後の廊下にちらりと眼をやり、気配をうかがってから、部屋のなかに入ってきてドアを閉め、そこにもたれかかって左手で右腕をそっと胸元に抱え込んだ。情報源から最大限に情報を引き出すため、ロージーは事前に答えやすそうな質問をいくつか考えておいたのだが、どうやらそんな〝呼び水〟は必要なさそうだった。

「今まで顔をあわせたことがなかったってほうが意外だわ」とルルは言った。「ああいうのを、根性悪って言うのよ。でね、その根性悪なんだけど、なんと、カビが生えるぐらい昔からここで働いてるわけ。女王陛下の寝室の担当から始めて、少しずつのしあがっていったんだけど、そのうち、おいしい仕事は全部あの人のとこにいくようになっちゃって。本当は三年まえに定年退職することになってたの。みんな大歓《おおよろこ》びよ、お金を出し合って退職のプレゼントまで用意してたんだから。あんなことにさえならなければ……ってなにがあったと思う？　後任としてやって来た人はいい人だったのよ。みんな、彼女のことが気に入ってた。人柄もいいし、どんなに忙しくてもかっかしないし、仕事もできたし……それなのに、そんな人が辞めなきゃならなくなったのよ。適切な対処を怠ったってことで」

「怠ったって……どういうこと？」

「国賓をお迎えするとなると、たいていの場合はベルジアン・スイート（訳注：バッキンガム宮殿のウェスト・ウィングにあるスイートルーム。オーリンズ・ベッドルーム（主賓のベッドルーム）、スパニッシュ・ルーム（主賓の子どもたちのベッドルーム、子どもたちがいない場合はドレッシングルーム）などの三つの部屋からなる）を用意するでしょ？　最大の理由は、どうやらそのときに見逃しがあったみたい。陛下のチェックもいちだんと厳しいじゃない？　それは、まあ、当然と言えば当然のことなんだけど……どうやら、陛下を満足させることができるのは、シンシア・ハリスだけらしいのよ。そんなこんなで、その後任はお払い箱になっちゃって、その後釜《あとがま》に抜擢《ばってき》されたのがソランジュ・シンプソンだった。大がつくほどのベテランだし、もちろん仕事もできるし、プロ意識が服を着て歩いてるような人よ。ソランジュ・シンプソンには、ええと……そうか、会ったことないのね。ともかく彼女が後任ってことになって、その翌年、メキシコの大統領がここに滞在することになった。で、彼女がベルジアン・スイートを準備することになったんだけど、やっぱり駄目だった。当人はなにもかも引き継ぎを受けたときのメモどおりにやったって言ってたし、そのことばどおりなんだとあたしも思ってる——でも、そもそもの引き継ぎのメモがどこまで正確だったかなんて、誰にもわからない、でしょ？　あたしとしては、その点を追及したいわ。そのあとのことは全部話すと長いから端折《はしょ》るけど、ソランジュを後釜に据えるために積極的に動いた人事部の男性が、気の毒なことに馘首《くび》になって、シンシア・ハリスが返り咲いたってわけ。家政官たっての要望ってことで。『一時的な措置として』って話だったけど。家政部のお偉いさんたちだって知らないわけじゃないのよ、あの女が天下御免の嫌われ者だってこと」

「あんまりよね、そんなの」

「で、それからどうなったと思う？　以前のとおり、なんの問題も起こらなくなったの。中国の国家主席が滞在したときも――それって、はっきり言って、めちゃくちゃ一大事じゃない？　だけど――陛下はすこぶるご満悦で、シンシアはお褒めのことばをいただいた。で、それから一年近くになるけど、いまだにのうのうと居坐《いすわ》ってるの。自分の代わりが務まる者なんているわけないって顔して。いったいいつまで粘るつもりなんだか」

「実際のところ、どういう人なの？　どうしてそこまで嫌われてるの？」

「当人に会ったんでしょ、どう思った？」ルルは腕を組み、顔をしかめ、腕をほどいて両手を腰に当てた。

　ロージーは溜《た》め息をついて言った。「うん、ある人に辛《つら》く当たってた」

「そうそう、そういう人なの。そのある人って、手許《てもと》金会計官事務局のメアリじゃない？」

「それは言えない」

「でも、当たり、でしょ？　シンシアはいつだって、うえの人間に取り入ろうとするから。シンシアが言うところの〝雲のうえの人〟にね。メアリに近づいたのも、箔《はく》がつくと思ったからよ。〝あたし、サー・ジェームズ・エリントンのところで働いてる人と知りあいなんだからね〟

って顔ができるじゃない？　最初のうちは、いい人面して接近するのよ。その気になれば感じよく振るまうこともできるから。だけど、いったん網にかかったら、あとはちくちくいじめるのよ。相手がへどもどするのを眺めて愉《たの》しむの。メアリも気の毒に――おまけに、あんなメッセージまで送りつけられて」

「メッセージって、どういう？」ロージーとしては、あの場でメアリを問い詰める気にはなれなかったが、友人の窮状をもう少し具体的に知りたいと思っていたのだ。

「おや、聞いてないんだ？　こう言っちゃなんだけど、秘書室が知らないなんて意外もいいとこ。ええと、どこまで話してたっけ……ああ、そうそう。はじめのうちは〈フェイスブック〉でメッセージを送ってきてたらしいの。誰だかわからなかったけど、とりあえずメアリはそいつをブロックした。そしたら、今度は小さく折りたたんだ手紙が見つかるようになったの。着てるものから。ジャケットのポケットとかから。ねっ、めちゃくちゃ気持ち悪いでしょ？　メアリは通勤中のバスに乗ってるあいだに入れられるんじゃないかって思ったのね、それでバスをやめて自転車で通うことにした。それでもまだ、手紙攻撃はやまなかった」

「その手紙だけど、なんて書いてあったの？　ジャケットのポケットとかから見つかったのには」

　ルルはひょいと肩をすくめ、そこでまた顔をしかめた。「よくあるやつよ。尻軽《しりがる》だのあばずれだの、そういういかにも男が言いそうなこと。わかるでしょ？」と言われても、個人的にその手の経験のないロージーには、さっぱりわからなかったが、ルルはそれで通じたものと思ったようだった。「それから、これこれこういう目に遭わせてやるとか、そうさせるのはおまえだ、とかも。おまえのことを監視してるとか、あとを尾《つ》けてる、とかも書いてあったって」

「どうしてそこまで知ってるの？　メアリとは仲がいいんだっけ？」

「誰が？　あたしのこと？　やだ、ご当人とは話をしたこともないわよ」とルルは言った。「全部〈ワッツアップ〉で仕入れたの。ここじゃ、どんなことだって筒抜けよ、全職員が知ることになるの。って、もちろん、会計長官のサー・ジェームズと秘書官のサー・サイモンはのぞいてって意味よ。だって、いいことないじゃない、あのふたりに知られたりしたら？」

　ルルはロージーに向かって愛嬌《あいきょう》たっぷりに笑みを浮かべた。女同士なんだから、この程度のおしゃべりは当たり前でしょ、とでも言うように。ひょっとしたらその一部なりともロージーがサー・サイモンに伝えてしまうかもしれない、とはこれっぽっちも思っていないようだった。ロージーにしてみれば、それがありがたかった。守れそうにない約束を求められずにすんだのだから。

　廊下の時計が鳴って正時になったことを知らせた。それでルルも、そろそろ仕事に戻ったほうがよさそうだと気づいたようだった。

「警察はメアリの言うことにろくすっぽ耳を貸さなかったらしい」廊下に置いてきたワゴンに戻るまえにルルは戸口のところで足を止め、思い出したことをつけくわえると、警察の対応への不満を隠そうともしないで唇を尖《とが》らせた。

「メアリも、警察の対応には不満があるみたいだった」ロージーも言った。

「わかってないのよ、あの連中。あたしの義理の姉の従妹《いとこ》のときもそうだったもの。別れただんなに六年もつきまとわれて精神的に追い詰められちゃって。しかも最後にはなんとその男に殺されちゃったんだから」

「そんな！」

「そうなの、ひどい話なのよ。ハンマーで殴り殺されたんだから。自宅の玄関から数メートルと離れていないところで。おまえのせいだ、おまえがおれをここまで追い込んだんだって言ったらしいけど、だんなとは丸々五年間、ただのひと言もしゃべってないのよ。接近禁止命令も出してもらってたし。でも、当然ながら駄目なのよ、そんな程度じゃ。なんの抑止力にもなりゃしないってこと。それじゃ、使用済みのタオルは預かってくね。うん、またね」

「ちょっとお耳に入れておいたほうがよさそうなことがあります」翌朝、ロージーはサー・サイモンに言った。「サー・ジェームズの秘書の……メアリのことなんですが。はい、サー・ジェームズに辞表を提出したという……じつはストーカー被害に遭っているんです。尾けまわされたり、不愉快なメッセージを送りつけられたり。そのうえ、年配のとある家政婦《ハウスキーパー》にいじめられているというか、意地悪されているというか。あれでは、辞めたくなるのも無理はありません」

サー・サイモンは眉《まゆ》をひそめた。「ミセス・ハリスのことだね？」

「では、ご存じなんですね」

「ああ、いい話は聞こえてこない。本当なら数年前に定年退職するはずだったんだがね」

「はい、ですが、家政官のたってのご要望で復帰したと聞きました」いいとは思っていないことを言外ににじませながら、ロージーは言った。「家政官にもご報告すべきでしょうか？」

目下の王室家政官はマイク・グリーンで、サー・ジェームズ、サー・サイモンとともに、ときに共和制ローマ末期の三頭政治になぞらえて、王室内の三執政《トゥライアムヴィレイト》と呼ばれ、三羽烏よろしく陛下をお支えしている。サー・ジェームズの執務室にも近いサウス・ウィングの執務室では、仕事でミスをやらかした使用人が呼び出され、〝コーヒー抜きの立ちっぱなしミーティング〟――事情通のあいだでは〝叱責《しっせき》という名の弾劾裁判〟――が連日開催されている、と言われている。

王室家政官は、シェフや近習《きんじゅ》やランドリーメイドから、ワインセラーの管理人、フローリスト、家具磨き《フレンチポリッシュ》の職人にいたるまで、女王のすべての城と屋敷で働く家事使用人を統括する立場にある。マイク・グリーンは王立空軍《ロイヤル・エアフォース》で少将まで昇進したつわものだが、その空軍時代にはパーティーの名ホストとして鳴らした人物でもあった。それはイギリス王室では重宝される能力だった。なにしろ、毎年、園遊会の客人を含めて十万人に近い人々をバッキンガム宮殿でもてなすのだから。おまけにこの秋には大規模改修計画という王室の運命を決する重大提議がなされるので、立場上その掩護《えんご》射撃も期待されている。そんなわけなので、シンシア・ハリスどころではない、と言われても、ロージーとしては意外でもなんでもなかった。

ところが、家政官のレーダー網に引っかかってはいたのだ。

「意外に思うだろうが、マイクも気づいていないわけではないんだ」サー・サイモンは両腕を頭のうしろにやってひとつ大きく伸びをしながら言った。「あの家政婦《ハウスキーパー》は眼のうえのたんこぶだ。ところが、陛下はミセス・ハリスをご贔屓《ひいき》でね。どういうわけか重用していらっしゃる。ご覧になったことがないからだな、あの底意地の悪い厭《いや》みな一面を」

「どうして誰もそういうことを陛下のお耳に入れないんでしょうか？」

　サー・サイモンは姿勢を正し、ロージーを鋭く見据えた。「職員間のいざこざで〝ボス〟をわずらわせるのは、王室の職員としての本分に悖《もと》ることだろう？　われわれのあいだでなんとかするのも、われわれの仕事のうちだ。それもできないようでは給料泥棒に成り下がってしまう。今回の件については、家政官がなんとかするべき事柄だ。だから、マイクもあれこれやってはみているところなんだが、これがどうも一筋縄ではいかなくてね」

「とおっしゃると？」

「なにしろ人事に関することだろう？　もろもろの事務手続きも含めて、えらく込み入っているというか、いろいろと面倒でね。それに――これはここだけの話として聞いてくれ――ミセス・ハリス自身もかなり悪質な嫌がらせの手紙を送りつけられていてね。そんな状況で厄介払いしようものなら、あの女のことだ、弁護士を雇いかねん。そういうタイプじゃないかね？」

「でも、おことばを返すようですが、彼女はメアリ・ヴァン・レネンをいじめています」

「さもありなん、だな。だとしても、ミセス・ハリスに対する攻撃はとりわけひどい。じつを言うと、ミセス・ハリスとメアリだけじゃないんだ。このところ、中傷を目的とした手紙やらメッセージやらが大量発生中でね。あっちでもこっちでも被害が出てるもんだから、マイクもすっかりおかんむりだ」

「陛下には？」ロージーは驚愕《きょうがく》していた。そんなとんでもないことになっていたとは。「陛下には家政官からお伝えすることに？」

「まさか」

サー・サイモンは立ちあがって背筋をしゃんと伸ばし――それでも、ヒールを履くと一八〇センチを越えるロージーには敵《かな》わなかったが――そこでまたロージーを厳しく見据えた。「この手の不愉快な出来事をシャットアウトして、陛下をお守りするのもわれわれの仕事だということを忘れないように。マイクが黒幕探しに乗り出したから、じきに犯人も見つかるだろう。見つかったら、もちろんしかるべき処罰がくだされることになる。ロージー、きみには言うまでもないことだと思うが、問題を解決するのがわれわれに課された役目だ」

「はい、ですが――」

「〝ですが〟は不要。いいかね、きみから陛下のお耳に入れるのも許されないことと心得るように。陛下はきみとは気があうらしい。それは承知しているよ。傍《はた》で見ていてもよくわかる。だとしても、この件は周囲に及ぼす影響が小さくないうえに、個人のプライヴァシーにかかわることでもあるから、扱いには慎重になるべき事柄だ。たった今きみに話してしまったことでさえ、わたしとしてはいささか後悔しているぐらいだ。この場で約束してほしい、陛下のお耳には決して入れないと」

詰め寄られるような口調に、ロージーはいくらかうろたえた。そんなふうにサー・サイモンの堅苦しい一面を見せられることは、普段はめったにないからだった。犬に詳しい職員からは、サー・サイモンのふだんの物腰は人懐っこいビーグル犬みたい、と評されてもいる。おかげで仕事上の関係はきわめて良好だった。それでも必要とあらば、視線ひとつで大使を黙らせ、たった二分間の電話で気難し屋の大臣も懐柔してしまう、それがサー・サイモン・ホルクロフトなのだ。そのサー・サイモンがたった今、情け容赦なく権威を振りかざした。士官候補生として訓練を受けていたサンドハーストでロージーをしごきにしごいた鬼の曹長さながらに。

「お約束します」しぶしぶながらも、そう答えるしかなかった。

「ありがとう。ついでにもうひと言、わたしの眼の届かないところにいるからといって、ばれやしない、とは思わないように」

ロージーはまもなく、女王に同行してバルモラル城に移動する職員の第一陣に交じって、ロンドンを離れることになっていた。サー・サイモンは二週間をトスカーナで過ごしたあとは、ロンドンに戻り、ホワイトホールとウェストミンスター方面の動きに眼を光らせることになる。新首相が組閣に着手し、ブレグジットをめぐる国民投票の結果にもなんらかの対応を示すものと思われるからだった。表面的には平穏に見えなくもないが、そのしたで地獄の門が今にも開こうとしているのかもしれない。であるなら、地面にぴたりと耳を押し当てて、地獄の底から洩《も》れてくる悲鳴を聞き取り、その意味するところの理解に最大限努めるのも、女王付き秘書官たる者の職務ではないか。少なくとも、サー・サイモンはそう思っていた。

7

ハイランドで過ごす一ヶ月間は心弾むものだった。この土地にいると、飾り気がなく、堅実な考え方をする人たちに囲まれていると感じる――スコットランド人はイングランド人《サセナック》よりも、足が地についているということだろう、と女王は思う。そしてそんな土地での生活にすっかり溶けこんでいることを実感していた。ハイランドでの滞在先であるバルモラル城は、花崗岩《かこうがん》の壁にゴシック風の小塔を配し、見た目にはなにやら厳《いか》めしい雰囲気をかもしだしてはいるが、周囲にいくつもの庭があるおかげで自然を愛《め》でながら、ゆったりと心地よい時間を過ごすことのできる場所だった。

バッキンガム宮殿では、なにごとにつけても大勢の人の手を借りなければ円滑に進められないシステムができあがっていることもあって、万事使用人に頼らざるをえない。ところが、ここバルモラル城では、女王も乗馬をするときには自らの手で馬装もするし、ランドローバーを自ら運転してドライブにも出かける。天気に恵まれた日には、その場の思いつきで、家族の者たちに声をかけ、みんなしてピクニックに繰り出すこともできる。とくにこの八月は、タータンチェックのカーペットを敷いた書斎に陣取り、オリンピックの放送に釘《くぎ》づけになって過ごすこともできた。一緒に観戦したいという者がいれば書斎に快く迎え入れた。肘掛《ひじか》け椅子に坐《すわ》って、障害馬術のニック・スケルトンや馬場馬術のシャーロット・デュジャルダンに声が嗄《か》れるまで声援を送りつづけた。それはもう、じつに愉快な時間だった。ただひとつ気がかりなのが、ホリーのことだった。犬で言えばかなり高齢のコーギーのホリーは、食べ物にも散歩にも日に日に興味を失っていくようだった。女王は忠実なるこの友から片時も眼を離すことなく、選《え》りすぐりのドッグフードを与え、自然の摂理やこれまでの経験には敢《あ》えて眼をつむり、かつての元気をいくらかでも取り戻してくれることだけを祈りつづけた。

　気がつくと、いつの間にか八月も残り少なくなり、恒例の首相のバルモラル訪問が迫っていた。女王にとっては、それもまた、ひとつの懸念材料だった。

「キャメロンはこの国をめちゃくちゃにしたかも知れないけれど」バーベキューの席で愚痴交じりにフィリップにこぼした。「少なくとも社交家で親しみが持てたわ。でも、新しい首相は、そういうタイプの人ではないような気がするの」

　ソーセージからもうもうとあがる煙越しに、フィリップがうなずくのが見えた。「ついでに、キャメロンのかみさんは、あのサマンサだった。いや、憎めない女性だよ、彼女は。なんせ見目麗しいし、マナーも申し分なかったし、なにかと言うとすぐに笑いくずれるところがまたチャーミングだった。今度の首相のとっておきの隠し芸は、ヒョウ柄の靴を履いてみせることかもしれんな。どうするね、そんなことになったら？」

　女王は夫のほうを見ると、にこりともしないで言ってのけた。「ストリップポーカーでもしようかしら？」

　フィリップは盛大に笑い声をあげ、笑いすぎて最後には咳《せ》き込む始末だった。

　だが、それで問題が解決したわけではなかった。イギリスではふたりめとなる女性首相は、ひとりめによく似て、狩りもしなければ、釣りもしないし、とりたてて動物が好きというわけでもなかった。当意即妙の会話の才能を発揮するわけでもなく、優雅なダンスを披露することもない。イギリスの第七十六代首相、テリーザ・メイについて話題になるのは、カラフルな靴と警察への強気な態度と、あとはうんざりするほど繰り返されているあの発言、『ブレグジットはブレグジットです』ぐらいしかない。彼女の人となりを知るには、どれも役に立たない情報ばかりだった。サー・サイモンによると、好んで散歩をするとのこと。斯《か》くなるうえは、ひたすら一緒に歩きまわるしかなさそうだった。

バルモラル滞在の最初の四週間が過ぎ、女王の傍らにはロージーに代わってサー・サイモンが仕えることとなった。ロージーは目下のところ決まった交際相手がいるわけではなかったが、だからといって家に引きこもって隠遁《いんとん》生活を送っているわけではなく、ある侍従武官と〝カジュアルなつきあい〟をするようになったところ、彼の家族がカリブ海にコテッジを持っていることがわかった。というわけでロージーも、ビーチサイドのバーでピニャ・コラーダを愉《たの》しみ、星空のしたで演奏される音楽にひたり、蒸し暑い熱帯で最高の二週間を満喫したのだった。

仕事に戻ってからは、週末のたびにそこかしこの政府高官のカントリー・ハウスを渡り歩くことになった。あるときには閣外大臣とサーモンのパイ包みに舌鼓を打ち、またあるときには政府顧問と鴨狩りに出かけつつ、ブレグジット後の世界がどうなるかについて、できる限り情報を集めようとしていたのである。そうやって聞き知ったことは、もちろんスコットランドのサー・サイモンに報告していた。ところが、そうやって話を聞けば聞くほど、よくわからなくなった。ただひとつ、ほんとうのところは誰にもわかっていないにもかかわらず、誰もが自分以外の誰かがその話題を持ちだすなり、待ってましたとばかり嬉々《きき》として議論に加わる、ということだけはよくわかった。

ブリタニア号の絵についても、各方面の宮殿関係者に尋ねてまわってはみたものの、進展はほとんどなかった。ロージーにとっては、それよりもメアリ・ヴァン・レネンの精神状態のほうが気がかりだった。メアリは辞表を出したあとも、実際に退職できる日を待ちながら勤務をつづけてはいたが――なにしろ、会計長官のサー・ジェームズ・エリントンは、彼女なしでは仕事が回らないと言っているとかで――以前の彼女の影のようになってしまっているのだ。例の〝付け文〟こそなくなったが、メアリに言わせれば、それは極力ひとりきりにならないようにしているからに過ぎないとのこと。通勤には友人たちが順番に付き添い、個人的な外出はほとんどしない生活だという。以前のように人づきあいを愉しむことはもう考えられない、と言っているのだ。

チケットを買い求めて宮殿の公式諸間《ステート・アパートメンツ》をぞろぞろと通過していく観光客は、この夏のあいだに五十万人にもおよんだが、ロージーはそんな混雑を賢くかわし、毎日、夕方になるとメアリと連れ立って宮殿のプールで泳ぐことにしていた。提案したのはロージーだった。鬱々《うつうつ》とふさぎ込む友人を見て、ロージーなりに考えた気晴らしが宮殿のプールでひと泳ぎすることだったのである。まずはふたりでおしゃべりをしながらゆっくりしたペースの平泳ぎで何往復かしたあと、メアリはプールサイドの籐《とう》椅子に引きあげ、ペースアップしたロージーが自己ベストの更新を狙って、長い手足をのびやかに水に乗せ、猛然と水を掻《か》いて進む姿を眺める。ときどき、たまたま一緒になった男の職員がロージーに一勝負持ちかけることもあったが、たいていの場合、もちかけた側が後悔する結果となり、ロージーとしてはじつに痛快だった。

「あのキトゥン・ヒールとかいう細くて尖《とん》がったヒールの靴を履いてこなかったのは、賢明な判断だったと思うよ」何台かのランドローバーに分乗してきた一行がどやどやと車をおり、丘をのぼりはじめたタイミングで、フィリップはさっそくお得意のジョークを見舞った。

テリーザ・メイ首相はこわばった笑みで応じた。政治家には話題作りのための戦略というものが必要不可欠だし、そもそも、靴に注目が集まることは恥じるべきことでもなんでもない、と思っている。いや、むしろ誇っていると言ってもよかった。内務大臣を務めていたときには、演説をすると翌日の新聞各紙の一面に靴の写真が載ることがお約束となっていた。たとえ、演説の内容については、ただのひと言も言及されることがなくとも。そう、保守党を支えるという意味において、靴が果たした役割は決して小さくない。とはいえ、テリーザ・メイのアピールポイントはキトゥン・ヒールだけではないわけだし、エディンバラ公の口ぶりからして、こんなふうに靴をネタにからかわれたことには、ここでやんわりとでも異議を唱えておくべきなのかもしれない。

「じつは履いてこようかとも思ったんです」と負けん気の強さを発揮して、テリーザは言った。

「ですが、このバブアーのオイルドジャケットには合わないだろうと思いまして」
エディンバラ公は呵々《かか》大笑し、それまでよりも親しみの感じられる視線を向けてきた。ふたりはお供の者たちを率いてアカマツとカラマツのあいだの小道をのぼり、ヴィクトリア女王の子どもたちの結婚を記念して建立された石塚をふたつほど通り過ぎた。整然と積みあげられた石の小山を前にしたときの感想としてふさわしいことばは、それほどたくさんあるわけではない。テリーザは差しあたってそれを口にした。あとは言うべきことばが見つからなかったが、ありがたいことに小道をのぼる目的は、その石塚ではなく、この先の丘のてっぺんから眺める景色のほうだった。

絶景とはこのことだ、とテリーザは思った。九月の高く晴れ渡った青空、すいすいと流れていく白い雲。眼路《めじ》の限り、草の斜面と高さの不揃いな木立とがだんだら模様のように繰り返され、はるか遠くの丘陵地帯に吸い込まれていく。地平線に近づくにつれ、暗緑色から青紫色へのグラデーションを見せながら。眼のまえに拡がる、見るからに柔らかそうな早緑《さみどり》の草地はアルプスの草原のようだった。『サウンド・オブ・ミュージック』のマリアの姿が浮かんできて、思わず腕を拡げ、駆け抜けたい衝動に駆られた。

「この丘の小道は、殿下のお気に入りのお散歩コースなのではありませんか？」傍らのエディンバラ公にそう言ってみたが、返事はなく、すぐ隣を歩いていたはずの殿下の姿が消えていた。見ると、何歩かうしろで、狩りの案内人と話し込んでいた。テリーザの耳に、最後のふた言だけ聞こえてきた。

「本当か？　参ったな」

「どうかなさいましたか？」テリーザは声をかけた。

エディンバラ公は、テリーザの背後を身振りで示した。「天候だよ、天候が崩れそうだ。これは雨になる。雲がどんどん流れてきているからね。戻ったほうがよさそうだ」

　エディンバラ公が示した東の空に眼をやると。確かに、むくむくと湧きあがるような濃い灰色の雲が、北海《ほっかい》の方角からこちらに押し寄せてきていた。空気も微妙に変化していて、素肌に当たる外気に雨の気配が感じられた。エディンバラ公は先頭を切って歩きだし、驚くほど軽やかな身のこなしで丘をくだって女王と犬たちが待つランドローバーに向かった。それでも、雨雲から逃げ切ることはできなかった。テリーザの鼻先に大きな雨粒が一滴、頬にもう一滴落ちてきたかと思うと、次の瞬間、土砂降りになった。

「まあ、まあ、まあ！　ずぶ濡《ぬ》れじゃないの」ようやく車に戻ってきた一行を見るなり、女王は笑いながら言った。

　これはミセス・メイにとって、予想もしていなかった成り行きだった。まさか首相に就任したばかりのこの時期に、それも借り物の長靴とオイルドジャケットという恰好《かっこう》で、濡れそぼったラブラドールのように身体を震わせながら、君主の運転する車の助手席に乗り込むことになろうとは。とはいえ、これまでの日々も、想像どおりだったことなど一度もなかった。そう、この人生、先のことに考えを巡らせても意味がないということだ、とテリーザ・メイはそのとき悟った。なにが起こるかを前もって知ることなどできないし、見当をつけることすら不可能なのだから。

女王のほうは、首相と過ごすこの時間を愉しんでいた。メイ夫妻は確かにパーティーの華になるようなタイプの人たちではないけれど、心根はまっすぐだし、場に馴染《なじ》もうと一生懸命努力してくれてもいる。それで充分じゃない、と女王は心から思った。首相としての今後数ヶ月間の予定を詳しく聞いていたが、この先、EUとの話し合いで多忙な日々が続くことになるらしいし、テリーザ・メイは保守党党首として指名を受けた際に、当面は解散総選挙を行わないと明言してもいる。今求められているのは変革の手腕ではなく、安心できる統率力なのだ。

車内の話題が、思いがけない出来事のもたらす功罪についてに移りはじめたあたりで、ランドローバーはバルモラル城に帰着した。従僕のひとりが傘を持って女王を待っていた。

「陛下、よろしければうえの階に」緊急事態を思わせる口調で、出迎えの従僕は言った。「捕獲網を用意させています」

「あら、出たのね？　今度はどこ？」

「陛下の寝室です」

「なんとまあ、だわね。ええ、もちろん行きますよ。行きますとも」

なにが起こったのかと首相に訊《き》かれて、女王はにっと笑ったかと思うと、すぐにしかめ面になって言った。

「コウモリですよ」

滑稽《こっけい》ではあるけれど苛立《いらだ》たしくもある事態が出来《しゅったい》していたのだ。件《くだん》の哀れな生き物は、入ってくるときも必死だし、出て行こうとするときも同じくらい必死な様子を見せるのに、あの有名な超音波を以《もっ》てしても大きく開いた窓の存在にまったく気づかないようなのだ。コウモリが暴れ回るのは、たいてい下階の白い壁に囲まれた舞踏室《ボールルーム》なので、そちらには追い出し用に長い柄のついた網が常備されているのだが、上階の寝室に姿を見せることはめったにない。寝室の作りつけの家具や調度品に〝落とし物〟をされる可能性について、女王は極力考えないことにした。チャールズいわく、糞《ふん》が固まったものを庭に撒《ま》くといい肥料になるらしい。だったら、はじめから庭で用を足してもらいたかった。

　女王と首相は寝室まえの廊下という安全地帯にとどまったまま、（女王としては、コウモリという種をおおむね好んではいたものの、気まぐれでキーキーうるさく泣きまわるアブラコウモリを近くで見ようという気はあまり起きなかったので）、網をふりまわしてコウモリを追う職員に声援を送った。室内に入りこんだコウモリは二匹だけとわかり、やがてどちらも追い出すことに成功した。追い出し任務をあっぱれ遂行した男女ふたりの職員に、女王は感謝の気持ちを伝えた。どこか笑いを誘う、ミスマッチなふたり組だった。小柄でほっそりとした家政《ハウスキ》婦《ーパー》は、忠誠心の篤《あつ》いミセス・ハリスだと気づいた。ベルジアン・スイートを調えることにかけては、まさに右に出るものはない、と女王は思っている。家政婦《ハウスキーパー》は膝《ひざ》を曲げてお辞儀をしながら、女王とほほえみをかわしあった。もうひとりの、従僕の赤いベスト姿の、大柄で禿《は》げかかった、肩幅の広い男性には見覚えがなかった。

「あなたは……？」女王が尋ねた。

「スパイク・ミリガンと申します」男性は頭をさげた。

「まあ、そうなの？」女王は笑顔で応じたものの、内心いささか戸惑っていた。スパイク・ミリガンというコメディアンがいたからだった。チャールズが若いころ、彼の熱烈なファンだったのでまちがいなかった。それに、そのコメディアンなら、すでに故人となっているはずだった。

従僕はわずかに顔を赤らめた。「本名はロバートですが、ロバート・ミリガンではいささか印象が悪いもので（訳注：ロバート・ミリガンはイギリス・スコットランドの奴隷仲買人）……」そう言って肩をすくめた。「学生時代に頭のいい友人が思いついて、なかなかの名案だってことで以来そう名乗っています」

「これまでにコウモリと追いかけっこをしたことは？」

「じつは生まれて初めてです。いい運動になりました。おかげさまで、それなりのカロリーを消費できたかと思います」

女王は笑い声をあげた。こちらを笑わせようと思っての発言だと察しがついたからだったが……スパイク・ミリガンの声になんとなく気になるものを感じた。「では、ふだんはここで働いているわけではない、ということね？」女王は尋ねた——もう一度、彼の声を聞くために。

「はい、陛下、おっしゃるとおりです。今回初めてお供しましたが、正直に申しあげますと、こちらでの滞在をすっかり満喫いたしております」

「それはよかったこと。遠路はるばるご苦労さま」

従僕はあらためて一礼し、御前を退いた。女王はベッドに眼をやった。いちばんうえのブランケットは取り替えなければならないだろう。けれども、気になっているのは、別のことだった。衣装戸棚《ワードローブ》のなかで聞いた、あの〝密談〟のことを思い出していたのだ。どことなく気乗りしない様子で指示を受けていたほうの人物は、スパイク・ミリガンだったのではないか？

そう思うと、そうとしか思えなくなった。おそらくまちがいないだろう、という確信めいたものもあった。

だとすると、あの従僕はいったいなにを指示されていたのか……？

8

新しい季節がはじまろうとしていた。あちらこちらの谷間を彩っていたみずみずしい緑は、いつの間にか干からびてくすんだ茶色に変わっていた。夏の明るい陽光を浴びながら呑《の》んでいたジンも、気づけば黄昏《たそがれ》どきに味わう呑みものになっていた。中綿入りのキルティングのジャケットを持ち歩かなくてはならなくなり、夕食のあとには暖かいストールがほしくなることも増えた。まもなくバルモラル城での平穏な日々に別れを告げて、あの環状交差点に面したオフィスビル、バッキンガム宮殿に戻ることになる。

女王は毎日、一般の人々から届く手紙の一部に眼を通す。それと一緒に運ばれてくる、公務関連の書類を入れた箱が、新内閣が軌道に乗るにつれて日に日にずしりと重みを増していくことに気づいていた。アメリカ合衆国の大統領選についてのブリーフィングも増えていた。今からほんの一ヶ月とちょっとで、アメリカに新しい大統領が誕生することになるわけだが、ここにきて候補者同士のぶつかりあいに徐々に殺伐とした雰囲気が漂いはじめていた。大統領の執務室《オーヴァル・オフィス》に入るのはヒラリー・クリントンだろうと見る向きが優勢ではあったが、気になる動きもないわけではなかった。豊富な行政経験を持ち、強力なチームを率いる前国務長官が初の女性大統領となることを祝福する声があがるたび、彼女への批判や、判断能力に対する疑問の声もあがるのだ。おまけに率いるチームは小規模ながら、〈ツイッター〉での暴言で知られるミスター・トランプが、驚異的な躍進を見せている。そう、この世の中、確かなことなどひとつもない。そのうちリアリティ番組のスターだった男をバッキンガム宮殿でもてなす日が来るかもしれない、ということ？　このところのずいぶん強気な反撃っぷりを見るにつけ、どうやらあの人物には、ごく一部ではあろうが、きわめて熱烈な支持者《フォロワー》がいることだけはまちがいなさそうだった。

　とはいえ、彼《か》の人がたとえバッキンガム宮殿に押しかけてくることになったとしても、そのときには、あくまでも物事が予定どおりに運んだとして、という条件付きではあるけれど、宮殿内はあらかた空っぽになっているかもしれないのだ。政府の説得に成功して大規模改修計画が実施されることになれば、宮殿内はおおむね丸裸にされ、財宝のほとんどが倉庫にしまい込まれ、あらゆる職員にとって働きやすい宮殿に生まれ変わるための作業が進められることになる。確かに、今みたいに厨房《ちゅうぼう》からステート・ダイニングルームまで、従僕が一キロ弱も歩かなければならないのは誰のためにもなっていないし、そのステート・ダイニングルーム自体、天井崩落の危険性が高まっているとかで、最近では立ち入ることすらままならない状態なのだ。女王としては、個人的に利用している六つの部屋だけで充分だったし、その六室についてはすべて問題なく使うことができている。問題は残りのおよそ七百七十ほどの部屋なのだ。

政府が最後まで首を縦に振らなかったら、どんな対応がとられることになるのか？　メージャー政権がトニー・ブレア率いる労働党から、ブリタニア号の後継船を認めるための合意を取りつけられなかったことを、女王は今もはっきりと覚えていた。今回のタイミングであれば、しばらくは選挙も予定されていないので、改修計画が論争の火種にならないのはありがたいけれど。まあ、政府が計画を進めることに納得しないというのなら、そのときはそのときだ。

季節をまたいでも、ホリーの健康状態は回復しなかった。ロンドンに戻る日が近づくにつれ、年老いたコーギーは急速に弱っていった。城に獣医師が呼ばれ、しかるべき処置をほどこしてはどうかと提案されたとき、女王はそれに同意した。胸が痛くなったが、飼い主としてどうするべきかは心得ていた。

宿泊先として割り当てられた城内のコテッジで、シンシア・ハリスは宮殿に戻る支度にとりかかろうとしていた。気苦労の多い夏だった。自分が必ずしも人好きのする人間ではないという自覚はなくはなかったが、今や彼女に対する嫌悪感は眼に見える形でぶつけられるようになっていた。メイドや従僕のなかには、シンシアとは口をきこうとしない者までできていた。バルモラルに着いて間もないころ、洗濯に出した制服に〝汚れ〟がついて戻ってきたことがあった（あれは偶然ではない。洗濯機に〈シャーピー〉の油性マーカーを故意に入れたのだ）。シンシアはそれでも従来どおり働き続け、誰とも関わりを持とうとしなかった。嫌がらせの手紙も三通。どれも口にするのもはばかられるような内容だった。一通には、シンシア・ハリスは人殺しだと書いてあって、稚拙でぞんざいなイラストもどきが描きくわえてあった。一見するとインゲンマメのような絵だったが、まちがいない、あれは胎児を連想させるものを描こうとしたのだ。うえから赤いインクの線でほとんど塗りつぶされていたけれど……**あれはもう二十年近くもまえのことなのに。**

嫌がらせについては、城の家政婦長《ヘッド・ハウスキーパー》に報告してある……ということは、今では知らない者はいない、ということだった。王室職員にプライヴァシーは存在しない。汚れた洗濯物はことごとく人目にさらされることになる。それも、以前なら従業員区画や職員食堂で言いふらされる程度ですんでいたものが、今や〈スナップチャット〉でも、〈ワッツアップ〉でも、ついでに〈スタッフリスト〉でも拡散されてしまう。〈スタッフリスト〉は王室職員のイントラネットだが、今やゴシップや悪口が流れる排水溝となり果てている。誰になんと言われていようと、どうでもよかったし、興味もなかったが、ひそひそ交わされる意地の悪い噂話は、それが肉声で交わされるものであろうと文字にしたものであろうと、その半数はおそらく自分を標的にしたものだろう、と思っていた。

それでも、嫌われているのは、シンシアひとりではなかった。噂話の残り半分は、どうやら調達担当《ケータリング・オフィス》のレオニー・バクスターに関するものだと思われた。彼女のところにも、嫌がらせの手紙が届いているようだった。名指しであばずれだの尻軽《しりがる》だのと書かれた手紙が。シンシア宛ての嫌がらせの手紙ほどにはどぎつくもないし、なんと言うか……独創的でもなかったにしても。まあ、ミセス・バクスターならそういう手紙が届いたとしても不思議はなかった。問題ばかり起こすし、誰に対してもえらそうだし、ほかの人がやることに片っ端からいちゃもんをつけるし。いわゆる敵がひとりならずいる、と聞かされても意外でもなんでもなかった。このところ、職員食堂の話題はミセス・バクスターのことばかりだし。

　シンシアは重い足取りで階段をのぼり、割り当てられた寝室に向かった。この夏のあいだ、彼女は三名のホスピタリティ・スタッフと一緒に城内のコテッジで寝起きしていた。その三人からは、当然のごとく、のけ者扱いされていて、唯一ほっとできるのが寝室だった。使い勝手優先で趣きとは無縁の部屋だったが、スカーフ代わりにしているインドのサリーをあしらい、数少ない古くからの友人である庭師長から届けられた花のおかげで、がらりと雰囲気を変えていた。シンシアは身軽に旅をするコツを心得てはいたが、同時に旅先にはファッションセンスも忘れずに持参するタイプだった。仕事をしていないときは、彼女なりに着飾ることに歓《よろこ》びを見《み》出《いだ》していた。とくにヴィンテージものを好んで身につけるのは、ごく控えめな胸のふくらみとほっそりとした腰のラインを魅力的に見せてくれるからだった。お気に入りのアイテムのなかには、何年もかけてチャリティショップを巡って集めてきたオジー・クラークやザンドラ・

ローズのデザインも何点か交じっている。どれもふたつとないものばかりで、状態も申し分なかった。ときには〈インスタグラム〉や〈ピンタレスト〉からアイディアを得て、自分で手作りすることもあった。そんなわけで、彼女の寝室備えつけの小さくてみすぼらしいベニヤ張りのクロゼットは、丁寧に縫いあげられたシルクやヴェルヴェットの服が吊《つ》るされ、色であふれかえっている。

シンシアは、寝室のドアを開けた。一瞬ののち。ハイランドののんびりとした昼下がりの空気をつんざく悲鳴があがった。

同じコテッジで寝起きしている、ダイニングルーム担当の配膳助手《サーヴィス》が、悲鳴を聞きつけて階段を一段飛ばしで駆けあがってきた。ミセス・ハリスは戸口を入ってすぐのところに突っ立ったまま、身体を激しく震わせ、声にならない声をあげ、ベッドを凝視していた。正確には、ベッドのうえでちょうど人間が寝ているのと同じくらいの空間を占領している、ずたずたに切り裂かれた布地の山を。震えが激しすぎて、まともにしゃべることもできないようだった。

「なんの騒ぎよ、いったい？」ダイニングルーム担当の配膳助手《サーヴィス》が言った。

「あ、あたしの服」かろうじて絞り出した低い声で言うと、ミセス・ハリスは骨張った指でベッドの小山を指さした。「き、き、き……切り刻まれてるの、い、い、一枚残らず」

フラムに借りているフラットを引き払うため、メアリ・ヴァン・レネンは荷造りを進めていた。今の職場で働くのも、あと数日だけ。そのあとはシュロップシャー州ラドローの実家の子ども時代に使っていた寝室までまっしぐらに逃げ帰るのだ。故郷では今でも野原のあちこちでポニーが草を食《は》む姿が見られるだろうし、母は張り切って冷凍庫がぎっしりいっぱいになるほどの鶏肉の赤ワイン煮《コック・オ・ヴァン》とストロガノフをこしらえて、娘の帰宅を待ちわびているものと思われた。

　メアリの借りているフラットは建物の奥のほうにあって、まわりを取り囲むように建っているオフィスビルやら個人の邸宅やらから見おろされる恰好《かっこう》になる。にもかかわらず、その部屋を選んだのは、ほかのどの部屋よりも大きなクロゼットが備えつけられていたからだった。そう、あのころは、なによりも着るものがだいじに思えたのだ。都会的なセンスのあふれる、いかにもロンドンらしい服が……それを着て、王室職員として優雅に仕事をこなし、いわゆる〝インスタ映え〟するカフェで友だちとランチを愉《たの》しむことが。デートともなればゴージャスなレストランで、注文したコース料理の合間に、注文した覚えのない料理が、たとえばグラスドームを取るとスモークがもくもくとあふれだす趣向とか、海辺の景色に見立てて盛りつけられた貝類をメインにした前菜とかが、運ばれてくる――そういうことがなによりもだいじだったのだ。

　シュロップシャーには、そんなレストランは一軒もない。仮にあったとしても、よほど特別な機会ででもなければ、そこで食事をしよう、という発想にはならない。そういう土地なのだ。同様に、シュロップシャーでは芸術や文化に理解があって、定職についていて、ストレートで、独身の男性にめぐりあってゴールインに持ち込む確率も、絶望的に低い。でも、まあ、後者についてはロンドンにいても変わらなかった。そのことを身を以《もっ》て知ることになったのだ、とメアリは改めて思った。フラットをシェアしている、メアリ以外のふたりはそうではなかったのに。あの子たちには、セクシーで愛情深くて、ラグビーもサッカーもどっちもオーケーのボーイフレンドがいるのだ。ひとりはナショナル・ギャラリーで将来を嘱望され、今を時めく有望株と言われる職員だった。なのにメアリは……言い寄ってくるのは変わり者ばかり。正確に言えば、言い寄ってきたのはひとりかもしれないけれど、でも、変わり者はひとりでたくさんだ。

メアリは寝室の窓越しにちらりと戸外《そと》に眼をやった。周囲の建物の窓の明かりが光のパッチワークになっていた。夏のあいだは、どの家もカーテンを引かずにいることが多い。ついこのあいだは、ある建物の車庫のうえの階の窓越しに、カップルがいたしているのを目撃することになった。その窓の明かりは今日は消えていた。その左上の窓は、ぼんやりと明るくなっていた。その琥珀《こはく》色の淡い光を背に、窓にマネキンでも立てかけてあるような影が見えた。その正体を見きわめるべく、メアリは眼を凝らした。じっと凝視しているうちに、その影が動いた……というか、動いたような気がした。次の瞬間、いつものあの、底なしの空間に落ちていくような感覚が襲ってきた。咽喉《のど》から飛び出しそうになった悲鳴を、メアリはあわてて押しころした。今のは……今のは人が動いたってこと？　わたしのこと、見てたってこと？　いったいいつから……？

「エラ？」

恐怖で声が上ずりそうだったが、声を張りあげていちばん近い部屋のフラットメイトの名前を呼んだ。エラは三十分前まで家にいたのに、今は誰も姿を見せなかった。メアリはカーテンを閉め、隙間に眼を近づけると、窓のそとの暗闇に向かってエラの名前を繰り返しつぶやきながら、人影が動いたように見えた窓を見つめつづけた。身体がぶるぶる震えているのに、どうしても窓辺から離れることができなかった。

やがて、背後のうすぼんやりとした明かりが消えた。人のような影は、そのあとの暗闇に呑み込まれて見えなくなった。

ロージーはランニングを終えて宮殿に戻ってきたところだった。一般の観光客が城内から退出したあとであれば、裏手の池までおりて数周程度まわりを走ってもかまわない、という許可をもらっていたのだ。閉門時刻はもうとっくに過ぎていて、観光客の姿はどこにも見あたらない。宮殿内では、まもなくハイランドから女王陛下が戻られるのに備えて、もろもろの準備や支度が進められていた。ロージーが抱えこんでいる目下の最大の難題は、陛下の来年のスケジュール調整だった。この先数週間は、それにともなう連絡やら手配やらなにやらかにやらで忙殺されることになる。女王のもとには、ぜひともお出ましいただきたい、とのお願いやご招待が、特大のフォルダーが満杯になるほど押し寄せてきている。その全部に応じるのは、いくら〝ボス〟でも時間的に無理というものだった。できる限り応じたい、というお気持ちは、もちろん強くお持ちだけれど。

ロージーはオフィスを出るまえにあらかじめ、そばの女性トイレに、ランニング後に着替える仕事用の服を用意しておいた。トイレといっても、シャワーも備えつけられているし、使いやすい着替えスペースも完備されている、という豪華版だった。〝ボス〟が不在だからという理由で、職場のドレスコードを無視していいわけではない。で、ロージーはトイレのドアの内側に、木のハンガーにかけたリネンのジャケットを吊《つ》るし、〈セルフリッジズ〉のセールで仕入れたプラダのペンシルスカートを、クッションつきのスツールのうえにきちんと広げた状態で置いておいた。いったんそのスカートをどかして、そのしたにたたんでしのばせておいたタオルに手を伸ばそうとしたとき、スカートとタオルのあいだに白い無地の封筒が一通、滑り込ませてあることに気づいた。

　おや？

　封筒に宛名はなかった。トイレのなかにもそとの廊下にも、ロージーのほかは誰もいなかった。なんだか落ち着かなかった。不審でもあった。不安も募ってきたので、封筒をつまみあげて開けてみた。

　三つ折りにされて名刺ほどの大きさになった紙が入っていた。子ども用の学習帳からちぎりとったものだと思われた。折りたたんであった紙を、ロージーはゆっくりと開いた。子どもが青いボールペンで描いたような絵が三つ、そしてステンシルシートを使って書かれたらしい大文字ばかりのつづりで、単語が四つ並んでいた。ショックはロージーのみぞおちを直撃した。ちょうどおなかに一発、強烈なパンチを食らったときみたいに。一瞬、時間が巻き戻ったような気がした。幼い子どもに戻って、母さんの顔に恐怖と怒りが拡がっていくのを、どうしたらいいのかわからないまま、ただ眺めているような気がした。それから、はっとわれに返った。ロージーは握っていた紙片を手のなかでくしゃくしゃに丸めながら、波立つ気持ちが落ち着き、ショックが身体の奥底に沈み込んでいくのを待った。

第二部　死蔵品取引《ブレイキッジ・ビジネス》

9

二〇一六年十月某日　後刻――

「サイモン、あなた、なんて顔をしているの。なにごとです？」

バッキンガム宮殿に戻ってきた翌朝、女王は着替えをすませ、髪も整えてから寝室を出たところで、廊下で秘書官が自分を待っていたことに気づいた。いつもなら、ありえないことだった。

「女王陛下」サー・サイモンは頭をさげた。「わたしから直接ご報告したほうがいいのではないか、と思いまして。じつは、わたしが……たいへん不幸な事故が起きました。痛ましいとしか言いようがありません。じつは、わたしが……ですから……プールに、あ、いえ、プールではなくプールサイドに、遺体が……家政婦《ハウスキーパー》が、というかつまりミセス・ハリスが……つまり、じつは、わたしが発見して……」

女王は秘書官をじっと見つめた。サー・サイモンはこの国で最も有能な男と言っても過言ではない。海軍に籍を置いていたあいだはパイロットとして、外務省に移ってからは外交官として職務を遂行してきた人物である。そのサー・サイモン・ホルクロフトが要領を得ないことをもごもご言いかけては口ごもっている。そんな姿は女王もこれまで一度も見たことがなかった。見ると、片方の耳朶《みみたぶ》に赤い汚れがついていた。ネクタイも曲がって斜めになっていた。

「話はわたしの部屋で聞きます。坐《すわ》ったほうがよさそうですからね」

ふたりは足早に廊下を歩き、女王の書斎に向かった。そのあいだ、サー・サイモンはわずかに足を引きずりながら、ことの次第を、時系列も脈絡もへったくれもなく、しどろもどろになりながら、ともかくまくし立てた。家政婦《ハウスキーパー》は、どうやら足を滑らせて転倒したものと思われ、頭を打っていたこと。出血は割れたグラスに由来すること。警察が宮殿に来ていること。発見した時点で家政婦《ハウスキーパー》の身体は冷え切っていたこと。じつは、第一発見者はほかならないサー・サイモン自身で、発見したのは今朝の、まだ早い時刻だったこと、などなど。

サー・サイモンは顔面蒼白《そうはく》だった。このままではじきに、遅れてきたショックの本流に呑《の》み込まれて、腑抜《ふぬ》けになってしまうかもしれない、女王の眼にはそんなふうに映った。すでにもう、立っているのもやっとのように見受けられる。

「ロージーを呼んでちょうだい」書斎の机につくと、同じ話を繰り返しかけた秘書官を制して、女王はそう命じた。「あなたは家にお帰りなさい。わたしが命じるまで出勤してくるにはおよびません」

「しかし、陛下、警察が……」

「ロージーでも対応できますよ。あなたの話を聞く必要があれば、警察のほうから出向けばいいことです。うんと遠くに住んでいるわけではないんだから。あなたがここにいても、なんの役にも立ちませんよ」ぴしゃりとそう言ったのは、同情していなかったからではなく、そうでも言わない限り秘書官は早退などするわけがない、とわかっていたからだった。今の秘書官は、どう見ても仕事ができる状態ではなかった。

　というわけで、家政婦《ハウスキーパー》が遺体で発見されるに至った状況について、警察から報告を受けたのは、女王付きの秘書官補だった。

「厚みのあるガラスの破片によって、足首のすぐうえの動脈が切断されていたそうです」秘書官が帰宅を命じられた数時間後、女王の書斎の窓越しに射し込む陽ざしを受けながら、ロージーは女王に説明した。遺体が発見されたのは、すぐしたの階ということになる。その事実を勘案するにしても、ロージーもまた、いつもとはどことなく様子がちがった。と言っても、もちろん、秘書官補にあるまじき態度だというわけではないのだけれど……。「事故の状況が風変わりというか、例を見ないというか。警察の報告によると、ミセス・ハリスは足を滑らせ、そのひょうしに持っていたウィスキーグラスを落とした。割れたグラスの底に近い部分は断面が非常に鋭利で、その鋭利な破片が転倒したミセス・ハリスに致命傷を負わせた。早朝発見されるまでかなりの時間、現場に倒れていたものと警察は見ています」

「ミセス・ハリスはプールサイドでなにをしていたのかしら、ウィスキーグラスなんか持って？」

「片づけようとしていたのではないでしょうか。ほかにもいくつか、置きっぱなしになっていたグラスがあったそうですから」

「足首の切り傷で死んだりするもの？」

「どうやらそのようです、陛下。きわめて運が悪い場合に限られるとは思いますが。切断されたのが動脈でしたから、相当量の出血が生じます。発見時の状況から、ミセス・ハリスは転倒して頭を打ったことでいったん意識を失い、その後意識が戻ったあと、出血を止めようとしたようです――両手にかなりの血が付着していたそうなので。ですが、止血できるだけの力がもう残っていなかった。起き上がって助けを呼びにいくこともできなかった。確認された傷口は数ヶ所ですが、動脈の場合、それでも失血死に至ることもあるのだとか。少なくとも、わたしが話を聞いた警部はそう言っていました。遺体は検死にまわす、とのことなので、のちほど病理医からもう少し詳しい報告があるかと思います」

　この手の報告を受ける場合、たびたび「大丈夫ですか？」との確認のことばが差しはさまれるものだが、ありがたいことに、ロージーはその手の気遣いは無用と判断したようだった。そう、こう見えても、幼いころから犬や馬と一緒に育ったのだ、と女王は胸のうちでつぶやいた。はばかりながら、事故やら怪我やらの話なら、そうとう悲惨なものも含めて聞き慣れているというものだし、生命の終わりという意味では死も縁遠いものではなかった。それに、思い出したくもないほどたくさんの戦死報告に眼を通してきてもいる。女王はミセス・ハリスの最期を、止めようのない出血を必死で止めようとして力尽きていく姿を思い浮かべ、とてつもなく哀しくなった。そのとき、助ける者がまわりにただのひとりもいなかったなんて。

「どうしてひとりきりで？」

「家政官もわからない、とおっしゃっています。プールサイドには屋内用の監視カメラが一台だけ設置されてはいますが、長いこと故障したままになっています。可能性としては、ご家族のどなたかがプールをお使いになっていたので、ミセス・ハリスがあとから片づけに行った、というのはありえそうな気がします。発見されたとき、ミセス・ハリスは制服を着ていて、水着は持っていませんでしたから。グラスの後片づけ程度なら五分もあれば終わります。てばやくすませて引きあげるつもりだったのではないでしょうか」

「気の毒なミセス・ハリス」女王は言った。「長いこと働いてくれていたのよ。バルモラルでも顔を合わせたばかりだったし」

「はい、たしか、第二陣として派遣されていたのではなかったでしょうか」

　女王はなにやら考え込む表情になってうなずいた。「警察は、ミセス・ハリスが足を滑らせたと考えているのね？」

「そのようです」

「今後の捜査で、不都合な事実が出てきた場合は必ず知らせてくださいよ」

　〝ボス〟の言わんとしていることは、ロージーにも充分に理解できた。「今回の件については、事故ということでまちがいないかと思います」と思い切って進言した。もちろんロージーも、前回、王室の公邸で遺体が発見されたときには、事故どころではなかったことを忘れたわけではなかったけれど。

案の定、女王陛下は遠近両用眼鏡のレンズ越しに鋭い視線を向けてこられた。「どんな場合であっても、頭から決めてかかるものではありませんよ。なにごとに対しても常に聞く耳を持つことです。それで得るものは多いのよ」

「はい、陛下」

「ミセス・ハリスだけど、なにか問題を抱えていなかったか、調べてもらえる？」

射るような視線は、ロージーに向けられたままだった。陛下は気になることがおありなのだ。それがひしひしと伝わってきた。それでもバルモラルに向かうまえ、サー・サイモンに約束すると言ったことばを守るべきか否か、その答えを出すのにほとんど時間はかからなかった。約束をたがえて陛下に打ち明けるとしたら、どの程度までお話しすべきかについても。自分の考えのいくつかについては、今は自分の胸にしまっておいたほうがよさそうだった。陛下はシンシア・ハリスについてお尋ねなのだ。であるなら、その範囲からあまり逸脱しないほうが、関係者全員にとって最善だろうと思われた。

「たまたま知ることになったのですが、陛下、じつは今の時点でわかっていることがあります。ミセス・ハリスはトラブルに巻き込まれていました」

「あら、まあ、どういうこと？」

ロージーはひとつ深呼吸をしてから説明に取りかかった。「このところ、嫌がらせの手紙が殺到しているのです。彼女のことをよく思わない者は、じつはひとりやふたりではありませんでした。嫌われるには嫌われるなりの理由があった、ということのようで……と言っても、ミセス・ハリスの同僚全員の本心まで把握できているわけではありませんが」

「その理由というのはなんなの？」

　ロージーは、ルル・アランテスとサー・サイモンから聞いた、ミセス・ハリスが定年を迎えたあと復職した件をかいつまんで伝えた。「そのことでかなりの反感を買ったようです。それに……」ロージーはそこで言いよどんだ。

「それに？」女王のブルーの眼はロージーをひたと見据えたまま、こゆるぎもしない。

「その、ミセス・ハリスは不適切な……つまり、陛下とあまりにも近しすぎるのではないか、と考えていた者が複数名いたように聞いています。賓客が滞在する際のしつらえには陛下もとりわけ厳しく眼を光らせていらっしゃいます。その仕事をミセス・ハリスが一手に引き受けていたことも影響しているかと思います」

　あまりにも単刀直入すぎる言い方だろうか、とロージーとしても思わなくもなかったが、事実を事実として伝える際の王室職員らしいことばづかいを検討している余裕がなかった。こんなとき、サー・サイモンならことばを選びつつ穏当に伝える術《すべ》を心得ているのかもしれない――とはいえサー・サイモンはこの場にはいない。女王の命令で帰宅したのち、妻と気付けのブランデーでショックを癒《いや》しているのだ。

　そんなロージーの率直すぎる説明に、女王が気を悪くしているとしても、素振りからは毛ほどもうかがえなかった。「ありがとう、ロージー」と言って女王は、そこでもう一度唇を引き結んだ。「どうして誰も言ってくれなかったのかしら？」

「とおっしゃいますと、陛下？」答えに窮して、ロージーは訊《き》き返した。

「今聞かせてもらった、不愉快な出来事について。ミセス・ハリスに否定的な眼が向けられていたことも、嫌がらせの手紙の件も。わかっていれば、わたしにもできることがなにかあったはずでしょう？」

「それは……それは、わたしからはなんとも。サー・サイモンの考えでは……と言うか、そのつまり、家政官としては……」ロージーはしどろもどろになった。その二名の上級職員が判断ミスをしていたことをほのめかすことなく、言いだしたことを締めくくろうとすると、どうしても歯切れが悪くなった。そう、ロージーに言わせれば、ふたりとも特大の判断ミスをおかしたのだ。

　女王は納得したようにうなずき、手のひと振りでそれ以上の弁明は必要ないと伝えた。「あのふたりのことですからね、事態はきちんと掌握できている、大騒ぎするような問題ではない、とでも思っていたんでしょう」と女王は冷ややかに言った。

「だと思います、陛下」

「それはつまり、わたしがひとりの家政婦《ハウスキーパー》の影響下にある、いいように動かされている、と言っているようなものですよ。ふたりとも、その点はなんとも思っていなかったのね」

　そのものずばりのあけすけな指摘に、ロージーは慌てた。それでも、そのことばを否定することはできなかった。

「おふたりとも懸念はお持ちでした。ただミセス・ハリスに改めて退職を求めるとなると、人事関係のややこしい手続きを踏む必要が出てきます。そんなときに匿名で送られてくる嫌がらせの手紙の件が持ちあがってきて、タイミング的に難しくなってしまったようです」

　女王はなにやら考え込む表情になり、しばらくのあいだ、書斎の窓からコンスティテューション・ヒルの通りのほうを眺めていた。それからロージーのほうに視線を戻して、鋭く尋ねた。

「ほかにもまだ、わたしをかばって黙っていることがありはしませんか？」

　じつはあります、数え切れないほど、とロージーは心のなかでつぶやいた。が、今の時点でそれをお伝えしたところで、なんの役にも立ちはしない。「いいえ、わたしが知る限りではなにも。思い出したことがあれば、あらためてご報告いたします」

「ありがとう。今のところは、このあたりにしておきましょう」

　秘書官補が退室してひとりになると、女王はふたたび窓のそとの景色に眼を向けた。十月らしいさわやかな日で、木々の向こうにパウダーブルーの空が拡がっていた。ロンドンにしては空気も澄み、空も明るく晴れわたってはいたけれど、ハイランドから戻ったばかりの女王には、汚染された空気がそこはかとなくよどんでいるのが感じられた。そのせいで、すべてがどことなく灰色がかっているように思われた。ロンドンに戻れば問題が待ち受けているものと覚悟はしていたけれど……この事態はさすがに予想を超えていた。

　そう、確かにシンシア・ハリスとはある意味、近しく接してきていた。自分のうちの家政の切り盛りをひとに任せることになったら、誰しも、自分の要求水準を百パーセント満たしてくれるプロフェッショナルの手を借りたいと思うものだろう。ミセス・ハリスがしつらえた部屋は、つねに完璧《かんぺき》に整っていた。汚れが残っていることなど、眼にもとまらないほど小さな埃《ほこり》レベルでも、まずありえなかったし、なにかが壊れていたり、手入れが不充分だったりすることも、およそ考えられなかった。ほころびのできた布地は誰も気づきもしないうちにひそかに取り替えられていたし、この本を用意してほしい、あの花を飾っておいてほしい、といった指示や注文がないがしろにされていたことはただの一度もなかった。滞在客の連れてくるスタッフのアレルギーにまで気を配るのだ。そう言えば、何年かまえ、メキシコの大統領が滞在していたあいだにとんだ大騒ぎが持ちあがったことがあった。ベルジアン・スイートのオーリンズ・ベッドルームがカサブランカで埋め尽くされたせいで、随行員のリーダーの鼻孔から数分間にわたって水っ洟《ばな》が滴りつづける事態になったのだ。ミセス・ハリスが陣頭指揮を執っていれば、まず起こるはずのないことだから、あれは、そう、彼女がいなかったあいだのことにちがいない。女王はそこで、小さく溜《た》め息をもらした。

　あの人は気さくで親しみやすくて、それでいて出しゃばったところがなくて、堅実で、疲れ知らずの働き者で、そして……まちがいなく忠誠心に篤《あつ》かった。バルモラル城でコウモリが飛び込んでくると、誰よりも先に捕獲網をつかみ、あちこち飛びまわるあのやっかい者を追いかけて、ぴょんぴょんジャンプしながら駆けまわってくれた。ときには女王と冗談を言いあうこともあった。しつらえを担当した部屋を見れば一目瞭然《いちもくりょうぜん》だが、細かいところまで気配りのできる人でもあった。それでも、ミセス・ハリスとは、ロージーがそれとなくほのめかそうとしたような近しさで接してきたわけではない。

女王はそこでまた溜め息をついた。戴冠《たいかん》して六十三年も経つと、王室職員の一部で持たれているイメージとは裏腹に、どんなことに対しても簡単には気持ちが動かなくなるものだ。ミセス・ハリスには人におもねるようなところがあることには、もちろん気づいていなくはなかった。メイドたちにとげとげしい態度を取ることがあるのも知ってはいたけれど、賓客をもてなすための準備にとりかかったとたん、たちまち上機嫌になる人だった。定年を超えても働きつづけていることを知って、それは異例ではないか、と昨年家政官に尋ねたところ「当人が希望したこと」だし「きちんと掌握できている」という答えが返ってきた。そう、あの人はいつもそうなのだ。とはいえ、なにを掌握しているつもりだったのか？　ミセス・ハリスに敵意を抱いている人たちのことを？　ほんとうにそこまで掌握できるもの？

女王は遠近両用眼鏡をはずして、机に置いてあった万年筆を意味もなく手にとった。罪悪感と苛立《いらだ》ちがないまぜになっていた。シンシア・ハリスが頭痛の種になっているのなら、報告すべき立場の者が報告してくるべきだったのだ。ベルジアン・スイートに飾る花の選択を誤るぐらい、大目に見ようじゃないの。それで王室職員全体が安心して愉《たの》しく働けるようになるというのなら。そういうことは、家政婦《ハウスキーパー》も引き継ぎ指示書にうっかり書き洩《も》らしがちなことだろうし。職位の上下を問わず、職員たちには、女王陛下のありとあらゆる気まぐれにつきあうことが最優先で取り組むべき至上命令だとは思ってほしくなかった。誰かさんの気まぐれなんぞより、職員たちがお互いにいい関係を築くことを優先してほしかった。なぜなら、それはそれで、ゆるがせにしていいことではないからである。

それでも、と女王は思った。ミセス・ハリスのように、頼もしさと打てば響くような気働きのできる人には、なかなか巡りあえるものではない。こんなときにあの人がいてくれたら、と今後なにかにつけて思うことになりそうだった。かわいそうに、嫌がらせの手紙を山ほど受け取ったあげくに、亡くなってしまうなんて——。

と思ったところで、なにかがひっかかった。

女王は、近くも遠くもない一点に眼を据えると、考えに考えた。先ほどロージーが言ったことのなにか、もっと突っ込んで訊かなくてはと思いつつ、そのままになってしまったなにか、それを思いだそうと、記憶を絞り、思考を凝らした。

このところ、嫌がらせの手紙が殺到しているのです。——そうそう、あのひと言が気にかかったのだ。嫌がらせの手紙は、ミセス・ハリスひとりが受け取っていたのではなさそうだった。

女王はすぐさま机上の電話に手を伸ばして受話器を取りあげると、家政官につないでほしいと頼んだ。

「おはようございます、家政官。いきなりで申し訳ないのだけれど、これからこちらの書斎に来ていただけないかしら？　ちょっとうかがいたいことがあるの。ええ、そうしていただけるとありがたいわ」

10

「今、なんと言ったんだね？」

仕事に復帰し、見たところショックからも完全に立ちなおったらしきサー・サイモンは、激怒していた。

だが、その程度のことであとに引くロージーではなかった。「嫌がらせの手紙のことを陛下にお話ししました。お話しせざるをえなかったので」

「ほう、せざるをえなかったのか、なるほど。では、どうしてそんなことになったのか、詳しく聞かせてもらおうか」

「陛下がお尋ねになったからです」

「お尋ねになった？　嫌がらせの手紙が送られてきていたのか、私物が切り刻まれていたのか、そんなふうにそのものずばりのことばでお尋ねになったのかね？」

「いいえ。ミセス・ハリスは亡くなるまえ、なにか問題を抱えていなかったか、というお尋ねでした。私物が切り刻まれていた、というのは……？」

「そういう話ではない。きみにははっきり言っておいたはずだろう、手紙の件はくれぐれも他言無用に、とね。それを、ロージー、きみという人は！　わたしの顔をつぶしたんだぞ。家政官からくれぐれも他言無用にと言われていたんだから。そうだ、このわたしがだよ。きみはそんなに信用できない人間なのか？」

サー・サイモンは秘書官の執務室の、彫刻が施された大理石のマントルピースを背にして立ち、同じく立ったままでいるロージーをまえに両の拳《こぶし》をぐっと握りしめた。そう、これは椅子に腰を落ち着けてする話ではない。どちらかと言えば、サー・サイモン流の〝叱責《しっせき》という名の弾劾裁判〟にだいぶ近かった。

「いいえ、信用していただいてけっこうです」ロージーは言い返した。

「ああ、言うのは簡単だろう。だが、どうやって信用しろと言うんだね？」

「陛下に嘘をつくことはできません！」サー・サイモンに負けじとロージーは声を張りあげて言った。それに答えるサー・サイモンは一転して、氷のように冷ややかな口調になっていた。

「嘘をついてくれと頼んだ覚えはない。ご報告するのであれば、それはしかるべき立場の者からなされるべきだと言っているにすぎない。それがそんなに難しいことなのか？」

　ロージーは黙って立ちつづけた。サー・サイモンの言うことも、ある程度は同意できなくもなかった。とはいえ、女王付きの秘書官補として働きはじめてからの日々のなかで、女王陛下とのあいだに絆《きずな》のようなものが生まれている。サー・サイモンが思ってみることすらないような、一種独特の〝共犯関係〟とでも呼ぶべきものが。陛下のためとあらば、たとえ相手がほかならないサー・サイモンであろうとも、嘘をつくことも辞さなかった。ある意味では特権的な立場を利用して〝ボス〟に接触しているわけだから、サー・サイモンが猜疑《さいぎ》心旺盛《しんおうせい》なものの見方をする人なら、見ようによってはシンシア・ハリスの同類とみなされてもおかしくないのだ。

　ロージーはそれでも眼を伏せなかった。この状況でいかに振る舞うべきかは、考えるまでもなく明白だった。今度も嘘をつけばいい。ぬけぬけと、厚顔無恥に、必要とあらば、この先何度でも。

「おっしゃるとおりです、サー・サイモン。今後は重々気をつけます」

ロージーが面と向かって〝サー・サイモン〟と呼びかけるのは、彼からがみがみ怒鳴られたときに限られる。つまり、異例の呼び方なのだ。見ると、サー・サイモンの頬がひくひくしていた。それで、サー・サイモンがいささか恥じ入っていることがわかった。きまりが悪くなると、そのひくひくが登場するのである。ロージーは肩で息をつくと、その絶好の機会を利用して、秘書官のまえから退き、するりと廊下に滑り出て、静かにドアを閉めた。

サー・サイモンには理解ができないのだ、ロージーの考えていることが。それでよけいに腹が立つのだろうが、ロージーにしてみれば、はっきり言っていい気味だった。ほかにも報告していないことがあることには、ありがたいことに、気づかれていないようだった。でなければ、あの程度の雷ではすまなかっただろう。

ロージーはひとりきりになると、鬱憤《うっぷん》晴らしを兼ねて、フランクフルトに住む妹にメッセージを送った。オショーディ姉妹が互いに一度も連絡を取りあわないまま、一日が過ぎることはほとんどない——そのときどきでインターネット・ミームだったり、ジョークだったり、絵文字だったりを送りあう。なにがあったかをフリスに伝えるわけにはいかなかったし、フリスのほうも心得たもので、敢《あ》えて訊《き》いてはこなかったが、ただヘン顔をこしらえて写真を撮り、たまたま見つけたとびきりばかばかしいフィルターで加工して送っただけで、ずいぶん気が晴れた。フリスはいつもどおり、新しく覚えたドイツ語をロージーに覚えさせようとしてきた。今日のひと言は〝バックファイフンガジヒト《Backpfeifengesicht》〟——〝思わず横っ面をひっぱたいてやりたくなる相手〟という意味らしい。

　ロージーは〝そうこなくっちゃ〟をあらわす絵文字を二行分連ねて送った。

　女王はその週末、友人宅を訪問して過ごした。月曜日の朝、サー・サイモンのご機嫌は、先週の時点を虫の居所が悪いレベルとするなら、苦虫を噛《か》みつぶして虫もいられなくなるレベルまで悪化していた。冷ややかだった態度も、一気に氷河期級に冷え込んでいた。ロージーはまたもや秘書官の執務室に呼びだされた。

「なにかお手伝いできることでも？」

「ああ、あるから呼んだんだ。ロンドン警視庁が出張ってくることになった。今日の午前中、主任警部が派遣されてくる。きみのほうで対応してもらいたい。こっちはあれもこれもで手いっぱいでね。想像にかたくはないだろうが、死体が発見されたことでメディアは鵜《う》の目鷹《たか》の目で情報を探している」

　手いっぱいと言うなら、ロージーのほうも同様だったが、それについては敢えて抗弁しないでうなずいた。「承知しました。ロンドン警視庁から主任警部が派遣されてくるというのは――」

「例の嫌がらせの手紙の件だ。お手柄だな、ロージー。きみから主任警部を家政官に引きあわせてもらおうか。さぞかし興味深い会話が聞けるだろうね。『わたしどもとしましては、この件は家政官では対処しかねると考え、その旨陛下にお伝えしたところ、陛下が直接、警視庁に連絡を取られたもので』と面と向かって当の家政官に言っているようなものだからな」

　ロージーはサー・サイモンをじっと見つめた。そのうち秘書官の耳から本当に煙が噴き出してきそうな気がした。「はい、主任警部がお越しになったら、もちろん家政官にお引きあわせいたします。主任警部にはどのお部屋を使っていただくことに？」

「詳しいことは聞いてない。これは陛下が週末のお出かけ中に思いつかれたことでね。どういう風の吹きまわしやら。今の時点でわたしに言えるのは、部下を百名ほど引き連れてくる可能性もなきにしもあらず、ぐらいだ。いざとなったら舞踏室《ボールルーム》を使ってもらえ。パソコンを何台か、それにホワイトボードも手配しておくように。舞踏室《ボールルーム》を捜査本部とやらにしてもらえばいい」

「承知しました、サー・サイモン」

　サー・サイモンは、ロージーをぎろりとひとにらみして出ていった。

　それから間もなく、ロージーに電話がかかってきた。来客が到着した、という知らせだった。ノース・ウィング正面のエントランスに出たところで、ちょうど深紅の詰襟を着た近衛歩兵連隊の最後尾がセント・ジェームズ宮殿のほうに姿を消すのと入れちがいに、バッキンガム宮殿の前庭を大股《おおまた》で突っ切ってくる男性の姿が眼に入った。ロージーはそちらに足を向けた。途中で、こちらに向かって近づいてくるその人が、意外にも顔見知りの相手だったことに気づいた。

　門のところで番兵に向かってうなずいているのは、ウィンザー城で顔見知りになったロンドン警視庁のデイヴィッド・ストロング主任警部だった。城内で発生した殺人事件の真相解明のために結成されたチームの一員だった人物だった。背が低く、ややずんぐりとした体形のストロング主任警部は、秋の薄ら寒さ避《よ》けにフリンジのついた毛糸のマフラーをスーツのうえから巻いていた。白髪交じりの黒髪は、〝イースターコート〟の時期に見かけたときよりいくらか白いものが増えたようにも思えたが、なにやら機嫌のいい赤ん坊を思わせる丸々とした血色のいい頬は健在で、ひとなつこくて陽気な印象も変わっていない。ロージーはエントランスの戸口のまえで出迎え、笑顔で握手を交わした。

「ストロング主任警部！　またお目にかかれて嬉《うれ》しいです」

「こちらこそ、ロージー。申し訳ない、待たせてしまったかな。少し早く着いていたんだが、衛兵交代式を最後まで見ていたくて、ぐずぐずしていた。子どものとき以来だったもんだから。衛兵はみんなバズビー帽をかぶるんだね。たしか、なんか別の呼び方もあったよね？」

「ベアスキンですね」

「本当に熊の毛皮が使ってあるの？」

「秘密にしときます、夢を壊したくないですから。さあ、どうぞ」

ロージーはストロング主任警部をひとまず秘書官補のオフィスに通し、アシスタントにコーヒーを頼んだ（アシスタントと言えば、サミュエルじいちゃん《ババ・サミュエル》を思い出す。ロージーの仕事は秘書官補だけれど秘書ではなく、サー・サイモンは秘書官だけれど、その人も秘書ではなく、その人とロージーのしたにふたりのアシスタントがついていて、その人たちはつまり秘書だ、と説明したときの、〝なんのこっちゃ〟というようなきょとんとした顔が忘れられない）。ストロング主任警部は、暖炉と窓のあいだに置いてある、アンティークのウィングチェアにゆったりとおさまった。窓はジョージ王朝様式の高さのある窓で、シルクのカーテンを開けておいても、頑丈なネットで外部からの視線はシャットアウトされている。

「優雅な職場だね」

「そう思うことにしています」ロージーは言った。敢えて反論はしなかった。

　窓のネットは飛散防止のためだろう、とストロングは推察した。爆発物が投げつけられた際に、粉々に割れたガラスが飛び散らないように抑え込み、室内の人やものを守るための措置だと思われた。アンティークに囲まれながら無粋なネットが眼に入るようでは――プラスマイナスゼロだろうが、だとしても優雅な職場であることにかわりはなかった。

「なんのためにこうしてお邪魔することになったか、陛下から聞いたかな？」

「サー・サイモンからある程度のことを聞きました」ロージーは答えた。「数日前に亡くなった家政婦《ハウスキーパー》が生前、嫌がらせの手紙を受け取っていた件ですよね。それについて調べてほしい、と陛下がおっしゃっている」

「そう、そのために来たんだ。それとほかの人たちについても。手紙が届いていたのは、亡くなった家政婦《ハウスキーパー》のとこだけじゃないってことだから」

　ロージーは手元に視線を落とし、机のうえのものを並べなおしながらうなずいた。「はい、ほかにもふたり、被害に遭っています。秘書と調達担当主任《ケータリング・マネジャー》が。家政婦《ハウスキーパー》のミセス・ハリスは、じつはそれほど評判のいい人というわけではなくて」

「うん、それも聞いてる」

ロージーは顔をあげた。「ということは、陛下はミセス・ハリスはじつは殺されたのではないか、と考えておられるんでしょうか？」

「それは先走りすぎだな。でも、きみとしてはその線が濃厚だと思っていたりする？」

「まさか」とロージーは言った。それからもう一度、いくらか確信を欠いた口調で「まさか」と繰り返した。

「というのも、病理医から検死の報告書があがってきていてね、眼を通してみたんだ。事故としてぜったいにありえない、とまでは言いきれないと思う。死に方としては、まちがいなく異様ではあるけど、ウィスキーグラスを持ったまま足を滑らせ、落として割れたグラスのうえに倒れ込み、鋭く尖《とが》った破片の切っ先が動脈を切断した、という見立てと矛盾する点は皆無だ。とてつもなく運が悪かったとしか言いようがない。動脈を損傷した場合、その場で完全に止血しない限り、数分以内に失血死に至るものだからね。検死を担当した病理医も、不慮の事故という言い方をしていた。それ以上のことは言えないそうだよ」

胸のうちに拡がりつつある安堵《あんど》の思いが出ないよう、ロージーは口元を引き締めた。そうそう、殺人事件なんかじゃない、と声に出さずに自分に言いきかせながら。

「けれども、嫌がらせの手紙をめぐる内部の調査については、女王陛下はかならずしも納得なさってはおられない」とストロングは言った。それから「ああ、こいつはどうも」と言ってアシスタントの運んできたコーヒーを笑顔で受け取った。

ほかの職員も同席している場で家政官を批判するようなことは、したくなかったので、ロージーはそこでさりげなく話題を変えた。「それにしても、びっくりしました、おいでになったのが、ストロング主任警部で。ひょっとして、ロンドン警視庁ではストロング主任警部が王室の宮殿やお城専門の派遣要員ってことになってたりします？」

　ストロングは声をあげて笑った。「そうだったら嬉しいけどね。じつを言うと、どうやら陛下からご指名いただいたらしい。で、首を傾げているんだよ、どうしてこのわたしなんだって。陛下にはあのときウィンザー城で初めてお目にかかって、そのあとはそれきりだったし。しかも、わたしはあの難事件の捜査では大した活躍もしていない」

「いいえ、主任警部が事件を解決なさったようなものですよ」

「ちがう、ちがう」デイヴィッド・ストロングは苦笑しながら、コーヒーをひと口飲んだ。

「事件を解決したのは、ほかの人たちだよ。あの人たちは、あんなにばらばらだった出来事や情報をパズルのピースをはめていくみたいに組みあわせて謎を解いてしまった。どういう頭の構造をしてるんだろうって思うよ。わたしなんか、たぶん一生かかっても理解できないだろうな。それでも、まあ、おかげさまでキャリアを棒に振るような大失態は演じずにすんだらしいってことだけは、今回のことでよくわかった。あとは、たぶん、ここの人たちと、ってつまり、きみとかサー・サイモンとかを含めて王室で働いている人たちとすでに面識もある。顔が利くとまでは言えないけど。それもあってご指名を賜ったのかもしれないね。派遣されるのがわたしなら、ＳＣＤ11のうちのチームはこきつかい放題だし」

「ＳＣＤ……？」ロージーは訊《き》きかえした。ＳＣＤが重大犯罪捜査部を表すという知識はあっだが、ロンドン警視庁の複雑に入り組んだ組織図のなかで具体的になにを担っているのかまでは、さすがのロージーも把握しているわけではない。サー・サイモンならまちがいなくご存じだろうけれど。

「うちは一般的な犯罪の範疇《はんちゅう》に収まらない、ちょっと風変わりな事件を担当するための部署でね、チームもいたって小所帯なんだ」ストロングは言った。「警視庁のSISと考えてもらうと、わかりやすいかな。口さがないやつらは、〝影の調査部《シャドウィ・インヴェスティゲーション・サーヴィス》〟と呼ぶ。最初のSは、ほんとは〝専門《スペシャリスト》〟なんだけど、個人的には〝影の《シャドウィ》〟のほうが好みだな」

ストロングがコーヒーを飲みおえてカップをテーブルに置いたタイミングで、ロージーはそろそろ家政官のところへ案内すると申し出た。秘書官補のオフィスを出て、短い通路を抜け、突き当たりの両開きのドアを開けた瞬間、ふたりの眼のまえに輝くばかりに美しい大理石の広間《マーブル・ホール》が現れた。ストロングは首を伸ばして天井の繰形装飾を見あげたり、新古典主義様式の柱に見とれたりしている。こんなきらびやかな空間に自分が足を踏み入れていることが信じられないのだ、とでもいうように。ロージーのほうは、今や勝手知ったる馴染《なじ》みの場所、室内の美しさに気を散らされることなく、話をつづけていた。

「警視庁からは大勢、派遣されてくることになりますか？」と訊いたのは、舞踏室《ボールルーム》を捜査本部とやらにしてもらえばいい、というサー・サイモンのあの不機嫌を隠そうともしない発言を思いだしたからだった。

「いや」ストロングはそれまで見とれていた、価格もつけられないほど貴重な彫刻から名残惜しげに視線を引き剝《は》がし、大股《おおまた》になってロージーを追いかけながら言った。「必要になれば動員はかけるけど、とくにその必要がなさそうなら、わたしと部長刑事だけで対応しようかと思ってるんだ。ごく穏当な質問をいくつかしてまわるだけだからね。あんまり緊張してほしくもないし。サー・マイク・グリーンにも、あまり臍《へそ》を曲げられたくない。余計なやつが余計なところにしゃしゃり出てきおって、と思われてもいいことはないからね」

　ロージーはにやりと笑った。「お気遣い、痛み入ります」

　ストロングは横に眼をやり、ちらりとロージーのほうをうかがった。ふっくらしたバラ色の頰につい騙《だま》されてしまうが、デイヴィッド・ストロングの茶色の眼はときに、意外なほど鋭い光を放つ。「ということは、ひょっとしてきみだったりするのかな？　ほら、嫌がらせの手紙の件を御前でうっかりもらして、女王陛下のお耳に入れてしまった張本人だよ。それってきみ？」

「それについては、わたしからはなんともお答えいたしかねます」ロージーは答えた。「それと、ちなみに家政官はマイク・グリーンです。サー・マイクではなく」

「うわ、そうだったか！　そう呼べば、気をよくしてくれるんじゃないかと思ったんだけどな」

「ナイトの称号は自動的に授かるものではないんです。家政官は王室で働くようになってまだ日も浅いので。もちろん長く勤めていれば、いずれは賜ることになるでしょうけれど。永年勤続者ということで」

「そのあたりの複雑怪奇な仕組みについて、いつかゆっくり教えてもらいたいよ」とストロングは言った。

「わたしには、とてもとても。お尋ねになるなら、宮内長官事務局が最適ですよ」

「ちなみにその宮内長官に呼びかける場合は？」

「ピール卿《ロード・ピール》になります」

ストロングはこらえきれなかったように、くっくっくっと含み笑いをもらした。どう見ても、心からの敬意を表しているようには思えなかった。

ロージーは一定のリズミカルな歩調で赤いカーペットの敷かれた廊下を進み、ストロングを迷いなく宮殿の奥深くに導いた。装飾のほどこされたマホガニーのドアをいくつも通過し、〝ボス〟のご先祖さまたちの等身大の肖像画のしたを何度も通過した。やがて廊下の角に出た。そこでいきなり、華やかな装飾がおしまいになった。深紅のカーペットも、ごく普通の店で売られているような、耐久性重視の茶色のものに切り替わった。

ロージーはその角を左に曲がった。ストロングは小走りになってあとを追った。

「こんなことは、訊かずにすめばそうしたいとこなんだけど、目的地にはそろそろ着くと思っていいのかな？」

「ええ、あとちょっとです。もうサウス・ウィングに入りましたから」

「ひょっとして毎日これだけの距離を歩いてるってこと？」

「必要があれば、何往復でも。でも、反対側の棟にある陛下の私室は、わたしたちのオフィスのすぐうえですから、移動も楽ちんなんです」

ストロングはロージーの足元に眼をやった。「そんなヒールを履いてるのに？」

ロージーはにっこりと笑った。「慣れですよ、これも。履いてるうちに慣れるんです。とか言っているうちに、目的地に到着しました。家政官にお引きあわせいたします。主任警部がおいでになるのを、お待ちかねのはずです」

ふたりを迎え入れた際のマイク・グリーンの不機嫌を絵に描いたような表情の渋さは、まちがいなくお待ちかねだったことを雄弁に物語っていた。

11

予定がぎっしり詰まった一日をようやく終えて、夕食まえにジン＆デュボネのカクテルを愉《たの》しむ時間を短いながらも確保できたのは、女王にとってことのほかありがたいことだった。今夜は女官のひとり、レディ・キャロライン・キャドワラダーが側仕えに当たっていた。女官とふたりして、ニュース番組を音量を抑えて流しているテレビ画面に眼を向けながら女王はふと、家政官は今日のロンドン警視庁の主任警部の訪問を、はたしてどんな顔で受けたのだろうか、と考えた。

その考えが脳裏に浮かんだ瞬間、テレビ画面にバッキンガム宮殿の正面玄関《ファサード》が映しだされた。画面の隅にワイプで、屋内プールのある張り出し部分を空撮した映像を重ねて。

「あらあら、まあまあ、あれを――」レディ・キャロラインが声をあげた。「あれをご覧くださいな。ここが映されてますよ。とんでもないことだわ。音量をあげましょうか？　そう言えば、使用人区画で飛び交っている噂では、捜査のためにここに警察官が派遣されてきているとか。本当ですか？」

女王は黙ってうなずき、女官の手元に置かれたまま、いっこうに使われる気配のないテレビのリモコンに眼をやった。

「とは言っても、その捜査官も犯罪を疑っているわけではない、念のために派遣されてきている、ということですよね？」

「そうね、わたしの知る限りでは」

「ですけど、こう言ってはなんですが、じつは誰もがあやしいとも言えるんじゃないですか」噂好きな一面をのぞかせて、レディ・キャロラインは言った。「ミセス・ハリスはかなり問題のある人だったようですからね。定年後に復帰したときにも、ひと悶着《もんちゃく》ありましたし。ええ、みんなぶうぶう言ってましたよ、あのときは」

「わたしは聞いていませんけど」女王はむっつりと言った。

「あら、陛下、それは当然ですよ。わざわざお耳に入れて、それでなくともご多忙な陛下をわずらわせるわけにはいきませんもの。あのときも家政官が善処なさったはずですよ。家政官は――」

そこでレディ・キャロラインのことばを遮るようにノックの音がして、エディンバラ公が姿を見せた。エディンバラ公はそのままのしのしと部屋に入ってきて言った。「見るに事欠いて、こんな乱痴気騒ぎを見ているのかね？　報道と称して、このどあほうどもがなんと言ったか聞いたか？」

「いいえ、聞いてはいないけれど」女王は小さな溜《た》め息をついて夫に言った。「キャロラインが教えてくれていたところよ」

「開いた口がふさがらん。とんでもない筋書きをでっちあげおって。ベアトリスとユージェニーがプールにシャンパンのグラスを置きっぱなしにしていっただと？　あの家政婦《ハウスキーパー》が足を滑らせて、割れたドン・ペリニヨンの壜《びん》のうえに倒れ込むことは、予想できないことではなかったはずだ、なんぞとぬかしおって」

「おやおや、ニュース番組をこしらえる人たちって、ずいぶん想像力が豊かなんですね」レディ・キャロラインが言った。「その点は褒めてあげるべきかもしれませんよ」

「はっ！　冗談じゃない」

「それでは、警察官が派遣されてきた、というのはそのためですか？」とレディ・キャロラインは言った。「割れたグラスのことを調べるために？」

「グラスごときでお出ましとは。ロンドン警視庁はなにか、暇人の巣窟《そうくつ》か？」エディンバラ公はどうにも腹の虫がおさまらないようだった。

「じつはそうではないの、レディ・キャロライン」女官の問いに答えて、女王は言った。そしてエディンバラ公と女官に、嫌がらせの手紙の被害が続いていることを語った。その問題を家政官が抱え込んでしまって、これまでのところ事態は少しも改善されていないことも含めて。

フィリップは苦々しげに、ちっと舌打ちをした。「案の定だな、つねづねどうかと思っていたんだ、あのマイク・グリーンって男のことは。組織の構成員は能力の極限まで出世して最終的に無能をさらす、世にいうピーターの法則を地で行っている。おまけにめっぽう頭が固い。ああいうのを、朴念仁と言うのさ。これが初めてじゃないぞ、あの男が家政官になってから内廷がごたつくのは」

「それほどひどい内容だったのですか？」レディ・キャロラインが尋ねた。「つまり、その嫌がらせの手紙のことですけれど」

女王は、これまでに聞き知った情報のなかでも、とりわけひどいと感じたいくつかを思い返した。

「ある秘書が通勤に使っていた自転車のサドルにメモが残されていたんだけれど、口にするのもはばかられるようなことが書いてあったのよ。ミセス・ハリスは服を何着もずたずたにされてしまったし」

フィリップは顔をしかめた。「服だの自転車だのなら、大の男の出る幕じゃないな。きみたち〝女子〟にお任せしよう。それとＢＢＣあたりの放送ジャーナリストなんぞと称している連中に、がつんと一本釘《くぎ》を刺しておいたほうがいい。ぼくらだって一日中プールサイドでのらくらしているわけじゃないし、パジャマを着たままドン・ペリニヨンなんぞをかっ食らっているわけでもない、とね」

フィリップが出ていって、女ふたりだけになるのを待って、レディ・キャロラインが自転車のサドルに残されたメモのことを尋ねた。

女王がことの次第を説明した。「その秘書をしている若い子なんだけど――たしか、メアリ・ヴァン・なんとかという子だったと思うんだけど――気の毒に、精神的に追い詰められてしまっているの。家政官にも話を聞いてはみたのよ。家政官曰《いわ》く、当人から事情を訊《き》いたところ、〝デートがうまく行かなかった〟せいでどうやらちょっとばかり相手の機嫌を損ねたらしい。その線でわたしを納得させようとするばかりなの。大したことではない、と思っているんですよ、あれは」

「それは……見方が甘すぎます」

「同感ですね。おまけに嫌がらせの手紙のみならず、ストーキングまでされているらしいの。家のまえに男が立っているのを見かけているそうだし。どう考えても、〝ちょっとばかり相手の機嫌を損ねたらしい〟ですむ話ではない、でしょ？」

「ええ、まさにおっしゃるとおりです。コーンウォール公爵夫人にご相談なさってみましたか？」

カミラにはまだ話してはいなかったが、カミラのことだ、話を聞けばきっと女王に負けず劣らず危惧《きぐ》するにちがいなかった。なにしろ、その方面のチャリティ活動に力を入れている人だから。ドメスティック・ヴァイオレンスについての啓蒙《けいもう》に取り組み、被害の深刻さを伝える活動をサポートしてもいる。今回、若い秘書が遭遇したような問題に、深く心を痛めているのだ。

でも――女王はふと思った――今回のように女性が相手の男性とは面識がない、と断言している場合でも、ドメスティック・ヴァイオレンスに当てはまるものなのだろうか？　女王にはよくわからなかったし、正直に言うならそこは問題ではない、とも思っていた。いずれにしても、家政官の手には余るということである。そのことを家政官自身も自覚するべきだったのだ。

　女王は溜め息をついた。これが前任の家政官なら、たちどころに状況を把握していたにちがいなかった。前任の家政官は、揺るぎのない威厳だけではなく、謙虚さと如才のなさをも持ちあわせ、細かい気配りのできる人物だった。まさに職員たちのよりどころとでも言うべき存在だった。だからなのだ、家政官のようなポストには伝統的に軍の高級将校が登用されるのは。高級将校の地位にあった者は、おしなべて、残酷なほどの効率性を決して露骨ではない形で徹底しつつ、職員たちの団結力を引き出すことで、女王が求める組織を作りあげてくれる。フィリップの指摘は的を射ていた。夫は軍と言えば海軍しか認めない人だから、そもそも空軍の将官だったというだけの理由で、たとえマイク・グリーンがかつては戦闘機の操縦士を務めていたという経歴の持ち主であろうと、正当に評価することはない。その点は割り引いて考えるとしても、今回は確かに、フィリップの言うとおりだった。

　翌朝、女王は書斎の机に向かいながら、高級将校というものはまちがいなく有能で、周囲からの期待に遺漏なく応《こた》えてくれるものである、との認識を新たにしていた。定例の書類箱と一緒に、ポーツマスの海軍軍令部次長からの手紙が届けられたのだ。じつはバルモラル城滞在中に海軍軍令部次長に宛てて、ブリタニア号の油彩画について尋ねる手紙を出していた。フィリップ評するところの〝あの悪趣味で、見られたもんじゃない小品〟である。エディンバラ公にはとんと解せないのだ、わが妻があんなつまらない絵画ごときにどうしてそこまで執着するのかが。

海軍軍令部次長は、現時点では大将にまで昇進していたが、偶然にも数年まえにフィリップの侍従武官のひとりとして王室に仕えていた人物だったので、女王も面識があり、口述筆記でしたためた手紙を送ることにためらいがなかった。旧知の間柄ならではの親しみのこもった前置きを経て、女王は礼儀正しく丁重に、それでもきっぱりと、あの絵は本来、自分が所有しているはずのものだが、一九八〇年代の半ば以降所在がわからなくなっていたのだ、と説明した。さらに、問題の絵が海軍軍令部次長の手元にあるとはいえ、その責任を問うつもりはない、どういう経緯を経てか問題の絵がポーツマスの基地の執務室にたどり着いてから少なくとも十年は経っているが、海軍軍令部次長がそのポストに就いたのは昨年の夏だったのだから、と付け加えた。それでも、王室に返却する方向でご尽力いただければたいへんありがたい、と締めくくった。

海軍軍令部次長からの返事には謝罪のことばが並んでいた。しばらく休暇を取っていてつい数日前に職務に復帰したばかりなので、いささか対応が遅くなりはしたが、陛下のお手紙を拝読してただちに、きわめて優秀で実務能力に長《た》けた若手の大尉を本件の調査に当たらせることとし、故意ではなかったものの、陛下が個人的に所有しておられる絵画をわが物同然にしていた経緯を明らかにするよう命じた、と綴《つづ》られていた。大将自ら、絵画の状態を確認したところ、汚れの付着が確認されたため（そこでまた謝罪のことばがいくつか並び）、海軍の費用でクリーニングに出すよう手配したところだ、とも。

その部分を読んで、女王は深々と溜め息をついた。おや、まあ、ほんとに？　と声に出さずにつぶやいた。思いなおしてもらうには、もう遅いだろうか？　思わぬ出費を強いてしまったことをどうお詫《わ》びしたものか……女王は頭を抱えた。

それはさておき、ロージーが連絡したものの知らぬ存ぜぬ一点張りの国防省の施設管理責任者とは大違いで、海軍軍令部次長が言うところのきわめて優秀で実務能力に長けた若手の大尉はごく短時間のうちに真相にたどりつき、問題の絵画は十年ほどまえに、当時の海軍軍令部次長が個人的に執務室に持ちこんだものだ、ということが明らかになった。

前任の海軍軍令部次長は定年退職後、ニュー・フォレストにて悠々自適の日々を送っていると聞き及び、本職から直接、連絡を取ってみました。お互いにとって幸いなことに、次長においてはいまだ頭の働きも鈍ってはいない様子。クロスワードパズルを解くことを日課とし、ＢＢＣの〈ポイントレス（訳注：ＢＢＣのクイズ番組。アンケート結果を推測し、最も少ない回答を当てたチームが勝ち。女王も二〇一九年にクイズに参加したことがある）〉を毎回視聴している、とのこと。お尋ねの絵画についても鮮明に記憶しており、一九九〇年代に入ってからのことだったと思うが、元々はホワイトホールの国防省内の角部屋、おそらくは調達部門の高官の執務室に掛かっていたものを眼にしたのではないか、と申しております。そして数年後、海軍軍令部次長に昇進した際、あの絵画を執務室に飾ることは可能だろうか、と尋ねてみたそうです。断られるのを覚悟のうえで。俗にいう〝ダメもと〟というやつですね。その時点で、問題の絵画は中央保管庫にしまい込まれたままになっていたことが判明しました。それで、二〇〇四年、海軍軍令部次長は念願かなってあの絵画を自分の執務室に飾れることとなり、以来、今にいたるまで、本職のデスクの向かいの壁に飾られている、という次第です。

つまり国防省は記録と管理という点では、王室よりも行き届いている、ということだ。女王は考え込んだ。とはいえ、そう断言してしまうのは、いささか公平性に欠ける、というものかもしれなかった。最近では王室でも文書館員や美術品の管理官を何人も抱えているので、帽子のとめピン《ハットピン》の一本にいたるまで、所在を尋ねれば、打てば響くようにどこそこに保管してある、と即答できる態勢が整ってはいるが、女王が戴冠《たいかん》して間もないころには額装されたカラヴァッジオが行方不明になり、しばらくして幸いにも、なにかのひょうしに、どこかの宮殿の奥の間の奥の奥から偶然発見される、ということが容易に起こりえたのだ。一九八〇年代の十年間は、そうした行き当たりばったりの管理体制から現在のシステムへの、ちょうど過渡期にあたっていた。あのショルトー・ハーヴィーが王室の職員に抱えられたのも、そのころだったはずである。以前の女王付き絵画副管理官のことを、女王は懐かしく思い出した。

宮殿に潜伏していたアンソニー・ブラント（訳注：一九四五〜一九七三まで王室付きの絵画管理

官を務める。一九六四年に、ソヴィエト連邦のためにスパイ行為を行っていたことを認めるが、情報提供を行う見返りとして起訴は免除された。しかし一九七九年に当時のサッチャー首相がこれを暴露。ブラントはナイト爵を剝奪《はくだつ》され、公的な立場から身を引き、一九八三年没）というスパイが退場したあと、さっそうと登場してきた進歩的な考えの持ち主にして、王室の未来を切り開く気概と気力に満ちた、本当にすばらしい職員だった。レオナルド・ダ・ヴィンチの専門家で、前任者たちが束になってもかなわないほど豊富な知識を授けてくれた。そう、ショルトー・ハーヴィーから一週間のうちに学ぶことは、前任者全員の全在職期間を通じて知り得たことより、はるかに多彩で、奥深かった。職員として働いた期間があまりにも短かったことが残念でならなかった。

　それはそれとして、あの〝あの悪趣味で、見られたもんじゃない小品〟は、ようやく宮殿に戻ってくる運びとなったわけだ。とはいえ、海軍の手を離れるまでに、どんな段階やら手続きやらを経ることになるのか、そのあたりのことが気にかからなくもなかった。気がかりと言うなら、一九八六年に女王が中国からイギリスへと戻るころ、本来ならもともと掛かっていたバッキンガム宮殿の女王の寝室のまえの壁に戻されていて当然のあの絵が、どういうわけで、ホワイトホールの役人の執務室なんぞに出現することになったのか、という厄介な謎は、いまだ謎のままである。戴冠してからのこの六十年あまりで学んだことがあるとすれば、それは些事《さじ》こそおろそかにしてはいけない、ということに尽きる。大きな問題は誰の眼にもとまる。大臣や王室の上級職員たちがこぞって、その優秀な頭脳を駆使し、その身を投げうって解決をはかろうとする。けれども、小さな問題は得てして見逃されがちだ。何かの予兆かもしれないのに。今回の絵画の件もまた、そうした〝些事〟かもしれなかった。であるなら、誰もが見逃していることというのは……？

考えるともなく考えをめぐらせていたところに、サー・サイモンが書類箱の回収かたがた、〝本日のご予定〟の詳細を詰めるために顔を出した。

「クロアチア大統領ですが、今回の来訪には夫君が同行されています」メモにちらりと眼をやって、サー・サイモンは言った。「午後に首相との会談が予定されていますが、ブレグジットが話題にのぼることは、まずまちがいありません。大統領にはウェールズ大公とコーンウォール公爵夫人が七ヶ月前にお会いになっていますので、陛下もおふたりの歓迎のお気持ちをお伝えになりたいのではないかと。先方とのブリーフィングの内容をまとめました。プリントアウトしたものをご用意しています」

サー・サイモンはそう言うと、手にしていた薄い革製のフォルダーを開き、ぎょっとしたような顔になった。一瞬ののちには、いつもの冷静さを取り戻しはしたが。「たいへん失礼いたしました、陛下。デスクに置き忘れてきたようです。差し支えなければ、すぐに取りに戻って改めて――」

「サイモン、大丈夫なの？」

「ええ、陛下。もちろんです。まったくもって大丈夫です。ご心配には及びません」

「心ここにあらず、という顔をしていますよ」

「とんでもない、陛下」女王に無言で見つめられて、サー・サイモンは思わず胸元に手をやり、必要もないのにネクタイの位置をなおした。「屋内プールでの一件をご心配くださっているのでしたら、陛下、おかげさまでショックはすっかり癒《い》えました。どうかもうお気遣いなく」

　こんなふうにサー・サイモンが尋常ならざる頻度で〝陛下〟を連発するのは、なにか心にのしかかっていることがあるときの典型的な症状だった。先週プールサイドで遺体を発見したショックから、すっかり立ちなおったものと思っていたけれど、それは元海軍将校という前歴の持ち主なら当然という思い込みが働いていたのかもしれない、と女王は思い直した。「ほんとうに大丈夫ですか？」

　深く鮮やかなブルーの眼に鋭く見据えられて、サー・サイモンはぎくりと身をこわばらせた。じつのところ、本調子とは言えなかった。常日頃であれば、涼しい顔で受け流しているところだったが、〝ボス〟から取り乱していると見られたのが心外だった。固まりかけた血の海に横たわり息絶えていた女ごときに、そこまで動揺していると思われてしまったとは。もちろん、気の毒ではあった。心痛むことだとも思っていた。とはいえ、その件については文字どおり、一片の嘘も偽りもなく、千パーセント大丈夫だった。目下、サー・サイモンの心にのしかかっているのは、秘書官補のロージー・オショーディのことなのだ。陛下はロージーとのあいだに強い絆《きずな》を育《はぐく》みつつあるように見受けられるので、あるいはお気を悪くなさるかもしれないが、ここは思い切って正直にお伝えするべきだろう。サー・サイモンは意を決して言った。

「じつは秘書官補に少々手を焼いておりまして。もちろん、彼女も経験を積んでいく過程で追い追い学んでいくだろうと期待はしているのですが……このところ、彼女の言動が一部で問題視されています。とはいえ、事態は——」

きちんと掌握できているよね、と女王が声に出さずにつぶやいた直後、サー・サイモンがまさにそのとおりのことばを口にした。ええ、ええ、そうでしょうとも——女王は今度も声に出さずにつぶやいた。

「あら、まあ、それは困りましたね」女王は今度は声に出して言った。「わたしにお手伝いできることはありますか？」

「そんな、陛下、めっそうもない」

この緊張感はやはり、ロンドン警視庁の主任警部に宮殿まで出向いてもらったせいだろう、と女王は思った。あの家政官のことだ、執務室を訪ねてきた主任警部とロージーにがみがみ怒鳴り散らしたにちがいない。ロージーも気の毒だった。あの子は訊《き》かれたことに、ただ単に答えたにすぎない。秘書官補は誰に忠誠を誓っているのか、サー・サイモンはその点を取りちがえているのかもしれなかった。

「あなたに任せておけば、心配要らないでしょうけれど。頼りにしていますよ、サイモン」女王は長年の訓練で培った、この手の場面にもってこいの笑みを浮かべた。サー・サイモンのがちがちにこわばっていた肩からすぅっと力が抜けたのがわかった。「それでは、そろそろブリーフィングのプリントアウトとやらを拝見しようかしら。持ってきていただけますか？」

サー・サイモンが中座しているあいだに、女王は今後のことについて考えをめぐらせた。秘書官は遺体を見つけたショックが尾を引いて、いまだに浮き足立っている。それで、彼ほどの切れ者であっても、あんなにそつのない飛び抜けて有能な男であっても、知らず識《し》らずのうちに溜《た》め込んでしまったストレスを、年若い部下に理不尽にもぶつけてしまうことがあるのだ。そんな上司の恰好《かっこう》の標的となるようなことを秘書官補にさせてしまったわけだから、女王としてはいささか後ろめたかった。ミセス・ハリスについて知っていることがあるなら聞かせてほしいとロージーに催促したのは、ほかならない女王だったし、警察官に宮殿まで出向いてもらうことで家政官の立場を危うくしたのも、種を蒔《ま》いたのは女王自身だった。

　三人の女性が、嫌がらせの手紙の標的になっていた。会計長官の秘書は辞職し、調達担当《ケータリング》の女性スタッフはストレスから来る体調不良で休職中、そして家政婦《ハウスキーパー》は亡くなった——それも、きわめて尋常ならざる状況で。これまでのところ、過剰反応を見せている者はいないようだったが、女王は黙ってことを運んできている。誰に対しても言い訳も説明もしていない。主任警部にも、なるべく波風を立てないようにしてもらいたい、と頼んではいるけれど、遠からず摩擦は起こるにちがいなかった。

　そうこうしているあいだに、ロージーは上位《うえ》の者たちのぶつけてくる非難とお小言の礫《つぶて》に身をさらすことになってしまった。だとしたら、何日間かここを離れてもらうのも手かもしれない、と女王は思った、サー・サイモンにとっても家政官にとっても、頭を冷やすいい機会になるだろうし、あの子にとってもこんなぴりぴりした雰囲気の職場から脱出できるのだ、つかの間とはいえ気分転換になるにちがいない。

女王はプリントアウトされた本日の予定に眼を通した。クロアチア大統領の表敬訪問のあとには、軍の高官三名の拝謁が控えていた。その後、舞踏室《ボールルーム》で行われる叙任式は、今日はウィリアムがホスト役を務める。フィリップは弓形の間《ボウ・ルーム》で酪農家たちとの会合を主催する予定で、そのあと〝一八四四年の間《ま》〟で心肺分野の医療研究者たちとの昼食が控えていた。午後にはプライヴェートな来客が二組、夜はシルクのドレスと宝石を身に着けてロイヤル・アカデミーのレセプションに出席する。それでも慎重に案配すれば、犬の散歩と着替えのあいだに、ほんの数分程度の時間を確保することぐらいできるはずである。女王はその旨、〝脳内メモ帳〟に書き込んだ。

ロージーは絶妙のタイミングで、女王のプライヴェート区画のほうの居間に顔を出した。話したいことがある、と言っておいたのだ。プライヴェート区画の居間はこぢんまりしていて、布張りの椅子にふっくらしたクッションを配した、居心地のいい部屋だった。壁は家族の写真でほとんど埋め尽くされ、ところどころに置いたランプが柔らかな光を放っている。まちがいなくくつろげる空間なのに、それでもロージーは緊張を解くことができずにいるようだった。健気《けなげ》にもおもてに出すまいとしていたが、秘書官補のそこまで張り詰めた表情を、女王はこれまで見たことがなかった。ロージーは居間のまんなかで足を止めると、その場に突っ立ったまま身をこわばらせた。これからよくない知らせを聞かされることを覚悟している人のように。サー・サイモンになにを言われたにせよ、それが励ましのことばでなかったことだけはまちがいなさそうだった。

「ロージー、あなたに少し変わった提案があるの」女王はソファに坐《すわ》ったまま言った。

「とおっしゃいますと、陛下？」

「以前に女王付きとして王室で働いていた、とある職員を訪ねてもらえないかと思っているの」

「それは……？」ロージーは眼を大きく見開いていた。どうやら女王の〝提案〟はロージーが予期していたものではなかったらしい。

「ショルトー・ハーヴィーという男性なのだけれど、美術史家でね。一九八〇年代に王室に勤めていた人だから、彼に訊けば、わたしのあの小さな絵がどうして国防省の保管庫に流れ着くことになったのか、わかるかもしれないと思って」

「あの絵は遠からずお手元に戻ってくることになったものと理解していましたが」

「ええ、そうよ」女王はロージーのことばを認めた。「でも、本来なら取り返す必要すらなかったものを、どうしてわざわざ取り戻さなくてはならないのか、そこがどうにも腑《ふ》に落ちないままですからね。なんだかすっきりしないのよ」

「そうおっしゃられると、わたしとしては申し訳ないのひと言に尽きます。夏のあいだに解明できなくて。できる限りのことはしたつもりでしたが――」

「ええ、力を尽くしてくれたことは、よくわかっています。あなたは最後までやり遂げる人だもの。だからこそ、よけいに不可解に思えるの」

ロージーは戸惑っているようだった。「いえ、わたしは……」

「管理が行き届いているなら、現在から過去に向かって時系列を逆にたどっていきさえすればおのずと経緯は明らかになるはずよね。ところが、それができなかった。だから、すっきりしないの。ええ、あなたほどの凄腕《すごうで》が突き止められなかったんだもの。あいにく一九八〇年代当時の絵画管理官はもう亡くなっているんだけど、ふと思いついたのよ、だったらその人の補佐を務めていたショルトー・ハーヴィーに話を聞いてみてはどうかしらって。確かコッツウォルズに住んでいるはずだから、訪ねていってはもらえないかしら。ミスター・ハーヴィーが王室の職員だったのは、ずいぶん以前のことだから、役に立つ情報を思い出してもらうのにも時間がかかるかもしれないわ。二日ほどあのあたりに泊まって、ミスター・ハーヴィーのご自宅をこまめに訪ねてみるといいんじゃないかと思うんだけど」

　驚きのあまり、ロージーの眼はまん丸になっていた。「コッツウォルズに出張する、ということでしょうか？　二日間も？」

　女王は顔をしかめるふりをした。「場合によっては、三日間になるかもしれないわね」

「ですが、陛下、今は時間が取れそうにありません。ロンドン警視庁の主任警部が来ていますし、公式訪問の調整も大詰めです。国際平和の実現に向けたスピーチも……」

「主任警部も自分の面倒ぐらい自分で見られる方でしょう？　公式訪問やスピーチはあなたが責任者だったかしら？」

「ええと、はい、そうなんです。それで——」

「ノートパソコンでも仕事はできるんじゃない？」

「はい、できます。できますけど――」

「では、今週末に行ってもらえますね？」

ロージーは咽喉《のど》をごくりとさせた。なにやら困っていることがあるようだと女王にも察しがついた。「そこまで忙しいの？」

「じつは土曜日に友人の結婚式に招かれているんです」ロージーは正直に打ち明けた。

「結婚式にはぜひとも参列してもらわないとね。では、日曜日に出発することにしましょう。必要なら火曜日まで滞在を延ばしてもかまいません。もちろんミスター・ハーヴィーがお留守でないと仮定して、ですけどね」

「ですが、陛下、来週の火曜日にはモスクワ総主教と大主教がおいでになります。それに高等弁務官も――」

「ブリーフィングはサー・サイモンにお願いすればいいわ。それに、そのお三方なら以前にお目にかかったことがあります。こちらもあちらも段取りは把握ずみですよ」

ロージーは呆気《あっけ》にとられた面持ちで、ただただ女王を見つめていた。言いたいことは、女王にもわかった――**たかが一枚の絵画のためにそこまで？**

ええ、そこまでしますとも、と女王は胸のうちで答えた。それに、サー・サイモンとも少し距離を置いたほうがいいと思うし。だとしても、この〝出張命令〟は、とびきり奇妙な提案に思われるにちがいない。女王にもそれはよくわかっていた。それでも、なにかがおかしいとわかっているのに、その正体を突き止めずにいるとしたら、それは怠慢というものだろう。女王にとって、それは許しがたいことだった。

12

ショルトー・ハーヴィーは、コッツウォルズのなかでもいちばんといっていいほど魅力にあふれた村の、雑誌で二度特集されたこともある美しいコテッジに住んでいるらしいとロージーは知った。

ロージーからの電話を受けて、ショルトーは大いに歓《よろこ》んでいるようだった。「バッキンガム宮殿から連絡があるとは嬉《うれ》しいね！」そして、〝人里離れた狭苦しい民宿《B&B》なんぞ〟に泊まることはない、拙宅に滞在して二泊すればいいと言って譲らなかった。こんなふうにロージーからだしぬけに連絡を受けて驚いているのだとしても――それどころか内心呆《あき》れかえっているのだとしても、そんな様子はこれっぽっちもうかがえなかった。むしろ快活に愛想よく応じ、てきぱきとメールアドレスを交換し、ロージーのアドレス宛てにコテッジまでの詳細な道順をわかりやすく一覧表にしたものを送ってよこした。ついでのお願いとして、ウィルトシャーでは手に入らないフランスのチーズを〈フォートナム&メイソン〉で買ってきてはもらえないだろうか、立て替えてもらった代金はもちろん、のちほど返済するので、と書き添えて。

金曜日、ロージーはやり終えていない仕事をできる限り片づけるために遅くまでねばり、夜のかなり遅い時刻になってから、ようやく屋根裏区画の自室に引きあげた。そして土曜日の朝、廊下を進んでくる掃除用具のワゴンが立てる賑《にぎ》やかな音と、ルル・アランテスの歌声で眼を覚ました。

　ロージーはドアを開け、おはようと言おうとして、ルルが三角巾《さんかくきん》で片手を吊《つ》っていることに気づいた。理由は訊《き》かずにおくことにして、タオルやリネンの交換について、いつもどおりの会話を交わしたあと、ルルはロージーに今日の予定を尋ねた。ロージーは、結婚式に参列することになっていると答えた。

「わあ、それはすてきね！　結婚式の披露パーティーって、あたし、大好きなの。お洒落《しゃれ》なところでやるの？」

「カンタベリーの教会で挙式したあと、その近くのホテルで」

「それじゃ、週末はずっと向こう？」ルルは尋ねた。「って言うのはね、ウィスタブルに従妹《いとこ》がいるの。カンタベリーからならそんなに遠くないでしょ？　夫婦でフィッシュ&チップスのお店をやってるんだけど、最高においしいのよ、これが。日曜日のブランチとかにもってこいだと思うのよね」

「そうね、ぜひともそうしたいところなんだけど……」ロージーは残念そうな顔で答えた。結婚式である人物に再会したら、日曜日にはきっとその人と、ルルの言うところの最高においしいフィッシュ&チップスを食べに寄りたい気分になるにちがいなかった。でも、そうはならないし、そのほうがよくもある。いわゆる〝焼けぼっくい〟に火がついても、ろくな結果にはならない、とわかっているからだった。それに、あちらさんはガールフレンドを連れて現れるだろうし、そもそもその場限りの関係なんて褒められたものでもないわけだし……気がつくと、話の流れを見失っていた。「ええと、なにか言いかけてたよね、わたし？」

「ぜひともそうしたいところなんだけど……？」ルルはその先を期待する表情になった。

「そうそう、ぜひともそうしたいところなんだけど、ウィルトシャーに行くことになってるの」ルルの好奇心に応《こた》えて、ロージーは言った。そうしてこの週末の一風変わった予定を声に出してみることで、現実味のようなものが湧いてくるのを感じた。「じつは、以前、王室の職員だった人のお宅にお邪魔することになって。働いていたのは、一九八〇年代なんだけどね。コッツウォルズのそれはもう溜《た》め息が出るほどすてきなコテッジに住んでるらしいの」

　ルルは怪我をしていないほうの手をワゴンに置いた。「それって、まさか、ミスター・ハーヴィーじゃないよね？」

「そのまさか。驚いた、どうして知ってるの？」

　ルルは眼をぐるりと回した。「その人のことは、なにからなにまで聞いてる。はっきり言って、性根の腐った男よ」

　ロージーは笑った。「シンシア・ハリスのときもそんなことを言ってなかった？　みんながみんな、性格的に難ありなんて、できすぎってやつじゃない？」

「けどね、あの男は正真正銘の食わせ者よ。悪いことは言わない、用心してね」

　ロージーは改めてルルに眼を向けた。ショルトー・ハーヴィーのことを知っているのが解せなかった。ダークブラウンの巻き毛は染めたものだとしても、顔にはほとんど皺《しわ》らしい皺もなく、最大限に見積っても四十歳をちょっと超えたぐらいの年齢だと思われた。だとすれば、ショルトーが王室職員として働いていたころにはティーンエイジャーのはずだ。「ミスター・ハーヴィーと知りあいだったの？」内心首を傾げながら訊いてみた。

「あたしが？　まさか、ちがうわよ。でもね、かなりいろいろ聞いてるの、あの男のことは。絵画管理官だったんでしょ？」

「副管理官ね」

「例のブラント事件もあったからね。ほら、あれよ、あれ、アンソニー・ブラントがソヴィエトのスパイだったことが発覚したってやつ。それを考えれば、ハーヴィーみたいな男が王室の絵画管理官だか副監理官だったたってのも、まあ、驚くようなことじゃないのかもしれないけれどね。いちおう警告はしたからね、あとになってからなんで言ってくれなかったの、なんて言わないでよ。それじゃ、うん、またね」

　そう言われてみれば——ロージーは思い出した——ルルにはついこのあいだも〝それじゃ、うん、またね〟と言われたんだった。そう、彼女の義理の姉の従妹が殴り殺されたという話を聞かされたあとで。

「うん、ありがと」とロージーは言った。〝ありがと〟と言うべき場面かどうかはわからなかったけれど。そして、次の瞬間、こんなことをしているとほんとに遅刻することになると気づいて、部屋に引っ込み、急いでシャワーを浴びてから、用意しておいたドレスに袖《そで》を通した。眼の玉が飛びでるほどの金額をふんだくられた、そのドレスは、以前のボーイフレンド、お調子者のマークの顔が脳裏にちらついたせいで、〈ネッタポルテ〉で衝動買いしてしまったものだった。

マークはガールフレンドを連れてきてはいなかった。眼の玉が飛びでるほどの金額をふんだくられたドレス姿のロージーを熱っぽく見つめてくる眼差《まなざ》しは、そのしたの下着にも同じぐらいの金額を投資したのかどうかを知りたがっているように思われた（ちなみに、下着にも大枚をはたいていた）。マークなら容姿も、声も、身のこなしも、どれをとっても、日曜日に最高においしいフィッシュ＆チップスを一緒に食べに行く相手として、なんの不足もなかった。ついでに言うと、そのまえに最高にすてきな土曜日の夜を過ごす相手としても。ウィルトシャーまでの長距離ドライブのため、午後九時にはカンタベリーを出なくてはならない、とマークに伝えたときのことが思い出されて、ロージーはミニクーパーのステアリングを握る手にぐっと力を込めた。

マークは結婚式のあとの披露パーティーが開かれたホテルに部屋を取っていた。ふたりが望めば、人目を避けてうえの階のその部屋に雲隠れすることもできたのだろうが、それを実行に移していたら、それこそ褒められたことにはならなかっただろう。目下のところ、正直な気持ちとしては、そうしなかったことを後悔していなくもなかったが、明日の朝にはそうしなかった自分に感謝するにちがいなかった。

それに、マークとホテルのバーで優雅な時間を過ごす代わりに、百パーセント素面《しらふ》で、午後十一時三十分などというとんでもない時間帯に、こうして真っ暗闇のなか運転するはめになったのは、ロージーの判断ミスでもあった。ショルトー・ハーヴィーから「どれだけ遅くなっても構わないから、土曜日の夜のうちにこっちにいらっしゃい。そうすれば日曜日は朝からまるまる一日フルに使える」と言われたときに、断ることもできたのだから。それを敢《あ》えて受け、こんな時刻にＭ４号線をひた走りに走っているのは、でないと酔いに任せて一夜の過ちというやつをしでかし、あとで猛烈に後悔することになるとわかっていたからではなかったか？

　ううん、そうじゃない、とロージーは胸のうちでつぶやいた。この誘いを受けたのは、マークは結婚式にガールフレンドを連れてくると思ったからで、そんな彼を目の当たりにするのは耐えられないと思ったからだ。でも、マークはひとりで現れた。それに、マークと過ごすのは、酔いに任せた一夜の過ちなんかじゃない。似ても似つかないものだ。以前に実証済みじゃないの、ふたりでグラスを重ねつつ過ごした夜は、過ちどころか最高の部類に入る時間だったのだから。

　わたしのバカ、とロージーは小さく胸につぶやいた。

　ミニクーパーの車体越しに、振動が伝わってきた——ブーッ、ブーッ、ブーッ。ロージーはわれに返ってステアリングのボタンを押し、ハンズフリーで電話に出た。

「もしもし？」

「ロージー？」

「今、運転中なんだけど」

「だと思った」妹のフリスだった。「運転中はいつもいらいらしてるもん」

「眼のまえの道路に神経を集中してるだけだよ」決して苛立《いらだ》っているわけではないことを示して、ロージーは言った。「どうしたの？」

「別にどうもしないよ。これから寝るところ。ちょっと声が聞きたくなって。どう、変わりはない？」

ロージーは妹のそのことばを吟味した。フリスが土曜日の夜に電話をかけてくることはまずなかった。だったらいったいどういうわけで……？　と思ったところで気がついた。なるほど、そういうことでしたか。フリスも新婦とは友だちの友だちなのだ。結婚式にはマークも来るはずだと察知したにちがいなかった。

「今はわたしひとりだし、アルコールは一滴も呑《の》んでません。ご心配どうもね」

「心配なんてしてないって。ただ……どうだったのかな、と思って」

「よかったよ、すてきな式だった。ジョジョのドレス、アマンダ・ウェイクリーでね、背中が大きく開いてんのよ、腰のあたりまで。式に参列したお爺《じい》ちゃんたちの半数は、危うく心臓発作を起こしかけてた」

「ジョジョは背中が自慢だものね、よく見せびらかしてた」

「うん、今もね。あとね、ジョジョのお兄ちゃんに口説かれた」

「また？」

「そう、諦《あきら》め悪すぎ。奥さんがすぐ隣に立ってるってのに」

「ロージーのドレスもよかったよ。めちゃくちゃクールだった。九〇年代終わりごろのイマン（訳注：イマン・アブドゥルマジド（一九五五〜）。ソマリア出身のモデル。九二年に再婚したデヴィッド・ボウイとともに、九〇年代のファッションアイコンと言われる）そのものって感じだった」

「そんなこと、どうして……？　ああ、そういうことね」ロージーは察しをつけた。ロージーの〈インスタグラム〉のプライヴェート用のアカウントで見た、ということだろう。自撮り《セルフィー》したものに加えて、友だちと撮った写真を何枚か投稿していたのだ。うっかり忘れていたが、妹にはインターネット上でストーキングされているのだ。

「で、ニックとは？」

　マークのことを言っているのだろうと思われたが、敢えてまちがいは訂正しなかった。「べつになにも。式には来てたけど。あのね、今コッツウォルズに向かってるとこで、この先まだずうっと運転しなくちゃならないの。明日にでもまた話さない？　そとも暗いし、運転に集中したいんだよね」

「そりゃ、そうだよね」フリスはそう言ったものの、電話を切ろうとしなかった。短い間を挟んで、こんなふうに訊《き》いてきた。「あのさ、大丈夫？　いろいろと」

「ええ、もちろん。大丈夫じゃないと思うわけでもあるの？」

「ううん、ないけど。サー・サイモンは？」

「変わりないよ。サー・サイモンのことなら明日いくらでも話してあげるって、ほんとに気になってるんなら」とロージーは言った。そこでまた間ができた。フリスに詮索《せんさく》されているようで、苛立ちが募った。呼吸が浅く、なんだか息苦しかった。胸の奥で、いろいろな〝材料〟がごちゃまぜになって苛立ちという大きな釜《かま》がぐつぐつと煮えたぎっているような気がした。マークも、このばかげた出張も、あの手紙も、プールサイドでなにげなく投げかけられたことばも、すべて〝材料〟だった。ルル・アランテスの言うとおりだったら――ショルトー・ハーヴィーがセクハラ親爺《おやじ》の本性をあらわしてきたら……そんなことを考えなくてはならないことも、〝材料〟だった。それに、ロージーが突然三日も姿を消したら、サー・サイモンはなんと思うだろうか、という〝材料〟も交じっているかもしれなかった。陛下のご下命なのだから、秘書官補としては従うのが当然の理《ことわり》というもの。ところがサー・サイモンのなかでは秘書官が万事を取り仕切るべきとの図式ができあがっている。たとえそうではない場面であっても。

「たしかに、めんどくさい人になってる、って白状しようか？」ロージーはぴしゃりと言った。「でも、わからなくもないよ。一週間まえに遺体なんてものを見つけちゃったわけだし」

「遺体が発見されたってのは、こっちでもニュースでやってた。じゃあ、サー・サイモンが第一発見者だったんだね。頭を打ったかなんかして亡くなったんだっけ？」

「そう。たんなる事故だったんだよ。なのに、サー・サイモンは神経質になっちゃって、やたらぴりぴりしまくってる。わたしが言ったことが気に食わなくて、それを完全に捻《ね》じ曲げて受け取っちゃってるの」

「今年の夏は職場の雰囲気があんまりよくなかったって言ってたもんね」

「うん、実際よくなかったし、今もよくない。なにをするのもおっかなびっくりって感じ。以な。ほかの人がなにを考えてるかなんて、わかるわけないじゃない？　ブレグジットのことにしたって、最近のドナルド・トランプのことにしたって。なのに、なにか言おうとすると、視線の集中砲火を浴びることになる。それに――ああ、もう、やだ。今言ったことは忘れて。夜も遅いし、へとへとに疲れてるし」

そこでまた間ができたことで、ロージーは自分がいささかしゃべりすぎてしまったことに気づいた。いつものフリスなら、電話をかけてきたら、こちらには口を挟む隙もない。一方的にしゃべりまくる。だからこそ、ロージーには不思議でならないのだ。こんな世界の誰よりもおしゃべりで、にぎやかで、人の話の腰を年がら年中へし折ってばかりいる、フリスのような子が心理療法やカウンセリングの仕事をしていることが。こんなふうに沈黙の時間が挟まるのは、フリスが仕事モードのときだけ……と思ったところで、思わず出かかった罰当たりなことばを呑み込んだ。

「わたしの話、聴いてるんだね？」とロージーは言った。腹を立てていることを隠す手間は省いた。

「もちろん聞いてるよ」

「そうじゃなくて。傾聴ってやつ？　仕事のときみたいに。わたしはカウンセリングのクライアント？」

「ちがうって！　んなわけないじゃん。そんなこと、一度だって――」

「あっそう。よくもできたもんだよね、姉に対してカウンセリングなんて」

妹の嘘なら、ロージーにはたいてい見破れた。家族のなかで、誰よりも自己統制が取れているのがロージーだった。どんな場合でもつねに。アフガニスタンのヘルマンド州の蛸壺壕《たこつぼごう》のなかで生き延びることができた者に、妹ごときのいまいましいセラピーなんぞ必要のあろうはずもなかった。

「わたしなら大丈夫だから、ご心配なく」強い口調でロージーは言った。「わざわざ電話してきてくれてどうもね。マークと真夜中のお愉《たの》しみをお愉しみそこねたかもしれないけど、そんなのどうってことないから」

「そんなこと、ひと言も言ってないじゃない」

「ヴィクトルによろしく。じゃあね、おやすみ」

ロージーはぷつっと電話を切ると、指先で弾《はじ》くようにしてラジオをつけ、受信できる局を端から試し、最終的に、いくらかなりとも気分を落ち着けてくれそうだという理由で、深夜のジャズ番組を流している局を選ぶと、加速して時速一三五キロで深夜の幹線道路《モーターウェイ》を疾走した。スピードメーターの針が時速一四五キロに近づきはじめたあたりで、ありとあらゆるタブロイド紙の紙面にでかでかと、彼女の逮捕を報じる記事が載るところが眼に浮かんだ。

わが国初のアフリカ系秘書官補
スピード違反で赤っ恥

そこで仕方なく制限速度をわずかに上回る程度までスピードを落とした。スポーツカータイプのミニの車内は、静止しているのかと思うほど静かになった。幹線道路《モーターウェイ》はまっすぐに延び、単調で退屈なドライヴが延々と続いた。このあたりにも眼を愉しませてくれるような田園の風景が拡がっているのかもしれなかったが、すべては闇に塗りつぶされていた。おかげで、妹と電話でしゃべっていたときの自分の口調がどれほど刺々《とげとげ》しかったかを振り返る時間ができた。ああいう口のきき方は、われながら、どうかしていた。ロージーらしくなかった。いつもなら、電話をかけてきてくれたことをありがたいと思うはずなのに。

いったいなにが、苛立《いらだ》ちを募らせ、あんな煮えくりかえるほどの憤りをかきたてたのか？もちろんマークも理由のひとつではあるだろう。とはいえ、今となってはいわゆる〝元カレ〟、以前につきあいのあった相手でしかない。それよりも……思い当たるのは、サー・サイモンのことが頭をよぎり、宮殿での出来事をあれこれ思い返したことだった。神経質になっているのは、サー・サイモンだけではなかった。職員の誰もが息をひそめ、神経を張り詰め、王室はびりびりと音を立てそうな緊張感に呑み込まれてしまっている。確かに、大規模改修計画のせいでいつも以上のプレッシャーにさらされてはいるけれど、いつもなら、そういうときこそより結束力が高まり、みんなして一丸となって働くはずだった。もちろん家政婦《ハウスキーパー》があんな亡くなり方をしたことも影響してはいるだろう。けれども、それ以前からおかしくなりはじめていたのだ。ロージーが初めてシンシア・ハリスと顔をあわせた時点で、すでに不協和音は響きはじめていた。あのとき食堂で、なんとも表現しようのない違和感を抱いたことをよく覚えている。それでも、あの時点では、まだ傍観者の立場から眺めていたにすぎない。ところが、今やロージー自身も巻きこまれてしまっているのだ。そのことに改めて思い至った。たたんだ服のあいだに挟みこまれていたあの手紙。あの手紙をきっかけに、すべては一変した。なかったことにするつもりが、あれ以来、苛立ちと緊張を抱えこんでしまっている。

　暗闇を突いて西に車を走らせるうち、ロンドンの職場で目下、ロージーが置かれている状況が、次第にクリアに見えはじめた。サー・サイモンは、ロージーもその一員である王室という職場をよく〝幸福な船〟に喩《たと》えるが、その喩えで言うなら、職場では今、その船を沈没させようとする力が働いているのだ。〝これ〟と明確に指摘することはできなかったが、その邪悪な顔がちらついている。心ないメッセージを送りつけたり私物に被害を与えたりすることで、乗組員たちの絆《きずな》を断ち切ろうとしている。ついには死者まで出てしまった。そんな雰囲気が蔓延しているのだ。今し方、妹にきっぱりと断言したばかりではあるけれど、家政婦《ハウスキーパー》が足を滑らせて亡くなったことを、きわめて運の悪い事故とみなしてしまっていいものか……？

　〝ボス〟が警察にコンタクトを取ったのは、おそらく〝ボス〟ご自身も懸念を抱いておられるからだろうが、派遣されてきた主任警部のデイヴィッド・ストロングを当てになさっているのであれば、それはとりもなおさず、陛下ご自身もどこに眼を向けるべきか、まだおわかりになっていない、ということになる。

　ロージーはエクササイズの要領で両肩をぐるっとまわした。これからの三日間、そうした職場から距離を置けるのが、正直なところ嬉《うれ》しかった。もうしばらく走ったところで、ヘッドライトの光がかすめた道路標識に、探していた地名を見つけた――ロイヤル・ウートン・バセット。

　ロージーは幹線道路《モーターウェイ》を降りて、車を側道に進めた。標識の地名が、別の記憶を呼び起こした。前回通過したとき、この町はただのウートン・バセットで、ロージーは四トントラックの荷台に坐《すわ》っていたのだったが、今のように深夜の時間帯には、ロージーも含めて戦地から帰還した軍の人間にとって、特別な意味を持つ町ではなかった。ところが、昼になると、様子が一変するのだ。リネハム空軍基地の軍用飛行場にアフガニスタンから到着した戦死者の遺体が、納棺され、国旗をかけられて輸送されるとき、この町を通りかかると、住人たちはそのたびにおもてに出て、戦死者ひとりひとりに敬意を表したのである。前例のない出来事だった。眼にした者の心を揺さぶらずにはおかない光景だった。だからこそ陛下もこの町に〝ロイヤル〟の称号を贈ったのだ。

　ロイヤルがついてから、町の名前を文字として見るのは、これが初めてだった。ロージーは胸に熱いものがこみあげてくるのを感じだ。ヘルマンドから祖国に戻ったばかりの帰還兵たちは、四トントラックの荷台で揺られて、互いに互いをこっぴどくからかいあい、ふざけあいながら、これから再会する家族を思い、ことばにできない思いをかみしめていたのだ。変わってしまった自分たちを、たとえ両親でさえも本当の意味では理解できない人間になってしまった自分たちを、家族はどんな思いで迎え入れることになるのだろうか、と。だが、遺体をおさめた棺《ひつぎ》を迎える家族もいるのだ……もう二度と会うことのできない戦友たちの家族のことが思われた。

ロージーは先を急いだ。ナビによると、目的地のイーストン・グレイに到着するのは午前零時近くになりそうだった。ショルトー・ハーヴィーからは、到着は何時になってもかまわない、と言われていた――「ぼくは先に寝てしまっているかもしれないけれど。キッチンにあるものは、どれでも好きに食べてくれてかまわないよ。きみの寝室は階段をあがって左側の、いちばん手前の部屋だ。日曜の朝にお目にかかろう」

コテッジのまえで車をとめた時点で、時刻は午前零時を二分ほど過ぎていた。ロージーはそとに出て荷物をおろした。フクロウの啼《な》き声が聞こえた。家の鍵《かぎ》は、ショルトーに聞かされていたとおり、玄関脇の〈古き良き紳士服飾店《オールド・ハバダッシュリー》〉と書かれたプランターのしたに置いてあった。その鍵で玄関のドアを開け、ロージーは邸内《なか》に入った。

13

バッキンガム宮殿内に何ヶ所か設けられている職員用キッチンのひとつで、仕事を終えたばかりのお仕着せ姿のふたりの従僕とこれから勤務に入る電話オペレーターと警備部門の夜間責任者《ナイト・マネジャー》とのあいだで議論が戦わされていた。ここ一週間、論題は変わっていなかった。ワールドカップにおけるイングランド代表の勝算について、〈アクセス・ハリウッド〉の動画（訳注：二〇一六年十月七日に『ワシントンポスト』紙が公開した、ドナルド・トランプ大統領候補

（当時）のスキャンダラスな動画。ゴシップ番組「アクセス・ハリウッド」が十年前に撮影したもので、トランプはこの動画のなかで、自分がいかに女性を性的に思い通りにできるかを自慢している）について、そして、バッキンガム宮殿の屋内スイミングプールで死体が発見された件の最新情報について。

「聞いたところによると」若いほうの従僕が、ほかの三人をぐるりと見まわしながら言った。「サー・サイモンは姿を現したとき、血まみれだったらしいですよ――顔も、両手も、どこもかしこもべったりと血がついてたって、で、そのまま陛下の寝室に直行したもんだから、陛下はあやうく心臓発作を起こすところだったとか」

「サー・サイモンは寝室で失神したって聞いた。その件については箝口令《かんこうれい》が敷かれたんですってね」電話オペレーターが口を挟んだ。

「なんについて？　寝室に行ったことは口外するなってことか？」夜間責任者《ナイト・マネジャー》が尋ねた。

「そうじゃなくて。失神したってほう。誰も知らないことになってるんだけど、家政婦《ハウスキーパー》から聞いちゃった」

「サー・サイモンは寝室でなにをしようとしたんだ？」

「たいがいにしろ、話を膨らませすぎだぞ」年嵩《としかさ》の従僕は、一同をにらみまわした。「どれもこれも所詮《しょせん》は噂なんだから。陛下の寝室で失神した？　ばかばかしい。そもそものスタート地点がまちがってる。問うべきは――サー・サイモンはそもそもプールでなにをしようとしていたのか？　だよ」

「それってつまり……なにが言いたいの？」

「サー・サイモン・ホルクロフトは直近ではいつ泳ぎにいった？　そこから考えてみろ」

「ちょっと、やだな、こっちを見ないでくださいよ。ぼくにわかるわけないじゃないですか」

「直近もへったくれもない。秘書官が泳ぎにいくなんて、これまでは一度もなかったんだよ。これ以上言わせるな」年嵩の従僕はうしろの壁にもたれかかって腕を組んだ。

その発言がなにを言わんとしているものなのか、電話オペレーターには今ひとつぴんとこなかったものの、そんなふうに言われると。確かになんだかあやしいような気がしてきた。

「それを言うなら、あの女こそなにをしようとしてたんでしょうね？」先輩の疑問提起に続いたしばしの沈黙を破って、若いほうの従僕が言った。

「シンシア・ハリスか？」夜間責任者《ナイト・マネジャー》が言った。「あの女は神出鬼没だからな。誰かの行動を監視してたんじゃないか？　ご一家の誰かの」

「それはないね。あの女の場合、ご一家の誰にしろ、ちやほやすることはあっても嗅《か》ぎまわるってのは――」

「だったら、職員の誰かを監視してたんじゃない？」電話オペレーターが思いついたことを口にした。

「というよりも、人目を忍んでぐびっとやる習慣でもあったんじゃないか？　死体のそばでウィスキーのボトルも見つかったそうだから」夜間責任者《ナイト・マネジャー》が言った。

「ぼくはジンのボトルって聞いたな」若いほうの従僕が訂正した。

「ほんとに？」

「まあ、いずれにしても、いいざまってやつだな」年嵩の従僕が話を締めくくるように言った。

「いやな女だったもんな、あのしなびザル」

「ちなみに」夜間責任者《ナイト・マネジャー》が口を開いた。これから言おうとしているのは、確かな情報というやつだった。なぜなら、自分自身の眼で目撃したことだったから。「あの女は一晩中プールサイドに倒れてたって話だろ？　タイルの目地に、まだ血のしみが残ったままになってるよ」


挽《ひ》きたてのコーヒー豆の香りと階下から聞こえてくる美しいピアノの調べにつられて、ロージーは眠りから覚めた。しばらくのあいだ、眼をつむったまま、自分がどこで目覚めたのかを考えた。そうそう、そうだった、片田舎の見ず知らずの男の家。おまけに家主とふたりっきり。公正を期すために言っておくなら、ベッドの寝心地は極上だった。リネンはすべすべとなめらかで、枕も柔らかかったし、空気のように軽い羽毛布団にもぐっていると、ガチョウの綿毛でできた温かな雲に包み込まれているようだった。おまけに部屋にはいいにおいまで漂ってきているのだ。コーヒーの香気のなかにかすかに感じられるのは、スパイスか薪《まき》を燃やしている煙のにおいだろうか。どちらかはわからなかったけど、芳《かぐわ》しい香りだった。ずっとこうして寝転んでいたいところだったが、〝見ず知らずの男〟に失礼な客だと思われてしまいそうだった。ロージーはしぶしぶベッドを離れた。ドアの内側に、ヴィンテージものと思われる、緑のキモノが掛かっていた。ベリーショートに刈り込んだ髪を（母親には顔をあわせるたびに、伸ばすように言われているのだが）ささっと手櫛《てぐし》で梳《と》かし、Tシャツとショートパンツのうえからガウン代わりのキモノをはおると、家主に挨拶《あいさつ》をするため、裸足《はだし》のまま階下に向かった。

「おお、きみがロージーだね」

年代物のアーガのオーヴンのまえに立っていた、恰幅《かっぷく》のいい男性が言った。髪をうしろに撫《な》でつけ、ふっくらとした唇に感じのいい笑みを浮かべていた。着ているものは、濃紺のコットンパンツにぱりっとしたコットンシャツ。そのうえに縞柄《しまがら》のエプロンをしめていた。ロージーはキモノを用意しておいてくれた心遣いに感謝した。おかげで、コーディネートの手を抜いたことがばれずにすむ、というものだった。

「ミスター・ハーヴィーですね。はじめまして。お招きありがとうございます」

「どういたしまして。無事に着いてなによりだ。ここはすぐにわかった？」

「ええ、事前に道を教えていただいたおかげで」

ショルトー・ハーヴィーは笑みを浮かべた。「それじゃ、まずは朝食だな。なにを用意しようか？　コーヒー？　オレンジジュースに卵、ソーセージもある。なんでも食べたいものを言ってくれ。ちなみに卵は今朝、隣の家の鶏が産んだばかりのものだ。パンは昨日焼いたものだが、うまいと思うよ――うちのサワードウブレッドは天下一品だと自負してるんだ。ジュースを泡の出るもので割って飲みたいってことなら、冷蔵庫にそれ向きの一本が冷えてる」

ロージーは声をあげて笑った「いえいえ、ほんとに結構です。食べられそうになくて。コーヒーだけで充分です」

ショルトー・ハーヴィーは頰っぺたを小さく膨らませて残念そうな顔をしてみせたが、すぐに実用本位のスチール製のエスプレッソメーカーのいちばんしたの容器に蛇口から水を注いだ。次いでまんなかの容器にコーヒー粉を入れ、いちばんうえの容器を回すようにして取りつけ、アーガの火口にかけて加熱するまでの手際のよさに、ロージーは思わず見とれた。そして気がつくと、ハーヴィーが作業をしている手前のカウンターに近づき、スツールに腰かけていた。カウンターには見るからに新鮮なベリーが二種類、それぞれボウルに盛られて並んでいた。思わず手が伸びていた。ショルトーはカウンターのほうを振りむいて、なにか言いかけたが、「うん、やっぱりそうじゃないかと思ったんだ」と口のなかでぶつぶつ言いながら冷蔵庫まで歩き、シャンパンとソーセージを取り出した。ロージーは改めて断ろうとして、自分がボウルのイチゴを半分近く、ラズベリーのほうもずいぶん口に運んでしまっていたことに気づいた。どうやら、思っていたよりも空腹だったらしい。

「やだ、ごめんなさい！」

「いやいや、とんでもない。きみに食べてもらおうと思って買ったんだから。ああ、ついでにひと言。頼むから、手伝うなんて言わないでくれよ。手伝いは必要ないし、手伝ってもらうのも苦手でね。ゆっくりしていてくれたまえ。なに、大してかからんよ」

ロージーはカウンターに肘《ひじ》をつき、ショルトー・ハーヴィーが料理をこしらえる姿を眺めた。平鍋《ひらなべ》にソーセージが放り込まれ、ジュージューと音をたてはじめ、パンが切り分けられ、オレンジが搾られてフレッシュジュースになった。料理をしながらハーヴィーは、そばの調理台に置かれたスピーカーから流れてくるピアノの旋律に合わせて、ダンスでもするように軽やかに身体を揺らしていた。物慣れたなめらかな動きで、ハミングまで聞こえてきた。

「これ、誰ですか？」とロージーは尋ねた。「その、作曲家は？」

「うん？　ショパンだね。演奏しているのは、ホロヴィッツだよ（訳注：ウラディミール・ホロヴィッツ（一九〇三〜一九八九）のこと。ウクライナ生まれのアメリカのピアニスト。ショパンのほか、リストやラフマニノフなどロマン派の演奏が有名だが、近現代まで幅広いレパートリーを持つ。一九六〇〜七〇年代のショパン等の演奏は、現代においても至高の名盤のひとつに数えられる）。日曜日の朝にはぴったりじゃないかと思ってね。いち、に、さん……ほうらね！」

　てっきり音楽に合わせて拍子を取っているものだと思いきや、〝ほうらね！〟の声と同時に、アーガのうえの小さなエスプレッソメーカーがぐつぐつと沸き立った音をたてはじめ、口から勢いよく水蒸気が噴きあがった。ハーヴィーはたまたま持っていた木のスプーンをピアノの旋律に合わせて指揮棒のように振りながら、少しのあいだエスプレッソメーカーを眺めていたかと思うと、さっと手を伸ばして火からおろし、用意してあった磁器のカップふたつに深い色味の濃いコーヒーを注ぎわけた。

「ふたり分はたっぷりあるよ」ハーヴィーは言った。「ぼくはもう今日の一杯目を飲んでしまったんだけどね、二杯目を飲まないうちには、一日が本当の意味で始まったことにはならない。じゃ、乾杯！」

　ハーヴィーは、あらかじめ銅の小さな手鍋《てなべ》で温めておいたミルクを、それぞれのカップに加えた。ミルクを入れたコーヒーは、ロージーがこれまで味わったこともないほど美味だった。

ショルトーは手のひと振りでロージーの賛辞を退けた。「コーヒーはこうやって飲むに限る。昔、フィレンツェにいたころに習ったんだ。ここにいるあいだに、淹《い》れ方を教えてあげよう」

「ええ、ぜひ」とロージーは言った。

そのころには、ロージーも気づきはじめていた。今回のこの〝出張〟は、仕事一色に塗り固められた、退屈でただ辛抱して過ごすだけの週末にはならなそうだ、ということに。そう、これは本物の豊かな暮らしを知るための、超一流の講義なのだ。ショルトー・ハーヴィーが教えてくれようとすることはどれも、ロージーにとって歓《よろこ》んで学びたいことばかりだと思われた。

ハーヴィーが卵とソーセージを調理しているあいだを利用して、ロージーは家のなかのあちこちを眺めまわした。キッチンは真四角で広々としていて、石の窓枠で囲まれた窓のスイカズラのカーテン越しに、中庭の菜園が見渡せた。古いオークの梁《はり》に吊《つ》るした銅の鍋類に交じってラベンダーの束が吊るしてあって、クリーム色のキャビネットに並んでいる陶磁器は不揃いなのに、その並べ方が絶妙だった。開け放してあるドアから見える食料貯蔵室《パントリー》は整理整頓《せいとん》が行き届いている。使い込まれた道具がずらっと揃っているところは、まさに料理人の厨房《ちゅうぼう》だったが、同時に芸術家らしい空間でもあった。キッチンの隅の、ぼってりとしたグリーンの鉢に植えられたみずみずしいレモンの木も、レモネードを作るときに便利だからという実用的な目的で置かれているのかもしれないが、本当はそこに置いておくと美しいから、というただそれだけのために置かれているのかもしれない。実際、キッチンのたたずまいにじつにしっくり馴染《なじ》んでいる。

できるものなら、どれもこれも、そっくりそのまま自分のものにしてしまいたい、とロージーは思った。そんな気持ちがそのまま顔に出ませんように、と願いながら。

「よし、完成だ。ブラウンソースかケチャップが要るなら言ってくれ。では、どうぞ、召しあがれ《ボナペティ》」

そう言ってハーヴィーはロージーの眼のまえに料理を並べた。焼きたてのソーセージのこうばしい香りに張りあえるものを挙げるとすれば、目下ロージーの舌を軽やかにくすぐっているシャンパン入りのオレンジジュースぐらいだろう。いつの間にかショパンのピアノ曲は、ロージーが大学のころから大好きだったガーシュウィンの〈ラプソディ・イン・ブルー〉に変わり、オーケストラの演奏がクライマックスに向けて徐々に高まりつつあるところだった。

ショルトー・ハーヴィーが、とんだ食わせ者だとしても――とロージーはルルのことばを思い出しながら声に出さずにつぶやいた――はっきり言って、断然わたし好みの食わせ者だわ。

「さて、それじゃ、きみの話を聞かせてもらおうか」とハーヴィーは言った。「秘書官補として女王陛下のおそばにお仕えしているんだからね、それはもうすばらしい毎日を送っているにちがいない。どんなことでもいいよ、いろいろ聞かせてほしいな」

その日は一日じゅう、話をすることに費やされた。話をしながら、ふたりで中庭に出て土いじりを愉《たの》しみ、晩には一緒に料理をこしらえた。ショルトーがキャセロールの仕上げをするあいだ、ロージーは彼の許可を得てサラダを作った。

　ロージーから突然電話がかかってきたとき、ショルトーは当然のことながら驚いたし、彼女をもてなすためにいささか神経を遣いもしたが、それでも、かつて〝ボス〟のそば近くで働いていた日々をふりかえる機会を得たことがなによりも嬉《うれ》しかった。そう、ごく限られた者にしか経験できないことなのだ、とショルトーは改めて思った——喩《たと》えるなら、宇宙に行くようなことなのだ。あのころ、ふたりのあいだには——つまり、女王陛下とショルトー・ハーヴィーのあいだには、絆《きずな》と呼べるものが存在していた。少なくとも、ショルトーはそう感じていた。おそらく陛下もそんなふうに思ってくださっていたにちがいないと思うと、誇らしさと歓びで胸がいっぱいになるのだった。このロージーという子も〝ボス〟の魔法にかかったのだ。ショルトーにはそれがわかった。〝ボス〟はいとも簡単に人に魔法をかけてしまう。自分の気持ちを正直に認めるなら、ショルトーは今、この若い娘に少しばかり嫉妬《しっと》していた。

　彼女はノッティングヒルで育った子ども時代について、思わず聴きほれてしまうほど愉しい話を披露してくれた。それから、あまり話したくないようではあったものの、陸軍での輝かしいキャリアについても。どのエピソードも、じつに印象的だった。そして、今度はロージーが聞き役にまわって、ショルトーが絵画副管理官時代の話をすることになった。ロージーからは事前に、ある年の夏のことを訊《き》きたいと言われてはいたが、はてさてなにを話したものやら、ショルトーとしても当惑しきりだった。それでも、その時代の雰囲気を伝えることぐらいはできるのではないか、と思われた。

「八〇年代のロンドン……そうだな、〝グラマラス〟ということばがあれほどふさわしい時代はなかったよ。華やかで、きらびやかで、目くるめくような時代だった。きみはまだ生まれてなかったんじゃないかな？」

「一九八六年生まれです」

「おや、きみが話を聞きたいといっていた年だね、ちょうど。生まれはどこ？」

「ケンジントンです」

「ぼくが住んでたところだ。当時はケンジントン宮殿に住んでたんでね。いや、笑わないでくれよ。けっこうな数の職員が住み込んでいたんだ、あのころは。ぼくに割り当てられたのは奥のほうの裏手に面した部屋だった。住まいとしては、もう、ほんとにすばらしいのひと言に尽きた。ちょうど〝チャールズとダイ〟の時代でね。とはいえ、もちろん、あの頃からふたりの関係にはひびが入りはじめていたんだが、それを知っている人はほとんどいなかったんじゃないかな。ウェールズ大公はこのあたりで週末を過ごすことがよくあった。ハイグローヴ邸（訳注：一九八〇年にチャールズが購入した、グロスターシャーの邸宅。現在はチャールズとカミラの別邸。コッツウォルズ地方に所在する）はここから北にちょっとのところだからね。だが、ダイアナと子どもたちはロンドンを離れなかった。ケンジントン宮殿でよく見かけたよ、シガレット・パンツにふわふわしたセーターを着た彼女を。パンツの裾《すそ》から足首をちらっとのぞかせてるところが、じつに小《こ》粋《いき》でね。ヘアスタイルもよく似あっていたな。あのブロンドの乱れて眼のまえに垂れかかったような前髪越しに、とびっくり愛らしくて、とびっくりふしだらな笑みをのぞかせて言うんだよ、『変わりはない、ショルトー？』ってね。なんというか、〃あなた、よからぬことを企《たくら》んでいるでしょ〃とでも言いたげな顔なんだ。ひょっとすると、願望だったのかもしれない。今となっては残念だよ、よからぬことを企んでいなかったことが」ショルトーの声に愁いの響きが混じった。

「そのころ、どんな仕事をなさっていたんですか、具体的には？」

「具体的にもなにも、ぼくはあのころ、仕事なんぞしていなかったね」ショルトーはワインをひと口呑《の》み、キャセロールの鍋にもいくらか加えた。「もちろん、職に就いてはいたけれど、あれは仕事という感じではなかったね。当時の絵画管理部門は、それはもう、とんでもなく前時代的だったんだよ。きみには想像もできないかもしれないが、一事が万事、こむずかしくて辛気臭い〃美術史〃の文脈で語られるのさ。そういうことは、オックスフォードの大学付属の研究機関か、ロンドン大学のコートールド美術研究所にでも任せておけばいいものを。そんなことより、あれだけのすばらしいコレクションがあるんだ。みんなに知らしめるべきだし、実際に眼にしてもらうべきじゃないか。みんな、というのは文字どおりの意味でのみんなだよ。ぼくたち王室職員だけではなく、すべての人に開かれたコレクションであるべきだ。そのためには作品のクリーニングや、抜けや洩《も》れのない目録作りが必要となる。それでぼくらは……そうなんだ、とんでもなく忙しいことになってしまってね。収蔵品を整理するにしても、ともかく手をつけられるところから手をつけていくしかない。まあ、こういうのを自画自賛と言うんだろうが、よく頑張ったんじゃないかと思うよ」

「今ではもう、そういうことはしていないようですね。収蔵品を整理するようなことは」

「なんと、やめちまったか！」ショルトーは笑い声をあげた。「ＲＣＴには――そう、今じゃロイヤル・コレクション・〝トラスト〟だもんな――職員だって群れを成すほどいるだろうに。百の単位で数えるほどの人数だろう？　肩書やら職位やらだって覚えきれんよ。ぼくらのころなんぞ、職員なんて十人そこそこだよ。とはいえ、その分、今の職員たちよりもずっと自由にやらせてもらえたかもしれない……」そこで口をつぐむと、ロージーが顔をあげた。ショルトーの表情に、ほろ苦い感傷を見てとるにちがいなかった。「ぼくは保全部門の立ちあげに力を貸したんだ。ぼくのしてきたことのなかでは、たぶん、それがいちばん意味のある仕事だったと思うよ」

　ふたりは丸テーブルについて夕食を食べた。テーブルクロス代わりにヴィンテージのタペストリーがかけてあった。この〝コテッジ〟は、じつは本当に〝古き良き時代の紳士用服飾店《オールド・ハバダッシュリー》〟が営まれていた場所で、百年前に住居に改装されたものなのだと、ショルトーはロージーに説明した。ショルトーが作りあげてきたこの空間に、ロージーはすっかり心を奪われてしまったようで、部屋のなかを隅から隅まで眺めまわしている。マントルピースのうえにかけたアンティークのヴェネチアンミラー、その鏡を挟んで左右対称に並べられたモダンな磁器とヴィンテージグラスのコレクション。暖炉まわり以外の場所でも、ショルトーの好みは遺憾なく発揮されていた。本棚が置かれている場所を除いて、壁面はほぼ絵画で覆われていると言ってよかった。油彩画も水彩画も、古いものも新しいものも、さまざまな絵画がありとあらゆる種類の額に入れられ、意外性のある配置で床から天井までを埋め尽くしていた。そのすべてを丸呑《まるの》みしそうな熱心さで眺めるロージーの様子を、ショルトーは好ましげに見守った。何年かしてそれだけの余裕ができたら、この子もきっと同じことをするにちがいなかった。

　キャセロールとクラレットと、ロージーが〈フォートナム＆メイソン〉に立ち寄って買ってくれたチーズで食事を終えると、ふたりはそれぞれの呑みものを持って居間に移動した。ロージーはソファの座面に脚を引きあげ、お尻《しり》のしたに敷くようにして坐《すわ》った。なにを考えているのか、とショルトーは尋ねた。

「この部屋はすごく居心地がいいな、と思っていました。それから、わたしの部屋の横の階段の壁にかかっている、木立を描いたあの絵は誰が描いたものなんだろうって考えていました。署名を見ると、セザンヌって書いてあるような気がするんですけど。それから、そんなに気に入っていらしたのなら、ミスター・ハーヴィーは、どうしてロンドンを離れたりなさったんだろうって」

　ショルトーはグラスを指先でとんとんと叩《たた》きながら、しばらくのあいだじっと考えをめぐらせた。

「そうだね、まずは気づいてくれたことにお礼を言わないとならないね、この部屋をこうして理想どおりの空間に仕あげるには、ざっと二十年ほどもかかったかな。たとえばそのラグはカトマンドゥからやっとの思いで持って帰ってきたものなんだ。幸い、家内は家具を見る眼が肥えていたものでね、いい家具を揃えていたってのもあるな」

「すみません、余計なことを訊いてしまいました」ロージーは言った。ショルトーが過去形で妻の話をしたことに気がついたにちがいない。「奥さまはお亡くなりに？」

　ショルトーは短くうなずいた。「ああ、心臓発作だった。もうずいぶんになる。ええと、あとはなんだったかな？　ああ——階段の壁にかかっている絵の作者だったね。正解だよ、きみの言うとおりセザンヌだ」

「えっ？」ロージーは眼を丸くしてショルトーを見つめ返してきた。「ほんとに？」

「あんな小さな作品だけどね。じつに美しい。セザンヌの描く木が好きなんだよ」

「あの絵も奥さまの？」

「いや。でも、まあ、当たらずといえども遠からずってやつかな。あの絵は、ハンプシャー在住の、夫に先立たれたさる裕福なご婦人のお屋敷で見てひと目惚《めぼ》れしてね、絶賛したんだよ。美術品の収集に関してアドヴァイスをするために雇われていたんだけどね、いやあ、彼女のコレクションは超一流だったね。亡くなったご夫君というのが、スカンジナビアの某国の億万長者だったこともあるんだけど、彼女自身もとても眼が肥えていたからね。そんなこんなで彼女が亡くなったあと、あの絵が……」最後まで語らずに、ショルトーは手のひと振りで話をしめくくった。

「幸運に恵まれたってことですね」

「そのとおり、幸運なめぐりあわせだった」

「そんな貴重な作品を、どうして階段の壁なんかに？」

「だって、そのほうがおもしろいじゃないか」とショルトーは答えた。「あの絵は当然、ぼくの持っているもののなかでいちばん価値がある。アカデミー賞のオスカー像を階段のしたのトイレに飾っておくのと同じような感覚だよ。あとはなんだっけ……？　ああ、ロンドンを離れた理由か。離れざるをえなかったから離れたんだ。ロンドンで友だちを亡くして、それがあまりに辛《つら》かったもんでね。だが、今でもあの都会《まち》が恋しいよ。とりわけ、宮殿が」

「わかるような気がします」ロージーが言った。「今、わたしが住んでいる部屋からは池が見えるんです。その——」

「いやいや、ぼくの言った宮殿はバッキンガム宮殿じゃない。セント・ジェームズ宮殿のことだよ」

「あら？」

「バッキンガム宮殿よりはるかに趣深い場所じゃないか。今もイギリス王室の公式の宮殿はセント・ジェームズ宮殿だってことは知っているかな？」

ロージーは首を横に振った。「だから世界各国からイギリスに派遣されてくる大使たちは、セント・ジェームズ宮殿に派遣されたことになってるんですね」

「そのとおり。ヘンリー八世はハンセン病の患者のための病院があった場所にあの宮殿を建てたんだ」その逸話は、ショルトーの十八番《おはこ》だった。「バッキンガム宮殿のほうは、役立たずに終わった桑畑の跡地に建てられたものだ。〝ボス〟が話してくれたんだよ、ジェームズ一世は絹の生産を進めようとしたんだが、トウグワではなくクロクワを植えてしまったんだそうな。

で、お蚕さまからは見向きもされなかったらしいね。陛下はそういうエピソードをお好みになる。歴史上のあやまちとか勘違いとか。ぼくに言わせりゃ、バッキンガム宮殿は醜悪そのものだね。そうは思わないかい？　極めつけはあの悪趣味を総動員したような正面玄関《ファサード》だ。あんなもん、さっさと取っ払っちまえばいいのに」

ロージーは眼が点になった。「えっ、正面玄関《ファサード》を？　バルコニーはどうするんです？」

「ないならないで、なんとでもなる」大したことではない、という意を込めて、ショルトーは手をひらひらと振った。「別のものを造ればいい。イースト・ウィングの正面玄関《ファサード》が今のようなしつらえになったのは、一九一三年のことだ。一般的にはたぶん、大昔からああいう造りだと思われているんだろうが、正直に言って、イギリス王室の歴史から見れば、瞬きする間にも及ばんよ。さて、そろそろウィスキーに切り替えたくなってきてないかい？　ちょっと失礼してキャビネットを見てこよう。きみに呑んでもらうのに恥ずかしくないやつが、どこかにあったと思うんだ」

女王はノース・ウィングの寝室で、かつて住んでいたピカデリーの両親の家からこの宮殿を眺めては、〝みんなのお祖父ちゃま《グランパ・イングランド》〟ことジョージ五世に手を振っていたころのことを思い返していた。当時は魔法の国のように思えていたものだったが……目下のところ、女王が長らく慣れ親しんできた宮殿には、これまで感じたことがないほど、殺伐とした雰囲気が漂っている。

使用人たちの区画では今なお、プールで見つかった遺体についてのさまざまな憶測が飛び交っていることを、女王も認識していた。新聞各紙ももろもろの雑誌も、宮殿の北西に張り出した建物内部の現在の様子を撮った写真に高額な報奨金を提示していたが、今のところ一枚も手に入れられずにいるようだった。その点では職員たちの立場をわきまえた規律正しい対応はあっぱれとしか言いようがないが、このところは建物のドアのまえに常時衛兵が立つようになっている。

メディアは、バッキンガム宮殿に屋内プールがあるという事実に異常なほど執着した。フィリップが憤慨したのもむべなるかな。ロイヤル・ファミリーの〝豪勢なスパ〟で過ごすライフスタイルをすっぱ抜き、そんなライフスタイルは毎年国庫から支出されている〝法外な〟額の王室助成金によって成り立っている、とする〝庶民の不公平感〟をふんだんに盛り込んだ記事が出まわりはじめていた。

女王としては、メディアにはどうせならついでに嫌がらせの手紙の件も嗅《か》ぎつけてもらいたいものだと思っていた。洩れ聞くところでは、最近では、インターネットを使ったその手の嫌がらせ行為を〝トローリング〟と呼ぶらしい。嫌がらせ行為の件をメディアに嗅ぎつけてもらえれば、その件については目下、警察が捜査中だという事実にも気づくよう、誘導することができる。王室としてしかるべく対応している、と印象づけることができる。もちろん実際にしかるべく対応してはいる——ただし、それでは明らかに不充分なのだ、女王の眼から見ると。

何人もの女性職員に陰湿な嫌がらせが行われているなか、そのうちのひとりが不自然な亡くなり方をした。それをたんなる事故として片づけてしまっていいものか？　もちろん、まちがいなく事故であると断言してもらえるなら、女王としてもそれに越したことはなかった。それでも……まちがいなく事故だと断言されたところで、信じようとしない自分がいることも心の奥底で感じていた。明日は宮殿に派遣されてきているロンドン警視庁の主任警部から初回の報告を受けることになっている。果たしてどんな報告を聞かせてもらえるのやら、女王は待ち遠しく思っていた。

　デイヴィッド・ストロング主任警部としては、女王陛下にご報告することは待ち遠しくもなんともなかった。なぜなら、どことはうまく言えないのだが、陛下にはそこはかとなく恐ろしさのようなものを感じてしまうからだった。陛下の抜きんでた知性に気づいている者はほとんどいないようだが、ストロングはウィンザー城内で発生した事件の捜査に携わった際に陛下に接して、この方は見た目よりもはるかに頭が切れるのだ、ということを知った。ミスがあれば見逃さない、コメントは辛口、おまけに目玉をぐるりとまわすのだ。明日の午後、報告に参上した際に、わが国の女王陛下が目玉をぐるりとまわすお姿など見たくはなかった。そう、断じて。

　そんなわけで、午後十一時三十分をまわったというのに、宮殿内に間にあわせに設けられたオフィスに居残り、部長刑事とふたりして、これまでに明らかになっていることを総復習《そうざらい》しているのだった。とはいえ、肝心のその〝これまでに明らかになっていること〟自体が、あまりにも乏しかった。というのも、まずは捜査ができる環境を整え、それに慣れるのに時間がかかっているからである。ストロングとハイゲイト部長刑事に割り当てられたのは、コンピューターがずらりと並んだ舞踏室《ボールルーム》ではなく、サウス・ウィングの家政官の執務室の上階の、それまで南京錠がかかっていた未使用の、じつに狭苦しい部屋だった。用意されていたのは、古ぼけてがたのきかけた椅子が二脚。そこにセキュリティ対策の施されたノートパソコン二台とメモ帳数冊が持ち込まれ、職員の事情聴取もその部屋で行われることになった。元空軍少将としては、ロンドン警視庁から派遣されてきたふたり組に居心地のいい思いをさせるのは、どうもおもしろくないらしい。それならそれでかまわなかった。ストロングは居心地の悪い環境に置かれているときこそ、捜査の勘が冴《さ》えるタイプだった。

宮殿に派遣されてきてまずぶちあたったのが、ことばの壁だった。ストロングもハイゲイトも、略語や内輪で流通している非公式の呼称のもろもろを、最短期間で頭に叩《たた》き込むべく悪戦苦闘しているところだった。ロンドン警視庁《Met》も外部の者にはまるでちんぷんかんぷんの隠語や独特のことば遣いが横行している場所ではあるが、王室も負けてはいないのだ。〝ＳＪＰ〟はセント・ジェームズ宮殿《St James's Palace》を、〝ＫＰ〟はケンジントン宮殿《Kensington Palace》をあらわし、〝ＡＰＳ〟とは女王付き秘書官補《assistant personal secretary》のことだから、つまりあのロージーという感じがよくて、仕事のできるナイジェリア人の女の子のことを指す。ロンドン出身の彼女を〝ナイジェリア人の〟と言ってしまっていいものか、ストロングにはよくわからなかった。だったら、〝ナイジェリアを父祖の地とする〟あたりだろうか。〝Ｄ　ｏｆ　Ｅ〟はエディンバラ公爵《Duke of Edinburgh》で——これはストロングも知っていた——〝Ｗｅｌｌｙ　Ｂ〟はウェリントン兵舎《Wellington Barracks》で、宮殿の衛兵たちの宿舎を意味する。

現在、宮殿の警備を担当しているのはウェルシュ・ガーズで（訳注：ロンドンでの王室警備業務は、イギリス陸軍の各歩兵連隊から三個大隊が数年ごとのローテーションで割り当てられる）、この連隊はいくつかの理由から〝外国人部隊〟と呼ばれることがある。ストロングの母親はウェールズ出身だったので、この呼称には正直なところあまりいい気持ちはしなかったが、それは自分の胸ひとつにおさめておいた。というのも、主として職業上の理由から、人の話はつねに笑顔と沈黙とうなずきを以《もっ》て聴くことを旨としていたからだった。たいていの場合、それで相手は同意されたと思うのだ――ストロング自身が同意していようと、本当のところはしていまいと。

とはいえ、プールサイドの事故の件では笑顔を見せなかった。これまでに聴いた話を総合すると、遺体で発見された女は性格に難があると言うかなんと言うか、まあ、端的に言って根性曲がりだったようだが、だとしても……。

「まずは死因だな」ストロングはハイゲイト部長刑事に言った。「ホームズ《HOLMES》先生（訳注：イギリスの警察で使用される重大犯罪の捜査用システムのこと。正式名称は〝Home Office Large Major Enquiry System〟のこと。現在は後継の〝HOLMES 2〟が運用されている）はなんと言ってる?」

ハイゲイト部長刑事は首を横に振った。「ご報告できるようなことはなにも。検死を担当した病理医は、暴力を加えられた痕跡《こんせき》は確認できず、としています。脚に負った外傷は、落としたウィスキーグラスのうえに倒れこんだことによるものと考えられる、とのことで。『脛骨《けいこつ》後部の動脈の裂傷』というのが、その外傷のことですね。一見すると大した怪我のようには見えないけど、救急外来に運び込まれるのが遅れれば、失血死する可能性は高いんだそうです」

「自殺の線も考えられるんじゃないかと思うんだがね、どう思う？」ストロングは部下の意見を求めた。「当人にかかっていたプレッシャーは相当だったと思うんだ。亡くなる数日前には嫌がらせもエスカレートしていたんだろ？」

「うーん、どうでしょうか」ハイゲイトは納得できないという顔になった。「あんな死に方、わざわざ選ぶかなあ」

「自殺するときは手首を切るってのが相場だが、足首を切って自殺ってのもなくはないんじゃないか？」

「問題は場所ですよ、場所。どうして屋内プールなんかで？　家政婦《ハウスキーパー》なんだから、どこかの浴室にこもることだってできたはずですよ。プールサイドなんかよりは人目にもつきにくいでしょう？　みんな口を揃えて、彼女は女王陛下に心酔していたと言っています。この国の王室にではなく、女王陛下個人に。だったら、そんなだいじな女王さまを世間の好奇の眼にさらしかねないような真似をしたりしますか？」

「ごもっとも」ストロングはハイゲイトの言い分の正しさを認めた。アンドリュー・ハイゲイトという部下を持つ利点がそこにあった。ふたりはおおよそにおいて意見が一致するということがないのだ。ストロングとしてはつねに気を引き締めざるをえず、おかげで心理学でいうところの確証バイアス（訳注：仮説や信念を検証する際に、それを支持する情報ばかりを集め、反証する情報を無視する傾向のこと。認知バイアスの一種）とかいうやつに陥るリスクも避けられている。ストロングも駆け出し時代には当時の上司と同様の関係を築いていた。「だが、〝ＡＢＣ〟を忘れるなよ」とひと言言い添えた。

「肝に銘じて」ハイゲイトは請けあった。ＡＢＣとは、ストロングにとって捜査をするうえでつねに唱えつづけている真言《マントラ》だった。〈思い込みを捨てろ——Assume nothing〉〈誰も信じるな——Believe no one〉〈すべてを調べあげろ——Check everything〉。個人的に愛用しているバージョンは〈片っ端から逮捕しろ——Arrest everyone〉〈誰も信じるな——Believe no one〉だったが、さすがにこの宮殿でそれを実行するわけにはいかない。

　これまでのところ、シンシア・ハリスの通話記録に疑わしい点はなかったが、引き続き精査を続けることにした。送りつけられてきた嫌がらせの手紙にも眼を通した。全部で十通、うち二通はシンシア・ハリスがいわゆる〝定年〟を迎えるはずだった年の前年に受け取ったものだった。どの手紙も安っぽい紙に手書きされていた。鉛筆で書かれたものもあれば、ボールペンを使ったものもあり、それぞれ筆跡から足がつくことのないよう、ステンシルシートを利用して文字を書いていた。指紋については、被害者本人と家政官、本件に対応した人事部の四名の職員以外の指紋は検出されず。綴《つづ》りや句読法に誤りがないのは、この種の手紙にしてはめずらしいことだった。発見場所別に見ると、三通がコートのポケットから、四通が被害者のロッカーから。二通がバッグから、一通がトートバッグから発見されており、もう一通は彼女が掃除をしようとしていた部屋に置かれていたのだという。どの手紙も例外なく、シンシア・ハリスの過去についての個人的な情報に言及していた。

「偽装結婚ねえ」ストロングは文中のその語に眼をとめた。「名前を変えるために、してもいない結婚をしたことにした、と言われてる。うーん、こいつはなんとなく事実くさい気がするな。こっちのやつには、王室職員として働きだして間もないころに、何度か降格処分を受けてるはずだ、と書いてある。たしか、シンシア・ハリスの賞罰を一覧表にした資料があったよな?」

「ええと、あるにはあるんですが……」ハイゲイトは歯切れ悪く言った。「大雑把なんですよ、あまりにも。人事部のほうで確認して、もう少し正確なリストを渡してくれることになっています」

「催促してくれ、大至急必要だって。で、こっちの手紙には、一九八七年に妊娠中絶している、とある。当のシンシア・ハリスは、その事実を知る者はバッキンガム宮殿詰めのスタッフ内にはいないはずだ、と言ったらしいが、知ってる者がいたってことだな」

「シンシア・ハリスが受けた物的被害のリストもありますよ」ハイゲイトは続けた。「ええと、どの事案も発生したのは比較的最近ですね。六月と九月の二度にわたって、服にマーカーペンで落とせないしみがつけられています。七月上旬にはロッカーがこじあけられ、中身が周囲にぶちまけられていた。その際、メイク用品を入れていたケースが紛失していた、と届けが出ています。当人曰《いわ》く、金銭的に価値があるわけではないが、〝たいせつな思い出の品〟とのことで」

「さらに、死亡する三日まえにはクロゼットの服が切り裂かれていた」

「ええ、そうですね」

「その服の話が、どうも引っかかるんだよな」気になることをぽろりともらす口調で、ストロングが言った。「報告書を読んだか？　被害に遭った服はどれも骨董《こっとう》品……じゃなくて、ええと、ああいうのはなんと言うんだったか、ヴィンテージか？　デザイナーもの？　まあ、要するにそういうやつだ。そんなものを山ほど持ってたなんて聞かされると、シンシア・ハリスってのはかなり……」

「個性的？」上司のことばを予測して。ハイゲイトが言った。

「いや、社交的っていうか、外向的かな、なんか、そういう人間だったような印象を受けるだろ？　ところが、誰もが口を揃えて言うには、ミセス・ハリスは打ち解けない雰囲気の――」

「超がつくほどいけ好かない女だった、ってことでしたね」ハイゲイトは職員たちの証言を大雑把にまとめて言った。その点については確かに妙だ、ということでふたりの意見が一致した。

「嫌がらせの第一容疑者になりそうなのが、シンプソンという女性とミセス・アラベラ・ムーアです。ミセス・ムーアの夫は、ハリスの後任を立てる調整に失敗して馘首《くび》になっていますから」ハイゲイトが言った。「シンプソンは、服が切り裂かれた日、スコットランドにはいなかった、という事実があるので、容疑者と呼ぶには無理があるかもしれません。しかし、これまでにここの職員たちから得た情報を総合すると、〝ハリス、憎し〟の点ではこのふたりが一二を争うようですからね。これらの手紙、女が書いたものだって気がしますか？」

ふたりは手紙に視線を戻し、改めて使われている文体やら用語やらを検討してみた。なんとも言えなかった。〝不細工〟と〝ばばあ〟という単語が頻出していた。併せて

〝かさかさに干からびた《shrivelled-up》〟〝がみがみ女《shrew》〟というハイフン付きのことばと頭韻を踏ませた表現も多出していた。女性が別の女性に対して、紙のうえでは男性と変わらないほど残忍で狂暴になれることを、ふたりともこれまでの経験から理解していた。

　ストロングとハイゲイトは続いて、調達担当《ケータリング・オフィス》の女性スタッフ、レオニー・バクスターが受けていた嫌がらせの検討に移った。レオニー・バクスターは第二陣の派遣スタッフとしてスコットランドに滞在していたが、女王の帰還に先立ち、バッキンガム宮殿側の準備を整えるため、早めにロンドンに戻ってきていた。レオニー・バクスターへの嫌がらせは七月にはじまり、手紙のほかにも〈ツイッター〉で女性蔑視者《ミソジニスト》からのトローリングを受けていたことが確認されていた。受けていた嫌がらせの内容に差異が出ているのは、シンシア・ハリスのほうはソーシャル・メディアのアカウントを持っていなかったから、という理由が考えられた。レオニー・バクスターの場合も、手紙はすべてステンシルプレートを利用して大文字だけでつづられたもので、発見場所も、バッグ、コートのポケット、机の抽斗《ひきだし》といったシンシア・ハリスの場合と類似している。ミセス・バクスターも、ある特定の人たちからは〝厄介な女〟として煙たがられていた。職務は接待予算の処理を担当する部署の責任者補佐だったが、実際にはほとんどの時間を、王室内の女性スタッフの権利拡大と地位向上を訴えることに費やしていた。女性スタッフの制服をもっと快適なものにするべきだと訴え、女性トイレの数を増やすべきだと訴え、女性のキャリアパスをより充実させるべきだと訴えていた。上位の役職はすべて男性が独占している、と常々指摘してもいた。

「もちろん最上位はのぞいて」ハイゲイトは揚げ足を取るように言って笑い声をあげた。

「いささか扱いにくい人らしい」とストロングはつぶやいた。

「あ、それ、まずいですよ。今時はそういう言い方はアウトです」忠告する口ぶりでハイゲイトが言った。「女性の権利じゃなくて人権ですからね。男女同権とも言います、意味は同じですけど」

「ああ、それに異論はないよ。だけど、言い方ってもんがあるだろう？　頼みたいことがあるなら、それなりの頼み方をしないと」

「お行儀よくってことですか？」ハイゲイトが言った。

「敵を作らないように、というか、友好的に、というか……おいおい、この言い方も問題ありか？」

「アウトではないけど、アウト寄りです」ハイゲイトは肩をすくめた。「セーフじゃないな、少なくとも。かなり濃いめのグレイですからね」そしてパソコン画面のメモ帳をスクロールして眼を通しながら言った。「それはともかく、レオニー・バクスターですが、嫌われてはいますが、敵と言えるほどの相手はいないようですね。ちなみに、アラベラ・ムーアとはかなり親しいらしいです。あとはヴァン・レネンですが、彼女はみんなから好かれていました。敵はいないと言ってよさそうです」

「あるいは、本音を偽ってしれっとした顔をしているのか」

「本件との関わりは現段階では確認できていませんが、関与が疑われるとすれば、マッチング・アプリを介して会ったと主張している男ですかね。ただし王室外の人間ですが」

「だが、ヴァン・レネンはそれを否定してるんだろ？」ストロングが指摘した。「彼女からはいつ話を聴くことになってる？」

「来週です」とハイゲイトは答えた。「渋ってましたが、女王陛下から直々のご依頼があってわれわれが事態の収拾にあたることになった、と説明して承諾をもらいました」

「よし。あと、ステンシルプレートを使った文字の筆跡鑑定の結果は？〝i〟の点の筆圧をベースに、すべての文字の鑑定を依頼してあるんだが」

ハイゲイトはストロングに眼を向けた。「さあ、いつになるやら、ですね。向こうの言い分だと、二週間から三週間はかかるだろうってことですけど。もちろん、言いましたよ、王室関係の事案だから最優先だろうって。しかし、警視庁は緊縮財政で予算をがりがり削減されちゃってますからね。どこもかしこも順番待ちの行列です。ソーシャル・メディアの調査を頼んだ技術部にしても、以下同文ですよ。あそこは目下、児童ポルノの件で身動きが取れません。こっちに取りかかってもらえるのは、うーん、だいぶ先じゃないかな」

ストロングは鼻を鳴らした。「ったく、どいつもこいつも口を開けば愚痴ばかりだ。言っとくがな、十年まえだって湯水のごとく予算が使えたわけじゃないぞ」

「と言われても、そのころぼくはシックスフォーム（訳注：イギリスの教育制度で、義務教育終了後に大学進学を希望する学生が進む、高等教育進学準備教育課程のこと）に通ってましたからね」とハイゲイトは愉《たの》しそうに言った。「あいにく、さっぱりわかりません。本件ですが、もちろん、ミセス・ハリスが殺害された、ということになれば——」

「われわれは、もろもろの順番待ちの行列の先頭に躍り出る。実のところ、その手を考えてないわけじゃない」ストロングは言った。「ミセス・ハリスがそういう目に遭えばよかったというわけじゃないが、殺人事件ということになれば捜査は今よりはるかに進めやすくなる」

　そのあと間もなく、ふたりはその日の仕事を切りあげた。

　ウィンザー城内で発生した殺人事件の捜査がとんでもなく難航した、という経験がありながら、ストロングのなかではどういうわけか、バッキンガム宮殿で行う犯罪捜査は通常の犯罪捜査よりも簡単に解決を見るにちがいない、というイメージが先行していた。ところが、蓋《ふた》を開けてみたら、とんでもなかった。通常以上に厄介だった。死亡した晩のシンシア・ハリスの様子を確認したいと思っているのに、彼女の姿をとらえた監視カメラの映像ひとつないのである。ノース・ウィング一階に設置された屋内用カメラが、数週間まえから故障したままになっていたから。宮殿内には監視カメラの類《たぐ》いが大量に設置されているものと思われがちだが、あにはからんや。フィリップ殿下が〝無粋きわまりないスパイカメラだらけ〟にされるのは断じて容認できない、と言ったとか言わなかったとか。女王が以前、ふらふらと寝室に闖入《ちんにゅう》してきた男と鉢合わせしてしまったことがあるというのに。その場に使用人が到着するまで、女王は男と話をつづけた。〝寝室に見ず知らずの男が忍び込んできたら、誰だってそうするでしょうから〟とのことだが……いやはや、あの方はまさに鉄の女だ、とストロングは改めて思った。明日の報告を憂鬱《ゆううつ》に思うもうひとつの理由がそれだった。宮殿内のセキュリティ・システムを増強するという、三十年ばかり遅きに失した計画がないわけではないのだが、議会だか委員会だかなんだかの承認待ちだそうで。まったく、〝ロイヤル〟が聞いてあきれる――デイヴィッド・ストロング主任警部は声に出さずに毒づいた。

14

月曜日、ショルトー・ハーヴィーは階段をおりかけたところで、ロージーが見とがめられるのを警戒するようにこっそりと携帯電話のカメラ機能を使って、居間の写真を撮ってまわっていることに気づいた。ショルトーに気づいて、その無粋な電子機器をさっと隠しはしたけれど、シャッター音は階段にいるショルトーの耳にも届いていた。ロージーは暖炉のまえに突っ立ったままショルトーに向かって、ごめんなさい、というように口元をほころばせてみせた。

　東向きの窓越しに朝の陽射しを浴びたロージーの立ち姿は、美しかった。この子は絵描きにとって極上のモデルになるにちがいない、とショルトーは思った――いや、絵描きというよりも、絵を描く才能を持ちあわせている者だな、と胸のうちで自分のことばを訂正した。ショルトーも絵の描き方は心得ている。ところが、才能に恵まれているとは言いがたい。長年かけてそう自覚するにいたったのだ。しかし、だからと言って、ロージーの顔のまろやかな曲線を、彫像のように端正なほほえみを、それとは対照的にすっきりと刈り込んだ短髪の力強さを、賛美する眼がないということにはならないはずである。なにもましてショルトーの心を捉《とら》えたのはロージーが、彼の用意しておいたキモノに、この部屋に、それどころかこの家そのものに、じつにすんなり馴染《なじ》んでしまったことだった。そう、この子は成功を約束されている。行く手には、洋々たる前途が待ちうけている。今の仕事が自分の原動力となっていることを自覚しているか、と尋ねれば、もちろんしている、という答えが返ってくるだろうが、実のところはこれっぽっちもわかっちゃいない。この子にとっては、なくてはならないものなのだ。ショルトーにはそれがわかった。経済的な安定を得るため結婚するタイプには見えない以上、自分の身は自分で養っていく手段を見つけなくてはならないわけだし。

　今回、力になりたいと思っているのは、このロージー・オショーディという子に対してなのか、それとも〝ボス〟に対してなのか、ショルトー自身にもよくわからなかった。ひとりには三十年近くまえに、そしてもうひとりにはまさに今、すっかり魅了されてしまっている。それを思うにつけ、ショルトーは申し訳なさが募った。女王陛下がことのほか大切になさっていたと思われる一枚の絵画について調べるため、ロージーはここまで遠征してきたのだ。しかも、その絵画はちょうどショルトーがセント・ジェームズ宮殿勤務だった時期に行方がわからなくなったと思われるのだ。なのに、ロージーが求めている情報を提供してやることができないとは。不甲斐《ふがい》なくてならなかった。それでも力になりたかった。なにができるのか、ショルトー自身にもさっぱりわからなかったし、できることなどほとんどないだろうと思われたが、それでもせめてもの埋め合わせに協力できることは残らず協力するつもりだった。

　朝食のあと、ロージーは一九八六年の夏に行われた改装作業について改めて質問してきた。ショルトー自身にも、昨晩はたしかにはっきりしたことはほとんど話せなかった、という自覚があった。なんせ、その夏からあまりにも長い時間がたってしまっていたから。

「記憶の奥底までひっかきまわしてみているところだ」ティータオルでポットを拭《ふ》きあげながら、ショルトーは言った。「だが、バッキンガム宮殿とはあまりつながりがなくてね――宮殿内に所蔵されている作品以外のことはほとんど知らないと言っていいぐらいだ。改装作業が入ったことも、たぶん気づいていなかったんじゃないかな」

「うーん、そうでしたか。やっぱり」ロージーががっかりしているのは傍目《はため》にもあきらかだった。〝ボス〟の見通しが、いささか甘かった、ということだろう。

「まことに申し訳ない限りだよ。陛下のご期待を裏切ることになるかと思うと、心苦しくてならない。そんな真似はしたくないんだ。ああ、断じてしたくない。もう少し時間をもらえないだろうか？　引き続き考えてみよう」

　と言ったことを言った本人が忘れてしまったにちがいない、とロージーは思っていたが、昼食後、ショルトーはコテッジの裏手の森を散歩しないかと誘い、ゆるやかな坂道をのぼりながら、こんなことを言いだした。「このことは〝ボス〟のお耳に入れておいたほうがいいかもしれない」

「とおっしゃると？」

「足元に気をつけて。木の根っこやウサギの巣穴につまずかないように……おっと、失敬、陸軍にいたんだから、障害物コースはお手のものだったね。ええと、なにを話そうとしていたんだったか……？　ああ、そうそう、八〇年代に行方不明になっている所蔵品のことだったね。〃ボス〃は死蔵品取引《ブレイキッジ・ビジネス》のことはご存じだろうか。たぶん、ご存じないんじゃないかと思うんだ」

「死蔵品取引《ブレイキッジ・ビジネス》、ですか？」

「ああ」と言ってショルトーは小さく笑みを浮かべた。「ここから左のほうにのぼっていって、あそこの踏越し段を越えるんだ。最高の眺めが愉しめるよ。それで、どこまで話したんだったかな？」

　ロージーは教えた。

　ショルトーは笑い声をあげた。「いやいや、申し訳ない。このあたりを散歩していると、つい景色にばかり気を取られてしまってね。いいところだろ？　特に今日みたいな日は絶好の散歩日和だ。ああ、道なりに進んで右のほうに。うん、あと少しだ。このあたりに住むなら馬を飼うこともできるよ。ぼくは乗馬はやらないけど、王立騎馬砲兵隊出身ならたぶん馬に乗るんじゃないかと思ってね、だろう？　おっと、すまん、すまん、また脱線した。死蔵品取引《ブレイキッジ・ビジネス》の話だったね。もともとは保険金詐欺にヒントを得たんだと思うんだ。保険業界でも、破損賠償高《ブレイキッジ》ということばを使うだろ？　簡単に言ってしまうと、不要になったものをひそかに売りさばいていたグループがあったんだ。といっても関与していたのは、せいぜい三人か四人程度だろうけど。ときには、業者に配送の状態が悪いと言いがかりをつけて、財務部にも知らせずに代替品を用意させる、というようなこともしていたらしい。まあ、そういうよからぬことをしていた連中がいた、ということなんだ。おお、ここだよ、ここに連れてきたかったんだ。そこでストップ。手前の生け垣の隙間から向こうを眺めてごらん。どうだい、すばらしいなんてもんじゃないだろう？　ロンドンからバースまでの道のりのちょうど中間地点を眺めていることになる。どこまでも、どこまでも、うねるようにつづく田園風景は、ただもう麗しいのひと言に尽きる。これぞまさしくイギリスに暮らしている歓《よろこ》びだね。そうは思わないかい？」

　ショルトーは着古した狩猟用コートにカントリーブーツという恰好《かっこう》でロージーの横に並んで立ち、肩で息をしながら笑みを浮かべていた。身体を動かしたことで頬を上気させ、太くて頑丈そうな杖《つえ》を握りしめ、身を支えている。ロージーは言われたとおり、生け垣の隙間から緑なす丘陵地帯を眺めやり、もてなしを受けている者の礼儀として賞賛のことばをつぶやいたものの、内心は田園風景をのんびり愉《たの》しむどころではなくなっていた。

「保険金詐欺とおっしゃいましたよね？」

　ショルトーは肩をすくめた。「正確に言うと保険金詐欺ではないんだが、でも、まあ、似たような性質のことをやっていたと考えてもらってさしつかえないと思う」と言ってショルトーは小さくうなずいた。「ぼくも全貌《ぜんぼう》をつかんでいるわけじゃない。職員クラブでたまたま居合わせた連中の話を小耳に挟んだ程度だから、断片的なことしかわからない。そう、当時はまだ職員クラブで飲酒が認められていたんだよ。今にして思えば、その場で問いただすべきだったんだろうね——まあ、実際のところ、なにも言わなかったわけじゃない。それでも、はっきり言って、それはぼくの仕事じゃなかったからね。こっちはしがない整理屋だからね」

「その人たち、具体的にはどんなことを？　ご存じのことだけでかまいませんから」

ショルトー・ハーヴィーは溜《た》め息をついた。「ぼくが考えたところでは、こういう仕組みだったんじゃないかな。つまり、ロンドン市内にある宮殿の収蔵品は、どこの宮殿であってもすべて目録に記録されているわけだろう？　美術品、それから骨董《こっとう》品にあたる家具は、ロイヤル・コレクションが記録を取り、一般的な家具やら調度やら備品やらは、当時はたしか営繕部門と呼ばれていたところが管理していた。営繕部門というのは今はもうないかもしれないな――あれから何度も組織再編が行われているから」

「はい、そのとおりです」ロージーはうなずいた。「それがわかるまでがひと苦労でした」

ショルトーの表情は、さもありなん、と言っていた。「話を戻すと、各宮殿の所蔵品のうち人の眼に触れるところに展示されたり置かれていたりするのは、ごく一部に過ぎない。大方は倉庫や保管庫にしまい込まれたままになっている。あれが必要だ、これを探してきてほしい、となった場合、目録で確認することになる。目録に載っていなければ、その品物は存在していないのと同じことなんだ。死蔵品取引《ブレイキッジ・ビジネス》というのは、基本的には、そうした所蔵品のなかからなくなったところで気づかれそうにないものをこっそり持ちだすことだよ。たとえば、小さなもの、贈り物として受け取ったもののその後百年ものあいだ見向きもされないままになっている遣いみちのないもの、いささか古びてしまったもの。修復作業中に修復不能になってしまった絵画なんかも。陛下はマネジメントを得意とされているし、実務的で、倹約を旨としてもいらっしゃるから、本来そういうものはバルモラル城やサンドリンガム・ハウスに送られることになっているはずなんだが、それがはばかられるものや、できないものもある。そこで、彼らが考え出したのが——あくまでも、ぼくが思うにはってことだよ、職員クラブのバー・カウンターでちびちびやってたときに、小耳に挟んだ話の断片から推測しただけだからね——そうした無用の長物を流用することで利益を得る方法だった。しかるべき先に売り飛ばし、その利益《あがり》を自分たちのポケットにしまうんだよ。なかなか効率のいい小遣い稼ぎになったようだよ。もちろん、ゲインズボロの作品やら王冠に嵌《は》めてある宝石を売り飛ばすわけじゃない。皿とかラグとか、あるいは存在すら忘れられてしまっている贈り物とか。そういうものを現金《かね》に換えていったわけだ。陛下のところに届けられる贈り物は一年間で百点以上に及ぶことだってある。知ってたかい？　陛下のご成婚の際には、全国から何百足って数のナイロンのストッキングが送られてきたんだよ。比喩《ひゆ》やたとえではなく、文字どおり何百足も。それに五百缶ものパイナップルの缶詰も。ちょっとした小山ができそうじゃないか。全部まとめてチャリティに出すわけにもいかないし、だったらどこに置いておくか？　という問題も生じる。やつらが賢いのは、文書課の人間を抱き込んだことさ。死蔵品を持ち出すたびに目録をいじることができるわけだから。さっきも言ったとおり、ぼくが知る限り、やつらも絵画を売り飛ばすことまではしていない。していれば、ぼくがストップをかけていたはずだからね。ただし、例外的にこっそり持ちだされたものがあったのかもしれないね。営繕部門が陛下の寝室で改装作業を進めていたのであれば、そう考えると辻褄《つじつま》もあう。しかしなあ、もう何十年もまえのことだからね。きみとしても今さらこんな話を聞かされても、たいして役にも立たんだろう」

「立つかもしれません」とロージーは言った。

ショルトーは笑みを浮かべるとくるりと向きを変え、ロージーの先に立ってコテッジまでの坂道をくだりはじめた。「だといいがね。そのときはぼくから聞いた話だと〝ボス〟にお伝えしてくれよ」

その晩は冷え込み、暖炉に火を焚《た》くいい口実になった。薪《まき》の燃えるにおいに、ロージーは寝室のふくよかな香りを思い出した。

「あの香りは……？」ロージーは尋ねた。

「お嬢さん、あれはきみには手が出ないぞ。〈エルネスト〉というキャンドルでね（訳注：世界最古のキャンドルメーカー、トゥルドン（Trudon）のキャンドル）。聞くところによると、なんでも、キューバの革命家たちの葉巻の煙をイメージした香りらしい。昔からあの香りが好きでね」

ショルトーはニーナ・シモンの曲をかけ、次いでフランスのラッパー、ＭＣソラーの曲をかけた——彼の音楽の趣味はびっくりするほど幅広かった。それを機に、ふたりの話題はそれぞれがパリで過ごしたときのことに移った。ロージーは銀行に転職する前にひと夏のんびりとパリで過ごした経験があったし、ショルトーは二年のあいだルーヴルでレオナルド・ダ・ヴィンチの研究に没頭していたことがあった。ロージーは、フェラ・クティを含めてアフロビートのスターの名前を何人か挙げた。ショルトーはその音楽にすぐに夢中になった。いつの間にかふたりは旧年来の友人同士のようになっていた。

「いつでも遊びに来るといい」ショルトーは言った。「来るまえに電話をくれ。ぼくがクルーズに出ているようなら、誰かに鍵《かぎ》を預けておくから。ここを第二のわが家と思ってほしい。きみにならこの家を任せても心配ないとわかっているからね。菜園のハーブ類も好きに摘んでくれてかまわない」

　それがたんなる社交辞令ではないことが、ロージーにもわかった。それにしても不思議だった。どうしてショルトー・ハーヴィーとのあいだに、こんな一種の精神的なつながりのようなものを築くことができたのか。ふたりとも互いに対して、ほかの人にはめったに見出《みいだ》すことのできない共通のなにかを感じていた。たとえば芸術を愛し、音楽を愛し、美しいものを愛する気持ち。だけど、同じように芸術や音楽や美しいものを愛している友人ならほかにもたくさんいる。そう、ショルトーとは、芸術にしろ音楽にしろ、〝これだ〟と思うものが一緒なのだ。そして、それは、ルル・アランテスがほのめかしていたようなセクシャル・ハラスメントともえげつなさとも、まるで無縁のものだった。ショルトーに対して、ロージーは絶対的な安心感を持つことができた。

　ショルトーといると気持ちが楽になった。ロージーの仕事に絶えずつきまとう困難を、共感を持って理解してくれるのだ。最近知りあった人たちはみんな揃って、女王やケイト妃のあれこれを聞きたがり（そう、ケイト妃の話が出ないことがない）、ついでに政治の裏話を聞き出そうとする。そういう話題をいっさい持ち出そうとしないショルトーが、ロージーには新鮮だった。プールサイドで遺体が発見されたことについても、ショルトーのその姿勢は変わらなかった。話題にはなったが、ロージーの表情に気づくと「わかるよ。さぞたいへんだったろう」と言っただけで、それ以上なにか訊《き》いてくることはなかった。ブレグジットについての女王の本音も、知りたくもないようだった――「その話はやめておこう」。ロージーとしても、もちろん、それに異論のあろうはずがなかった。当初の予定では、明朝すっきりした頭で仕事に向かえるよう、今夜のうちに車でロンドンに戻ることにしていたのだが、もう一泊していったらどうか、というショルトーの勧めを断れるわけがなかった。大丈夫、明日の朝、夜明けとともに起き出して、ミニで幹線道路をすっ飛ばせばなんとかなる、とロージーは自分に言い聞かせた。

　そして、ロンドンに戻ったら、真っ先にあのキャンドルを買うつもりだった。きみには手が出ない、とショルトーに言われたあの〈エルネスト〉を。

15

　火曜日の明け方に眼を覚ましたロージーは、ＢＢＣラジオ４の〈農業の今〉という番組をＢＧＭに、Ｍ４号線を意気揚々と疾走した。バッキンガム宮殿は、ほぼまっすぐ真東に進んだ先にある。道路が混みはじめるまえにロンドン市内に滑りこんだ時点で、ロージーはこの数日間ですっかり元気を取り戻したことを実感していた。ロイヤルミューズ（訳注：バッキンガム宮殿南西にある王室の厩《うまや》。王室の公式行事で使用される馬車や自動車などを管理する場所で、過去に使用された馬車の展示なども行われている）の数少ない駐車スペースにうまく車を停められたおかげで、ウェスト・ウィングの自分の部屋に立ち寄って着替えをする時間も確保できた。

キャンドルを買うという思いつきは、所詮《しょせん》はばかげた無駄遣いでしかないかもしれない。インターネットで検索してみると、いちばん安いもので六十ポンド少々することがわかった。母さんにはぜったい知られてはならない買い物になる。それでも――クロゼットからスカートとジャケットを取りだしながらロージーには、はっきりとイメージすることができた。この小さな部屋にあの煙草と革とラムの強い香りが漂っているところを。ベッドサイドには花を飾ろう。小さな花束にするなら――ええと、どんな花を選べば……？　ロージーは花には詳しくなかったが、宮殿のフローリストが相談に乗ってくれるにちがいなかった。それから、あのすばらしいコーヒーの淹《い》れ方も、ぜひともマスターしなくては。

　それにしても、あの古き良き時代の紳士用服飾店だったコテッジの空き部屋を自由に使ってかまわない、というショルトーのことばを真に受けてしまってもいいのだろうか？　口先だけで言っているとは思えなかった。真心が感じられることばだった。ということは、ロージーにもいつでも逃げこむことができる隠れ家がある、ということになるわけで、それは……ノッティングヒルの団地育ちの女の子には、想像すらできないことと言ってもよかった。そういう場所は、大学や軍隊のころに知り合った、上流階級育ちの友だちのものでしかなかったから。こんなことばで誘われる場所でしかなかったから――「ねえ、今年の夏はシュロップシャーに来てよね。両親は来ないから、わたしたちのほかは犬が何匹かいるだけだし。けど、ありえないぐらい散らかってるし、死ぬほど暑いんだけど。空いてる部屋があるから使ってよ」。銀行時代の上司たちの別邸にしても、家政婦《ハウスキーパー》と庭師をどっさり雇っているおかげで、〝ありえないぐらい散らかってる〟状態にはただの一度もお目にかかったことがなかった。女王陛下には〝隠れ家〟が三つある。二つは城で、もうひとつは田園地方の邸宅だけど——それはまあ、当然と言えば当然だろう。なにしろ女王陛下なのだから。ロージーには、階段の踊り場の壁にセザンヌが掛かっている、こぢんまりしていて居心地のいいシングルルームでも充分すぎるというものだった。

スカートを履き、ぱりっとしたシャツに袖《そで》を通し、ロージー・オショーディのトレードマークとも言うべきハイヒールに足を滑り込ませたそのとき、ベッドの枕のあいだになにか挟まっていることに気づいた。青みがかった白い封筒の角がのぞいていた。

その瞬間、ロージーは奈落《ならく》の底にものすごいスピードで落ちていくような感覚に襲われた。その感覚があまりにも強烈で、あまりにも生々しくて、あやうく命綱を探して手を伸ばすところだった。耳の奥で、蜂の羽音のようなぶーんという鈍い音が響いていた。

それがなにかはひと目でわかった。だから、部屋を突っ切ってベッドに近づき、身を屈《かが》め、触れただけで燃えだしそうなその封筒を枕のあいだから抜き取ることを自分に強いた。**こんなところに。わたしの寝室に。**封筒の上辺をちぎって開封した。かすかに手が震えていて、いつも以上に力が要った。差出人は封筒のフラップを糊《のり》づけしていた。フラップの糊をなめて閉じたのだとしたら、封筒に唾液《だえき》が残っているかもしれない。と思ったところで、こんなときにまで犯人を突き止めることを、嫌がらせをやめさせることを優先させている自分に気づいた。胸がぎゅっと圧迫されたように息苦しかった。心臓が早鐘を打ち、口はからからだった。

封筒には前回と同様、三つ折りにされた紙が入っていた。ロージーは二本の指を使ってそれを引っ張り出した。これまた前回と同様、いかにも安物の紙だった。鼓動がさらに激しくなるのを感じながら、書かれている内容に眼を走らせた。大文字ばかりの文章が二行ほど、そのしたにジャングルの動物を描いたと思われる子どもっぽい落書き——それも前回と同様だったが、前回にはなかったものがいちばんしたに横向きに描かれていた。一本のナイフ。

ロージーにはナイフの種類までわかった。青いボールペンでごく大雑把に輪郭だけ描いたものでも、両刃の戦闘用ナイフ、〈フェアバーン・サイクス〉だとすぐにわかった。短剣のような形状で、第二次世界大戦ではおもに特別奇襲部隊で愛用されていたこともあって、軍務に就く者にとっては伝説のナイフとも言えるものだった。ロージーもアフガニスタンに派遣されていたあいだに二度、実物を眼にしたことがあり、贈り物として渡されそうになったこともあったが、キッチンと軍の関与する戦闘以外の場ではナイフを手にするつもりはなかったので、その贈り物については丁重にお断り申しあげたのだった。ロージーは紙片を元どおり三つ折りにして封筒に戻すと、丸まる一分間その場に突っ立ったまま、衝撃が引いていくのを待った。

うまく馴染《なじ》んでいると思っていた。この宮殿から歩いていける距離にある家で育ち、優秀な成績をおさめ、礼儀作法も身につけ、家族にとって誇れる存在になった。軍隊ではイメージアップのための〝看板娘〟まで務めたのに——最終的に陸軍を去ることに決めたのは、それが理由でもあったけれど——それでもなにをしようと、活躍の場をどこに求めようと、隙あらば侮辱してやろうとする悪意の存在を感じないわけにはいかなかった。その場から追い出し、ロージー・オショーディという存在をなかったものにしようとする害意の気配を。そうして負った古傷がまた焼けるようにうずきだしていた。なにかを思いきり殴りたかった。部屋をめちゃくちゃに荒らして、息ができなくなるまで叫びたかった。

それでもロージーは黙ってじっとその場に立ち尽くし、自分の浅い呼吸に耳を澄まし、この瞬間が過ぎ去るのを待った。

なぜなら、これを送りつけてきたやつが望んでいるのは、こうしてほかに誰も見ていないところで謂《いわ》れのない屈辱をロージーに味わわせることなのだから。相手の思うとおりになるつもりはなかった。

なにをすべきか、考えがまとまると、ロージーは封筒をノートパソコン用バッグの職員証を入れているフロントポケットに滑り込ませた。それからクロゼットのまえに引き返し、パーカーやジョガーパンツを引っ張り出して、そのしたに突っ込んであったスニーカーの箱を取り出した。蓋《ふた》を開けて、スニーカーのしたにしまい込んでおいた一通めの手紙を取り出し、それもバッグの二通めの手紙を入れたのと同じポケットにしのばせた。

最初の手紙を受け取ったときから、ロージーは自分の感情を抑え込もうとしてきた。その数日後にシンシア・ハリスが亡くなり、嫌がらせの手紙のことばかり考えてもいられなくなったからでもあった。けれども、感情を抑え込むということは、ことばで言うほど簡単なことではない。最初の手紙を受け取ったときの衝撃は、少しも癒《い》えていなかった。

もう少ししたら、部屋を出て階段をおり、この件に対処しなくてはならない。ロージーが所属していた連隊のモットーは、〝発見、攻撃、撃破、制圧〟だった。それを身体にも精神にも叩《たた》き込まれたのだ、たかが紙切れに並んだことばや子どもじみた落書きぐらいで、取り乱したりするわけがなかった。まずはベッドの端に腰をおろす、とロージーは自分に命じた。そしてゆっくりと呼吸にあわせて二十まで数える。それからもう一度、二十まで数える。それから立ちあがって行動を開始するのだ。

　パーマネント用ドライヤーの大きなフードを取りはずされた女王は、女王付き美容師《ヘアドレッサー》のエリーがヘアカーラーをはずしていくあいだ、鏡に向かって黙って坐《すわ》っていた。エリーが今日の自分の仕事ぶりをいぶかしむように眼を細くしていることに気づいて、女王自身も改めて鏡に映る自分の姿をより注意深く観察してみた。

「あら、やだ。どうしちゃったの？」

　鏡越しにふたりの眼があった。

「わかりかねます、陛下。いつもとまったく同じようにセットしたはずなんですが」

　エリーは心外だという顔をしていた。とはいえ、女王としても、いつもとちがうことをした覚えはなかった。ヘアカーラーがひとつひとつ整然とつけられていくあいだ、いつもの手順からはずれた記憶はなかった。それなのにカーラーをはずしてみたら、どういうわけか二房だけカールがかかりすぎていて、おさまるべきところにおさまってくれないのである。これでは差し詰め、おばあさんになったシャーリー・テンプルだわね、と女王は思った。ついでにウォリス・シンプソン（訳注：一八九六～一九八六　エリザベス女王の伯父《おじ》、ウィンザー公の妻。離婚歴のあるウォリスと結婚するため、ウィンザー公は王位を退き、その後、イギリス王室との関係は改善されることはなく、女王の母のエリザベス王妃はウォリスのことを「あの女」と呼び、ウィンザー公夫妻が公式行事に呼ばれることはなかった）が誰かさんのことをシャーリーと呼んでいたのは、親しみの表現でも親愛の情の吐露でもなかったことまで思い出した。エリーの奮闘にもかかわらず、カールがかかりすぎた巻き毛は言うことを聞こうとしなかった。

「もっとスプレーを使ってみる？」女王は思いついたことを提案してみた。

「できる限りのことをしてみます、陛下。今日はゆっくりとお過ごしの予定ですか？」とエリーは尋ねた。

〝イエス〟を期待している口調だったが、残念ながら〝ノー〟だった。午前中にはモスクワ総主教を含めて指導的立場にある聖職者たちとの面談が控えていたし、夕方にはオリンピックとパラリンピックのイギリス代表チームのメダリストたちを招いてレセプションが予定されている。そんな一日を〝ゆっくり〟と形容するのは、いささか無理というものだった。レセプションには女王の家族のほぼ半数が顔を揃えることになっていた。とびきり美しく、とまではいかないまでもそれなりに、少なくとも見苦しくない程度にはなっておかないと。

「ランチのあとでもう一度、試してみましょうか」溜《た》め息まじりに女王は言った。

「かしこまりました、陛下。それまでに対策を考えておきます」

三十分後、女王の書斎にロージーがやって来たとき、女王は何気なくこちらに向けられた秘書官補の視線がもう一度、びっくりしたように戻ってきたのを感じた。断言してもいい、ぎょっとして二度見されたのだ。この強情な巻き毛をネタに冗談のひとつも言って笑い飛ばしておしまいにしたいところだったが、今朝はどうにもそんな気分になれなかった。ヘアスタイルというものは、ことほどさように重要なのだ。ヘアスタイルごときで一喜一憂すべきではないのは承知のうえだが、気になるものは気になるのだから仕方ない。

「コッツウォルズはどうでしたか？　有意義な時間を過ごせた？」と女王のほうから尋ねてみた。ショルトー・ハーヴィーは客あしらいの達人だから、それを話題にすれば、この場も盛りあがるかもしれない、と思って。

「はい、女王陛下。そうですね、有意義でした。とても」

ことばとは裏腹に、若き秘書官補の口調は精彩を欠いていた。コッツウォルズに出発するまえよりも、なんだか余計に神経を尖《とが》らせ、張り詰めている様子さえ感じられた。その原因は、どうやらこの強情っぱりの巻き毛ではなさそうだった。女王は遠近両用眼鏡の縁越しに、じっとロージーを見つめた。

「あなた、大丈夫？」

「はい、陛下」

「そうは見えませんよ」

「はい、陛下。じつは」

「コッツウォルズの話はあとで聞きます。まずはその件を聞きましょう。なにがあったの？」

　そう、たしかに、しばらくまえからロージーはいつものロージーらしくなかった。黙って胸に秘めていることがあるのなら、今この場で打ち明けてもらいましょう、と女王は声に出さずにつぶやいた。ロージーは抱えていたフォルダーから折りたたんだ紙を取り出し、開いてから差し出した。女王は受け取ったものに眼を通した。

「なんてこと」冷たく乾いた声で女王は言った。そして紙を裏返してデスクに置いた。「いつ見つけたの？」

「今朝です。ですが、本当はもっとまえにご報告するべきでした。これは二通めなんです」

「二通め？」

「はい。最初の手紙は、陛下がスコットランドからお戻りになる三日まえに」

　女王は口をつぐんだ。そういうことだったのか。もっと気を配り、眼を配るべきだったのだ。配慮がいたらなかったことが猛烈に悔やまれた。女王は椅子から立ちあがると、ロージーに向かって心から言った。「心中察しますよ、ロージー。これは許しがたいことだし、看過できるものでもありません。すぐに主任警部に知らせましょう」

　ロージーは不安げな表情を見せたが、きっぱりと言った。「お考えはよくわかります、陛下。ですが、主任警部には報告するとしても、そこでとめておいてほしいのです。できれば」

「つまり、家政官には黙っていてほしい、ということ？」

「というか、誰にも洩《も》らしてほしくないんです」

「どうして?」

「それは……」ロージーは理路整然と思うところを述べるのを得意としている。大学時代のディベートでも個人指導でも、銀行でのプレゼンテーションでも、国民に向けてのスピーチの準備でも、ことばに詰まったことがなかった。なのに、そのロージーが自分の気持ちをあらわすことばを見つけられずにいた。二通の手紙はどちらも、いかにも人種差別主義者が言いそうなたわごとの羅列だった。人を力でねじ伏せ、傷つけることを目的に書かれたものだった。だからこそ、被害者のレッテルを貼られたくないのだ。秘書官補としてめざましい仕事ぶりを見せたという以外の理由でスポットライトを浴びたくなかった。それがロージーの流儀だった。常にそういう自分自身であろうとしてきたのだ。「わたしとしては、ただ、なんと言うか……表《おもて》沙汰《ざた》にしたくないんです。陛下がそれでもかまわないとお考えくださるのでしたら」

　女王は瞬きもしないでじっとロージーを見つめた。秘書官補が激しく葛藤《かっとう》していることはよくわかった。そして、ひとしきり見つめたところで、自分でもどうしてそう思うのか、はっきりわかっているわけではなかったけれど、この子の判断を信じようと思った。「いいわ、あなたがそう言うのなら」女王は卑劣な文面のつづられたその紙のひとつの角だけをつまみあげるようにして慎重に持ち、ロージーに差し出した。

「では、この件は主任警部に今日の正午《ひる》までに報告しておきます」ロージーは女王にそう約束した。「もう少しお時間をいただけるようでしたら、ミスター・ハーヴィーから聞いてきたことをご報告しましょうか? 昨日は率直にずいぶんいろいろなことを聞かせてくれました。とはいえ、陛下が気になさっている件を解明するのにどの程度参考になるかは未知数ですが」

そこから話題はロージーのコッツウォルズ訪問のことに移った。女王は、ロージーのプロ意識と冷静さにすっかり感じ入っていた。今回の小旅行を、ロージーは心から愉《たの》しんだようだった。話しだしたとたん、その口ぶりからすぐに察しがついた。それだけになおさら、あんな卑劣きわまりない手紙が待っていたことで旅の余韻が吹っ飛んでしまったことが、女王としては残念でならなかった。そうしたほうがどちらのためにもよさそうだったので、女王は目下の話題に気持ちを集中させた。そして、果たせるかな、ショルトー・ハーヴィーは期待を裏切らなかったようだ、ということがわかった。死蔵品取引《ブレイキッジ・ビジネス》というからくりを話してくれたのだから。

「ミスター・ハーヴィーから聞いたその話ですが、陛下がだいじにしていらした絵が行方不明になったことと関係があるとお考えですか？」ロージーは尋ねた。

「ええ、まさにそのものずばりだと思いますよ。わたしが不在のあいだ、あの絵がそこいらへんに放り出されていたとしたら？　それをたまたま見かけた者が、これならなくなったところで誰も気づきはしないだろう、と考えたとしたら？　関与した者たちが、あの絵がもともとはどこに飾ってあったものか、気づいていなかったとしたら？　充分ありえることだと思いませんか？」

「それでは、八〇年代に営繕部門に所属していた職員をリストアップしてみます。現在も引き続き王室に勤務している者がいるかどうかも」

「そうね、無理のない範囲でお願いするわ。それと、ちょっと思ったんだけれど、誰かが死蔵《ブレイキ》品取引《ツジ・ビジネス》についての噂みたいなものを流してサー・ジェームズの耳に入るようにするというのはどうかしら？　この問題は手許《てもと》金会計長官の管轄になるはずだから」

「承知しました」

「言うまでもないことですが、ロージー、噂の出所があなただと突き止められないようにしてくださいよ」

「はい、心得ています。サー・サイモンに、職員食堂で小耳に挟んだ話として伝えてみます。サー・サイモンはその話をサー・ジェームズに伝えるはずです。伝えないとは思えません」

「そうね、そのとおりだわ。つうと言えばかあだものね、あのふたり」

　ロージーが秘書官補のオフィスに引きあげていくと、ひとり残った女王はじっくりと考えをめぐらせた。死蔵品取引《ブレイキツジ・ビジネス》については、またあとで考えることにした。今は、嫌がらせの手紙の差出人を突き止めることのほうが喫緊の問題だった。

　ロージーもターゲットにされていたのだ。ということは、まだこちらが気づいていないだけで、ほかにも被害者がいるのではないか？　じつはそれは当初から懸念していたことでもあった。ナイフの絵が描かれていたことも気がかりだった。あの手紙の差出人がメアリをつけまわしているストーカーと同一人物だとしたら……ロージーも身体的に危害を加えられる危険が迫っているということ？

　そろそろ気持ちを切り替えて、今日の予定に意識を向けるべきだった。もう間もなく、指導的立場にある聖職者たちが女王に謁見するため、勢揃いすることになっている。それなのに、女王の気持ちはさまよいつづけていた。

あんなことを書いてよこすのは人種差別主義者《レイシスト》か、女性蔑視主義者《ミソジニスト》か。あるいはその両方？　差出人は男？　それとも男たち？　と思ったところで、だからロージーの説明を聞いていて引っかかったのだと思い当たった。ロージーの言っていた「陛下がスコットランドからお戻りになる三日まえ」という部分に。これまでは漠然と、ひとりの人間がいろいろな相手に嫌がらせを働いている、というイメージで考えていたからだ。たとえば、バルモラル城に派遣された第二陣の職員のひとりで九月の上旬にロンドンからスコットランドへと移動し、そこでミセス・ハリスに嫌がらせをした人物。ほかの嫌がらせ行為はすべて、その人物の仕業と考えても矛盾は生じない。時間的にも空間的にも充分に可能だ。唯一の例外がロージーの一通めの手紙なのだ。シンシア・ハリスが宝物のように大切にしていた美しい服をバルモラル城内で切り裂いた者が（そんなことができるのは、いったいどういう神経の持ち主なのか？）、その日のうちにバッキンガム宮殿でロージーを狙って人種差別的な手紙を仕込むことは、まず不可能だと思われた。

　主任警部から嫌がらせの被害について報告を受けたとき、バルモラル城内で家政婦《ハウスキーパー》の個人的な所持品が物理的な被害を受けた、というその話が特に記憶に残ったのは、その事件が起きたのが、ホリーを埋葬したあの辛《つら》い午後のことだったからだった。ロージーが一通めの手紙を受け取ったのが、女王一家がバルモラル城を離れる三日まえだったということは、つまり同日ということになる。シンシア・ハリスに対する嫌がらせ行為からロージーが手紙を発見するまで、ほんの数時間の差しかない。もちろん、女王自身なら、ほんの数時間でバルモラル城からバッキンガム宮殿まで、その気になれば移動できなくもないけれど……誰もがそれほど気軽にヘリコプターを手配できるわけではない。

女王は晩年の母親につきあってテレビで放映される探偵もののドラマを何本も見ていたおかげで、模倣犯罪にも詳しくなっていた。ロージーに届いた手紙も、模倣犯の仕業という可能性はあるだろうか？　ミセス・ハリスやミセス・バクスターやメアリ・ヴァン・何某《なんとか》が嫌がらせを受けていることを聞き知った人物が、それを真似てロージーに同じような嫌がらせをしかけた、ということは？　あるいは、シンシア・ハリスに嫌がらせを働いていた人物が複数いたのだろうか？　たしかに、あの家政婦《ハウスキーパー》は、たいそう不人気だった。職員たちも彼女の死を悼むというより、噂話の種にしている。若い盛りをとうに過ぎた女だという理由で、誰からも気遣ってもらえなくなるというのは、誰かさん自身が若い盛りどころかいろいろな盛りをとうに過ぎているからということもあるけれど、なんだか嘆かわしいことに思えた。

少なくとも、メアリ・ヴァン・○○は――いい加減、彼女の名前を覚えなければ、と女王は思った――今はシュロップシャーで暮らしているから、危害が及ぶことはまずなさそうだった。いや、ただたんにそう思いたいだけかもしれない、と女王は思い直した。すべて解決するまで、彼女とて百パーセント安全だとは言い切れないはずである。一連の嫌がらせ行為には共通するパターンがあるはずだった。その読みには自信があったが、肝心のそのパターンが見えてこなかった。これだ、と思うたびに覆されることが続いていた。女性への憎しみが潜んでいることはまちがいない――でも、それだけではなさそうなのだ。

不意に、ある記憶が甦《よみがえ》った。シダーの板が張られた衣装戸棚《ワードローブ》に隠れていたときに聞こえてきた、男のものとも女のものともわからないあの声。あの声の主は「あの女の気持ちにまで配慮するとでも？」と言っていた。そして、あとで届けるよう指示して、相手になにかを渡していた。それが嫌がらせの手紙だったという可能性はないだろうか？

だとしたら、それらの手紙は、スパイク・ミリガンに託され、スパイク・ミリガンが〝配達〟したことになる。スパイク・ミリガンは、第二陣としてバルモラル城に派遣されてきていた。ロージーの手紙を〝配達〟することは不可能だ。けれども、誰が〝配達〟したかを知っているかもしれない。

その旨ストロング主任警部に伝えること、と女王は〝脳内メモ帳〟に書きつけた。そのためには、その事実を知るにいたったとき、女王がどこにいたかを説明せずにすむ方法を可及的速やかにひねりだす必要があった。

16

ロージーが軍隊で叩《たた》き込まれたことのひとつが、アサルトライフルをいったん分解し、手元を見ることなく六十秒以内に組み立てることだった。さらにブーツで三十キロ走ってもマメを作らずにいられる靴下の履き方、北極の原野でもブレコン・ビーコンズ（訳注：ウェールズにある国立公園）でも生き延びられるサバイバル術――併せて、日常茶飯事に遭遇する低レベルなレイシズムやミソジニズムをにっこり笑って受け流すことも叩き込まれた。そうした対処法のひとつやふたつ身につけていなくては、アフリカ系の女性が軍隊で何年ものあいだやっていくことはできない。そんな経験を経てきたロージーとしては、だから、落書きつきの嫌がらせの手紙が二通届いたくらいで動揺したくはなかった。たとえそのうち一通に、固定刃の戦闘用ナイフが描かれていたとしても。

それでも、自分の気持ちをつねに思いどおりにコントロールできるわけではない。王室職員たちから、奇妙なものを見るような視線を向けられたときの記憶が、次々に甦った。ミセス・ハリスはロージーと握手を交わすことを露骨に避けた。それでいて食堂でロージーの姿を見かけると、こんなことを言った――「あたしにももちろん、アフリカに知りあいはいるわよ、何人かだけど。みんな、びっくりするぐらい賢いの」。今年の夏、プールから出たところで絵画管理官のニール・ハドソンにばったり会ったときには、こんなふうに言われた――「おっと、お見それしちゃったね。まるでヌビアの女王さまじゃないか」。

それがどれだけ人種差別的な発言か、口にした当人はわかっていたのだろうか？　そんなことを言われて、どんな気持ちがすると思う？　その場では軽く受け流しておいたけれど。ニール・ハドソンが――黄色のベストを着て羽根ペンを使うようなタイプの男が――戦闘用ナイフの絵を描いたりするものだろうか？　なんだか不似合いな気がした。ハドソンなら差し詰め、カットラス（訳注：かつて船乗りが武器として用いた、反り身の短剣のこと）かサーベルあたりを選びそうなものだ。

待って、ロージー、そもそもハドソンがあの手紙を書いたと本気で思っているわけ？
すべてをなかったことにして、これまでどおりの生活を続けていくのでなければ、おかしくなってしまいそうだった。妹のフリスに打ち明ける気にもなれなかった。フリスは専門訓練を受けたカウンセラーだったから。そんな相手に打ち明けたりしたら、現実を直視せざるを得なくなる。目下のロージーにとって、それは避けたいことだった。

一週間が過ぎた。そこそこ慌ただしかった一日を終えて、女王はプライヴェート用の居間に引きあげ、恒例のジン＆デュボネのカクテルを呑《の》みながら、女官とともにのんびりとテレビで夜のニュースを観ているところだった。ニュース自体は、まるで愉《たの》しいものではなかった。ブリュッセルでＥＵ首脳会議に出席したテリーザ・メイは、のちに非常に有意義な会議だったときっぱりと総括したものの、他国首脳から大歓迎されたとは言えなさそうだった。ニュース映像で見る限り、ブリュッセルでのメイ首相は、パーティーで誰からも声をかけてもらえずに隅でひとりぼっちになりながら、そっちのほうが好きなのよという顔をしてみせる女の子のように見えるのだ。少なくとも女王の眼には、そんなふうに映った。アメリカでは、ドナルド・トランプが討論会でヒラリー・クリントンのことを〝なんて嫌な女なんだ〟と言っていた。これが政治家の言うこと？　女王は内心あきれ返った。ミスター・トランプのことばからは、ケネディやリンドン・Ｂ・ジョンソンがそのすばらしい演説で見せたような才能の欠片《かけら》たりとも感じることはできなかった。ミセス・クリントンはなかなか善戦しているようではあるけれど、隙あらば欠点や過去を暴き立ててやろうというあらさがしの視線に絶えずさらされながら、心身ともにへとへとになる日々を送っていることを思うと、お気の毒さまとしか思えなかった。大統領選に向けて国民の気運は日を追うごとに盛りあがるどころかしぼんでいっているようだ、というのが女王の見解だった。

　とはいえ、誰かさんの見解はどこからも求められてはいなかった。女王としては、ただ黙って見守り、結果を待つのみ。

　そう思ったところでふと、画面から注意が逸《そ》れて、テレビのうしろに置かれたランプに眼がいった。木のスタンドに古ぼけたシルクのシェードのついた、戦時中から使っている実用一辺倒の代物だった。ときどき光がわずかにちらつくことがあって、それを眼にするたびにいつも少し落ち着かない気分になるのだ。宮殿内の電気設備の状態については、正直なところ、まるで把握していなかったが、この先十年以内に、全面的に改修されることになるだろうとは思っていた。改修作業が入っているあいだはしばらく、ノース・ウィングの部屋を離れイースト・ウィングに移るか、場合によってはウィンザー城で暮らすことになるだろう。そして、ここには作業員たちがやって来ることになるはずだ。〝死蔵品取引《ブレイキッジ・ビジネス》〟について、サー・ジェームズからなにかしらの報告があるものと思って待っているのだが、それらしき気配は今のところうかがえなかった。改修作業のあと、宮殿内のものはすべて元どおりになっているだろうか？　そんな思いが胸をよぎった。ちょっとしたものが〝破損〟したり〝紛失〟したりするのではないか？　そのとき、その悪い知らせを伝えた者のことを心から信じることはできるだろうか？

これまではなんのためらいもなく信じてきたが、というか疑う理由がなかったが……ロージーがショルトー・ハーヴィーから話を聞いてきたことで、これまで気づかずにきた部分に光が当たるようになったのだ。

もっとも、改修作業がすべて終わるころには女王は百歳になっている。こんなことはもう、気にもならなくなっているかもしれない。

いや、そうはなりそうにない、と女王の直感は言っていた。これまで気づかないではいなかった人間なのだから。それに、お母さまは百歳になっても矍鑠《かくしゃく》としていらした。思い出の品を失くされたりしたら、激怒なさったことだろう。

「お代わりをお持ちしますか？」

そのひと言で、女王は現実に引き戻された。近くの肘掛《ひじか》け椅子に坐《すわ》るレディ・キャロライン・キャドワラダーが、ジントニックの入っていた空のグラスを振ってみせた。女王が自分のグラスに眼をやると、まだ半分残っている。

「いいえ、まだけっこう。ちょっと考えごとをしていたものだから」

「ええ、そのようにお見受けしました。宮殿の屋内プールで遺体が発見されたことで気を揉《も》んでいらっしゃるのですか？　それとも手紙の件ですか？」

正確にはそのどちらでもなかったが、照明のことと言うのは気が引けた。女王はあいまいにうなずいた。「そうね、まあ……」

「とんでもないことだわ、どちらも。お調べは順調に進んでいるんでしょうか、ロンドン警視庁からお見えになっている、あの感じのいいお巡りさんの？」レディ・キャロラインは言った。

「たしか、ストロング主任警部でしたよね？　職員からの評判は上々のようですよ、礼儀正しくて控えめだって」

「そうですか、それはなによりだわ。そういう方に来ていただきたいと思っていたのよ」なにはともあれ、前向きになれそうな話題になったことを嬉《うれ》しく思いつつ、女王は答えた。「仕事ぶりも丁寧だし、粘り強いし。調べることが多くてずいぶん忙しそうな様子ですよ」

「それは期待できそうですね」

　その点については、女王としては不本意ながらこう答えざるをえなかった。「そうとも言えないのよ、それが。先日の事情聴取は空振りだったそうだから」ただしその事情聴取を行うよう、そっと背中を押したのが誰あろう、女王自身であることを明かすつもりはなかった。スパイク・ミリガンの事情聴取には大いに期待を寄せていたのだが、どうやら従僕は事情を訊《き》かれること自体心外に思ったようで、一切の関与を猛然と否定したらしい。

「あら、それは残念」レディ・キャロラインは空になったグラスをむっつりと見つめた。女王は呼び鈴を鳴らして近習《きんじゅ》を呼び、お代わりを言いつけた。レディ・キャロラインはそれでもまだ、なにやらじっと考えこんでいた。

「こういう雰囲気、学校時代を思い出すんです」

「そうなの？」思いがけない発言に意表を突かれて、女王は言った。

「ええ、思い出さずにはいられないというか。陛下から嫌がらせのことをうかがって以来、ずっと考えていたんです、あのときと似ているなあって。いやなものをたくさん見聞きしたし、いやな思いもたっぷりしました。それも、一年近くもつづいたんです。わたしが在学していたのはセント・メアリーズでしたが（訳注：ケンブリッジにあるSt Mary'sのことと思われる。二歳（Preschool）から十八歳（Sixth form）までを対象としたカトリックの女子校）、あれはたぶん一年生か二年生のときだったと思います。どっちの学年だったか、はっきりとは覚えていないんですが――いずれにしても十一歳か十二歳ごろなので、まあ、言ってみればほんのおちびさんですよね。自分のポニーやらお母さまやらが恋しくてたまらないのに、表面的にはカッコをつけてへいちゃらな顔をしてみせる、そんな年頃です。実際、ほとんどの子どもがそんな感じで、似たり寄ったりというか、どんぐりの背比べというか。わたしはありがたいことに、学校生活にわりとすんなり馴染《なじ》んだほうだと思います。ですが、どうしても溶け込めない子たちというのも一定数いました。そのひとりが、ペギー・ソーニクロフトという子で、誰よりも悲惨な目に遭い、みじめな思いをすることになったんです」

「まあ、そうでしたか」と女王は言った。そこでこの話題が打ち切りになることを願って。この先、やりきれない話になることは充分に予測がついたし、上機嫌の在庫はすでに底を突きかけていたから。このまま聞きつづけていたら、まちがいなく、不機嫌が表情に出てしまいそうだった。ところが、レディ・キャロラインは自分の話に没頭していて、女王のことばに込められた言外の意味には気づいていないようだった。女王はジン&デュボネをひと口含むと、我慢して最後までつきあうことにした。

「ひどかったんです、それはもう。ええ、ほんと、ひどかった。クラス全員がいやな思いをすることになりました。当然、全員が容疑者だったわけですから。みんな、同情していたんですよ、その子に。気の毒だ、かわいそうだって思っていたんです」

「どうして？　いったいなにがあったの？」女王は尋ねた。

　レディ・キャロラインは、当時のことを思い出しているようだった「ええと……そう、はじまりは〝アップルパイ・ベッド〟でした。ただのいたずらですよ――ベッドに入ろうとすると、上掛け用のシーツの裾《すそ》のほうが折り返してあって脚が伸ばせないようになっていて……いいえ、待ってください、もしかしたらベッドに入ったらシーツが濡《ぬ》れていたんだったかもしれません。みんなでペギーの着替えを手伝ったような記憶がうっすらとあるので。ところが、そのあと、家から届くはずの手紙がつづけて行方不明になって、それで大騒ぎになりました。ペギーのお母さまは筆まめな方で、少なくとも週に一通は必ず手紙が届いていたのですが、その手紙が行方不明になり、おまけに以前に届いた手紙まで盗まれてしまった。ペギーは……ああいう状態を半狂乱って言うんでしょうね。全員のロッカーが調べられたことを覚えています。最終的に手紙はまとめてトイレに突っ込まれた状態で見つかったんだったと思います」

「幼い子どもには酷な体験ですね。どんな女の子だったの？」

「ペギーですか？」レディ・キャロラインは唇をきゅっと尖《とが》らせて、考え込む表情になった。

「そうですね、人好きがするタイプとは言えなかったと思います。細かい特徴まで覚えているわけではないけれど。何年かして転校してしまったので。ものすごく勉強ができたわけでもなければ、反対にものすごくできなかったわけでもなくて。顔立ちもへちゃむくれなんかじゃありませんでしたよ。どちらかというと整った顔立ちで、茶色の髪をいつも三つ編みにしていました。でも、当時はみんなそんな感じでしょう？　ひとつだけ、今でもよく覚えているのが、発育が早い子だったということです。初潮を迎えたのも早くて、こんなことを言うのはなんですが、においが……なんと言うか。おわかりいただけると思うんですが、体臭の問題がありました。にきびも。顔じゅうぼつぼつだらけ、というほどではなかったですが、当人にしてみれば深刻な悩みの種だったと思います。演劇が得意でした。でも、セント・メアリーズですからね、演劇に興味のある子なんていませんでしたから、なんの救いにもならなかったわけです」

「で、どうなったの？　手紙を盗んだ犯人は見つかったの？」

「それが、なんと、もっとエスカレートしたんです。シンシア・ハリスの話を聞いてペギーのことを思い出したのも、そのことがあったからかもしれません。ペギーのところに匿名の手紙が届くようになったんです。いつの間にかベッドに置いてあったり、ロッカーに入れてあったり。制服のブレザーのポケットに入れられていたこともありました。どんなことが書いてあったのか、詳しいことはわからないまま、そのうち誰もがなんとなく恐ろしいことが書いてあるにちがいない、と思うようになりました。あるときから警察が介入することになって、筆跡鑑定のために文字を書かされたりもしました。警察はわたしたち生徒はもちろん、先生たちからも職員たちからも話を聞いたんです、そうなると、もう、ただのいたずらじゃすみません。それでなくても不安で、怖くてたまらなかったのに、今度はペギーが一緒に寝ていたウサギだったか、クマだったか、ともかくなんかのぬいぐるみがベッドからなくなり、何日かしてずたずたにされ、庭師が熾《おこ》した焚火《たきび》で燃やされたらしく、一部分黒焦げになった状態で発見されました」

「まあ、なんてこと」

「ええ、わかります、そうおっしゃりたくなるのも。個人的なものですからね。ミセス・ハリスが受けていた嫌がらせと同じことでしょう？　その焚火の件があったので、校庭の管理をしていた校務員のひとりがずいぶん疑われたようでした。わたしたち生徒はみんな、犯人は寄宿生にちがいないと考えていたんです。少なくとも寄宿舎に出入りできる人だろうって。そうこうするうちに、とうとう最悪の事件が起きてしまいました。モルモット事件です」

　女王は胸が苦しくなった。「事件？」

「セント・メアリーズでは、檻《おり》に入れておけるくらいの大きさであれば、家からペットを連れて来ることが許されていました。六年生の建物の裏手にあった厩舎《きゅうしゃ》を改造した小屋に預けておいて、始業前と放課後なら観にいってもいいことになっていて。ペギーはモルモットを連れてきていて、そのモルモットにべったりでした。ええ、無理もないですよ、あの子の置かれていた状況を考えれば。今でも覚えています、ふわふわっとしていて、ちっちゃくて、かわいらしいモルモットでした。あらっ、うっかり言い過ぎました、すみません。それほどちっちゃくはなかったような気がします。いずれにしても、そのモルモットがある日、首を折られて、檻の奥の隅っこに転がされているのが見つかったんです」

「あんまりだわ」

「ええ、おっしゃるとおりです」女王の眼に浮かんだ表情を見て取り、レディ・キャロラインは言った。「おぞましいのひと言です」

「断じて許しがたいことですよ」と女王も言った。「それで、犯人は見つかったの？」

「ええ、最終的には。ただし、警察はなんの役にも立ちませんでした。警官の制服やらいかつい顔やらが恐ろしくて、誰も話をしようとはしなかったんです。それで校長先生がある男の方を呼んだんです。小柄で、いかにも優しそうな人でした。カトリックの学校でしたから、たぶん神父さまだったのではないかと思いますが……なんと言うか、その、神父さまらしくないんです。お名前はもう覚えていません。とても穏やかで、気さくで、校内を歩きまわってはわたしたちとおしゃべりをする、というような感じで。それもペギーのことばかりお尋ねになるわけではないんです。わたしなんて、なにをお話ししたのかも覚えていないぐらいで。きっとなんの役にも立たないことばかりお話ししたんじゃないかと思いますよ。それなのに、その方、何日もしないうちに犯人を突き止めたんです」

「それで、犯人は……？」

　レディ・キャロラインは、芝居がかった仕種で両腕を左右に大きく開いた。「なんと、ペギー本人だったんです」

「その子が自分でやっていたということですか？」

「ええ、まさにそのとおり、自作自演だったんです」レディ・キャロラインは肩をすくめた。

「信じられない話ですよね？　先ほども申しあげたとおり、いやな経験でした。クラス全員が心をかき乱され、落ち着かない思いをさせられたんですもの。神父さまがどうやって真実にたどり着いたのかはわかりませんが、最終的に、ペギーは全面的ではないにせよ、自分がやったことだと認めました。それを疑う理由もありません。みんなの注意を惹《ひ》きたくてやったことでした。ええ、もちろん、そのとおりになりましたよ。その一年、彼女の話で持ちきりでしたから。ペギーの話題になるたびにうちの母は、家庭でつらい思いをしているんじゃないか、と言っていました。本当のところは、わたしたちにはわからないままでしたけれど。ある日、両親が迎えに来てペギーを連れていきました。でも、その次の学期にはまた戻ってきたんです」

「まあ、ほんとですか？」

「ええ、そうなんです。びっくりですよね。もちろん、誰も事件のことには触れませんでしたよ。ただ、あの子にはこれまでよりも優しくしてあげなくちゃ、と思うようになったんです。ペギーはまちがいなく、精神的な問題を抱えていたんだと思います。それでも、あのモルモットのことを思い出すと、あのちっちゃくて、なんの抵抗もできない生き物があんなむごい目に遭ったことを思うと……」

　ふたりはそこで眼を見あわせ、動物を愛する者同士、どちらからともなく、ぶるっと身を震わせた。

「結局、その子はどうなったの？」と女王は尋ねた。

「はっきりしたことは、わたしにもわかりません」レディ・キャロラインは答えた。「何年もしてから、ふと思い立って、ペギーのことを〈フェイスブック〉で検索してみたことがあるんです。〝ペギー〟という名前の、それらしき女性は見つかりました。その人は幸せそうな家族写真を何枚も投稿していました。セーリングをしたりして、どこから見ても普通の人でした。その人があのペギーなんだとしたら、結婚したときに苗字《みょうじ》を変えたんでしょうね。苗字がちがう以上、その人がペギーだと断言することはできません。ただ、その人のプロフィールの出身校の項目は空欄になっていました——だから、ペギーじゃないかと思うんです。わたしたち同級生の誰にも見つかりたくないし、過去も一切掘り返されたくないと、あの子ならそう思うでしょうから。そう思われませんか？」

「ええ、そうでしょうね」

「あら、やだ、わたしとしたことが、愚にもつかないことを長々と。たいへん失礼をいたしました、陛下」

「いいえ、そういうことは気にしないでちょうだい」

「おまけに聞いていただいたところで、お気持ちが晴れるような話でもなくて」

「そうね、それは否定しないわ。でも、人間の性《さが》というのは興味深いものですね」

「ええ、本当におっしゃるとおりです」女王のことばに同意して、レディ・キャロラインはうなずいた。

　ニュース番組はいつの間にか終わり、クイズ番組がはじまっていた。そのクイズ番組をしばらくのあいだふたりで見てから、それぞれの寝室に引きあげた。

枕にもたれて日記を書こうとするときになっても、女王はまだペギー・ソーニクロフトのことを考えていた。愚にもつかない話を聞かせてしまった、とレディ・キャロラインは恐縮していたが、あながちそうとも言いきれないのではないか、と思っていた。

17

「それでは、陛下はシンシア・ハリスに届いた手紙は、彼女が自分で書いたものとお考えなのですか？　服を切り刻んだのも当人だと？」

受話器から聞こえてくるストロング主任警部の声は、隠そうとしているのに隠しきれていない、強い疑念を帯びていた。

「その可能性もあるのではないか、というだけですけれどね」と女王はウィンザー城の書斎の電話で答えた。週末はウィンザー城で過ごすのが恒例となっている。

「もちろん、われわれも仮説のひとつとしてその線も考えてはいました。そういうこともありうるでしょう。しかしですね、今回の件は自作自演と考えるには、いささか過激ではないかと」

「たしかにそうですね」ストロングの言い分を認めて女王は言った。「でも、ミセス・ハリスが周囲の関心や同情を惹《ひ》こうとした理由ならいくらでも挙げられますよ。レディ・キャロラインの学校時代のご友人の場合と共通する要素があると思うのです。ミセス・ハリスは不人気でした。そして嫌われていることを当人も承知していました。いったん定年を迎えたあと、前職に復帰するにあたっては苦労もしたでしょうから、家政官に簡単に馘首《くび》にされないような状況を作っておきたかったのかもしれませんよ」

　女王のその説に、ストロング主任警部はいくらかしぶしぶといった口調ではあったものの、一定の理解を示した。「そうですね、たしかにそれなりの効果はありましたからね」

「ひとつ、腑《ふ》に落ちないのが、そういうことをする人はいるでしょうけれど――つまり目的のためなら自作自演も厭《いと》わない人はいるでしょうけれど、果たしてミセス・ハリスはそういう人物像にあてはまるだろうか、ということです。それでもミセス・ハリスが過去に妊娠中絶を経験していたことが、どういう経緯で洩《も》れたのか、そのあたりの調べはまだついていないのよね？」

「それは、その、はい、まだです、陛下。申し訳ありません」

　受話器越しにストロング主任警部が激しく咳《せ》き込んでいるのが聞こえた。それは、もしかすると、誰かさんが〝妊娠中絶〟ということばを発したからかもしれなかった。そのことばなら、主任警部自身が作成した報告書にも使われていたし、報告書の内容については口頭で説明も受けている。女王というものは、象牙《ぞうげ》の塔で暮らす中世のお姫さまのように考え、そういうしゃべり方をするもの、と思い込まれているのは、ときには分別があるはずの人からもそんな接し方をされるのは、ほとほとうんざりだった。こう言ってはなんだけど、と女王は思った――中世のお姫さまだって妊娠中絶については案外、詳しくご存じだったかもしれないじゃないの。

「いちおう、お伝えしておきますね、参考意見ということで」女王は言った。

「もちろん、ミセス・ハリスの自作自演の可能性は、なくはないと思います」ストロングは女王の参考意見を否定しなかった。「しかし、だとすると、ほかの手紙についてはどう考えるべきか、という問題が出てきます。ミセス・バクスターやミス・ヴァン・レネンほかに届いた手紙のことです。自作自演を見抜かれないため、めくらましとしてミセス・ハリスがやったこととお考えですか？」

「そこまではわかりません。ただ、ふと思いついただけだから。だけど、そうですね、その点については、じつはわたしも腑に落ちないと思っていました。ミセス・ハリスの目的が関心を惹き、同情を集め、簡単には馘首《くび》にされないようにすることだったのなら、なぜほかにも被害者を作りだすような真似をしたのか？　対象者が増えれば自分に向けられる関心が薄れるだけなのに」

「純然たる悪意ということは？」とストロング主任警部が言った。「なにしろ、徹頭徹尾〝嫌な女〟だったようですからね」

女王はその〝嫌な女〟ということばにはっとして顔をあげた。最近、別の文脈でそのことばを聞いたときのことが思い出されたからだった。レディ・キャロラインの考えでは、ペギー・ソーニクロフトは家庭でつらい思いをしていたらしい。同じような問題行動に出たのだとしたら、ミセス・ハリスの場合、その原因となったものはなんだったのだろう？　女王はその点が気にかかった。「あら、そう？　そのあたりのことをもう少し掘りさげてみてもいいかもしれませんね」

それがよさそうだ、とストロング主任警部も同意した。「しかし、秘書官補のロージーに届いた手紙は、ミセス・ハリスの仕業だとするには無理がありすぎます。時間的にも、場所的にも、不可能ですから。しかもロージーのところに二通めの手紙が届いた時点で、ミセス・ハリスはすでに死亡していた」

「ええ、そうですね。だからこそ、考え甲斐《がい》があるというものじゃないでしょうか？　嫌がらせの手紙を送りつけてきたのは、いったい何者なのか？」と女王は言った。そしてすぐさま、思ったままを口にしてしまったことを反省した。

「ええ、陛下、まさにおっしゃるとおりです」と応《こた》えた口調から、どうやらストロング主任警部も同意見らしいと察しがついた。そこで短い間ができた。「ロージーのところに届いた二通めの手紙ですが、差出人が誰であれ、その人物は一通めの手紙の内容を把握していたことになります。ただし、その点については、じつはそれほど難しいことではないかもしれません。こんなことを申しあげるのも気が引けますが、ありていに言って王室の人事部門は情報漏洩《ろうえい》の点では、文字通りざるなのです。その線も考慮するべきかと存じます」

「いずれにしても、調べてみていただけるとありがたいわ。その結果、なにが出てくるかは、わたしにはまるで見当もつかないけれど」女王はそそくさと会話を締めくくった。

そして受話器を置いて、深い溜《た》め息をついた。気をつけなくては、と自分で自分に言い聞かせた。ストロング主任警部は有能で役に立つ人材ではあるけれど、ある程度以上のことは察知してほしくなかった。女王には必要とあれば謎解きに乗り出す心づもりがあることは、側近のなかでもロージーにしか伝えていない。謎を解くことにかけて主任警部はプロ中のプロなのだ。

誰かさんは、それに協力するのが分というもの。警察に代わって謎を解き、事件解決に向けて采配《さいはい》を振る姿など、人の眼に触れていいわけがない。そう、断じて。それだけは、ぜったいにあってはならないことなのだ。

日曜日、ロージーは早起きをして、ポートベロー・グリーン行きのバスに乗った。ポートベロー・グリーンのフリーマーケットには、ヴィンテージ・ファッションやアンティークの品々がどっさり出品されていて、ロージーが好んで足を向ける場所だった。学生時代には乗馬と宿題をする時間を差し引いても、自由に使える時間がたっぷりあったから、一人前の大人になったときに送っているはずの生活をあれこれ思い描いたものだった。未来の自分が着こなしているであろう個性的なドレスの数々、部屋に並んでいる家具や調度類、足りないものなどひとつもないジュエリーのコレクション。そんな未来の設計図は、ショルトー・ハーヴィーのコテッジを訪ねたことで、より明確に、より鮮明になっていた。実際に触れて、香りを嗅《か》いで、自分にとってどれほどの価値があるかを見極めたくてたまらなくなっていた。そんな夢を実現させるため、最初の投資として、少なくとも理想のコートを一着、もしくはヴィンテージもののクッションぐらいは買いたかった。

とはいえ、今日はそのどちらも、ぴんとくるものがなかったし、そもそもロージーにとっては〝地元〟ともいうべきこの界隈《かいわい》に足を運んだ理由でもなかった。一時間ばかりウィンドウ・ショッピングをしたあと、生花店でダリアの花束を買った。バッグには、宮殿のキッチンでこしらえてもらったチキンスープを詰めた保温容器《ジャー》と大きな箱入りの〈ローズ〉のチョコレートの詰め合わせを入れてきていた。お見舞いに行くときには箱入りの〈ローズ〉のチョコレートを持っていくもの、と子どものころから言われて育ったためだった。

ロージーが向かっているのは、小学校と往来の激しい道路に挟まれた、フラットの建ち並ぶ区画だった。このあたりのことは知りぬいていると言ってもよかった。二十年前にその小学校に通っていたから。だからこそ、金曜日、ふたりの家政婦《ハウスキーパー》がルル・アランテスが住んでいる場所のことを話しているのが聞こえてきたとき、耳にとまったとも言えた。

「ヴィンセント・ハウスでひどい怪我をしたって」

「ええと……彼女のフラットがあるのってピムリコだっけ?」

「ううん、ラドブルック・グローヴ。階段を転げ落ちたんだって――もう一気にダダダダーッて感じだったらしいよ。ちょうど痛めてたほうの肩から着地したって言ってた。そうそう、あの肩。で、鎖骨を折ったんだって――うん、また。眼のまわりにもあざができてるけど、月曜日には出勤するって言うの。本気かしらねえ?」

まさかそれはないだろう、とロージーは思った。さすがのルルでも、鎖骨を折ったばかりでメイドの仕事をするというのは、どう考えても無理というものだ。

ロージーはルルの同僚のメイドからルルの連絡先を聞いてメッセージを送り、お見舞いに行ってもいいだろうか、と尋ねた。母親がすぐ近くに住んでいるから、というのはまぎれもない事実だったが、たまたま母親を訪ねる予定があって、そこからすぐだから、とつけくわえた部分は真っ赤な嘘というやつだった。ルルからは、来てくれたら嬉《うれ》しい、と返信があった。

ルルはたしかに怪我ばかりしているけれど、今度の怪我はいつものこととして受け流すことができなかった。考えれば考えるほど、いやな気持ちになった。

髪を三つ編みにして毎日とことこ通学していたなつかしい通りを歩いているというのに、ちっとも気持ちが晴れなかった。あのころは最悪の経験と言えば、宿題を忘れたとか、教会にはふさわしくない靴を履いてきてしまったとか、せいぜいその程度のことだった。それが今では、およそありとあらゆることに警戒心を尖《とが》らせるようになってしまっている。シンシア・ハリスは死亡し、メアリ・ヴァン・レネンは怯《おび》えきってロンドンから逃げ出し、ルルの義理の姉の従妹《いとこ》は夫にハンマーで殴り殺された。そしてロージーの記憶には、まがまがしい武器でありながら、見ようによってはエレガントとも言えそうな戦闘用ナイフの、柄の滑り止めのリングにいたるまで克明に描き込んだあの絵が、いつまでも、いつまでも居坐《いすわ》っている。

ルルは本当に階段から転げ落ちたのだろうか？　という疑問が消えなかった。眼のまわりにあざができた、というのもそのせい？　ルルが誰と一緒に暮らしているのか、ロージーは知らなかった。ルルとは勤務している場所が一緒というだけで、個人的なつきあいがあるわけではなかったし、はっきり言って、ロージーにはなんの関係もないことだったからだ。それでも、ロージーの直感は、なんの関係もないわけではないかもしれない、と訴えていた。訪ねてみるべきだ、と。仮にその直感が的外れなおせっかいだったとしても、いざとなったら〈ローズ〉という秘密兵器もあることだし。

ロージーのノックに応えて、戸口に出てきたのは、不自然なほど黒い髪をした年配の紳士だった。着ているものは、チノパンツと身体に合ったコットンシャツ。若かりしころはそれなりの長身だったのだろうと思われたが、今ではロージーと視線を合わせるためには背筋を伸ばして、やや反り身にならなくてはならなかった。

「どなたさん？」と老紳士はしゃがれ声で言った、好奇心と警戒心がないまぜになった顔をしていた。

「ロージー・オショーディといいます。ルルとは職場の同僚です。ふたりともバッキンガム宮殿で働いています。お邪魔してもかまわないとルルが言ってくれたので」

　それで老紳士の表情が一気に晴れやかになった。

「バッキンガム宮殿で働いてる？　さあ、どうぞ、どうぞ。ルルも歓《よろこ》ぶよ。今はベッドでぐだぐだしてるけど、なにかって言うと起きあがって動こうとして、そのたびに〝あいたたた～〟でね。まあ、会ってもらえればわかるよ。じっとしているよう説得するのは至難の業だね、あの子の場合。きみからもひと言言ってやってくれるとありがたい」

　そうします、とロージーは答えた。老紳士のあとについて細長いフラットの奥に向かいながら、いくらか緊張が解けるのを感じた。どうやら心のどこかで、訪ねていった先で遭遇するのは、アンダーシャツ姿で妻を虐待する、筋骨隆々としたパートナーだろうと思い込んでいたようなのだ。ところが、そんな人物の姿は影も形もないではないか。ロージーは改めて、自分がルルのことをなにも知らないことに気づかされた。そう、根拠のない先入観や思い込みに惑わされるべきではないのだ。

案内されたのは、黄に緑をあしらった壁紙の、華やかで明るい部屋だった。老紳士の言ったとおり、ルルはベッドに上体を起こして坐っていた。枕元のテーブルにはお見舞いの定番ともいうべき雑誌とブドウが山ほど載っていた。ロージーに向かってルルが大きな笑みを浮かべるのを見届けて、老紳士は立ち去った。

「あの人はマックスおじさん」とルルは言った。「あたしと一緒に住んでるの——というか、あたしがおじさんと一緒に住んでる、って言うほうが正しいかな。ここはおじさんのフラットだから。おまけにプロの看護師なみにあれこれ世話をやいてくれてるの。根っから優しいんだよね、あの人。あっ、スープじゃない！　チョコレードも！　それにお花まで。そんなに気を遣わないでよ。お見舞いに来てもらうのが恥ずかしいぐらいだよ。ねっ、ほら、このとおり元気なんだから！」

ロージーはそばの椅子に腰をおろした。ルルはいつもどおり愉《たの》しげに話してはいたけれど、両眼のしたは紫どころか黒々としたあざになっているし、少しでも身体が動くと、うっと息を詰めて痛そうに顔をしかめる。ロージーに問われるまま、ルルは鎖骨を折っただけではなく、あばらにも三ヶ所、ひどい打撲傷を負ったことを認めた。

「階段から落ちたときに？」とロージーは尋ねた。

ルルは溜め息をつき、顔をしかめながらうなずいた。「うん、わかってる、言いたいことは。どうしてそうなったのか、自分でもよく覚えてないの。たぶん肩をかばってたんだと思うの、重い買い物袋を持ってたからね。手すりをつかもうとして、手を伸ばしたんだけど、そこでつかみそこなって、うしろ向きに落ちたんだと思うんだけど、途中で身体をひねったかなんかしたんだろうね、顔から着地しちゃって。ほんと、ばかみたい」

「着地したって、どこまで落ちたの？」

「このフラットの戸口を超えてそとまで」マックスおじさんがお茶の載ったトレイを抱えて、戸口のところに立っていた。「悲鳴が聞こえたもんだから飛び出していったら、この子が倒れてたんだ、腕をくの字に曲げてうつ伏せに。とんでもないことをやらかしたのは、一目瞭然《いちもくりょうぜん》だよ。あのときだけは救急車を呼ぶと言ってもとめなかったよ。いつもは『ぜったいに呼ぶな』の一点張りなのにね、ダーリン」

　最後のそのひと言に、ロージーの警戒心がぴくりと跳ねあがった。〝おじさん〟とひと口に言っても、いろいろな間柄の〝おじさん〟がいるわけで……。

　件《くだん》のマックスおじさんは、運んできたトレイをいったん床に置き、雑誌をひと山分移動させてトレイを載せられるだけのスペースをこしらえると、ポットのお茶が出るまでしばらく待つよう言った。ルルとはいつからの知りあいなのか、とロージーが尋ねたのをきっかけに、マックスおじさんはルルのベッドの端に腰をおろして会話に加わることになった。

「ルルのことなら、この子が赤ん坊のころから知ってるよ。だよね、ダーリン？」とマックスおじさんは言った。「この子はぼくの妹の娘でね。それに、ぼくの名付け子でもある」

　なるほど、つまりは本物の伯父《おじ》さんだったというわけだ。お互いの話を遠慮なく遮り、相手の言いだしたジョークの落ちを横取りして言ってしまう様子を見ると、ふたりが近しい間柄だということは明らかだった。

「ぼくたちはこれまでずっと、助け合いながら一緒に暮らしてきたんだ」マックスおじさんが言った。

ルルもマックスおじさんのことばに同意した。「マックスおじさんは、あたしにとって最高のおじさんなの。踊りに連れてってくれたのもこのおじさんだったんだ」

「意外だって顔をしてるね、ロージー」ベッドの端からマックスおじさんが言った。「リンディホップ（訳注：一九二〇年代にハーレムで生まれ、三〇～四〇年代にかけて人気を博したダンス。スイングダンスの一種）だよ、知ってるかな？　四〇年代に流行《はや》ったスタイルだけど、けっこういい運動になるんだよ。一度、見においで。ぼくは幅広のズボンにスパッツ（訳注：くるぶしの少しうえまである短いゲートル）をつけて、ルルはくるっとまわるとふわっと拡がるサーキュラースカートで踊るんだ。ひとつ困ることは、ルルにとってはダンスも危険なスポーツになっちゃうことだね。だろ、ダーリン？」

「気をつけてるつもりなんだけどね、気がつくと、あっちこっちぶつけちゃってるんだよね」ルルはそう言いながら笑った。「どうしてそんなことになるか、自分でもほんと、わからなくって。ほかの人を巻き込んじゃうこともあるし。先月なんて、パートナーの眼のまわりにあざができちゃった。おじさんにも何度かぶつかったことがあるよね？」

「ああ、何度かどころじゃすまないぐらいな。ところで、ロージー、バッキンガム宮殿の話を聞かせてもらえないだろうか。ルルはぼくに最近の事情を教えるのにうんざりしているようでね。最新のゴシップというと？」

ルルがまた笑い声をあげた。「まだ言ってなかったよね、マックスおじさんはこのあいだまで王室の執事だったんだ。だから、あたしも王室で働くことにしたようなものなの」

「このあいだと言ったって、〝戦力外《オー・デ・コンバ》〟になってかれこれ十年になるがね」マックスおじさんが残念そうな顔をした。

それからの三十分は、マックスおじさんが勤めていたころから王室がいかに変化したかについて、三人で語りあった。マックスおじさんは感傷的になっているようだった。

「当時を恋しく思わない日はないよ、いまだにね」

ロージーは笑った。「信じられません。眼がまわるほど忙しかったでしょうに」

「ああ、そりゃ、忙しかったよ。ぼくだけじゃない、職員全員がおちおち休憩も取れないほど忙しい毎日だった。ルルもそうだろ、ダーリン？　それでも、それが誇らしいのさ」マックスおじさんは眼を輝かせて言った。「王室の職員という仕事は特別なんだな。あんなふうに互いをいつくしみあい、信頼しあえる仲間と働ける職場はふたつとない。ちがうかい？」

今のロージーとしては、残念ながら、同じ気持ちにはなれなかった。それでも、とりあえず黙ってうなずいてみせた。

「ああ、そういえば、怖ろしいことに死人が出たんだって？」とマックスおじさんはつづけて言った。「立てつづけにふたりも――ひとりはウィンザー城内で、もうひとりはバッキンガム宮殿で。きみの立場上、多くは語れないことは心得ているけど、たぶん報道されている以上のことを知っているはずだよ」

ロージーは間髪を容《い》れずに言った。「それがほんとに知らないんです」

マックスおじさんは、片方の眉《まゆ》をくいっと吊《つ》りあげてみせた。「そう言うと思ったんだ。大丈夫、無理に訊《き》きだそうとは思ってないから。じつはシンシアとは面識があったもんだから、それでね。いい人だったと言ったら嘘になるけど、だとしても今度のことはあまりにも気の毒だ」

「お知りあいだったんですね？」ロージーの脳裡《のうり》に、あの日、職員食堂でメアリ・ヴァン・レネンの隣に坐っていた不愉快な年嵩《としかさ》の女の姿がよみがえった。

マックスおじさんはうなずいた。「ロイヤル・コレクションから家政《ハウスキーピング》部門への異動なんて、降格人事もいいところだ。そう、もともとは絵画の修復だかなんだか、そういう関係の仕事をしていた人だよ、シンシアは。芸術系の学位を持っていたんだから。それが、その後営繕部門に異動になって、そのときの部門長とは一時期、婚約していた——ええと、なんて名前だったっけか……ああ、だめだ、思い出せない。ぼくとはあまり接点のない部署だからね。シンシアは、左遷されたくらいじゃ、腐らなかった。その点は見あげたもんだと思ってるんだ。家政《ハウスキーピング》部門に異動してからは、目立たないように息をひそめ、そのあいだに仕事を覚え、そうこうするうちにめきめき頭角を現しはじめて、その仕事ぶりにけちをつける者はひとりもいなくなった。けれども、ともかく、まあ、とびきり感じのいい人というわけじゃなかったからね……と言えば、まあ、だいたいどんな人かは――？」

「ううん、ちがう、あの女は正真正銘の性悪よ」マックスおじさんの話を遮るように、ルルがベッドから声を張りあげた。「女の風上にも置けない、くされ高慢ちきよ。あんな女の聞くも涙の左遷物語なんて知ったこっちゃない。降格されようと左遷されようと、その場所でがんばって当然よ、わが道を行く人なんだから」

　そこでしばらく間ができた。ルルもマックスおじさんも、ロージーの意見を待っているのだ。ロージーもそれに気づいたが、なにを言えばいいのか、わからなかった。あまりにもいきなり、あまりにもたくさんの可能性が出現してきたので、頭のなかがこんがらがっていた。ひとりになって考えを整理する時間が必要だった。「ええと……あの、せっかくなんだけど、ごめんなさい。そろそろおいとましないと。マックスおじさん、お目にかかれてなによりでした。ルル、ついつい長居しちゃってごめんね。疲れさせちゃったよね」

　実際にそのとおりだった。そんなことはない、と当のルルは言い張りはしたものの、眼のしたのくまが濃くなっていたし、肩が落ちて背中が丸くなっていた。マックスおじさんはルルに少し昼寝をしたらどうかと提案し、ルルが眼を覚ましたらスープを温めて夕食にふたりでいただく、とロージーに言った。ロージーはルルの家を辞去した。ここを訪ねてくるときに感じていた焦燥感は、見当ちがいの不安が原因だったとわかったが、今や別の理由で胸が騒いでいた。

18

グレース・オショーディは朝からキッチンにこもりきりでひたすら料理をこしらえていた。それは日曜日のきわめてあたりまえの習慣であり、ロージーが来ることはまえもって知らされていなかったにもかかわらず、ひとり増えたところで困らないどころか、たっぷりおかわりできるほどの料理ができあがっている、というのもまたきわめてあたりまえのことだった。ロージーとしてはともかく考えを整理したかった。そのためには、空っぽの胃袋を満たすに限る。というのを口実にしただけかもしれなかったけれど。両親が暮らしている家までは通りを六本ばかり渡るだけだったし、教会の礼拝から帰ってきて家族で囲む母さん手づくりの日曜日のご馳《ち》走《そう》ときたら、もう、頬っぺたが落ちそうなぐらいおいしいのだ。

とはいえ、さすがにいきなり押しかけるわけにもいかないので、ロージーは家に電話をして、ちょっと時間ができたから立ち寄ることにした、と伝えた。そしてランカスター・ロードに向かいながら、頭のなかでちょっとした計算をしてみた。人事課の記録によると、シンシア・ハリスは当年六十三歳。大学で芸術系の学位を取得した（というマックスおじさんの話にまちがいがないものとして）あと、そのまますぐ二十二歳で就職するという最短コースで王室の職員になったとすると、彼女が王室に出入りするようになったのは……ロージーは暗算であっという間に答えを弾《はじ》きだした——一九七五年。そこまでは問題なし。計算もまちがってはいない。それでも、なぜか、皮膚のしたをなにかが這《は》いまわっているみたいにむずむずするし、耳の奥でも蜂の羽音のようなぶーんという鈍い音が響いている。

では、**ミセス・ハリスはいつ、どのタイミングで営繕部門に異動したのか？**　疑問はいくらでも浮かんできた。**これまで誰もそのことに言及しなかったのは、なぜか？**

疑問のあぶりだしをそこでいったん中断したのは、母親のために、その日ふたつめの色鮮やかなブーケをこしらえてもらい、手土産として上等の赤ワインを一本仕入れる必要があったからだった。

家に着いてからの最初の四十分間は、文字どおり息つく暇さえなかった。賑《にぎ》やかで、愉《たの》しくて、居心地がよくて、なんだかずっとここで暮らしていたような気さえした。

ダイニングルームには、アップライトピアノが一台にギターが三本、背の高い本棚がふたつ、小さなテレビが一台、それから八人分の椅子が不恰好《ぶかっこう》に押し込まれた、本来なら六人用のテーブルが置かれ、そこに集まった家族のみんながめいめいに自分の食事を取り分けているところだった。隔週の日曜日にロージーの母親が五千人分だってまかなえそうなほど大量の料理をこしらえる（訳注：新約聖書各伝のイエスによる五千人の給食にちなむ）小さなキッチンからは、胡《こ》椒《しょう》のいい香りが漂ってきていた。しばらくしてロージーの母はキッチンを姉のビー伯母《おば》さんに明け渡した。ビー伯母さんは夫のジェフ伯父《おじ》さんだけでなく、息子たち、つまりロージーにとっては従兄弟《いとこ》に当たるラルフとマイキーを引き連れてやってきていた。ラルフもマイキーも、ロージーとフリスがまだ幼いころから一緒に過ごしてきた、言ってみれば兄弟同然の存在だった。ロージーの父親のジョーはテーブルの上席に着き、音を消したテレビに映し出されるラグビーの試合を見ている。その右隣には、ロージーの知らない若い女性が坐《すわ》っていた。

この家ではこういう光景は珍しくなかった。父親のジョーが趣味の一環としてギターやら五〇年代のダンスミュージックのレコードやらロンドンの地下鉄の古い路線図を集めるように――そしてそれぞれのコレクションをフラットのあちこちに置きっぱなしにしているように――母親は人を集めるのだ。グレース・オショーディに言わせれば、日曜日の食事に旧友や新しい知りあいをひとりも招かないというのは、貴重なチャンスを逃していることであり、神の博愛の精神を冒瀆《ぼうとく》するに等しいことなのである。そんな母親にロージーはいろいろな意味で、ウィンザー城やバルモラル城に滞在中の女王陛下を重ねあわせていた。それは、ふたりとも、分かち合い、もてなし、人との絆《きずな》を生み出すことをなによりも大切にしているからだと思われた。おまけに笑うことが大好きで、スケジュールが許すかぎり人とのつきあいに時間を充てるところも、似ていると言えば似ていた。

この日曜日の食卓に新しく加わったのは、ジョーの隣に坐っているイェシ・コーエンという、ロンドン・スクール・オブ・エコノミクスの修士課程で政治史を学ぶブータンからの留学生だった。この新顔のゲストは、グレースがロージーを「わたしの娘のローズマリーよ」と紹介したときも、皿からわずかに視線をあげただけだった。ロージーにはそのほうが都合がよかった。彼女にはかまわず、従兄弟たちと近況について情報交換をしてもさしつかえない、ということだったから。ロージーは皿にライスとビーフシチューを盛ると、テーブルの隅の狭苦しい席に身体をねじ込み、その場所でちょっとだけでも肘《ひじ》を動かす権利を忍耐強く主張することにした。

「で、まだジャネットとつきあってるの？」ロージーは右隣のマイキーに尋ねた。彼の恋人の名前を覚えていた自分に、心のなかでハイタッチを送りながら。

「うん、まあね」彼は口いっぱいにシチューを頬張りながら、もごもごと答えた。シチューを咀嚼《そしゃく》して嚥《の》みこんでから、今度は逆にロージーに尋ねた。「で、そっちは、あいもからず悲しきシングルライフ？」

「ん、もう」

「うちの娘をいじめないでよね」底抜けに明るい声でグレースがマイキーを制した。

「いじめる？　あのさ、言っちゃなんだけどさ、叔母《おば》さんだって、おたくのお嬢さまはいったい全体なんのためにこのすばらしき世界に生まれてきたのかって気をもんでるわけでしょ？　おれたち以外に誰が発破をかけるってのさ？　叔母さんだって顔を見るたびに説教してるじゃん、叔母さんが今のロージーの年には、もうふたりの娘の母親だったって」

「そんなこと、一度も言ったことございません」グレースが澄ました顔で言うと、食卓を囲んでいた面々がいっせいに笑いくずれた。

　空腹を抱えて到着したロージーも、牛肉とジョロフライスと豆の煮込みとプランテーンのフライをそれぞれ山ほど胃袋におさめたところで、ようやく人心地がついた。テーブルを囲むみんなのおなかも次第に満たされ、食べ物を口に運ぶ速度も超高速から徐々に減速してきていた。ライスと名のつくものなら果てしなく食べられると豪語しているラルフでさえ、四度目のお代わりは断り、椅子の背にもたれかかった。

「でさ、ロージー」とラルフは言った。「宮殿発の最新情報は？　なんかおもしろいネタをひそかに抱えてるんじゃないの？」

「それがね、なんにもないの」ロージーは軽やかに言った。「来る日も来る日も、あいかわらず、で、いつもどおり」

「ロージー・オショーディも今やすっかり有名人だって知ってた？」とラルフは言った。わざわざロージーがかちんと来るような言い方をしたのだ。

「有名人なんかじゃありません」ロージーはきっぱりと答えた。

「けど、〈ウィキペディア〉に出てるじゃん。ロージー・オショーディってページがあるんだよ。検索したら出てきた」

「あのね――」

「失礼ですが、なんのお話でしょうか？」と言ったのは、留学生のイェシだった。「ローズマリーはどこでお仕事をしていらっしゃるんでしょうか？　わたしには理解できません」シチューを食べ終え、ラルフとロージーに眼を向けながら、慎ましやかな困惑の表情を浮かべていた。

「この子は女王陛下のおそばで働いているの」グレースが説明役を引き受けた。「バッキンガム宮殿で。それからウィンザー城でも。陛下がお出ましになる先々にお供するの」

「なるほど。どういうお仕事をなさっているんでしょうか？」

イェシはグレースに尋ね、グレースはできるだけわかりやすく説明するべくことばを選んだ。

ロージーはイェシの相手は母親に任せ、なるべく早くこの話が終わることだけを願った。

「なるほど、よくわかりました。とても重要な仕事をなさっているのですね。すばらしいことです、ミス・ローズマリー」イェシはロージーのほうを向いて深々と頭をさげた。それから、身を乗り出すような姿勢になり、じっと熱っぽくロージーを見つめて訊《き》いてきた。「あの、ブレグジットでイギリスがヨーロッパ連合《EU》を離脱しようとしていることについて、女王陛下がどのようにお考えか、教えていただけないでしょうか？」

　ロージーの心は沈んだ。そう、イェシ・コーエンは修士課程でたしか政治史の勉強をしてるということだった。海洋生物学でも、美術でもないのが残念だった。

「お話しできるようなことはなにも」

「女王陛下のご意見は重要です。ちがいますか？」

「陛下は中立のお立場なの」とロージーは説明した。「そういう政治に関わる話を超えた存在なの。大切なのは、陛下が――」

「わたしが聞いた話だと」ビー伯母さんもテーブルに身を乗り出すようにして横から口を挟んできた。「陛下は離脱することになってすごく歓《よろこ》んでいらっしゃるって。ナイジェリアみたいな旧イギリス連邦《コモンウェルス》の国との関係をだいじに思ってらっしゃるから、根っからのブレグジット派なんですって？〈フェイスブック〉の投稿にそういうコメントがついてた」

「そんなこと、どうしてわかるのよ？」グレースは姉に食ってかかった。「陛下がそういう演説でもなさったわけ？」

「演説なんてするまでもないわ。陛下のご友人がそう言ってたってことだもの」

「ご友人ってどの程度のご友人よ？」グレースの声がうわずり、眼には怒りの色が浮かんでいた。グレースは熱心な残留派で、同じくらい熱心な王室支持者でもあった――ロージーが転職してからは熱心さの度合いがさらに増した感がある。グレースの頭のなかでは、残留派＝王室支持という図式が成立しているようだった。

「知るわけないでしょうが！」ビー伯母さんも負けじと声を張りあげた。「コメントなんて匿名だもの」

「はん！　ロージー、言ってやって、ぴしっと」掩護《えんご》射撃を期待する、つんと澄ました表情で、グレース・オショーディは娘のほうに顔を向けた。

「言えるわけないでしょ！」ロージーにしてみれば、そう言うだけでも充分気まずいのだ。

「国民投票までしたんだもの、陛下はその結果に従うだけよ」

「国民投票？　あれは茶番よ」なんならそれについてひとくさりお説教をする口調でグレースが言った。「それとね、わたしが訊いたのは、陛下がどうなさるおつもりか、じゃなくて、どう考えていらっしゃるかよ」

ロージーは一瞬、息を止めた。こんな話題で自分の母親と口論することになるのは、たまらなかった。それに、これまでに何度も、しつこいぐらいに説明してきたのは、女王陛下についての質問は、それがどんな内容であれ、答えることはできないし、また答えるつもりもない、ということだ。それなのに……母親からこんなふうに問い詰められたのは、初めてのことだった。

「まあまあまあ、ローズマリーにはわからないことだよ」

みんなの視線が、賢い老フクロウ（訳注：『賢い老フクロウは、口をつぐむ分だけ周囲の話に耳を傾ける』という童謡がある）といった様子でテーブルのもう一方の端から声を発したジョーに集まった。ジョーは心得顔で笑みを浮かべ、一同を見まわした。ロージーは声を出さずに口だけ動かして、〝ありがとう〟と父親に伝えたけれど、ジョーとしては助け舟を出したわけではないようだった。

「女王陛下がそんなやすやすと手の内をさらすわけがないじゃないか。相手はローズマリーみたいなひよっこだよ、本心を打ち明けるほど信頼なんかするもんか。おまえさんの仕事は書類箱を回収するだけだろ？」

「あのね、わたしは――」

「そんなこと、ありませんよ」グレースは娘の肩を持ち、むきになって言った。「この子は今や側近中の側近よ。言わなかった――？」そこで姉のほうを振り返った。「ロージーは宮殿で知りあった上流階級のお友だちに誘われて、セント・バーツ島で休暇を過ごしたんですからね」

「はいはい、聞きました、たっぷり拝聴しましたよ」ビー伯母《おば》さんはそう言うと、皮肉っぽくにやりと笑った。「ざっと四万回は聞いたと思うわ」

「嘘ばっかり！」

「嘘なもんですか。イースターのときにジョージ王子とキャッチボールをしたって話も、ケイトがピンチのときに靴を貸してあげたって話も聞きましたからね」

「ちょ、ちょっと、母さん！」

グレースは娘の抗議をあっさり無視した。「あら、興味津々だったのは、どなたでしたっけ？ ずいぶん熱心だったじゃない？ 『うんうん、その写真なら覚えてる。〈ホワット《What》・ケイト《Kate》・ウォア《Wore》（訳注：キャサリン妃のファンサイト。スケジュールや着用していた服のブランドなどが紹介されている）〉に載ってたのを見たもの』だっけ？ あの可哀相なお嬢さんをネットでつけまわしてるんだものね」

「そんなこと、してません！」

それを機に、食卓の話題は、ケンブリッジ公爵夫人――ロージーにとっては、今や〝キャサリン〟という呼び方のほうがしっくりくるのだが、それをこの場で口にするつもりはなかった――のあることないことをとりあげ、想像をたくましくすることに移った。カナダに外遊なさったときにどれほど美しかったか、とか、次に懐妊されるのはいつごろになるだろうか、とか、王室の主要メンバーのなかで誰と仲が悪そうか、とか、〝親友〟を作らずにいるそうだけれどなにか理由があるのか、とか。ロージーはそのうちのいくつかの答えを知っていたし、答えを知らないものについては、ばかばかしいとしか思わなかったし、そもそもどれもご本人にとっては話題にされるのも不愉快なことだろうから、いつの間にか会話から置いていかれていたことが却《かえ》ってありがたかった。途中でさりげなく席を立ち、食卓を片づけるマイキーとラルフを黙って手伝うことにした。子どものころからそうしてきたように、食卓から下げてきた食器類をキッチンの狭いカウンターに注意深く積み重ねていった。

触るとまだ温かいこんろに、何枚もの皿を倒れないようにそろそろと重ねおえたタイミングで、マイキーが振り向いた。思わず身構えたくなるような眼つきで。

「セント・バーツに行ったんだ？」

ロージーはうなずいた。

「聞いてないけど」

「報告する義務はないもの」

マイキーは笑った。「そうくると思った。それにしても、上流階級っぽいじゃないの。うらやましいねぇ」

ロージーも笑みを浮かべた。ダイニングルームにいたときよりも自由に呼吸ができて、比較的平穏なこの空間がありがたかった。

「で、どうだった？　島のほうは？」とマイキーが訊いてきた。

「すっごくよかった。どこからともなくフランス語の会話が聞こえてくるのも、のんびりした時間も、おいしい食事も。泣けるくらいお金はかかるけどね。たぶん、頭に超が三つぐらいつくお金持ちにとっては、リラックスして過ごすってああいうことなんだろうなって」

「で、どうだったわけ、そう言ってるご当人は？」

「ばっちりリラックスさせてもらっちゃった」ロージーは笑った。「こういうお皿に取れたてぴちぴちの魚を盛りつけてくれたんだけど、それがもう……」そう言って、親指と人差し指で作った輪の先にキスをした。「かなり気に入っちゃった」

マイキーは真面目くさった顔をして首を横に振った。「なんだかな、どんどん遠いとこに行っちゃうような気がするよ、キャプテン・オショーディ」

ロージーは従兄《いとこ》に近づいて抱きしめた。そして、それまでの冗談まじりの上っ調子とはうってかわった低い声で真剣に言った。「どこにも行かないよ、マイキー」

ロージーの胸のうちを感じ取ったのか、マイキーもロージーのことを抱きしめ返し「わかってるって」とぼそっと答えた。「冗談だよ、ただの冗談。大丈夫、みんな、いつだってそばにいるからさ」

マイキーには従妹《いとこ》が、表向きは誰よりもタフな女であるはずのあのロージーが、こんなふうにぎゅっとしがみついてくる理由がわからなかった。「おい、そろそろ離してくれよ、お嬢さん」とマイキーは静かに言った。そして、ロージーの後頭部をぽんぽんと優しく叩《たた》いた。ロージーの両肩が大きく二度、波打った。「大丈夫」とマイキーはもう一度言った。「おれがついてるから」

ロージーはひとつ深呼吸をして身を話した。マイキーは従妹の美しい顔に涙の筋が光っていることに気づいた。そんなロージーを目撃するのは……たぶんロージーが十四歳ぐらいで、同じ十年生でサッカーチームのキャプテンだったパトリック・ストライカーにみんなのまえでふられたとき以来だと思われた。

ロージーはマイキーの両手を自分の掌《てのひら》で包み込んだ。「なにが見える、マイキー？」

どう答えればいいものやら、マイキーにはさっぱりわからなかった。で、黙って首を横に振った。ロージーは同じ問いを繰り返した。

「なにが見える？」

マイキーは戸惑いながら答えた。「ロージー・オショーディだよ。ほかになにが見えるってんだよ、ジー？」

ロージーはもう一度マイキーをぎゅっと抱きしめながらつぶやいた。「だよね」

そのとき、ドアの向こうからいくつも積み重ねたボウルを危なっかしげに抱えたラルフがやってきて、ふたりに声をかけた。「おっ、なんかおもしろい話？　だったらおれにも聞かせてよ」

ロージーにはひとりになる時間が必要だった。マイキーは弟を連れて小さなキッチンを出ていくと、そっとドアを閉めた。細長い窓から、団地の庭でボール遊びをする子どもたちが見えた。ロージーは嫌がらせの手紙のことを考え、そこに描いてあったナイフの絵のことを考えていた。そして、もう二度とこんな真似はさせない、と心のなかで誓った。

あの手紙の差出人は、ロージーを浮き足立たせ、狼狽《ろうばい》させ、やり込めようとしているのだ。それにしては、ターゲットにする相手をまちがえたと言わざるをえない。いずれ、自分のしたことを後悔することになるだろう。今この瞬間、ロージーは家族の愛に包まれて、眼には見えないバリアのなかにいるような気がしていた。母さんはビー伯母さんと口喧嘩《くちげんか》をしていて、父さんはロージーの仕事がどんなものか、今ひとつ理解していないようで、ラルフは隙を見るとすぐからかってきて、フリスはフランクフルトからみんなの声に耳を傾けている。そんなすばらしい時間を過ごすことができるのだ。あんな手紙を寄越すような陰湿で卑劣なやつのことを誰が考えたりするものか、とロージーは声に出さずにつぶやいた。相手の目的がロージーをバッキンガム宮殿から追い出すことにあるなら、今の仕事にしがみつく手に力をこめるまでだった。いずれ必ず犯人を突きとめて、食らいついてやるつもりだった。そのときの相手の反応やいかに——**とくと見せてもらおうじゃないの。**

19

あたりにはせっかちな夕闇が降りはじめていた。明日はハロウィンなのだ。宮殿に戻るバスは、明日に備えて仮面やら三つ叉《また》のほこやらを売る小さな店のまえを通過した。見ると、政治家のゴム製の仮面がずいぶんたくさん並んでいた。それが最近の流行《はや》りなのだろうか、とロージーは思うともなく思った。友だちを怖がらせたければ、イギリスの首相の仮面を選ぶのがいいかもしれない。でなければヨーロッパの官僚とか。アメリカ合衆国の大統領候補者の仮面を選ぶ、という手もありそうだった。

前庭の守衛にセキュリティ・パスを見せて通過し、ロージーはそのまままっすぐオフィスに向かった。ストロング主任警部が〝ボス〟のために作成した報告書のファイルを保管しておくことも、ロージーの仕事だった。今回届いていたファイルのなかに、シンシア・ハリス宛て——当人が自分宛てに送ったものかもしれないが——の手紙の控えと、ハイゲイト部長刑事が人事部の話をもとにまとめた、シンシア・ハリスの経歴に関するメモも挟まっていた。

ロージーはまず手紙に眼を通した。そのうちの二通は、ミセス・ハリスがキャリアの初期に、不本意であろう異動を経験したことに触れていた。『花形部門で権力をほしいままにしていたお方が、今やけちで薄汚い掃除係《スクラバー》（訳注：スクラバーには「ふしだらな女」の意味もある）とはね』。『セント・ジェームズ宮殿にあんたの居場所がなかったように、ここにもない。根性のねじ曲がった性悪女は誰からも必要とされてない。その××ったれな××を持ちあげて、さっさと出ていけ。なんならついでに×んじまえ』。

手紙のうしろにハイゲイト部長刑事が調べたミセス・ハリスの経歴を打ち出した、素っ気ないほど簡単なメモが挟まっていた。

職歴

シンシア・ハリス（旧姓：バターフィールド）

一九五三年　イースト・サセックス州ブライトン生まれ

エディンバラ大学　美術史学　修士課程を修了

一九八二年　セント・ジェームズ宮殿のロイヤル・コレクションの学芸員助手として採用される（二十九歳）

一九八三年　絵画副管理官助手に昇進

一九八六年　営繕部門に異動
一九八七年　家政《ハウスキーピング》部門に異動（メイド？）
一九九二年　上級家政婦《シニア・ハウスキーパー》に昇進
一九九六年　夜勤の責任者に昇進
一九九八年～二〇〇二年　ウィンザー城
二〇〇二年～二〇一六年　バッキンガム宮殿　上級家政婦《シニア・ハウスキーパー》

ロージーはジャケットも脱がずにデスクのまえに立ち、しばらくのあいだメモをじっと見つめていた。ルルの伯父《おじ》のマックスが言っていたとおり、シンシア・ハリスはロイヤル・コレクションの学芸員助手として王室に採用されていた。ところが、それからメイドになった？　信じられなかった。それでは、逆シンデレラ物語ではないか。ハイゲイト部長刑事は認識していないようだが、マックスおじさんの記憶によれば、シンシアは営繕部門に異動後、一時期そこの部門長と婚約していた時期がある。けれども、その相手とはうまくいかなかった、ということだ。その部門長が〝ミスター・ハリス〟なら、これまでにその話が出てこないはずがない。家政《ハウスキーピング》部門に異動してからは順調に出世の階段をのぼり……しばらくして、ウィンザー城に異動になる。ということは、そのころからすでに職場に波風を立てる存在になっていた、ということ？

とはいえ、こういうキャリアの浮き沈み自体はないことではない。問題はそれぞれのタイミングだった。それが気になるから、皮膚のしたをなにかが這《は》いまわっているように、むずむずもぞもぞわぞわするのだ。シンシア・ハリスは八〇年代の初めから半ばにかけて、王室付きの絵画副管理官のしたで働いていた。なんとまあ、あろうことかあるまいことか、絵画副管理官のアシスタントを務めていたのである。シンシアがロイヤル・コレクションから営繕部門に異動した時期と、女王陛下の問題の油彩画が行方不明になったと思われる時期はおおむね一致している。つまりは、ロージーがこの夏のあいだずっと頭を悩ませてきた謎に、解明の光を投げかけてくれたかもしれない相手――おそらくはかなりの確率で解決のヒントを得られたであろう相手だった、ということである。

それなのに、ロージーが話を聞いた相手は誰ひとりとしてシンシア・ハリスの名前を出さなかった。

もちろん、事前にシンシアの経歴の情報を得ていたとしても、この夏のあいだにロージーが彼女から直接話を聞くことは不可能だった。シンシアがロンドンにいるときにロージーはバルモラル城にいたし、彼女がバルモラル城にいるときはロージーがロンドンにいたのだから。話を聞くにはシンシアがバッキンガム宮殿に戻ってくる十月まで待たなければならなかったわけだが、その時点でシンシアは……。

そう、これだったのだ、ロージーを落ち着かない気持ちにさせていたものは。ロージーは、バルモラル城からバッキンガム宮殿に戻ってきた晩のシンシアの様子を思い描いた。プールサイドで足を滑らせ、バランスを崩し、手から滑り落ちたクリスタルのウィスキーグラスが床に落ちて粉々に割れ、そこに倒れ込み、ガラスの破片の尖《とが》った切っ先が皮膚を切り裂き、動脈を切断し、最終的に死にいたったことを。それから警察の報告書の内容を思い返し（その光景はサー・サイモンも目撃しているはずだったが、それについてはこの先もおそらく詳細を語ることはないだろうと思われるので）、緑色のタイルの床に倒れ、傷口からあふれでる血にまみれながら、救いを求めるように手を伸ばしている姿を思い浮かべた。

シンシアは素足でタイルを踏み、足を滑らせた――ただそれだけのこと？　ロージーとしては、その説明では百パーセント納得できるとは言えなかった。陛下もまた納得なさってはおられまい。だからこそ、家政婦《ハウスキーパー》が死体で発見された数日後には、しかるべき立場の警察官の派遣を求めたのだろう。それを直感と呼ぶべきかどうかは別にして、陛下はうすうす気づいていらっしゃるのだ、この件には裏がありそうだということに。

そう、これはたしかに、二足す二から……そう、二百五十ぐらいを導き出そうとしているに等しい。当のロージーにもその自覚はある。それでも、どうしても落ち着かなかった。

どうしてみんな黙っていたの？

朝になったら、陛下にご報告しなくては。

第三部　犬三匹分の問題

20

外交と死――このひと月を端的に言い表すとしたら、それ以外の表現はあるまい。

ウィンザー城で週末を過ごし、すっかりリフレッシュしてロンドンに戻ってきた女王は、女王の家族を広い意味でとらえた場合に生じうるいくつかの問題について話しあうため、フィリップ、チャールズ、アンとのランチに同席するべく階段に向かった。チャールズが王位を継ぐときには、少なくとも公的な活動において、王家というこの〝企業《ザ・フアーム》〟の経営規模を縮小することについては全員が合意に達している。ヴィクトリア女王記念碑《バースデイ・ケーキ》を見おろすバルコニーに立つ人間の数を減らせば、警護に必要な人数も減らせるはずである。それと引き換えに、人員整理後も引き続きおもてに立ちつづける王族にとっては、当然のことながら、引き受けるべき仕事は増えることになる。それでも、主要王族――女王の子どもとチャールズの息子たち――は、その覚悟を決めていた。王族の末席に連なる者たちのなかには、この決定に不服を申し立てる者もわずかながらいるだろうと思われた。人に見られることに価値があると考える者たち、それに伴う華やかさを好む者たちだ。誰かさんとしては、そういう人たちがおへそを曲げないよう、できるかぎり衝撃を減らしてスムーズに軟着陸をさせなくてはならない、ということだった。チャールズとしても今後をにらんで今のうちに話しあっておくべき細々とした議題の長い長いリストを用意しているにちがいなかった。

階段をおりたところで、その場で女王を待ちうけていた女王付きの侍従に呼びとめられた。秘書官補が少々急ぎでお話ししたいことがあると申し出てきている、とのこと。

「七宝細工の箱の件だそうです」

女王は短い溜《た》め息をついた。

「スープを冷まさないで、と厨房《ちゅうぼう》に伝えておいてちょうだい。なるべく手短に切りあげるから。ロージーには、一八四四年の間《ま》に来るように伝えてください」

女王はきびきびとした足取りで、この時間は使われていない最寄りの部屋に向かった。あの部屋はドアを閉めてしまえば、誰にも話を聞かれないようにすることができる。ウィローとキャンディとヴァルカンは、主人の靴のヒールが立てる軽快な足音を、いかにも愉《たの》しげに追いかけてきた。ヴェルヴェットやアーミンの毛皮をまとったご先祖さまたちの肖像画の前を急ぎ足で通りすぎながら、女王はロージーに件《くだん》の〝箱〟を渡したときのことを思い返した。今でも鮮明に覚えていた。ロージーが初めて謎解きを手伝ってくれた事件が解決したあとで、女王からの感謝の気持ちとして贈ったものだった。ロージーがあの箱の話を持ち出したということは、それだけの理由があるはずだ。

女王は、一階に並ぶ準公式諸間のひとつである一八四四年の間《ま》にたどり着いた。特に重要な客人と会見する際に、女王はこの部屋を使うことにしていた。ピーチピンクの壁には、ゲストの緊張感を解く効果がありそうだけれど、黄金に輝く二十本の大理石の柱を手始めに、孔雀《くじゃく》石の枝付き燭台《しょくだい》やらブルーとゴールドの摂政様式の家具やらが配してあるので、否が応でも格調高く壮麗な雰囲気を感じるにちがいなかった。宮殿内で公式に使用される部屋の多くと同様、この間《ま》もさまざまな用途に使われていた。目的に応じて体裁を変える、舞台装置のような部屋だ、と女王は考えていた。フィリップは昨日ここで昼食会を開いていたが、今日はレセプションの準備のため、ポーターたちによってすべての家具が片方の壁際に寄せられている。幸運なことに、この時間は室内には誰もいなかった。

「誰も部屋に入《い》れないようにしてもらえるかしら？」

そう言われた侍従は、自身も室内には足を踏み入れるべきではないと言われたのだと理解して、そとの廊下に留《とど》まった。数分後に、ロージーが部屋に入ってきた。

「手短にお願いしたいの。あまり時間がないから」

「承知いたしました、女王陛下。シンシア・ハリスの件でお耳に入れておきたいことが」

「あら、そうなの？」

ロージーは、昨日マックスおじさんから聞いたことを手短に伝えた。

「それでミセス・ハリスの職歴を調べてみました」ロージーは続けた。「ミセス・ハリスは一九八六年、つまり問題の改修工事が行われた年に、当時は営繕部門と呼ばれていた部署の所属だったようだ、ということがわかりました。この部門は再編され、現在は運営部の一部となっていますが、陛下のあのブリタニア号を描いた作品の足取りをつかむため、一九八六年の改修工事について調べていた際に運営部の職員から紹介されたのは、営繕部門時代に現場監督として勤務していたジョー・フラワーズという男性でした。ただ、ミスター・フラワーズはしばらくまえからアルツハイマーを患っていることがわかりました。バルモラル城から戻ってきてから、介護施設にいる彼を訪ねてみましたが、当時のことについて有益な情報を聞きだすことはできませんでした」

「営繕部門の人たちはミセス・ハリスのことを覚えていないのかもしれないわね」

「ええ、それは充分考えられます」焦りが声に出ないよう、ロージーは慎重に言った。「ですが、営繕部門に異動になるまでは、ロイヤル・コレクションの絵画副管理官のアシスタントを務めていました。そして、副管理官ですが、陛下、その年代だとショルトー・ハーヴィーだったはずです」

「ショルトー？　あらあら、まあ！」

「絵画が行方不明になるようなことがあれば、副監理官のアシスタントだったミセス・ハリスの耳に入らないわけがないでしょうし、そういう出来事ははっきりと覚えているものではないでしょうか？　そんな大騒ぎするほどのことではないかもしれませんが、でも、バッキンガム宮殿から行方不明になった絵画のたどった道筋をなぞっていくと、どう調べても所在が判然としない空白期間がある。ミセス・ハリスなら、その空白期間を埋めることができたのではないか、と思えて仕方がないのです。当時、闇取引が行われていたことを考えると……」

「死蔵品取引《ブレイキッジ・ビジネス》のことね。言いたいことはわかります」

「シンシア・ハリスは取引のことを知っていたのではないでしょうか。そして、おそらく取引に関与していた者たちも、彼女に気づかれていることをうすうす察知していた。わたしが――」ロージーは自分の今の精神状態を表現するのにふさわしいことばを探した。「――わたしが懸念しているのは」と言ってはみたものの、胸のうちでは懸念ではすまないぐらいの危機感が膨れあがってきている。「当時、犯行に関与していた人間が今もそのまま王室職員として勤務を続けているのではないか、ということです。だから、わたしの耳にシンシア・ハリスの情報がまるで入ってこなかったのかもしれません。夏のあいだ、わたしとミセス・ハリスは勤務地がべつべつでした。わたしがスコットランドにいるときにはミセス・ハリスはロンドンにいたし、ミセス・ハリスがスコットランドにいたあいだ、わたしはロンドンにいました。陛下がバルモラル城からお戻りになったときが、たぶん直接顔をあわせて話を聞くことができた唯一のチャンスだったはずです。それにはわたしがミセス・ハリスは重要な情報源だということを知っていなくてはなりません。で、ご存じのとおり、あんなことになり、その機会は失われてしまいました」

「そうね」女王は言った。

「王室の職員は、勤続年数が長い人が多いです。どの職員も披露できる逸話のひとつやふたつはあるものです。シンシア・ハリスの家政婦《ハウスキーパー》以前の配属先について知っていたのが、マックスおじさんひとりというのは考えにくいと思います。それに、今にいたるもミスター・ハーヴィーはシンシア・ハリスが亡くなったことについて、ひと言も触れてきません。不自然ではないでしょうか？　向こうに滞在していたあいだは、こちらに配慮して話題にするのを遠慮しているのだろうと思っていました。でも、直属の上司だったのであれば……ええ、不自然です、あまりにも。ほかのことについては、なんでも気軽に教えてくれるし、話もとてもじょうずな人なのに」

女王は唇をきゅっと引き結び、いつになく厳しい表情になった。「自分がなにを言っているかわかったうえで言っているのね？」

ロージーは静かにひと言「はい、陛下」と答えた。そして咽喉《のど》をごくりと鳴らした。ドーギーが鼻をふんふんいわせながら、カーペットのうえをぱたぱたと走りまわるかたわらで、ふたりは黙って立ち尽くし、プールサイドに自らこしらえた血だまりのなか、遺体となって発見された女性のことにそれぞれ思いをめぐらせた。

「それで」しばらくして女王が言った。「疑わしき人物だけど、目星はついているの？」

「いいえ、そこまでは。と言うか、生煮えなんです、まだ。自分でも考えが整理できていないのです」

「ストロング主任警部には？」

「いえ、まだお話ししていません」

「少し時間をくださいな。わたしなりに考えてみます」

「それは――はい、承知しました」とロージーは言った。そこで少しだけ緊張がとけた。「お話ししても信じてはいただけないだろう、と覚悟していました。大袈裟《おおげさ》に考えすぎているだけじゃないか、と自分でも思わなくもなかったので」

「そうね、わざわざわたしのことを探し出してまで耳に入れようとしたわけですものね」女王は言った。「おまけにプリンセス・ロイヤルとのランチに遅刻することになるのもかまわず。それでも伝えなくちゃ、と思いつめるぐらい重要なことだったのよね」

ロージーは思わずほころびかけた口元を慌てて引き締めた。アン王女は時間に厳しいことで有名だ。母親が相手でも、片眉《かたまゆ》をくいっとあげてみせるのかもしれない。「そうでした。申し訳ありません」

「いいのよ、気にしないでちょうだい。でも、ほんとにそろそろ行かないと」

ところが、ロージーが部屋を出て行ったあとも、女王は邪魔が入らないことをありがたく思いながら、部屋の落ち着いた静けさのなかにしばしとどまった。

昨日ウィンザーで馬に乗っていたあいだ、女王はロージーのことを考えていた。嫌がらせの手紙のことを思い出したからだった。シンシア・ハリスへの嫌がらせが自作自演だったとしたら、ロージーを狙ったのは誰か、そしてそれはなぜかを考えないわけにはいかなかった。手紙の差出人は、ロージーを王室から追い出そうとしているように思われるが、追い出さなくてはならない明確な理由があるのだろうか、と考えていたのだ。

そこに今、ロージーから聞かされた話が加わった。煎《せん》じ詰めると、ミセス・ハリスは事故で死亡したわけではなく殺害されたのであり、それがスコットランドからバッキンガム宮殿に戻った直後のタイミングだったのは、ロージーと話をさせないようにするためだった、ということになる。だとしたら、いったいなぜ？　ロージーが無名も同然のオーストラリア人画家の、三十年まえに行方不明になった絵画について聞いてまわっていたから？　まさか、とは思う。はっきり言ってあまりにも突飛な仮説だとも思う。それでも……。

　なによりも不可解だと思うのが、ショルトー・ハーヴィーの言動だった。その昔、自分のすぐしたで働いていた女性が死体で発見されたことは、記者のたくましすぎる想像力が書かせた若きプリンセスたちとシャンパンボトルにまつわる記事とともに、報道されていたにもかかわらず、その件については触れようとしなかったのだ。その件については沈黙を貫きながら、ではどうして死蔵品取引《ブレイキッジ・ビジネス》のことを明かしたりしたのか？

　シンシア・ハリスが殺害されたのだとしても、ショルトーを犯人とするのは無理があった。コッツウォルズに居ながらにしてバッキンガム宮殿で人を殺せるわけがない。だとしても、協力と妨害を同時に行うような言動は、その意図が理解できない……。

と思ったところで、ドアをノックする音が聞こえた。「陛下？」

　おっと、いけない、と女王は声に出さずにつぶやいた。スープが冷めてしまうのか、沸騰して煮えくり返っているのかはわからないけれど、アンとチャールズとフィリップが待ちくたびれて、かんかんになっていることは容易に想像がついた。今行くから、と大きな声で答えると、犬たちのあとを追って、できる限りきびきびした足運びでランチの席に向かった。

21

その日の正午《ひる》さがりのことだった。アンが書斎の戸口から顔をのぞかせて声をかけてきた。

「お邪魔じゃない、わよね？」

女王としては、もちろん邪魔ではない、とは言いがたかった。プライヴェートな手紙として届いた何通かに返事を書こうとしていたところだったのだ。とはいえ、それはまあ、あとまわしにできないことでもなかった。アンは、仕事として引き受けているあれやこれやの関係で目下ロンドンに滞在中なのだ（訳注：アン王女のロンドンでの住居はセント・ジェームズ宮殿だが、基本的にはコッツウォルズのギャトコム・パークにある家で過ごしている）。この部屋を訪ねてきたときにいつもそうするように、アンは坐《すわ》り心地のいい肘掛《ひじか》け椅子に腰をおろすと、その足元にちょこんと坐り込み、好奇心満載でくんくんにおいを嗅《か》ぎまわる、ヴァルカンとキャンディの鼻面を歓迎した。ウィローは主人のもとから離れはしなかったものの、王女に挨拶《あいさつ》をするように片耳をぴんと立てた。

「なにもかもこれまでどおり、っていうわけにはいかないわよね」アンの口調に湿っぽさはなかったけれど、眼には女王に寄り添う気持ちが浮かんでいた。「あの子がいなくなってずいぶん寂しい思いをしているんじゃないかと思って」

アンは犬の話をしているのだった。獣医師がホリーにやむを得ず最後の処置を施してから、まだ四週間と少ししかたっていなかった。女王の脳裡《のうり》に不意にホリーの記憶が甦《よみがえ》ることが、一日に何度もあった。たとえば、犬たちの立てる足音が、三匹と四匹ではちがうのだと気づかされるとき。老犬にどうしたら餌を食べさせることができるだろうかと考えていたのに、もうその必要がないことを思い出したとき。階段をおりる女王のまえをよたよたと尻尾《しっぽ》を振って歩く姿、腰をおろそうとする女王の足首のまわりで身をくねらせていた姿、場もわきまえずにどこでも寝そべってしまう姿、今では記憶のなかにしかない、コーギーの一生懸命な仕種《しぐさ》が心に浮かぶとき。

返事を書こうとしていた手紙というのも、じつはふたりの旧友から届いたお悔やみの手紙だった。どちらも犬を愛する人だから、女王の気持ちがよく理解できるのだ。

「そうね、とても寂しいわ」女王は答えた。「それでも人生は続く、そうでしょう？」

「たしかにそうだけど。でも、お母さま、わたしにはなんでも話してちょうだいね。メイベルが死んだとき、わたしも大泣きしたもの」

「そうだったわね」女王もそのときのことは覚えていた。

アンにはそういうところがあった。芯《しん》が強くて、気丈で、誰よりもしっかりしている——だからこそ大切なペットが死んだときには、家族の眼などこれっぽっちも意識することなく、声をあげておいおい泣いたのだった。とはいえ、アンの飼っていたブルテリアに女王のコーギーが殺されたことはもちろん忘れてはいなかった。そう、なるべくなら思い出したくない記憶だったけれど。

ペットと言えば——女王はまたしてもレディ・キャロラインに聞いた話を思い出した——**ペットのモルモットを殺すことができる人間なんているのかしら。**ペギー・ソーニクロフトのことを考えたところで、それにつられてシンシア・ハリスのことが思い浮かんだ。

「心ここにあらずってご様子ね」アンが言った。「ランチのあいだも、なんだかぼんやりしていらっしゃるけれど、と思っていたのよ。なにかわたしにできることはない？」

女王はとっさにこの申し出を断った。「大丈夫よ、ご心配なく。ホリーのことを考えていたわけじゃないから」

「だったら……やだ、ひょっとしてコロンビアの大統領のこと——じゃないわよね？　まさか、滞在中の要望としてとんでもない注文をつけてきたりはしてないでしょう？　以前にそんなことがあったじゃない？　どこぞの王子が、ベルジアン・スイートで火を熾《おこ》したいって言ってきたこと。覚えてらっしゃらない？」

そのときのことなら、女王も忘れてはいなかった。帯同するシェフに伝統に則《のっと》った正式な作法で〝正しい〟食事を作らせたい、との要望だったが、そうした火を扱うのであれば宮殿の厨《ちゅう》房《ぼう》を利用したほうが安全だろう、と説得し、交渉の末、合意に至ったのである。

「ええ、覚えていますよ。でも、そういう心配をしているわけじゃないの」

「あら、それじゃプールサイドで見つかった家政婦《ハウスキーパー》のこと？　そんなことばで片づけられやしないけれど、ほんと、あまりにも運が悪かったわよね。子どもたちにはまだ話していないの。大騒ぎするだろうから」

「でも、そのことでもないのよ」と女王は言った。本当のことは胸におさめて。「ちょっとした問題があってね。しかるべき筋に注意喚起を促しておいたほうがよさそうな気はしているのだけれど、そうするとほんのこれっぽっちの小さなことが、あっという間にびっくりするぐらい大きなことに膨れあがって、そうなってしまったらわたしの手にも負えなくなると思うの。

そもそも、わたしの思いちがいという可能性もあることでね」

「サー・サイモンになんらかの手を打ってもらえば？」

「無理だと思うわ」

「まさか。あの人にできないことなんて、ほとんどなさそうに思うけど。まあ、ベアトリスとユージェニーに有意義でやりがいのある仕事を見つけることは、さすがのサー・サイモンにも無理かもしれないけれども」

「そうもいかないのよ、今回の件は」

「だったら、しばらく放っておいたら？　時間が解決してくれたりしないかしら？」

女王は愛《いと》しい娘に眼を向けて、にっこりとほほえんだ。アンのこういう現実的なところが好きなのだ。あわせて悩んでいたり困っていたりする人がいれば本能的に助けようとするところも。それにもちろん、母親が人には言えない問題に向きあい、対処する姿を生まれたときから見ていたことで身についた思慮深さや、相手が話したがらないことを無理に聞き出そうとはしない思いやりも。そう、そんなすばらしい娘を愛さずにいられる母親などどこにいよう？　というものだった。

「そうなってくれればいいけれど」女王は答えた。「それも難しそうね」

アンは立ちあがった。「そういうことなら、わたしにお手伝いできることはなさそうね。だけど、今も覚えているの。ギャトコムの総合馬術大会の準備がうまくいかなかったとき、わたし、誰彼かまわず電話をかけまくったでしょう？　無言の圧力をかけて強引にことを進めようとしていたわけよね、周囲の迷惑も顧みずに。そのときお母さまに言われたのよ、一度にひとつずつ進めなさい、って。行動を起こすのは自分の主張がまちがっていないと確信が持ててからにしなさい、ともね」アンは母親に歩み寄り、愛情のこもったキスをした。「そろそろ着替えにいかないと。ロイヤル・ボランティア協会の運営資金集めのためにロンドン市《シティ》内でセミフォーマルのディナーがあるのよ。わたしも顔を出して大金をかき集めなきゃ。それじゃ、また明日《あした》」

ひとりになると、女王は書きかけの手紙を脇にやり、娘の助言に考えを巡らせた。ミセス・ハリスについての懸念を、できる限り早くストロング主任警部に伝えることが自分の務めであるように思われた。ミセス・ハリスは口封じのために、一九八〇年代の出来事をロージーに知られないようにするために殺されたのだとしたら、これは王室内部で起きた殺人事件ということになる。警察にももちろん知らせておくべきことだった。

でも、本当に？

ミセス・ハリスが亡くなったことにも、その亡くなり方にも、女王は最初からどうも釈然としないものを感じてはいた。が、警察は今も、プールサイドでの転倒は悲惨な事故でしかない、との見方を変えていない。果たしてウィスキーグラスを使った巧みなトリックを思いついた者がいたのか否か？　女王としては巧みなトリックとしか思えないのだけれど……。ロージーはこの夏のあいだ、今からずいぶんまえに行方不明になった、大作とも名作とも言えない油彩画について調べるため、関係各方面に質問してまわっていた。それを阻むために、殺人を企て、実行に移した？　ありえるだろうか、そんなことが？

　このことを主任警部に伝えれば、極秘裏に捜査を進めたとしても、いずれどこからか話は洩《も》れるだろうと思われた。そう、ストロング主任警部はビリー・マクラクランとは立場がちがう。女王の護衛官だったビリー・マクラクランは引退後も折に触れ、知恵と力を貸してくれている。今では自由の身のビリーとはちがって、ストロング主任警部は現役の警察官なのだ。警察組織に身を置く者として、知り得た情報を上層部に報告する義務があるはずだった。報告を受けた上司たちが厳に口を閉ざし、情報漏洩《ろうえい》を厳しく監視したとしても、バッキンガム宮殿で殺人事件が発生した、となれば……報道機関各社はどこも、トップニュースとして取りあげるだろうし、その後も延々と取材が続くにちがいない。

　女王は窓越しに戸外《そと》に眼をやり、敷地内に設置されたガス灯の光を眺めるともなく眺めた。ヴィクトリア女王の時代のものだけれど、高祖母の好みからするとモダンすぎた、という話を聞いたことがあった。宮殿の柵《さく》の向こうでは、ロンドンの市《まち》が、素知らぬ顔でいつもどおりの活動をつづけている。こめかみのあたりからうっすらと頭痛が拡がりはじめていた。話すべきか、話さざるべきか、それが問題だった。女王の仮説はたんなる直感でしかなかった。それでも、一八四四年の間《ま》でロージーから報告を受けたとき、最終的にたんなる直感ではすまないと思うにいたったのだ、女王もロージーも。そう、ふたりとも。

　アンの助言は、女王の置かれた状況をほとんど知らずに発せられたものだったにもかかわらず、的を射ているように思われた。誰かさんが大臣で、女王陛下に奏上するための準備を進めているところだとしたら、自説を確かなものにするため、しかるべき根拠を集めることに注力するにちがいない。主任警部に対しても同じことをすればいいはずである。

そう、そうすればいい。それが求めていた答えだった。女王はほっとして、肩の力を抜き、椅子の背にもたれかかった。これでどこから始めるべきかはわかった。そして、今はまだそのときではない、ということも。

22

火曜日はコロンビアのサントス大統領の公式訪問の初日にあたっていた。女王がとりわけ気にかけていた大切な予定で、ロンドンの市《まち》もこの宮殿も、最高の状態でその日を迎えてほしいと願っていた。外交には長年携わってきた女王だが、ラテンアメリカの指導者たちには、なぜか一緒にいると愉《たの》しく、共感できる人が多い。サントス大統領は自国で歴史的な和平合意への調印を間近に控えている（訳注：一九六〇年代から続く左翼ゲリラ「コロンビア革命軍（ＦＡＲＣ）」とコロンビア政府との内戦の停戦交渉が二〇一二年から進められ、紆余曲折《うよきょくせつ》の末に二〇一六年十一月二十四日に和平合意が調印され、二〇一七年六月国連監視団がＦＡＲＣの武装解除が完了したことを発表、コロンビアの内戦は事実上終結を迎える）。女王としては、国と王室の総力を結集し、華麗な式典の数々で迎えたいと思っていた。コロンビア大統領のファン・マヌエル・サントスは、かつて学生としてこの国で暮らしたこともあった。先日ノーベル平和賞を授与されたばかりで、今回の滞在中にはロンドン・スクール・オブ・エコノミクスで、平和の実現において若者が果たす役割についての講演も予定されていた。その後、女王も数ヶ月前に訪問したばかりの北アイルランドにも足を延ばすことになっている。紛争の歴史に終わりを告げようとしている北アイルランドの地域社会が、どのような変貌《へんぼう》を遂げ、いかにめざましい発展を遂げつつあるかを、大統領もその眼でじかに確認することになるだろう。晩餐《ばんさん》会での歓迎スピーチの草稿を練るにあたっては、ロージーの果たした功績が大きかった。コロンビアの作家の小説からこんな一節を見つけてきてくれたのだ——**戦争か無関心か。どちらと闘うほうが困難だろうか**（訳注：ラウラ・レストレーポ（一九五〇〜）の〝Delirio（譫妄《せんもう》）〟からの引用）。

その晩、黄金に輝く舞踏室《ボールルーム》で行われた歓迎晩餐会の席上、女王は百七十名のゲストをまえに、そのスピーチを行った。U字型に並べられたテーブルはあまりにも幅が広く、宴《うたげ》の準備に動員された従僕たちは、クロスのしわを伸ばしたり、十九世紀初頭から使われている〈グランド・サーヴィス（訳注：ジョージ四世が一八〇〇年代初頭に作らせた銀めっきの食器類。四千点以上もの食器が作られ、バッキンガム宮殿やウィンザー城の公式晩餐会で使用される）〉の銀めっきのデザートスタンドや枝付き燭台《しょくだい》を並べるために、靴を脱いでテーブルにあがり、行ったり来たりすることになった。各席にはそれぞれ六脚のカットグラスが置かれた。室内に飾られた花は、イギリス育ちの花々にコロンビア産の選《え》りすぐりの生花をふんだんに取り合わせてあった。家政官は、ナイフやフォークがテーブルの端から正しい距離に配置されているかを入念に——定規を用いて——チェックした。もちろん、女王自身も事前に鵜《う》の目鷹《たか》の目でしつらえを確認し、万全を期したことは言うまでもない。

舞踏室《ボールルーム》のテーブルの上座でサントス大統領の隣に坐《すわ》った女王は、ダイアモンドとサファイアの〈ヴィクトリアン・スイート（訳注：一八五〇年ごろに作られた、ダイアモンドとブルーサファイアのネックレスとイヤリングのセット。結婚祝いとして父のジョージ六世から贈られた。女王はこれに合わせてティアラとブレスレットを一九六三年に作らせている）〉を身に着けていた。これに合わせて作らせたティアラも戴《いただ》くと、この晩餐会にふさわしい存在感が生まれ、場が華やぐようだった。今日のようなときこそ宝石で身を飾らなければ、文字どおり宝の持ち腐れというものだろう。大統領を正式に歓迎するレセプションは、晩餐会に先立って近衛騎兵練兵場《ホース・ガーズ・パレード》で行われていた。そこから馬車でマル通りを抜けてバッキンガム宮殿に移動し、弓形の間《ボウ・ルーム》で昼食をとった。明日の予定はさらに盛りだくさんだった。世界屈指の指導者と個人的な絆《きずな》を育《はぐく》み、ついでにイギリスと王室のすばらしさをさりげなく見せびらかして魅了するチャンスでもあった。

こうした歓迎の行事や叙勲式や園遊会のあいだは、ともかく広大で、贅沢《ぜいたく》で、それゆえ維持が困難なこのバッキンガム宮殿も、まあ、悪くはないと思えた。五代前の先祖の兄であるジョージ四世が改装した際に過剰なまでにきらびやかに飾りたてたこともあって、あらゆる意味で住むには向かないところだけれど、国家として感謝を伝えたり、友好関係を築いたりするには、まさにうってつけの舞台なのだ。その舞台で女王はもちろん、王族のひとりひとりが、ほとんどの招待客にとってはおそらく一生に一度限りの出来事がすばらしいものになるよう、最大限のサーヴィス精神を発揮するのである。

宴のあいだ、サントス大統領にも同夫人にも、頭上を心配そうにうかがう様子は見られなかった。頭のうえから惨事が降ってくるかもしれない、とは夢にも思っていないのだ。女王は心からほっとした。今も立ち入りが禁止されているステート・ダイニングルームの前例があるため、舞踏室《ボールルーム》の天井にもとんでもない危険が潜んでいないかどうか、最近になって検査が入ったのである。バッキンガム宮殿は湖の白鳥に似ているかもしれない、と女王は思った。表面は優雅に輝いているけれど、そのしたでは猛烈な勢いで水を掻《か》いているところが。

天井が崩落してこなかったことに、女王も家政官も胸を撫《な》でおろした。ベルジアン・スイートに二泊したサントス大統領が、びっしりと詰まった予定を精力的に消化したのち、北アイルランドへと旅立つと、女王にもようやく一息つける時間ができた。

木曜日の朝、女王は競走馬の彫像（訳注：女王の九十歳の誕生日にニューマーケットの町から贈られたもの。女王と雌馬と仔馬《こうま》がモチーフになっている）の除幕式に参加するため、ニューマーケットに向かった。彫像は、この町と女王が長きにわたり心温まる交流を続けてきたことを記念して作られたものだった。サフォークに向かうヘリコプターのなか、女王は手《て》許《もと》金会計長官のサー・ジェームズ・エリントンから届いたメモに眼を通した。ロージーがひそかに調べている死蔵品取引《ブレイキッジ・ビジネス》について、最新の調査状況を簡単に記したものだった。メモを開いて、女王はがっかりした。用紙の半分ほどで報告は終わっていたからだった。

調査に着手してまもなく、八〇年代に営繕部門で管理職を務め、部門長にもなったシドニー・スマークという男に問題があるらしい、と判明しました。当初から少々変わり者と見られていたようですが、在職期間の最後のころには、重度のアルコール依存症を患っていることが傍目《はため》にもわかるほどとなり、パブのそとで通行人の男性を殴打して暴行罪に問われたのを機に、当時の会計長官が解雇を申し渡しました。そのような人物ですので、横領や密売めいたことを企てたとしてもなんら不思議はないと思われますが、しかし、お申し越しの死蔵《ブレイキ》品取引《ツジ・ビジネス》は、確たる自信をもって断言いたしますが、そこからどんな問題が派生していたにせよ、すべて過去のものとお考えいただいてさしつかえありません。それに反する事実なり状況なりを見聞きした場合は、もちろん、ただちにご報告申しあげますが、弊部におきましては総員あげて陛下の財産管理に当たっており、万遺漏《ばんいろう》なく掌握できているものと思《おぼ》し召しくだされたく、衷心よりお願い申しあげる次第です。

女王は溜《た》め息をついて手紙から顔をあげた。またしても、いつものあの文句。〝万事、掌握できている〟と言われるたびに、女王としては、身動きを封じられた気がして窮屈でたまらなくなった。掌握というぐらいだから、その握っている手を女王がこじあけなくてはならないのか、と思ってしまうのだ。

目的地に着くまでの時間を利用して、考えを整理しようとしたが、ヘリコプターの座席は考えごとに向いた造りではなかった。そう、これは〈犬三匹分の問題《スリー・ドッグ・プロブレム》〉だ。本腰を入れて考えるのは、ロンドンに戻ってからにしたほうがよさそうだった。

23

長年のあいだに、女王は深く考えなくてはならない重要な問題があると、犬を何匹か連れて散歩に出るのが習慣となっていた。何匹かを選んで連れていくのは、連れていく犬があまりたくさんだと、途中で何度も呼び寄せることになって、考えごとをするどころではなくなってしまうからだ。今にして思えば、贅沢なことだった。最近では散歩のお供をわざわざ選ぶ必要もなくなってしまったわけだから。

その日の午後、バッキンガム宮殿に戻ってきてみると、ティータイムの前に少しだけ、なんの予定も入っていない時間があることがわかった。女王は書類を脇に置き、窓から空模様をうかがった。灰色に塗り込められていて、じきに雨が降り出しそうだった。雨？　けっこうじゃないの、と女王は思った。雨ぐらいへいちゃらだった。近習《きんじゅ》には、訊《き》いてくる者がいたら、女王は外出していてしばらくは戻らないと伝えるよう指示した。

そして犬を従えて、シューズクロークに向かった。手早くレインコートを着込み、スカーフをかぶって顎《あご》のしたで結び、実用的な靴を履いて庭園に出た。キャンディもヴァルカンもいわゆるドーギー、つまり女王の飼っていたコーギーのタイニーと、女王の妹マーガレットのミニチュア・ダックスフントのピプキンが子を生《な》したことに端を発する犬種に分類される。脚は太くて短いけれど、とても活発で、散歩に行かれるとわかって大はしゃぎだった。コーギー犬のウィローは、今朝、従僕と散歩をしたのに、また行く必要があるとは思っていないようだったが、ともかく興味は引かれたらしく、ついてきた。

外気は冷たく、きりっと澄んでいて、今が十一月の最初の週で、冬はすぐそこまで来ていることを思い出させた。肌がちくちくして、息を吸い込むと、空気の冷たさを咽喉《のど》で感じた。眼のまえの芝地は池に向かってなだらかにくだっていた。二週間まえは秋も盛りで、ここから眺める風景も眼にも鮮やかな色彩をまとっていた。明るい黄色のトネリコの木と燃えるように赤いラクウショウと黄褐色のマロニエが芝地を縁取り、水辺を囲んでいた。それから二週間経った今、木々は金色と茶色のパッチワークとなり、芝地の縁に落ち葉がこんもりと積もっていた。落ち葉が積もると、以前は焚火《たきび》をしたものだったが、今ではコンポストなるものがいくつも設置されている。環境保護に効果があるのだとフィリップは言っていたが、女王は焚火の煙のにおいが恋しかった。

宮殿を右手に見ながらウェスト・テラスに沿って進み、キスするように枝葉を触れ合わせている二本のプラタナスの木のほうに向かった。犬たちはいつの間にか主人を追い越していた。散歩の順路を覚えているのだ。ときどき道の端に寄ってにおいを嗅《か》ぎ、女王がひと声かけるととまり、それからまた、ちょこまかと小道を進んでいく。ウェスト・テラスの端に行きついたところで、犬は北西の角から張り出した棟の横を小走りで通り過ぎた。お父さまが屋内プールに改装した建物だった。こうしてそとから眺めると、ジョージ王朝様式の窓のあるギリシャの神殿といったところだった。犬たちを追って女王もその横を抜けながら、建物を見あげて、なかの様子を思い浮かべ、バルモラル城から帰ってきた晩のことを考えた。

「あの晩、ミセス・ハリスの身になにが起こったんだと思う？」女王は犬に向かって問いかけたが、犬たちは主人の考えごとよりも、積もった落ち葉のしたになにが埋まっているのかが気になるようだったので、浮かんできた疑問は胸のうちにとどめておくことにした。

そもそもシンシア・ハリスは、なんのためにプールに行ったのか？　警察は、彼女がひとりでプールに行ったのは、職務に熱心だったから、もしくはたんなる気まぐれから、と見なしていて、そこに疑問は抱いていない。女子更衣室でミセス・ハリスの室内履きが発見されているので、そこまでは室内履きを履いていたことになる。ということは、恋愛がらみのロマンティックなお誘いに応じたわけではなさそうだった——その筋書きは、まあ、思いついた人すらいないだろうけれど。プールのそとの庭には、防犯用の監視カメラが要所要所に設置され、どんなかすかな動きも察知して反応するようになっている。あの晩もすべてのカメラが正常に作動しており、非公式に宮殿に立ち入った者の姿はただのひとりもとらえられていない。ということは、ミセス・ハリスが誰かと会うためにプールに出向いたのだとしたら、その相手は内部の者だ。遺体には、転倒した際に床にぶつけてできたと思われる頭部の外傷と膝《ひざ》からしたに何ヶ所か切り傷が残されていたのを除いて、損傷は認められず、よって危害を加えられたことを示唆する証拠は見つかっていない。

新聞各紙も、警察同様の解釈で納得してしまっているようだった。各紙横並びで、足首を切る怪我の危険性に関する記事をどっさり掲載していた。添付すべき写真がないものだから、ミセス・ハリスが発見されたときの状況を再現した、とされる見取り図を載せ、あわせて、ありとあらゆる大きさと形のクリスタルグラスの画像を載せ、ご丁寧なことに、それに類似したグラスなら〈ハロッズ〉や〈トーマス・グード（訳注：十九世紀にロンドンのメイフェアで開業した老舗《しにせ》食器販売店で、イギリス王室御用達）〉で購入可能である、との案内まで添える始末。

　意外だったのは、嫌がらせの手紙の件にひと言の言及もないことだった。彼らの見方からすると、ミセス・ハリスはクリスタルのカットグラスと不運の——あるいは、孫のベアトリスとユージェニーの怠惰で贅沢《ぜいたく》な習慣の（確かに、あの晩、ふたりとも屋内プールから数キロしか離れていないところにいたことはいたけれど）——悲劇的な犠牲者であり、その筋書きには、ミセス・ハリスが不人気だったという事実はうまいこと当てはまらなくなる。ある種のマスコミにはそうした傾向があることを、以前、サイモンが説明してくれたことがあったけれど、女王はとっくのとうに気づいていた。まずは自分たちで筋書きを作りあげ、それに合致する事実を拾いあげていくのだ。そう、充分承知していますとも、と女王は胸のうちでつぶやいた。なにしろ、生まれてこの方、女王とその家族は、そうした報道を〝される側〟だったのだから。

　気がつくと、プラタナスの木のところまで歩いてきていた。小道を挟んで立っている、この二本の木は、百五十年前、ヴィクトリア女王とその夫アルバート公によって植えられたものだった。今では空に向かって枝葉を大きく広げ、互いの枝を絡ませあって、小道をアーチのように覆っていた。高祖父母も、そうなることを期待して植えたのかもしれなかった。女王は道なりに左に曲がり、バラ園のほうに進んだ。自分がしようとしていることは、ただの傍《はた》迷惑なのだろうか、と女王は考えた。凪《な》いだ水面をいたずらにかきまわそうとしているだけ？　確たる証拠があるわけでもないのに。膨大な労力と手間がかかるだろうし、とんでもない大騒ぎにもなるだろうし、それなのにどうして、このまま黙っていたくないと思うのか？

小さなあずまやを通りすぎた。暖かな季節になるとひ孫たちとお茶会をする場所だった。キャンディとヴァルカンは道からそれてあたりのにおいを嗅ぎまわっていたが、ウィローは女王の足元近くを離れようとしなかった。

そう、このまま黙っていたくないと思うのは、なにかが〝おかしい〟から。それに気づいた以上、誰かさんとしては、はい、そうですか、とあっさり納得するわけにいかなかった。

「動機、手段、機会」女王はつぶやいた。「そうよね、ウィロー？　それが基本だもの」

ウィローは舌を出して息を弾ませながら、なんとも言いようのない表情で女王を見あげた。女王は犬と一緒に歩きつづけた。

動機なら、ロージーがすでに見つけている。確かに一考に値するものではあったけれど、動機としては弱すぎた。かりにシンシア・ハリスが〝死蔵品取引《ブレイキッジ・ビジネス》〟の内情に通じ、絵画の窃盗が行われていたことを知っていたとしても、みみっちい絵画泥棒や歓迎されざる贈答品の転売ごときの発覚を恐れて殺人まで犯す者がいるだろうか？　いや、歓迎されざる、というのは言い過ぎだった。ただ単に収納場所に困るのだ。それなりに場所を取るわけだから。

手段については、今のところ憶測の域を出なかった。王室で働く者たちの人となりはある程度知ってるつもりではあるけれど、いざとなったら他人の動脈を切り裂くことも辞さないほどの残虐性を持ち合わせているかどうか、そこまで把握しているわけではないし——というわけで、手段から核心に迫るのも、今の時点では難しい。そして機会……シンシア・ハリスが本当に殺されたのなら、その犯人はこの宮殿のことを熟知していて、さらにあの晩ここに滞在していて、各所に設置された防犯カメラを避けて行動できた人物、ということになる。とはいえ、防犯カメラに捕らえられずに行動することは、その気になれば三歳のジョージ王子でもできる。あの晩はおよそ五十名のスタッフがこの宮殿で働いていたが、つい最近、保安局《MI5》が使用人全員を容疑者扱いするのを目の当たりにしたばかりなのだ。女王としては確たる根拠もないまま、同じ轍《てつ》を踏むつもりは断じてなかった。そう、まずは動機を解明しなければならない。動機がわかってはじめてその先に考えを進めることができる。たとえば犯行の手口とか、犯人とか。

　十一月とあってバラ園は時季はずれだった。女王は先を行く二匹のドーギーに声をかけつつ、歩を進めた。右手の壁の向こうのコンスティテューション・ヒルの通りから、車の行きかう音が絶え間なく聞こえてきていた。しばらくして小道は木立を抜け、古いテニスコートの横を通過した。まだティーンエイジャーだったころ、ここでお父さまとたびたび接戦を繰り広げたことがあった。そののち、若きフィリップ・マウントバッテンとも何度か手あわせしたものだった。当時は求愛中とあって、フィリップもいいところを見せようと一生懸命だったのだ。テニスコートを過ぎた先は〈ワーム・パイ・コーナー〉だった（訳注：ワーム・パイはダート&ワーム・パイともいい、土に見立てたチョコレート生地にミミズを模したグミをあしらったケーキのこと。ミミズを使ったコンポストをそのケーキに見立てた呼称）。その一隅を利用して、フィリップは庭師たちと共同でリサイクルの最新技術やコンポストの改良に取り組んでいるのである。誰かさんにいいところを見せようと一生懸命だったフィリップは、同時に科学の最先端技術に通じることにも一生懸命だった。今でもスケジュールには、医療関連の研究施設や大学の研究室を訪問する予定が並んでいる。じつは今日も新しい科学施設の落成式のため、ハートフォードシャーに出向いているし。フィリップは、現代のアルバート公なのだ。時代の先を行き、進取の気性に富み、思い込んだら猪突《ちょとつ》猛進で、疲れ知らずで、容易にはあきらめない人だから。それに、王室の一員となったとき、ある意味では異国の人だったところも、アルバート公に相通じるものがある。多くの人に誤解され、彼をよく知る者からは深く愛されているところも。

いつの間にか夫のことを考えていたことに気づいて、女王は目下の懸案事項に考えを戻した。ついでにウィローがとりわけ強烈なにおいを放っているコンポストに近寄りかけていることにも気づいて、ことばを尽くして断念させた。その時点で庭園のいちばん端まで来ていた。グローブナー・プレイスの通りを行き来するバスやタクシーのディーゼルエンジンのあえぐような音を通奏低音に、すぐ近くで鳥の歌声が、遠くの芝地からは落ち葉集塵機《ブロア》のうなりが聞こえてくる。小道はそのあたりからまた左に緩やかにカーヴしていた。数分歩いて振り返ると、池の向こうにふたたびウェスト・テラスが姿を現していた。

それがきっかけとなった。考え事をするために散歩に出かけたときに、ときおり思いがけないかたちで思いがけないヒントを得るものだが、今回もそこから発想の転換につながったのだ――**反対側から眺めよ。**ミセス・ハリスが殺されたことに確信がもてないのなら、殺されたのではない、という前提で考えを進め、納得できる結論に行きつくかどうか試してみるべきだろう。

いいわ、やってみましょう、と女王は声に出さずにつぶやいた。決然とした足取りで小道をずんずん進みながら、事故死と考えるべき点をひとつずつ数えあげた。手始めに、シンシア・ハリス当人。家政婦《ハウスキーパー》があの晩、屋内プールまで出向いたのは、もしかすると片づけなくてはならないものがあるかもしれないと思ったからだ、とするのはいささか無理があるように思えるけれど、世の中には不可解なほど職務熱心で度を超えて几帳面《きちょうめん》な行動を取る者もいるのかもしれない。あのミセス・ハリスならありえなくもなさそうだった。第二に、シンシア・ハリスは嫌がらせの手紙の差出人に殺された、とする説はかなりの確率で否定できそうだった。レディ・キャロラインの自作自演説はなかなか説得力があるからだ。ミセス・ハリスが過去に不幸な出来事に遭遇しているのだとしたら、なおのことそれをネタにして同情目当ての自作自演に及んだ、という線はありそうなことに思われた。それに関しては、目下ストロング主任警部が調べを進めているはずだった。そうそう、ストーカーの件もあった。とはいえ、メアリ・ヴァン・レネンの件とは無関係だし、おそらくロージーの件とも関連はないだろう、と女王は考えていた。どちらも、ありがたいことに、傷害沙《ざ》汰《た》にはなっていないから——少なくとも今の時点では。

運営部については？　あの部署の人たちは誰も、シンシア・ハリスのことにはひと言も触れなかった、とロージーは言っていた。不可解だった。運営部所属の職員のなかに、ミセス・ハリスの経歴を知っている者がひとりもいなかった、というのはありえることだろうか？　いくらほかの人から良く思われていなかったとはいえ、何年もまえのことだとはいえ、シンシア・ハリスがロイヤル・コレクションから異動した先は、呼び名こそ当時は宮繕部門ではあったが、現在の運営部なのに。それどころか、彼女はどうやら一時期、宮繕部門の部門長と婚約していたらしい、というのに。とはいえ、〝らしい〟ではあまりにも曖昧《あいまい》すぎる。婚約していた、というのはあるいは、根拠のない憶測だったり、記憶ちがいだったりする可能性もある。女王のこれまでの経験に基づけば、家政官部局というところは宮殿内のもろもろの〝物語〟や〝逸話〟や〝武勇伝〟の類《たぐ》いを代々語りつぐことが好きで好きでたまらない部局ではあったが、それでもそれぞれの細かな部分はときが経つにつれ、変わってしまったり、忘れられてしまったりすることは充分にありえる。当のミセス・ハリスもそれを望んでいたのかもしれなかった。そう、たぶん利用したのだ、家政婦《ハウスキーパー》の経歴なんて空白だらけのつぎはぎだろうと問題視もされない、ということを。いずれにしても、死蔵品取引《ブレイキッジ・ビジネス》が現在進行形だとしても、ミセス・ハリスがそのことを知っていてロージーの調査の手が伸びてこようとしていたのだとしても、最初の疑問に立ち戻ることになる――なくなったところで誰も惜しいとも思わない贈答品や家具なんぞのために、殺人まで犯す者がいるだろうか？

　小道の脇の草叢《くさむら》から、ヴァルカンが出てきた。見ると、思わず顔をしかめたくなるほど汚らしいテニスボールをくわえていた。この夏に犬を散歩に誘い出すのに使ったきり、見当たらなくなっていたボールだろう。見るからに怪しげな緑色のぬめぬめした物体と泥にまみれていた。さっさと放すよう説得しながらちらっと左に眼をやると、木立の向こうに池が見渡せた。

女王はショルトー・ハーヴィーのことを考えた。ロージーが確認をとってくれるはずだが、ストロング主任警部の調査内容が正しければ、ショルトーは一九八〇年代、シンシア・ハリスと上司と部下というきわめて近い関係で一緒に働いていたことになる。ロージーに対して、彼女が亡くなったことは知っていると認めた以上のことを語らなかったのは、客人に対する配慮だったのだろうか？　きびきびと歩を進めながら女王は、ショルトーのその多くを語ろうとしなかった心理状態を極力いいほうに解釈した。絵画副管理官として在職中、ショルトーが自分の仕事をどれほど愛していたか、女王は今でもありありと覚えていた。シンシア・ハリスがアシスタントだったことは記憶になかったが、たんに知らなかっただけ、という説明は充分に成りたつ。

　ロージーによれば、ショルトーは今でも当時のことをとてもなつかしがっているという。それほど愛していた職をあれほど短期間で辞さなければならなくなったのは、女王としても残念としか言いようがなかった。なにしろ素養に恵まれた人だった。学芸員としても、美術史家としても、とびきり優秀で、鋭い感性を持ちあわせていた。ロイヤル・コレクションのほかの職員からも好かれていた。いつかあの部署を指揮する立場に立つのだろうと半ば本気で期待していたぐらいだった。そう、だからこそ余計に解せないのだ、ショルトーのような人物が、自分にとって特別だと思える時代に近しかった人間に対し、関心を失うに至った理由が。ショルトーがロイヤル・コレクションに在職していたのはわずか数年ほどで、そのうちの少なくとも二年間はシンシア・ハリスがアシスタントを勤めていたはずである。そこでも疑問が生じる。シンシアはいったいなぜロイヤル・コレクションから異動したのか？　それもまったく別の職種に。絵画副監理官のアシスタントに比べたら、一般的にはずいぶん格下の職種に。

足取りを緩めて振り返ると、木々のあいだからぼんやりと宮殿の灰色がかった茶色い輪郭が見えた。歴史がみっちり詰まった建物だった――その一部分は崩壊同然の状態にあるにしても。一階の何部屋かは昨夜、大物政治家をもてなす主人役を果たした。それぞれの部屋に飾ってある美術品やら宝物やらは、歴史的に価値のあるものばかりである。そういうものこそ、たぶん、好事家なら人を殺してでも手に入れたいと思うのではないだろうか。そして、そうした宝物の管理にある程度関与していたのが、ほかならないショルトー・ハーヴィーなのだ。ロージーが滞在中ショルトーに尋ねたのは、それとは別のことだったが、いずれにしてもショルトーは協力的だった。フィリップいうところの〝あの悪趣味で、見られたもんじゃない小品〟についてはわからなかったものの、死蔵品取引《ブレイキッジ・ビジネス》のことを教えてくれたのだから。そう、これではまた振り出しに戻ってしまうことになる。

ただし……。

それがすべてではなかったら？　ショルトーが死蔵品取引《ブレイキッジ・ビジネス》の話を持ちだしたのは、じつは別のなにかを隠蔽《いんぺい》するためだったとは考えられないだろうか？　であるなら、次に考えるべきは――そう、なにを隠蔽しようとしたのか？　おそらくは最終的にシンシア・ハリスに結びつくこと。ほかになにを知っていたのだろう、彼女は？

女王はふたたび足取りを早めながら、猛然と記憶を手繰った。美術品のコレクションに関して、ショルトーに意見を訊《き》き、有益な助言を得ていた、あの愉《たの》しかった数年間のことを。ところが、どれほど記憶を手繰ってみても、重要な作品がなくなった覚えはなかった。少なくとも、実際に紛失するにいたったものはなかった。一度だけ、なんとかいう画家の作品のことで、しばらくごたごたしたことはあったけれど、紛失とは正反対の出来事だった。失くなったのではなく、見つかったのだ。

ルネサンス期の絵画が三点——いいえ、四点だった——ハンプトン・コート宮殿で見つかったのだった。数世紀にわたって行方がわからなくなっていた作品だったので、女王としても大いに胸を躍らせたのだったが、精査の結果、四点とも複製だったことがわかった。あの件を担当していたのは、たしか……？　そう、まちがいない。見つかった絵画の汚れを落とし、専門家に鑑定を依頼したのはショルトー・ハーヴィーだった。最終的な鑑定結果が出るまでに、ずいぶん時間がかかったのは覚えている。ええと、あれは……おや、そうよ、どうしてあんなに待たされたんだったか？　脳の記憶をつかさどる部分をもうひとしぼりしながら、女王は大声を張りあげてキャンディを叱りつけた。小道のだいぶ先のほうで、なにやら得体の知れない物体に鼻面を突っ込んでいることに気づいたからだった。あの一件があったのは、ダイアナがまだ家族の一員だったころのことだ。人生とは小さなドラマの連続からできている。……そうそう、そうだった、ようやく思い出した。なんとも痛ましい出来事があったからだった。あの絵画の鑑定を補佐することになっていた若い学芸員が悲惨な事故に遭い、それでなにもかもが数週間から数ヶ月先延ばしになったのだった。

なんという画家の絵だったか……ええと、たしか女の、それも有名な画家だった。ショルトーはとても興奮していた。正確にはルネサンス期より少しあとのバロックの時代に活躍した、十七世紀の画家で……ジェンティレスキ——よし、思い出した。その作品に高値がつくのもむべなるかな、才能豊かな画家なのだから。ハンプトン・コート宮殿で見つかった作品は、女王も気に入っていたので、最終的に真作ではないとわかったときには、ずいぶんがっかりしたものだった。

ジェンティレスキの真作はどのくらいの価値があるのだろう？　数千ポンド、それとも数十万ポンド？

数十万ポンドのためなら、人を殺す者もいる。

女王にはある筋書きが見えはじめていた。まだぼんやりとしていて、すべてが完全につながったわけではなかったが、考えれば考えるほど、二件の〝悲惨な事故〟はたんなる運の悪い出来事ではなく、ショルトー・ハーヴィーが出発点となり帰着点となる、気の滅《め》入《い》るようないまわしい筋書きの一部であるように思えてくる。

女王のそんな胸のうちを映しだすように、頭上の鉄色の雲が重苦しい鈍色《にびいろ》を帯びはじめていた。すぐに雨が降りだすだろう。池の際をまわり込み、犬を呼びよせると、女王はやや前屈《まえかが》みになって宮殿への近道、芝地を突っ切るルートを取った。

その夜、ビリー・マクラクランは、リッチモンド・アポン・テムズの自宅フラットで、ワイト島に住んでいる孫娘と携帯電話の〈フェイスタイム〉機能を利用してヴィデオ通話をしていた。途中で画面に着信の通知が表示された。七歳になる孫のベッツィーに、寝るまえのお話を聞かせてやっているところで、画面いっぱいにベッツィーのぽっちゃりした血色のいい顔が映っていた。物語を先に進めるたびに、そんなのはおかしい、だの、もっと別の筋書きのほうがおもしろい、だの注文をつけてくるので、〝じいじ〟としてはなかなかに骨の折れることではあるが、遠く離れた孫とこんなことができるのは、今の時代ならではの利点だった。この瞬間にベッツィーから彼を引き離せるのは、国家的な緊急事態くらいしかなかったが……表示されている着信番号はまさに、その国家的緊急事態であることを告げていた。

「ごめんよ、ベッツィー、今日はここまでだ」

「えー、どうして、じいじ？　つむじ曲がりの妖精《ようせい》さんのお話、せっかくおもしろくなってきたとこじゃん？」

「イギリスの女王陛下がじいじの助けを必要としてるんだよ」

「けど、じいじが――」

　孫娘のことばを最後まで聞かずに、ビリーは〈フェイスタイム〉を閉じていた。孫娘は今ごろ両親に、じいじはまたイギリスの女王陛下から電話がかかってきたんだって、と言いつけ、両親は笑ってこんなふうに説明しているはずだ――それはじいじのちょっとした冗談だよ、じいじが女王陛下のために働いていたのは、ずっと以前《まえ》のことだからね、と。そして内心では、歳のせいでめっきりトイレが近くなってそちら方面の緊急事態が発生した、という代わりの婉《えん》曲《きょく》表現だろうと思っているにちがいない。さもなければ、秘密の恋人からの連絡が入ったとでも――どうやら、ベッツィーの両親には、ばあばこと妻のディードラを亡くしてかれこれ二十年が経とうとしているのだから、そろそろそういう相手が現れても不思議ではないと思われているらしい。ビリーとしてはなんと思われようとまったくかまわなかった。ベッツィーに言ったことが、じつは事実なのではないか、と思われさえしなければ。それに、正確に言えば、〝イギリスの女王陛下〟ではなかった――正式には〝グレートブリテン及び北アイルランド連合王国並びにほかの諸領土の女王、コモンウェルスの首長及び信教の擁護者〟だ。ビリーが用いたのは略称のようなもの、つまりは提喩《ていゆ》――一部ですべてを表すことばなのだ。

「はい、女王陛下？」

「こんな遅くにお邪魔でしたか、電話を差しあげて？」

「いえいえ、陛下、ちょうどわたしが二番目に敬愛するエリザベスとおしゃべりをしていただけですから」すべてが真実というわけではなかったが――ベッツィーはビリー・マクラクランの人生を照らす光だったから――かのベンジャミン・ディズレーリ（訳注：一八〇四～一八八一　イギリスの政治家、小説家、貴族。ユダヤ人でありながら保守党内で上層部へ上り詰め、二期にわたって首相を務めた）も言っている――〝王族に向けての追従はこてを用いて盛り込むべし（訳注：ディズレーリが詩人のマシュー・アーノルドにアドヴァイスした際のことば）〟。「今日はどのようなご用件で？」

今度は女王が〝じいじ〟にお話を聞かせる番だった。まずは、その存在すら忘れられていた何点かの絵画が別の宮殿の倉庫で見つかった話からはじまり、先月、バッキンガム宮殿の屋内プールで遺体が見つかった話で終わった。遺体が見つかったことについてはビリーもマスコミの報道を通じて知ってはいたが、報じられている内容はあまりにも通り一遍で、かなりうさん臭いと思っていたのだった。

　こうして〝ボス〟とことばを交わすのは、ほんの何ヶ月かまえの例の殺人事件のとき以来だった。女王付きの護衛官を務めたあと、ビリー・マクラクランは警部まで昇格し、少なからぬ年金を頂戴《ちょうだい》できる身分で退職し、その後はリッチモンドの瀟洒《しょうしゃ》な邸宅街で……日々の退屈を持てあましている。このままでは惚《ぼ》けてしまいそうで、『タイムズ』紙のクロスワードパズルやポリゴン（訳注：多角形の図形の区切られた各枠に、条件に合致する文字を入れるワードゲーム）を解く以上に頭脳を酷使できそうな機会なら、どんなものでも大歓迎だった。そんな機会を、女王陛下が折に触れて提供してくださるのだ。たいていは極秘で。で、〝お呼び〟がかかると、嬉々《きき》として応じるのである。

「それはつまり――正しく理解できているか、確認させてください。絵画四点が見つかったものの、それらは関係者一同が期待していた画家の手になるものではなかった、ということでしょうか？」

「そうなの。本物を模写したことはまちがいなさそうですけどね。十七世紀には、そうやって模写することで絵の勉強をしていた、と聞きました。みごとな作品だったんですけどね、汚れを落としてみたら、とんだ期待はずれでした。みんな、それはそれはがっかりしたのよ」

「そして、鑑定作業にかかわった学芸員が事故に遭った、とおっしゃいましたね、陛下。手始めにそのあたりから調べてみましょうか？」

「そうね、それがよさそうね。問題の作品が見つかったのは、一九八〇年代の半ばだったと思います。何年だったかまではっきり覚えていないけれど、ロイヤル・コレクション・トラストに問いあわせれば、正確な年号を教えてくれるでしょう。学芸員が事故に遭ったのは、その数週間後だったはずです」

「ロージーに任せるわけにはいかないのでしょうか？」マクラクランはいちおう言ってみた。四の五の言うつもりは毛頭なかったが、前回の事件では女王の秘書官補が目覚ましい活躍を見せたことを知っているので、意外だったのだ。そんな頼もしい秘書官補がそばに仕えていながら、この特別任務の適任者に選ばれなかったことが。

「じつはね、ロージーはすでにスズメバチの巣を突《つつ》いてしまったかもしれないの。先ほども説明したとおり、彼女はミセス・ハリスが亡くなる少しまえに絵画管理官のところに話を聞きに行っているんです。それを知って警戒心を尖《とが》らせた者が……」

「承知しました、陛下。わたしにお任せください。別の人間なら、また別の話が聞けるかもしれませんから」

「それを期待しましょう。とは言っても、どんなことをどんなふうに調べてもらえばいいのか、具体的にわかっているわけではないのよ」

「それはわたしも同じですよ、陛下。なに、それもまた一興です。なにかわかり次第、お知らせいたします。いざとなったら、陛下にお仕えしていた当時の仲間もいますからね。その方面からであれば、話を聞いてまわったところで、スズメバチの巣を突くことにはならんでしょう」

「それと、もうひとつ、お願いしたいことがあるの」

女王はそう言ってマクラクランに、以前女王のそばに仕えていた元職員の現在の所在を調べてほしいと頼んだ。電話を切ったあと、マクラクランはキャビネットから〈ジョニー・ウォーカー〉の赤ラベルを取りだし、グラスにツーフィンガー分注いだ。それから腰を落ち着け、一時間かけてノートパソコンとノートとペンを使って、検索し、メモを取り、考えをめぐらせた。何週間ぶりかで、気力がみなぎってくるのを感じた。

陛下とベッツィーは、ふたりでひとりの〝敬愛するエリザベス〟なのかもしれない、とマクラクランは思った。そんなふうに思うのは、それほど不敬なことだろうか？　なにしろ、孫娘のベッツィーは陛下にちなんで名づけたのだ。それを考えれば、そう思うことも許してもらえそうな気がした。

25

翌朝、女王の書斎を辞した時点で、ロージーは安堵《あんど》と不安が五分五分の心境になっていた。〝ボス〟がこれまで熟考に熟考を重ねてきたことをお認めになったのだ。ミセス・ハリス殺害の動機となりそうなことを見つけはしたが、それを動機と断定するにはいささか薄弱ではないかと思われる、とのこと。それ以上の話は出なかった。来年の公務の日程調整で時間を取られ、殺人事件のことを話している余裕などなかったからでもある。

とはいえ、陛下の〝捜査〟は進展しつつあることが感じられた。シンシア・ハリスが死に追いやられた原因が、ロージーの考えているとおりロージー自身の言動にあったのかもしれないと思うと、どうにも気持ちが落ち着かなかった。陛下からは、この夏のあいだに例のブリタニア号の絵のことで話を聞いた人たちをリストアップしておくようにと指示されていた。念のため、手書きで作成したそのリストは、犯人につながる手がかりとなるかもしれないもので、ロージーとしては丹念に記憶をたどり、洩《も》れや抜けがないよう細心の注意を払ってひとりひとりの名前を書き出したのだ。それを陛下にお渡しして御前を退き、ミセス・ハリスの経歴の裏を取る必要もあったので、まずは人事部に立ち寄ってみることにした。

　秘書官補のオフィスのある廊下に入ったところで、手許《てもと》金会計長官のサー・ジェームズとすれちがった。見るからに機嫌の悪そうな、雷を落とすのも時間の問題といった顔をしていた。ロージーの姿を認めても声さえかけてこなかった、いったいどうしたというのか、気になったので、サー・サイモンのオフィスに顔を出した。

「心配には及ばない」秘書官は顔もあげず、ロージーの気遣いを手のひと振りであしらった。

「事態はきちんと掌握できている、問題はないよ」

「まったく？」ロージーは訊《き》いた。サー・サイモンの忠実なビーグル犬のような顔が、友人のサー・ジェームズと似たり寄ったりの渋面になった。

「ああ、問題はない」とサー・サイモンはぴしゃりと言った。まだ根に持っている、ということだった。サー・サイモンの頭のなかでは今でも、ロージーが要らぬ告げ口をしたせいで、必要もないのに警察が宮殿に押しかけてきたことになっているのである。「大規模改修計画の見積りの数字が合わないだけのことだから。それで最終的な合計額が決定していないんだが、印刷にまわす締め切りが明日の朝いちと言われていてね。これまではメアリ・ヴァン・レネンの担当だったそうで、代わりに来てもらった臨時雇いの——まあ、やめておこう。臨時雇いについては物言えば唇寒しなんとやら、だから」

「わたしにできることはありませんか？」

サー・サイモンは顔をあげると、疲れた表情でロージーを見やった。「では、きみの知りあいに、バッキンガム宮殿大規模改修計画関連の込み入った事情と複雑な問題点と各種データベースに通じ、なおかつ今日の午前中になんの予定も入っていない、エクセルの魔術師はいるかい？　あいにく、わたしの知りあいにはひとりもいなくてね」

ロージーはほほえんだ。「お忘れのようですが、わたしの以前の職場は、投資銀行でしたから。ひと通りの研修は受けていますよ」

「しかし、これは……」

「これは？」

「秘書業務だよ」サー・サイモンはそう言って、すまなそうな顔になった。

ロージーは肩をすくめた。まあ、昔から〝秘書官は秘書にあらず〟と言われているとは聞いているけれど……。

「重要業務ですよ」ロージーは言った。「どこを見ればいいかを教えていただければ、差し当たり手の空いている人たちのなかでは、たぶんいちばん早く修正が必要な箇所を見つけられると思います」ミセス・ハリスの人事記録を確認するのは、一時間か二時間ぐらい遅れたところで問題はなさそうだし。

「本当に？」

まるで魔法でもかけられたかのように、サー・サイモンの表情が一変し、彼本来の知性と朗らかな好奇心に満ちた顔つきになった。それを見届けたあと、ロージーはサウス・ウィングにある手許金会計官事務局に向かった。大部屋《アウター・オフィス》では会計長官のアシスタントの面々が、へとへとになりながら作業を進めていた。ロージーは自己紹介をして用向きを伝え、空いていた机を見つけて腰を落ちつけた。たまたまメアリが使っていた机だった。途中で、不明点はメアリに直接電話をして訊いてみればいいことに気づいた。おかげで記載されている数字の積算根拠について詳しい説明を聞くことができた。それから、どこに矛盾が生じているのか確認するため、各種データベースの海に深く潜り、どっぷりつかり、時間のたつのを忘れた。

書斎にいた女王に、たまたま通りかかったフィリップが戸口から顔をのぞかせてアメリカの大統領選にまつわる最新のネタを披露した。どれもこれも身の毛のよだつような、むしろ聞いてしまったことを後悔しそうな話ばかりだった。

「諜報《ちょうほう》屋どもから吹き込まれたんじゃないか、アメリカの大統領選はすべてロシアと〈フェイスブック〉が動かしているって？」

「すべて、とは言ってなかったけど」

「あれは当てにならんぞ。〈ギニアピッグ・クラブ〉の記念式典に来ていた、とある人物から選挙戦の戦況報告を受けたもんでね」

　一瞬、ペギー・ソーニクロフトが寄宿学校の厩舎《きゅうしゃ》を改造した小屋で飼っていたかわいそうなモルモットのことが頭に浮かんだが、フィリップが言ったのは、まったく別の文脈で実験用モルモット《ギニアピッグ》となったパイロットたちのための社交クラブのことだった。クラブの構成員は全員、第二次世界大戦時、飛行中に撃墜され、火傷《やけど》により外見が損なわれるほどのひどい傷を負った者たちだった。彼らの傷だらけの身体をできる限りもとどおりに戻し、ビールをしこたま呑《の》ませることで水分補給と気力回復をはかったのが、アーチボルド・マッキンドーという外科医だった。マッキンドーは再建的形成外科の先駆者であり、フィリップにとっては――女王にとっても――戦争の英雄のひとりだった。もちろん、彼に世話になった若者たち（今ではすっかり老人だけれど）にとっても。

　フィリップが〈ギニアピッグ・クラブ〉の面々と過ごしていたあいだ、女王は来訪中のコロンビア大統領夫妻をもてなしていたのだ。致し方のないことながら、フィリップと一緒に記念式典に参列し、残り少なくなってしまったかつてのパイロットたちと一時間か二時間ほど過ごすことができなかったのが残念だった。女王と同年代の、地獄から生還した者たち。彼らもまた何事に対してもひるむことのない者たちだった。式典に参加することができていたら、きわどい冗談の飛び交う気さくな雰囲気にひたれたにちがいなかった。女王の出席する式典に、それを期待するのは無理というものだった。男同士で集まるときの、あのくつろいだ気のおけなさは、うらやましいというか……。

女王は小さく溜《た》め息をついた。「今でも残っているのは？」

「十七名だな」

「もとは何名だったの？」

「六百四十三名だった」

それでも十七人が今日まで残っているというのは、あながち悪い数字ではないのかもしれない、と女王は思った。フィリップは今年九十五歳だが、パイロットたちもほとんどが同じぐらいの年齢なのだろうから。その昔、ウィンザー城で何度も開かれた舞踏会のことは、今でもよく覚えていた。その場に集った若者たちがどれほど生き生きとしていて、どれほど魅力的だったかも、それを最後に帰ってこなかった者たちがどれほどたくさんいたかも。ひとり去り、続けてまたひとり去り、そしてまたひとり、と去っていったのだ。ときどき気が遠くなりそうになる、彼らの名前を、ハンサムな顔を、大広間で一緒に踊ったことを思い出すと。そのあと戦地から電報が届いたことまで思い出すからだ。

十七人のパイロットたちも、搭乗した飛行機が火を噴き、地面めがけて急降下していくとき、自分の人生もここまでだと確信したにちがいない。百歳を迎えようとする歳まで、もしかしたらそれよりももっと長く生きることになると予期していた者がどれだけいただろう？

　フィリップと入れちがいに、サー・サイモンとサー・ジェームズがやってきた。バッキンガム宮殿大規模改修工事について、議会に計画書を提出するまえに最終的な内容を説明するためだった。会計長官の説明のなかにロージーの名前が出てきた。最後の最後になって見つかった数字の矛盾点を解消するために、目下、手を貸してもらっているとのことだった。

　女王はほほえんだ。「多才なのね、ロージーは」

「そうですね、確かに」いかにも不承不承といった口調ながら、サー・サイモンも同意した。

「しかも自ら協力を申しでたのです――職務外のことなのに」

　それを聞いて女王は、わが意を得たりの思いをますます強くした。自ら手を差し伸べ、進んで協力しようとする人たちこそ好ましい、とつねづね思っていたからだった。気に食わないのは、それとは正反対のタイプだった。つまり、権威のうえにあぐらをかき、足元まで混乱の大渦が迫ってきているというのに、ただ眺めているだけで指一本動かそうとしない意気地なしの腰抜けども、ということになる。それにしても、ロージーが別のことに手を取られているのは間が悪かった。ロージーならこれからお願いすることを正しく理解し、なにも訊かずにすぐに実行に移してくれるにちがいない。ところが、サー・サイモンにお願いするとなると……まあ、いいでしょう、と女王は胸のうちでつぶやいた。誰かさんは上司《ボス》なんだから。

「サイモン、ちょっといいかしら。来年、クイーンズ・ギャラリーで開かれるカナレット展の企画を担当している若い女性職員に連絡を取ってもらえないかしら？　その人と直接話がしたいの」

「今日、ということでしょうか、陛下？」

「ええ、もちろん」

女王は表情を引き締めた。サー・サイモンのあがりかけていた片方の眉《まゆ》が、神妙に下降し、通常の平坦《へいたん》な線に戻った。

「承知いたしました、では、そのように。ですが、お尋ねになりたいことがおありでしたら、ニール・ハドソンをお呼びになっては？　喜んで参上するはずですよ。企画展の総責任者であるだけでなく、ハドソンなら――」

「いいえ、絵画管理官の手をわずらわせるほどのことではないので」ニール・ハドソンの名前はロージーが手書きで作成したリストに載っていた。そのリストは今、女王の机のいちばんうえの抽斗《ひきだし》にしまってあった。「企画担当の学芸員で充分です。今日のわたしの予定は把握していますね。午後のどこかで三十分ばかり時間を作ってもらえると、とてもありがたいのだけれど」

サー・サイモンはうなずいた。陛下の『～してもらえると、とてもありがたいのだけれど』は『つべこべ言わず、どうにかしなさい』と解釈するべきだった。そのことをサー・サイモンは秘書官に就任してすぐに学び、以来、どちらも――つまり〝つべこべ言わず〟も〝どうにかしなさい〟も――御意に従うことにしているのだった。

26

まったくの偶然ながら、次に組まれていた予定は幸いにも、女王が目下気にかかっていることを話題にするには恰好《かっこう》の場となった。近習《きんじゅ》を伴って、女王はイエロー・ドローイング・ルームに向かった。部屋の絨毯《じゅうたん》のうえに大きなビニールシートが広げられ、ラヴィニア・ホーソーン＝ホップウッドが待っていた。ドキュメンタリーの撮影クルーも揃っていた。ひと夏かけて、ラヴィニアはみずから描いたスケッチをもとに粘土で胸像を製作していた。大半の胸像作家とはアプローチが異なり、ラヴィニアは写真をもとにした製作を好まなかった。「写真を眺めているだけでは、イメージが湧いてこないのです」製作のために最初に顔をあわせたとき、そんなふうに説明された。「実際に手を動かして立体としての像をとらえないと、製作している実感が得られません」

彼女の言う〝手を動かして像をとらえる〟製作過程には、いつも感心させられた。金属の骨組みを土台にした粘土の彫像が、サリー州にあるラヴィニアのアトリエから宮殿のこの部屋まで、人の手で慎重に運び込まれ、粘土で原型鋳型を作るときに使う回転作業台の上に載せられ、湿らせた柔らかい綿布をかぶせられていた。そのそばに置いてある、ヴェルヴェット張りの箱も蓋《ふた》が開いていて、なかにおさめられている〈ガールズ・オブ・グレートブリテン・アンド・アイルランド・ティアラ〉がのぞいている。そのときになったら女王の頭にティアラを載せられるよう、衣装係《ドレッサー》も控えていた。胸像を作るにあたり、女王はこの特別なティアラを選んだ。

このティアラは繊細で慎ましやかなのに、どこか華やかなのだ。それに〈お祖母《ばあ》さまのティアラ〉でもあった。大好きなお祖母さまのメアリ王妃から結婚祝いとして贈られたもので、数えきれないぐらい何度も身につけてきたので、女王にとっては古い友人にも等しい。世間一般の女性たちが、自分のもっている帽子のことを考えたとき――いいえ、今時のご婦人は帽子よりも……なにかしら？　ハンドバッグ？　まあ、ともかく自分のお気に入りの持ち物のことを考えたとき、まっさきに思い浮かべるものがあるように、女王にとってティアラといえば、このティアラなのだ。

　ラヴィニアがまわりの人たちと雑談をしているあいだに、女王はそのダイアモンドのティアラをつけ、ちらりと鏡で確認したあと、指定された椅子に、なるべく楽な姿勢で坐《すわ》った。女王の準備が整うと、ラヴィニアは製作途中の作品にかぶせてあった布を慎重に取りのけた。ラヴィニアの仕事ぶりを目の当たりにするたびに、女王は感心せざるをえなくなる。今回も同様だった。そっくりなのに、丸々十歳は若返っているのだ。約束してくれたとおり、眼の輝きのような形にできないはずのものまでとらえられている。粘土という地味な素材でどうしてそんなことができるのか、女王にはまるで理解が及ばなかった。

　今回の時間枠は二時間の予定だった。貴重な時間を無駄にすることなく、ラヴィニアはさっそく製作に取りかかった。ときおり手を止め、測径両脚器《カリパス》を使って実際の女王の肉付きや骨格を計測しては粘土像の寸法と比較しつつ、作業を進めた。もちろん無言で手を動かしていたわけではなかった。女王の希望で、今回の撮影は一時間だけということになっていたので、撮影クルーが引きあげていったあとの残りの一時間は緊張も解け、ぐっとなごやかな雰囲気になった。ラヴィニアを相手に女王はオリンピックについて、ガーデニングについて、チャンネル4で中継された競馬レースについて、意見を交わした。それから、つい最近、美術品の贋作《がんさく》とにせものについての番組を見たのだけれど、じつにおもしろくて夢中になって見てしまった、と言った――そう、確かにそれに類する番組を見たことはあったが、実際に見たのは……たぶんもう五年ぐらいまえになる。

「それで思ったんです、にせものがどれだけ大量に出まわっているか、わかったものではないって。わたしの美術品のなかに贋作がまぎれ込んでいないことを願うしかないわ」

ラヴィニアは眼のまえに垂れてきた前髪を、粘土で白っぽくなった手で払いのけた。「たいへん申しあげにくいことですが、おそらくまぎれ込んでいると思います。美術界につきものの病気ですから。どこの美術館にも、展示する側が気づいているかどうかは別にして、贋作のひとつやふたつはまぎれ込んでいるものと考えていいですよ。まあ、当の美術館としては、そんなこと、ぜったいに認めやしないでしょうけれど」

「でも、どうしてそんなことができるの？」不思議でならないといった顔で女王は尋ねた。「どうやれば贋作を真作といつわることができるのかってことですよ。最近では絵画に関して、科学技術を用いた鑑定方法がそれはたくさんあるでしょう？　たとえばX線検査とか。使用されている絵具についても、成分を測定する方法があると聞いています」

「質量分析法のことですね？　ええ、まさしくおっしゃるとおりです。鑑定技術は飛躍的に進歩してきています。現代の贋作師はより巧妙でなくては勤まりません」

「そうかもしれませんね。それはいつのころから？」

　ラヴィニアはしばらくのあいだ答えなかった。ちょうど粘土像の鼻筋の部分にとりかかっていて作業に集中しなければならなかったからだと思われた。粘土像の鼻筋を納得のいくまで整えてから、ラヴィニアは口を開いた。「科学的な鑑定技術は、十年単位で進歩しています。といっても、わたしがまだ美大生だったころは、耳を疑うような話ばかりでした――はい、そうなんです、贋作とかにせものの話が大好きだったもので。七〇年代は、もっぱら専門家の眼と勘に頼っていました。見た目で鑑定するんです。もちろん、使用されている画材の確認もしてはいました。そうですね、たとえば、ボッティチェリの肖像画ということにするのに、キャンヴァスを用いて贋作を製作したら、まずそれだけでアウトです。ボッティチェリは肖像画に板を用いたことは誰もが知っていますから。絵具のチタニウムホワイトを使用するのも、同じぐらい無知をさらけだしていることになります。チタニウムホワイトは二十世紀になって開発された絵具なので。それでも、当時の鑑定といえば、もっぱら絵の来歴に問題がないか、そしてその作品を本物だと〝感じる〟か、がメインだったんです」

「とても興味深いお話だこと」女王はさほど興味がないかのような顔をして、素っ気なく言った。ほんとうは鼓動が速くなり、鼻もむずむずとしていたけれど、両手はゆるく重ねて膝《ひざ》に置いたままだった。淑女たるもの、人前で顔をさわるものではありません――その教えもまた、ティアラと同様、メアリ王妃から授けられたものだった。そして女王たるもの、犯罪に対し過度に興味を持っていると思わせてもならないわけだし。「あなたご自身だったら、どんな手を使いますか？　一九七〇年代に贋作をこしらえようと思ったら」

「それは、陛下、ご冗談ではなくて？」

女王はラヴィニアのほうに眼をやった。ラヴィニアはほほえんでいた。粘土像に何度も手を走らせ、顔面に立体感を出そうとしているところだった。頬っぺたと額に湿った粘土がこびりついていた。見るからに熱心な仕事ぶりだったが、その作業のほとんどは、対象を観察することと身体が覚えている動きに従うことから成りたっている。女王の質問の答えを考える余裕は充分にあった。

「じつは自分でも何度も考えたことがあるんです。ひと財産こしらえるには手っとり早い方法じゃないですか——捕まって刑務所行きにならなければ、という条件付きですけどね。けっこう多いんですよ、贋作が発覚して実刑になったケースって。でも、白状してしまいますけど、こっそり憧《あこが》れてました。贋作者って、じつはすばらしい画家であり、ある種の職人なんです。細部にまで凝りに凝って完璧《かんぺき》に近づけようとする。言ってみれば、贋作を作ること自体が挑《チャ》戦《レンジ》なんです」

「細部というと、たとえば？　そうね、レンブラントの贋作を例にしましょうか」

「わかりました、いいですよ」ラヴィニアは、にやりと笑った。「ええと……わあ、けっこうハードルが高いかもしれない。大前提として、わたしが天才レベルの模倣技術を持っているとしますね。レンブラントということは、バロック絵画の黄金期ですよね。まずはその時代に描かれたキャンヴァス画を手に入れるところから始めます。これがとても重要なんです。それでまず、その時代の絵画としておかしくない素材の、しかも当時の織り方のキャンヴァス地と当時の木枠、おまけにキャンヴァスを木枠に張るための止め釘《くぎ》も当時のものが手に入りますから。次に、地塗りの部分まで絵具をはがします――これでキャンヴァスの準備ができたことになります。そのほうが本物らしくなるので地塗りは残しておくんです。それから顔料です。レンブラントの作品に使われている絵具の顔料を調べて、同じ顔料を使って絵具を自作します。それから実作にとりかかるわけですが、そのまえに彼の画風や技法を研究し尽くして、眠っていても描けるぐらいまで練習します。ところが、じつを言うと、作品そのものは、真贋《しんがん》の判断材料の半分でしかありません。残りの半分は、その作品の来歴なんです。で、そちらのほうがでっちあげるのが難しい。たとえば、その絵画はとあるコレクションの一枚だった、ということにするなら？　当然のことながら、コレクションとしての作品番号が必要になります。しかも正規の目録と一致していなければならない。陛下のコレクションのなかのどれかの贋作を作るのは、だからとても難しいと思います。あっさり照合確認できてしまいますから。ついキャンヴァスの表面に眼がいきがちですが、裏側からも多くのことがわかるんです。押印の有無とか、押されているとしたらどこの印か、とか、キャンヴァスの張られ方は、とか、あとはどんな額装をほどこされていたか、とかも」

「手元に本物があって、それをお手本にすることができれば、作業はかなり楽になるものかしら？」

「はい、それはもう、まちがいなく」ラヴィニアは同意した。

「では絵を秘《ひそ》かに持ちだそうとしたら、どんな方法が考えられますか？　以前に映画で観たことがあるの、男がブリーフケースに入れて持ちだすのだけれど……なんだか現実味に欠けるような気がして」

「ああ、『トーマス・クラウン・アフェアー（訳注：一九九九年公開のアメリカ映画。ピアース・ブロスナン演じる主人公がメトロポリタン美術館からモネの絵を盗みだす場面がある）』ですね」ラヴィニアはそう言って、そこでまたにやりと笑った。「あの映画、大好きなんですよ。でも、そうですね、モネの絵をブリーフケースに隠して持ちだすというのは、確かに無理があります。とはいえ、なにがなんでもひそかに持ちださなくてはならない、となったら、キャンヴァスを木枠からはずして筒状に丸めて、木枠は木枠で分解して持ちだすという手が使えます。で、あとから張りなおすんです。もちろん、もともとキャンヴァスをとめてあった釘を使って。不可能ではないですが、かなり手間はかかります」

「大丈夫なの、キャンヴァスを筒状に丸めたりして？　すでに絵が描かれているわけでしょう？」

「ええ、できます。慎重にやらないといけませんが。絵の描かれている面を外側にして、カーペットを巻く要領で丸めるんです。絵の保存という点からはお薦めできない方法ですが、陛下が想定していらっしゃるのはかなり追い詰められた贋作者のようなので」

「なるほど」

「一度、実際にやってみたことがあるんです。母がオークションで購入した絵を運ぶときに」ラヴィニアはそう言いながら、像の片方の眉《まゆ》のところに少しだけ粘土を張りつけ、表面を滑らかに整えたあと、身を引いてその効果のほどを確かめた。「もちろんなんの問題もない合法的な売買でしたけど、母の家まで運ぶ手段が、わたしのシトロエン2CVに載せるしかなくて、しかもその絵、なんと一辺が一八〇センチもあったんですよ。キャンヴァスを木枠からはずすときには手が震えそうでしたけど、木枠に張りなおして、ちょいちょいと引っ張ってゆがみをなおしてしまえば、どこから見てももとどおりでした。引っ張ると言えば、すみません、このへんでちょっと失礼して、伸びをさせていただいてもよろしいでしょうか？」

　その日の午後、ジェニファー・サザーランド博士は、バッキンガム宮殿のサウス・ウィングの端にあるクイーンズ・ギャラリーにひとりで出向き、陛下のお出ましを待った。まさかこんなことになろうとは、ジェニファー自身思ってもいなかったことだった。陛下とはこれまでに何度かお目にかかったことはあるけれど、いずれもほんの短時間のことだった。このまえお会いしたのは、陛下がある展覧会の準備状況を視察なさるため、セント・ジェームズ宮殿にお越しになったときだった。そのときも含めて、ひとりでお会いしたことなど一度もなかった。なのに……ろくに選びもしないでこんなパンツを穿《は》いてきてしまったことが、猛烈に悔やまれた。
　ジェニファーは自分の穿いているパンツに改めて眼をやった。もう三日も続けて穿いているのは、手持ちのパンツのなかでいちばん穿き心地がいいからだった。高い買い物だったのだ、買ったときには。とあるデザイナーズブランドの製品で、ストレッチの効くジャージー素材が使われていて、色は黒で、脚にフィットした細身のデザインだった……はずだけど、今や全体に伸びてしまっていて、ラインがかなりもたついている。おまけに昨日の朝食の茹《ゆ》で卵の食べこぼしがこびりついていて、先ほどトイレで慌ててつまみ洗いをしてみたものの、まだうっすらとその跡が残っていた。

もちろん、ジェニファーも、こうして陛下に直接ご対面できる機会をひそかに思い描いていないわけではなかったが、それは大英帝国勲章勲五等《MBE》を（もしくは、ひょっとしてひょっとするとデイムの称号とかを）授与される場のことで、ヴィヴィアン・ウエストウッドのピンストライプのスーツを着て、歩けるのかしらと思うほど踵《かかと》の高いルブタンのハイヒールを履き、髪はカラーリングをしたばかりで、母親もその様子を見守っている、という図だった。今のように、金曜日の午後三時半、仕事着のまま、特にこれといった理由も思い当たらないまま、お会いすることは予想外もいいところだった。ニール・ハドソンからは、なにを着ていようが、陛下はお気づきにならない、と言われていたが、そうは思えなかった。女王は女性だし、女性なら気づくものだ。お気にはなさらないかもしれないが、お気になさらないならかまわない、ということではないのだ。

とはいえ、ジェニファーがまったく不安を感じていないことがひとつだけあった。近々開催予定のヴェネツィア展の主任企画担当者として、陛下の展覧会についてのお尋ねになんなりとお答えすることだった。彼女はグランドツアー（訳注：十七世紀初頭から十九世紀初頭ごろまで、イギリスの裕福な貴族の子弟が学業の修了時に行った大規模な国外旅行。主な目的地はフランスとイタリアだった）を意識して描かれるようになった都市景観画――イタリア語で言うところの〝ヴェドゥータ〟――で論文を書いて博士号を取得していて、カナレットは、そのジャンルで最もよく知られた画家だった。そういう意味では、カナレットの世界一有名なコレクターである陛下と、自分の大好きなテーマについて話ができるというのは、ジェニファーにとってはある種の〝役得〟とも言える。

　そうこうしているうちに、当のコレクターご本人が、不意にお出ましになった。背が低く、しっかりした身体つきをなさっていた。お召しになっているのは、スカートにカーディガン。高くも低くもないヒールの靴を履いていらして、うしろに近習《きんじゅ》を従え、やけに脚の短い犬二匹をお供に連れていらっしゃる。間近で見る女王陛下は、ごく自然体で、構えたところがなくて、快活そうだった。

「ご存じでしたか、ここはその昔、温室だったのよ」ジェニファーの自己紹介に応《こた》えるように、女王はそう言った。

「そうではないかと思ったことがあります」

「建物のもう一方の端にも温室があったから、それと対ということね。その後こちら側の温室は礼拝堂に改装されたんだけれど、戦時中に爆撃を受けてね」

「どなたか亡くなられたんですか？」ジェニファーは訊《き》いた。

「いいえ、奇跡的に。そのとき母はこう言ったのよ、爆撃されたことに感謝します、これでイーストエンドに顔向けできますからって（訳注：イーストエンドには軍や病院、工場などがあったことから、第二次世界大戦中、ドイツ空軍の爆撃目標となり、爆撃による被害が大きな地域だった。エリザベス王太后は当時イーストエンドを何度も視察し、その惨状を知っていたことから、この発言につながった）。そうは言っても、危なかったんですよ。爆撃を受けたとき、母はこの宮殿にいたんですもの」

　皇太后《クイーン・マザー》のことは、ジェニファーもすごい方だったのだ、と思っていた。戦時中、ロイヤル・ファミリーはカナダに避難してはどうか、との助言を受けたとき、こんな返事を書いた人なのだ——**わたくしがここを離れない限り、子どもたちはここを離れません。子どもたちの父親がここを離れない限り、わたくしはここを離れませんし、国王陛下は、状況がどうあろうとも、国をお離れになることはありません。**ただのことばではない、爆弾が次から次へと落ちてくるさなかに書かれたのだから。もし爆弾がもう一発、十五メートル右か左に落ちていたら……。

「全部で九発ですよ、宮殿に命中したのは。爆撃を受けて崩壊した礼拝堂を改装することにしたのは、わたしの夫のアイディアだったの」女王は話を続けた。「今では以前よりも豪華になっていますけどね。王は自分の足跡を残したがるものだと言われるけれど、わたしの足跡はこのギャラリーね。それじゃ、聞かせていただける？　今度の展覧会でどこにどんな作品を展示するつもりなのか」

　ジェニファーは驚いた。陛下が企画展の構成にそこまで具体的な関心をお持ちになっているとは知らされていなかったので。それでも展示予定の作品のひとつひとつについて、会場になる予定の三部屋のどの部分に展示するか、順を追って説明し、それに対して女王も意見を述べた。そのうちにジェニファーにも、陛下には所蔵なさっている絵画のなかでも、個人的に特に気に入っておいでの作品があることがわかった。ヴェネツィアの大運河《カナル・グランデ》をテーマにした作品の話になると、実際に彼《か》の地を訪ねたときのことを語られ、所有しているカナレットの絵と比べてどう感じたかを述べられた。

「あなたは十七世紀がご専門なのでしょう？」話のついで、といった口調で女王が尋ねた。

「はい、陛下。バロックとロココが専門です」

「まあ、すてきね。もしかして、ジェンティレスキにも興味がありますか？」

「もちろんです！　父親と娘、どちらのことでしょうか？」

「アルテミジアのほうなのだけれど」と女王は言った。女王は女王なりに〝予習〟を怠ってはいなかった。

ジェニファーは口元を大きくほころばせた。「やっぱり！　はい、あの時代の芸術家のなかでもアルテミジアには特に関心があります。じつは現在開催中の展示でも、自画像を展示しています」

「そうでしたね」ほんの数日まえ、女王列席のもと、『芸術家の肖像画』と題した展覧会が始まったばかりだった。

ジェニファーの提案で、たった今話題になった絵のまえまで移動することになった。絵のまえに立つと、ジェニファーは思わず感動の溜《た》め息をもらした。この絵を見るたびに、溜め息をつかずにはいられなくなるのだ。

「改めて説明していただけますか」女王は言った。「この作品がどうして王室の所蔵になっているのか」

ジェニファーお得意の話題だった。「この絵は、この宮殿で描かれたものなんです。アルテミジアがチャールズ一世の宮廷で画家として仕事をしていたときに。チャールズ一世に招かれたんです。イタリアではすでに画家として有名でしたから」

「まあ、そうだったの？」

「はい、そうなんです。まだ十代のころから、すでにその名が知れ渡っていました。アルテミジアが呼ばれた時点で、父親であるオラツィオ・ジェンティレスキはすでに宮廷画家としてチャールズ一世に仕えていました。この自画像も含めて、ふたりの作品の多くは、チャールズ一世の処刑後に一時期、所在がわからなくなっていましたが、王政復古のあとに取りもどされました。この作品は、おそらく、陛下のコレクションの白眉《はくび》と言ってもいいのではないかと思っています」

その絵をまえに、ジェニファーと女王はともに黙って立ち尽くした。バロック絵画の見どころは、光と影の対比であり、大胆にして華麗な筆致であり、それまでになかった場面構成の妙だろう。この自画像で――ジェニファーの見立てでは、画家としての技量を誇示することで新たな後ろ盾《パトロン》を得るために描かれたと思われる作品で――アルテミジアは、絵筆を手に、向かって左手奥のほうの、まだなにも描かれていないキャンヴァスの端に視線を向け、これから絵筆を置こうとしている自分自身を描いている。キャンヴァスの下半分は、ひだとしわが複雑に入った緑色のドレスの袖《そで》と、手に持ったパレットで占められ、その上の、コルセットで締めあげられ、端にレースのあしらわれたドレスのとりわけ大きく開いた胸元に、明るい光が当てられている。それなのに、画面上部の右端寄りに描かれた頭は、コケティッシュなポーズで傾げられてはいないし、絵を見る者の側に向けられてもいない。絵を描くことに集中しているのだ。黒っぽい髪はゆるく結われ、見方によっては見苦しくも思えそうな後れ毛がいく筋もはみ出している。眼はほとんど確認できない。見る者の視線は、いつの間にか、モデルの右腕の筋肉に引き寄せられる。絵筆を握り、今まさにキャンヴァスの一点に筆を下ろそうと、上げられている右腕の筋肉に。袖がまくれあがって肌が露《あら》わになっているが、この露出は、性的魅力を描くことを意図しているわけではなく――そこがジェニファーがこの絵で一番気に入っているところだった――絵を描いているあいだに、たまたまそうなっただけ。この女は女であるとはどういうことかを語っているのだ。女がなにかに打ち込むとはどういうことかを、そのなにかに恐ろしいぐらい長《た》けているとはどういうことかを。見たいならどうぞごらんなさい、だけどこっちはそんなことにかまっちゃいられないの、やるべきことがあるんだから、と。

「この自画像を見ると、なんとなくフリーダ・カーロ（訳注：一九〇七～一九五四　メキシコの画家。メキシコの現代絵画を代表する画家であり、民族芸術の第一人者。自画像を描くことで自己を力強く表現した画家として知られる）のことを思い出すんです」とジェニファーが言った。

「あら、そうなの？」

わかりにくい発言だったかもしれない、とジェニファーは気づいた。「フリーダ・カーロの作品は陛下のコレクションにはないかもしれませんが」と補足した。「メキシコの画家です。二十世紀の。フリーダも自画像を描くにあたって、大胆なアプローチをしているんです」

「この絵は大胆というよりも画期的なのではないかしら？」

「ええ、確かに。いいものを見抜く眼をお持ちだったんですね、陛下のご先祖さまは」

「なぜ〝寓意《ぐうい》〟なんでしょうね？」女王は少し前屈《まえかが》みになって、プレートに書かれた作品の解説をじっくり眺めながら尋ねた。解説によれば、アルテミジアの自画像には『絵画の寓意としての自画像』という画題がついていた。

「ああ、それは男性の同業者を揶揄《やゆ》した、一種のジョークのようなものだと思います。イタリア語で、絵画は〝ラ・ピットゥーラ〟ですから、女性名詞なんです。こういうことは男の同業者にはできないでしょ？　と言っているような気がします」

女王は腰を伸ばして、一歩うしろにさがった。「アルテミジアの作品を初めて見たときのことは、よく覚えています。十七世紀にも女の絵描きが、それもとてもすぐれた絵描きがいたことを知ったの。眼を見開かされた思いでした」

ジェニファーはうなずいた。「当時の女性には、たやすいことではなかったと思いますが、女の絵描きはアルテミジア以外にもいました。女のすぐれた絵描きも、彼女ひとりではありません。彼女の場合、父親の手ほどきが大いに役に立った面もあるとは思います。当時のことですから、それ以外に絵の教育を受ける機会はなかったでしょうし」

「なるほど、父親の手ほどきね」と女王は言った。ジェニファーが意外に思うほど、明るい表情で。「ええ、どういうことか、よくわかります。わたしにも覚えがありますからね。アルテミジアの作品ですが、売買するとなった場合、高額で取引できるのかしら？」

「父親のオラツィオほどではありません。彼女の作品は長いこと見向きもされず、父親の作品ばかりが重要視されてきた歴史があります。でも、この絵をごらんになっておわかりだと思いますが、技量の点では父親に劣りません。むしろ父親よりもずっとすぐれている、というのがわたしの見方です。ようやく百万ドルの線を越えるようになったぐらいじゃないでしょうか？　それでもアルテミジアには根強いファンがたくさんついています。たぐいまれなる才能の持ち主ですし、現存する作品点数もそれほど多いわけではありませんから」

「よくわかりました、ありがとう」女王は言った。「百万ドルというのは、なかなか興味深い数字ね。来年のヴェネツィアの風景画の展覧会も愉《たの》しみにしていますよ。最後にもうひとつだけ、ちょっとお願いしたいことがあるのだけれど」

「なんなりとお申しつけください、陛下」

「ここであなたとお話ししたことについてなんだけれど、内密《プライヴェート》にしていただけるとありがたいわ。ロイヤル・コレクション・トラストの同僚のみなさんも含めて他言無用に。理由はお教えできないけれど、そうしていただけると助かるの」

他言はしない、とジェニファーは約束した。最初はいささかがっかりした。ロイヤル・コレクション・トラストの同僚に、女王陛下との会話を事細かに披露し、ひけらかすことができないのは、なんだか物足りなかった。けれども、徒歩でセント・ジェームズ宮殿に戻るあいだに、委細語らずのほうがなんだかミステリアスで、却《かえ》っていいのかもしれないと思い直した。**ああ、陛下のお好きな絵についてお話ししただけよ……**あたりでお茶を濁しておけばよさそうだった。

27

手許《てもと》金会計官事務局の大部屋《アウター・オフィス》の、一時的に借りた席でコンピューターのモニターとにらめっこをしていたロージーは、顔をあげ、窓のそとが暗くなりはじめていることに気づいて驚いた。時計に眼をやって時刻を確認した。もうじき午後五時になろうとしていた。大規模改修計画の見積り上で生じている数字の矛盾の原因は、とあるデータベース上の数行に問題がありそうだ、というところまで絞り込めていた。関係各委員会と行ったミーティングの議事録を相互参照した結果（サー・ジェームズ・エリントンは記録を残すことに関してはじつに几帳面《きちょうめん》な人で、ロージーは心のなかで彼を讃美した）、特定のいくつかの経費が突出していて、実際の会計上の数字と一致しないことが明らかになった。

　この問題をグラフにして可視化するなら、かなり低い水準で緩やかな右肩上がりの曲線になるはずの支出費目が、二年後にいきなりあり得ないほどの急カーヴを描いて上昇することになるのである。メアリが下準備を進めていたおかげで、会計長官もすでに確認すべきはデータベースのどのあたりかを大まかに把握していた。ロージーの役目は、それをさらに絞り込み、訂正が必要な箇所を特定することだった。サー・ジェームズのほうでもすでに数日まえに、当該部門の各アシスタントに精査を依頼していたが、誰もが口々に「事態はきちんと掌握できている、大騒ぎするような問題ではない」と言うばかりだったらしい。安請け合いがこれほど腹立たしいものだとは思わなかった、とサー・ジェームズは言っていた――あきらかに、なにひとつ掌握できていないことがわかったわけだから。

いずれにしても、この問題を解決するべく、ロージーはプリントアウトした資料の束と一時的に借りたノートパソコンで武装して、資産管理部門の経理を担当する部署に向かった。ごく普通に考えれば、資産管理部門のオフィスはサウス・ウィングに、それもサー・ジェームズの執務室に近い場所にありそうなものだが、ここバッキンガム宮殿においては、理にかなっていることと実際の位置関係はまったくリンクしていない。もはや誰も覚えていない理由から、この部署は地下に押し込められていた。それもウェスト・ウィングの長い廊下のはずれの、厨房《ちゅうぼう》が並んでいる区画の向かい側という場所に。ロージーは軽やかな足取りで階段を三階分駆けおり、廊下を進み、巨大なボイラー室――宮殿全体の集中暖房設備を動かしているので、まるで遠洋定期船の設備かと思うほどの規模なのだ――のまえを通過し、さらに進んだ先にある、地階にひっそりと構えられたオフィスにたどりついた。

驚いたことに、オフィスに人の姿はなかった。どうやら奥の給湯室でささやかなパーティーが行われているようだった。上階では、まだ誰もが残り少なくなってきている気力と体力を振り絞って奮闘中だった。その空気に馴染《なじ》んだ身には、その光景はいささか衝撃的だった。

「どなたかのお誕生日ですか？」ロージーは訊《き》いた。

四つの顔がこちらを向いた。スパークリング・ワインのプロセッコの入った四つのグラスが掲げられたまま止まっていた。祝祭ムードがすっと消えたのがロージーにもわかった。

「まあ、そんなところだ」いちばん手前の男が言った。ロージーには解せない薄ら笑いを浮かべて。背が低く、締まりのない身体つきの男だった。とりわけウェストまわりはかなり絞れそうだった。着ているスーツはしわだらけで、ネクタイは緩めてあった。「一緒にどう？」

「すみませんがご一緒できません。この件でどなたかに手を貸していただきたくて来たもので」

　そこで四人のうちのふたりが、運営部のミック・クレメンツとエリック・ファーガソンだったことに気づいた。そのふたりには夏のあいだに何度か、話を聞いている。そのときと同様、今回も運営部長のミックはロージーを見るなり、むっつりと黙りこみ、敵意の感じられる眼を向けてきた。部下のエリックのほうは、首を少しかしげてこちらを眺めている、まるでガラスケースにはいった陳列品でも観賞するように。

　ミック・クレメンツはプロセッコの入ったグラスを、ことさらゆっくりと置いた。

「じゃあ、おれはそろそろ失礼するとしよう」

　クレメンツはそう言うと、ロージーの肩先をかすめるようにして出ていった。すれちがいざま、クレメンツの身体が抑えきれない敵意でこわばるのが感じられた。そこまでの敵意をぶつけられるような、なにをしたというのだろう？　ロージーにはまるで覚えがなった。残る三人も感じがいいとは言いがたかった。ロージーをオフィスのほうに案内するわけでも、協力を申し出るでもなく、その場にただ突っ立っているだけ。とはいえ、ロージーとしてもここですごすごと退散するわけにはいかなかったので、給湯室のカウンターにノートパソコンを拡げて、問題点の説明にとりかかった。パーティーの雰囲気は一気に吹き飛び、ロージーは居心地の悪さと苛立《いらだ》ちが入り混じった気分になった。時刻はまだ五時半にもなっていない。上階のオフィスはどこも、まだ週日の通常どおりの業務がつづけられている。それなのに……ここでは、本日はもう店じまいってこと？　ロージーが提示した数字の矛盾には誰ひとりとして毛ほどの関心も示さず、それなのにロージーが午後いっぱいかかって出した結論を却下するのだけは、驚くほど迅速だった。

「ちょっとポイントがずれてるんじゃないかな、お嬢さん」

　下っ端らしき会計官がポケットに手を突っ込んだまま肩をすくめた。ほかのふたりは、かたくなまでにしたを向いたままだった。

「そんなはずはないと思います。担当はどなたでしょうか？」

　しわくちゃのスーツを着た背の低い男が、なにやらぶつぶつとつぶやいた。ロージーが改めてどの数字が必要かを説明するあいだ、男はいかにも不承不承といった顔でいちおう聞くだけ聞いていたが、説明が終わるか終わらないかのうちに首を横に振り、憐《あわ》れむような眼を向けてきた。

「さっきアンディも言ったけど、あんたは自分で自分をこんがらからせてるんだよ、おねえちゃん。データベースをごっちゃにしちまってる」男は近づいてくると、息をぜいぜいいわせながらにゅっと腕を伸ばし、ノートパソコンのキーを叩《たた》いた。「この行の数字とは無関係だ。そんな気を揉《も》みなさんな。来週までにこっちで整理しといてあげるから」

　室内は空気がよどんでいて、むっとするほど暖かかった。ロージーはなおも辛抱強く、それぞれの数字についてどんな計算から導き出したものかを、ひとつひとつ説明していったが――相手はともかく首を横に振りつづけ、ロージーの言うことを片っ端から否定するばかりだったが――いくらもしないうちに、ロージーの財務上の知識はこの資産管理部門の会計課の職員たちより豊富だとは言わないまでも、決して引けはとらないことがわかった。さらには、今回手伝っているのは、この人たちの上司にとっては今年度で最も重要なプロジェクトであるにもかかわらず、この怠け者たちが五分以内に態度を改め、協力する様子を見せてこないようなら、こいつらの怠慢と職務妨害を報告せざるをえないだろう、ということも。

　ロージーは冷静に観察をつづけた。怠け者たちが狼狽《ろうばい》し、抵抗し、結局は条件付き降伏に応じるまでを。最終的にそれぞれの机に戻った会計官は、しぶしぶながらもロージーが出した新たな数字に基づき、自分たちの見積りの訂正に取りかかった。その作業が終わると、ロージーは風通しの悪いオフィスをとっととあとにした。

　エリック・ファーガソンがついてきた。背が高くてひょろっと痩《や》せた人物で、上司のミック・クレメンツが出ていったあとも戸口にもたれたまま、その場に残っていたのだが、ロージーはそこに彼がいたことをほぼ忘れていたのだった。

「一緒に行くよ」とエリック・ファーガソンは言った。「そのノートパソコン、持とうか？」

「けっこうです、自分で運べますから」ロージーは言った。

資産管理部門会計課のオフィスから離れて、もうなにを言っても会計官たちには聞こえそうもないところまで来ると、ファーガソンは〝ひゃあ〟とも〝ひゅう〟とも言えない声をあげた。

「やれやれだよな。かなりてこずらされちゃって。同情するよ、キャプテン・O、うん、心から」

「もっと協力的だろうと思ってました」

「だよね、そう言いたくなるのもよくわかる。なのに、きみのほうは手加減してやってたよね。ずいぶん優しいなって思った。まあ、肩を持つわけじゃないんだけど、あいつらはとんでもなく悪い知らせを受け取ったばかりでね」

「そうなんですか？　みんなでお祝いしているのかと思いました」

「残念会ってやつさ。憂さ晴らしに一杯やってたんだ。ピートは――ああ、あの太っちょのことね――太っちょのピートくんは、本当なら今日、かなりの額の特別手当をもらえることになってたんだけどね、それがお流れになっちゃって」

ファーガソンがこちらの感想を待っているようだったので、ロージーは言った。「あら」

「ご本人は乾杯する気満々で一本用意してきちゃってたから、それで……」

「そうだったんですね」

「ああ、タイミングが悪かったな」

ちょうどボイラー室のまえにさしかかっていた。航空母艦を優に動かせそうなほど大きなボイラーが、低く一定の作動音をあげていた。その力強い振動は骨まで響いてくるようだった。それで今日の午後、調べていたことのとある項目のことがふと思い浮かんできて、ロージーは音の発生源に向かって顎《あご》をしゃくった。

「ここにも間もなく全面的に手が入ることになりそうですね。大規模改修が待ち遠しいんじゃないですか？」

ファーガソンは一瞬、なんとも言いようのない眼でロージーをちらりと見やると、すぐににやっと笑った。「待ち遠しいって、仕事がどさっとなだれこんでくるのが？　あんなもんが始まったら、休みなしでこきつかわれることになるよ。ああ、待ち遠しいな。もう、めちゃくちゃ待ち遠しい」

そう言うと、ファーガソンはすぐそばの階段を顎で示し、駆け足でのぼっていってすぐに姿が見えなくなった。ロージーは肩をすくめ、あらためて資産管理部門の会計官たちのことを考えた。まちがいなく雰囲気が妙だった。今さらのように、どれほど歓迎されていなかったかがわかった。

嫌がらせの手紙の差出人が、あのなかの誰かだったという可能性はあるだろうか？　とロージーは考えた。あれは個人的な悪感情のあらわれ？　だとしても理由がわからなかった。身に覚えがないのだ、そもそも、これまでろくに顔を合わせたこともない人たちだし。「まるでヌビアの女王さまじゃないか」――ニール・ハドソンは褒めことばのようにそう言った。いやなやつ。けれども、出会う相手を片っ端から疑うような真似をするつもりはなかった。あんな下手くそなナイフの絵を描いて寄越すような、卑劣で肝っ玉のちっちゃい意気地なしごときのせいで、愛してやまない仕事を放りだすつもりも、毛頭なかった。

それはそれとして……。修正の入った見積り書類を抱えなおし、ロージーは歩調を速め、パワーウォーキングのペースでオフィスに戻った。そして少々息を切らしながら、サー・ジェームズからたいそうなお褒めのことば、〝今日の午後の救世主〟でねぎらわれた。そのあと、一階うえの、ストロング主任警部が臨時の捜査本部を置いている小部屋に向かった。嫌がらせの手紙の差出人候補が、新たにふたりばかり見つかったことを伝えるために。

28

その日の最後の予定として、女王はもうひとつ面談を入れていた。夕食のあと、私的な面談に使っている謁見室に、ビリー・マクラクランが姿を見せた。ビリーは周囲をすばやく見まわして、最後に見たときからほとんど変わっていないことに安堵《あんど》と嬉《うれ》しさを感じた。以前は数えるほどだった孫たちの写真に、今ではひ孫の代の王子王女の写真が加わり、満面の笑みを浮かべたはにかみ屋のティーンエイジャーだったハリー王子が、自信を兼ね備えた若者へと成長し、生姜《しょうが》色の髭《ひげ》を蓄えた面差しから人を惹《ひ》きつけずにはおかない魅力のきらめきをのぞかせていた。

「こうしてまたお会いできて嬉しいわ、ビリー」女王は言った。

「わたしもです、女王陛下」

女王から、今年のイースターのころウィンザー城の一件で大いに世話になったとねぎらいのことばがあったが、マクラクランのほうは新たな任務を与えられたことに感謝のことばを述べるのを控えた。己の働きを雇い主が得難い貢献であると評価してくれているのであれば、そう思っておいていただくに若《し》くはない。

「お願いしていた件ですが、例の学芸員は見つかりましたか？」マクラクランにソファを勧めながら、女王は言った。

　どこからともなく犬がわらわらと近寄ってきて、マクラクランのズボンの裾《すそ》をひとしきり嗅《か》ぎまわると、それで納得したふうに主人の足元に引きあげ、それぞれの定位置に落ち着いた。

「事故に遭ったのは学芸員ではありませんでした、陛下——修復士です」とマクラクランは言って、クッションの効いたソファに身体を沈みこませた。あとでズボンから犬の毛を払うのを忘れないようにしよう、と思いながら。「修復士は、絵画であれば表面の汚れを落とし、経年によって傷んだ箇所に手を入れることを専門にしていますが、そのあたりは陛下もご存じでしょうから、詳細は省略いたします。ダニエル・ブレイクという人物で、当時王室付きの絵画副管理官だったショルトー・ハーヴィーの肝煎《きもい》りで、一九八二年からロイヤル・コレクションで働きはじめました。ロイヤル・コレクションでは初のフルタイム勤務の修復士でした——今ではフルタイム勤務の修復士を複数名抱え、修復作業専用のスペースも確保されていることを思うと、文字どおり隔世の感を禁じ得ないというやつですね。それはともかく、ロイヤル・コレクションでフルタイム勤務の修復士を雇用する先例をつくったのがミスター・ハーヴィーだったわけです。ダニエル・ブレイクは、ショルトー直属のような恰好《かっこう》で、セント・ジェームズ宮殿外の仕事にも同行していました」

女王は唇をきゅっと引き結び、首を横に振った。「覚えていないわ、その人のことは」

「覚えていらっしゃらなくて当然かもしれません。ロンドン大学のコートールド美術研究所を卒業したばかりの二十代後半の若者で、化学と美術史で学位を取得しています。ハーヴィーとは反りがあったというか、いいコンビだったようですね。今回、話を聞いた者たちが口を揃えてそう言っていましたから。ところが、陛下がおっしゃっていたとおり――ブレイクは一九八六年にオートバイの事故に遭っています。同年夏、ハンプトン・コート宮殿であのバロック絵画が発見された直後のことです。事故現場はM1号線上。ロンドンの郊外で友人何名かと落ちあい、ロック・クライミングのツアーというか、あちこちの岩場を登ってまわることを計画していたようです。衝突事故でしたが、かなりひどいものでした」

「それで、その人は事故のあと回復なさったの？」と女王は訊《き》いた。「今はどちらにお住まいですか？」

マクラクランは一瞬黙りこんだ。「それが、陛下、残念ながら回復することなく、そのまま亡くなりました。叔父《おじ》のひとりに会って話を聞いてきましたが、ブレイクの母親はその事故の五年後に亡くなっていて、おそらくは息子の死がこたえたんだろう、と言っていました。問題のオートバイですが、陛下、ノートンのコマンドという大型バイクで、ブレイクはそれを中古で手に入れ、自分で復元修理《レストア》して乗っていたのです――当人にとっては大の自慢であり尽きせぬ喜びでもあった、といったところでしょう。確かにマニア垂涎《すいぜん》の的のバイクではありますが、造作が込み入っているバイクの常として故障も多い機種なのだとか。事故が発生したのは環状交差路で、大型トラックとの衝突事故でした。ブレイクは現場から病院に搬送され、昏睡《こんすい》状態のまま数週間が過ぎ、その時点で母親が生命維持装置を外す決断を下さざるをえなくなったそうで。わたしが会ってきた叔父ですが、ブレイクのレストアを手伝った経緯があるので、事故を起こしたバイクを修理工場に持っていって点検させていました――自分たちがなにかへまをしたのではないか、いじるべきではないところをいじってそれが原因で事故が起こったのではないか、それを調べてもらおうと思った、と言っています。で、ブリーダープラグがゆるんでいたことがわかりました。ああ、ブリーダープラグというのはですね、陛下、油圧ブレーキシステムの部品のひとつです。それがゆるんでいたのであれば、事故が起こっても不思議ではありません。前輪のブレーキからブレーキオイルが漏れていたのであれば、ライダーが助かる見込みはほとんどゼロだったでしょう。ブレーキがききませんから。スリップして大型トラックに接触し、そのまま滑るように車体のしたに巻き込まれたのです。むしろ即死でなかったこと自体が奇跡のようなものです。しかし、こう言ってはなんですが、助からなかったほうがよかったのかもしれません。なまじ助かってしまったがために、その後母親が辛《つら》すぎる決断を迫られることになったわけですから。いや、当事者でもないわたしにはうかがい知ることもできないことですが……」

　女王はむっつりと気難しげな顔をしていた。「なによりあってほしくないことですね、母親にそんな決断を迫るような状況なんて」

「同感です」とマクラクランは言った。その話題はそこで切りあげられそうで、内心大いにほっとしながら。「先日のお話では、陛下、ハンプトン・コートで見つかった絵画の調査に遅れが生じていた、とのことでしたね。アルテミジア・ジェンティレスキの絵の鑑定作業です」画家の名前の発音は美術系のユーチューブを見て確認し、練習済みだった。綴《つづ》りから想像していたのとはちがって、〝ジェンティレッ・スキー〟のような発音だった。「それについても、陛下のおっしゃっていたとおりでした。ダニエル・ブレイクが事故に遭ったことは、ロイヤル・コレクションの職員一同にとっては大きなショックでした。ジェンティレスキについても、おそらくはブレイクが修復をすることになっていたでしょうし、遅れが生じるのも無理からぬことだったと思います」なんせ、あそこは芸術家気質の集団だから……とマクラクランは胸のうちでつぶやいたが、口には出さなかった。そう、警察とはそこがちがう。仲間の警官が殴られるたびにショックを受けて仕事が手につかなくなっていたりしたら、事件なんぞただの一件も解決できないことになる。

女王はうなずいた。「さっき言っていたブレーキの部品のことだけれど。ゆるめることはできるものなの、その……」

「ブリーダープラグですね、陛下」

「そうそう。それは故意にゆるめたりできるものなの？」

マクラクランとしても、もちろん、その可能性については考えていた。「はい、オートバイ修理についてひととおりの知識があって、そうするだけの理由のある者でしたら。古いノートン・コマンドに乗っているやつを、足のつかない方法で死ぬほどびびらせてやろうと思ったら、わたしもその手をつかいます」

「なるほど、よくわかりました。ありがとう、ビリー。話が逸《そ》れてしまいましたね、ジェンティレスキの絵のことだったのに。あの絵がどうなったんだったか、記憶をたどって一生懸命思い出そうとしているんだけれど……はっきり覚えているわけではないのよ。だけど、鑑定の結果、アルテミジアの真作ではないとわかったあと、倉庫行きになったような記憶がうっすらあって。それから、これははっきり覚えているのだけれど……」女王はそう言うと、心ここにあらずの様子で足元に手を伸ばしてコーギーの耳のうしろを掻《か》いてやりながら、なおも考え込む表情になった。「……少なくとも、わたしの記憶では、四点のうち二点については、あとからどこか別の場所で真作が見つかった、という報告を絵画管理官から受けた気がします」

　女王はそこで口をつぐみ、しばらくのあいだ、考えをめぐらせた。あの四点のキャンヴァス画をこの眼で直接見たのは、発見された直後のことだった。セント・ジェームズ宮殿内の修復作業用の部屋に運び込まれ、二枚は作業台に並べられ、あとの二枚はその台に立てかけてあった。みんな興奮ではちきれそうになっていたけれど、誰よりもいちばん熱くなっていたのがショルトー・ハーヴィーだった。四点とも女の人物画で――あれも、寓意《ぐうい》画だったのかもしれない、と女王は思った――どれも汚れがこびりついて、すすけてはいたものの、積もりに積もった数世紀分のすす越しでも、ところどころ才気のきらめきがのぞいていた。細部まで克明に覚えているわけではなかったけれど、女たちの顔の陰影の描きわけがとても巧みで、どの女も美しいだけではなく、興味深い人物として描かれていた――実際に生きている本物の女たちのように、女王の知りあいの女たちのように、他人の眼の及ばないところでそれぞれの葛藤《かっとう》を抱えて生きている人間の一瞬の表情をとらえていた。非常に心惹《こころひ》かれる作品だった。

そのあと、アルテミジア・ジェンティレスキの作品に関する記憶はしばらくなにもない。どこからもなんの音沙汰《おとさた》もないまま秋になり、やがて若い修復士が――つまりダニエル・ブレイクが――事故に遭ったため、ピンチヒッターとして代わりの者を呼び、絵の状態を確認して汚れを落とす作業を任せることになった、という報告を受け、その後最終的に専門家の鑑定を経て、四枚とも複製にすぎないことが、それも人物の頭部以外は、模写としてもとくにできがいいわけでもないことが明らかになった。もちろんがっかりはしたけれど、絵の真贋《しんがん》にばかりかまけてもいられない事情があったはずで……そう、そうそう、忘れもしない、中国訪問だ。あの年の晩秋の数週間、イギリスを離れ、実りある訪問にするべく公式日程が目白押しの毎日を送っていたのだった。

「あのときは船上の人だったんだったわ、王室の帆船《ロイヤル・ヨット》の」と女王はつぶやいた。「多忙って、ああいうことを言うんでしょうね」

そして帰国したときには疲労困憊《こんぱい》していて、ジェンティレスキは遠い記憶となっていた。そしてすぐに翌年のカナダ訪問を決定している。そのときは外務大臣も同行したのだった。そんなふうに席の温まる間もなかった時期に起こったちょっとした手違いについてはひと言の報告もないまま、寝室を出たところの淡い翡翠《ひすい》色の壁には、木立のあいだからのぞく池を描いた、クーネオのスケッチ画を飾ることにしたのだ。行方不明になってしまった、あの鮮やかな色彩でブリタニア号を描いた〝悪趣味で、見られたもんじゃない小品〟の代わりに。

「陛下？」マククランの穏やかな声に、女王はわれに返った。「ついでに、もうひとつの〝事故〟についても調べてみましょうか？　屋内プールで起こった事故のほうも」

「いいえ」女王はきっぱりと言った。「その件は、調べる必要ありとなったら、警察に任せるつもりです。あら、つまり〝現役の〟警察官にって意味よ」

　女王としてはまだ決心がつかないのだ、ストロング主任警部の注意をさりげなく喚起して〝あれはやはり殺人事件だった〟という結論に誘導してしまっていいものやら。そうこうしているうちに、もう一件、これまた殺人の可能性を疑わせる事故があったことがわかった。まずは、その二件の〝事故〟につながりがあると納得できないことには。そこで、ふとあることを思い出した。

「シンシアが亡くなった晩、ショルトー・ハーヴィーはどこにいたかわかった？」

「はい。アドリア海上の、クロアチア西部のスプリトとイタリア北東部のラヴェンナを結ぶ海路上のどこかです。ちなみに三百人の目撃者がいます。イヴニング・スター号というクルーズ船に美術評論家として招かれ、ギリシャとかヴェネツィアとか、あのあたり一帯の芸術について講演していました。うらやましいご身分ですよ、ゲストスピーカーなんてものが務まるか務まらないかは別にして」

「そうね、なかなかおもしろそうな仕事ではあるけれど」

マクラクランはなにか言いかけて、ためらい、それから意を決したように言った。「陛下、今でも寂しく思っておいででしょう。ブリタニア号のことです。あの船で世界中をまわられたわけですから」

「ええ、そうね」とだけ女王は言った。

そう、ブリタニア号のことでなによりも腹立たしいのは、王室からあの船を取り上げて私的な旅行や公的な歓迎行事をそれまでよりも格段にやりにくくしておきながら、のちになってブレア首相が、そこまでしたのはいささか行き過ぎだった、と認めたことだった。女王は急に疲れを覚えた。ビリーのここまでの仕事ぶりに改めて感謝し、ねぎらいのことばを最後に席を立った。そろそろ寝室に引きあげたほうがよさそうだった。

29

その週末のウィンザー城滞在は、ちっとも愉《たの》しくなかった。いつもの日曜日は礼拝のあと、グレート・パーク内に住んでいる従姉《いとこ》のマーガレット・ローズとコーヒーを飲むことを愉しみにしている。女王のこれまでの人生を最初からすべて知っている者は、めっきり少なくなってしまったが、マーガレット・ローズはその貴重なひとりなのだ。女王がリリベットと呼ばれる少女だったころから今にいたるまで、世界じゅうのありとあらゆる出来事について、なんの気兼ねも遠慮もなく率直に語りあうことのできる、ごくごく限られた相手のひとりでもある。女王よりほぼ一歳年上で、顔をあわせるたびに〝あちらが痛い〟〝こちらの具合がよろしくない〟

と大仰にかこつ様子はほほえましくもあるのだが、その週末は、本当に体調を崩していた。お見舞いをかねて訪ねてみたが、眼に見えて弱っていて、あきらかに心配な状態だった。

　マーガレットがいなくなったら、人生はがらりと変わってしまうだろう、と女王は思った。そうやって時代は変わっていくのだ。もう少ししたら、フィリップも公務を引退し、ノーフォークに隠居することになる。それまでとはまたちがう寂しさを味わうことになるだろう。十四年前に妹が世を去り、そのすぐあとにお母さま《マミー》が亡くなり、昔から親しかった身内や身近な友人も、ひとり、またひとりと減っていく。親しい人が亡くなることが、当惑するほど日常的な出来事になりつつある。人だけではなく、飼い犬までも。七歳のときから、女王の身のまわりにはつねにコーギーがいた。頭数も増えることはあっても減ることはなかったはずなのに……ホリーが逝《い》って、残っているのはもうウィローだけだった。それは何年かまえに、飼い犬の頭数はもう増やさない、と決めたからでもあった。さしもの誰かさんも永遠に生きつづけることはできない以上、犬をあとに遺《のこ》していくようなことは避けるべきだし、現実的な問題として犬は、つまずく原因にもなる。首の骨を折りかねない危険は可能な限り遠ざけるのが君主たる者の務めだろう。

　それでも、なんとかなる、と女王は思った。これまでそうしてきたように、これからも立ち止まらず進むだけだった。ひょっとすると、たんに感傷的になっているだけで、マーガレット・ローズはじきに健康を取り戻すかもしれないじゃないの。そう、この気候もよくなかった。十一月の週末とあって、寒くて、じめじめしていて。おまけに世の中の情勢は、国の内外を問わず、ますます混迷してきている。ヨーロッパでもアメリカ合衆国でも、さまざまな分裂やら格差やら亀裂やらが生じつつあるが、社会のあげる軋《きし》みというものは放っておいてもいずれは自然におさまっていくものなのだろうか、リーダーシップを執る者の手腕のいかんにかかわらず？　二日後にはアメリカ合衆国の大統領選挙が行われる。報道も選挙戦一色に塗りつぶされている。フィリップが〈フェイスブック〉を引きあいに出したのはたんなるジョークにすぎないけれど、なんとホワイトハウスまでが〝確信を深めて〟いる――ロシアは〈フェイスブック〉を利用して、選挙という民主的な過程に影響を及ぼそうとしている、と。こんなことはなかったかもしれない、と女王は思った。民主主義という土台がこんなふうにぐらつくことは、第二次世界大戦が終わってからこれまで、つまり現在のイギリス国民の多くがまだ生まれてもいないころからこれまで、なかったことだろう。誰もが同じように感じているのだろうが、女王もまた、それがなんなのか理解しきれているとは言えないものの瀬戸際に立たされ、あたりをきょろきょろ見まわして、ささえになりそうなものを、すがりついても切れずにもちこたえてくれそうなものを、探しているような気がした。

　フィリップは絵を描きはじめていた。オクタゴン・ルームに油彩の道具を拡げて――テレピン油のつんとするにおいをさせながら――夏のあいだに描きためたスケッチをもとに、バルモラルの穏やかな景色をキャンヴァス上に再現しようとしているところだった。城内から眺める庭の光景だった。つまり、フィリップは有意義で思索的で生産的なことに時間を使っているのである。テレビにかじりついて延々とＢＢＣ放送を見たりしていないで。ある意味、自分を律しているともいえた。大したものだ、と女王も思った。

「よく描けているわね」フィリップの肩越しに絵を眺めながら、女王は言った。

　フィリップは鼻をふんと鳴らした。

「バルモラル城？」

「いや、ティンブクトゥだ」絵を描くときのBGM代わりに、フィリップは何年もまえのクリケットの試合を録画しておいたものを流していた。どうやら女王の存在はお邪魔のようだった。

「来週のお天気だけど、天気予報ではなんて言ってました？　今朝は馬に乗りそびれちゃったの。これからしばらくは、今日みたいな雨がつづくのかしらね？」

　フィリップは身体ごと向きなおって女王のことを真正面から見つめた。「わからんよ、そんなこと。いいかい、マーガレットのことなら、ぼくも気の毒だと思っている。泣き言やら文句やらを垂れてる暇があるんなら、きみも手を動かしてなんぞ役に立つことをしなさい」

　そうなのだ、フィリップの言っていることは、たぶん正しい。で、とりあえずジグソーパズルをはじめてみた。一九七七年のセント・レジャー・ステークスに出場した女王所有のダンファームリンが一着でゴールしたときの雄姿を図柄にしたものだったが、なんだか身が入らなかった。気がつくと、シンシア・ハリスとショルトー・ハーヴィーのつながりについて、サー・ジェームズの秘書のメアリ・ヴァン・レネンが辞めたことについて、〝気難しくてつきあいづらい〟ミセス・バクスターについて、そしてロージーについて考え込んでいた。ロージーは一枚の絵画について訊《き》いてまわっていただけなのに、そのことが知らず識《し》らずのうちに殺人のきっかけを作ってしまったのではないかと気に病んでいる。ダニエル・ブレイクも手がかりのひとつではあるけれど……仮に彼のバイク〝事故〟はショルトー・ハーヴィーが演出したものだったとしても、ミセス・ハリスの〝事故〟をアドリア海上のクルーズ船内から仕立てられたとは思えなかった。

死蔵品取引《ブレイキッジ・ビジネス》もパズルを構成するひとつのピースだった。よくわからないのが、その件を持ちだしてきたショルトー・ハーヴィーの狙いがどこにあったのか——一種のめくらましだったのか、それ以上の理由があったのか？　いずれにしてもサー・ジェームズの寄越したおざなりな、通り一遍の回答で納得するつもりはなかった。そう、役に立つことをするには、ここはひとつ慎重に見きわめなくてはならない。次にどこに眼を向けるべきなのか？

女王の鬱々《うつうつ》とした気持ちも、月曜日の午前中にはだいぶ持ちなおしてきていた。前の晩ぐっすり眠れたことと、早朝にパーク内で乗馬を愉しんだことが功を奏したようだった。ロンドンに戻る車中で仕事をはじめたのも、いつもの気力が戻ってきたからだった。その週に予定されている公務も、問題なくこなせそうだった。

その日の〝書類箱当番〟はロージーだった。

「あなたに折り入ってお願いしたいことがあるの」

ロージーはとたんに眼を輝かせた。「はい、陛下、なんなりと」

「死蔵品取引《ブレイキッジ・ビジネス》に関連があるかもしれないと思いついたんです。宮殿のしたの地下通路のことなんだけれど。地下通路のことは、あなたも聞いたことがあるでしょう？」

「噂には聞いています」ロージーは言った。「かつては、この地区にある宮殿はすべて、網の目のように張りめぐらされた地下通路でつながっていたとか」

「〝かつて〟じゃありませんよ」女王はロージーの発言を正した。「今もよ、今もつながっているの。戦時中は倉庫代わりだったのよ、特別に価値のある家具やら調度品やらを保存していたのだけれど、そのあとは通路の存在すら忘れられていたも同然だったわ」

　当然と言えば当然だった。お父さまにはほかに考えなくてはならないことが、山ほどあったのだから。宮殿も空襲の被害にあっていたから、せめていちばん被害の大きかった部分だけは改修し、宮殿として見苦しくない体裁を整えなくてはならないのに、当時はまだなにもかもが配給制だったうえに、連邦諸国との国交もほとんどが断絶したままだったし、民間の貿易ルートがようやく、ほんとにようやく再開に漕《こ》ぎつけようかという状態で、なににつけても物資の入手がきわめて難しかったのだ。それからしばらくして、この宮殿に仮住まいすることになったとき、フィリップが思い立って侍従を引き連れ、宮殿の最深部とその先を探検してみることになったのだった。

　なにを発見したと思う？　言ったところで信じちゃもらえないだろうけど——探検から戻ってきてフィリップは言った。身体じゅう泥とほこりまみれで、髪の毛に蜘蛛《くも》の巣までくっつけていたけれど、薄汚れた顔にはいかにも愉しそうな笑みが浮かんでいた。**まずは陶磁器の詰まった箱がふたつ。ドイツ製で、〝これはたいへん価値のある品ですぞ〟という雰囲気で鎮座ま**

しましてた。それから十九世紀のワインが何本か。摂政《リージェンシー》様式の金張りの椅子が十四脚。黴《かび》だらけの湿気たマットレスが七枚、ジョージ三世の肖像画が一点、大理石でできた暖炉が四つ、ルーマニアからの難民がひと家族。そこで女王は眼を大きく見開いた。はっ！　とフィリップは言った。最後の難民ひと家族の部分はもちろんフィリップ一流のジョークだったが、そこまで女王が眉《まゆ》ひとつ動かさず、あまりにも平然としていたので、ちょっとからかってみたくなったらしい。

　あのときは、長らく忘れられていた宝物の発見に誰もがうっとりとなった。フィリップが倉庫として使われていた部分の、さらにその先まで探検してみようとしたのは、バッキンガム宮殿と、その当時お母さまがマーガレットと共に住んでいたクラレンス・ハウスとのあいだが通行可能であれば、その通路を利用して家族や王室職員が一般の人たちの眼に触れずに行き来できるのではないか、と期待したからだった。フィリップ曰《いわ》く、地下通路はバッキンガム宮殿の地下部分ではある程度幅もあって頭上の空間にもそれなりに余裕があるものの、途中で枝分かれしていて、たとえばグリーン・パークのしたを通ってセント・ジェームズ宮殿に抜ける通路は、幅がかなり狭く、天井もぐっと低くなるし、なにしろじめじめしている、とのこと。壁のあちこちから、なにやら得体の知れないべたべたねばねばするものがしみだしてきていて、ほとんど通り抜けられそうにない部分も確認できた、とか。そういう部分は閉鎖するよう、フィリップは指示した。そして、バッキンガム宮殿近くの造りのしっかりした部分だけが倉庫として使われるようになったのだった。

そうした事情を、女王はかいつまんでロージーに説明した。

「だいたいコンスティテューション・ヒルの通りのしたのあたりに、扉を設置したと聞いています。その先には立ち入れないように。施錠もされているはずよ。それでお願いというのは、仕事がそれほど詰まっていないときに、その扉の先の通路が本当に使われていないかどうか、確かめてきてもらうわけにはいかないかしら？」女王としては慎重にことばを選んで言ったつもりだった。これはあくまでも頼みごとであって、その頼みごとを承知するも断るもロージー次第である、と目顔で伝えたつもりでもあった。なにしろ地下通路の奥のほうは安全が確認されているわけではないのだ、無理はさせたくなかった。

ところが、ロージーは間髪を容《い》れずに快諾した。それどころか、大歓《おおよろこ》びしているふうでさえあったので、女王は慌てて言い聞かせた——フィリップが設置した扉には施錠してあるはずだが、もしその先まで進めたとしても、決して立ち入らないように。自分で自分の首の骨を折らないよう気を配るのは君主たるものの務めではあるが、では秘書官補なら首の骨を折ってもかまわない、ということにはならない。

「それともうひとつ、ラヴィニア・ホーソーン＝ホップウッドなら、ショルトー・ハーヴィーの、わたしたちの知らない側面を知っているかもしれないと思うの」

「ええと、王立協会の依頼で陛下の胸像を製作している彫刻家ですね？」

「そうそう、その人。仕事柄、ショルトー・ハーヴィーとかかわりあいがあると言っていたことを覚えているの。あなたならラヴィニアに会って、それとなくミスター・ハーヴィーのことを訊き出してもらえるんじゃないかと思って。どう、お願いできますか？」

　ロージーはうなずいた。「訊き出してくるのは、具体的にはどのようなことを？」

「それがね、はっきりこれと限定できなくて」と女王は答えた。「そもそもただの勘違いかもしれないわけだし。でも、ともかく訊いてみてもらえる？　それでなにが出てくるか、見てみましょう」

30

〝叱責《しっせき》という名の弾劾裁判〟の舞台となるサウス・ウィングの執務室で、王室家政官のマイク・グリーンは、この四週間というもの、どちらかと言えばあまりおもしろくない思いを嚙《か》みしめていた。本来であればクリスマスの準備期間とあって、国際社交界の華とも呼ぶべき招待客のために贅沢《ぜいたく》なディナーや祝宴の準備に采配《さいはい》を振り、水を得た魚のごとく本領を発揮しているはずなのだ。ところが今シーズンは、あの問題児だった家政婦《ハウスキーパー》が不運の死を遂げ、さらにはバッキンガム宮殿大規模改修計画という例年にはない圧力がのしかかり、糅《か》てて加えて……というよりも最大のストレス要因は、部外者であるはずのあのストロングとかいう警察官が――王室職員のあいだに流布しているまたの名で呼ぶなら〝けつ拭き《ボグロール》〟が――宮殿内のあちこちにその鼻面を突っ込み、王室家政官の仕事のやり方に一事が万事けちをつけてくることだった。

　この一風変わった悪口すれすれの綽名《あだな》を進呈したのは、ほかならない王室家政官自身だった。子どものころからお馴染《なじ》みのトイレットペーパーのテレビコマーシャルに、〈柔らかで《ソフト》、丈夫で、とても長い〉というのがあったからだ。そう、ボグロールことストロングは物腰がじつに柔らか《ソフト》で、打ち合わせは毎回、このまま永遠に終わらないのではないか、と思いたくなるほど長時間に及ぶのである。

綽名をつけるのは、この宮殿の伝統のようなものだった。マイク・グリーン自身、目上の方々のあいだでは、蟹肉《クラブミート》で通っていることぐらい、もちろんとうに気づいている。陸軍や海軍ではそれこそ何十年もの昔から、空軍を〝蟹《クラブ》〟と呼んでいるので、空軍出身者の呼称が蟹に由来することは、まあ、避けられないことという側面もある。家政官としてはその綽名を鷹揚《おうよう》に受け止め、面前でうっかり口にしてしまった者に対しては、笑みを浮かべ、度量の広さを示すことにしていた。

そんな人物が目下ひとりほくそ笑んでいるのは、ボグロールが一敗地にまみれつつあるからだった。一連の嫌がらせの手紙騒動を解決に導く手がかりをつかんだのは、ボグロールではなかったのだ。解決には必要不可欠な加害者への聞き取りを指揮したのも、ボグロールではなかった。（というか、主任警部は容疑者から話を聞いたことについて、嬉《うれ》しく思ってないようだった――とはいえ、容疑者が浮上したまさにその日に、研修とやらに参加していてたまたま不在だったことは、王室家政官の責任でもなんでもないはずだが？）付け加えるなら、当事者のサイン入りの、警察で言うところの供述書を入手したのも、ボグロールではなかった。眼のまえに証拠を並べられてもなお、ストロングは納得したようには見受けられなかったが、それとて、あの男の器がいかに小さいかを物語るに過ぎない。己の敗北を素直に認められないのである。機嫌よくにっこり笑ってひと言『おめでとう』と言えばいいだけのものを。

家政官としては陛下にお目にかかるのが、待ち遠しくてならなかった。余人を交えず一対一でお目にかかるのは一週間ぶりのことで、その一週間のあいだに事態は大きく動いている。報告をお聞きになったら、陛下もさぞかしお歓びになるにちがいなかった。同時にもしかすると、そこにいくばくかの申し訳なさも交じっているかもしれない。王室家政官に全面的に任せなかったことを悔いて。もちろん、そのそぶりはお見せにならないだろうし、マーク・グリーンとしてもそこまで期待しているわけではなかった。

昼食前の三十分、私的な面談に使われる謁見室で、陛下にお目にかかることになっていた。先日の公式晩餐《ばんさん》会も含めて、それ以降の諸事万端について報告するためだった。

「舞台裏も落ち着いていましたか？」女王は尋ねた。

「はい、陛下、おおむね。ちょっとしたハプニングはありましたが。じつは、残念なご報告があります。ヴァルカンがまたしてもおいたをいたしました。ゲストのひとりがトイレから出てきたところに、どこからともなく現れ、足首にかみついたのです」

「まあ、困ったこと！　そのゲストというのはこちら側の、それともあちら側ですか？」

「こちら側の招待客です。わが国の事務次官だった、と記憶しています」

「それなら、外交問題にはならずにすみそうですね」女王は笑みを浮かべた。「訴えられることもなさそうだし。それでも謝罪の手紙はお送りしないとね。『今般、貴殿に迷惑をかけたことに対し、女王は深く心を痛め……』という書き出しで」

「はい、承知しました」マーク・グリーンは笑みを浮かべた。帽子からウサギを出してみせる手品師になった気分で。「それから、陛下、お耳に入れておくべきかと思うことがあります。例の卑劣きわまりない手紙の一件です。われわれの手で無事、事態を収拾できそうです。犯人を突き止めましたので」

眼鏡越しに、陛下の眼が大きく見開かれたのが、グリーンにもわかった。心底驚いていらっしゃるようだった。

「まあ、それは、それは。気づきませんでしたよ、家政官も引き続き調べてくれていたとは」

じつはたいへん気がかりで調査を続けないわけにはいかなかった旨、家政官は強く訴えた。

「警察と協力しながら？」

「そうですね、陛下、ある意味では」

主任警部とその部下の部長刑事は協力を呼びかければ応じる態勢にはあったものの（陛下としてはその点をおっしゃりたいのだろうと思われたが、ここはまだウサギを取りだすタイミングではなかった）、その関心はもっぱらシンシア・ハリスの件のみに向けられていた。対してマイク・グリーンは、王室家政官という立場上、より幅広い視野を有していた、ということだ。もちろん、容疑者が現場を押さえられたのち、すんなりと自白に及んだ背景には、宮殿に警察官が詰めていたことがあるのかもしれない。だとすれば、警察の協力には大いに感謝せねばならないだろう（グリーン自身、その気はさらさらなかった。が、警察官の派遣を求められたのは、ほかならない女王陛下である。役に立ったと思っておいていただくに若《し》くはない、ということだった）。

「それで自白したの？」陛下は鋭く訊《き》いてこられた。まだどこか怪訝《けげん》そうな顔をなさっていた。

「犯人ですよ。その人、自分の犯行だと認めたということ？」

「じつは女でしたが」家政官はそれとなく伝えた。「はい、陛下、認めました。認めざるをえなかった、と言うべきかもしれません。現場を押さえられたので。一部始終を聞き出し、書面にしたものがこちらに」そこでグリーンは持参した革の書類フォルダーを開き、得々として中身を示した。栄誉の証《あかし》、供述内容を印字して署名させた書面を。

　どうやら衝撃が大きすぎたようで、〝ボス〟の顔には歓びの笑みの兆しはなかった。驚かれるのも無理はない、とグリーンは思った。当のグリーン自身、事実を知ったときにはかなり驚いたのだから。

「それで、その女というのは、誰だったの？」

「メイドです、陛下。ローナ・ロブという者です。先週、職員食堂で、秘書官補のロージーが着席していたテーブル付近をうろうろしているところを目撃されまして。ロージーがほかの職員と話し込んでいる隙に、ミセス・ロブがロージーのバッグにこっそりなにかを入れようとしていることに事務官が気づいたのです。ちなみに事務官は男性です。ミセス・ロブが手紙を滑りこませようとした、まさにその瞬間に声をかけ、からくも身柄をおさえた、という次第です。ローナ・ロブですが、じつに手際がよく、周囲の誰にも気づかれないどころか当のロージーですら自分の所持品に手紙が入れられようとしていることに気づいていなかったのではないか、と思われます。しかし、陛下、言い逃れの余地はありませんでした。封筒を握っているところを押さえられたのですから。しかも封筒を持っていたほうの手にはぴったりした薄手のゴム手袋をはめていましたから。その事実を突きつけて問いただしたところ、激しく怯《おび》えた様子を見せました。それも当然のことかもしれません。ロージーのバッグに入れようとしていた手紙は、それはもうあきれ果てるほどひどい内容でしたから」

「ローナ・ロブ……ですか？」覚えがあるかどうか自問するように、その名前を口にすると、女王は眉根《まゆね》をきゅっと寄せて眉間《みけん》に深い縦皺《たてじわ》を刻んだ。「それで、どこまで認めているの、嫌がらせの手紙のことだけれど？　誰のところに届けた、と言っていますか？」

「全員です、陛下。メアリ・ヴァン・レネンは別ですが、それ以外の相手は全員、ローナ・ロブが届けたそうです」

「まちがいありませんか？　シンシア・ハリスのところにも彼女が？」

「ええ、確かです。こちらの書面でも――」グリーンは書類フォルダーを指でこつこつと叩《たた》いて言った。「――その点は認めています。ただし、彼女ひとりで企てたことではないようです。アラベラ・ムーアに頼まれて手紙を届けていた、と主張していまして。アラベラ・ムーアのほうは一切の関与を否定していますが、動かしがたい事実がありますから。ミセス・ムーアはスチュアート・ムーアと婚姻関係にあるのです。陛下もご記憶かと存じますが、スチュアート・ムーアは以前、不運にもある騒動に巻き込まれて退職しました。その騒動の原因の一端が、ミセス・ハリスにあったのです。そんなわけで、ミセス・ムーアとミセス・ハリスとのあいだには確執がありました」

陛下の眉間の縦皺は、いっこうに消える兆しが見られなかった。「ですが、ミセス・ハリスは、かなり以前にも同じような内容の手紙を何通も受けとっていたのではなかったかしら？　それは、いったん退職するよりもまえのことでしょう？　だとしたら、その時点でミセス・ムーアにはシンシア・ハリスを恨む理由はなかったことになりませんか？」

その点については、もちろん家政官も考えていた。「ええ、確かに、それ以前からミセス・ハリスは手紙による嫌がらせを受けていました」と女王の発言にまずは同意した。「しかし、そのころの手紙については、自分はなにも知らない、とローナ・ロブは主張しています。当時については、おそらくアラベラ・ムーアはそこからヒントを得たのだとは思いますが、別の者の犯行だったと考えられます。その当時からすでに、ミセス・ハリスはしたの者たちから煙たがられていましたから。悪感情をさらに刺激するようなことを、不用意に言ったりやったりした、というのは充分に考えられることです。」

女王は机に並んでいる銀のフォトフレーム入りの写真に眼を向けたまま、しばらくのあいだ唇をすぼめていた。「ほかの手紙についてはなんて言っているの、ミセス・ロブは？　ミセス・ハリス以外の人たちに届いた手紙のことです。アラベラ・ムーアがどうしてそんなことをしたのか、なにか聞いていませんか？」

「いいえ、なにも。残念ながら、ある時点からミセス・ロブは貝のように口を閉ざしてしまったもので。ですが、わたしが個人的に調べてみました。ミセス・バクスターとは以前に口論になっていたことがわかりました。ミセス・バクスターがミセス・ムーアのスタッフに不当に干渉し、根拠のない不安を煽《あお》っていると感じていたようで、それで口論に。秘書官補のロージーに対しては人種差別的な偏見がありました。正直申しあげて、これはかなりの衝撃でした。わたしとしても予想もしていなかったもので。節度と礼儀正しさをを絵に描いたような人ですからね、ミセス・ムーアは」

「そうね、同感です」女王は静かに言った。

「ロージーには、この件では正式に苦情を申し立てることもできる、と説明しました。警察に被害届を提出することもできますから。しかし、そのつもりはないそうです。即答でした。本当にそのつもりはなさそうです」

「メアリ・ヴァン・レネンの件は？　ミセス・ロブが認めたのは、ミス・ヴァン・レネン以外の人たちに手紙を届けたことだけなのでしょう？」

「はい、そのとおりです。じつは、陛下、そちらはまったく別の問題なのです。ご記憶にあるかどうかわかりませんが、ミス・ヴァン・レネンはインターネットを介して知りあいになった男から嫌がらせを受けていました。そのため非常に不愉快な思いをしているわけなので、それはそれで困った問題ではあるのですが、ミセス・ムーアによる一連の嫌がらせとは無関係と考えられます」

「そうですか、わかりました」ありがたいことに、陛下はもう困惑はしていらっしゃらないようだったが、あいかわらず険しい顔をなさっていた。たとえるなら、雨のなかのパレードで、締まりに欠けた行進を見せる諸外国の騎馬隊をご覧になっているときのような。「それで、ミセス・ムーアの言い分は？　どう申し開きをするつもりなのかしら？」

「先ほども申しあげたように、一切の関与を否定しています。それもかなりの激しさで。しかしながら、陛下、いずれ認めることになるでしょう。そうせざるをえなくなると思います。解雇ということになれば、所定の手続きを踏まないとなりませんが、すでにわたしのほうから通告は行っています。ミセス・ムーアは遠からず宮殿を去ることになるはずです」

　女王の眉間にまたしても深い縦皺が現れた。「早々と自宅待機を申し渡した、ということではないでしょうね？」

　そうではない、と家政官は認めた。このところ多忙を極めていて、この件だけにかかりきりになるわけにもいかない、という事情もさることながら――これはひそかに自分の胸のうちだけに秘めていることではあったが――アラベラ・ムーアを可能な限り現職に留《とど》めておくことは、じつはグリーン自身にとって資するところ大なのである。彼女は私生活においては一筋縄ではいかない、陰湿な人種差別主義の威張り屋かもしれないが、職場においてはなかなか優秀で、こと人に関するマネジメント能力に長《た》けている。目下、外交団レセプション（訳注：毎年十二月初旬にバッキンガム宮殿で行われる恒例行事。各国の駐イギリス大使を始めとした約千人の招待客を迎えて行われる）を一ヶ月後に控え、賓客との折衝は彼女が率いるチームが一手に担っていた。外交団レセプションは一年を通じて最も盛大で華やかな行事であり、それに比べたら公式晩餐《ばんさん》会さえ影が薄くなる、というほどのものなのだ。アラベラ・ムーアは、そういう意味では、シンシア・ハリス的な要素があるのかもしれなかった。こと職務に関しては、重圧ののしかかる状況下にあってもきっちり本分を尽くし、短期間で代理を見つけることなど不可能だ、とまわりに思わせてしまう、というところが。ほどなく馘首《くび》ということになるのはまちがいないが――そう、正規の手続きがすみさえすれば――しかし、それが陛下のご意向なら、すぐにでも有給休暇の消化を提案してみてもいいかもしれない。

　けれども、陛下としてはそれは望んでいない、とのことだった。それよりも今後、新たにわかったことがあれば知らせてほしい、とおっしゃり、ミセス・ロブの供述書をご所望になっただけだった。御前を退くときになってはじめて家政官は、陛下が一瞬たりともお歓《よろこ》びにならなかったことに気づいた。それもまた、あの女の残した爪痕《つめあと》なのだ、とマイク・グリーンは思った。家政官として精いっぱい事態収拾に努めたにもかかわらず、その過程で嫌がらせの標的となっていた人物が一名、事故で亡くなったわけだから。それは誰にとってもそう簡単に許せることではない、ということなのだ。

　その後、女王は上階で、主任衣装係《チーフ・ドレッサー》のアンジェラの立ち合いのもと、この週末に着る予定のドレス数着と黒いコートの最後の試着を行った。それから、あとまわしにしていた手紙の返事を書き、そのあと、もう一度犬たちを庭に連れだし、散歩をさせた。

　そのあいだ、フィリップは書斎にこもり、描きかけの油絵を画架に載せ、せっせと絵筆を動かしていた。ごく近い将来――具体的に言うと、九十六歳で公務を引退し、サンドリンガム・

ハウスで暮らすようになったら、好きなだけキャンヴァスに向かえるようになるはずだ。もともと、バッキンガム宮殿暮らしをそれほど気に入っているわけではない。かなうものなら人里はなれた農場の母屋で暮らすほうがずっと好ましい、と思っているようなところがある。とはいえ、誰かさんのせいで来年まではそれもお預けだった。

　散歩から戻った女王は、ご機嫌うかがいもかねてフィリップの書斎に顔を出した。

　フィリップは描きかけのキャンヴァスからちらっと顔をあげた。絵具が飛び跳ねてもかまわないよう、ジャケットを脱ぎ、シャツのうえから着古したコットンの上っ張りをはおっていた。

「ああ、キャベツちゃん、きみだったか」フィリップはそう言うと、眼をすっと細くして探りを入れる表情になった。「さっき、蟹肉《クラブミート》を見かけたよ。なんか用があったのかい？　きみの書斎のまえですれちがったんだが、えらく悦に入ってやがったぞ」

「家政官は、例の一連の嫌がらせの手紙の黒幕は誰か、なかなか興味深い見解を披露してくれたの」

　フィリップは女王をまじまじと見つめた「ははん、きみの考えが読めた。蟹肉《クラブミート》の見解なんぞ、食えたもんじゃない、だろう？　で、そう言ってやったのかい？」

「まだよ。もしかすると、家政官が正しいのかもしれないから。自白までさせているし」

「待て、待て、言わないでくれ。それはサンディ・ロバートソンだろ」

　サンディ・ロバートソンは、長年女王に仕えている近習《きんじゅ》で、少しまえ、保安局《MI5》にスパイの容疑をかけられる、という経験をしていた。

「いいえ、まさか。ローナ・ロブっていうメイドよ」そしてアラベラ・ムーアの名前が出てきていること、動機は夫が退職に追い込まれたことへの腹癒《い》せではないか、という家政官の見解を説明した。

「おい、おい、おい、冗談じゃないぞ、ミセス・ムーアだと？　蟹肉《クラブミート》のところの事務官だろう？　以前、ぼくの秘書室で私用《プライヴェート》のマネジメントをしてもらっていたことがあるが、びっくりするほど有能だったぞ。折り目正しいし、いたって生真面目だし、正直のうえに二文字つくタイプだった」そして冷笑混じりにつけ加えた。「まあ、ぼくに言えるのは、嫌がらせの手紙の黒幕がミセス・ムーアなんだとしたら、彼女はとんでもないジキルとハイドだってことだな。きみのところの平均的な事務屋の野郎どもにくらべたら、役立たずの度合いがはるかに低いんだぞ」ずいぶん持ってまわった、わかりにくい表現だったが、フィリップにしては褒めちぎっているのである。

「ええ、わたしも思えませんよ、あの人が事件の黒幕だなんて」と女王も同意した。

「しかし、自白は自白だからな」現実を認める口調で、フィリップは言った。「自分のしたことだと認めてるってことだろう？」

「いいえ、そうじゃないのよ。ミセス・ムーアは全面的に否定しているそうよ。自白したのは、ミセス・ロブのほう。彼女が言っているの、手紙を届けるよう、あなたのお気に入りのミセス・ムーアに頼まれたって」

はっきり言ってとうてい信じられない、と思っていることを隠そうともしないで、フィリップは今度もまたまじまじと女王を見つめた。「でもって、蟹肉《クラブミート》はそれを信じたわけだな。やれやれ。あいつは飛行機乗りだったな。ジェット戦闘機を飛ばしてたときに、加速Gを食らいすぎて脳みそまでひっかきまわされちまったんだな」

加速Gの影響についてはよくわからなかったが、大筋のところ、女王も同意見だった。加えて、フィリップも家政官も知らないことを知っている。家政官はあっさりとそう決めつけているけれど、ミセス・ロブは、嫌がらせの手紙を書いた者から直接、〝配達〟を頼まれたわけではないのだ。

これでようやくはっきりした、と女王は思った。この夏、廊下の衣装戸棚《ワードローブ》のなかで聞いた会話は、このことだったと考えて、まずまちがいなさそうだった。指示を受けていたほうは、本名のイメージが悪いからという理由で、スパイク・ミリガンを名乗っている男だと思われた。バルモラル城で寝室にコウモリが入り込んで大騒ぎになったとき、一段落した場でことばを交わしてわかったのだ。ストロング主任警部の事情聴取では、当人は関与を否定したそうだけれど、女王の確信は揺らいでいない。スパイク・ミリガンは仲介役だ。そのミリガンに指示を与えていた声の主は、男のようでもあり、女のようでもあった。どちらかと言えば男の声だったような気はするけれど、ひとつ確実に言えることは、あれはアラベラ・ムーアの声ではなかった、ということだ。ミセス・ムーアとは、ゲストの招待状のことでたびたび打ちあわせをしている。彼女の声なら聞けばわかるはずだった。

自分の書斎に戻ってから、女王はロージーに電話をかけて、ミスター・ミリガンに話を聞いてきてほしいと頼んだ。

「ミスター・ミリガンが話しているのを聞いた人がいて、彼が事件に関与していることが女王陛下の知るところとなった、と言ってもらえるかしら？　ええ、それでいいの」

仰せのとおりに、とロージーは答えた。


午後六時半、ストロング主任警部が進捗《しんちょく》状況の報告にやってくる前の短い時間を利用して、女王は居間に戻り、ジン＆デュボネのカクテルで一息ついた。家政官のマイク・グリーンからアラベラ・ムーア黒幕説を聞かされても、ストロング主任警部は慌てふためいて謁見を求めたりしてこなかった。その態度はじつにあっぱれだった。女王のことを信じているのだ、主任警部から報告も受けないうちにアラベラ・ムーア黒幕説に飛びつくわけなどない、と。だから敢《あ》えて静観の構えなのだろう。自分以外の者がその人に課された役割をきっちり果たすことを――少なくともそうでないことがはっきりするまでは――前提にする、というのは冷静で、肝の据わった人間でなくてはできないことだ。女王はそういう人物を好もしく思った。女王自身も同類だったから。

ほどなく、侍従の案内でストロング主任警部がやって来た。侍従がさがるのを待って、女王は、今や主任警部の定位置となりつつある椅子にかけるよう勧めた。

「今回のミセス・ロブの自白についてですが、主任警部の考えを聞かせていただけないかしら？」女王のほうから水を向けてみた。

ストロングはすぐには答えようとしなかった。黙っているあいだに、穏やかな顔が蒼《あお》ざめ、さらに土気色になり、それからじょじょにもとの顔色に戻った。「わたしとはアプローチの仕方がちがうように思います、女王陛下」ストロングは硬い声で言った。

「ええ、わかります。そうではないかと思いました。主任警部にはお詫《わ》びをしないといけませんね。家政官がどうやら大暴走してしまったようで」

「たしかに、そうかもしれません、陛下」

「それでも、ローナ・ロブは実際にことに及ぼうとしていたところを押さえられた、と聞きました」

「そのとおりです」ストロングも認めた。「しかも、ミセス・ロブが嫌がらせの手紙を〝配達〟することは、時間的にも場所的にも可能だったことがわかっています。こちらでも、わたしに同行して派遣されてきている部長刑事が、彼女の足取りを追いかけて裏づけ調査をしていたところでした」

「さすがですね、そこまで見越していたとは」

「それがわれわれの職務ですから、陛下」とストロング主任警部は言った。いささかあてつけがましい口調で。「ミセス・ロブは、しかしながら、一部の職員たちに先んじてバルモラル城からロンドンへ戻ってきているので、ミセス・ハリスの衣類が破損された時点でその場にはいられなかったことになります。したがって、この嫌がらせ行為についてはミセス・ロブも強く関与を否定していて、自白にも含まれていないと聞いていますが」

「ええ、そうですね。わたしも眼を通しました。その点について家政官からはなんの説明もなかったけれど」

ストロングはなにも言わなかったが、沈黙が多くを語っていた。

「じつに巧妙ですね」女王は言った。

「同感です。衣類が破損された件について、家政官はミセス・ハリスに恨みを持つ別のスタッフの犯行だとしていますが、わたしとしては、陛下の仮説のとおりなのではないか、という思いが強くなってきています。ミセス・ハリスのいわゆる自作自演だったのではないか、ということです」

「正確には、わたしについている女官の仮説ですけどね」女王はすぐさま訂正した。

「失礼いたしました。ただし、ロージーの手紙を〝配達〟したのは、まちがいなくミセス・ロブだと思われます。またミセス・バクスターの手紙を〝配達〟することも不可能ではなく、メアリ・ヴァン・レネンについてもミセス・ロブの仕業である可能性は否定できません。しかし、ミセス・ハリスに対する嫌がらせ行為が除外されるとなると、ローナ・ロブの供述の、すべてはミセス・ムーアに頼まれてしたことだ、という部分が嘘でない限り、とたんにそれを指示したとされるミセス・ムーアの動機がよくわからなくなります」

「あら、まあ、たしかに言われてみればそのとおりね」と女王は言った。その点に気づいていたことを見破られないよう、素知らぬ顔をするのにいささか苦労しながら。

「われわれのほうでも引き続き、部長刑事がミセス・ハリスの周辺調査を進めています、陛下。

その方面からこの一件をどこまで掘りさげられるかはわかりませんが、やれるところまでやってみるつもりです。それと並行して、現在はシュロップシャーに滞在中のメアリ・ヴァン・レネンからも話を聞いているところです。ミス・ヴァン・レネンに届いた嫌がらせの手紙がミセス・ムーアの指図ではなかったとすると、現時点で最大の懸念は彼女の身の安全です。手紙の内容がどれもかなり脅迫的でしたから。それで、マッチング・アプリの〈ティンダー〉を介してメアリが会った相手の追跡調査を行いましたが、メアリ自身が言っていたとおり、そのなかに犯人はいそうにありません。いわゆるストーカー行為を働く男には、ある程度共通する特徴があります。ですが、メアリが会った相手は、デートしたそのほかの女性たちからの評価が総じて高く、それだけでもまず、その特徴に該当しないのです。何人かには実際に会って話も聞きましたが、証拠が必要であれば携帯電話でもなんでも歓《よろこ》んで提出すると言っています。ロンドンにいるメアリの友人たちにも話を聞きましたが、関与が疑われるような線は出てきていません。となると、陛下、やはり振り出しに戻って、この宮殿に眼を向けざるをえなくなります。
ここでの職務を通じて彼女とつながりのある人物に」

「穏やかではありませんね。ここの職員のなかにあんなことをする人が――男とは限らないでしょうから、人としておきましょう――いるなんて」

「ご心境、お察し申しあげます。それから、陛下の秘書官補の線からも背景をたどってみようとしているのですが、そちらはいまだにこれといった進展がありません。嫌がらせの手紙が――不愉快なものであると同時に――人種差別的な要素を含んでいる点が腑《ふ》に落ちません。人種差別に基づいた嫌がらせを意図したのであれば、ここで働く職員のなかにはほかにも、ターゲットとなりうる者がいくらでもいます。そもそもの意図はもっと個人的なものであるような気がしますが、それがなんなのか、まったく見えてこないのです。ロージーを知る職員たちのあいだで彼女のことを悪く言う者はいませんから」

「ええ、そうだと思いますよ」

ストロングはすっと眼を細くすると、顎《あご》先を指でつまんで考え込む表情になった。「これはわたしの個人的な考えですが、目下、ある意味でいちばん気がかりなのがロージーのことです」

「まあ、それはどういうこと？」

「ロージーにうろちょろしてもらいたくない、と思っている者がいる、ということです。メアリ・ヴァン・レネンは今のところ宮殿を離れて家族の元に身を寄せているので、その点は心配ないと思います。しかし、ロージー・オショーディは——いまだに正々堂々とうろちょろしてますからね。彼女には、身辺に充分気を配るよう、注意を促すつもりです」

言われ慣れてしまっているかもしれないけれど、と女王は胸のうちでつぶやいた。ロージーは今ごろ、宮殿の地下通路にいるのかもしれなかった。地下通路に足を踏み入れたとしても、運がよくて万事順調なら、ものの十分もせずに出てきて、明日にでも満足げな面持ちで報告にくるだろう——扉はきちんと施錠されていたし、ほかにはこれといっておかしな点は見あたらなかった、と。でも、もし今夜、実行に移していなかったら、そのときは地下通路の件は忘れてもらおう。その線を手繰るのはすっぱりと諦《あきら》め、もっと危険の少ない方法を考えたほうがよさそうだった。

「そうですね、ぜひそうしてください」女王は主任警部に同意した。「わたしからもひと言、気をつけるよう言っておきます」

31

バッキンガム宮殿は夜になると、昼とはがらりと表情を変える。少なくとも、ロージーの眼にはそんなふうに映った。レセプションや晩餐《ばんさん》会が開かれる夜は、いつも以上に輝きが増す。ぴかぴかに磨き込まれた車体のベンツやベントレーが次々と到着し、ときには古式ゆかしく馬に曳《ひ》かせた四輪馬車まで登場し、乗せてきた招待客たちをおろしていく。デザイナーズブランドの服と装飾品《デコレーション》で正装したきらびやかな人たちだ。装飾品《デコレーション》というと、女性招待客が身につけているダイアモンドを連想しがちだが、本来は彼女たちを同伴する男性招待客の勲章のことなのだ。屋外の照明が灯《とも》り、中庭《クウオドラングル》には黄金色の光があふれ、斯《か》くして事情通のあいだで、最も入場が難しいことで知られるナイトスポットと化す。

そうした例外的な夜をのぞけば、変化はもっと穏やかだ。職員の大部分は帰宅し、昼のあいだ引きも切らずに出入りしていた、納入業者やら職人やら来訪者やらは、大河の流れから山の湧き水程度にまで落ち着き、宮殿はふたたびそこに住まう者たちと遅くまで居残って働くことが習慣となっている者たちの場所となる。建物は見る者を感嘆させる役目から解放され、そこのかりそめの住人たちには、二百年ばかりまえに利便性や合理性を放棄した、廊下だらけのウサギの巣穴のようなその迷路で、いかに効率よく職務を遂行するか、という難題が残される。

　これからの数日間は女王の公務の予定が詰まっているため、その日ロージーが最終的にノートパソコンの電源を切り、ひとつ大きく伸びをして肩をぐるりとまわした時点で午後八時をまわっていた。アシスタントの面々は午後六時で退勤していたが、サー・サイモンの執務室にはまだ明かりがついていた。まだ在室しているのだ。これまではロージーが帰りがけに執務室の戸口からなかをのぞいて、「奥さまがお待ちかねですよ」と声をかけ、サー・サイモンのほうも、いや、大丈夫だ、午後十時半を過ぎるまでは帰宅していないことにも気づいてもらえないから、という趣旨の軽口で応じる、というのが定番だった。けれども今は……サー・サイモンとどうもぎくしゃくしているこの状況では、馴《な》れ馴《な》れしすぎる、と思われそうだった。執務室のまえを通りしな、ひと言、「お先に失礼します」と言うだけにした。サー・サイモンは席についたまま顔をあげ、黙って短くうなずいた。そこで空気が微妙に揺らいだのは、どちらも自分のそんなそっけない態度を悔やんだからかもしれなかった。気まずい雰囲気をなんとかしたくて、それでもどうしていいかわからず、ロージーはなおも踏ん切り悪くもじもじしていたが、サー・サイモンにドアを開けたままにしていってほしい、と言われた。そう言われた以上、それに従うしかなかった。

　数時間まえ、ロージーはアシスタントのひとりに頼んで、できるだけ強力な懐中電灯とサイズ九のゴム製の長靴を用意してもらっていた。地下の電力と配線の状態を考え、予想できる危険は回避することにしたのだ。そう、万一を考えて、足元はゴムで覆っておくほうが安心できる。依頼したその二品を、助手がどうやって見つけてきたのかは訊《き》かなかった。秘書課では、自ら考え、行動することが求められる。それができる者は、うえの人からなにも言われなかったことにひそかに満足を覚える。うえの人がそこを評価してくれたのだとわかるからだ。

　長靴と懐中電灯で身を固め、念のため、ノース・ウィングの玄関詰所の警備員から借りた予備のジャケットも着込んでから、ロージーはいちばん近くの階段で地下に向かった。一段おりるごとに空気が冷たくなっていくような気がした。階段をおりきってノース・ウィングの地階を進み、じきに幅の広い通路に出た。北から南へつながる長い通路で、ボイラー室と倉庫として使われている部屋がいくつか、それに先日足を運んだ資産管理部門の会計課のオフィスを含む、いくつかの部署のオフィスが並んでいた。そのひとつが生花部門で、王室お抱えのフローリストたちはこの通路付近で作業をしている。そのせいか、土くさいにおいがしていた。それを不快に感じないのは、それ以上にジャスミンの濃厚な香りが漂っているからだろう。

　南北に延びる長い大通路からさらに階段をおりて、地下貯蔵室のあるしたの階に向かった。階段をおりたところから向かって左側には、明かりのついていない通路が延びていて、ワゴンや木箱が並んでいた。バッキンガム宮殿のワイン・コレクションはここでこんなふうに保管されているのだ。ワイン以外にも、冷暗所で保管が必要な食品やら食材やらもこの場所に運ばれてきていた。右側には金属製の見るからに頑丈そうな扉が嵌《は》まっていて、〈作業中。危険。立入禁止〉と記されていた。この先の空間は方角的に、ちょうど庭園のヴィクトリアとアルバートの木があるあたりまで続いているものと思われた。扉の注意書きを無視していい理由はひとつもなかった。だから、いざというときには、持ち重りのするこのごつい懐中電灯を武器にするつもりだった。ロージーは先に進んだ。

扉を開けてすぐ内側の壁を手探りして、照明のスウィッチを見つけた。スウィッチを入れると、一拍おいてジーッという音がして、もう一拍おいて、剝《む》き出しの蛍光灯がいっせいに息を吹き返した。かなり広い空間だった。普通のスイミングプールぐらいありそうだった。かたちもプールと同様、長方形をしていた。天井から鎖でつるされた蛍光灯の光を浴びて、スチール棚がずらりと並んでいた。どの棚にも木箱や荷台《パレット》が詰まっていた。ほかにも、筒状に丸めた敷物、書籍類、箱に入ったままの年代ものの玩具《がんぐ》類、一九五〇年代に使われていたようなキッチンまわりの便利グッズの類《たぐ》い、ローラー式の手動脱水機も一台。さらにはロージーには用途の想像もつかない古めかしい家具や調度品もいくつか。

左の奥に小部屋があった。大きなスペースの一隅を軽量コンクリートブロックで仕切ってこしらえたものだった。ロージーはその小部屋に向かいながら声をかけた。「どなたかいらっしゃいますか？」いつもよりも声が上ずっていることに気づいた。返事はなかった。部屋のドアは閉まっていたが、ドアノブを押すとなんなく開いた。机がひとつに棚がひとつ、棚にはいろいろな大きさの箱と使いかけでへこみのできた塗料の缶が何本か、いくつかの容器に几帳面《きちょうめん》に仕分けしてネジや釘《くぎ》が入れてあった。かすかに白檀《びゃくだん》と麝香《じゃこう》のにおいがした。ロージーは机に眼を向けた。古いマグカップをペン立て代わりにして、ボールペンやら鉛筆やら定規やらが雑然と突っ込んであった。その隣に罫線《けいせん》入りの黄色いメモ用紙が置いてあったので、マグカップに挿してあったボールペンを試し書きしてみた。どれもインクが出てこなくて使いものにはならなかった。錆《さび》だらけのごみ箱に、黄色のメモ用紙が二枚ほど、くしゃくしゃに丸めて捨ててあった。両方とも取りだして、机の上で広げてみた。どちらも鉛筆書きのメモだった——ちまちました書体で書きつけられた、一見しただけでは意味のわからない数字と文字の組みあわせが等間隔で並んでいた。ロージーは携帯電話のカメラ機能を使って、そのメモを記録し、メモ用紙自体はもう一度くしゃくしゃに丸めて元どおりごみ箱に戻しておいた。そのメモにあった数字と文字の組み合わせに似たものが、大量に書きつけてあるノートが何冊か、机の抽斗《ひきだし》のひとつにぞんざいに放り込んであった。

　机の横の金属製の扉は、隣の倉庫につながっていた。そちらは奥行きのある細長いスペースで、アーチ形の低い天井と壁は、古い造りの地下鉄の駅のような光沢のあるタイル張りだった。その造りから、ここから先が話に聞いていた地下通路だと思われた。そのふたつめの倉庫にも棚がしつらえてあって、種々雑多なものがごたごたと並んでいたが、ざっと眺めただけでも少なくとも帽子の箱が二ダース、太いロープの束がいくつか、子供用のレーシングカーが三台、水難救助用の救命浮輪が四つあるのがわかった。よく見ると、浮輪にはＨＭＹ　Ｂｒｉｔａｎｎｉａと記してあった——ブリタニア号に装備されていた救命浮輪だろう。倉庫の突き当たりにもうひとつ扉があったが、そのすぐ手前に放置してあるハリー・ポッターに出てくるような古い型の旅行用トランクふたつと茶葉の輸送に使われる大きな木箱が邪魔をしていた。ロージーは茶箱を脇へどかし、トランクは反対側の壁際に移動させた。片方のトランクがやけに重かったので、好奇心をそそられて蓋《ふた》を持ちあげてのぞいてみた。白地に青をあしらったそれはみごとな中国の花瓶が三つ、それぞれ五〇センチほどの高さがあるもので、割れないよう詰めた藁《わら》のなかにおさまっていた。

　障害物をどかしたあと強く押すと、扉は開いた。扉に残る跡からすると以前はその先への立ち入りを禁止する注意書きの類いが掲示されていたのかもしれないが、今はなんの表示も出ていなかった。扉の先は赤い煉瓦《れんが》造りの地下通路が五メートルほど続き、突き当たりにさらに別の扉があった。その扉は今までの扉とは明らかに別物だった。高さがあまりなくて、扉自体がかなり古そうで、がっしりしたいかにも頑丈な造りの戸枠に嵌《は》まっていた。現在位置は、おそらくコンスティテューション・ヒルの通りのあたりだろう、と思いながら、ロージーは懐中電灯をつけた。この扉がおそらく、フィリップ殿下が地下通路をふさぐために職員に設置を命じたものだと思われた。空気はまったく動かず、そこから生じる全き静寂のなか、五感が鋭く研ぎ澄まされた。背後の蛍光灯が立てるジーッという音も点滅するときのかすかな瞬きの音も、湿気と泥のにおいも、そこにうっすらまじる男性用の化粧品を思わせる樹木系《ウッディ》なにおいも、残らず感知していた。

　扉そのものが、博物館に展示されていてもおかしくなさそうだった。分厚い板材が使われ、経年によってところどころまだらに変色している。蝶番《ちょうつがい》を支える目的で頑丈な金属板が横に渡されて鋲《びょう》打ちされていた。錆だらけの把手《ノブ》のしたの古めかしい金属板に鍵穴《かぎあな》があるけれど、鍵はどこにも見当たらなかった。代わりに、横の壁に現代でもお馴染《なじ》みの一般的な掛け金が取りつけられていた。掛け金のプレート部分を、扉本体にスチールの受座で取りつけたとじ金に渡して、扉が開かないようにしてあった。とじ金のつまみの丸かんからごつい南京錠がぶらさがっていた。これも写真に撮って〝ボス〟に見ていただいたほうがいいかもしれない、とロージーは思った。懐中電灯を脇に置き、ジャケットのポケットから携帯電話を出して、フラッシュをオンにして構え、ボタンを押そうとしたときだった。南京錠を正面から撮影したくてつかんで向きを変えようとしたところ、スチールの受座ごと浮きあがってきたのだ。バランスを崩してロージーはあやうく尻《しり》もちをつきそうになった。

　とじ金を支えるスチールの受座は扉にまったく固定されていなかった。掛け金のプレート部分を扉側に倒して、とじ金にかけておきさえすれば、装置的な見た目からは施錠されているように見えるが、手前に引っ張るととじ金にかけた南京錠を含め、受座ごと扉からすっぽりはずれてしまう……ということは、扉は未施錠のまま、ということになる。ロージーはためしに錆だらけの把手《ノブ》を強く引いてみた。扉はいとも簡単に開いた。

　女王の指示は明瞭《めいりょう》で疑問の余地はこれっぽっちもなかった。ロージーが軍隊で受けた訓練も、同様に明瞭で疑問の余地はなかった。曰《いわ》く——ひとたび上官から指示を受けたら、その指示から一ミリたりとも逸脱してはならない。

　けれども、ロージーは実戦で鍛えられた百戦錬磨の猛者《つわもの》だった。全身の筋肉も腱《けん》も張り詰め、眼のまえの暗闇に突き進んでいこうとしていた。前進は事態の進展を意味する。ここで引き返せば、問題を報告するだけで終わってしまう。この手の事態に直面した場合、最大の問題は「誰かを危険に巻き込む可能性はあるか？」。目下の状況に照らして、危険に巻き込んでしまう可能性のある者は当人以外ゼロ。ロージー自身について言うなら、自分の面倒ぐらい自分で見られる。となれば……。

「申し訳ありません、陛下」と小さな声でつぶやくと、懐中電灯を拾いあげてまえに進んだ。

　まわりの壁は煉瓦張りで、通路の幅はあったが、天井は低かった。板石敷きの足元はでこぼこしていた。板石がなくなって地面がむき出しになっているところには、木の厚板が渡してあった。見ると、厚板に規則性のない線状の跡が残っていた。タイヤの跡のようだった。形状からすると……一輪の手押し車だろうか？　ついて間もない跡のようだった。六十年まえについたものなら、その後の年月で泥や埃《ほこり》やすすをかぶっているはずだから。

　懐中電灯を横に動かしたとき、光の輪が厚板の横に点々と落ちているごみを捕らえた。忘れられたままのニット帽、かびだらけの革の手袋の片方、ロージーには馴染みのない商品名が印字されたお菓子の包み紙――なんなの、この〈タズ《TAZ》・バー《Bar》〉って？　それはそれとして、それらのごみは一九五〇年代当時、もしくはフィリップ殿下がここを訪れたときのものではない、と考えてまちがいなさそうだった。そもそもどれもが、ここにあるはずのものではなかった。少なくとも、それだけはまちがいない。

　そろそろグリーン・パークのあたりまで来ているはずだった。地下通路はところどころで右に左に蛇行しながら続いているので、それほど先の方までは見通せなかったが、この通路がこの先でやや右のほうに向かっているとすれば、セント・ジェームズ宮殿に行きつくはずだった。常日頃、一八〇センチ弱の身長をなんとも思っていなかったが、今日という今日は己の長身が恨めしかった。ここを造ったテューダー朝の人たちはずいぶん背が低かったか、でなければ児童労働をさせていたにちがいない。それはともかく、フィリップ殿下の指示はまったく守られていなかった、ということだった。ウィリアム王子やハリー王子が秘密の恋人に会うために、身をかがめてここを通っていたとは思えなかった。こんなところを通れば、そのあと入念なマッサージが必要になる。またマーガレット王女のようなロイヤル・ファミリーの保守的なメンバーが、寒くて暗いこんな穴倉みたいなところにもぐりこんで、四〇〇メートルも歩いて姉のエリザベス女王に会いにいったりしただろうか？　まさか。

　懐中電灯の光を受けて、数メートル先に落ちていたものが光った。きらきら光る金色の物体だった。その正体を確認するため、そちらに一歩踏みだしたとき、背後の遠くのほうでなにかがどこかに当たったような、鈍く大きな音がして、空気がびりびりと震えた。はっとして上体を起こした瞬間、地下通路の低い天井に頭をいやというほどぶつけた。あまりの痛さに意識が遠のきそうになったが、ロージーは懸命に足を踏ん張った。こんなところで倒れるわけにはいかなかった。口のなかいっぱいに鉄臭い血の味が拡がった。

32

これより厄介な任務ならいくらでも経験がある、とビリー・マクラクランは思った。目下のところ、テットベリーのとあるパブのテーブル席で、エールの入ったパイント・グラスをまえに、いかにも満足げな面持ちで店内を見まわしていた。暖炉では薪《まき》がパチパチと心地よい音を立て、まずまずの銘柄のビールが並ぶリストがあり、まずまずの容姿の女バーテンダーがいて、メニュー板にはチョークで小洒落《こじゃれ》た料理名が書き連ねてあった。その昔はマクラクランも仲間たちと、〝三度揚げチップス《トリプル・クックド・チップス》〟（訳注：イギリスのシェフ、ヘストン・ブルメンタールが考案したチップス。三段階の調理法を経ることで「ガラスのようなクラストと柔らかくふわふわした中心を持つチップス」といわれている）〟やら、生焼けのステーキやら、決まってルッコラが敷いてあって一週間分の給料をもっていかれそうな値段がついた料理を、口をきわめてこきおろしにこきおろした。しかし人間というのは慣れることを覚える生き物である。そして、今どきの料理はうまい。〝三度揚げチップス《トリプル・クックド・チップス》〟も大歓迎だった——ただし、他人のおごりなら。ちなみに本日の飲食代は女王陛下持ちだった——**「それでは、次は絵のことを調べてもらえるかしら。その後どうなったのか、どうしても知りたいのよ」**

　相手の男がトイレから戻ってきた。ビールとチップスについては、小洒落ていようがいまいが、一家言ありそうな顔をしていた。ツイードのジャケットと細身のジーンズに、慎重な採寸の賜物か、腹まわりの膨らみがおさまっていた。どことなくハンプティ・ダンプティを連想させられる外見の持ち主だった。赤らんだ頬と後退しつつある生え際が余計にその印象を強くしていた。今夜は一杯《ワン・パイント》だけにしておこう——マクラクランはそう心に決めた——たとえ女王陛下のおごりでも。

「注文は決まったかい？」男が尋ねた。彼はスティーヴン・ロチェスターといい、テットベリーの地元民で、このパブの常連客だった。目抜き通りで画廊兼骨董《こっとう》品店を営んでいて、周囲の評判はすこぶるよく、今のところ期待どおりの人物だった。

「フィッシュ&チップス、フィッシュはタラで、マッシィ・ピー添えで」マクラクランはいちばん近くにあったメニューを横目で見ながら言った。「売り切れてなかったら、そいつをもらおう」

「鴨じゃなくて？　ここの鴨は絶品だぞ」ロチェスターが言った。

「やめとくよ」

「じゃあ子羊のすね肉は？」

「きみが食べるといい、スティーヴン」ふたりはすでにファースト・ネームで呼びあう仲になっていた。とは言っても、今回マクラクランは〝チャーリー〟と名乗っていた。「それと、ワインをご馳走《ちそう》させてくれ。どれがいいかな？　メルローか、カベルネ・ソーヴィニヨンか」

　リストのなかでいちばん高価な銘柄をボトルで頼んだ。相手にわざわざ言うことではないので黙っていたが、マクラクランは今はもうワインは呑《の》まなかった。どうやら体質にあわないようで、頭痛の原因になるからだった。それでも、自分がもてなす側の場合、どんな理由でもてなすにせよ、相手方にはしゃべりつづけてもらいたかった。大いに呑み、ほどよく酔っ払って、些末《さまつ》なことを気にしなくなり、舌がなめらかに動くようになってほしかった。それには口当たりのいいカベルネが役に立ってくれるにちがいなかった。案の定、スティーヴンは二杯目に突入するまで、〝チャーリー〟がずっとペール・エールしか呑んでいないことに気づきもしなかった。

話題はスティーヴンの商売についてだった。〝チャーリー〟は閉店間際になってスティーヴンの店にふらっと入ってくると、こんなふうに言った——今度、まとまった額の金《かね》が入ることになったので、いい物件が見つかり次第田舎に家を買おうと思っていて、ついてはそこに飾る絵画を何枚か、ついでにちょっと珍しい家具や調度品なんかも探しているのだ、と。「ちゃんと人が住んでいますよって雰囲気にしたいんだ。わかるだろ?」

スティーヴン・ロチェスターは、それはもうよくわかっていたので、歓《よろこ》んで応じた。コッツウォルズには都会の金持ちが大挙して押し寄せてきているが、うなるほど金《かね》を持っている連中でも、〝茶色の家具〟には見向きもしない。たとえば、摂政《リージェンシー》様式のマホガニーの脚付き箪笥《たんす》とかには。それをこの〝チャーリー〟は、店に入ってくるなり褒めちぎり……そうやって語らううちに、〝チャーリー〟はヴィクトリア朝様式とジョージ王朝様式の見分けがつく男だということがわかった。さらにこの地域のことを熱心に訊《き》いてくるので、それならば、ということで店を閉めてから、ふたりしてこのパブで夕食を食べることになったのだった。

暖炉のそばのこぢんまりとしたテーブル席にゆったりと腰を落ち着け、ふたりはコッツウォルズのあの市《まち》やこの村がどういうところかで盛りあがった——ブランド物のレギンスを履いたヨガ女子に占拠されているのはどこか、今や民泊《エアビーアンドビー》用の短期貸し物件だらけになっているのはどこか、その土地の個性をかろうじて保てているのはどこか。スティーヴンは自分の知っていることを惜しげもなく伝えた。さらに芸術についても語りあった。〝チャーリー〟は興味津々だった――「といっても、あくまでもずぶの素人なりに、だよ。知識なんぞまったく持ちあわせてないんだから。ただし、おれの伯母《おば》って人が目利きでね。で、その伯母が亡くなって――伯母の魂よ、安らかに――おれに遺産が遺《のこ》されたってわけなんだ。そのなかにルネサンス期の絵が一枚あって――まあ、あくまでも伯母の言い分なんだけど、ルネサンス期に描かれた本物だってことでね。信じて疑わなかったよ、カラヴァッジオが描いたもんだって。ええと、カラヴァッジオでいいのか、発音は？」

「ああ、あってる」スティーヴンはうなずいた。「それはじつに胸躍る話ではあるけれど、およそありえないよ、本物だってのは。ついでながら、カラヴァッジオはルネサンス期の画家じゃない」

「そうなのか？」

「ああ、バロック期を代表する画家だからね。だが、まあ、こんな話をして退屈させてもなんだし」

「とんでもない」〝チャーリー〟は力強く言った。「退屈なもんか」

　ふたりは夕食を食べおえ、デザートを頼んだ。といってもマクラクランが選んだのは、マダガスカル産ヴァニラのパンナ・コッタのチョコレート・クランブル＆摘みたてバジル添えで、それを小鳥のようにちびちびとついばみながら言った。「だったら、どうやって確かめたらいいんだい、本物のカラヴァッジオじゃないってことを？」

スティーヴン・ロチェスターは、たまたまその時期の絵画に精通していた。マクラクランにしてみれば、意外でもなんでもなかった。事前に下調べをしていたから。現在の画廊兼骨董品店をはじめるまで、スティーヴンは地元のオークション・ハウスで長年働いていて、バロック絵画を専門にしていた。スティーヴンはカラヴァッジオとはどんな画家なのかを解説し、マクラクランは話の内容にはこれっぽっちも興味はなかったが、相手の知識の深さには感銘を受けた。

「恐れ入ったよ、大したもんだ。きみならカラヴァッジオの本が書けるな」感服の笑みを浮かべて手放しで褒めちぎった。

「ああ、書くかもしれない、そのうちに」スティーヴンはご満悦の体だった。

マクラクランはすかさず、相手のグラスにワインをなみなみとつぎ足した。「それじゃ、これまで扱ったなかで、いちばん興味を惹《ひ》かれた作品というと？」

「そうだな、あれは……」

スティーヴンはピーター・レリー（訳注：一六一八〜一六八〇　チャールズ一世、オリヴァー・クロムウェルの肖像画家を経て、チャールズ二世の主席宮廷画家となる）の細密画の話を始め、別の話をせがまれると、次はストラウドのそばの、ヴィクトリア朝時代からある牧師館で、緩みかけていた羽目板の裏から少女の肖像画が出てきて、それがメアリ・ビール（訳注：一六三三〜一六九九　イギリスの肖像画家。アマチュア画家の父親から絵画の技術を教わったという説がある）の作品だったのでちょっとした騒ぎになった、という話をした。

よし、ようやく目標に一歩近づいた、とマククランは思った。「メアリ・ビール？　ってことは女だよな。その時代に女の画家がいたとは知らなかったな。てっきり、女には許されてなかったとばかり思ってたよ」

「人数は多くはないが、いたことはいたんだ。そのなかでもメアリ・ビールは多くの作品を残した。夫をアシスタントにして肖像画を量産したのさ（訳注：夫のチャールズ・ビールは役人でアマチュア画家だったが、メアリが絵画で収入を得るようになると、彼女のマネジャーとなり、画材の準備や会計の管理をするようになったと言われている）」

「女の画家ねえ。そんな昔に……って、いつごろだ？　十七世紀あたりか？」

「おっと、それで思い出したよ」スティーヴンはそう言うと、背もたれに身を預け、たっぷり呑み、たっぷり食べた満足感に眼をとろんとさせた。「ジェンティレスキの話があったよ。危うく忘れるとこだった」

「というと？」そうそう、それそれ。その名前が出てくるのを待っていたのである。マククランは控えめに興味を示した。

「なあ、チャーリー、美術の話ばかりで退屈してたら遠慮なく言ってくれよ。こいつはもう二十年もまえの話だし。あ、いや——もう三十年か」

「退屈なんかしてないって」マククランは力強く言った。「そのジェントルなんとかっての話、ぜひ聞かせてくれよ」

　スティーヴンは少し間をおいて、頭のなかで事実関係の整理がつくと、話をはじめた。ある著名な画家のものらしき絵画が複数点見つかり、大発見となるはずだった。その画家がアルテミジア・ジェンティレスキで、生まれたのはメアリ・ビールよりやや早いが、大雑把にまとめるとほぼ同時代に活躍した女性画家だった。メアリとちがって、ジェンティレスキはヨーロッパ大陸の、具体的に言えばイタリアの出身で、相当な才能の持ち主というか、まあ、一種の天才だった。

「見つかったのは四点。いずれも油彩だった。すすだらけで汚れも付着していたし、ワニスに剝離《はくり》も生じていたが、それを除けば状態は悪くなかった。ハンプトン・コート宮殿の、当時ある老婦人が住んでいた区画に（訳注：ハンプトン・コート宮殿の部屋は、grace and favour 制度により王室に貢献のあった家臣やその寡婦に住居として貸与されていた。二〇一五年時点で老婦人二名が在住）掛かっていたらしい。ロイヤル・コレクションの職員のひとりが、頼みに頼んでようやく許可を取りつけ、調査に赴いてみたところ、なんと、その値段のつけようもない貴重な作品があまり使われていない部屋のあちこちに無造作に掛かっていたらしいんだ。まあ、値段のつけようもない、というのはことばの綾《あや》ってやつではあるけど、ジェンティレスキは偉大な画家だし、その見つかった絵というのが、ほかに現存しているものはないという、娘のプルデンシアをモデルにした、ギリシャ神話の女神を描いた絵だったもんでね。なあ、今度こそほんとに退屈してないか？」

「してない、してない。興味津々で聞いてる」

「そうか？　それじゃ、まあ……見つかったといっても、世紀の大発見ってわけじゃない」その点は断っておかないとならない、とスティーヴンは言った。「ダ・ヴィンチあたりが見つかったわけじゃないもの。おれとしてはもっと大騒ぎになってもよさそうなもんだと思ったよ、アルテミジア・ジェンティレスキは、当時はまだ充分に評価されていなかったとしても。おれも含めて当時ロンドンで働いてた同業者たちは、風の噂でジェンティレスキが見つかったと聞いて胸を躍らせたんだ。時期的な面から考えると、チャールズ一世の妃のヘンリエッタ・マリアのために、王室が注文した作品の可能性があったから。グリニッジの邸宅の、王妃の私室の装飾に、いかにもぴったりだっただろうから。王妃の私室の室内装飾に使われていたものは現存していない。その時代の美術史に大きな穴があいてるわけさ。どうやら芸術と欲望という古典的なテーマで統一されていたらしい、ということはわかってる。ジェンティレスキの作品の主題も芸術の女神《ミューズ》だからね。完璧《かんぺき》じゃないか。クリーニングが終わった段階で、そのつながりが証明されていれば、きっと……そう、きっと大騒ぎになってたと思うよ」

　マクラクランは顔をしかめ、同情の念を示した。「って言い方をするってことは、そうはならなかった？」

「いかにも」スティーヴンは渋い顔で、グラスのワインをあおった。「複製だったのさ」と言って鼻をふんと鳴らした。「女王も〝残念でした〟だよ……って、待ってくれ。女王が残念な人だったって意味じゃないぞ、もちろん。わかるだろ、おれの言いたいこと。みんな、がっくりきた。おれもそうだけど、鑑定結果を首を長くして待ってた連中は、全員揃って〝残念でした〟だった」

「それじゃ、絵は贋作《がんさく》だったってことか?」マクラクランはそれとなく尋ねた。

「いや、正確にはそうじゃない。真作だと偽らないかぎり、贋作とは呼ばないからな。汚れを落としおわった段階で、どうやら複製らしいことがわかったんだ。真作が完成した直後に、おそらく宮廷に仕えていた者の手で模写されたんじゃないかってことになった」スティーヴンは解説を続けた。「まあ、印刷みたいなもんだな。ところが、あまり才能のないやつが模写したらしい、と人づてに聞いたよ。おれ自身は一度も眼にしたことがないものでね」そこで間を置いて、またワインをあおった。「だが、真作のほうは見たことがあるんだ、二点だけだけど」と最後にぽつんと、ひとりごとのようにつぶやいた。

　そのときのことは、ロンドンの美術関係者界隈《かいわい》に確保した情報源からとっくに耳に入ってきてはいたが、マクラクランとしてはスティーヴン本人から直接聞いておきたかった。話を促すため、いかにも興味をそそられた、という顔になった。

「ええっ、ほんとかい?　いつ、どこで?」

「一年か三年ほどあとに、オークションで見たんだよ」スティーヴンは遠い眼をして言った。

「一点めはここの近くで見つかった。そのときにはおれもロンドンを引きあげて、こっちに移ってきてたんだ。王室の絵画発見騒動を聞きつけて、自宅の屋根裏で宝探ししたやつがいて……ってことだった。見つかったのは、アルテミジア・ジェンティレスキが喜劇の女神タレイアを描いた真作だった。二点めは、たしか、エラト――恋愛詩の女神の絵で、アメリカでオークションに出品されて、その目録で見たんだ。発見された経緯は、一点めと同じだ。どちらも専門家による鑑定の結果、正真正銘の真作だとわかった。驚くだろう、何世紀も見つかっていなかった絵が……じゃじゃーん！　いきなり現れたんだぜ」

　マクラクランは、いくらか怪訝《けげん》そうな顔になった。その話にはなにやら裏がありそうだ、ということはわかるものの、それ以上のことは自分の知識では今ひとつ理解が及ばない男、というのを演じてみたのだ。「なにが言いたいんだ、スティーヴン？」

　スティーヴンは肩をすくめた。「なにって、言ったとおりだよ。偶然にしちゃ、少々できすぎじゃありませんかってことさ。はばかりながら、このあたりの美術品の取引についちゃ、おれはかなりの事情通だ。一見、うさん臭いところはなさそうに見えたが、最初に見つかったほうのジェンティレスキをオークション・ハウスに持ち込んだ業者は、どういうやつだったと思う？　そうだな、おれなら自分の客には紹介しない、とでも言っておこうか。二点めを扱ったアメリカの業者も、たまたま〝友人〟から買いつけた何点かのなかにジェンティレスキが交じってたって言うのさ。同じシナリオなんだよ、最初のと」

「それはつまり、あやしい業者が、あやしい絵を売りに出したってことかい？」

　スティーヴンは首を横に振った。「いや、チャーリー、おれはそうは言っていない。おれが言いたいのは――」そして嚙《か》んで含めるように、ゆっくりと言った。「業者はあやしかったが、絵は本物だったたってことだ」

　〝チャーリー〟は困惑の表情を浮かべた。

　そこでスティーヴンがぐっと声を落としたのは、そうすることで却《かえ》って印象づけようとしたものと思われた。ワインの酔いと、夢中になっている聞き手の存在が、スティーヴンの口を軽くしていた。「つまりだな、何者かが女王の絵を複製と差し替えて盗み出し、真作のうちの一点をここから五キロ先のオークション・ハウスで売りさばき、その翌年に別の一点を遠い異国のテキサスで売りさばいた可能性が高いってことだよ。おれはそうにらんでる。何人かの人間に話してみたよ。どうかしてる、正気の人間の考えることじゃない、と言われたけど、そこからおもしろいことになった。そのあと、ジェンティレスキの絵画は一点もおもてに出てこなくなったんだ。ハンプトン・コート宮殿で見つかったのは全部で四点だ。ほかの二点はどうなった？　裏で糸を引いていたやつがびびっちまったんだろうな。このおれにびびったのさ。自分の店をはじめたとき、うちとはぜったいに取引しないというクライアントがいたんだ。業界では名のとおった重鎮ってやつばかりでね、おれの評判も、うちで扱う〝商品〟のクオリティもわかってた。事件の黒幕が仕組んだんだよ、そういう客筋がうちと敵対するように。みみっちいことをするよな、意趣返しだとしても」

「すごい裏話だな。つまり複製が贋作だったってことだろう？　衝撃の結末ってやつだよ！」

と〝チャーリー〟は言った。

　スティーヴンとしては、正確に言うとそうではない、と主張したそうな顔をしていたが、〝チャーリー〟は事の顚末《てんまつ》をさっさと要約してしまった。スティーヴン・ロチェスターの読みどおりなら、現在ロイヤル・コレクションにある四点の〝複製〟は、十七世紀に描かれたものとされてきたが、実際は詐欺を目的に三十年ほどまえに作られた贋作ということになる。スティーヴンはうなずいた。「そうだな。そういう言い方もできるな」

　マクラクランがカウンターでふたり分の食後酒を調達してくると言った。スティーヴンは異を唱えなかった。

「どうして公表しなかったんだい？　警察に通報することもできたんじゃないのか？」マクラクランは席に戻ってくると、コニャックの入ったグラスふたつをテーブルに置きながら尋ねた。

「無理だよ、証拠がないんだから」スティーヴンが肩をすくめた。「なにもかもおれの勘です、じゃ相手にもされない」

「で、黒幕はがっぽり儲《もう》けた」とマクラクランは言った。「真作二点をオークションに出品して大金を手にした」

「〝大金〟ってのが、どの程度の金額を指すのかによるだろうね」スティーヴンは言った。「関係者一同に分け前をやらなくちゃならなかったはずだし。業者と、元の持ち主を称している連中にもせびられただろうし、もちろん、贋作師にも払うもんを払わないと」スティーヴンはそう言うと、コニャックの入ったグラスをじっとのぞき込んだ。「ときどき思うんだ、あの二点が王室のどこかの宮殿で見つかったものだったら、いったいどれほどの値がついていただろう？　ってな。オークションに出品されたのは、発見までの来歴が不明瞭《ふめいりょう》だった。それでも真作と認められたのは、描かれようがあまりにもみごとだったからだ。あの二点には、それぞれ五桁《けた》の値段がついたと聞いてる。それでも一九八〇年代当時は、三万ポンドもあればそこそこの家が一軒買えた。四点とも売っ払えてたら、笑いがとまらないことになってただろう。おれのちょっとした勘が働いたがために、やつは家二軒か、三軒分、儲けそこなった……おれとしては、そう思いたいよ。欲に眼がくらんで焦ったのが敗因だよ。もっと待ちゃよかったのに、待ち切れなかったんだな。残り二点は闇ルートで売却したんだろう。考えられない線じゃない。けど、おれは絶えず眼を光らせてた。そういう動きがあれば、察知してたと思うよ」

スティーヴンは口をつぐんだ。その美術界のマキャヴェリは何者なのか、エリザベス二世の鼻先で名画を盗み出したのはどこの誰なのか、と〝チャーリー〟が訊《き》いてくるのを待った。ところが、今夜の連れは、どうやらすっかりくたびれてしまったようだった。バーテンダーに、そろそろ閉店の時刻だと言われると、〝チャーリー〟はよろけながら立ちあがって、勘定を払いに行った。互いにおやすみと言いあいながら、スティーヴンは明日の朝になったら、自分が今夜しゃべったことは半分ぐらい忘れられてしまっているだろうと思った。

ビリー・マクラクランはテットベリーの名所であるマーケット・ハウスにほど近い、小さなホテルの居心地のいい部屋に戻ると、荷物からノートを取り出し、今夜スティーヴン・ロチェスターと交わした会話をほぼ一言一句もらさず書きとめておく作業に取りかかった。

33

バッキンガム宮殿上階の秘書官執務室で、サー・サイモンは椅子にもたれ、両脚をデスクに乗せた恰好《かっこう》で、内閣府の対応相手にその日二度めの通話をしていた。いわゆる根回しというやつだった。疲労困憊《こんぱい》していたが、それが声に出てしまわないよう、なけなしの気力を振り絞った。落ち着きのある丁寧な口調──秘書室からの電話にはなによりもそれが求められ、また相手からも期待される。秘書官たるもの、万事を心得ていて、難題を見越してあらかじめ手を打ち、誰の気分も害さず、どんなに困った状況も魔法のように切り抜けられるものと思われている。そのための〝技術〟の多くを、サー・サイモンは海軍で習得し、外務省時代にさらに磨きをかけたが、大部分はそれよりずっと以前に学び、身につけていた。両親が離婚寸前だったときに。

当時、サイモン少年は寄宿制私立初等学校《プレップ・スクール》の生徒で、まだ八歳だったが、大きなカントリー・ハウスに設けられた寄宿舎は、鉄のベッドフレームが並び、常に茹《ゆ》でキャベツのにおいが漂っていて、すべての行動をベルで管理され、教師たちは生徒が規則をまちがって覚えていたり、片っぽの靴紐《くつひも》がほどけたまま歩いたりしているの決して見逃さず、スリッパでひっぱたいてくる毎日で、早くも希望を見失いかけていた。一学期半が過ぎた時点でなによりも思い焦がれたのは、実家で母親や妹たちやペットの猫やらモルモットやらとともに過ごすこと、そして父親が金融街《シティ》での長い一日を終えて、ウォータールー駅から〝地獄のような〟通勤を経て帰ってきたときの〝ただいま〟というぶっきらぼうな声を聞くことだった。ところが春学期の中間休みに待ちに待った帰省をしたとき、夜遅くに両親が口論している声が聞こえてきたのだ。そして学校に戻ったあと、妹のビーティからの手紙で父親が家を出ていったことを知った。妹の考えでは、村のパブの上階《うえ》が宿屋になっているからその一室に泊まっているのかもしれない、とのことだったが、なにぶん子どもの考えなので確かな情報とは言いがたかった。

それからの一年と半年、サイモン少年は両親の仲を修復することに全身全霊を傾けた。学校では平静を装い、囁《ささや》かれはじめていた噂を全否定し、最終的にはすべてが丸く収まるはずだと信じ、そのあかつきには以前となにも変わっていない、という顔をするつもりだった。長期休暇や、外泊許可の出た週末には、妹たちと一緒になって母親の心に訴えかけるべく、愉《たの》しかった休暇の思い出を語り、できるかぎり家事も手伝った。

父親が相手のときは、目下の事態については話題にしないほうがよさそうだと感じた。外泊許可の出た週末、男同士で田舎に釣りや長いハイキングに出かけ、ふたりきりの貴重な時間を過ごしながら、サイモン少年は聞き役に徹し、自分にとっては神に次いで畏敬《いけい》の対象である父親が不安や苦しみを、常に三人称で見ず知らずの他人の話のように打ち明けるのに耳を傾けた。サイモンは表面には出さなかったが、内心では希望を捨てていなかった。夜には家庭の円満を必死に神に祈り、昼には痩《や》せっぽちの小さな身体で家族全員の心を支えた。

それでもサイモン少年の努力では、両親の仲は元どおりにならなかった――ふたりが関係を修復したのは、一年半のあいだのめぐりあわせと経済的事情と、そもそも互いの相性がよかったという事実に後押しされたからだった。とはいえ、暗雲は去った。サイモン少年は十歳の誕生日に、両親からゴールデン・レトリーヴァーの子犬をプレゼントされ、ナイジェルと名付けた。最高のプレゼントだった。というのも、ゴールデン・レトリーヴァーを気に入ったのは父親のほうだったものの、サイモンが学校にいるあいだナイジェルの世話をすることになるのは母親のほうになるだろう、ということを家族全員がわかっていたから――つまり、このプレゼントはふたりが互いに歩み寄った結果であり、関係を修復しようと試行錯誤した者たちが最終的に締結した和平協定の象徴だったのである。

それ以降、サイモン少年の家族にまつわる思い出は、まばゆい陽射しと、たっぷり用意された食事と、ふわふわで温かい動物の感触が大半を占めるようになる。これまで長いこと、サイモン自身、プレップ・スクールに入った直後の暗黒の日々は、幼い自分にとっては地獄同然だったと思ってきたが、五十路《いそじ》に入った今、あの日々が自分を鍛え、のちの成長の土台となったことに気づいていた。おかげで何事も自ら働きかけ、努力をしない限り、永遠には続かないものだと理解している。愛情こそがなにより重要であることも、成功するためには耳を傾け、受け入れ、学び、希望を抱きつづけなくてはいけない、ということも。

というわけで、今は耳を傾けていた。内閣府は国民の理解を求めるにあたって、さまざまな懸念を抱いているという。なんといっても、一般市民がほとんど立ち入る機会のない建物の改修に三億ポンド以上もの費用をかけるのだ。サー・サイモンは落ち着いた口調で、ところどころで笑い話や不幸な逸話を織り交ぜながら、セント・ジェームズ・パークの向こうの一〇番地《ナンバー・テン》にいる友人に、水洩《みずも》れ、火事、腐食といった、今まさに宮殿が瀕《ひん》している危機を思い出させた。そして最大限に下手に出て、代替場所の候補を尋ねた――公式晩餐《ばんさん》会や叙勲式、園遊会といった、市民の貢献を讃《たた》える行事や、ロイヤル・コレクションの貴重な品々の展示、国民の気持ちをひとつにしなければいけないときのバルコニーへのお出まし、それに衛兵交代式――それぞれバッキンガム宮殿以外の場所で行う場合の費用は？　その場合、新たな問題は発生しないだろうか？　もちろん陛下はどこになろうと文句ひとつおっしゃらずに移ってくださるだろう、その点は懸念無用だと思うが……ウィンザー城？　まあ、ひとつの選択肢ではあると思う。しかし、バルコニーへのお出ましはどうする？　お姿を見せないも同然になりかねなくないか？　もちろん、議会のほうはなにがなんでも一億ポンドほど予算を削りたがっている。それは承知している。いやいや、そっちは内閣府でばりばり活躍している切れ者だ、秘書官ごときよりもはるかに知恵も知識も持ちあわせているだろうから、なんらかの解決策をひねりだしてくれるものと信じている……。

　少しずつ、ほんとうに少しずつ、相手側の疑念が薄れ、議会対策についての建設的な提案がダウニング街のほうからもいくつか打ち返されてくるようになった。それからしばらくして通話を終えたあと、サー・サイモンはステンレスの魔法瓶からぬるくなったコーヒーをカップに注ぎ、腕時計に眼をやり、午後十時近いことを確認すると、そこですぐには受話器に手を伸ばさず、いったん考えを整理することにした。

　次の電話のまえに、識者によるアメリカの大統領選についての報告にすばやく眼を通した。王室の上級職員や官僚の大半と同様、サー・サイモンも、アメリカ合衆国の首都ワシントンとほかの五十の州で起こりつつある現象に病的なほど夢中になっていた。ヒラリー・クリントンは世論調査では優勢だったが、二週間ほどまえからまたしてもＦＢＩの捜査を受けていた。嫌疑は晴れたものの、投票まであと二十四時間しかなかった。そのあいだに支持者を納得させられるのだろうか？　郵便投票への影響も懸念された。おまけに対抗馬には、彼女がうっかりトランプ支持者を〝嘆かわしい人たち〟と呼んでしまったことをまたしても蒸し返されていた。自分が彼女のスピーチ・ライティング・チームの一員だったら、その表現は削除するよう進言しただろう、とサー・サイモンは思った。〝そういう人たち〟の票を集めようと思うなら、マイナスでしかないことばなのだから。

　サー・サイモンは十一歳のときから政治に魅了されていた。プレップ・スクールの授業でマグナ・カルタの精神に触れ、その精神がイギリスの歴史を貫く一本の経糸となって、民主主義という布を織りあげているのだと教わったのがきっかけだった。そのまま学問の道に進み、政治史家として静かな人生を送ることもできた。しかし実際は、政治を動かす側に身を置く道を選んだ。今では立憲君主政体に助言を与える立場に身を置いている。できるものなら、今この瞬間にもテレビにかじりついて、アメリカの世論調査の数字を読み解き、選挙結果を予想したいところだったが……そうもいかなかった。自ら選んでこの立場に身を置いたのだ、テレビなど見ている場合ではなかった。今回だけではなく次の大統領選挙の時期が来ても、さらにその次の大統領選挙の時期が来ても、わが国の君主の頭上に宮殿の屋根が崩れ落ちてくることなどなきよう、奮闘せねばならないのである。サー・サイモンは受話器に手を伸ばした。

「もしもし、サラ、夜分遅くに申し訳ない。水曜日のことでね。万事順調に進んでいるとは思うんだが、こちらで手伝えることはないかと思ったんだ。ああ、もちろんかまわないよ。順を追って説明させてくれ……」

　その時点でロージーは泥にまみれ、じっとりと濡《ぬ》れそぼち、身体の芯《しん》まで凍えきっていた。長靴の足元には一センチほど水が溜《た》まっていた。さきほどの衝撃で頭は痛み、腰も悲鳴をあげているうえ、背中のうえのほうを煉瓦《れんが》の天井に何度もぶつけ、目地のモルタルのざらざらした表面にジャケットをこすられたり、髪の毛を引っ張られたり。おまけにわざわざ腰をかがめて拾いあげたきらきら光る金色のものは、なんと、チョコレート・バーの包み紙だった。苦労には見合わなかった。

　進むにつれて、天井はますます低くなってきていた。そろそろ切りあげよう、とロージーは判断した。そもそもこれほど奥まで来たのは命令違反にほかならないわけだし。ロージーは身体の向きを変えて、バッキンガム宮殿の方向に戻りはじめた。問題は、このまま進んだ先になにが待ち受けているか。先ほどびっくりして頭を天井にぶつけるきっかけとなった、あのバタンという音が意味するものが、今ごろになってようやくわかりはじめた。地下通路の終点は、ぼんやり程度には明るいはずだった。その光が見えてきてもいいはずなのに……行く手はあいかわらず真っ暗なままなのだ。

　戸外《そと》の風がここまで吹き込んでくるとは思えないので、半開きにしてきた扉が勝手に閉まることはないはずだった。携帯電話は圏外だった。電話で助けを求めることはできない、ということだし、上階で待機してくれている人もいない。

　すばやく考えをめぐらせ、状況を把握し、問題の解決をはかった。なにがどうなろうと、パニックを起こさない自信はあった。ロージーが今、どこにいるか、陛下はおおまかにではあるものの把握してくださっている。秘書官補の不在が問題となり、騒ぎになれば、助けが来るのは時間の問題だろう。

　ロージーが案じていたとおり、分厚い木の扉は閉じてしまっていた。横向きになって肩を当て、全体重をかけた。思い切り押してもびくともしないものと思っていたが、実際は軽くひと押ししただけで、扉はあっけなく開いた。煉瓦の壁の通路に入り、アーチ形の天井の貯蔵室に向かった。アドレナリンが身体じゅうを駆けめぐり、一種の興奮状態だったが、そもそも地下通路を調べてみようと決めたのは、判断ミスだったのかもしれないと思いはじめた。それでも、見つけたものを考えれば……。

「動くな。そこから一歩でも近づいたら、殺す」

貯蔵室と小部屋のあいだの戸口のところに、黒い人影が見えた。声は低く、敵意に満ちていた。男が立ちはだかっている戸口を抜けない限り、ここから出ることはできない。

　ロージーは戸口に向かって平然と歩を進めた。もろくなっている煉瓦の天井にぶつからないよう、少し背をかがめ気味にして。アドレナリンがまだ血管を駆けめぐっていた。墓穴のような暗闇は本能的に怖くはあったが、いざとなったらこの短身でずんぐりした輪郭の敵を倒してやるまでだった。攻撃の機会をうかがいながら、懐中電灯を握りなおし、武器として使う場合に備えた。万が一を考えて、長さが三〇センチ以上あってずしりと重たいものを見つけてきてほしい、と敢《あ》えて指定したかいがあった、というものだった。

「そいつを捨てろ」と男が言った。

ロージーは従わなかった。相手も武器を持っているのが見えたからだ。長くて先のとがったものを、野球のバットのように構えていた。バールだった。ロージーは相手の動きを予想し、それを防御するため懐中電灯を最大限に活用できる体勢をイメージし、相手にどの程度のダメージをあたえるべきかを考えた。

「捨てろと言ってるんだよ、このぼけ」

天井の低い部分を通過したところだったので、ロージーはすくっと背筋を伸ばし、本来の身長を見せつけるようにした。「と言われましてもね、お断りします。ついでながら、バッキンガム宮殿内のこの場所で女王陛下付きの秘書官補を襲うおつもりなら、その理由をお聞かせいただきたいんだけど」できるかぎり冷静で落ち着いた口調を心がけた。

「くそっ！」男は構えていたバールをおろし、先端を床につけた。「泥棒かなんかかと思ったじゃないか」

「見ておわかりでしょうけれど、ちがいます。だから、そういうお上品なことば遣いは慎んでもらえます？」

戸口をふさぐ男は管理職風のスーツ姿で、うえからダスターコートを、まえのボタンを開けたままはおっていた。カールした髪とロンドン南部訛《なま》りの平板で、相手を見下しているような口調から、ようやく相手の正体がわかった。夏に一度、それからで資産管理部門会計課のオフィスでも一度顔を合わせていた。ミック・クレメンツ、運営部の部長だった。樹木系《ウッディ》なにおいにも気づいた。きっとアフターシェイヴ・ローションか、デオドラントだろう。まちがいない、あの木の扉のあたりにいたのだ。ロージーが調べる直前まで。

「ここでなにを?」とロージーは尋ねた。

「同じ質問を返そう」ミック・クレメンツとのあいだには少し距離があり、背後の部屋の明かりが逆光になっていたが、それでもロージーには相手の胸が小刻みに上下しているのがわかった。怯《おび》えている――あるいは、怯えていたのだ、ついさっきまで。それでもクレメンツは一歩も引かない構えだった。戸口のまえから動こうとせず、重たそうなバールを片手で握りしめている。

「ここに来ちゃいけない理由でも?」ロージーは長身を最大限に活《い》かして、相手を威圧しようとした。

「ここは、あんたみたいな人間が来る場所じゃない」クレメンツはひと言ずつ区切って、いちいち力を込めながら言った。「奥の扉の注意書きはだてにくっつけてあるわけじゃない。あんたらみたいな連中の安全のためだ。今日のことは報告させてもらうからな」

「どうぞ、ご自由に」

「まあまあ、おふたりさん」エリック・ファーガソンの声がした。さっきからずっと近くにいたにちがいなかった。戸口のところに姿を見せると、ミック・クレメンツの握っていたバールに手を伸ばし、あっさり取りあげて壁に立てかけた。相手をなだめるような笑みを浮かべていた。「そう興奮するなって。ミック、こちらはキャプテン・Oだぞ。敬意を払わないと」

ミック・クレメンツは鼻を鳴らした。ロージーを見据えたまま、低い声で刺々《とげとげ》しく言った。

「おれが知りたいのは、この地下通路でいったいなにをしようとしてたのかってことだ。危険だってことがわからないのか？」

「そうね、ちょっとは思わなくもなかったけど」ロージーは言った。「探しているものがあって、念のためここも探してみようと思いついたんです。扉に鍵《かぎ》がかかってなかったことまで、わたしの責任ってことにはできないと思うけど？」

「で、どうしてそんな長靴なんかを？　差し支えなければ教えてくれよ。これだけ丁寧に訊《き》いてることに免じて」クレメンツはロージーのゴム長靴《ウエリントン・ブーツ》を眼で示しながら言った。

「パーティーの衣装を部分的に試してみているとこなんです」ロージーはふてぶてしく答えた。それしか思いつかなかったのだ。十二月に王室職員のパーティーが予定されていて、その際には仮装をするのが恒例となっている。今年のテーマは〝ヒーロー〟だった。「今年はウェリントン公爵の仮装をするつもりなので」

　エリック・ファーガソンは鼻先で笑った。ミック・クレメンツのほうはロージーをじろじろと眺めまわし、なおも納得できないという顔をしている。

「それでフロックコートっぽいものが見つからないかと思って来てみたんです」思いつくまま、ロージーは嘘に嘘を重ねた。「ここなら、なにかあるんじゃないかと思って」

　ファーガソンは笑みを浮かべた。「そうかそうか、あれだな？　ドレスアップにうってつけの衣装をぎゅうぎゅうに詰め込んだ、でかい籐《とう》のバスケットだろ？　そいつをお探しかな？」

　ロージーはうなずいた。「ええ、まあ、そんなとこです」

「そんなものは存在しないよ、お嬢さん。ここは、劇場でもなければ、保育園でもないんだから」

ファーガソンは笑顔を少しも崩さずに言った。ミック・クレメンツが忍び笑いを漏らした。こんなやり取りをこれ以上続けたところでなんの意味もない。ロージーは見切りをつけて「ご助言に感謝します」と言った。「では、これで」

ふたりがふさいでいる戸口に大股《おおまた》で近づき、ミック・クレメンツを懐中電灯で脇に押しやり、エリック・ファーガソンには無理やり道を空けさせた。すれちがいざま、クレメンツの発散する怯えと敵意がびりびりと波動のように伝わってきた。この男は一度ロージーを地下通路に閉じ込めてはみたものの途中で気が変わり、それでもなお、隙あらば叩《たた》きのめしてやろうか、と考えている——それが表情に現れていたが、最終的に、そこまでする価値はない、と判断したようだった。

「キャプテン・オショーディ、あんたから眼を離さないからな」ミック・クレメンツは後ずさりしながら言った。

これまでも、そうしてきたにちがいなかった。これからは、それが双方向になるだけだ。ロージーとしてもクレメンツの動向を慎重にうかがうつもりだった。

サー・サイモンは、あいかわらず執務室の机にへばりついたまま、電話の相手との話しあいをつづけていた。いつ終わるともわからないその通話の途中で、ロージーが執務室の戸口のまえを通り過ぎるのを見かけた。とっさになんとなくおかしいと感じ、それから改めて考えてみて、じつに奇妙だということに気づいた。やけに大きな懐中電灯を携帯しているのが解せなかった。それに、そもそもどうしてこんな時間までここに居残っているのか？

「もしもし？」電話の向こうから首相首席補佐官の声がした。「あれ、サイモン、聞こえてる？」

「ああ、すまない、こちらから改めてかけなおすよ」サイモンは言った。胸がざわついていた。なぜかはわからなかったが、まちがいなくなにかがおかしかった。

とりあえず、ロージーのオフィスに向かった。ロージーは窓際の肘《ひじ》掛け椅子に、脱いだ長靴を足元に放置したままストッキングだけになって、ぐったりと坐《すわ》り込んでいた。見るからに精も魂も尽き果てたといった様子だった。

「とっくに帰ったと思っていたよ。なにかあったのか？」

「どうかご心配なく」と言った声も気が抜けていた。

ロージーが返事をしたとき、歯が赤く染まっているのがわかった。見ると、唇から血が出ていた。「なにかあったんだな？」サー・サイモンはもう一度尋ねた。

ロージーは明らかに返事を渋っていた。とたんにサー・サイモンの不安は、とてつもない恐怖に変わった。ロージーが襲われたのなら――凌辱《りょうじょく》されたのなら、放ってはおけないし、ひとりで背負いこませるわけにもいかない。われながらおかしな反応だった。常日頃から心のどこかで、ロージー・オショーディは無敵だと思っていたのだ、とあらためて気づいた。ロージーと衝突する羽目になった男は気の毒だとさえ思っていた。けれども今、サー・サイモンの眼のまえにいるのは、強くも勇ましくもない、ただのひとりの若い娘だった。心にわだかまっていたロージーへの反感は、いつの間にかきれいになくなっていた。つい抱きしめたくなったが、それは明らかに不適切な行為だったので、馬鹿みたいにその場に突っ立ったまま、ロージーのほうから口を開くのを待った。

「したに降りたんです」しばらくしてロージーがようやく打ち明けた。「貯蔵室に」

「というと、厨房《ちゅうぼう》のそばの？」

「いいえ、地下の貯蔵室です。立入禁止になっているところです。というのも……〝ボス〟の例の絵に関係があって」

「この夏に海軍基地で見かけた、とおっしゃっていたあの絵のことか？　それで地下の貯蔵室に？」

「はい、その絵のことで」ロージーはそう言うと、少しだけ上体を起こした。わずかではあったが、落ち着きを取り戻したようだった。「陛下が海軍基地で見かけられたのが複製だったとしたら、オリジナルは地下の貯蔵室にあるかもしれないと思ったんです。ええ、わかってます。馬鹿げていますよね。それでも、ともかく地下に降りて、そこで運営部所属のふたりの職員に遭遇して、咎《とが》められたんです。立入禁止の場所に無断で侵入している、と言われて……それだけです」そして、笑みを浮かべて肩をすくめると、立ちあがって帰ろうとするそぶりをみせた。

「それだけじゃないだろう」サー・サイモンはそう言って、もう一度椅子に坐るよう身振りで指示した。「ロージー、わたしはきみがどんな人間かわかっているつもりだ。怒鳴られたぐらいでしょぼくれるような人間じゃない。本当はなにをされたんだ、そいつらに？」ロージーの血のにじんだ唇に再び視線が吸い寄せられた。「殴りあいでもしたみたいじゃないか。それとも……」サー・サイモンとしては、ロージーのほうから口を開くきっかけを与え、言い出しづらいことを言えるようにしたつもりだった――想像が当たっていてほしくはなかったが。ロージーの眼に戸惑いの色が浮かび、一拍遅れていつもの輝きが戻った。

「やだ、ちがいますよ。ちょっと脅されただけです。本当にそれだけですよ。ああ、あと、天井に頭をぶつけたひょうしに唇を噛《か》んでしまったんです。むしろ、あちらさんのほうがわたしにびびっていたと思います。ええ、どうってことありません」

　サー・サイモンは話を聞きながらロージーの顔をじっと観察し、言いたくないことをごまかすために嘘や言い逃れをしている様子がないかどうか、うかがっていたが、彼女は話を続ければ続けるほど、ふだんの調子に戻っていくようだった。ロージーなら男どもから口にするのもはばかられるようなことをされた場合、嘘をついて隠すような真似はしないのではないか？　そうは思ったが、サー・サイモンには正直なところ、よくわからなかった。どうしていいかわからない、というのはサー・サイモンにとってはきわめてまれな体験だった。

「いや、これだけは忘れないでほしいと思ってね……わたしがついているから」とサー・サイモンは言った。われながら、なんとも不適切な発言に聞こえた。

　ロージーの顔に笑みがゆっくりと拡がった。ロージーの会心の笑みを見るのは、ずいぶん久しぶりのような気がした。いい笑顔だった。「わかってます」とロージーは言った。「わたしのことでしたら、ほんと、大丈夫ですから。ご心配なく。でも、ありがとうございます、気にかけてくださって」

　サー・サイモンとしては、なんだかはぐらかされたような気がしなくもなかった。こういうとき、〝ボス〟ならきっと、こんなふうに言うだろうと思われた――**どうも、ご苦労さま。**

「ともかく、わたしは、そう……まあ、いい。これ以上は立ち入らないよ。それじゃ、また明日の朝に」

　すぐ隣の自分の執務室に向かいながら、ロージーがゴム長靴を履いていたことが頭から去らなかった。地下貯蔵室に探し物にいくのに、わざわざゴム長靴に履きかえたりするものだろうか？　ひょっとして水洩《みずも》れでもあったとか……？　おいおい、勘弁してくれ、とサー・サイモンは声に出さずにつぶやいた。なんであれ、この期に及んで改修費用の見積りの数字が増える事態は願い下げだった。執務室に戻り、机について冷めきったコーヒーのおかわりをカップに注ぐと、サー・サイモンは机の天板に両脚を乗せ、電話の受話器に手を伸ばした。

34

　午前中はロージーと会う時間を捻出《ねんしゅつ》できそうになかった。舞踏室《ボールルーム》で叙勲式が行われるからだった。天窓のしたのピクチャー・ギャラリーには、ジャケットに金具を付けた人々が、女王から勲章を授かるために列をなしていた。とはいえ、女王は、書類箱に入っていた手書きのメモにはちゃんと眼を通していた。地下通路についてのロージーからの報告だった。扉の金具の細工と、地下通路が使われている形跡を見つけたこと、そのあとに運営部のミスター・クレメンツと、その部下ひとりと遭遇したことが書かれていた。詳細が書かれていたわけではなかったが、夜にひとりきりで地下に潜るのが、愉快な任務だったはずがないことは、女王にも充分想像できた。

メモを手に、遠近両用眼鏡のレンズ越しにじっくり読み進めるうちに、あれだけ念を押しておいたにもかかわらず、ロージーがそれを平然と無視して単独で地下通路に乗り込んだことに憤りを覚えたが、それでも内心では秘書官補の行動力を歓《よろこ》んでいることに気づいて、うしろめたさを感じた。そしてなによりもロージーが大きな怪我もなく戻ってきたことに心の底から安《あん》堵《ど》した。過去の女性職員にもひとりかふたり、同じような行動力と根性の持ち主がいたことに思いを馳《は》せた。彼女たちは自らの行動を評して〝猪突《ちょとつ》猛進〟と言っていた。ありとあらゆる種類のトラブルに足を突っ込む危険性と背中合わせではあったけれど、おかげではるかに手っ取り早く、はるかに簡単に問題を解決できたことも確かだった。

ロージーに対するクレメンツの振る舞いは、断じて許しがたかった。馘首《くび》にするべきだし、いずれそうなるだろうが、もしクレメンツが死蔵品取引《ブレイキッジ・ビジネス》の主導者ではないとしたら、昨夜のロージーとの衝突が大ごとになることで、本当の主導者を、それが誰であれ、警戒させてしまうのは避けたかった。ロージーがメモにはっきりと書いていたが、遭遇したとき、クレメンツはびくびくしているように見えた、とのこと。調べた限りでは、いかなる類《たぐ》いのものであれ、盗みの形跡は認められず、また貯蔵室には、不審なものはひとつもなかった。にもかかわらずクレメンツは、ロージーをそとに出すのをずいぶん渋ったという——**やはり死蔵品取引《ブレイキッジ・ビジネス》への関与が疑われます。過去のものとされていた取引は、現在も続いているものとの手ごたえを感じました。少なくとも、何者かが地下通路を使った形跡が確認できました。**

　であるなら、今後はもう地下通路を利用することはないはずだ、と女王は思った。ロージーと一触即発の衝突があった以上、地下通路を使うルートはすみやかに閉鎖されるだろう。すでにもう両方の出入口から、使用の形跡が消されているかもしれなかった。扉は立入禁止の表示どおり固く閉ざされ、表面にはそれらしく土埃《つちぼこり》がまぶされ、板石敷きの通路に渡されていた踏み板も撤去されているものと思われた。それでも念のため、フィリップと顔をあわせたときにそれとなくロージーが地下通路に入ったことを話題にして、最後に安全衛生点検をしたのはいつだったか気になった、と言ってみた。フィリップは、よく覚えてはいないが、ご指摘はごもっともなので自分が必ず確認させる、と答えた。少なくともフィリップが覚えているかぎり、最後の点検からはもう何年も経っているはずだ、とのことだった。

　叙勲式のためにシルクのドレスに着替えているあいだ、ショルトー・ハーヴィーのことを考え、いったいどんな意図があってロージーに死蔵品取引《ブレイキッジ・ビジネス》のことを明かしたのだろうか、と考えた。その情報提供をありがたく思うべきなのかもしれないが、女王の直感はショルトーは別のなにかを隠すために敢《あ》えて明かしたのだ、と声高に主張していた。だとしても……いくら考えてみても、そこから先のつながりが見えてこなかった。ジェンティレスキの作品にどうつながっているのか、嫌がらせの手紙と――たとえばメアリ・ヴァン・レネンに届いていた嫌がらせの手紙やプールサイドで発見された死体にどうつながっていくのか、納得できるほどの関係性が見つからないのだ。手がかりはシンシア・ハリスの過去にあるはず、と女王は感じていた。それについての報告書が、まもなくストロング主任警部から届くことになっている。場合によってはそこに、クレメンツとその一味に対して、断固とした措置を取るに足る充分な根拠も含まれているかもしれない。そうであってほしい、と女王は強く願った。地下通路に〝侵入〟して〝ひと暴れ〟してきたことで、ロージーが危険に晒《さら》されているからだ。彼女なら自分の身ぐらい自分で楽々守れるだろうが、そういう目には遭わずにすむに越したことはない。

　それ以上突き詰めて考えるには、予定が詰まりすぎていた。叙勲式に続いて、大使やら官僚やらとの面談が続き、そのあとにはチェルシーの川沿いのチェイニー・ウォークでアイルランド全島の平和実現を目指す慈善団体《コ・オペレーション・アイルランド》の活動を讃《たた》えるレセプションに出席することになっていた。即位六十周年記念行事の一環としてあの夏、北アイルランドを訪問したことは、大きな成果をあげたと思ってよさそうだった。外交という面から見れば、凍った池を歩くようなものだった――こちらとしては、かつてのテロリストたちとどんな顔をして挨拶《あいさつ》を交わせばいいのか、そしてあちらとしては、当然のことながら、どんな態度で現君主を迎えればいいのか、それぞれ頭を抱えてしまう課題があったのだ。けれども関係各位がそれぞれに奮闘し、とうてい乗り越えられそうにないと思われた難局をいくつも乗り越え、女王が望んだとおり、歴史にとって前向きな貢献ができたという手ごたえを得ることができたのである。

　あの六月にはっきりと悟ったのは、誰かさんがこうして歩んでいる平和と和解への道は、幾多の先人たちによって拓《ひら》かれたものだということだった。思い返せば、その多くが女性だった。そこには、ほどなくして世界に影響を与えることになるひとりも加わっていた。多くの母親と娘と姉と妹が北アイルランドの諸勢力の内側から声をあげ、暴力を非難し、別の道を見つけ出そうとした。その歩みは何度となく止まったり進んだりを繰り返したが、そのうちイギリス側からもあるひとりの女性が後押しをするようになった。かつての北アイルランド担当大臣のモー・モーラム（訳注：一九四九～二〇〇五　労働党所属の政治家。一九九七年から一九九九年までブレア政権で北アイルランド担当大臣を務め、ベルファスト合意の実現に貢献した。二〇〇一年に政治家を引退）、彼女もまた勇敢でカリスマ性のある活動家だった。引退から数年後に脳腫瘍《のうしゅよう》で亡くなったのを、女王はいまだに惜しい人を亡くしたと残念に思っていた。とはいえ、この下院議員にはかつて、バッキンガム宮殿を解体してもっと現代的な建物に建て替えることを要求されたことがある。主張した本人も女王も、後日それをジョークのネタにしたことも。

「何度か、あなたに反論できないと思ったことがありますよ」相手の主張を認める口調で、こんなふうに言ったのだ――「ええ、せっかくのスープがすっかり冷めてしまっていたとき、それから新調した絨毯《じゅうたん》の請求書が届いたときに」

　すると、モー・モーラムは言った。「ようやくわかっていただけましたか？　そう、あの提言は、じつは陛下のためを思えばこそのものなんですよ」

　金糸を織り込んだピンクの生地のスーツ姿で、女王はテムズ川沿いの建物に到着し、フィリップともども会場に足を踏み入れた。会場となった〈クロスビー・ホール〉は、かつてのトマス・モアの邸宅を移築したもので、世の中の常識よりも歴史への愛のほうが勝った者の手で、ロンドンの反対側から煉瓦《れんが》や石材をひとつひとつ運んで建て直されたものだった（訳注：一四六六年、ロンドンの商人ジョン・クロスビーがビショップスゲートに自宅として建て、トマス・モアは一五一九年から一五二三年まで居住。一九一〇年にチェルシーに移築される。土地代以外の費用をチャータード銀行が負担し、建築家ウォルター・ゴドフリーが移築と改装を監督した。一九八八年に実業家でCo-operation Irelandの代表でもあるクリストファー・モランが買収、二〇二一年クロスビー・モラン・ホールに名称を変更。旧所在地（シティのSt. Helens Church近く）と現所在地（チェルシー）はロンドン中心部の端と端という位置関係にある）。テューダー朝様式の羽目板張りのホールには、カナッペが用意され、愉《たの》しげな雰囲気に満ちていた。

　この日のレセプションのハイライトは、この慈善団体が制作を依頼し、女王がじかにモデルを務めた肖像画のお披露目だった。五月に一度、画家のまえで九十分間じっと坐《すわ》ってからあと、女王はなんとなく小ぶりで可愛らしい作品になるのだろうと思っていた。ところが赤紫色の艶《つや》やかなサテンのカーテンに覆われたキャンヴァスは、女王の背丈ほどもあった――正確には、不釣り合いに小さなスタンドに載せられていたので、それも含めると女王の背丈を超えていた。斯《か》くなるうえは、肖像画の出来が悪趣味でないことを祈るばかりだった。作品の真ん中に、しかも至近距離にフィリップが立っているのだ、そうした発言にふさわしい場面ではないにもかかわらず、お得意のひと言を我慢できるとは思えなかった。大勢に取り囲まれ、カーテンについたロープを手渡されてしまえば、あとはもう、覚悟を決め、不安が顔に出ないことを願いつつ、ロープを引いてカーテンを落とすしかなかった。

　肖像画のまわりに集まっていた全員が笑顔になり、ちらほらと歓声があがって、拍手がさざなみのように拡がった。女王はピンクとターコイズ・ブルーに彩られたキャンヴァスをまじまじと見て、ひそかに安堵の溜《た》め息をついた。

「皺《しわ》の一本一本まで洩《も》らさず描いたようだな」フィリップがそう言って鼻を鳴らした。

　作品全体がよく見えるよう、女王は少しうしろにさがって距離を取った。フィリップの言うとおりだった。女王の顔が馬着《ばちゃく》ほどの大きさで描かれ、この九十年間にたくわえたすべての皺とひだが、迷いのない筆遣いで描かれていた。とはいえ、そのとおりなのだ、誰かさんは皺だらけ——それを否定してなんになろう？　画家は絵にするのが難しい髪型の特徴をたくみに捉《とら》えていた。ジュエリーの描きぶりも派手すぎなかった。なにより口元と眼の表情がよかった。笑みを浮かべかけているけれど、あからさまににっこりしてはいなかった。こんなふうに描かれると、誰かさんもなかなか聡明《そうめい》そうに見えるし——悪くなかった。思いのほか気に入った、と言ってもよかった。これが高さ一・五メートルではなく一メートル弱ぐらいのキャンヴァスに描いてくれていたら、もっと気に入っただろう。

　画家が女王のまえに進み出てきた。

「いかがでしょうか、女王陛下？」

「ずいぶんと大きいのね」女王は手短に感想を述べた。

「はい、キャンヴァスの一辺が一メートル長くなるごとに報酬があがるんです」画家はそう言って女王を笑わせた。「この絵のまえに立つと、陛下が今にも話しかけてきてくださるような気がします。モデルをしてくださったときのように」

「そう言われれば、そんなふうにも見えますね。モデルのくせに、しゃべりすぎではなかったですか？」

「いいえ、ちょうどいいくらいでした、陛下」

そつのない受け答えだった。画家が絵筆を動かすあいだ、会話がとぎれず、さまざまな話題が出たことを、女王は改めて思い返した。それにしても、見れば見るほどその仕上がりに満足を覚えた。なにより以前に味わった恐怖と悲しみのことを思えば。この画家は、ほんのひと握りの芸術家にしかできないことをやってのけていた。ある意識を女王から感じ取り、それを表現していた。それは肖像画のモデルになっていることでも、女王であることでもなかった――じつのところ、そのふたつはどちらもめったに意識したことがなかった。ほかに注意を向けるべきことがあまりにもたくさんあるから。キャンヴァスに描かれた女王は、自分の力の及ばない世界について深く考える表情を浮かべていた。次の時代の人たちにそんな姿を伝えることができるのかと思うと、女王としてはそれがなにより嬉《うれ》しかった。

35

長い一日だった。

女王は眼が覚めると、真っ先にニュースを確認した。ヒラリー・クリントンがマンハッタンで分厚いガラスの天井を破って勝利したことを祝うつもりだったのだが、彼女は敗北を認めたと知った。そしてドナルド・トランプが第四十五代アメリカ合衆国大統領に選ばれたことを知り、啞然《あぜん》とした。予想外の結果だった。それだけでなかった。ハリー王子が自らの意志で声明文を出していた——こともあろうに、〈ツイッター〉を介して。メディアに対して、彼の新しいガールフレンドのプライヴァシーを尊重するよう求める内容だった。女王としては、そうしたくなる気持ちはよくわかった。もちろん、理解もできた。ただ、敵陣で勝負に挑んで、よい結果に繫《つな》がることはない。勝つのは常にメディア側だ。もみくちゃにされるのは、もはや時間の問題だと思われた。

朝食の席に着いたフィリップは、そのふたつの話題について言いたいことが山ほどある様子だった。

「馬鹿なやつだ」これは孫についてだった。「あのモデルをみならえ、と言ってやらんとな。ほら、あの、なんとかモスって娘だよ。あの娘の台詞《せりふ》があったじゃないか。初めて聞いたとき、なんだかきみが言いそうな台詞だと思ったんだ、ほら、あの『○○しない、××しない』って調子の……ああ、思い出したぞ——『文句を言わない《ネヴァー・コンプレイン》、言い訳しない《ネヴァー・エクスプレイン》』だ。うちのあの若造に教えてやってほしいね」

そう、人間誰しも言いたいことは山ほどあるものなのだ。けれども、女王はケイト・モスと——女王の記憶だと、たしかユージェニーの友人でもあったはずの彼女と——同じことをもう何十年も実践してきている。今回もスフィンクスのように謎めいた態度を取るつもりだった。孫とは立場がちがうわけだし。それに経験上わかっていることだが、誰かさんの場合、なにをどう発言しても世間の関心を集め、前後の文脈から切り離され、曲解に近い受け取られ方をしてしまうものなのだ。唯一安全な選択肢は口をつぐむことだった。でなければ、いっそのこと、報道するに値しないことを言って煙《けむ》に巻くか。それが女王なりの身の処し方なのだ。フィリップのお説教は孫に聞かせるよりも、むしろご自身で実践してもらいたかった。

　それでも運よく、フィリップの関心はまもなく別のことに向かった。ふたりでキングス・クロスのフランシス・クリック研究所（訳注：ロンドンにあるヨーロッパ最大級の生物医学研究所。二〇一六年に業務を開始。ジェームズ・ワトソンとともにＤＮＡの構造を解明したフランシス・クリックにちなんで名付けられた。日本の理化学研究所のような位置づけ）を訪ねたからだった。フィリップは本領発揮とばかりに科学について熱く語った。研究員からインフルエンザ・ウイルスについて、概略的なものではあるけれど、とても興味深い講義を受けた。その類《たぐ》いのウイルスが知らないうちに世界じゅうに広まったりしたら、怖ろしいことになりそうだった。だからこそ、それを最前線で防ごうとしているこの研究所のような機関の存在がとても心強く感じられた。その後、メイ首相との面談が控えていた。週に一度の定例ミーティングだった。ミセス・メイは早くも、自由世界の新たなリーダーとなった人物と関係を築くことに前のめりで、国賓としての訪問を打診してみてはどうかと提案してきた。女王は、通常そういった行事は二年まえから予定するものだと前置きをして、サー・サイモンに相談してみるよう伝えた。女王としては前のめりには見られたくなかった。慎重にならないと、イギリスという国を挙げて必死になっているように思われかねない。先方にそんな印象を持たれるのは、まっぴらごめんだった。

ピムリコのパブで、ロージーは三杯めのシャルドネを呑《の》んでいるところだった。今日はあまりいい一日ではなかった。おととい頭をぶつけたところがまだずきずきと痛んでいた。しばらく眼を閉じていたら、貯蔵室の戸口でバールを構えて立つミック・クレメンツの姿で頭がいっぱいになりそうだった。思い浮かべて気分がよくなる光景ではなかった。

　こういうとき、例の侍従武官と知りあっていたのが役に立った。代わりに彼の姿を思い浮かべることにした――身長一九〇センチ強、軍隊仕込みの身のこなし、木の幹のような太い首、ストロベリー・ブロンドの髪に眼は両親の邸宅のあるセント・バーツ島の浅瀬の色。昼休みに電話をかけたら、向こうから仕事終わりに一杯呑もうと提案され、このピムリコ・グリーンのそばのパブを指定されたのだった。宮殿からは歩いて行ける距離にあるけれど、適度に離れているので、カウンターに着いたら席の半分が王室職員で埋まっていた、という事態に遭遇することはない――はずだったが、実際に来てみてそれが誤算だったことに気づいた。一杯呑むというのは、ロージーが最初に想定していたこととは少しちがったが、それでもそれはそれでいい考えだと思えた。

　三杯めのグラスを空にした時点で、このワインは頭痛をやわらげているのか悪化させているのか、よくわからなくなった。いずれにしても、ブルーの眼にストロベリー・ブロンドの髪の持ち主はまだ姿を現していなかった。責めるつもりはなかった。急な仕事が入ったのだろう。ロージー自身も思い出したくもないぐらい何度も、カクテル・バーで友人に待ちぼうけを食わせてきた身だ。あと一杯分だけ待って、それでも来なかった場合はひとり寂しく引きあげるまでだった。

注文を伝えたちょうどそのとき、カウンターのいちばん端にひとかたまりになっている男たちのなかに、禿《は》げかけた頭に、肩幅の広いジャケット姿の男がいることに気づいた。たまたまこちらの視線に気づいた相手がたちまち顔色を変えて蒼白《そうはく》になる、という事実がなければ、それが誰なのか考えもしなかっただろう。ロージーは反射的に意識を集中させて、つい最近調べた職員記録を思い返した。

スパイク・ミリガンだった。バッキンガム宮殿所属の従僕で、ローナ・ロブとともに嫌がらせの手紙に関与している疑いがあり、その件を問いただしてみるよう〝ボス〟から頼まれていた相手でもあった。〝ボス〟の指示を受けて以降、手を替え品を替え、なんとか話を聞こうとしているにもかかわらず、これまでのところずっと逃げられつづけていたのだ。その相手をこうして視線で捕らえたのだ。相手の咽喉《のど》仏がひくっと動くのが見えた。ロージーは小さくうなずいてみせた。その仕種《しぐさ》の意味するところは——〝**穏便にすることもできるし、このままそっちに行って、お仲間のまえであんたの悪行を暴露してさしあげることもできるの。どっちがいいか、よく考えて選びなさい**〟。ちょっとは効き目があったようだった。ミリガンは観念したのか、仲間になにごとか言い置いて、店内の奥のドアに向かった。

ロージーはあとを追った。

ドアを出たところは狭い通路で、片側にトイレ、奥に厨房《ちゅうぼう》があった。トイレの向かい側から階段で上階の貸し切りパーティー用の小部屋にあがれるようになっていた。ロージーはその階段を手ぶりで示し、ふたりで半分までのぼったところでぎこちなく向かいあった。ロージーのほうが一段したに立っていたが、その場を支配しているのはまちがいなくロージーのほうだった。ミリガンは落ち着きなく視線をあちこちにさまよわせ、ロージーだけは見ないようにしていた。顔色は蒼白を通り越して土気色になっていた。無意識なのだろうが、階段の手すりを人差し指でこつこつと叩《たた》いている。ややあって、意を決したように顎《あご》をぐっと突き出し、ロージーに向かって言った。「どうしておれに構うんだよ、キャプテン・オショーディ？ さっぱりわけがわからないよ」

「そりゃ、わかるわけないわ」ロージーはぴしゃりと言った。「わたしのメッセージに返信してこないんだもの」

「あのな、こっちだって馬鹿じゃない。手紙がどうのこうのって話だろ。警察にもう洗いざらいしゃべったよ。手紙のことはなにも知らない」

「あなたが手紙について話しているのを聞いた人がいるんだけど？」

「誰だよ？」

「問題はそこじゃないの。でもね、ひとつ言っておくけど」ロージーは声を低くして凄《すご》みを利かせた。「ほかならない女王陛下が、あなたの関与に気づいていらっしゃるからね。今、この場で申し開きをしておかないと、もっとやっかいなことになるんじゃないかな」

スパイク・ミリガンは唇をすぼめて考え込んでいるようだったが、しばらくしてようやくロージーと視線をあわせた。「気の毒だと思ってるんだぜ、おれだって。ほら、あんな思いをさせられたことだよ。だけど、おれは無関係なんだって」

ロージーは眉根《まゆね》を寄せた。「あんな思いって……それ、どういうこと？」

ミリガンはまたごくりと唾《つば》を呑み込んだ。明らかに動揺しているのが表情でわかった。ところがそこでうえの部屋から人が降りてきて、ふたりの脇を通り抜けていったことで、スパイク・ミリガンに考える時間を与えてしまった。

「あのロブとかいう女——たしか、そんな名前だったよな？　あの女が、あんたのバッグに手紙だかなんだかをこっそり入れようとしたんだろ？　その現場を押さえられたんだよな。噂になってたじゃないか」

ロージーは首を傾げた。「なるほど、わたしがさせられそびれた思いのことね」

この男は嘘をついている、とロージーは確信した——嘘をついている、というよりも、ロージーが以前に受け取った手紙の内容を知っているにちがいなかった。その手紙の内容についてはロージー以外には陛下と警察しか知らないはず。つまり、陛下の推測どおり、スパイク・ミリガンはあの二通の手紙の〝配達〟に関与していた、ということだ。

陛下からこの任務を与えられたとき、ロージーは自分なら冷静に対処できるだろうと思っていた。王立騎馬砲兵隊の作戦遂行時のモットーに則《のっと》り、〝発見、攻撃、撃破、制圧〟——そのつもりだった。それなのに、心臓が早鐘を打っていた。しばらくのあいだ無言のまま、ミリガンとにらみあった。ミリガンは怯《おび》えているくせに、意固地な態度を崩そうしなかった。それが無性に癪《しゃく》に障った。胸のうちに充満する怒りと嫌悪感を爆発させないよう、ロージーは懸命に自分を抑えた。

こんなふうににらみあいになったのは、予想外のことだった。いつもなら〝ボス〟の魔法の粉の威力で、質問したことに相手は素直に答えて、それであっけなく決着するはずなのに、今回は勝手がちがった。明らかに相手に疚《やま》しい点があり、そこを突いているのに、相手はどこまでも白を切ろうとしていた。

スパイク・ミリガンがなにを恐れているにせよ、それは陛下のご不興をかう以上に怖ろしいものだ、ということになる。

従僕はそこでまた唾を呑み込んだ。「だから言ってるじゃないか、気の毒だと思ってるんだよ、あんたがその……まあ、いいや。世の中には悪いやつがいるんだよ。けど、おれは力にはなれない」

最後の部分を、ゆっくりと明確に発音したのを聞いて、この男には口を割る気はないのだ、とロージーは悟った。一瞬、骨を何本ぐらい折ってやれば白状するだろうか、と思わなくはなかったが、それはロージーの流儀ではなかったし、またそういう仕事に就いているわけでもなかった。深呼吸して、力を抜く、と自分で自分に言い聞かせた。とっとと失《う》せろ、と言ってやることもできなかった——ミック・クレメンツとはちがって、スパイク・ミリガンはあからさまに威嚇してきたわけではなかったから。

「これですんだと思わないでよ」

ミリガンが階段をおりられるよう、ロージーは脇にどいた。ミリガンはそれ以上はなにも言わず、せかせかとロージーのまえを通りぬけて階段をおりていった。ロージーがカウンターのあたりに戻ったときには、店内にミリガンの姿はもうなかった。

深呼吸して力を抜く。肩をぐるりとまわして、首を右に倒し、左に倒した。マッサージを受けるか、ひとっ走りするか、なにか緊張をほぐせることをするべきだった。

席に置きっぱなしにしていたコートに手を伸ばそうとしたとき、ストロベリー・ブロンドの頭が混雑をかきわけてこちらに近づいてくるのが眼に入った。

「よかった！　まだいてくれたんだね。遅くなってごめん」

侍従武官は白い歯を光らせ、口角の片方だけをきゅっとあげて愛嬌《あいきょう》のある笑みを見せた。それからロージーを引き寄せ、両頬に挨拶《あいさつ》のキスをした。そういうことを人前でしてもさまになり、周囲から眉《まゆ》を吊《つ》りあげられずにすむのが、育ちの良さというものだろう。ロージーは、それまでとはべつの生体物質が血流に乗って身体じゅうに拡がっていくのを感じた。

侍従武官はそばのテーブルの空のワイングラスを見て、ロージーのものだと察したようだった。

「もう一杯、呑む？」

呑まないわけがなかった。

36

週末はウィンザー城で過ごすのが恒例だったが、この週末は例外だった。土曜日の晩、王室一家が揃って、アルバート・ホールで行われる戦没者追悼イベントに出席することになっていたからだった。女王とフィリップに子供たち全員、女王の従弟妹《いとこ》たち、そしてウィリアムとキャサリンが顔を揃え、主要なメンバーがほぼ全員が集まったことになるが、ハリーだけはその日、ラグビー・フットボール・ユニオンの副総裁として、ロンドン郊外でイングランド対南アフリカ戦を観戦する、という公務があって追悼イベントへの参加はかなわなかった。メディアは今度は、例の新しいガールフレンドを観戦に連れてこなかったことを執拗《しつよう》に報道した。結局、なにをしようとしまいと、記者たちにいいように書きたてられてしまう、ということだった。

とはいえ、アルバート・ホールで行われたイベント自体は、例年同様の昂揚《こうよう》感をもたらすものだったが、第一次世界大戦のソンムの戦いから百年、第一次湾岸戦争から二十五年という節目を迎え、それらの戦地での苦難を振り返る機会にもなった。またかつて航空輸送予備部隊《ATA》のパイロットだった女性たちが登場し、第二次大戦中に完成したばかりの戦闘機、スピットファイアに乗機し、工場から基地まで届けた功績を讃《たた》えるセレモニーは、人々に強い感銘を与えた。円形の観覧席と舞台は軍服姿の軍人や退役軍人でいっぱいになった。彼らの歌声には軍隊ならではの勇ましさがある――いつものことながら、女王はそう思った。栄誉を讃える場に、生きている人々とともに集えるのは、歓《よろこ》ばしいことだった。

翌日は、亡くなった人々を偲《しの》ぶための日になるはずだった。

日曜日の夜明けの空は雲に覆われ、空気は肌を刺すように冷たかった。お母さまならこういう天気を指すとき、スコットランド語を使って〝陰鬱《ドリーク》〟と言ったにちがいない、と女王は思った。これほど見事に悪天候を表現できるのは、スコットランド人ならではだった。それでも雲は次第に薄らぎ、戦没者追悼式典が始まり、静かに見守る人々のまえで、女王が最初に記念碑《セノタフ》にポピーのリースを捧《ささ》げるころには、陽光が空を満たしていた。

その瞬間を女王はほろ苦い思いで迎えることになった。サー・サイモンに、献花という大役をその手で果たすのは今回を最後にしてはどうか、と進言されていたからだった。チャールズなら立派に代役を務められるだろうし、確かに年老いた君主が十一月の雨に濡《ぬ》れた石段をうしろ向きに降りて、足を滑らせて腰の骨を折りでもしたらいけなかった。引き継ぐときなのは理解していた――それでも、本心では今後もずっとこの場に立ちあい、こんなふうに女王としての役目を果たし、敬意を表したい、と思わずにはいられなかった。

外務省のバルコニーでは、カミラとキャサリンとソフィーが黒を基調にした装いで並び、式典の進行を見守っていた。この三人にとって、この日の追悼の対象であるいくつもの戦争やその犠牲者のことは、その他大勢の人々――今この様子をテレビで見ている人、側道に並んで行進を見ようとしている人、あるいはどれも見る気がない人――にとってそうであるのと同様、遠い昔の話として聞くか、古いニュースで見るものとなっているにちがいない。けれども女王や、ホワイトホールに整列している者たちにとっては、いまだ色褪《いろあ》せることのない、生々しい実体験なのだった。女王自身は常に身の安全を守られてはいたけれど、敬愛していた男たちを亡くした——友人や父方の叔父《おじ》や、ついには父親を。喫煙の習慣と戦時中のストレスが、父王の早すぎる死の原因となったのだった。愛する者を失う悲しみを、以前は故人の妻やガールフレンド、息子や娘と分かちあい、その後の戦争では夫やボーイフレンドとも分かちあってきた。すべての軍人の生命はかつては父に、今は自分に委《ゆだ》ねられている——女王としてそのことを決して忘れはしなかった。どの生命もかけがえのないものだった。その多くを失ったことを思うと、こみあげてくる涙を抑えることができなかった。

午後遅くになっても式典の余韻が残っていた。王族たちはそれぞれの邸宅に引きあげ、宮殿は静けさを取り戻していた。黒のドレスから着替えるため私室に向かっていたとき、秘書官が近づいてきた。

「地下通路について、陛下のお耳に入れておきたいことがありまして」とサー・サイモンは言った。「会計長官から、殿下が点検を指示なさったと聞きました。警備員がおりて確認したところ、扉は固く閉じられ、特大の南京錠がかかったまま錆《さ》びついていたとのこと。そのことを殿下が陛下にお伝えしておくように、とのことで。ボルト・カッターでも使わないかぎり、開けることはできないそうです。安全衛生上の懸念は一切不要とのことでした」

「そう、それなら安心ですね」

サー・サイモンはマニラ・フォルダーを小脇に挟んでいた。女王は、それはなんなの、と目顔で尋ねた。

「のちほどお読みになるかと思いまして」サー・サイモンはフォルダーを差し出した。「主任警部からの最新の報告書です。なんなら陛下の書斎の机に――」

「けっこうよ、ここで受け取ります」

「いちばんうえに先ほど受け取ったばかりのメモを追加で挟んでおきました」サー・サイモンは持ち前の手際のよさを遺憾なく発揮していた。「なんとも気の滅入《めい》るような内容ですが」

「あら、さきに読んだの？」

「はい、さっと眼を通した程度ですが、事態の進展を把握していないと取り残されてしまいますから。ストロング主任警部の指示でミセス・ハリスの過去について調べを進めていた部長刑事が、新たな情報を得たそうです。シンシア・ハリスは以前から気難しく、あつかいに困る人物で、判断ミスを犯してはたびたびトラブルを招いていたようです。幼いころから苦労してきたので、それも影響しているのかもしれません。主任警部の見立てでは、ミセス・ハリスの場合、嫌がらせの手紙は同情を引くための自作自演ではないか、とのこと。陛下はお気づきだったようですね？」

「ええ、じつはね」

「正直なところ、わたしには思いもよりませんでしたが、主任警部のこれまでの報告書に眼を通してみてすっかり納得しました。なんでしたら、わたしから要点だけ口頭でお伝えすることもできますが」

「ありがとう、サイモン。でも、けっこうよ、自分で読みます」

サー・サイモンが去ったあと、女王は苛立《いらだ》ちの小さな溜《た》め息を洩《も》らした。今日はロージーの公休日なので、秘書官自ら中継役をかってでなくては、と思ったのだろうが……サー・サイモンは自らの選択眼に照らして重要と判断したものについては、ことのほか厳しく、批判的な眼で点検をする。そこまでしなくても秘書官としてなんら不足はない、どころかきわめて有能な切れ者なのに。今回の件もチームワーク精神の賜物と解釈できないこともなかったが、とはいえ女王としては、サイモンがロージーのオフィスで書類を掻《か》きまわしている姿は想像したくなかった。

着替えのため、そのまま私室に向かった。寝室に入り、サー・サイモンから渡されたマニラ・フォルダーはいったんドレッサーに置いたものの、中身が気になって気になってどうにも仕方なかった。シンシア・ハリスの過去についての報告書こそ、なにより待ちかねていたものだった。

ハイゲイト部長刑事が調べあげた内容は、捜査対象者が迎えた結末を考えるとたしかに、心痛むものだった。シンシア・ハリス、旧姓バターフィールドは、三歳のとき父親を愛人に奪われ、母親とともに捨てられていた。母親はその後再婚したものの、相手とは折りあいが芳しくなく、暴力を振るわれていた節もあり、最終的に離婚。以降、母親は引きこもりがちになった。幼くして数々の試練に直面するもののそれらを乗り越え、若きシンシアはブライトンを去ってエディンバラに居を移し、エディンバラ大学で美術史を学び、さらにロンドンに移って前途洋々、キャリアの道を力強く歩みはじめる。

サー・サイモンは〝判断ミスを犯して〟と言っていた。報告書によるとシンシアは一九八六年の夏に、学芸員としての能力を厳しく問われることになった、とある。人事部の記録は簡単なものしか残されていなかったが、どうやら〝初歩的なミスの連発〟で糾弾されたらしい。その夏にロイヤル・コレクションから営繕部門に異動になっていた。シンシアを呼び寄せたのはシドニー・スマークという営繕部門のトップだったが、その人物は飲酒の問題を抱え、ときに暴力に訴えることもあったことまで調べがついていた。当時は超がつくほどの〝男社会〟だった営繕部門で、シンシアは唯一の女性職員で、数ヶ月後には家政《ハウスキーピング》部門に異動になっている。

サー・サイモンはこうした背景をすべて知って、シンシア・ハリスを〝気難しく、あつかいに困る人物〟と評したのだった。女王はそれよりも時期的なことが気になった。ジェンティレスキの作品が見つかったのも、一九八六年だった。時期的な符合から連想を働かせるなら誰しも、ショルトー・ハーヴィーが、勘が鋭く優秀なアシスタントを遠ざけたがったのではないか、という筋書きを思いつくだろう。〝初歩的なミスの連発〟を糾弾したのは、おそらくショルトー・ハーヴィーだったにちがいない。

あのシンシアがミス？　女王は考え込んだ。女王の知る仕事ぶりからは、にわかには信じられない気がした。あるいはカリスマ性に富み人望も篤《あつ》い上級職員によって、濡れ衣《ぎぬ》を着せられただけではなかったか？　シンシアが事実無根を訴えたところで信じる者はいなかったのではないだろうか？

サー・サイモンが〝気難しく、あつかいに困る〟と評し、〝たびたびトラブルを招いた〟と断じたところを、女王は、過酷になる一方の逆境に立ち向かった、意地と忍耐の結果であると読み替えた。履歴の確認と併せて、ハイゲイト部長刑事はシンシアが残していた遺言に従って遺品をすべて譲り受けた人物にも話を聞いていた。ミス・ヘレン・フィッシャーという人物で、シンシアとは大学時代にルームメイトとして出会い、以来長年にわたって親しい付きあいを続けていたという。大学卒業後、ふたりしてロンドンに出たばかりのころのシンシアは堂々として、あか抜けていて、ルイーズ・ブルックスというジャズ・エイジの黒髪の映画スターのファッションを参考にしていたそうだ。旅行が大好きで、偉大な芸術を追究することに飽くなき情熱を燃やしつづけていたという。希望を砕かれ、将来を奪われた女の、それが本当の姿だったのだ。

いずれにしても、このふたりの女が生涯にわたって固い友情を結んでいた事実は、クリップでまとめられた報告書のなかにあっても見逃すことはできなかった。あとでレディ・キャロラインにお悔やみの手紙を書くよう指示すること、と女王は〝脳内メモ帳〟に書きつけた。ミセス・ハリスには存命の近親者はいなかったと聞いていたが、だからといってその死を悲しむ者がいないわけではなかったのだ。たとえこの宮殿にはいなかったとしても。

女王はドレッサーの椅子から立ちあがった。黒いドレスを着たまま、ウィローとドーギーたちを引き連れ、狭い階段をおりてノース・ウィングの一階に下りた。その廊下は北西の付属棟《パヴィリオン》の屋内プールに続いていた。付属棟《パヴィリオン》の出入口に控えていた従僕が、女王に気づいてたいそう驚いた顔をしたが、一瞬で驚きを押し隠し、平静を装った。その従僕がいてくれてありがたかった。女王は、出入口のロックを解除する番号など覚えていないどころか、とんと見当もつかないことに気づいたのだ。フィリップなら定期的に泳ぎに来ているから、知っているのかもしれないけれど。

「どうぞ、女王陛下」従僕が扉を開けて軽く頭をさげた。犬たちを先に行かせ、続いて女王もなかに入った。

ジョージ王朝様式の格子のガラス窓は見あげるほど高く、窓越しに見える空は暗くなっていた——セントラル・ロンドンの夜なりの暗さ、と言うべきかもしれない。街路灯が反射して、薄気味悪くぼんやりとオレンジ色に染まっていたから。屋内プール施設は、天窓のすぐしたに設置してあるスポットライトで薄ぼんやりと照らされ、さらにプールの底の照明がゆらゆら揺れる波模様の光を室内に反射させていた。犬たちは愉《たの》しそうにタイルの床をぺたぺたと歩きまわっていたが、女王は自分のそばに呼び戻した。いつもの散歩のように遠慮なくあちこち好き勝手に嗅《か》ぎまわらせるのは、なんとなく不謹慎に思われたからだった。

ちょうどあのあたりにちがいなかった——プールの浅いほうにある、更衣室の扉のそばのあのあたりに、息絶えた身体がひと晩じゅう横たわっていたのだ。

「失血《エクサングイネーション》」

気がつくと、警察からの最初の報告書にあったことばを思わずつぶやいていた。体内から大量の血液が急速に失われることを意味し、場合によっては死に至ることもある。侍従武官から教わったところによると――もちろん、女王のほうから尋ねたからだったが――人間は全血液量の半分から三分の二を失うと、死に至るという。軍人たるもの知っていて当然の知識なのだろう。体内に半分でも残っていれば生き延びられる可能性がある、というのは、ある意味では勇気づけられる話かもしれない。けれども、シンシア・ハリスが生き延びることはかなわなかった、という事実に変わりはなかった。

プールサイドに立ったまま、ゆらゆら揺らめく波模様の明かりのなか、濾過《ろか》装置の低い作動音と水面のちゃぷちゃぷという音を聞きながら、シンシアが意識を失う直前に見て聞いたのは、この眺めと音だったのだと気づいたとき、女王は家政婦《ハウスキーパー》の存在を身近に感じた――いや、もう存在しないことを、まざまざと実感した、と言うべきかもしれなかった。

記憶が次から次へと甦《よみがえ》ってきた――軽やかに揺れるシックなボブスタイルに切り揃えた髪はかつて漆黒に近かったのに、いつの間にかほとんど白くなりかけていたこと。どの部屋を担当しても常に調和のとれたしつらいに仕上げ、その腕前には誰も敵《かな》わなかったこと。自らの提案で、ある絵画の額縁が新調されてゲスト・ルームの壁に飾られ、満足のいく結果になったと女王とうなずきあったとき、その顔が歓《よろこ》びの表情でたちまち明るく華やいだこと――今ならその理由もよくわかる。

シンシアを思う気持ちが胸にこみあげてきた。やはり、サー・サイモンの見立てとは異なる背景があったにちがいない。これまでにも増してその確信が強まった。〝気難しく、あつかいに困る人〟だったからではなく……ええと、そういう状況を言いあらわすのに、ふさわしい言い回しがあったはずで、咽喉《のど》まで出かかっているんだけれど……。女王は先ほどの従僕を呼び寄せた。

「ひとつ教えてほしいの。従業員が不当な扱いを受けて仕事を続けられなくなることを、なんていったかしら？」

従僕は一瞬考えてから答えた。「みなし解雇、でしょうか？」

「そうそう、そうでした。どうもありがとう」

自分の治世が始まって以来、女王自身もタブロイド紙からたびたび〝みなし解雇〟も同然の仕打ちを受けていると感じたものだった。とはいえ、誰かさんは一国の女王だけれど、シンシア・ハリスは学芸員だったのだ。ほかの場所でその職に就くことはできたはずである。どうしてその道を選ばなかったのか？　長年の友人のミス・フィッシャーによれば、シンシアにとって学芸員は天職だったというのに。

死体が発見された場所に眼をやった。世間に恨みを募らせながら老年にさしかかった女ではなく、頼れる身内もなく大学を卒業し、無声映画のスターが好きで、芸術の世界で頭角を現すことを夢見ていた若い娘の姿が見えた。それに、その娘の当時の上司だったショルトー・ハーヴィーの影が重なった。女王自身の実際の経験から、その男がどれほどのカリスマ性を持っていたかは知っている。あのショルトーなら、その気になればシンシアを二度と学芸員の職に就けないようにすることもできたにちがいない。ロンドンの芸術界という閉鎖的な世界で、王室の絵画副管理官の肩書があれば、若い芽を伸ばすも摘むも思いのままだったはずだ。

　では、なぜ若い芽を摘む必要があったのか？

　ジェンティレスキの複製画を偽造して、真作の四点を秘密裏に持ち去るには、シンシアを遠ざけておけばいいだけで、将来まで潰《つぶ》すのはあまりにも非道な仕打ちではないか。確信は深まりつつあった。考えれば考えるほど、ショルトー・ハーヴィーの仕業に思えた――そう、あの人ならやりかねない。真作を木枠からはずし、絨毯《じゅうたん》のようにくるくると巻いて車に載せ、衆人環視のステーブル・ヤードから堂々と持ち去ることぐらい、あっさりとやってのけるだろう。

　だとしても、アシスタントに対する仕打ちはどうしても解せなかった。ショルトーと接していて、この人には残酷なところがあると感じたことも、悪意の存在を感じたことも一度もなかった。それを言うなら、犯罪行為に手を染めるような人間だと思ったことも一度もない。だが、彼が雇ったダニエル・ブレイクという若い修復士は亡くなっているのだ。ショルトー・ハーヴィーならどんなことでもやりかねない、と考えるべきだろう。たとえレオナルド・ダ・ヴィンチについての解釈がどれほど見事だったとしても。

　犬たちを従えてプールサイドを進み、ミセス・ハリスが倒れていた場所のまえに立った。膝《ひざ》が悲鳴をあげるのもかまわずにしゃがみ込み、タイルの目地を調べた。完成した当時のまっさらな状態は望むべくもなかったが、それでももう特定の染みが眼につくことはなかった。清掃チームが徹底的に漂白したのだろう。それでも、ここでたったひとり、血を流しながら死んでいった女がいたことに変わりはなかった。女王はシンシアに向けてそっと祈りを捧《ささ》げ、少なくとも彼女がすぐに意識を失い、死の恐怖を感じなかったことを願った。

ショルトー・ハーヴィーの影がこの場所に取り憑《つ》いているような気がした。どの線を手繰っても最終的には必ずあの男に行きついた。あらゆる報告や記録が女王の仮説を裏付けているとしか思えなかった――それなのに、あの男は殺してはいないのだ。あの男はこの場所にいなかった。この国にすらいなかった。完璧《かんぺき》なアリバイを作ろうとしたのであれば、これ以上ないほどうまくやってのけた、ということである。

答えに行きつく鍵《かぎ》は、死蔵品取引《ブレイキッジ・ビジネス》にあるはずだった――ロージーが身をもって明らかにしてくれたとおり、いまだに続いているのだ。地下の犯罪行為の全貌《ぜんぼう》を暴く証拠になったのがチョコレート・バーの包装紙だったとは、誰が想像できただろう？

その包装紙は今、封筒に入れられ、封を（願わくは、きっちりと）されて、ロージーのデスクの抽斗《ひきだし》で出番を待っていた。今のところ、地下通路が使われていたことをわかりやすく示せる証拠はなかった。予想どおり、犯人たちの行動はすばやく、あの扉の金具の細工の痕跡《こんせき》まで消し去ってしまっている。つまりこちらの足元を確実に固めるまでは、連中を追い詰めることはできない、ということだった。さらに答えの出ていない疑問がもうひとつ――そもそもその連中というのは、具体的には何人いて誰のことなのか？

女王なりに調べてみてはいた。それでも、これという決め手がすぐに見つからないようなら、この捜査はしかるべき機関に委《ゆだ》ねるしかなくなるだろう。

誰もがあれは事故だと考えた——眼のまえのタイルの表面で揺れている影に向かって、女王はつぶやいた。けれども、最初にその知らせを受けたときに感じた胸騒ぎは、まだ鎮まっていなかった。シンシア・ハリスはひとりきりで息を引き取ったのかもしれない。だが、ひとりきりで失血に至ったわけではないはずだった。

37

翌日の晩には、ロージーの気分もだいぶ持ち直し、上向きになってきていた。目下は〈チェルシー・アーツ・クラブ（訳注：一八九〇年創立の、芸術家を対象にした会員制クラブ。年二回開かれるChelsea Arts Club Ballが有名）〉のビリヤード室で席に着き、すぐそばの台でだらだらと続いているゲームには眼もくれず、自分のまえでシャンパングラスを手にしている優雅な女性に意識を集中させていた。

会員制のこのクラブのことは話には聞いていた。ダンスパーティーが有名で、秘密の庭園もあると聞いていたので、贅《ぜい》を尽くしたお上品な空間を想像していた。たとえば〈クラリッジズ（訳注：メイフェアにある五つ星ホテル）〉みたいな。ところが、ここに集まる芸術家たちはミシュランの星や、大理石の床や、シルクのカーテンや張地は求めていないことがわかった——彼らが求めているのは（かつ代金を支払えるのは）安いワインと、カフェテーブルと、肩肘《かたひじ》張らずにリラックスできる場所だった。白い壁に飾ってある絵画はどれも売り物だった。ウサギの巣穴のようにちまちま並んだ小部屋は、どこもジーンズを穿《は》いた人でいっぱいで、めいめい肘《ひじ》掛《か》け椅子でくつろいでいたり、キャンドルを灯《とも》したテーブルで食事をしながら談笑していたりした。ロージーを招待したエレノア・ウォーカーは、この場所では最高レベルに洗練されたひとりだった。

シルクのシャツをまとい、ゴールドのジュエリーをいくつも着けていた。友人にジュエリー・デザイナーがいると前置きして、「彼女の作品がとにかく好きで、いくつでも欲しくなっちゃうのよ」と言った。ほとんどの指に指輪がはめられ、左右の耳朶《みみたぶ》にとげとげしたパンク風のゴールドのピアスを着け、太い鎖にチャームのついたネックレスを三本重ねていた。そのなにもかもがロージーには意外だった。エレノアは六十歳を過ぎているのだ。若いころに一時期、モデルをしていたことがあるそうで、そちらはまったく意外とは思わなかった。

こうしてエレノア・ウォーカーに会うことになったのは、ショルトー・ハーヴィーについて話を聞くためだった。エレノアはラヴィニア・ホーソーン＝ホップウッドの叔母《おば》で、ラヴィニアが昨日、嬉々《きき》として連絡先を教えてくれたのだった。「だったら、うちの叔母がいいわ。ショルトーのことならなんでも知ってるから。酔っ払わせるといいわよ。最高に愉《たの》しい話し相手になるはず。一杯やりながら話を聞かせてくれませんかって言えば、歓んでオーケーすると思う」

顔をあわせて最初の十分間ほどは宮殿のことが話題になった。ロージーはいかにも愉しげな口調で中身はなにひとつない話をするという、パーティー用のテクニックを駆使した。それからようやく、王室付き絵画副監理官だった男のことを持ち出した。口実として、ロイヤル・コレクションをテーマにした書籍を出版する計画があって、そのためにちょっとしたエピソードの類《たぐ》いを集めるのに手を貸しているので、とつけくわえて。それまで好奇心と愉しさで輝いていたエレノアの表情が、警戒と嫌悪の色で曇った。そんなふうに掌《てのひら》を返したように表情を変えた人がほかにもいたような気がした。それが誰だったかまでは思い出せなかった。

「ショルトーに会ったことは？」エレノア・ウォーカーは言った。

「ええ、あります」とロージーは答えた。「じつはご自宅にお邪魔しました」

「彼のことが好き？」

「はい、とても」

「でしょうね、もちろん」と言うとエレノアは屈託のない笑みを浮かべたが、どことなく訳知り顔になったようにも見えた。「みんなそうなの、ショルトーのことが大好きになっちゃうのよ。あの人って、なにしろ、なんて言うか……憎めないから」

「詳しく聞かせてください」ロージーは慎重に言った。エレノアの口ぶりは率直でもあり、冷笑的でもあり、それをどう解釈するべきか、わからなかったからだった。

エレノアは片肘《かたひじ》をついて掌《てのひら》で顎《あご》を支え、グラスのなかをのぼっていく泡を見つめた。「あの人はね、そういうキャラクターを作りあげて演じてきたの、子どものころから。気づいたと思うけれど、ショルトーが愛しているのはものなのよ。美しいもの。愛しているどころじゃない、崇拝してると言ったほうがいいかもしれない。美しいものを見つけると、とにかく自分のものにしないと気がすまないの。そのもののことで頭がいっぱいになって、ほかのことには関心が持てなくなる。ずっとそうだったの。子どものときからね。彼のお母さんが口癖のように言ってた――あの子は七歳にして大理石と縞《しま》大理石のちがいがわかるのって」

「ってことは、別物なんですね、そのふたつは？」

　エレノアは声をあげて笑った。「ラヴィニアに訊《き》けば、教えてくれるでしょう。それは、まあ、それとして、ショルトーの両親はそこそこ裕福で、息子を寄宿学校に入れるぐらいの余裕はあったのね。で、シャドウェルの寄宿学校に入学したわけなんだけれど、入学直後から自分より裕福な子ばかりを選んで仲よくするようになったの。ショルトーはあきれるほどの素早さで見抜いたのよ――お金持ちがなによりも好むのは、娯楽だってことを。だって、わかると思うけど、お金が有り余ってる人たちって、心の底から退屈しているじゃない？　稼ぐだけ稼いでひと財産こしらえてしまったら、でなければ相続してしまったら、ほかにやることがないものね。そこでショルトーは余興を提供することにした、道化役《ピエロ》を演じたわけ。近隣三州では誰が重要人物か、きっちり把握しながら。噂話が大好きな、いわゆる軽い男を演じたの。とくに友だちの母親のまえで。当然のことながら、奥さまがたはショルトーをかわいがった。気の利いたことが言えるし、博識だし、料理の腕は神がかってるし、言うことを聞かない犬に虫下しの薬を飲ませることだってできたから。十七になった時点で、イングランド南部でいちばん人気のパーティー・ゲストと目されるようになってた」

「いいことじゃないんですか、それって？」とロージーは尋ねた。

　エレノアの表情がこわばった。「ううん、よくない。だって、なにもかも本物じゃないんだもの。ショルトーは友だちがほしかったんじゃない、つながりがほしかったのよ。その家のゲインズボロ（訳注：一七二七〜一七八八　イギリスの画家。肖像画と風景画を得意とし、ジョージ三世に気に入られ、王室からも多くの依頼を受けた）の絵画とか、ファベルジェ（訳注：一八四六〜一九二〇　ロシアの金細工師。彼の工房はロシア皇室御用達となり、毎年献上したイースター・エッグ（卵型の装飾品）は「ファベルジェの卵」として知られる）の金細工とか、箱入り娘とかに近づくためのつながりが」

　そこでことばを切ると、エレノアはテーブル越しに冷めた眼でロージーを見つめてきた。エレノアはスリムな身体つきをしていた。頬骨が高く、身のこなしがしなやかで、色褪《いろあ》せたフレア・ジーンズを穿き、シルクのシャツのうえから男物のジャケットをはおっていた。こちらを値踏みするような鋭い眼差《まなざ》しに、ロージーはわずかに不意を突かれたような気がした。話の引き出し方を、ひょっとすると誤ったかもしれなかった。

「あれはわたしが学校を卒業する年だった」エレノアは話を再開した。「ロンドンのとあるパーティーでショルトーと知りあって、週末に実家に連れていったの。ふたりとも十七歳で、同い年だった。わたしは五人きょうだいの四番めなんだけど、うちの家族は祖父の家の敷地内に住んでてね。そう、いわゆるお屋敷ってやつ。当時のわたしは恥ずかしがり屋で従順でおとなしくて、馬や犬と一緒にいるのが好きだったのよ。男の子とどうつきあえばいいのかもよくわかってなかった。友だちを〈ブーク館〉に連れてくると、最初はみんな同じような反応をするから、びっくりされるのにはもう慣れっこだったんだけど……ショルトーの場合は、あまりにも極端だった。ひと目惚《めぼ》れしたのよ、祖父の屋敷に」エレノア・ウォーカーはそう言って肩をすくめた。「その環境と、建物と、敷地内にあるすべてのものに。そこにわたしも含まれてた。だって、たまたまその屋敷に住んでたから。ショルトーはたちまち夢中になった。そして彼には窃盗強迫衝動があったの」

それでなにが出てくるか、見てみましょう――という陛下のことばが思い出された。ロージーはわずかに身を乗り出した。「と言うと？」

「最初は小さいものを狙ったの、滞在の記念品として。ショルトーを初めてうちに連れていった週末、銀の灰皿がなくなったって母が言いだしたの。母は不機嫌な顔でぶつぶつ言ってたけど、ほかのみんなは掃除に来てくれてるおばさんがうっかり別の場所に置いてしまっただけだろうと思ってたのよ。でも、それから何週間かして、わたしが見つけたの、ショルトーのジャケットのポケットに入ってるのを。それだけじゃなかった。祖父が何年もまえにジュネーヴで買ってきた、すごく精巧なハチドリの銀の置物もなくなった。ファベルジェの卵も。これは二年後の話だけれど、そのころにはわたしはメイフェアにある小さな画廊に勤めていて、ショルトーはコートールドで美術を学んでいた。わたしにとってショルトーは初めて男女の関係になった相手で、こっちとしてはそろそろウェディング・ベルが鳴るころじゃないかと思っていなくはなかったけれど、そういう話は一切口に出さなかった。まあ、そういう時代だったってのもあるでしょうけれど、ボヘミアンってやつを気取ってたのよね。彼は下宿にわたしを呼んで、ふた口しかないガスこんろで頬っぺたが落ちそうな夕食をこしらえてはご馳走《ちそう》してくれた。あるとき、ナプキン代わりにしようと思ってハンカチの抽斗《ひきだし》をごそごそやっていて見つけたの、ハチドリの置物とファベルジェの卵を。そのあと、母の肖像画も盗んでいったことがわかったわ。少なくとも、その年のクリスマスにはもう家から消えていたから。考えられる行き場所はひとつしかないじゃない?」

　そう言われれば……ロージーはショルトーの家のダイニングルームに掛かっていた、若い女の肖像画のことを思い出した。色白で、一九五〇年代風のイヴニング・ドレス姿のあの女性もまた、今、ロージーの眼のまえにいる人に似てスリムな身体つきだったことを。その符合は、この話の行きつく先を象徴しているのかもしれなかった。

「ショルトーはわたしのことも自分のものにしようとしたのよ」エレノアは背もたれに身を預けると、手元に視線を落とし、小ぶりな指輪で飾られた、筋張った両手をまじまじと見つめた。

「わたしは彼に夢中だった。彼はわたしの両親からどう思われているか自覚していたから、コートールドを卒業したその日に、グレトナ・グリーンに駆け落ちする計画を立てたの（訳注：スコットランド南部西海岸の小さい町。駆け落ち婚で有名。イングランドは婚姻に父母の同意が必要だったが、スコットランドは当事者の合意のみで結婚することを認めていたため、イングランドとスコットランドの境目にあるこの町に駆け落ちカップルが集まった）。最高にロマンティックだと思ったわ。で、浮かれてたんでしょうね、うっかり弟に打ち明けてしまって、で、当然ながら、弟から母に伝わった。ショルトーはうちの両親が呼ぶところの〝職業人家庭〟の出身だったのよ――彼の父親は医師で、母親のほうも技術者の家の出だったし。要するに〝家具や調度品を自分たちで買い揃えないとならない家〟だったの（訳注：代々裕福な家は家具を相続できるが、そうでない家は自分で買わなければいけないという意味）。もちろん、ショルトーも生活のために働かなきゃならないわけよね。わたしはそれでもいいと思ってた――むしろ憧《あこが》れてた。社会の模範たる、地の塩になるんだって。当時はいっぱしの社会主義者気取りだったのよ、実際はただの世間知らずだったのにね。ショルトーは美しいものを手に入れたくて仕方がなくて、わたしはそのひとつだっただけ。最終的には、祖父がショルトーにいわゆる手切れ金を払って一件落着。いくら払ったと思う？　たった千ポンドぽっちよ。祖父としてはもっと払う気だってあったのに」

「ハチドリの置物とファベルジェの卵のこと、ご家族はご存じだったんですか？」とロージーは言った。〝たった千ポンドぽっち〟に含まれていた苦々しさを、いくらかでもやわらげたくて。

「それと肖像画？　ううん、誰も知らないわ、わたしが言わなかったから。あんなお高くとまった人たちに言ったらどうなることか。でも、それで終わりじゃないのよ。ショルトーの計画を知ると、祖父はすぐに探偵を雇って彼のことを調べさせたの。わたしにはもちろんひと言も言わずに。でね、ショルトーは評判の悪い連中と好んでつるんでるらしいことがわかったの。ウェストエンドの遊び人とか、イーストエンドのドラッグの売人とか、ポン引きとか、けちな小悪党とか、そういう連中と気があったのね。当時は一九七〇年代じゃない？　美術学校なんて、社会に反旗を翻したい連中のたまり場みたいなもんだったしね。ショルトー自身はドラッグこそやらなかったけど、危険なことは好きだった。そういう自分に酔ってたんでしょうね。

ともかく、そんなことが発覚した以上、理想の結婚相手としては失格よね。当時は祖父のせいで失恋するはめになったと思ってたけど、でも……」エレノアはそこで指輪をはめた手をひと振りして、今ではそうは思っていないことを示した。

「今でも連絡があったりしますか？」とロージーは尋ねた。

「ないわよ、もちろん。わたしと結婚する計画がパアになったあと、ドゥカティを買って、わたしの友達ふたりと寝て、リディア・マンローって子を連れてインドに旅立ったわ。その子の家庭はうちほど事情に通じてなかったから。で、そのリディアに毛ジラミをうつして——ってことは、それ以前にどこかでもらったわけだけど——単身イギリスにご帰国あそばした。あの人、この先どうなっちゃうんだろうって思ってたわ」エレノアはそこでグラスに残っていたシャンパンをひと息に呑《の》みほした。重ね着けしたダイアモンドの指輪がきらりと光った。「悪趣味にもほどがあると思うけど、ショルトーはしばらくのあいだわたしの弟と連絡を取りあってたの。弟のルパートはお育ちがよすぎて縁を切るって言いだせなくて、ショルトーのほうはお育ちがあれすぎて距離を置くってことができなかったんでしょうね。そういう人だから、最後は刑務所行きだろうと思っていたのに、まさか女王陛下にお仕えして、引退してからはコッツウォルズで暮らしてるなんてね。雑誌の『ハウス&ガーデン』で彼のコテッジが紹介されてるのを見たわ。正直に言っちゃうと、ハチドリの置物とファベルジェの卵が写ってないかと思って、眼を皿のようにして写真を確認したんだけど、見つけられなかった。滞在中に見かけたりしなかった？」

「どちらも見あたりませんでした」ロージーは本当のことを伝えた。肖像画のことには触れなかった。「そろそろ、ミスター・ハーヴィーがロイヤル・コレクションで働いていたころの話を聞かせていただこうかと思うんですが」ロージーは言った。

「あら、その話を聞きに来たわけじゃないでしょう？」エレノア・ウォーカーはにっこり笑って、ロージーの口実をはなから信じていなかったことを明かした。「だって、このわたしが知ってるわけないもの。でも、いいの、気にしてないから。あの人のことだから、きっと王室ご一家の銀器をくすねるぐらいのことはしたと思う。だけど、女王陛下は運がよかったとお思いにならないとね。マーガレット王女はショルトーと駆け落ちしなかったわけでしょ？　なんせ、あのショルトー・ハーヴィーだからね、まちがいなく狙ってはいたと思うわ」

クラブを出てオールド・チャーチ・ストリートでタクシーを待っているとき、ロージーは不意に、ショルトーを話題に出したときエレノアの表情が一変したのを見て、誰のことを思い出したのかがわかった。ルル・アランテスだった。マックスおじさんからショルトーのことを聞いていたにちがいなかった。ルルはシンシア・ハリスのことも正しく評価していた。ルルの言うことにもっと耳を傾けるべきだったのだ。

38

ビリー・マクラクランもまた、忙しい思いをしていた。テットベリーから戻ってきてから、その昔、まだ警察の新米刑事だったころの〝行きつけ〟を何ヶ所かまわり、王室護衛官時代の古巣に顔を出した。元王室職員のあいだにはいくつかのネットワークがあり、マクラクランとしてはもっぱら職業上の目的のため、今でもつながりを維持していた。こんなふうにお呼びがかかることがなければ、もっと疎遠になっていたにちがいない。読書とクロスワードパズル三《ざん》昧《まい》の日々で充分に……まあ、おおむね、満たされていたから。それでも折にふれて元執事とゴルフをしたり、元従僕と酒を呑んだり、スコットランドの狩りの案内人と釣りをしたり、ソムリエとワインのテイスティングをしたりすることはあった。相手によって健康状態やら老化の程度やらはまちまちだったが、ひとつだけ共通点があった――全員揃ってゴシップが大の好物なのだ。もうじき元王室職員のためにバッキンガム宮殿でおおがかりな〝プレ・クリスマス・パーティー〟が開かれることになっているので、マクラクランはそのどんちゃん騒ぎの計画を練っているという口実で、調査を進めた。

二日間あちこちを嗅《か》ぎまわったあと、〝ボス〟のための報告書を完成させた。それを女王に直接届けることになったのは、ロージーも含めて三人で昼休みに庭園を散歩することになったからだった。マクラクランの眼には、陛下がいつになくそわそわなさっているように見えた。現に昨日も直接電話をかけていらして、調査の進捗《しんちょく》をお尋ねになった。陛下にしては、めずらしいことだった。

「陛下は〝フェンス〟というものをご存じでしょうか？」三人揃って池に向かいはじめたところで、マクラクランはおもむろに切り出した。

女王はわずかに困惑したようだった。コンスティテューション・ヒルの通り側の塀にちらりと眼をやり、その眼を元どおり前方に向けた。「そうやって改めて尋ねられると、なんと言えばいいか——」

「おっと、これは失礼いたしました。ことばが足りませんでした。犯罪用語で、という意味です」

「ああ、なるほど、わかりました。たしか、盗品を売買する人間のことではなかったかしら？」

「そのとおりです！」マクラクランは満面に笑みを浮かべた。「ご存じなら、話は早い。先日、〝ベスナル・グリーンのフランク〟という名で通っている男から話を聞いてきました。おもしろい話がある、ということだったので。呼び水として、宮殿の所蔵品がちょこちょこ持ち出されることがあったらしい、と言ってみたんですが、相手は驚きもしませんでした」

　女王は諦《あきら》めの表情になった。「でしょうね。それが人間の心理というものらしいから。記念に、と思うと我慢できなくなるのよ。我慢しなくていいと思っているのかもしれない。招待客だってトイレットペーパーを失敬していきますからね。一流と言われているのに——というのは招待客のことですよ、もちろん。宮殿備えつけのトイレットペーパーが一流かどうか、わたしの口からはなんとも言えないもの」

「いや、トイレットペーパーどころではないんです」マクラクランは言った。「もちろん、今に始まったことではありません。十八世紀にもウィリアム・フォートナムという人物がおりました。その人物についてはご存じでしょうか？」

「〈フォートナム&メイソン〉の創業者の？　アン女王の従僕だった人かしら？」

「そうです、その男です」

「でしたら知っていますとも、もちろん」女王は笑みを浮かべて言った。「商魂たくましいってことばがぴったりの人物でしょう？　宮殿の使いかけのキャンドルを女官相手に売ることを考えついた。ミスター・フォートナムの言いたいことはわかります。女王は一日ごとに新しいキャンドルを灯《とも》す習慣だったから、使いかけが何千とあった。どう考えてもそのまま捨てるのはもったいない」

「ええ、たいした商売人です」マクラクランも同意した。「しかもまた、その思いつきが軌道に乗った」と言いながら、ピカデリーの通りの角にそびえる七階建ての店舗とその正面の豪華に飾られたショウウィンドウと幼い孫娘のお気に入りのからくり時計を思い浮かべた。「見逃してはならないのが、フォートナムだけではなかったという点です。言い方を変えるなら、宮殿は絶えず起業家を生み出してきた、とも言えるかもしれません。なかにはたっぷりと甘い汁を吸った者もいた。そこで登場してくるのが……例の死蔵品取引《ブレイキッジ・ビジネス》です。サー・ジェームズは、一九八〇年代に王室の所蔵品をひそかに売り払ってひと儲《もう》けしていた連中がいたようではあるが、そのとき限りの一過性の悪事だった、と考えておられるようですが、調べてみたところ、一九九〇年代にも同様の取引《ビジネス》が行われていたことが確認できました。その時期の取引《ビジネス》を仕切っていたのが、セオドア・ヴェスティという人物です。八〇年代、九〇年代と続いてきた悪事ですから、その後も続いていないとは思えません。あくまでも噂の域を出ませんが――なので現時点での告発は難しいと思われますが、ふたとおりの手法があるようです。ひとつはごく単純なやり口で、なくなったところで誰にも気づかれそうにないものを、こっそりと持ち出す。たとえば新調していらなくなった古いカーテンとか、どなたかがご懐妊されるたびに産着があちこちから送られてきますから、そのうちの一部とか。ええ、決してごっそり持っていくような真似はしません。そうです、陛下、そこがポイントなんです。むやみやたらに失敬して疑いを招くような真似はしない。肝っ玉の小さい下っ端がびびって警察に駆け込むような真似もしない」

「なるほど、そうですか」女王は険しい顔でうなずいた。

ロージーは、ショルトー・ハーヴィーが死蔵品取引《ブレイキッジ・ビジネス》について説明をしたとき、似たような言い方をしていたことを思い出した。

「帳尻《ちょうじり》をあわせるため、宮殿側の記録のほうを改竄《かいざん》します」マクラクランは話をつづけた。「そして、先ほどのフランクのような人間を介して盗品を売りさばくわけです。ついでと言ってはなんですが、陛下に教えていただいた例のホワイトホールの国防官僚についても調べてみました。ええ、あの角部屋を執務室にしていたという人物です――ロジャー・フォックスといいます。一九八〇年代に調達部門の責任者をしていて、九〇年代の初めに健康上の理由で早期退職しました。というのは表向きの理由で、じつは賄賂《わいろ》を受け取っていたのが発覚したようで。基本的にそういう人間だったんですな、性根が腐りきっていた。なので、宮殿から所蔵品を持ち出した連中に、有望そうな買い手を紹介するぐらいのことはしてやっていたでしょう。ええ、お安い御用とばかりに。ちなみにロジャー・フォックスはセオドア・ヴェスティと知りあいでした。そして、こちらのほうがより聞き捨てならない情報ですが、ヴェスティの前任者であるシドニー・スマークとは、義理の兄弟という間柄でした」

「おやおや、なんですって？」女王はぴたりと足を止めて言った。

「陛下もご興味をもたれるだろうと思いました。言ってみれば、ちょっとした同族経営《ファミリー・ビジネス》ってことになりますか。陛下の例の絵も、八六年のあの改装作業のあいだ、しかるべくラベルをつけて保管されていたのでなければ、スマークの貯蔵室からフォックスの執務室までちょいとお散歩に出かけてしまったとしても不思議はありません。ポイントは、その絵がふだんは陛下の寝室のまえの廊下に掛かっていたことにあります。そうなると営繕部の連中には眼にする機会などなかったでしょうから、誰も陛下のものだとは思わなかった、ということです。ごく一般的な、どこにでもあるような装飾品のひとつと見なし、自分たちの〝商売もの〟にはちょうど手頃だと思ったのでしょう。そして、陛下の絵はロイヤル・コレクションには渡らず、じつに都合よく〝行方不明〟になったのです。それでいつもはうまくいっていたのですが、それは商品が些末《さまつ》なもの、というのが前提だったからです。陛下のあの絵については、判断ミスをしでかした、ということです」

「シンシア・ハリスなら気づいていたかもしれませんね、そんな悪事が横行していたら」と女王は言った。

「当時、ミセス・ハリスがシドニー・スマークと親密な関係にあったというのが事実だとしても、所蔵品取引《ブレイキッジ・ビジネス》の一味には加わっていなかったものと思われます。連中はすべて女王の臣《オール・ザ・クイーンズ・メン》を地で行っていましたから——とにかく男衆《メン》だけで結束することにこだわったのです。それもこれも、スマークが女性を目の敵にしていたからだとか。そんな理由もあってシンシア・ハリスも短期間で関係を解消したのでしょう。とはいえ、ロージーから当時のことを訊《き》かれていたら、ぴんときた可能性はあります。よからぬことが行われていたにちがいないと察したのではないかと思います。話を先に進めます。じつは被害を被っていたのは、陛下だけではないのです」

マクラクランは続けた。「納入業者も、手口は異なるものの被害を被っていました。納品したのに、受け取った記録がないと言われて、同じものをまた納品させられていましたから。バッキンガム宮殿にはなかなか逆らえませんからね。その手が通用したのは、まず歯向かってはきそうにない零細業者を選んでいたからでしょう」

「ということは、つまりわたしの名前で人を脅し、物品を巻きあげていた、ということ？」

「ええと——はい、おおむねそういうことになるかと。この場合、ことを円滑に運ぶには緻密《ちみつ》なネットワークが必要になります。必要な部署に必要な人員を確保できていないときは手出しを控えたのだろうと見ています。納入業者から物品を受け取り、受領書にサインをする役割に二名か三名、必要になります。うち少なくともひとりはそれなりの役職に就いていないといけません。併せて受け取った物品を地下貯蔵室に運んでいくところを目撃されても怪しまれないために、下っ端の職員も必要になります。地下の貯蔵室から地下通路をつかえば、運び込んだ物品をひそかに持ちだすことができます。誰にも見咎《みとが》められずに。そして当然のことながら、セント・ジェームズ宮殿側でそれを受け取り、城外に流す者も必要です。宮殿という場所になにかをこっそり持ち込むには、すべてのセキュリティ・チェックを突破しなくてはならないので、至難の業と言えます。では持ち出す場合は？　子どもでもできます、持ち出そうとしているものが〝紛失物〟だと気づかれない限りは」

「でも、受領証や請求書があるはずですよね？」とロージーが尋ねた。「書類に記録が残るはずです。財務部の職員が気づかないとは思えません」

「だから、そういう部署にも協力者が必要になる。買収するんだよ、金品を渡して見て見ぬふりをしてもらうんだ。その方面をちょいと突《つつ》いてみてわかったことだが、ここ何年か、宮殿の資産管理をしている部署の経理担当のマネジャーの人事がおかしなことになっていて、入れ替わりがやけに激しいんだそうだ。なかには異動してきたとたん配置転換になる者もいるらしい。これはわたしの想像だが、誠実で真面目に仕事をするやつには圧力をかけて、いづらくさせるんだと思う。ささいなことで激しく叱責《しっせき》したり、仕事を妨害したり、でなければ私生活のほうで不愉快な目に遭わせたりして」

「みなし解雇……ですね」物思わしげな顔になって、女王は言った。

「そうです、陛下、まさにその手を使ったのです。自分たちの意のままに操れる者は残し、そうでない者は追い出す。現役時代のセオドア・ヴェスティは人当たりがよくて人望があったそうです。うまいこと言って誘い込み、用済みになったらまたうまいこと言って追い払っていたんでしょう」

「だとしたら、ミセス・ハリスを殺したのは、経理担当の会計官ということ？」考えを整理するため、女王は浮かんだ疑問をことばに出した。帳簿の数字とにらめっこしている人間が人を殺すようには思えなかったが……それもまた先入観というものかもしれない。先入観でものを見るのはよろしくない、と自分で自分に言い聞かせた。

その間にロージーは猛然と考えをめぐらせていた。「わたし、その課のオフィスに行ったことがあります。大規模改修計画案の見積りを仕上げた日に。地階にあるんです。先ほどビリーがマネジャーの異動が頻繁だと言っていたのは、その部署のことだと思います。所属の会計官は四名ですが、あの日はそのうちの二名だけがいて、代わりに運営部のミック・クレメンツとその使いっ走りみたいな部下が同席していました。なんかのお祝いをしていたところに、わたしが闖入《ちんにゅう》した恰好《かっこう》になっちゃって。訊こうと思っていたのは、大規模改修計画の財務モデルに組み込まれた予測についてだったんですが――」

眼のまえのふたりの顔に順繰りに眼をやって、ロージーははたと口をつぐんだ。そしてロージー自身のように表計算ソフトを使ったモデル化の話となるとたちまち夢中になるのは、少数派なのだと気づいた。

「ごめんなさい、ビリー、お話の邪魔をしてしまいました。つづけてください。でも誰のことを言っているのかわかったので。どうやらあの人たち、自分たちの企《たくら》んでいたことがまんまと成功した、と思っていたみたいですね」

「で、きみは、そうは問屋が卸さない、と言ってやった？」とマクラクランが言った。

「意図せずにですけれど」

「そこでパアになっていなけりゃ、またしても何千ポンドか儲けてたわけか」

「最終的には、何百万ポンドになっていたかもしれません。じつは辻褄《つじつま》があわない部分があることに最初に気づいたのは、メアリ・ヴァン・レネンだったんです。あの連中、メアリに圧力をかけていたんじゃないでしょうか？　メアリを通じてミセス・ハリスがなんらかの疑念を抱いたのだとしたら、あの連中には口をふさがなくちゃならない立派な理由があったことになります」

　マクラクランはうなずいた。「シンシア・ハリスが亡くなった晩、連中はどこにいたかだな。会計官が宮殿内に寝泊まりすることは？」

「どうでしょうね、寝泊まりするべき理由が思いつかないけれど」と女王は言った。

「では、調べてみましょうか」とマクラクランは言った。「警備が記録を残しているはずですから。ですが、陛下、あまり直接的な動きは要らぬ注目を集めかねません」

　女王はうなずいて同意した。「その慎重さがありがたいの、ビリー。じつは、この件にはあまり深入りしてもらいたくないと思っていたところです。たしか、ストロング主任警部があの晩、宮殿内に残っていた人たちをリストアップしたものがあったはずですよ。ロージー、報告書のファイルのなかになかったかしら？」

「はい、ありました」とロージーは答えた。

「ついでにポーター二名のアリバイも確認するといいかもしれない」マクラクランはロージー

に向かって言った。「のちほど名前を教えよう。どちらも大それた犯罪を企むようなたまじゃないが、給料のわりにはずいぶんと金遣いが荒いんだ。腕時計やら、スマートフォンやら、身分不相応な新車やら――」

「おやめなさい！」女王の厳しい声が響き渡った。小道の脇の繁みから、キャンディがしゅんとした様子で這《は》いだしてきた。女王はマクラクランのほうに顔を向けた。「ごめんなさいね。つづけてちょうだい。大それた犯罪を企む云々《うんぬん》ってところでしたね」

　マクラクランは肩をすくめた。「斯《か》くなるうえは、ストロングのリストが対象者を絞るのに役立ってくれることを願うばかりですね。これまで話に出た人間は――ミック・クレメンツも、会計官たちも、もちろんポーターのふたりも、わたしの第一印象では誰も黒幕とは思えません。ついでに保安部門の警備兵のなかにも一名ないし二名ほど、調べたほうがよさそうな者がいるのですが、残念ながら、名前をお伝えすることができません」

「あら、そうなの？」女王はブルーの眼でマクラクランを鋭く見据え、眉根《まゆね》を寄せた。

「はい、少し変わった経路で入ってきた情報で。ゴルフコースで拾った噂話がきっかけなんですが。引退した職員で、元軍人という経歴の知人が、現役の王室職員たちと一杯やった、というのです。仕事あがりに男ばかりで誰かの誕生日祝いで呑《の》んでいたらしく、なんとなくその輪に加わることになったとか。その席で戦場ではどんな負傷をするか、という話題になったそうです。なので警備兵の集まりだったのではないかと。はい、陛下、お世辞にも趣味のいい話題とは言えません。情報収集という目的がなければ、わたしだって聞きたくもありませんよ」

「理解できます」女王も同意した。

「大人数でテーブルを囲んでいたせいでしょうか、どんどん血なまぐさい話になっていったそうです。で、ある時点から互いに張りあうように、どういう死に方がいちばんむごたらしいかを競ったとか。一瞬で絶命する方法もあるし、長々と苦しむ方法もある、と言う者もいて。なかにひとりかふたり、百科事典並みの知識を持っている者がいたそうで、足首の動脈を切断する、という方法が挙がったとのこと」

「でも、わざわざ言うかしら？　自分たちの言った方法で亡くなった人が、北西の付属棟《パヴィリオン》で発見されることになるわけでしょう？」

「その集まりですが、陛下、ミセス・ハリスが亡くなったあとのことでした。どうもミセス・ハリスの亡くなり方がその会話の発端だったようで。その情報を提供してくれた者も、残念ながら、それが誰の発言だったのかは記憶していませんでした。大人数の集まりで、知りあいはひとりも交じっていなかった、と言っています。当然と言えば当然ですが、そのなかの誰かを疑いの眼で見るということもなかったようで」

「シンシア・ハリスには、かばってくれる人がひとりもいなかったのね」女王は思いをめぐらせる表情になった。「殺害されたとなったら、誰もがミセス・ムーアが首謀者だと考えるでしょうね。ミセス・ハリスに強い恨みを抱いていてもおかしくない理由があったわけだから。でも、あの人にひとの足首を掻《か》き切るような真似ができたとは思えないの。だって、アラベラ・ムーアは人望の厚い人でしょう、ちがいますか？」

「はい、まわりからとても信頼されています」ロージーも同意した。

「そもそも慣れていないんですよ、わたしたちは。ヒーローがじつは悪人かもしれないという発想に」

「では、アラベラ・ムーアが殺害した可能性はあるのでしょうか？」マクラクランが尋ねた。

彼の場合、ヒーローがじつは悪人かもしれないと考えることに抵抗はなかったし、その逆もまた然《しか》りだった。手際よく足首を掻き切ってみせそうな女のひとりやふたり、名前を挙げることもできた。

「いいえ」と女王は答えた。「ストロング主任警部が宮殿内に居残っていた者のリストを持ってきたときに、あの晩ミセス・ムーアは自宅で家族と過ごしていた、と言っていましたからね。ええ、はっきり覚えています。ミセス・ムーアには嫌がらせの手紙を送りつけていた疑いがあったので、警察が確認していたのよ。ご主人と三人の子どもさんが揃って、彼女の言い分にまちがいはないと言っているそうだし。ところで、ロージー、話が少し逸《そ》れてしまうけれど、スパイク・ミリガンとは話をしてみましたか？　嫌がらせの手紙の件でなにか聞き出せたことはある？」

「それが、陛下、聞き出せていません」ロージーは答えた。「話をするところまではどうにか漕《こ》ぎつけたのですが、なにを訊《き》いても、知らないの一点張りで。気の毒なぐらい怯《おび》えているように見受けられました」

「あなたに対して？」

「部分的には」

「その気になれば、それなりに脅しをきかせられる人ですからね、あなたは」

「恐れ入ります、陛下。はい、それなりに努力してみたつもりですが、ほかにもっと恐ろしいものがあるようで。わたしの脅し程度では、有益な情報を引き出すことはできませんでした。嘘をついているのはまちがいありませんが、問い詰めようにもこちらには具体的な材料がなくて。〝あなたが話しているのを聞いた人がいる〟とは言いましたが、それが誰なのかは言うわけにはいかなかったもので」

「誰が聞いていたんだ？」とマクラクランが尋ねた。

「それは今この場で話す必要のないことです」女王はぴしゃりと言った。「まったくもう、もどかしいと言えばいいのか、歯がゆいと言えばいいのか……」そこでふと口をつぐみ、またしても考え込む表情になった。

ロージーが言った。「それでは、ミック・クレメンツのことに話を戻しましょうか？」地下貯蔵室で行く手を阻まれたときの、あの殺意にぎらつく眼が思い出された。エリック・ファーガソンが割って入ってこなければ、まちがいなくあのまま襲いかかってきただろう。

「そうね」と女王は言った。「ミック・クレメンツと言えば、ロージー、あなたはあの男とその一味のせいでとんだ無駄足を踏まされたことがあったのではなかった？」

ロージーはうなずいた。「はい、アルツハイマーの元マネジャーを訪ねる羽目になりました」

「それは、あなたがその線を手繰りだせば、いずれ事実が発覚しただろうから――」女王はそこで黙り込んだ。一瞬、それですべての辻褄があった気がしたが、次の瞬間にはまたわからなくなった。たしかにロージーに訊かれていれば、ミセス・ハリスは一九八〇年代の犯罪行為のことに思い至り、打ち明けていた可能性はある。それでも、たとえ犯罪の事実を把握したとしても、証拠はなにもなかったのだ。ならばミック・クレメンツは、ただ空とぼけるだけでよかったはず。自分はいっさい関係ない、で押しとおせばいいのだ。ミセス・ハリスに沈黙を守らせるため、脅しをかけるぐらいはしたかもしれないが、わざわざ手間暇をかけて、相当の危険までおかして殺害を企てたりするだろうか？　クレメンツは衝動的なタイプだ——ロージーがその実態を目撃している。すべてはそのせい？　一時の激情に押されて、思わず手を下してしまった、ということ？

「陛下、いかがなさいましたか？」

見ると、マクラクランがやや心配そうな表情でこちらをのぞき込んでいた。女王は自分が遠くの一点を見つめたまま、しばらく黙りこくっていたことに気づいた。

「お気遣いありがとう。ええ、大丈夫ですよ」真相に近づきつつあるのはまちがいなかったが、もう少しのところで手が届かないのだ。殺人犯がひとり、被害者がひとり、浮かんできてはいる。なのに、そのふたりがどうしても結びつかなかった。「もどかしくて仕方がないわ、なにからなにまで」思わずそうつぶやいていた。

「われわれにお任せください、陛下。明後日《あさって》、引退した職員が集まるパーティーがあります。いつもはパスしていますが、今回は参加して、当時を知る者から話を聞いてみましょう」

「ありがとう、ビリー。これは言うまでもないことですが、じつは殺人などなかった、という可能性も残っているのよ」

「ですが、陛下、ここにいる三人は、その可能性は低いと思っているはずです」マククランにそう言われても、女王としてはなぜか却《かえ》って不安が募った。三人は重い足取りでシューズクロークに向かった。

　そのあと、首相との週に一度の面談が予定されていたので、女王はその準備に取りかかった。あと一週間だけ自分に猶予を与えることにした。ビリーが挙げた人物のなかに、あの晩、口封じのためにシンシア・ハリスを殺害することが可能だった者が、実際に手を下したであろうと思われる者がいるかどうか、とことん考えてみるつもりだった。そして、その七日間で解決にいたらなかった場合は、ストロング主任警部の手にすべてを委《ゆだ》ねることにした。嫌がらせの手紙の件を家政官から取りあげたのと同じ理由から。

　そうなれば、記者たちが飢えた獣の群れのごとく、大挙して襲いかかってくるだろう。隠蔽《いんぺい》工作のにおいを嗅《か》ぎつけ、報道官を取り囲んでやいのやいのと責め立ててくるにちがいない。女王は思わず溜《た》め息をついた。正しいことをしたにもかかわらず文句を言われなければならない、というのはどうにも間尺に合わないし、考えただけでげんなりする。それでも、素人の手に負える範囲はたかが知れている。その範囲を超えてしまったら、付帯的に発生する余波のことなど憂いている場合ではない。女王は改めて自分自身に言い聞かせた。そう、今の時点で、すでにもう充分すぎるほど、事件の捜査にのめり込んでしまっているのだから。

第四部　ペンティメント

この女の魂に、カエサルの精神を見《み》出《いだ》すことでしょう

——アルテミジア・ジェンティレスキ

(訳注：一六四九年、アルテミジアが絵画の依頼主に送った手紙の一文。手紙の内容は、絵を値切ろうとする依頼主に対して、少しなら値下に応じてもいいが、この値段よりはぜったいに下げない、と主張するものだった)

39

ヘレン・フィッシャーはチェルシーの半地下のフラットで、キッチンの窓のそばに置いた椅子に腰かけ、赤い紋章のついたその手紙を何度も読み返していた。いまだに信じられなかったが、書き出しにはこうあった――「**本状は女王陛下からのご下命により貴女にお送りしているもので……**」。その〝貴女〟とはほかならないヘレン・フィッシャーのことを指す語で、エリザベス二世女王陛下と文章中ほんの九文字ほどの距離でつながり、しかも同一文中に存在しているのである。

シンシアが亡くなったとき、お悔やみの手紙は数えるほどしか届かなかった。正確には、片手で数えらるほど――電子メールが二通、テキストメッセージが二通（うち一通は親指を立てた絵文字で、どうやら残念な誤送信だと思われた）、そしてこの書状。伝統を感じさせるクリーム色の上等な分厚い紙に、品のいい青いインクで印字されていて、〝女官《レディ・イン・ウエイティング》〟という文字のうえには、同じく品のいい青いインクで直筆のサインが記されていた。女官という立場にある貴婦人たちに対してヘレンはこれまで、君主の長いマントの裾《すそ》を持ったり、入浴を手伝ったりしている人たち、という漠然としたイメージを抱いていたが――と言っても女官職についてあれこれ想像する機会はほとんどないに等しかったが、実際のところどんな仕事をしているのかまったく理解していなかった。どうやら女王の代理で手紙を書くことも、仕事の範疇《はんちゅう》に含まれているようだった。この手紙の書き手は丁寧でエレガントな筆致で、長きにわたって格別の親交のあった友を亡くしたヘレンの喪失の悲しみを思いやり、ミセス・シンシア・ハリスは王室職員として誠実に勤めをはたし、ひたむきに尽くしてくれた、と書いていた。

長きにわたって格別の親交のあった友——いったいどうして女王陛下はそんなことまでご存じなのだろう？　まさか、警察の調書を一通残らずお読みになっていらっしゃるわけでもないだろうに。シンシア・ハリスと長年の友人関係にあったことは、このフラットを訪ねてきた、ロンドン警視庁犯罪捜査部所属のあの部長刑事にしか話していなかった。いかにも〝叩《たた》きあげの刑事〟といった雰囲気の持ち主で、ヘレンとしては好感が持てた。物腰が柔らかで、居丈高なところがなく、対応が丁寧だった。椅子に腰を落ち着け、お茶を一杯飲みながら、ヘレンがぽつりぽつりと問わず語りに話す、シンシアの不幸な子供時代や、一九七〇年代後半の学生時代のあれこれに黙って耳を傾けた。

　部長刑事が訪ねてきたのは、シンシアが受け取っていた嫌がらせの手紙について捜査をしているからだと説明された——そうは言われても、本人が亡くなったあとでどうしてわざわざ捜査をするのか、ヘレンにはよくわからなかった。質問してはみたけれど、王室のプライヴェートな事情が関係しているとのこと。それで理解は得られるものと思っているようだった。その点についてはたしかに、ヘレンはたいていの人より理解していると言えるかもしれなかった。こと王室ご一家のプライヴァシーを守ることにかけて、シンシアは杓子定規《しやくしじようぎ》なまでに厳格だったからだ。バッキンガム宮殿の門の内側の壮麗できらびやかな広間やら部屋やらで、いったいどんなことが行われているのか、シンシアは決して教えてくれなかった。教えてもらえたのは、女王陛下が〝たいへんチャーミングでかわいらしい方〟で、フィリップ殿下は〝世間で思われているよりは人間的〟で、チャールズ皇太子も以下同文、カミラ夫人には〝たいそう情熱的（いい意味で）〟な面がある――ぐらいだった。

それ以外のことは、そう、自分の仕事にまつわる話はほとんどしなかった。でも、それを言うならヘレンも同じようなものだった。芸術方面でキャリアを築こうとしたものの、その他大勢と同様、出端《でばな》をくじかれ、以降は翻訳の仕事を続けてきた。その他大勢とちがったのは、経済力のある結婚相手にめぐりあって生活を支えてもらえるような運のよさも、物分かりのいい小器用さも持ちあわせていなかったことだった。シンシアとは二ヶ月に一度ぐらいの頻度で、シンシアの公休日を選んで顔をあわせ、たいていは美術館やコンサートホールに足を運び、しばし美術や音楽を話題に語らうことが多かった。ロンドンは居ながらにしてすばらしい文化に触れられる都市だった。この半地下の、寝室が一間きりのフラットに辛抱してでも住む価値のある場所だった。陽当たりが悪かろうと、バタシー橋を渡るバスの排ガスでいつもうっすらと空気が濁っていようと、かまわなかった。どこか郊外の、明るくて風通しのいい庭付きの一戸建てと交換してあげると言われても、お断りだった。そう、庭なんて必要ない――玄関を出たら、すぐそこにテート・ブリテン（訳注：ロンドンのテムズ川畔、ミルバンク地区にある国立美術館。テート・ギャラリーとも）があって、ヴィクトリア&アルバート博物館があって、ロイヤル・オペラ・ハウスまであるのだから。

シンシアが宮殿でひどい嫌がらせを受けていることは、当人からも聞いていたし、たまに話題にもなった。日曜日の午後、そのときどきに訪ねた文化施設のカフェでもっぱら聞き役に徹したものだった。そういうこともあの部長刑事にはすべて話した。それからシンシアの異例ずくめで波瀾《はらん》だらけのキャリアについても。セント・ジェームズ宮殿内に置かれていたロイヤル・コレクションの学芸員からはじまり、ロンドン市内にあるすべての宮殿を包括する営繕部に異動になり、そこから今度はバッキンガム宮殿の家政《ハウスキーピング》部門に移り、そこでようやく落ち着いたようだったので、ヘレンも歓《よろこ》ぼうとしたのだったが……そんな気持ちにはどうしてもなれなかった。

正直に言えば、これまで誰からも聞かれたことがなかったので、一度も口に出したことこそなかったが、ある夏を境に、シンシアの、たとえて言うなら魂の灯のようなものが消えてしまったように感じていたのだ。ロイヤル・コレクションを追われ、学芸員の職を失い、あの卑劣で俗悪な男を頼ったときを境に。あの男には人前で面罵《めんば》され（その現場をヘレンも目撃したことがあった）、職場では無視され（とシンシアから聞かされた）、そしてほぼまちがいなく暴力を振るわれてもいた。シンシアはそのことを決して認めなかったが、それ以降何年たっても、あの男と同じぐらいの背《せ》恰好《かっこう》の男がそばに来ると、はっとして身をすくませるのを、ヘレンもたびたび眼にしてきている。どうしてそんなことになってしまったのか？　学生時代はあんなに堂々としていて、自他ともに認める自由闊達《かったつ》な精神の持ち主だったというのに——それについては、まあ、ヘレン自身もひとのことを言えた義理ではなかったけれど。シンシアが大の仲良しだったダニエル・ブレイクが悲惨なバイク事故で亡くなったのも、考えてみれば、あの年だった。悲しみのあまり、シンシアは精神的に不安定になった。それもまた人が変わってしまった原因のひとつにちがいなかった。芸術関係の別の仕事を探してみてはどうか、とヘレンなりに折に触れて励ましたつもりだった。シンシアは学芸員として超がつくほど優秀だったし、バロック美術は彼女のまさに生きがいだったからだ。それでも、当のシンシアは、自分はもう〝終わってしまった〟と言うだけだった。自分の信用は〝地に落ちて泥まみれ〟だし、〝もう誰からも見向きもされない〟のだと。そこまで言うほどのなにをしでかしたのか、具体的なことは言おうとしないのでヘレンのほうも敢《あ》えて訊《き》きはしなかったが、ロイヤル・コレクションの花形学芸員から一転、好ましからざる人物《ペルソナ・ノン・グラータ》になってしまったのだ。シンシアの人となりを知らなければ、美術品を盗み出そうとしていた現場を押さえられでもしたのかと思うだろう。

　シンシアが潰《つぶ》れてしまったのは、それから間もなくだった。直前に友人のダニエルを失っていたこともあり、その年の残りは、ほかの友人たちを遠ざけて過ごした。その翌年も、さらにその翌々年も。フラットに訪ねてきた〝叩きあげの刑事〟には、そこまでは話さなかった。訊かれたのは嫌がらせの手紙のことだけだったからだ。けれども、そんな事態を招いたいちばんの大元は、あの夏にあったはずだ、とヘレンは思っている。喪失の深い悲しみが、シンシアの人格を否応なく捻《ね》じ曲げてしまったあの夏に。親友のヘレンですら、シンシアは刺々《とげとげ》しく、攻撃的な人になってしまったと思わずにはいられなかった。ヘレンの場合、その刺々しさが胸の痛みに由来していることを知っていたから、攻撃的な言動もそれほどカチンとくることもなく許容できたが、そこまでの事情を知らないほかの人たちはそれほど寛大にはなれなかったのだろう。誰が手紙を送りつけ、きれいな服を切り裂いたのか、ヘレンには見当もつかなかったが、あの部長刑事にシンシアの自作自演ではないか、そうやって周囲の同情を集め、苦しい立場をアピールし、保身を図《はか》ろうとしたのではないか、と言われたときには、正直言ってむっとしたし、ずいぶん突飛な発想だと思った。たしかに総じて感じのいい人ではあったけれど、その発言のせいで、苦い後味が残っていたのだ。そんなところに女王陛下から心温まるお手紙が届いた。ヘレンはびっくりするぐらい気持ちが軽くなっていることに気づいた。

そして、これはぜひともお返事を差しあげなくては、と思い立った。陛下がここまで親身になってくださったのだ、このままいただきっぱなしにしてしまうのは、それこそ礼を失することになるだろう。ヘレンは立ちあがってキッチンに向かい、奥の壁際に置いてあるパイン材の幅の広い食器戸棚の、まんなかの抽斗《ひきだし》を開けた。シンシアと訪れた先で手に入れた記念の品をしまってある抽斗だった。ほとんどがミュージアム・ショップで買ったカード類だった。美しい絵や写真が印刷されているもののなかから、ふさわしい一枚を探すつもりだった。

うん、これがいい、と思えるカードが見つかった。これこそぴったりだった。

テーブルに戻ってカードを開くと、ヘレンはしばらくペン先を宙に浮かせたまま考えを整理した。それからおもむろに返事を書きはじめた。

40

「もう出られそうか？」

十一月十八日、金曜日だった。サー・サイモンの執務室で、サー・ジェームズ・エリントンはそれまで行儀よく片腕に掛けていたコートに袖《そで》を通そうとしていた。その隣でマイク・グリーンも、同じようにコートを着ようとしていた。サー・サイモンはコンピューターの画面にちらりと眼をやり、シャットダウンしようとしたが、警告のウィンドウが現れた。

「すぐ終わるから、先に行っていてくれ。クラブの玄関のまえで会おう。ついでにロージーを探して連れていくよ。あちらもそろそろ店じまいするころだろうから。かまわないだろう、ロージーも一緒で？」

サー・ジェームズはわずかに返事をためらった。

「まずいのか？」

「いや、かまわんよ」とサー・ジェームズは言った。「賑《にぎ》やかなほうが愉《たの》しいからね。ただ、女性の同伴者がいる場合、〈ザ・ラグ（訳注：一八三七年創立の会員制のクラブ Army and Navy Club のこと。セント・ジェームズ宮殿のすぐそばにある。かつては会員は陸軍か海軍の士官に限定されていたが、現在では軍歴のない者でも入ることができる。ある大尉がここで食事をしたところ、請求書が「ぼろきれ」のようだと怒ったことから、the Rag の愛称がついた）〉のカウンターは使えないな、と思っただけさ。いや、いいんだ、別にレディース・ドローイング・ルームかダイニングルームを使えばいいだけのことだから」

「いや、それはだめだ、それはありえない」とマイク・グリーンが異を唱えた。そこそこ大きな声だったのは、すでに一杯きこしめしているからだと思われた。「頭に二文字つくほどすばらしい成果をあげたってのに、レディース・ドローイング・ルームなんぞで祝いたくないぞ。勘弁してくれ！」

「ダイニングルームだったら文句あるまい？」サー・サイモンは画面上のメッセージをクリックしながら、なだめるように言った。「あそこはよく利用しているんだ。そこそこの値段でうまいシャンパンを出すしね。だよな、ジェームズ？」

「いかにも。ちょうど何本か冷やしておいてほしいと頼んだところだ。ロージーに大至急と言ってくれ。それじゃ、クラブの玄関のところで」

サー・サイモンはわかったというように片手をあげた。「ああ、二分後には追いかけるよ」

　メールを受信していた。香港の立法会のとある議員が、民主派団体が行った抗議デモの正当性について女王の意見を求めてきていた。金曜日の午後九時三十分に。女王の様子を三十秒でも観察したことのある者ならわかるはずだが、女王が自分の考えを公にすることなどあるわけがない。どんな考えであれ、中国との戦争を引き起こしかねないのだから。とはいえ〝ボス〟は、香港には特別に強い愛着を感じておられる。月曜日の朝には、融和を図るような内容の回答を〝作文する〟ことになるだろうが、それまでの時間稼ぎとしていったん返信しておく必要があった。そうした際の定型の文面を打ちおえたちょうどそのとき、執務室のドアを軽やかにノックする音がした。

「ご用の向きは？」

ドアを半開きにしていたので、その隙間からするりと入室してきた者がいた。髪をくしゃくしゃにした恰幅《かっぷく》のいい紳士だった。泥酔とまでは言えないにしても、どう見ても酩酊《めいてい》していた。ディナージャケットを着込んで正装をしているが、蝶《ちょう》ネクタイはひん曲がり、華美にすぎる腰《カマー》帯《バンド》は定位置からずり下がっている。「ご用の向き？　どんなと言おうか、こんなと言おうか」

そこで口元をにたりと緩め、人好きのする笑顔になった。「思い切っておことばに甘えるとだね、ロージー・オショーディを見かけちゃいないかな？」

「じつは、これからちょうど彼女を探しに行こうとしていたところでね」とサー・サイモンは言った。「伝言があれば、ことづかりますが？」

「とんでもない。ことづけられる……いや、いいんだ。待ってるよ」

「それはご遠慮いただきたい」サー・サイモンは指摘した。「ここでお待ちいただくわけにはいきませんよ。ここは秘書官の執務室で、保安上、厳重警戒エリアに指定されていますから。そもそも、ここまで入ってこられたこと自体、びっくりしています」

「そりゃ、招待状を持ってるからね」男はそう言って、ディナージャケットのあちこちのポケットに手を突っ込んでみたものの、どこからも招待状とやらは出てこなかった。「パーティーの招待状なんだけど」

それでサー・サイモンにも、眼のまえの男は退職した王室職員だろうと察しがついた。今夜は退職者たちの〝同窓会〟が行われていたから。元職員のためのプレ・クリスマス・パーティーと言う名のどんちゃん騒ぎが、退職者の作る社交クラブ主催で開かれているのだ。いつの日にかサー・サイモンもその集まりに参加する資格を得ることになるのだろうが、その資格を行使することはなさそうな気がした。上級職にあった〝お偉いさん〟が顔を出すのは、座をしらけさせる素であり、ときに野暮になりかねない。それに上級職にあった者にはまた別の、彼らだけの社交クラブが存在する。誰もその存在を口にしないだけで。そう、わざわざ口外して排他主義のそしりを受けるのは得策ではないので。

「なにをお持ちであろうと、ここの廊下への立ち入りは許されていません」サー・サイモンは言った。「ご心配なく。出口までご案内しましょう」

よれよれ身なりの紳士は、いささか途方に暮れたような顔になったが、すぐにわれに返って、その申し出を気持ちよく受け入れた。サー・サイモンが締めくくりのひと言にそこはかとなく冷たさを込めたので、よれよれ紳士としてもほかの選択肢はないと悟ったものと思われた。

「ひと言だけ、ひと言だけ伝えてくれ、彼女に」と男が言いはじめた——その段階でサー・サイモンは酔いに任せた感情の大波を感じ取った。抑えきれなくなった感情をぶちまけようとしているのだろう、とあたりをつけたのだったが——「あれは本気だからって。訪ねてこいって話だよ。ああ、いつでも大歓迎する。もしかして……もしかして、社交辞令じゃないかって思ってるかもしれないけど、そうじゃないから。あれは本気だって伝えてもらいたいんだ」

そのときには廊下のはずれの、グレート・ホールに続くドアのまえあたりまで歩いてきていた。ドアのまえに従僕が控えていた。サー・サイモンは従僕に鋭い一瞥《いちべつ》をくれ、このへべれけの退職者をここで阻止できなかった責任を問うた。従僕はかすかにうなずくことで、同じミスは二度と犯さない、という誓いのことばに代えた。

「お名前はなんと?」

「いや、さっきのことばだけで充分だ。彼女ならわかるはずだから」

サー・サイモンは肩をすくめ、足早に執務室に向かった。途中でちょうど化粧室から出てきたロージーと行きあった。ロージーは溌剌《はつらつ》とした生気にあふれ、じつに魅力的だった。そしてひと財産張り込んだにちがいない香水のにおいをほのかに漂わせていた。どう見ても、これからどこかに出かけるにちがいなかったが、訊《き》くだけ訊いてみることにした。

「これから〈ザ・ラグ〉に繰り出すことになっていてね」サー・サイモンは言った。「一緒にどうかな?」

「お祝いですか?」ロージーは尋ねた。大規模改修計画が首相に承認され、公会計委員会《PAC》（訳注:下院に置かれている委員会。政府支出を監視し、効果的かつ適正なものであることを保証する責任を負う）の審査を通ったのだった。

「そう、盛大に盛りあがる」サー・サイモンはうなずいた「ちょっと一杯なんてケチくさいことは言わない。とことん祝う。遠慮は無用だよ。きみだってわれわれに負けず劣らず、大いに貢献したんだから」

ロージーはにやりと笑った。「つまり、三執政《トウライアムヴイレイト》に加わってもいいということ?」

「そうとも、お嬢さん。三執政が四人になって、四人めが女性の場合はなんと言うんだろう？　四頭政治《クウオドラングル》？　四巨頭《テトラジエンテティス》？　おっと、テトラはギリシャ語だったかな」

「そんな言い方、ありましたっけ？」ロージーが指摘した。「だったら、四重奏《カルテット》にしましょうよ」

「友だちには申し訳ないかな？　その恰好《かっこう》は、これからどこかしゃれたところにでかけるってことだろう？」

「大丈夫ですよ、慣れてますから」

あとになって、サー・サイモンは酔っ払いの元職員から伝言を頼まれていたことを思い出した。ロージーに伝えると、なにやら考え込むような表情になったが、会えなかったことをさほど残念がっているようには見えなかった。そしてその晩のお祝いの会がお開きになるころには、同席した全員が先ほどのへべれけよれよれ紳士と大差ない状態までできあがっていた。

個人から届く手紙類は、選《え》り分けられ、私的《プライヴエート》な通信としてバスケットにまとめられ、女王のもとに届けられる。土曜日の朝、そのバスケットの手紙類の山のいちばんうえに、一枚のカードが載っていた。サー・サイモンは頭の芯《しん》に鈍い痛みが残っていたが、それをいささかなりとも表情に表さず、赤い箱のうえに絶妙のバランスでバスケットを載せ、女王の書斎に届けた。サー・サイモンは、ボスがいちばんうえに載っていたカードのおもての図柄を二度見したことに気づいた。なにかおもしろいことでも書いてあるのかしら、と言いながら、女王はカードを開いて中身にさっと眼を通すと、このカードをいちばんうえに載せたのはロージーだったのではないか、と尋ねた。考えていることを口に出すことで、考えを整理しようとしているふうにも見受けられた。

「はい、陛下、彼女が載せました。陛下がきっとごらんになりたいだろうとのことで」

女王は〝ふうん〟とも〝ううん〟ともつかない声を洩《も》らし「それでは、ロージーに伝えてもらえないかしら？　どうして、ミス……」もう一度カードの署名にちらりと眼をやって言った。

「ミス・フィッシャーはこのカードを選んだのか、本人に訊いてみてほしいって。とても興味があるの」

「承知しました」サー・サイモンは万事を心得ている臣下の笑顔で答え、その旨忘れずにロージーに伝えること、と頭のなかの備忘録にしっかりと書きつけた。併せて、時間のあるときにあのカードをあらためて観察してみなければ、とも思った。彼の眼にはごくありふれたカードとしか映らなかった。おもてにリュートを弾く女の絵が描いてあって、見たところ、初期バロック時代の作品が使われているようだった。一般的に出まわっているカードよりも、いくらか出来のいいカードではあった。厚手の紙が使われ、上品なつや消し加工が施されていた――おそらく、ナショナル・ギャラリーのものだろう。サー・サイモン自身が身内に送るときに選びそうな、いかにもあたりさわりのないカードで、どう考えてもボスが飛びつきそうな代物ではなかった。陛下がお歓《よろこ》びになるのは、おおむね馬か、滑稽《こっけい》な漫画か犬がモチーフになっているものだ。

「陛下が知りたがっていらした」サー・サイモンは後刻、ロージーのオフィスに立ち寄った際に陛下の伝言をつたえた。「こいつを送ってきた者はどうしてこのカードを選んだのかって」ロージーに向かって件のカードをひらひらさせた。「訊いてみてくれるかい?」

「お安いご用です」

「理由がわかったら、ついでにわたしにも教えてくれるかな? 陛下が気になさっていたのが、気になるんだ」

ロージーはわずかに眉《まゆ》をひそめたが、承知しましたと答えた。数時間後にロージーからサー・サイモンに伝えられた報告は、とりたてて不審なところもない、ごく当たり前の内容だった。カードの絵はアルテミジア・ジェンティレスキという、十七世紀の画家の作品だった。ロージーの説明によると、陛下はおそらくそれに気づかれたのではないか、とのことだった。というのもちょうど今、同じ画家の作品がクイーンズ・ギャラリーに飾られているらしい(なんとまあ、そんなことが、とサー・サイモンは声に出さずにつぶやき、陛下の記憶力には驚かされてばかりいる、と改めて思い、それにしても、ご自身所有の絵画について、そこまで細かく把握しておられるとは、と舌を巻いた)。

「それで、送り主があのカードを選んだ理由は?」とサー・サイモンは尋ねた。

ロージーによると、ミス・フィッシャーは友人のミセス・ハリスに敬意を表してあのカードを選んだという。ミセス・ハリスは若いころ、アルテミジア・ジェンティレスキを専門的に研究していたからだとのこと。サー・サイモンはそこでうっかり、年老いた家政婦《ハウスキーパー》がバロック美術の〝専門家〟だったとはにわかに信じがたいのだが、という顔をしてしまったのだろう――そういうきわめて俗物的で鼻持ちならないところが自分にあることは、サイモン自身充分自覚していることではあるが――ロージーが二の矢を放ってきた。ミス・フィッシャーから先ほど聞いたことだと前置きして。シンシア・ハリスは学生時代に美術を学び、その画家の研究で修士号を取得し、いつの日にか、アルテミジアについての本を書く、という夢を持っていたのだった。

　そう、王室に仕える職員を決して見くびってはならないということだ。サー・サイモンはその思いを新たにし、王室を支えるこの小さな船を誇りに思った。職員一同、誰もがそれぞれの分野で精進を重ね、卓越した技術と能力を示すのだ、ミセス・ハリスのような気難しく、あつかいに困る者でさえも。ということは、あの家政婦《ハウスキーパー》には芸術家の素質があったということか？それを考えれば、ベルジアン・スイートのしつらいがあれほどみごとで、つねに最高の状態で賓客を迎えられたのも、なるほど説明がつきそうだった。

41

　月曜日、めずらしく予定がなにも入っていない午後の時間を使って、女王はこの数日間温めていた計画を実行に移すことにした。もう一度、イースト・ウィングの最上階まで足を運んでみることにしたのだ。春の終わりに時代遅れの貯水タンクから水が漏れてびしょ濡《ぬ》れになったあと、全面的な改修作業が行われているので、その視察ということにした。

運営部と資産管理部の職員数人に案内されて、ひとわたり見てまわったあと、やや意外そうな反応をされたものの、彼らがサウス・ウィングのオフィスに戻るのに同行し、大規模改修計画案が承認されたことについて、一同の尽力をねぎらい、感謝のことばを贈った――〝これからたくさんの仕事が待っていますが、そのおかげで誰もが安心して暮らせる場所になることでしょう。あなたがたなら、きっとすばらしい仕事をしてくれると信じています〟。下位の部署のオフィスにもできるかぎり顔を出して、直近の取り組みを尋ね、励ましのことばをかけた。さらには無理を言って物品会計課の、窓もない地階のオフィスにまで足を延ばした。

全体的に見て、この抜き打ち訪問は大成功だったように思われた。家政官は女王の計画を洩れ聞くなり、大慌てで駆けつけてきて視察に随行したのだが、女王の威光を借りて自分の存在感をそれはもうたっぷりと示せたようだった。ついでにそれとなく、このような巡回をじつは家政《ハウスキーピング》部門でも少しまえから考えていて、このところの働きぶりを全員に感謝するつもりだった、とほのめかした。その日の終わりには、女王の抜き打ち訪問はじつは家政官の発案だということになっていた。翌朝、サー・サイモンとサー・ジェームズから呈された賛辞を、家政官としては謙遜《けんそん》しながら受け入れた。まさに棚から転がり落ちてきた手柄だった。われながらお見事、と思うしかなかった。家政官は鼻高々だった。

女王がロージーとビリー・マクラクランをお供に庭園を散歩した日から、予定がぎっしり詰まった六日間が過ぎていた。いったい何人の駐イギリス大使や高等弁務官と面会したのかわからなくなりそうなほど慌ただしい日が続いた。グレートブリテンは今や大西洋の波のまにまになすすべもなく揺られているも同然なので、旧イギリス連邦《コモンウェルス》諸国との古い絆《きずな》を結びなおすことに積極的で、ひとつひとつの謁見がこれまで以上に重きを置かれていることもあり、女王としてもたびたび、ことばを選んで適切に話すことの重要性を痛感させられることになった。予定はぎゅうぎゅう詰めで、女王は早くもクリスマスが待ち遠しくなり、サンドリンガムで過ごす静かで穏やかで落ち着いた日々が恋しくなりはじめていた。

　フィリップの今日の予定には、グリニッジの海事博物館訪問、続いてシティに移動して書籍出版業組合事務所（訳注：一四〇三年設立の出版業者による同業者組合の事務所。一六七三年に完成し、イベント会場や貸し会議室として使われている）で開かれる、あちこちの連隊の名誉職にある将官たちを交えた酒席同然の昼食会が組み込まれている。その集まりにはアンも同席することになっているので、毎度のことながら心強かった。父親と同様、その席ではアルコールにはいっさい手をつけないはずだった。というのも、やはり父親と同様、昼食会のあとに別の予定が控えているからだった。女王のほうは、わずかな空き時間に気力を養い、髪型を整え、晩には王立救命協会の記念式典に出席し、そこでフィリップと合流する予定だった。協会の創立百二十五周年を祝う式典だったが、女王は十三歳のときから会員なので、気が遠くなりそうなほど長いその歴史の大半をともにしてきたことになる。

　私室に戻ってひと息つくまえに、式典の準備を進める職員たちの様子を眺めた。家具を動かしたり、グラスを並べたり、生花を飾ったり、照明を確認したりしていた。女王とフィリップはピクチャー・ギャラリーで主賓以外の招待客と握手を交わし、ボール・サパー・ルームで限られた数人と非公開の会話を交わしたあと、ホワイト・ドローイング・ルームで主賓を迎えることになっていた。その後、メダルの授与式が行われる。女王自身、資格を得るために訓練に励んだ経験があるので、メダルの授与式には何度出席してもそのたびに胸が躍った。ある人の勇敢な行いによって、別のある人が今日という日を迎えることができるのだ。なんとすばらしいことだろう。

……などと物思いにふけっている場合ではなかった。とにもかくにも着替えて、化粧を直さなければ。手際よくやれば、あいまにこっそり競馬の結果を確かめるぐらいはできそうだった。なのに私室に戻り、腰をおろして、部屋の隅の小型テレビのリモコンを操作しているうちに、気づくとまたシンシア・ハリスのことを考えていた。そう、彼女の場合も救えていたかもしれないのだ、その場に救助者さえいれば。今夜は何人もの人たちの活躍を讃《たた》えることになるわけだが、そのうちのひとりでもその場に居合わせていれば、と思わずにはいられなかった。

昨日は資産管理部、運営部、会計課と順繰りにまわってみたものの、残念ながらつきに恵まれなかった。それぞれの部署に配属されている職員の声をほぼ全員分聞くことになったが、そのなかには、聞けば確実に目当ての人物だとわかる声の持ち主はいなかった。ローナ・ロブを使って嫌がらせの手紙を〝配達〟するよう、スパイク・ミリガンと思われる相手に――いいえ、〝思われる〟ではなく、あれはまちがいなくスパイク・ミリガンだったけれど――指示をしていた人物だ。ミック・クレメンツと二分ほど話をしてみたが、クレメンツは問題の人物ではなかった。彼の声域はバスだったが、衣装戸棚《ワードローブ》のなかで聞いた声はテノールだった。エリック・ファーガソンと、ふたりのポーターの声も聞いてみたかったが、昨日の巡回では出会えなかった。

一方で、ショルトー・ハーヴィーにはシンシア・ハリスの死を願う理由があったことが、これまで以上にはっきりした。ヘレン・フィッシャーから送られてきたカードが大きなヒントになったのである。ジェンティレスキの作品を発見したのは、ほかでもないシンシアだった――そうだったにちがいないのだ。あの四点を〝発掘〟したことで、シンシア・ハリスの人生は燦《さん》然《ぜん》と輝くはずだった。もうちょっとのところで、学芸員としての成功を手中に収めるところまできていた。それなのに……ショルトー・ハーヴィーは女王が思っていたよりもはるかに残酷で非道な人間だったということだ。自分のアシスタントだった者をあんな目に遭わせて平然としていたことを思うと、おぞましいとしか言いようがなかった。

女王付きの絵画管理官も副管理官も、いったいどういう人間なのか？　ショルトー・ハーヴィーがダニエル・ブレイクを殺害したのはまちがいない、と女王は見ていた。シンシアはその修復士の若者とステーブル・ヤードで机を並べて働いていた。それなりの親交もあっただろう。誰かに尋ねられれば、事故ではない可能性に言及しかねないことぐらい想定できたはずだ。それでもショルトーは当時、シンシアまで殺すことはできなかったのだ。

死蔵品取引《ソレイキッジ・ビジネス》に関与する〝ミスターX〟の正体が依然として謎のままだった。ロージーはビリー・マククランのリストから、事件のあった晩、宮殿内に居残っていた人物を四名まで絞り込んでいた。水洩《みずも》れが原因の改装作業の仕あげをしていた者たちと、スコットランドから王族が戻ってきたのにあわせて大広間と準公式諸間がすぐに使えるよう整えていた者たちだった。問題はその四名のなかに、ミセス・ハリスを殺害する動機のある者がいるのか、ということだった。シンシアが過去を語りはじめたら、誰よりも多くを失うのはショルトーなのだ。死蔵品《ブレイキッジ》取引《・ビジネス》に関与する一味が、ロージーに事実を暴かれるのを怖れていたのなら、地下通路を封鎖して、しばらくのあいだ鳴りを潜めて様子をうかがっていればいいだけのことだ。たとえ噂になったところで、〝そう言われれば昔そんな悪事が行われていたことがあったらしい〟程度の認識で聞き流されていたにちがいない。なにより理解できないのが、いったいどういうわけでショルトーは今になってロージーに死蔵品取引《ブレイキッジ・ビジネス》のことを耳打ちしたりしたのか、ということだった。三十年もの長きにわたって、口を閉ざしてきたのに、なぜこのタイミングで？　しかもなぜロージーに？

軽やかでせっかちなノックの音がして。フィリップが戸口から顔をのぞかせた。

「キャベツちゃん、支度はできたか？」

フィリップも式典に備えて、着替えのために私室に戻ってきたようだった。

「ええ、あと少しで出られるわ。昼食会はどうでした？」

「おお、よくぞ訊《き》いてくれた。戦時中の話尽くめだったぞ。どの話も全員一度は聞いたことがあるはずなのに、まあ、およそ飽きるということを知らん連中だよ。きみも覚えてないか、アフガニスタンで戦ったディプラサッド・パン軍曹のこと？　小隊全員が議会選挙の警備で出払っていたもんで、たったひとりでタリバン兵を三十人も倒した男だよ。検問所で歩哨《ほしょう》の任務についていたところを敵に急襲され、機関銃を撃って撃って撃ちまくって弾丸《たま》切れになり、しまいには機関銃の三脚を敵に投げつけた。その一部始終を微に入り細を穿《うが》って語りあってきた。それにしても、いやはや、大したやつだね。さすがはグルカ兵だ。祖父君はビルマで戦って、ヴィクトリア十字章を受勲したそうだが……おいおい、聞いているか？　なんだかぼうっとしとるようだが、耄碌《もうろく》しちまったかい？」

「やめてちょうだい。なんともありませんよ。ちょっとひとりで考えたいことがあるの」

「仕方がないな。だったら、おめかしが終わったころにお目にかかろう。ぼくはひとっ風呂《ぷろ》浴びてくる」

　フィリップが去ったあと、女王はロージーとマクラクランと一緒に庭園を散歩しながら交わした会話を思い返した。戦争にまつわる話が出て、そのときなにかのきっかけで、はっとした記憶がある。あれはなんだったか……？

　ミック・クレメンツのことを考えた。攻撃的だというのは、まちがいなさそうだった。それは地下通路をさぐっていたロージーを貯蔵室で威嚇して手を引かせようとしたことからも明らかだった。後先を考えず、その場の衝動にまかせて行動するタイプで、自制心に欠け、抑えがきかないようだ、とロージーは分析していた。一方、シンシアを殺害した犯人は――あくまで殺人が行われた、という前提で考えるなら――計画的に、しかもじつに巧妙に犯行に及んでいる。その手口は、どことなく死蔵品取引《ブレイキッジ・ビジネス》に通じるものが感じられた。犯罪行為ではあるが、欲をかくような真似はしない。レーダーに感知されないよう低空飛行をつづける。凶悪だが、抑制がきいている。ミック・クレメンツのようなタイプにできる芸当ではないような気がした。

ビリー・マクラクランから聞いた話によれば、仕事が終わったあとの酒席で、シンシア・ハリスが亡くなったことが話題になり、その場にいたうちのひとりかふたりが、戦場での負傷について〝百科事典並み〟の知識を披露したという。**一瞬で絶命する方法もあれば、長々と苦しむ方法もある……**。そのひとり、ないしはふたりが殺害犯だった可能性もなくはないが、断定するには根拠があまりにも薄弱だった。

それよりも、むしろ……。ロージーの受け取った嫌がらせの手紙には、明らかに特殊な形状のナイフのへたくそなイラストが描かれていた。戦闘用ナイフとかいうもので、おもに特別奇襲部隊で使われる、と女王も聞き知っていた。一般的な包丁でもなければ、適当に想像して描いたものでもなく、軍関係者かその筋の専門家でなければ知らない、由緒正しき正規の装備品が描かれていたのだ。ということは、パブで百科事典並みの知識をひけらかしていた者というのは……？　そう、ロージー宛ての手紙を書いた人物にちがいない――こちらは断定してもよさそうだ、と女王は思った。

一瞬で絶命する方法もあれば、長々と苦しむ方法もある……おそらくそういう男なのだ、ご大層な動機も口実も要らない、ただそうしたいから、というだけでそれをする。けっして捕まらないよう、慎重に、細心の注意を払って。

その瞬間、すべてが腑《ふ》に落ちた。

女王の聞き知っているところでは、そういう人間は相手に危害を与えることに歓《よろこ》びを感じる場合すらあるという。メアリ・ヴァン・レネンの自転車のサドルに卑《ひ》猥《わい》で下劣なメッセージを貼りつけたのも、それと同類の男だろうと思われた。たまたま誰も見ていなくて……やれるから、というだけの理由でやったのだ。そう考えれば説明がついた。メアリの件だけではなく、ロージーが、さらには気の毒なミセス・バクスターがなぜあんな目に遭わされたのか——気晴らしだ。人が苦しむのを眺めてにたにたする者の。必要以上に残忍な者の。相手の急所を見つけると本能のまま攻撃せずにはいられない者の。

　となるとミック・クレメンツは該当しなかった。人を苦しめることに興味はありそうだが、緻《ち》密《みつ》な算段をするだけの自制心に欠けていた。昨日の抜き打ち訪問の際にことばを交わした職員たちのなかにも、該当者はいなかった。屋根裏区画の衣装戸棚《ワードローブ》のなかで聞いた不穏な会話の声の主はいなかったのだから。探すべき相手は、おもしろがって眺めていたにちがいない、肝心の相手がいないのにあちこちの部署をまわって歩く女王のことを。正体がばれないよう、入念に身を隠したまま。

　それ以外にも詰め切れていない点がある。シンシア・ハリスの亡くなり方は、一般的ではなかったし、それについては報道もされていた。だとしたら、ショルトー・ハーヴィーはなぜ、その件については話題にも出さなかったのか？

　ショルトー自身にも悪事に手を染めていた過去がある。ジェンティレスキの絵画の件。修復士のバイクの不具合。絵画の件を知っていた者なら、おそらくバイクの事故がたんなる事故ではなかったことにも気づいていたにちがいない。

　これまでに判明したことを総ざらいした限り、目下の見立てにまちがいはないと思えたが、それはすべて仮定であり、憶測であり、予想の域を出ていなかった。その人物で百パーセントまちがっていない、とは断言できなかった。これまでの出来事をあらためてひとつひとつ振り返り、どこかに警察が犯人逮捕の決め手にできそうな証拠はないか、せめて確たる証拠にできそうな材料はないか、探してみた。

　ひとつもなかった。ということは、やはりどこかで見方をまちがっているのかもしれなかった。いずれにしても、ストロング主任警部にはこれまでのことを説明しておく必要がある。女王の見立てが正しければ、犯人探しはここまでが限界だった。そして、これまた女王の見立てが正しければ、問題の人物の行動はこの先、歯止めがきかなくなることも考えられた。

　机の電話に眼を向けた時点で、ためらいは消えていた。女王は受話器に手を伸ばし、宮殿内のオペレーターにロージーにつなぐよう伝えた。待つほどの間もなく回線が切り替わった。

「お呼びでしょうか、女王陛下？」

「ロージー、もうわたしたちの手には負えないと判断しました。大至急、ストロング主任警部との面会を設定してちょうだい。できれば明日の朝いちばんで。三十分もあれば充分です」

「承知しました」

「それと、エリック・ファーガソンのことを調べてもらえる？　今どこにいるかを確認しておきたいの」

「はい、ただちに」

「くれぐれも慎重に頼みますよ。居場所だけわかれば、それで充分ですからね」

「はい、充分に気をつけます。ご安心ください。それでは、愉《たの》しい夜になりますよう」

女王としても、愉しい夜にするつもりだった。気がつくと、気持ちもずいぶん上向きになっていた。腕時計に眼をやった。あと四十五分で秘密の戸口からホワイト・ドローイング・ルームに姿を現さなくてはならなかった。それまでに、口紅とおしろいとダイアモンドとカーラーとで、ちょっとした奇跡を起こす必要があった。

ロージーはたてつづけに何本も電話をかけたが、どれも空振りだった。エリック・ファーガソンはこの数日オフィスに姿を見せていなかった。宮殿内はもちろん、セント・ジェームズ宮殿に置かれている運営部の第二オフィスにもいない、ということだった。ボスの考えを予測して、シュロップシャーのメアリ・ヴァン・レネンの実家に電話をかけ、動揺していることが声から伝わらないよう、メアリに代わってほしいと頼んだ。出かけている、とメアリの母親が言った。携帯にかければ出るかもしれないけれど、あそこは電波が悪いからと言われたので、どこのことかと尋ねると、ミセス・ヴァン・レネンはいくぶん声を弾ませながら、メアリはできたてほやほやのボーイフレンドとデート中で、その人はたまたまこのあたりで用事があったので立ち寄ってみたと言っている、と説明した――これはここだけの話だけれど、その人、たぶんほんとうはメアリに会うのがいちばんの目的だったんじゃないかって気がして仕方がないの。

ねっ、ロマンティックじゃない、なんだか？

まさか、とロージーは思った。まさか、不安が的中した？　胸がぎゅっと締めつけられ、みぞおちのあたりから吐き気に似たものがこみあげてきた。

メアリの母親が言っていたとおり、レストランの電波受信状況はかんばしくなかった。あるいはデートがうまく行っているのかもしれなかったが、いずれにしてもメアリは電話には出なかったし、レストランの固定電話にかけてみても、延々と呼び出し音がつづくばかりで応答はなかった。ロージーはメアリにテキストメッセージを送った。折り返し電話をしてほしい、それだけの短く切迫した文面を。

相談する相手もいない、ひとりきりのオフィスで、ロージーはデスクに向かったまま、ほかに電話をかける先はないか、必死に頭を働かせた。そのとき不意に、地下貯蔵室の、コンクリートブロックで区切られた小さな事務室のことを思い出した。あのときは時間がなくてひとつひとつ調べることはできなかったが、あそこには机もあったし、棚もあった。ミック・クレメンツはあの部屋で腰を据え、あれこれ考え、段取りを立てるのだろうと思われた。おそらくはエリック・ファーガソンも。見込みはかなり薄かったが、ひょっとしてひょっとするかもしれなかった。あそこも当たってみるべきだろう、とロージーは思った。ファーガソンの居場所が把握できない限り、メアリの無事は確認できない。ロージーは心配のあまり、居ても立ってもいられなくなっていた。

42

まだ午後七時にもなっていなかったが、サー・サイモンは今夜くらいは早じまいにしようと考えていた。上階のレセプションに出る必要はなかった。そちらは家政官の守備範囲だった。家政官がいれば、万遺《ばんい》漏《ろう》なく掌握され、なにもかもつつがなく運んでいるにちがいなかった。今夜は〈ザ・ラグ〉とは広場を挟んだ向かいにある会員制クラブの〈ザ・イン・アンド・アウト〉でカクテル・パーティーが、ホワイトホールの外務省庁舎でもそれとはまた別口のパーティーが開かれているので、その両方に顔を出す時間的な余裕はあるだろうかと考えた。妻はこのところ〈ＢＢＣワン〉の連続ドラマにどっぷりはまっている。今夜はその最終回なので、夫が午後十一時までに帰ってこなくても、機嫌を損ねる気遣いはなさそうだった。

帰り支度をするまえに、いつものようにコンピューターであちこちのニュースサイトをチェックし、いくつかの記事に眼を通した。アメリカ合衆国のトランプ次期大統領が環太平洋《T》経済《P》連携《P》協定からの離脱を表明し、さらなる混乱が生じていた。これは外務省のパーティーに顔を出さなくてはならない、ということだった――参加者全員、おそらく怒髪天を衝《つ》きまくっているにちがいない。つづけて、当選後に報道機関の幹部たちと会談した記事を読むと、新たに大統領顧問となる女性は〝腹を割って正直に話しあうことができた〟と評していたが、『ニューヨーク・ポスト』は〝あんなのは、××で※※な銃殺部隊によるただの処刑だ〟と評していた。やはりクラブにも行かねばならなくなりそうだった。そちらには親しい友人で、海軍でのキャリアをあっさり袖《そで》にして『エコノミスト』誌に華麗なる転身を遂げた男が来ているはずだった。彼ならこの件についてきっと、ひと言もふた言も言いたいことがあるにちがいなかった。

　コートをはおり、ロージーのオフィスの戸口からなかをのぞき込んだ。仕事中なら、ひと声かけていこうと思ったからだった。

　ロージーはたしかにまだオフィスに残っていたけれど、デスクに向かってはいなかった。コートを着込み、足元は非常用のスニーカーという恰好《かっこう》で、部屋のまんなかに突っ立っていた。サー・サイモンに気づくなり、はっとしたのは、なにやら後ろめたいことがあるからかもしれなかった。

「そんな恰好で、どこに行くつもりだね？」

　ロージーは瞬く間にいつもの落ち着きを取り戻して言った。「ちょっとしたの階まで。大した用じゃありません」

「それが〝大した用じゃない〟という恰好か？」ロージーのコートとスニーカーを身振りで示しながら、サー・サイモンは言った。

　ロージーは一瞬ためらってから言った。「例のブリタニア号の絵に関係することなんです。いくつか確認できていないことがあって。おそらく、あのあたりを探せば――」それ以上は言わずに、笑みを浮かべて肩をすくめた。

「したの階？」

「はい」

「したの階のどこ？」

「どこって、ほら、貯蔵室です。大丈夫ですって。まえにも行ったことがありますから。そこを探せばたぶん……あの、いいからどうぞ、もうお帰りください。ご予定がおありでしょう？」

「じつは集まりに顔を出そうかと思っている。しかも二件。だが、そうやってわたしの気を逸《そ》らそうとしても無駄だぞ。ひとりで地下の貯蔵室に行かせるわけにはいかない。とくに夜間とあっては。前回どんな目に遭ったか、忘れたとでも？」

「なにもありませんでしたよ」ロージーが明るく言った。「ほんとに大丈夫ですって。いいから、どうぞお帰りください」

　けれども、サー・サイモンはそのときにはもうコートを脱ぎはじめていた。「きみが唇から血を流しているのを見て、こっちは死ぬほど心配したんだぞ。一緒にしたに行って、その大したことないという用を片づけ、それで今日の仕事はおしまいだ。きみもわたしも、夜の巷《ちまた》に繰り出して一杯やる資格は充分にある」

　ロージーは異を唱えてきたが、サー・サイモンは頑として耳を貸さなかった。腕時計に眼をやった——午後七時四十五分。大したことない用というのがなんなのか知らないが、最速で片づけるつもりだった。それでこそ、ふたりとも心置きなくそれぞれの夕べを愉しめるというものだった。

地下は思わず悪態をつきたくなるほど寒かった。サー・サイモンはロージーのオフィスにコートを置いてきてしまったことを悔やんだ。震えているのを見かねたのか、ロージーが自分のコートを差し出してきたが、もちろん断った。紳士たるもの、低体温症か凍傷の恐れでもない限り、女性から防寒着を譲ってもらうわけにはいかない。たとえその女性が受勲者にして元陸軍将校であったとしても。

前方の扉には、まんまんなかのいちばん目立つ位置に警告表示が、取りつけられていた。つい最近、取りつけられたのが一目瞭然《いちもくりょうぜん》の真新しい表示板だった。

エディンバラ公のご下命により
通行禁止
資産管理部職員以外の立ち入りを禁ず

ロージーが扉を開け、サー・サイモンはあとに続いた。なかは真っ暗だった。ロージーは手探りで照明のスウィッチを探した。

「なにか聞こえますか？」スウィッチを探り当てたところで、ロージーは尋ねた。サー・サイモンは耳を澄ました。なにも聞こえなかった。

「いや、なぜだ？」

「いちおう、念のために」

ロージーはスウィッチを入れた。ジーッという音がして天井の照明がゆっくりと明るくなり、アラジンの魔法の洞窟《どうくつ》が現れた。山と積まれているのは王室の不用品ばかりだったが。ずらりと棚が並んでいた。どの棚からも興味深い工芸品が――と呼んでいいのか、よくわからなかったが、いずれも人為的に作成された物品の類《たぐ》いが、のぞいていた。箱からはみ出ているものあれば、むきだしのまま無造作に突っ込まれているものもあった。大英博物館の保管庫はこんな感じではないだろうか、とサー・サイモンは思いながら、ロージーとふたり、棚のまえを進んだ。

ロージーには目指す場所があるようだった。棚の奥の突き当たりの角に、なんの塗装もされていない粗い壁で仕切られた、小さな事務室があった。そのドアを開けるとき、ロージーはやや緊張しているようだった。慎重にドアを開け、戸口から首だけ突っ込んでなかをのぞくあいだ、サー・サイモンは近くで待機した。身を抱くようにしてジャケット越しに両腕をさすりながら、吐く息が白くなるのを眺めた。

ロージーが顔を引っ込めるのを待って「どうだ？」と尋ねた。ロージーは黙って首を横に振った。サー・サイモンとしてはそれで引きあげるつもりだったが、ロージーは念のため、この奥の倉庫もひととおり見ておきたい、と言った。奥の倉庫は天井が樽《たる》型穹窿《きゅうりゅう》で、眼にした瞬間、サー・サイモンの頭のなかで歴史の本から得た知識がうごめきはじめた。テューダー様式ではなさそうだった。おそらくは……そう、後期のジョージ王朝様式だろう。これまでここに足を運ばなかったことが猛烈に悔やまれた。少なからず興奮していることを自覚しながら、ロージーのあとにつづき、忙《せわ》しなくあたりに視線を這《は》わせた。タイルが何枚か剝《は》がれたところから、年代物の貼り煉瓦《れんが》がのぞいていた。足元の板石の摩耗具合もなかなか興味深かった。

　ロージーがあたりを見まわしているのに気づいて、その視線の先を追った。棚のまえに中国の花瓶が三つ並んでいるのが眼に留まった。なかなか見事な花瓶だった。ロージーが奥の壁にちらりと眼をやった。トランクやら箱やらが積みあげられたその向こうに、かろうじて扉がのぞいていた。

　サー・サイモンはその扉を指さした。「おそらくあそこが地下通路の入口だと思う」

　ロージーは同意のことばらしきものを口のなかでつぶやいたものの、やや前方の床を見つめていた。正確には、床に拡がった黒っぽいしみのようなものを。ロージーはしみのそばまで近づき、しゃがみ込んで手を伸ばした。指先でしみに触れると、すぐさま立ちあがり、指先についたものを拭《ぬぐ》った。

「人を呼びましょう」サー・サイモンのほうに向きなおって、ロージーは言った。

「ん？　なぜだ？」

「たぶん血です、あれ」

　サー・サイモンもしみに近づき、触れてみた。刷毛《はけ》をひと振りしてできたようなしみで、赤《あか》錆《さび》色をしていて、板石のうえで泥と混ざっていた。アドレナリンが一気に噴出した。

「急ごう、助けを呼ばないと」

「血はもう乾いています」ロージーは冷静に指摘した。

「そうだな、たしかに」サー・サイモンは自分が過剰反応していたことに気づいた。おそらくは以前にここで怪我をした者がいたのだろう。でなければ、赤錆色の塗料が垂れたのか。落ち着きを取り戻しかけたところで、ロージーがまたトランクやら箱やらの山のほうに眼を向けていることに気づいた。その視線の先にあらためて眼をやり……「おい、おいおい」。扉のまえに積まれた茶箱の側面に、なにかをこすりつけたような跡が付着していた。ひと目見て、不吉な連想が働いた。「見えるか、あれだよ？」件《くだん》の茶箱を指さしながら、サー・サイモンは言った。

「あれ？」

「あそこの茶箱の」

「ああ、はい、あれですね」

　ふたりで近づき、ロージーが山のてっぺんに載っていたトランクを床に下ろした。次いでサー・サイモンも手を貸して茶箱をしたに下ろしたが、蓋《ふた》は釘《くぎ》で打ちつけられていた。

「こいつを開けよう」

「蓋が釘づけされています。開けるのは――」

「いや、釘は緩く打たれているだけだ。なにか差し込めば、簡単にこじ開けられる。さっきの部屋の壁にバールが立てかけてあったのを見た気がする。取ってきてもらえるか？」

　バールを探してくるためロージーがその場を離れたあと、サー・サイモンはトランクと茶箱のしたになっていた大型トランクに注意を惹《ひ》かれた。寄宿学校時代に何人か、この手のトランクを使っていた。サー・サイモンが使っていたものは、木の枠にキャンヴァス地を張って真《しん》鍮《ちゅう》の金具で留めてある、どちらかというと小型のものだった。眼のまえのものはそれに似ていたが、もっとずっと大型で、表面は革張りだった。船旅用トランク《スチーマー・トランク》と呼ばれるものだった。革の表面が擦れていて、なんだかなかから物音が聞こえるような気がした。

　屈みこんでじっと耳を澄ました。なにかを引っ掻《か》いているような、不快な音が聞こえた。ケンジントン宮殿のコテッジの壁からも、こんな音がしたことがあった。羽目板の奥にネズミどもがひそんでいたのだ。好奇心といくばくかの嫌悪感を抱きながら——その手の害獣をかわいいと思う趣味はなかったので——大型トランクの蓋に手を伸ばした。左右にひとつずつ留め具があったが、どちらも簡単にはずれた。鍵《かぎ》はかかっていなかった。トランクの蓋はあっさりと開いた。

　最初ににおいが襲ってきた。甘ったるくて、吐き気を誘われそうな強烈なにおいだった。次いで、突然の明るさに身動きができなくなり、怯《おび》えた表情でこちらを見あげる、小さな一対の眼が見えた。そのしたで細い髭《ひげ》がひくひく震えていた。丸々太った、薄汚いネズミだった。一瞬ののち、ネズミはサー・サイモンに飛びかかって……きた、と思ったが、ただトランクから飛びだしただけで、すぐそばの床に着地するなり、一目散に近くの暗がりに這い込んでいった。サー・サイモンは袖口《そでぐち》で鼻を押さえながら、ネズミの食べ残しの見るもおぞましい物体に視線を戻した。

　大型トランクに、無造作に押し込められていたのは、顔をうえに向けた男の死体だった。死後それほどは経過していない、とサー・サイモンは見て取った――長くても数日程度だろうと思われた。だが、あのネズ公はよほどがっついていたらしい。左右の眼球も瞼《まぶた》もすでに食い尽くされていた。さらに、血の気の失《う》せた頬からその反対側のこめかみまで、銃弾が黒い穴を穿《うが》っていた。紺色のベストと白いシャツも血まみれだった。最初に胸を撃たれたのだろう、とサー・サイモンは推測した。それでのけぞったところに、二発めが頭部に命中した。まぐれあたり《ラッキー・バレット》で――当人にとっては運悪《アンラッキー》く。そんな目に遭っても、眼鼻立ちを確認することは可能だった。以前に見かけたことがある顔だったが、名前までは思い出せなかった。

　ロージーが、もはや必要のなくなったバールを握りしめて戻ってきた。「うわっ！」悪臭にあわてて顔をそむけながら、ロージーはサー・サイモンの肩越しにのぞきこんだ。

「知ってる相手か？」とサー・サイモンは尋ねた。「断っておくが、じっくり眺めたくなるような――」

「この夏から何度か顔をあわせていますから」とロージーは言った。異様なほど落ち着いた声だった。「この人は、エリック・ファーガソンです」

43

　今度ばかりは避けようがなかった。

バッキンガム宮殿で殺人事件！

女王の側近、職員の死体を発見
恐怖の宮殿、死体は二体め
エリザベス女王も取調べの対象に？

ニュースは、朝食時にはもう地球の裏側まで届いていて、さらには国際宇宙ステーションの宇宙飛行士まで話題にしていた。〈ツイッター〉はメルトダウンを起こしていた。いち早く陰謀論が登場したのは〈フェイスブック〉で、激しい投稿合戦が繰り広げられることになった。〈インスタグラム〉では、数えきれないほどのミーム画像が次から次へと誕生していた。

宮殿の渉外担当部門の対策チームの死に物狂いの奮闘のおかげで、報道されたもののなかには事実との関連性が薄いものも交じっている、ということまでは確認され、その旨、サー・サイモンに報告された。サー・サイモンは一躍時の人だった。秘書官の個人名は可能な限り出さないよう、対策チームに厳命したが、それは単純に言って無理というものだった——世界中の人々が興味津々どころか夢中になっていたから。死体を発見したのは、女王の右腕とも評される人物で、しかも彼が死体を発見するのはそれが二度めだったとは（そう、そちらのニュースも瞬くうちに広まったのだ）。写真が公開されるに及んで——たとえば三十年前、荒波で大きく傾いた艦船のデッキにヘリコプターを着陸させようとしているサイモン・ホルクロフトとか、現在のサヴィル・ロウで仕立てたスーツにシルクのネクタイという粋な着こなしの女王秘書官とか——さらなる燃料が投下されたも同然となった。

女王陛下のリアル・ジェームズ・ボンド、その華麗なる半生！
王族を影で支えるこの紳士に誰もが思わずうっとり～
口をつぐむ廷臣、本業のかたわら謎を解明？

「そんな、なにも解明できてないのに！」昼休みに食堂でサー・ジェームズとマイク・グリーンに軽くからかわれた際、サー・サイモンは自嘲《じちょう》気味に言った。「実態は警察に厄介ごとを持ち込んだだけさ。それも一度ならず二度までも」

とはいえ、解明に取り組んでいないわけではなかった。サー・サイモンだけでなく、職員全員が。先月のシンシア・ハリスの無惨な死亡事例が新たな意味で注目されるまで、時間はかからなかった。第二次世界大戦中、人を殺害するのに同じような方法が用いられた例がある、と当のエリック・ファーガソンが話していたのを耳にした者がいたらしく、職員食堂はその話題で持ちきりになった。何人かの女性職員から、ファーガソンに嫌な思いをさせられた、という話が出てきていた。そうなると、多くの職員が、おのおのの懸念や不安を家政官や会計長官やサー・サイモン当人やストロング主任警部に伝えてくるようになった。そのストロング主任警部だが、今度のことで正式に捜査本部を構えることになり、その一部としてロージーのオフィスを使用することになったため、ロージーは目下一時的に、秘書官の執務室で職務に当たっている。

エリック・ファーガソンがシンシア・ハリスを殺害したのか、あるいは誰かにこんな殺害方法がある、と教えたのか？　警察は家宅捜索のため、ファーガソンのフラットに赴き、年代物の銃やナイフが隠されていたのを発見していた。おとなしそうな顔をしていたのに、じつは筋金入りのいかれた変態のサディストだった――それが職員一同の共通見解だった。そんな人物がどういう経緯で、年老いた家政婦《ハウスキーパー》に殺意を抱くにいたったのか、正確なところは誰にもわからなかったが、それでもやはり彼女の死を悲しむ者はいないというのが、誰しもが抱いた感想だった。

上階の書斎で、女王は赤い箱のなかの書類をのろのろと処理していた。女王にしてはきわめてめずらしいことだった。

周囲の者たちは、突如として、まさに掌《てのひら》を返すがごとく、確信するようになった――シンシア・ハリスは残虐な方法で殺害され、犯人はエリック・ファーガソンで、ということは例の嫌がらせの手紙の陰の主犯もエリック・ファーガソンだったにちがいない、と。そんなふうに、ものの数分でなにもかもひとまとめにして、リボンをかけ、ついでにそのリボンを蝶結《ちょうむす》びにして、〝これにて一件落着〟にしてしまっている。そうした周囲の迷いのない思い込みが、女王をさらに慎重にさせていた。その筋書きについては、まわりの誰よりも長い時間をかけて考えてきたのだ。微妙な違和感を覚える部分があることを、誰よりも敏感に察知していた。たとえば、エリック・ファーガソンは、ほんとうにそんな理由だけでシンシア・ハリスを標的に選んだのだろうか？　ただ残虐な殺害方法を試みたい、というだけのために？　女王にも女王なりの仮説がないわけではなかったが、そこにも矛盾する部分があるうえ、あくまでも仮説でしかない。

　女王は机のうえの電話に手を伸ばし、受話器を取りあげると、応答したオペレーターにスパイク・ミリガンを電話口に呼びだすよう頼んだ。宮殿のオペレーター陣は、いつなんどきたりとも、どんな職員の居場所であっても、瞬く間に突き止め、電話口に呼びだすことができる、という秘術を会得している。今回も期待にたがわず、およそ四分後には目当ての人物に電話がつながった。いくらか呼吸が荒くなっているのは、極度に不安を覚えているからかもしれなかった。

「お呼びでしょうか、女王陛下？」

「ミスター・ミリガン、あなたに質問があります。嘘はつかず、正直に答えてくれるとありがたいわ」

　受話器の向こうで息を呑《の》む音が聞こえた。こういうやり方をたしか、〝衝撃と畏怖《いふ》〟作戦——近頃のアメリカではそんな呼び方をするのではなかっただろうか（訳注：圧倒的な戦力を見せつけて、相手の戦意を喪失させる戦術。一九九六年にアメリカ国防大学で定義され、二〇〇三年のイラク侵攻で適用され、この用語が一般に広まった）と女王はちらりと思った。通常であればしかるべき礼節やら品格やらマナーやらが求められる場面だが、今日に限っては例外だと考えることにした。

「お、おことばを返すようで恐縮ですが、なにをおっしゃっているのか、わ、わかりかねます」

「おわかりのはずよ、ミスター・ミリガン。二週間ほど前に、キャプテン・オショーディに嫌がらせの手紙についていくつか質問をされたとき、あなたはなにも知らないふりをしましたね。あいにくわたしにはそれが嘘だとわかったの」

「とおっしゃられましても、心当たりがなく、どうお答えするべきか――」

「板挟みは解消されたはずですよ。少なくとも、その点は正しいはずです。ようやく正直に話せるときがきたのではありませんか？」

相手は口をつぐみ、明らかに思案しているようだった。「は、はい、陛下、おっしゃるとおりですが、どうしてそれが――？」

「それは関係ありません。あなたはローナ・ロブと結託していた。ミセス・ロブはあなたから手紙を受け取っていたのでしょう？」

「そうです、陛下」

「そしてあなたの指示した相手に届けていた」

「そのとおりです」

「では、教えてちょうだい……あなたに手紙を渡していたのは誰なの？」

電話とはいえ、じかに君主に問いただされているのだ、スパイク・ミリガンは観念したようだった。ごまかすのは諦《あきら》め、言われたとおり正直に答えた。

「エリック・ファーガソンです」

「どうしてミスター・ファーガソンの指示に従ったのですか？」

「ローナとの関係を知られたからです。職員食堂の噂かなんかを聞きつけたんだと思います。ローナもわたしも既婚者です。ご興味があるかどうかわかりませんが、それぞれ円満な家庭を築いていて――と言うか、少なくとも、それなりにうまくいっていました。ファーガソンに言われたのです、うちのやつにばらして家庭をめちゃくちゃにしてやる、それからローナも同じ目に遭わせてやる、と。あの男ならやりかねません。そういう人間ですから。限度を知らないというか、タブーということがないんです」ミリガンの口調に苦々しげな響きが混じった。胸につかえていたものを吐き出す機会を得て、ほっとしているのかもしれなかった。「ローナも反省しています。とくに手紙の内容を知ってからは。ローナ自身はぴんときていなかったようですが、家政官に厳しく指摘されたそうです、手紙の内容はあきらかに人種差別的だ、と。キャプテン・オショーディにはたいへん申し訳なく思っていますし、ローナも同じように思っています。ふたりとも、心から反省しているんです、陛下」

「反省しただけでは足りないのではありませんか？」と女王は言った。女王も手紙の実物をその眼で見ていた。あのまがまがしいナイフの絵を見て、少なからずショックを受けた。困惑し、悩み、動揺の色を見せまいとするロージーの様子にも心を痛めた。

「はい、陛下」ミリガンはもごもごと言った。

「申し訳ないですむことではありませんからね。それで、ミセス・ロブはあなたの指示で誰と

「誰に手紙を届けたのか、正確なところを教えてください」

この期に及んでまたためらっているのか、電話の向こうから沈黙が返ってきた。

「ミスター・ミリガン、いつまでも待てませんよ」

「失礼しました、陛下。陛下の秘書官補とミセス・バクスターと、それからメアリ・ヴァン・レネンですが、自転車の件はちがいます。職場内だけです、ローナが手紙を届けたのは」

「ソーシャル・メディアを介して嫌がらせをしたのも、ミセス・ロブですか？」

「いいえ、陛下、あれはエリックです。自転車の件も。まえまえから思っていたんです、エリックの仕業だろうって」

「では、ミセス・ハリスについては？」

恥じ入るようだった声が、困惑したような調子に変わった。「そのことですが、陛下、おかしいと思っていました。ミセス・ハリスにはなんの手出しもしていないんです、ローナもわたしも。ただの一度も。エリックは大笑いしていました。それでローナに言ったんです――ものはついでだ、ミセス・ハリスに対する嫌がらせも自分がやったと認めろ、さもないと、どうなるかはわかるな？と。あちらさんにはぜいぜい頭を悩ませてもらおうじゃないか――そうも言っていました。ですが、わたしの名誉にかけて――」

「あなたに名誉などあると思いますか、ミスター・ミリガン？」女王は厳しく迫った。

「すみません、陛下、返すことばもありません。じ、辞表をお求めでしょうか、陛下？」

「それについては考えておきます」

女王は通話を終えて、受話器を置いた。少しだけ、ほんの少しだけ、同情する気持ちがなくもなかった。スパイク・ミリガンは脅迫されていたのだ——だが、身から出た錆《さび》というものだった。自分と愛人がやったことだと名乗り出て、与えた被害に対していくらかなりとも責任を取るチャンスは一度ならずあったはずなのに、わが身かわいさのあまり何ヶ月ものあいだ、王室職員が不安なく暮らし、心置きなく職務に専念できる環境を奪ったのだ。おまけに自分の愛人と、なんの罪もないアラベラ・ムーアを、失職の危険にさらし、あまつさえ責任を負わせようとしたのである。やはり、スパイク・ミリガンには辞めてもらうのが筋というものだ。とはいえ、これはあくまでもこちら本位の身も蓋《ふた》もない理屈だったが、仮にスパイク・ミリガンに辞職を求め、それに応じた当人がどういう経緯で突然辞職することになったのかを周囲に明かした場合、それはそれでかなり面倒なことになりそうだった。ミリガンの〝自白〟のおかげで、エリック・ファーガソンが果たしていた役割は、女王の考えていた筋書きのとおりだったことが判明した。それがなにより肝心で、いちばん重要なポイントだった。

おそらくエリック・ファーガソンは、なんらかの機会にシンシア・ハリスの手紙を眼にしてその手口を真似たものと思われるが（そう、改めて思い出したくもないことだが、いみじくもストロング主任警部に言われたとおり、ありていに言って〝王室の人事部門は情報漏洩《ろうえい》の点では、文字通りざる〟なところがあるから）、嫌がらせの手紙の標的《ターゲット》には選ばなかった。殺害したのは、別の理由があったからなのだ。その理由が女王にもようやくわかった。それでまちがいない、という確信もあった。

　こちらから申し入れたストロング主任警部との面会は、まだ実現していなかった。昨晩、サー・サイモンがとんでもないものを発見してしまったことで、当然と言えば当然のなりゆきだったが、主任警部のほうから、当面はかなり忙しくなることが見込まれるのでできれば面会は延期してはもらえないだろうか、と丁重に頼まれていた。そんな事情もあって、改めて思ったのだ――ひょっとすると、このまま舞台裏に引っ込んだままでいられるのではないか？　と。女王としてはそれを望んでいたが、それは自分勝手なのではないか、という気もしていた。これまでにわかったこと、知っていることを洗いざらい主任警部に伝えるのが、〝知っている〟者の義務だろう。だが、その場合、シンシア・ハリスとエリック・ファーガソンの過去からのつながりをどうやって突き止めたのか、一九八〇年代にまでさかのぼって説明しなければならなくなる。ロージーを巻き込むことにもなるだろうし、衣装戸棚《ワードローブ》でみっともない真似をしたことも明らかにせざるをえなくなるだろうし……ほかにもまだ明らかにされていないことがあるのではないか、とストロング主任警部に痛くもない腹を探られることになりそうだし……なにもかもが厄介なことになってしまう。

　それでもやはり知らせるべきだと考えて、電話に手を伸ばし、受話器をつかんだところで、その手がとまった。父親が国王だったときから何度となく謎を解明し、事件を解決してきたが、これまでそれを明かさずにすんできたではないか。これから必要になるのは、二つか三つほどの慎重に考え抜いた〝年寄りのたわごと〟、それだけで充分こと足りるはずだった。穴掘りをしていて穴にはまった者は、自力で脱出を試みなくてはならない。誰かさんもしかり、そろそろ脱出の道を探りはじめるタイミングだった。

44

女王はストロング主任警部の代わりに、サー・サイモンを呼び出した。二度めのとんでもない大発見以来、何度か短くことばを交わす機会はあったが、サー・サイモンのほうはもろもろの事後処理に追われて、まさにてんてこ舞いの様子だった。今回は精神状態にも問題はなさそうで、女王は安堵《あんど》していた。シンシア・ハリスの死体を発見してしばらくのあいだは、明らかにいつものサー・サイモンではなかったから。女性の死体だったからだろうか、と女王は考えるともなく考えた。あるいはいきなり血溜《だ》まりを見てしまったから？　いずれにしても、女王の秘書官たるもの、顔半分を害獣に食われた男の死体を発見することは、通常業務の一環ということになるらしい。むしろ、これまで以上になにごとにおいても抜かりなく、事態をきっちり掌握していた。電話での呼び出しに応じて書斎に入ってきたときには、心なしか、その足取りが弾んでいるようにさえ見受けられた。

「失礼いたします、女王陛下」サー・サイモンは首だけで一礼した。それが王室に仕える者の一礼なのだ。でないと、造船所のクレーンが上下するような動きになってしまうから。

「どうやら、わたしが力になれそうです」と女王は言った。

「おや、そうでしたか？」

サー・サイモンは慇懃《いんぎん》を絵に描いたような表情をしていた。そうやってほぼ――そう、ほぼ完璧《かんぺき》に不信の色を覆い隠しているのは、なかなか大したものだった。

「ええ、そう思うの。シンシア・ハリスが死亡した原因が見直されていることは、わたしも承知しています」

「ええ、陛下、結果的にそうなりました。なんたることでしょうか。あまりにもおぞましくて考える気にもなれない、とでも申しましょうか」

「それでもわたしの立場上、事実は事実として直視しないといけないと思っています。この宮殿で働いていた王室職員のひとりが関与していた事実は――」

「ええ、承知しております、陛下。だからおぞましいのです。ファーガソンの犯行と見てまずまちがいなさそうですから」

「でも、本当にそうかしら？　あの人のことは気に入っていたのよ、以前から――」

「はっ？　誰をでしょうか？　ファーガソンですか？」

「まさか、ちがいますよ。別の人のことです。だとしても、どうしてもそうとは思えないのよ。その人はどう考えても――単刀直入に言ってしまうと、人殺しとは思えないの。でも、ミセス・ハリスはその人と関係があった、とどこかに書いてあったのを思い出したんです。どこで見たのかは覚えていないんだけれど」

「誰のことをおっしゃっているんでしょうか、陛下？」サー・サイモンは傍目《はため》にもわかるほど、当惑していた。女王の期待どおりの反応だった。

「ニール・ハドソンです」女王はきっぱりと言った。

「あのニール・ハドソンでしょうか？　ロイヤル・コレクションの？　あの王室付き絵画管理官の？」

「そうです」

「それはなんとも、にわかには信じがたいと言うか、ありえないことに思えますが」

「わかっています。でも、それを言うなら。今回はありえないようなことばかりでしょう？　それにニール・ハドソンの先任者のこともあります。忘れたくても忘れられませんからね」

　アンソニー・ブラントは元王室付き絵画管理官で、ナイト爵位を与えられたものの後に剝奪《はくだつ》されていた。ソヴィエト連邦のスパイだったことが発覚したからだった。当時は大いに世間を騒がせた事件で、もちろんサー・サイモンもよく知っていた。

「ですが、陛下に仕える芸術の専門家が全員、犯罪者だとは思えません」

「わたしもそうでないことを祈るわ」

「それに、ミセス・ハリスはだいぶ年上です。年齢的な開きがありすぎませんか？」

　女王は眉間《みけん》に皺《しわ》を寄せた。「そういう関係だとは言ってないわ。ミセス・ハリスはニール・ハドソンの叔母《おば》だったか、名付け親だったか、よく覚えていないけれど、なんらかの関係があったことは確かなの。だから、念のため、ミスター・ハドソンは関与していないことを確かめておきたいんです――事件のどの点においても」

　サー・サイモンは秘書官のトレードマーク、どんな物事にも動じない冷静な態度を取り戻していた。「承知しました、陛下。確認しておきます」

　王室に仕える者として、サー・サイモンは完璧だった。眼に疑念の表情が浮かぶこともなく、一瞬の躊躇《ちゅうちょ》にほほえみが揺らぐこともなかった。ロージーにはまだ真似のできない技術だった。相手の発言が馬鹿げていて突拍子もないと思ったら、その思いがそのまま顔に出てしまうからだ。ロージーまでサー・サイモン流のポーカー・フェイスを会得してまったら……女王としてはいささかさびしく思うことだろう。

「ええ、頼みましたよ」

　サー・サイモンが退出したあと、女王はあの絵柄のついた小さなカードのことを考えた。サー・サイモンはあのカードのことを思い出すだろうか？　あのときは届けにきたのがロージーではなかったことにがっかりしたけれど、こうなってみると、あのカードのことで話をした相手がサー・サイモンだったのは運のいいめぐりあわせだったように思えた。さらなる幸運に恵まれていれば、ロージーはあのカードをファイルを開いてすぐのところに挟んでいることだろう。

「〝けつ拭き《ボグロール》〟が作成したミセス・ハリスについてのファイルを見せてくれないか？」

「本気でおっしゃってます？」

　サー・サイモンが待っているまえで、ロージーはデスクの抽斗《ひきだし》をひっかきまわした。秘書官補のオフィスをストロングの捜査班に明け渡すため、ポーターに頼んでデスクをサー・サイモンの執務室に運び込んでもらうのに、一度抽斗の中身を空にしていたのだった。必然的に順番に揃えてあったファイルはばらばらになり、ほぼすべてのファイルが半ば行方不明状態で、どれひとつとしてすぐには取りだせなくなっていた。頼まれたファイルを探しだすまでのあいだ、数分ほど考える時間ができた。

「〝ボス〟のご依頼ですか？」とロージーは尋ねた。

「ああ、そのとおり。シンシア・ハリスはニール・ハドソンの叔母だかなんだかだったんじゃないか、と言いだされてね。だからミセス・ハリスを殺害したのも彼かもしれない、とおっしゃるんだ。あのファーガソンではなくてね」

「えっ？」ロージーはさっと顔をあげ、サー・サイモンの表情をうかがった。予想外の展開だった。

「ああ、言いたいことはよくわかる。〈ミステリー・イン・パラダイス（訳注：二〇一一年にBBCで始まった、セント・マリー島を舞台にイギリスの刑事が活躍するミステリー・ドラマ。二〇二一年時点でシーズン十まで製作されている〉の見過ぎなんじゃないかと思うよ。でなければ、なんていったかな、アンジェラ・ランズベリーが作家役で出ていたやつ……」

「と言われても、わたしにはさっぱり」

「ああ、〈ジェシカおばさんの事件簿（訳注：一九八四年からCBSで放送された、アンジェラ・ランズベリーが演じるミステリー作家ジェシカ・フレッチャーが事件を解決するミステリー・ドラマ）〉だ。バルモラル城滞在中に何話か一気見していらしたからな。感化されたのかもしれない」

うわの空でうなずき、ロージーはファイル探しを再開した。手を動かしながら、頭は別のことを考えていた。ニール・ハドソン？　陛下から聞かされていない情報があるのだろうか？

一瞬不安が兆したが、不意に〝ボス〟がなにを目論《もくろ》んでいるのかがわかった——と言うか、わかったような気がした。サー・サイモンが片手を伸ばしてきたので、ロージーはファイルのなかの書類を整えてから手渡した。

「ニールの叔母、ですか？」

「叔母だかなんだか、ともかくなんか関係があったんじゃないかってことでね」サー・サイモンはぶつぶつ言った。「だとしても、それがどうして足首の動脈を切断しようと思う理由になるんだか、さっぱりわからんよ。そもそも想像できるかね、あのニール・ハドソンがそんなことをしようとしているところが？　あの男なら靴に血がついただけで、大騒ぎしそうじゃないか」

「どちらかというと毒殺を好みそうですよね」とロージーも同意した。「できるものならルクレツィア・ボルジアが使ったのと同じ毒薬を手に入れたいって思いそう」

「同感だ。ひとつやってみようか、題して〈同僚の好む殺害方法当てゲーム〉」

ロージーはサー・サイモンの顔に眼をやり、考え込む表情になった。「秘書官は、ワルサーＰＰＫですね。ジェームズ・ボンドのイメージを崩すわけにはいかないでしょ？」

「あいにくだが、ワルサーは遠慮しておく。銃身が短すぎるし、口径が小さすぎる。あんなのは敵に投げつけてやるぐらいしか使い道がない。イアン・フレミングはあんな粋な主人公を生み出しておきながら銃の知識については絶望的だな。きみは〝素手で仕留める〟の一択だろう？」

ロージーは肩をすくめた。「それも悪くないですね。で、そちらは？　ワルサーが駄目ってことなら、どんな殺害方法を選びます？」

軽妙で気のきいた答えを探そうとしたのに、サー・サイモンの脳裏に思い出したくない光景が甦《よみがえ》った。銃弾が穴を穿《うが》った死に顔とタイルの床に横たわる死体。自分から持ち掛けたゲームだったが、なにやら急に嫌気がさした。そのとき、ドアをノックする音がして、サー・ジェームズ・エリントンが顔を出した。

「なんだか盛りあがっているようだね？」

「好みの殺害方法を話しあっていました」とロージーが言った。

サー・ジェームズは即座に言った。「わたしなら、執務室の廊下の端の階段から突き落とす、だな。某新聞の編集主幹ともうひとつ別の某新聞の編集主幹は、あの金属の階段のてっぺんでわたしに行きあわないほうがいい。ところで、明日、〝ボス〟に時間を取ってもらうことはできないだろうか？　ボグロールも同席する。エリック・ファーガソンの件でその後判明したことをご報告しておかないとならない。しかし、まあ、開いた口がふさがらないとはあの男のことだな。ひどい話が、出るわ、出るわ。今回はまちがいなく、今時のことばでいうところの〝大炎上〟しそうだ。目下、報告書をまとめているところだが、なんならこの場でかいつまんで要点だけでも伝えておこうか？」

サー・ジェームズのかいつまんだ要点には、ロージーもまったく予想していなかった内容がいくつか含まれていた。そのあとサー・サイモンはロージーから受け取ったファイルを手に自席に戻り、女王陛下に納得していただくべく、王室付き絵画管理官の正体は、数日まえに死体で発見された男とは異なり、執念深い変態サディストではないことを確認する作業に取りかかった。

45

翌日の午後十時になってようやく、捜査班の準備が整い、サー・ジェームズのほうも女王陛下の貴重な時間を融通してもらうことに成功し、淡いブルーの壁の謁見の間での面談にこぎつけた。サー・ジェームズは秘書官のサー・サイモンと家政官のマイク・グリーンを伴い、議事録係のロージーを従えて、謁見の間に赴いた。全員がそれぞれに多忙な一日を終え、いささか疲労困憊《こんぱい》気味だったが、女王はいつものように溌剌《はつらつ》としていた。おまけにいつまでも着席しようとしなかった。この面談は立ったまま行う、ということだった。つまり〝ボス〟としては手短に切りあげることをご希望なのだ、とサー・サイモンは解釈した。時間が短くとも支障はなかった——事務方のトップである手許《てもと》金会計長官が爆弾ニュースをお伝えするには、ものの数分もあれば充分だったから。

「ストロング主任警部は同席しないの？」暖炉のそばで三執政《トウライアムヴィレイト》に囲まれると、女王はいくぶん意外そうな顔をしてそう尋ねた。

「はい、この場には同席しません」サー・ジェームズが答えた。「捜査の一環で宮殿を離れていますので。じつは今この瞬間にも主任警部から連絡が入るかもしれません。それについては、サー・サイモンのお手柄で――」

「その話は今は必要ないだろう？」秘書官が口を挟み、でしゃばるつもりがないことを手のひと振りで伝えた。このところその動作がずいぶん板についてきていた。「結局のところ無関係だった、という結論になるかもしれないわけだし。なにか進展があればすぐにご報告いたします、陛下」

「ええ、そうしてください。では、うかがいましょうか？　どうしてこうして集まることになったのかを」女王はサー・ジェームズに顔を向け、期待に満ちた眼になった。

「火曜日にサー・サイモンがエリック・ファーガソンの死体を発見して以降――」会計長官は言った。「われわれはミスター・ファーガソンについて実に多くを知ることとなりました。そのどれもが、残念ながら好ましい内容ではありませんでした」

「つづけてください」

「ミスター・ファーガソンは――これについては、陛下、運営部門の最高責任者であるわたしに全責任があるわけですが――宮殿の半径百メートル以内には決して近づけてはならない人物でした。いわゆる危険人物です。いささか病的な部分もありました。警察が押収したコンピューターには、暴力的な内容のデータが大量に保存されていました。家宅捜索の結果、フラットから膨大な数の武器も見つかっています。ハンプトン・コート宮殿の武器庫さながらに、壁一面にずらっと並んでいたそうです。武器蒐集《しゅうしゅう》の事実を知る者はいませんでした。というのも、これまで誰も自宅に招いたことがなかったからです。少なくとも、王室の職員で招かれた者はいませんでした。今では寄ると触るとその話です」

「でしょうね、わかります」

「しかし、それだけではないのです、陛下。おそらくこちらのほうが重要かもしれませんが、ファーガソン宅のキッチンからクリスタルのウィスキーグラスが六個、見つかりました。この宮殿で使用されているグラスに類似したものです。コンピューターの履歴から、都合十八個のグラスが注文されていたことが判明しました。どうやら予行演習をしていたのではないかと思われます。ウィスキーグラスを使って致命傷を与えることができるかどうか」

「まあ、なんてこと。信じたくもありませんね、ほんとうだとしても。それで、警察も同じ見解なんですね？」

「そうです、陛下」サー・サイモンも話に加わった。「われわれはかねてより危惧《きぐ》していましたが、今では警察も、シンシア・ハリスは事故死したのではなく、まったく別の原因で死に至った、という見方をしています。その件については、近いうちにストロング主任警部のほうから最終報告があるものと思います」

「それで、ニール・ハドソンは？　関与して……いましたか？」女王が尋ねた、どことなく遠慮がちに。

　女王の澄んだブルーの眼に、自分の勘違いをすなおに認め、恥じ入る表情が浮かんでいた。それに気づいて、サー・サイモンはやさしく首を横に振った。「いいえ、陛下、心配はご無用です。畏《おそ》れながら、現時点でも過去においても、その事実はないということが確認できました」

「わかりました。それだけうかがえばもう充分です」

「じつはその件を調べたことで、手繰るべき新たな線が浮上してきました。ところが、そうこうしているあいだに、警察の捜査班が、はっきり申しあげてかなり衝撃的な事実を暴きました。ファーガソンが生前、王室職員という立場を利用して行っていた、とあるとんでもない悪事について。時系列にまちがいはないよな、ジェームズ？」

「ああ、まちがいない」とサー・ジェームズは言った。「その件をお耳に入れておきたくてお時間を頂戴《ちょうだい》したのです、陛下。今回、幸運なことに国家犯罪対策庁《NCA》（訳注：二〇一三年に発足した警察組織のひとつ。主に組織犯罪、経済犯罪、国境警備、児童を狙った犯罪とインターネット上の保護対策、サイバー犯罪の五分野の捜査を担う）に所属する将来有望なサイバー捜査官の協力を得ることがかないました。その人物の尽力でファーガソンのコンピューターからデータを発掘することが可能となり、ファーガソンが少なくとも過去二年間、宮殿できわめて悪質な一種の詐取行為を主導していたことが判明したのです。死蔵品取引《ブレイキッジ・ビジネス》と呼ばれるものです。それについては陛下はすでにお気づきだったのではないかと拝察しますが」

女王は一瞬、眼を大きく見開いた。ロージーと眼があった。ロージーはほとんどわからないぐらいの動きで小さくうなずき返した。「おやおや、まあ」と女王は言った。「主導していた、ですか？　あの人はまだそれほど上級の職位ではなかったでしょう？」

「中間管理職でした、陛下」サー・ジェームズが答えた。「しかし、そこが巧妙なのです。その立場だったからこそ、怪しまれることなく悠然と悪事を遂行できたのです。正直に申しあげますが、個人的にはファーガソンの上司には——ミック・クレメンツという者ですが、その者に対しては——信用できないものを感じていましたが、ファーガソンについては完全にノーチェックでした。なんの疑いも抱いていませんでした。この先何ヶ月も、ことによると何年も、気づかないままだったかもしれません」

「具体的には、どういう手口で？」

「それについては、まだ断片的な事実をつなぎあわせている段階ですが」全体像までは把握できていないことを認めてから、サー・ジェームズは言った。「じつを申しますと、陛下」そこでしばし間を置き、これまでに伝えた新事実を陛下が消化する時間を取ったのち、その先に話を勧めた。「手口について事実関係を手繰っていくうちに、ファーガソンには例の嫌がらせの手紙を送りつけて相手を威嚇するべき動機があったのではないか、と気づきまして。嫌がらせの手紙の影の黒幕は、ファーガソンだと思われます」

「まあ、それもあの人が？」

「ええ、驚かれるのも無理からぬことですが。わたしについている秘書のひとりが、大規模改修計画の見積りに問題があることに気づきました。今にして思えば、彼女が発見した点は単純な誤りではなく、ファーガソンが首謀した意図的な改竄《かいざん》だったのでしょう。その秘書はメアリ・ヴァン・レネンといって、嫌がらせをされていたひとりです。ファーガソンは彼女を追い出す目的で、手紙やストーキング行為で巧妙な嫌がらせを始め、まんまと成功したというわけです。われわれにとって幸運だったのは、彼女がやりかけていた作業をここにいるロージーが引き継いでくれたことですが、同じ理由からロージーもまた嫌がらせの対象となってしまいました」

　女王はそこでまたちらりとロージーのほうに眼を向けたが、女王付き秘書官補は眉《まゆ》ひとつ動かさず平然としていた。会得しつつあるのだ。のちほどロージーと話しあうべきことがたくさんあった。

「なるほど、そういうことでしたか」と女王は言った。「びっくりするほど巧妙で、あきれ返るほどあくどい手口ね。ほかの手紙については？」

「そちらは、純粋な女性蔑視《ミソジニー》に根差したものです」そこで家政官のマイク・グリーンが初めて口を開いた。この場に参加したのは、自分の部下に関わることだからだった。「ミセス・ハリスとミセス・バクスターは両名とも、いわゆる職場の嫌われ者でした。ファーガソンがその両名を選んだのも、おそらくそこに眼をつけたからでしょう。あるいは、個人的な恨みがあったとも考えられます。心理学者なら、意志の強い女性を脅威に感じていた、と分析するかもしれません」

　彼女たちが感じていた脅威に比べたら、そんなのは脅威のうちに入りません、と女王は胸のうちでつぶやいた。そしてミセス・バクスターのことを——攪乱《かくらん》工作のためだけに標的にされた〝気難しくてあつかいに困る女〟のことを、心から気の毒に思った。おまけにその攪乱工作は、現時点でもまだその効力を保っているのだ。

「いずれにしても、おかげでこちらは一定期間、混乱させられました」と家政官は続けた。「というのも、ミセス・ハリスの受けていた嫌がらせは被害の程度がとかく耳目を惹《ひ》くものでしたから、ついそちらにばかり気を取られてしまって、ミス・ヴァン・レネンのことは二の次どころか三の次でしたから。嫌がらせの被害を受けていたなかでは、おそらく誰よりももっとも危険な立場にあったというのに」

「忘れないでくださいよ、ミセス・ハリスは亡くなったんですからね」女王は冷ややかに言った。

「そうでした、陛下。おっしゃるとおり、その点を忘れるわけにはいきません」家政官は咳払《せきばら》いをひとつすると、落ち着きなく足を踏みかえた。「なにぶん、われわれもまだ調査中ということもあって」

「警察が捜査中ということですね？」と尋ねた女王の口調がいつになく鋭く、三執政《トウライアムヴイレイト》一同は思わず唾《つば》を呑《の》み込んだ。

「はい、陛下、もちろん警察が捜査中です」マイク・グリーンが慌てて言った。「〝われわれ〟というのは、ここの職員も警察も含めて全員という意味です。現時点で警察はエリック・ファーガソンを詐取及び窃盗、加えて殺人の容疑者とみなし、すべての証拠を再調査中です。ボグ――ええと、その、ストロング主任警部は大人数のチーム編成で捜査にあたっており、ロンドン警視庁の警視正にも逐次報告をあげています」

「それを聞いて安心しました。それでも、まだもうひとつ、わかっていないことがありますね

――もしくは、あなたがたがわたしに話していないことが、と言うべきかしら？」

「とおっしゃいますと？」家政官が尋ねた。

「誰がミスター・ファーガソンを殺したの？」

「それについては――」三執政《トウラィアムヴィレイト》を代表して答えたのは、サー・サイモンだった。「おそらく明日の朝にはご報告できるものと思われます」とサー・サイモンは表情ひとつ変えずに言ったものの、内心は海軍時代に航空徽章《ウィング・マーク》を付与されたとき並みの興奮を覚えていた。「その際、今日この場でお伝えした内容をまとめた報告書もご用意いたします。はい、情報の賞味期限が切れてしまわないうちに」

「そうですね、そうしていただけると助かるわ」女王はそう言って、その場にいる全員を見まわして感謝の笑みを浮かべた。「おかげでこうしていつも安心していられるの。あなたがたがなにごとにおいても抜かりなく、事態をきっちり掌握してくれている、とわかっていますからね」

46

翌朝、書類箱が運ばれてくる時刻になると、女王はロージーが届けに来ることを願った。予定表にはサー・サイモンの名前が記入されていたが、どうしても話しておきたい相手は秘書官補のほうだった。

やがて時刻になって入室してきたのは、ほかでもないロージーだった。女王は満面の笑みを浮かべた。

「おみごとじゃないの」と女王は言った。どうやって担当を入れ替えたのかは敢《あ》えて訊《き》かなかった。求められていることを理解し、創意工夫を凝らしてそれを実現させる者は信頼に足る。そのことを女王は経験上知っていた。「昨夜はおもしろかったわね」

「いくつか見落とされている点がありました」ロージーは慎重な手つきで赤い箱を女王の机に置きながら言った。

「そうね、取りこぼしがあったわね」

「わたしは最初の手紙を受けとった時点ではまだ、大規模改修計画の見積りには関わっていませんでしたが、その時系列は把握しそびれているようでした」

エリック・ファーガソンがスパイク・ミリガンとローナ・ロブを使ってロージーに嫌がらせの手紙を送ったのは、ロージーがブリタニア号の絵がどうやってバッキンガム宮殿から持ち出されたのかを調べていたからだ。

「ええ、そうね。それにミセス・ハリスが最初の手紙を受け取ったのは、正確には受け取ったとされているのは、何年も前だったということも。とはいえ、あの人たちにとっては、どれもこれも、わかったばかりなわけでしょう?　じっくり考えを煮詰めるところまで行っていないのではないかしら」

「ええ、そうだと思います。それに、三人とも心配事をほかにも山ほど抱え込んでいますから。ストロング主任警部も猛烈に忙しそうです。ちなみに、今日も宮殿には来ていません。まだ目当てのものを見つけていないようで」

「ミスター・ファーガソンを殺した犯人のこと？」

「そうです、陛下」

それ以上の追及はやめておくことにした。ロージーに退出を許可して書類に眼を通しはじめようとしたところで、ロージーがなにやら物思わしげな態度でぐずぐずしていることに気づいた。

「ほかにもまだなにか？」

「ええと、その……」ロージーはそこで口ごもり、溜《た》め息をついて肩をすくめた。「もっと早く気づいているべきでした。ファーガソンのことです。最初から態度がへんでした。つねに誰かの陰に隠れていたし、どことなく薄気味が悪いというか……それをわたしは、ただたんにちょっと変わった人なんだ、ぐらいにしか思っていなくて。と言うか、意識さえしていなかった気がします。地下貯蔵室で鉢合わせしたとき、気色ばんだミック・クレメンツをとめてくれたものとばかり思っていました。でも、そこで騒ぎになると、自分たちの悪事が露呈しかねなかったから、だからとめたんだ、とあとでわかりました」

「そうね」女王は言った。「それほど狡猾《こうかつ》だったということね。でも、ミスター・ファーガソンの悪事の現場を押さえるのは、あなたの仕事ではありませんよ、ロージー。もう充分すぎるぐらい貢献してくれています。ミスター・ファーガソンを死蔵品取引《ブレイキッジ・ビジネス》の運営責任者に据えた人物は、ある意味で言えば人を見る眼があったということね。誰のご指名だったのかまではわからないけれど」

「そのあたりはサー・サイモンが調べています、陛下。ほかにも、あれもこれも調べています」

女王は書類に向けかけた顔をあげ、ロージーにほほえみかけた。

「そう、それはなによりだわ」

サー・サイモンの妻サラはその晩、ふたり分の鶏肉の赤ワイン煮《コック・オ・ヴァン》をこしらえた。そして、ケンジントン宮殿内に貸与されている居住スペースのダイニング・テーブル越しに夫と向かいあい、夫が語るこの三日間の出来事に耳を傾けながら、夫の熱意に満ちた知的な顔がキャンドルの明かりに照らされ、影が揺らめくさまをうっとりと眺めた。

こういうときの夫が、サラはたまらなく好きだった。だからこそ、仕事で夜遅くまで帰ってこないことも、何週間も家を空けなくてはならないことも、大目に——少なくともある程度は大目に——見ているようなものだった。そう、まさに〝この結婚生活には三人いる〟（訳注：一九九九年のダイアナ妃のインタビューでの発言のもじり。「わたしたちの結婚生活には三人がいて、ちょっと窮屈だった（there were three of us in this marriage, so it was a bit crowded）」とチャールズ皇太子とカミラ夫人の関係に触れたほか、自身の不倫も認めるなどして国内外で話題となった）というもので、しかもその三人めは旧イギリス連邦《コモンウェルス》を主導し、その手にすべてのカードを握り、誰よりも強い立場にいる人物だった。それでも、その見返りとして、レディ・ホルクロフトは

（親しい人からはラーと呼ばれることがほとんどだったが）こういったひとときを愉《たの》しむことができる、という余得に与《あずか》る——つまり、夫がこの王国のすべての秘密をその有能な手に握っている様子を眺め、この国の人々の安心と安全が、ほかならない夫によって守られていることを実感する——のだった。おまけに夫はサラが思っていた以上に、正真正銘のヒーローだった。ただ勇敢なだけでなく、優れた洞察力と明晰《めいせき》な頭脳を兼ね備えていた。今回、記録的短時間で決定的なつながりを暴いたことについては、もう見事としか言いようがなかった。テーブルに着いたあとも、話の途中で報告が入ってきてはいないか気になるらしく、ちょくちょく携帯電話に眼をやっていたが、国家の一大事なのだから、サラも文句を言うつもりは毛頭なかった。

「あなた、じつは本物のジェームズ・ボンドなんじゃない？」食事が終わったあと、サラは夫に言った。

「申し訳ないが、その質問にはお答えできない」サー・サイモンがわずかに息を切らしながら、ぶっきらぼうなスコットランド訛《なま》りを真似て言った。

「だって、その膨らみはポケットに銃を隠しているからでしょう？　それとも、ただ——」

サー・サイモンはその続きを言わせなかった。この何ヶ月かは暗くて血なまぐさいことばかりだったが、ようやく闇が退きつつあるのが感じられた。スコットランド王ロバート一世がイングランド王国への反撃を決意したときのように、再び力がみなぎってくるのを感じていた。サー・サイモンとしては、それを大いに祝したい気分だった。

一同が待ち望んでいた知らせは、そのあと数時間経っても届かなかったが、捜査は急速に進んでいた。ストロング主任警部は、ロンドン警視庁犯罪捜査部から自ら引き抜いた精鋭たちを引き連れて、ノース・ウィングに置いた仮設の捜査本部に戻ってきた。外部に情報が一切洩《も》れないよう、捜査本部のまえの廊下は真空パック同然の状態が保たれた。事情に通じているロージーは、誰かに乞《こ》われると、どうでもいい情報だけを小出しにして煙《けむ》に巻くことはあったが、同じ職場の上級職にある紳士方と同様、洩らしてはならないことは決して洩らさなかった。そういう生真面目で高潔なところを尊敬しつつも容赦なくからかってくる実の妹にさえ、わずかなヒントすら与えなかった。もっと言えば、女王陛下にも言わなかった——訊かれなかったので。

「警察はしかるべき方向に捜査を進めていますか？」としか訊かれなかったのだ。

「はい、陛下、そのようです。一連のつながりに焦点を当てていますので」

「すばらしいわ。それじゃ、あとは待つだけですね」

三執政《トゥライアムヴィレイト》が謁見した翌日の金曜日の晩、女王は親しかった従姉《いとこ》のマーガレット・ローズが亡くなったことを知らされた。ウィンザー城で迎えた週末は、悲しみに沈みながら、少女時代の古いアルバムを見返して過ごした。エドワードの愛娘レディ・ルイーズがそばにいてくれることが慰めになった。

だが、写真に写っている人物が誰なのか、ルイーズにいちいち教えなくてはならなかった。

これからは誰を相手に思い出話をすればいいのか？　公務については分刻みで記録が残されるけれど、表に出ない出来事についてはなにを頼りに思い出せというのか？　陽気にはしゃいだり、悲嘆に暮れたりした個人的なひとときは？　最初は妹を見送った。それからお母さま、そしていとこのマーガレット、それに犬たちさえも……。

土曜日の夕食のあと、フィリップはその後の時間を自分の趣味に費やすのではなく、女王のそばで過ごした。口には出さないながらも、思いやりが表れていた。それは女王に贈った小さな油絵からも感じとれた。ブランズウィック・タワーのオクタゴン・ルームで描きはじめ、バッキンガム宮殿の書斎に戻って仕上げた絵だった。バルモラル城から見た芝生の庭がフィリップなりの解釈で描写されていたが、そのちょうど中心は、ふたりがホリーを埋葬するのに選んだ場所だった。だからこそ、あれほど一心不乱に絵筆を振るっていたのだ。涙がこぼれないよう、女王はうえを向いた。

「そうしたけりゃ、バッキンガム宮殿のきみの寝室のそとに掛けてもいいぞ」フィリップはぶっきらぼうに提案した。「オーストラリア人の絵描きが描いた、あの悪趣味で、見られたもんじゃない小品が掛けてあったところに」

「ブリタニア号の絵のことをおっしゃってるのなら、たぶん、もうすぐ戻ってくるはずよ。別の絵と入れ替えるつもりはないの。でも、この絵を飾るのにぴったりの場所を見つけるわね」

「なんならトーストを載せるのに使ったらどうだ？」とフィリップは言った。「遠慮せんでいいぞ、ぼくは気にしないから」

そんなふうに他愛のないことを穏やかに言いあうことで、フィリップは女王の気をまぎらわそうとしてくれたのだ。おかげで、それほど苦労せずに、いつもどおりの自分に——誰かさんがつねに心がけている、不屈の精神を持ち、未来に眼を向けている女王に、戻ることができた。

月曜日になると、バッキンガム宮殿は翌週に迫った外交団レセプションの準備で大わらわとなった。対外用のすべての部屋を使い、およそ千人もの外交上の重要人物を招待して、ビュッフェと舞踏会でもてなすのだ。このレセプションは正装を要し、参加者はこぼれんばかりの勲章やらダイアモンドやらを身に着けてくる。運営は公式晩餐《ばんさん》会よりもはるかに複雑だった。招待客の多くは毎年のように出席しているので、厄介なことに退屈しのぎに粗探しをはじめるのだ。家政官の仕事は、ミセス・ムーアの手を借りつつ、どんな粗も眼につかないようにすることだった。

家政官はそうした本来の業務に文字どおり全力疾走を強いられていたが、それでも時間を見つけてはサー・サイモンと顔をあわせ、急速に進みつつある捜査について意見を交換しあった。王室の上級にある者ならではの効率のよさで、三執政《トウライアムヴイレイト》は気づくとあらゆる場面で警察の捜査活動を、主導はしないまでも補佐していた。とりわけサー・サイモンはこの分野において驚くほどの資質があることを示していた。実質、秘書官がひとりで事件を解決してしまったらしいと、廊下のあちこちで噂されるほどだった。

十一月最後の日、サー・サイモンがエリック・ファーガソンの死体を発見してから八日後、ストロング主任警部は待ちに待った最終報告を受けとった。そこで女王への謁見を申し入れ、併せて秘書官、サー・ジェームズ、上司である警視正（主任警部がキーボードを叩《たた》いているあいだ、肩越しに画面を覗《のぞ》き込んでくる人物）に同席を求めた。

女王はその申し入れを丁重に受け入れた。心中ひそかに、この人たちは果たしてどこまで真相を理解できたのだろうかと、思いながら。

47

サー・サイモンの発案で、御前で奏上するメンバーは、二度にわたって秘書官の執務室に集まり、予行演習を行った。下院の委員会に呼ばれた際と同様、下準備というものはいくら入念にしてもしすぎることはない、との発想による。ひとりひとりに役割が割り振られ、どのきっかけでどんな発言をするべきか、あらかじめ厳密に取り決められた。メンバー同士の発言がかぶってしまうと、話が混乱するもととなり、伝わるものも伝わらなくなってしまうからだった。表向きには、ロンドン警視庁犯罪捜査部を率いる警視正のお手柄で一件落着した、ということになりそうだった。ほかのメンバーはそもそもが寛大な心の持ち主が揃っていたし、彼らのあいだでは、今回の栄誉は内々で分かちあえばそれでいい、ということで見解の一致を見ていた。

女王からは、謁見の場所として薄紅色と金色に彩られた豪華絢爛《けんらん》な一八四四年の間《ま》が指定された。十二月一日の正午きっかりにまずは三匹の犬が先発隊として姿を見せ、立ちあがって待ち受けていた面々に女王のお出ましを知らせた。サー・サイモンは謁見にはたびたび立ちあい、たいていは謁見者を女王に引きあわせる役目を担うのだが、今日は女王に拝謁するということで、いつもとは立場がちがった。そのせいか、こちらに近づいてくる女王の姿に、いやがうえにも鼓動が速まるのを感じた。ロージーが〝ボス〟の背後について入室してくると、サー・サイモンの視線を捕らえ、こっそりと親指を立ててみせた。女王はひとりひとりににこやかに挨《あい》拶《さつ》のことばをかけた。そして、ついに来るべきときが来たのである。女王陛下の三名の使用人が、いかなる経緯で死亡することになったのか、その謎を秘書官として――むろん単独ではなく、周囲の協力と助力を得たうえで――いかにして解き明かしたのか、その全容をご報告申しあげるときが。

　女王に勧められて、四人の男たちは小さく弧を描くように並べられたシルクの張地の椅子に腰をおろし、女王と向かいあった。サー・サイモンもサー・ジェームズも、いつもながらのピンストライプのスーツというエレガントな恰好《かっこう》だった。ストロング主任警部は服装で張りあう気はさらさらなさそうだったが、女王の眼には彼の頭髪がつい最近散髪したばかりのように見受けられた。その場の誰よりも見目が麗しいのは、円弧のいちばん端に陣取った警視正かもしれなかった。上背があり、洗練された容姿のこの男は、がっしりした顎《あご》とハリウッドの映画俳優を思わせる歯並びの持ち主で、制服の磨き込まれた銀ボタンの光り具合は、近衛騎兵隊の服装点検でも充分合格しそうだった。

　ロージーは彼らのうしろに坐《すわ》り、膝《ひざ》にノートを拡げていた。従僕がひとりドアを入ってすぐの持ち場に控えていたが、女王は用があれば呼び鈴を鳴らして知らせるから、と言ってさがらせた。女王付きの侍従武官にも同じく、この席には立ちあわなくてかまわない、と伝えた。これからこの場で話題になるのは、王室職員のあいだで起こった殺人事件のことなのだ。彼らの耳に入れるには、あまりにも生々しすぎる、という判断だった。

「では、教えていただきましょうか」と女王が言った。〈モレル＆セドン（訳注：十九世紀にジョージ四世の依頼でウィンザー城の調度品を手掛けた家具会社）〉のソファに背筋を伸ばして坐り、横にウィロー、足元にはドーギー二匹をはべらせていた。「ミセス・ハリスを殺したのは、まちがいなくミスター・ファーガソンでしたか？」

「はい、そのとおりでした」サー・サイモンは神妙な面持ちでおごそかに言った。

「では、ミスター・ファーガソンを殺した犯人はわかりましたか？」

「昨日、発見にいたりました、陛下」と警視正が言った。「捜査が難航し、かなり大掛かりな捕り物となりました。こんなことを申しあげるのはなんですが、おそらく仰天なさるかと」

　女王は眼をぱちくりさせた。一瞬ののち「あら、まあ、ごめんなさい」と言ってハンドバッグの位置をなおし、顔をあげて愛嬌《あいきょう》たっぷりの笑顔になった。「うっかり先走ってしまったみたい。最初から順を追って聞かせてください」

　事前の取り決めどおり、そこで説明役のバトンはストロング主任警部に渡った。ストロング率いる捜査班は、エリック・ファーガソンがいかにして特殊な殺害方法のテクニックを磨いたか、いかにしてシンシア・ハリスを屋内プールに誘いだしたか、といった詳細な点まで洩《も》らさず調べあげていた。

「殺害現場に呼びだしたのはファーガソンですが、それ以前にミセス・ハリスと連絡を取りあっていた記録はありません」とストロング主任警部は言った。「悪知恵の働く男ですからね、痕跡《こんせき》を残すようなへまはするわけありません――ですが、宮殿内の監視カメラの不具合を再三にわたって報告していたことが確認できました。さらにカメラに手を加えて録画機能を停止させていたのも同じく、ファーガソンの仕業と見てほぼまちがいないことも判明しています」

「監視カメラですが、新しい機種はそんなふうに簡単に手を加えることはできません」女王の不安と懸念を一掃するべく、ストロング主任警部の隣の席から、サー・ジェームズが発言した。「現在設置されているものは旧型もいいところで、はっきり言って博物館の陳列品クラスです。交換すべき物品リストのいちばんうえに載せました」

「それを聞いて安心しました」と女王は感想を述べた。だったら、いっそのこと、ショッピングセンターのどまんなかで暮らしましょうか、と胸のうちでつぶやいた。けれども、考えてみたら、構造上の安全性が保障されているという意味では、ショッピングセンターのほうが選択肢として好ましいのかもしれなかった。

ストロング主任警部が話の流れをもとに戻した。捜査班はさらに、イースト・ウィングの水漏れで傷んだ部屋の絨毯《じゅうたん》を交換するに際して、新しい絨毯の到着が遅れ、改装作業が予定より長引いたのも、ファーガソンの差配だったことを突き止めていた。王室ご一家がバルモラル城から戻られるまでに改装を終わらせるべく、夜を日に継いで作業が進められることになり、それを口実にファーガソンは宮殿内の救急処置室に何晩か寝泊まりし、周囲の様子をうかがいつつ、好機が到来するのを待っていたのだった。

「この行動に加えて、自宅から例のウィスキーグラスも押収されています。その点からも、疑いの余地はありません。ミセス・ハリスを殺害したのは、エリック・ファーガソンです」主任警部はきっぱりと言い切った。「ミセス・ハリスをプールに呼び出す口実には、家政婦《ハウスキーパー》の手が必要だ、とでも言ったのでしょう。プールサイドにウィスキーグラスが置きっぱなしになっている、とでも。もちろん、あらかじめファーガソンが運び込んでおいたものです。ミセス・ハリスはスコットランドから戻ってきたばかりで疲れていたでしょうが、そもそもそれが仕事ですから呼びだされたことを不審に思う理由もありません。ここから先はわたしの想像ですが、ファーガソンはミセス・ハリスがやってくるまえにプールサイドに割れたグラスを置いておき、それに気づいたミセス・ハリスが屈《かが》みこんでよく見ようとしたところを、背後から頭部めがけて、その目的のために持ち込んでおいた鈍器様のものを渾身《こんしん》の力で振りおろした。その後、割れたグラスの先端で、寸分の狂いもなく足首の動脈を切り裂いたものと思われます。ファーガソン宅から押収した書籍のなかに、第二次世界大戦中の極東で、敵に寝返った者が同種の方法で処刑された、という記述がありました。動脈が切断されるわけですから、急速に失血します。ミセス・ハリスもおそらく昏倒《こんとう》後は意識が戻ることなく、そのまま――」

「亡くなった？」女王が最後のことばを引き取った。

「はい、陛下」

「そうね、たしかにそれで犯行の手口は説明できますね」女王も同意した。「それで動機は？」

「陛下もご存じのように、われわれは当初、今回の嫌がらせ事案は女性蔑視《ミソジニー》に根差したもので、それが発端だと考えていました」ストロング主任警部が言った。「ですが、エリック・ファーガソンがメアリ・ヴァン・レネンを標的にしたのは、じつはファーガソンがこの宮殿で死蔵品《ブレイキッジ》取引《・ビジネス》という違法行為を主導していたからでした。死蔵品取引《ブレイキッジ・ビジネス》については、陛下はお気づきだったのではないかと拝察します」

「ええ、気づいていました」女王はうなずいた。サー・ジェームズが自分の席に着いたまま少し顔を赤くしたようだった。

「ですが、その後さらにミセス・ハリスもまた、この違法行為に関わっていたことが判明しました」ストロングは説明をつづけた。「この死蔵品取引《ブレイキッジ・ビジネス》の経緯をたどる過程で、一九八〇年代に職員だったシドニー・スマークという男の存在が浮上しました。当時ミセス・ハリスは短期間ながらその男のしたに配属されていた時期があり、ふたりは一時期、男女の関係にありました。その時期、スマークの周辺でなにやらあやしげな取引めいたことが行われているらしい、との噂が流れてはいましたが、それもスマークの退職とともに終わったものと思われていました。しかし、スマークは後任を選んでいたのです。死蔵品取引《ブレイキッジ・ビジネス》の元締めの座をセオドア・ヴェスティという男に譲り、さらにそのヴェスティがまた別の男に譲り、という具合に身内で継承されていったのです。そうなんです、陛下、元締めを勤めた者たちは全員、血縁関係にあることがわかりました。エリック・ファーガソンはシドニー・スマークのはとこの息子でした。血縁関係としてはいわゆる直系ではないので、探りあてるのに若干手間取りましたが、ファーガソンがまだ下っ端の職位にありながら、しかも三十二歳という若輩の身で元締めの座に就いたのも、明らかにそれが理由です。血縁であることが決め手だったのです」

「まあ、とんでもない話だこと」と女王は言った。廷臣たちが思わず息を呑《の》んだほどの冷ややかさで。秘書官も家政官も揃って、いずまいをただした。

「そこでいったん――」ストロングは話を先に進めた。「死蔵品取引《ブレイキッジ・ビジネス》について、別方向から眺めてみることにしました。それは、陛下、ここに同席している秘書官殿のおかげなのです。秘書官殿のひと言が得難いヒントになりました」

　ストロングはそう言ってサー・サイモンに眼を向け、軽く頭をさげた。サー・サイモンは笑みを浮かべ、手のひと振りで賛辞を退けた。

「正直に申しあげますと、おまけにたいへんな幸運にも恵まれまして」

「まあ、そうなの？」と女王は言った。相手をがっかりさせないよう、興味津々といった表情をこしらえて。

「じつは、陛下がニール・ハドソンの名前を出されたことがきっかけになりました」サー・サイモンが言った。譲るべき手柄は譲る、という律義さを信条にしているので。そう、たとえそれがどれほど小さなものだったとしても。「先日もご報告しましたが、現絵画管理官はミセス・ハリスとなんの関係もありません。それはもう百パーセントまちがいありませんが、ミセス・ハリスの人事記録で経歴を調べた際に、シドニー・スマークのしたに配属されるまえは、ロイヤル・コレクションの職員だったことがわかりました。ちょうどそのとき、われわれは――」と言いかけて、サー・サイモンはすぐさま自分の発言を訂正した。「つまり、警察は、死《ブレ》蔵品取引《イキッジ・ビジネス》の具体的な手口を突き止めるべく捜査を進めているところで、先週、改めて地下通路を検分し、ふたつの宮殿のあいだで往来があったことを示す、多数の証拠を発見しました。つまりはセント・ジェームズ宮殿側にも最低一名は、協力者がいたにちがいありません。ミセス・ハリスがロイヤル・コレクションの職員だったのであれば、職場はセント・ジェームズ宮殿内のステーブル・ヤードにあったはずです。ミセス・ハリスが内通者《インサイド・マン》――と言うか、まあ、正確には内通女《インサイド・ウーマン》ですが――だったのだろうか、と考えました。しかし、どうも腑《ふ》に落ちないというか、しっくりこないものを感じました。そんなときに、ミセス・ハリスの人事記録に記されていた別の名前が、ふと眼にとまりまして。ショルトー・ハーヴィー、かつて王室付きの絵画副監理官だった人物です。人事記録によると、ミセス・ハリスはショルトー・ハーヴィーの直属の部下でした。ハーヴィーこそがすべてをつなぐ中心点にいた、とは考えられないでしょうか？」

「あのミスター・ハーヴィーのことですか？　まさか」と女王は言った。「あんなに紳士的で感じのいい人《チャーミング》はいませんよ」

「感じのよさ《チャーム》はときとして人を惑わしますからね」秘書官がもっともらしいことを述べると、女王は嘆かわしげに小さく首を振った。片膝《かたひざ》をあげてピンストライプのズボンを穿《は》いた脚を組み、体勢を整えてから、サー・サイモンは話をつづけた。「当時のことを覚えていそうな、とある古参職員に、ショルトー・ハーヴィーはシドニー・スマークと交友関係にあったか否か尋ねてみたところ、かなり親密だったと記憶している、という答えが返ってきました。そして、もう一点、ゆるがせにできないことがあります。ファーガソンが遺体で発見される数日まえ、このわたしが秘書官執務室のまえで、それと気づかずにハーヴィーと遭遇していたことです。ハーヴィーはなんとロージーを探していたのです。後ほど、そのことをロージーに伝えたところ、それはショルトー・ハーヴィーにちがいない、ということになりました。陛下ご所有の古い絵画作品のことで相談に乗ってもらった経緯があるので、おそらくはその絵画のことで話があったのではないか、とのこと。取り急ぎ申し添えますが、ロージーは一連の犯罪行為とは、もちろん一切無関係です」

「それを聞いて安堵《あんど》しました」女王はそう言うと、秘書官補に向かってうなずいた。ロージーは膝のうえのノートからちらりと眼をあげただけで、眉《まゆ》ひとつ動かさなかった。

「しかしながら、陛下、考えてみるにつけ、今回、陛下のあの小さな絵画作品の問題が持ちあがらなければ、わたしの発想だけではいつまでたっても点と点は結びつかなかった……いや、結びつけようとすら思わなかった気がします」

　ふたつ離れた席から、ストロング主任警部がすばやく顔をあげ、もの問いたげな視線を女王に向けたが、女王は気づかなかったふりをした。

「あら、まあ、幸運に恵まれたというのはほんとうね。それに、サイモン、おみごとですよ。

あなたの洞察力はたいしたものだわ」

「過分なるおことば、恐縮です、陛下。これがわたしの仕事ですから」

「それで、その点と点というのは、具体的にはなんのことなの？」と女王は尋ねた。

「その時点でわれわれはすでに、ミセス・ハリスを殺害したのはエリック・ファーガソンであると見てほぼまちがいない、との結論にいたっていました。それで偶然にしてはあまりにできすぎるという気がしたのです――ミセス・ハリスはミスター・ハーヴィーとも面識があり、さらにはファーガソンが殺害されたと思われる晩、件《くだん》のショルトー・ハーヴィーが宮殿内にいたわけですから。それでも、そのときはただそんな気がしただけなのです、陛下。理由も根拠もありません。それでも、ともかくこちらのストロング主任警部に相談したところ、主任警部自らコッツウォルズのハーヴィー宅を訪問し、事情聴取をしてみよう、ということになりました。おそらくそれで死蔵品取引《ブレイキッツジ・ビジネス》の実態が暴露されることになるだろう、と考えていましたが、警察の尽力でわれわれが思ってもいなかった突破口が開けたのです」

そこから先は、ふたたびストロング主任警部が説明役を担った。「ショルトー・ハーヴィーの自宅は戸締まりがなされていて、電話しても応答がなかったので、令状を取って家宅捜索を行いました。家の主人《あるじ》の姿はありませんでしたが、あるものが見つかりました」ストロングはそう言って、そこで少し間を置いた。このくだりを報告するのを、ひそかに愉《たの》しみにしていたからだった。「じつを言えば、陛下、かなり重要な発見でした。発見場所は、上階の来客用の寝室でした。毛布にくるまれて、ベッドのしたの箱に隠されていました」

女王の驚きは本物だった。ほんの一瞬、一秒にも満たないあいだだったが、女王はロージーの視線を捕らえた――ロージーの表情は〝わかります、どこのことか〟と言っていた。ストロング主任警部の言うベッドとは、あのベッド、ロージーがハーヴィー宅に滞在した際に身を横たえたベッドのことなのだ。なんだか《エンドウ豆のうえに寝たお姫さま（訳注：アンデルセン童話。あるお姫さまが、何枚も重ねた布団の下に一粒のエンドウ豆が仕込まれていただけで眠れなくなり、その繊細さで身分の高さを証明したという童話）》のような話だった。ロージーの場合、布団のしたに隠されていたものに、まったく気づかなかったわけだけれど。

「十七世紀の絵画の真作ですよ、それが二点も見つかったのです」サー・ジェームズが嬉々《きき》として口を挟んできた。「しかも、その出来ばえのすばらしいことといったら。アルテミジア・ジェンティレスキという画家の手になるものです。ハーヴィーが自宅の壁に飾っていた作品もかなりの傑作揃いでしたが、その二点の価値には遠く及びません。ロイヤル・コレクション・トラストに持ち込んで調べさせたところ、もともとは四点の連作で、かつてハンプトン・コート宮殿で発見されたものだとわかりました」

「その絵画が発見されたことですけど、どうしてシンシア・ハリスにつながるの？」

「ああ、そこですね」予行演習で取り決めた台本では、ここがサー・サイモンの見せ場だった。ほか三名は打ち合わせどおり、いっせいに秘書官に顔を向けた。

「それはミセス・ハリスがもともとはジェンティレスキの専門家だったからです、陛下」とサー・サイモンは言った。

「わたしからもひと言、よろしいでしょうか」警視正が口を挟むと同時に、引き締まった顎《あご》のラインを見せつけるように姿勢を変えた。制服のボタンが照明を反射してきらりと光った。

「サー・サイモンはずいぶんあっさり話していますが、われわれがこれほど短時間のうちに事件の全容を把握できたのは、われらが秘書官殿がなにものをも見逃さない慧眼《けいがん》の士であり、なにごとをもなおざりにしない緻密《ちみつ》な思考回路の持ち主だったからにほかなりません。ロンドン警視庁としては、女王陛下の秘書官殿をわれわれの仲間に引っ張り込みたいところです。いつでも大歓迎しますよ」と警視正はひと息に言った。なにしろ、しばらく出番がまわってこなかったので。そして最後ににこやかにほほえみ、椅子に深く坐《すわ》りなおした。

「いやいや、勘弁してください」とサー・サイモンは言った「今回はたまたまですからね。〝ボス〟はよくご存じですよ、わたしがただのしがない船乗りだということぐらい」

「あら、そんなふうには思ったことはありませんよ」おだてているともとれなくない口調で、女王は言った。「つづきをお願い」

　サー・サイモンがそこでまた手をひと振りした。「承知しました、では、つづけます。ミセス・ハリスの友人が先日、陛下にジェンティレスキの絵が入ったカードを送ってきたことはご記憶に新しいかと存じますが、それがきっかけで——たしか、ロージーに教えてもらったのだったと思いますが——ミセス・ハリスが以前その画家を研究していたことを知りました」

「まあ、興味深いことね」

「その件については、絵画管理官に話を聞きました。実に頼りになる人物ですね、あのニール・ハドソンという人は。約束どおり当時のことを調べてくれて、おかげでミセス・ハリスが一九八〇年代にハーヴィーのしたで働いていたときに、学芸員の業務の一環としてハンプトン・コート宮殿の部屋を恩賜の住まいとしている高齢者たちを訪ね、彼らがどんな〝お宝〟を眠らせたままにしているのか、詳しく調べようとしていたことがわかりました。足繁《あししげ》く訪ねていっては、調査を重ねたそうで。その甲斐《かい》あってか、とある老婦人の居住区画にある長いことほぼ使われていなかったダイニングルームに、何十年来飾られたままになっていた四点の肖像画を見つけたのです。ミセス・ハリスなら、ひと目でその価値を見抜いたはずです。つまり、シンシア・ハリスはその四点の作品の存在を、たんに知っていただけではなく、それらを発見していたのです」

　そこで、予行演習の際の読みどおり、しばらく間ができた。

「そうでしたか」ややあって女王が言った。「それは思いがけない展開ね」

「それをおっしゃるなら、驚愕《きょうがく》の展開、ではないでしょうか？　当時のハンプトン・コート宮殿はいつ火災が起こってもおかしくない環境でしたから、それを考えると、ミセス・ハリスはその作品を救い出したと言っても過言ではありません（訳注：ハンプトン・コート宮殿では実際に一九八六年三月三十一日に大規模な火災が発生し、恩賜の部屋に住んでいた老婦人一名が犠牲になっている）。ところがその絵画が、ある時点を境に忽然《こつぜん》と消えたのです」

　そこから絵画が贋作《がんさく》と差し替えられて盗まれたという話が始まり、最終的に模写とされたものを女王が見ることになった、という結末が伝えられた。そのあいだ、女王は話の流れにあわせて興味を示したり、驚きや怒りをあらわにしたりした。そこまでの流れは、ほぼ女王の想像していたとおりだった。おまけに、警察は八方手を尽くして、贋作者の姪《めい》の存在まで突きつめていたのである。

「あの贋作は自分の手がけた最高傑作だった、と姪に自慢していたそうです」サー・ジェームズが言った。「その贋作者を雇ったのは、ショルトー・ハーヴィーでした。美術学校時代からのつきあいだったようです。あまりうまく描きすぎないようにする、というので却《かえ》って手がかかったとか。同時代に模写されたものに見せかける必要があったからです。で、贋作者は、チャールズ二世の宮廷に出入りする伯爵夫人が退屈しのぎに油絵の腕を磨いているところ、という想定で描いた、と言っていたそうです」

「ショルトー・ハーヴィーが、かなりあやしげな連中と交友があったことは周知の事実でした」とストロング主任警部が補足した。「当時は若気の至りだろうと見られていましたが、どうやらその後もそういう危険と紙一重の生き方に憧《あこが》れを抱きつづけていたようです」

「それに犯罪への興味も」女王はぴしっと鋭く指摘した。

「そうですね、陛下。まさにそのとおりです」ストロング主任警部は深々とうなずいた。「ハーヴィーは七万ポンドほどの利益を手にしています。本物のジェンティレスキの絵画二点を売却した際の――」

「わたしのジェンティレスキの絵画を売却した、ということですね」

「はい、そのとおりです。そして、あとの二点は手元に置いておいたのです。それでも、当時の七万ポンドといえば、それなりの金額になります。ハーヴィーはそれを自宅の頭金に使いました。そのあとすぐに結婚しているので、自宅の購入資金は妻の側が出したものという印象を持たれることを計算に入れていたのでしょうが、その事実はありません。ハーヴィー夫人の家族は、最初からショルトーのことをなんとなくうさんくさい男だと思っていた、とのことです」

「どうやら誰もがそう思っていたようね」と女王が言った。「わたしたち以外は」

「ひとつ、現時点でまだはっきりしていないのが――」ストロング主任警部が言った。「それから三十年も経って、どうしてショルトー・ハーヴィーの人生にミセス・ハリスが再登場したのか、ということです。サー・サイモンからふたりの過去の因縁のことを聞いたとき、反射的に浮かんだのが、ふたりはかつて恋人どうしで、ハーヴィーはある種の敵討ちとしてファーガソンを殺したのではないか、という筋書きでした。ところがジェンティレスキの絵画の件が判明するにいたって、まったく別の線が浮上してきました。われわれはミセス・ハリスがショルトー・ハーヴィーを脅迫していたのではないか、と考えています。おそらくはファーガソンをあいだに挟んで」

「まあ……」女王はそこでまた、ロージーのほうにちらりと眼をやった。ロージーは靴の爪先《つまさき》をじっと見つめていた。

「確証があるわけではありません」ストロングは話をつづけた。「ですが、七月のある時点で、エリック・ファーガソンとショルトー・ハーヴィーが電話で連絡を取りあったことが通話記録から確認されました。その直後、ファーガソンが〈ワッツアップ〉で〝一九八六年関連、再燃の気配〟というメッセージを送っています。一九八六年は、陛下、ハーヴィーがジェンティレスキの絵画を詐取した年に該当します。その年の夏、ハーヴィーはミセス・ハリスが学芸員の職を失うよう仕向けました。それも一種の口封じでしょう。自身が発見した作品と、のちにハーヴィーが〝複製〟だと鑑定した絵は別のものだということを、ミセス・ハリスに感づかれないようにするために遠ざけた、と考えられます。ファーガソンからのメッセージには〝映像あり〟という文言もありました。これについては現段階では確認が取れていませんが、あるいは監視カメラの映像にミセス・ハリスによる脅迫行為の記録が残っている、という意味とも考えられます。ミセス・ハリスが一筋縄ではいかない人物だったことは、われわれも承知していますから。いずれにしても、ハーヴィーはそれに対する返信として〝シンシアを黙らせろ〟と指示しています」

「いったいどういう経緯で、エリック・ファーガソンはジェンティレスキの絵のことを知ったのかしら？」純粋に興味があったので、女王は尋ねた。

　今度はサー・サイモンが答える番だった。「ああ、それでしたら、先ほどの血縁関係で説明がつくかと。ファーガソンはシドニー・スマークから、その一部始終を聞いたにちがいありません。スマークは一九八六年当時、営繕部に君臨していて、ミセス・ハリスがハーヴィーに追われてロイヤル・コレクションを去ったあと、一時期関係を持った相手でもありましたから。ハーヴィーはスマークと親交がありました。だとしても、いくらなんでもそこまでするだろうか、と正直言って思いました。ですが、それもハーヴィーがめぐらせた監視網だったことがわかりました。ふたりが関係を持つよう仕向けていたのです。とはいえ、ミセス・ハリスはスマークとうまくいかず、営繕部を去り、最終的にはバッキンガム宮殿でベッドメイキングをすることになりました。それだけの憂き目を見させられたのです、長年にわたって恨みを募らせ、復讐《ふくしゅう》心を燃やしつづけてきたことは想像にかたくありません。ハーヴィーが彼女の言動を警戒していたのも、当然かと思われます」

一筋縄ではいかない人物で、恨みを募らせ、復讐心を燃やしつづけていた。女王は黙ってうなずき、その三語を聞いて抱いた感想は心のなかにしまっておいた。

「いずれにしても、注目すべきは――」サー・サイモンは話を先に進めた。「ショルトー・ハーヴィーが陛下の絵画四点を詐取し、うち二点を売却した、という事実があり、ミセス・ハリスはその気になれば、どんな手口かは詳しく知らなくても、簡単にハーヴィーを告発できた、ということです。ゆえにハーヴィーはエリック・ファーガソンに〝シンシアを黙らせろ〟と命じたのです」

「そしてミスター・ファーガソンはそれに過剰に反応して――」女王は言った。「ミセス・ハリスを殺そうと決めた、ということ？　ただ脅して誰にもなにもしゃべらないようにするだけにとどまらず？」

「ご明察です、陛下。今回のことで明らかになった人間性から察するに、おそらく嬉々《きき》として実行に移したのではないでしょうか」

「行きすぎに思えますけど？」

「ええ、たしかに。ですが、秘書ひとりを追い払うために、インターネット上でも実生活でも何週間にもわたって執念深くつけまわすような男ですから」

「タイミングという観点も見逃せません」と指摘したのは、ストロング主任警部だった。「ファーガソンは過去最大級の死蔵品取引《ブレイキッジ・ビジネス》を実行しようとしていたところでしたから。大胆不敵にも、大規模改修計画の見積りを利用して不当利得をせしめようという作戦です。なので、死蔵《ブレイキ》品取引《ッジ・ビジネス》に関心が向くことだけは――過去、現在、未来を問わず、ともかく死蔵品取引《ブレイキッジ・ビジネス》というものの自体が注目を集めることだけは、なんとしても避けたかったわけです。とはいえ、一般的な感覚からすればそこで殺人まで犯すというのは、陛下もおっしゃったとおり、行きすぎに思えます。それと、もう一点、われわれが不可解に思っていたのが、ミセス・ハリスの死体が発見されたのち、ショルトー・ハーヴィーが沈黙したままだったことでした。死因の不可解さからして、あきらかに不審死だと気づいていたはずなのに」

「そのとおりですよ。あれには、わたしも――」そこでひとつ咳払《せきばら》いを挟んで、女王は言った。

「――ええ、おっしゃりたいことはよくわかります」

「ハーヴィーはファーガソンの嗜虐性や粘着質的傾向に気づいていなかったと思われます。気づいていれば、ファーガソンが暴走しないよう、牽制《けんせい》していたでしょうから。しかし、気づいたときは後の祭りというやつでした。絵画のすり替えだけでなく、ミスター・ハーヴィーの別の秘密まで握られていたのです」

「あら、まあ。まだほかに秘密があるの？」

そこから、ダニエル・ブレイクのバイク事故の件が語られた。それを聞いて心を乱されたように見せるのは、女王には造作もないことだった。なぜなら、実際に心を乱さずにはいられなかったからだ。

説明役はストロング主任警部だった。「ハーヴィーはかなりあやしげな連中と交友があったので、おそらくそのあたりからブレーキを利かなくさせる方法を教わったものと考えられます。バイクは愛好していましたが、機械いじりが得意なタイプではありませんでしたから。われわれが聞き込んだところだと、ダニエル・ブレイクが死亡してハーヴィーは衝撃を受けていたそうです。もともとふたりの関係は良好でしたから。ハーヴィーとしては怪我を負わせて――たとえば一ヶ所か二ヶ所ばかり骨折させる程度で、一時的に職場から遠ざけることを考えていたものと思われます。はっきり言って、浅知恵です。あさはかにもほどがある。あさはかだったがゆえに、人ひとりを殺す結果になったのです」

「なんてこと」

「ハーヴィーとファーガソンは、いわゆるメキシカン・スタンドオフの状態だったわけです」とストロングが言った。「どのような状態かというと、互いに銃を突きつけあって――（訳注：互いに武器を向け合ったまま、「自分が攻撃を開始すれば、自分も攻撃されて助からない。かといって、武器を引っ込めればすかさず攻撃される」と考え、誰も動けない状態を指すことば。普通は三人以上の当事者によるもの）」

「大丈夫よ、知っていますから」

「ああ、これはとんだ失礼を。ええと、つまりファーガソンのほうは、ハーヴィーが過去にダニエル・ブレイクを事実上殺害したことを知っていました。ハーヴィーのほうは、ミセス・ハリスが死亡したと知った時点でおそらくはファーガソンが手を下したにちがいないとにらんでいた。しかしですね、陛下、ハーヴィーは同時に気づいていたのです。自分が握っている情報を考えると、いずれファーガソンに狙われることになるだろうと。だったら、次の犠牲者にされるまえにファーガソンを始末してしまおう、と考えたわけです」

「まちがいなくショルトーのしわざなの？」

「はい、陛下。ファーガソンの携帯電話の最後の着信履歴は〈ザ・トラヴェラーズ・クラブ（訳注：ポールモールにある、一八一九年創立の会員制クラブ。旅行好きな紳士の社交の場とされ、外交官、公務員、軍人の会員が多い。ベッドルームが十六部屋あり、電話が備え付けられている）〉の固定電話からのもので、そのクラブはハーヴィーがロンドンに出てきた際の定宿でした。ファーガソンが殺された晩にも投宿していたことを確認しました。引退した王室職員主催のパーティーがバッキンガム宮殿内で開かれていた晩です。ええ、ショルトー・ハーヴィーの犯行とみてまちがいありません。ただし、ファーガソンほど狡猾《こうかつ》でもなければ、周到でもなかった。殺害後、ハーヴィーは凶器の銃を地下貯蔵室にあった中国の花瓶のなかに隠しました。事件が発覚しても警察もそこまでは調べまいと高をくくっていたのでしょうが、われわれは真っ先にそういう場所こそ調べます。今回もまずは花瓶に眼をつけました」

「ひとつ、うかがってもいいかしら？」女王は言った。「そもそも、どうやって宮殿に銃を持ち込んだの？」

その場にいた男性陣は揃って、困惑の表情になった。彼ら全員に共通する職務は、君主を脅威からお守りすることなのだ。女王の質問は、じつに痛いところを突いていた。

「陛下、元職員に対してボディ・チェックまですることは、めったにありません」サー・ジェームズが正直に言った。「本来はするべきなのかもしれません。もちろん顔写真付きの本人確認書類は提出してもらっていますし、問題のパーティーの際には会場に入るまえに手荷物検査も実施していましたが、サー・サイモンの考えでは、ハーヴィーはおそらく銃をシルクの腰《カマー》帯《バンド》の背中側に差して隠して持ち込んだのではないか、とのことで」

「やたらと幅が広くて、派手な腰帯《カマーバンド》でしたから」サー・サイモンが説明した。「あとになって、そういえば腰帯《カマーバンド》をしていたな、と思い出したというわけで。ほかは仕立てのいいものを小粋に着こなしていたのに、あの腰帯《カマーバンド》だけはお世辞にも趣味がいいとは言えなかった。凶器の銃は、一九三〇年代に製造されたコルト・ディテクティヴ・スペシャルという銃で、三八口径と小型ながら強力で——狙撃に自信のない人間が、近くに迫ってきた敵を止めるのに最適とされているものです。ストロング主任警部がのちに突き止めたところによると、ハーヴィーは骨董《こっとう》品としてその銃を購入し、その時点では無可動実銃といって実弾が発射できないようになっていたものを、これまたあやしげな交友関係を利用して改造を依頼し、再度実弾が発射できるようにしたものだそうです。ショルトー・ハーヴィーにはそんなふうに悪事に手を貸してくれる仲間が何人もいた、ということです。身辺を調べていく過程で、われわれもそれがよくわかりました。おそらくはそういう連中のつてで偽造パスポートを手に入れ、フランスに脱出したんでしょう」

「では、ショルトーは今、フランスにいるの？」

「はい、陛下。昨日、現地の警察がパリ郊外のホテルで発見しました」

「おやまあ」

女王はこの展開にたいそう興味を惹《ひ》かれたようだった。サー・サイモンは内心ひそかに安堵《あんど》した。ハーヴィーが発見されたときのことに話が逸《そ》れれば、銃を所持した殺人犯が宮殿の廊下を自由にうろついていたことは、これ以上話題にせずにすむかもしれない。三執政《トウライアムヴィレイト》こと廷臣三羽烏のうちの二羽にしても、警察組としても、その件はできればこのまま話の流れに任せて、どこか目立たないところに置き去りにしてしまいたい、というのが偽らざる心境だった。

「ハーヴィーは手紙を残していました――手紙というよりは、供述書的なものですね、告白書とでも言いますか」

「というと、なにを告白したの、具体的に言うと？」

「ファーガソンを殺害したことです。いずれにしても、その時点ではわれわれのほうでもすでにファーガソン殺害の容疑を固めていましたが、その件以外にも、ほかにもふたり、間接的にではあったものの、死に追いやってしまったことが告白されていました」

「三人の死に関与した」女王はそう言って、考え込む表情になった。「そんな人間の巣窟《そうくつ》にロージーを行かせてしまったとは」

「それは考えすぎです、陛下」女王の自責の念をやわらげたい一心で、サー・サイモンは言った。「ハーヴィーはロージーのことを明らかに気に入っていましたから。あのパーティーの晩もとても会いたがっていましたし。今にして思えば、ファーガソンを殺害した直後だったわけですから、疲労困憊《こんぱい》のあまり感情的になり――」

「つまり酔っていたわけね」

「というか、酩酊《めいてい》していた、と言ったほうがいいかもしれません。地下貯蔵室で死体を始末するのは、肉体的にも精神的にもしんどい作業だったでしょうから」

「返り血はついていなかったの？」と女王は尋ねた。ふと疑問に思ったようだった。

サー・サイモンは笑みを浮かべた。「殺害に及ぶまえに、そのあたりで見つけたんでしょう、ダスターコートを着るだけの冷静さは残っていたようです。じつはファーガソンの遺体を発見した際にトランク内に突っ込んであったそのコートを眼にしていたのですが、粗忽《そこつ》にもファーガソンのものだろうと思い込んでしまっていて……。それは、まあ、ともかく殺害現場を片付けたあと、ハーヴィーは上階に戻り、バー・カウンターに陣取り、酒で悲しみをまぎらわせるうちに、感傷の波に押し流されて、ロージーには心からの好意を抱いていたことを伝えたくなったようです。じつは、ロージーにある絵画を遺《のこ》したのですよ。その旨手紙に書かれていました。ロージーがハーヴィー宅を訪ねたときにひと目惚《めぼ》れした作品とのことで」

「どういうことかしら。今、ロージーに絵を遺した、と言いませんでしたか？」女王は眼のまえに半円を描いて坐《すわ》っている男性陣の顔を、端からひとりずつ順番に見やった。

ストロング主任警部が椅子に坐ったまま身を乗り出した。この部分は陛下を動揺させかねないとの判断で、いちばん最後に報告することになっていたのだ。

「じつは、陛下、残念なご報告になります。昨日フランスの警察が滞在先のホテルに踏み込んだ時点で、ショルトー・ハーヴィーはすでに死亡していました」

「まあ」女王は口のなかで小さくつぶやき、隣で丸くなっていたコーギーの背中に片手を乗せた。「そういうことだったのね、わかりました」

「パリ郊外の小さなホテルで、薬物を大量に摂取していました。頻繁に室内清掃が入る類《たぐ》いのホテルではなかったため、発見されたときには死後二日が経過していました」

女王はゆっくりとうなずいた。「それで、手紙というよりも供述書や告白書に近いと言ったのね？　死にゆく者のことばだったから」

「そのとおりです、陛下。リザという女性に宛てて書かれていました」とストロング主任警部が言いそえた。「そのリザなる人物が何者かはまだわかっておりませんが、目下調査を進めています。どうやらここでも秘書官殿の機敏な判断がハーヴィーを追い詰めたようです」ストロングは褒めことばを惜しまなかった。「手紙には、この先何ヶ月も地下貯蔵室のトランクが開けられることがないよう祈っていた、と書かれていました。そうなればファーガソンの死亡時期が曖昧《あいまい》になりますから。なのに、一週間も経たないうちにサー・サイモンが死体を発見してしまった。そのニュースを聞いて、もはやこれまでと悟ったのでしょう」

「リザという人には、どんなことを書き遺していたの？」女王としては知っておきたいことだった。

「そうですね、これといって特別なことはなにも。ただ申し訳ない、と。ファーガソンを殺したことではありません。それについては後悔はしていないようでしたから。しかし、ダニエル・ブレイクとミセス・ハリスを結果的に死に追いやってしまったことについて、そしてそもシドニー・スマークをバッキンガム宮殿に連れてきたことについて、謝罪していました。これはわれわれも知らなかったことですが、どうやらスマークを推薦したのはハーヴィーだったようですね。シドニー・スマークも美術学校時代につきあいのあった、あやしげな仲間のひとりだったのかもしれません」

「絵画のことは謝っていなかった？」

「そうですね。手紙にはなにも書かれていませんでした」とストロングが言った。「それよりも人の生命を奪ったことのほうがこたえていたんでしょう」

「そうね、まあ、そういうものかもしれませんね。それで、死蔵品取引《ブレイキッジ・ビジネス》ですけど……わたしたちの手で根絶やしにできたわけですね？」

陛下のおっしゃる〝わたしたち〟は、すなわち〝あなたたち〟のことだと、サー・ジェームズとサー・サイモンは理解した。

「はい、文字どおり」サー・ジェームズがおごそかに言った。「ファーガソンは携帯電話の各種履歴は残らず消去していましたが、コンピューターのほうに悪事の詳細な記録を保存していました。ハッキング対策は万全だと思っていたようですが、例のNCAの麒麟児《きりんじ》のおかげで、一日とかからずにすべての秘密が明らかになりました。宮殿の内外の共犯者やら関係者やらの情報も含めて」

「すでにその大半を逮捕しました」警視正が制服の銀ボタンを光らせながら言った。「なかにはひとまず監視対象にして、泳がせている者もおります。別の犯罪組織の摘発に役立ってくれることを期待して。一方でメディアは大はしゃぎするでしょう。はい、バッキンガム宮殿内で二度にわたって死体が発見され、どちらもじつは殺人事件だったとなれば。ですが、サー・サイモンの協力により、われわれはどちらの事件も記録的短期間のうちに解決することができたことも見逃せません。そうしたもろもろすべてを考えあわせると、今回はじつに適切な連携プレイができたと考えています。まさにチーム一丸となっての努力が実を結んだ、と言えそうです」

　そのことばで、四人の男たちは揃って背筋を伸ばし、満足げな顔になった。

「そうね、あなたがた全員の労をねぎらわないとなりませんね」女王は言った。「今日の報告でいろいろなことがわかりました。じつに有意義でしたよ」

「過分なるおことば、恐縮です」サー・サイモンが満面の笑みで言った。

「あなたの手にかかれば、ちょちょいのちょいでしょうけれど」女王はそう言いながら立ちあがった。「期待どおりの働きでしたよ。よくやってくれました」

　女王は、そこでまたサー・サイモンがあの手のひと振りをしないよう願った。人間の身体はひとつの動作を繰り返しすぎると、反復運動過多損傷《RSI》というものを起こすそうだから。秘書官には手首を痛めてもらいたくなかった。

48

一同が退室しようとしたとき、女王はロージーだけ呼び止め、残ってほしいと伝えた。

ふたりきりになると、女王もロージーもしばらくのあいだ、黙ったままその場に立ち尽くした。考えてみれば、あのときもまさにこの部屋のこのあたりで、こうして互いに眼を見あわせて、そしてミセス・ハリスが亡くなった状況には不審な点があるかもしれない、という直感をはじめて信じてみようと思いはじめたのだ。

「あなたもよくやってくれたわ」女王が言った。

「ミセス・ハリスがショルトー・ハーヴィーを脅迫して、それがすべての発端だった、との結論ですが、このままそのように思わせておくべきでしょうか？」ロージーが尋ねた。

「そうしておいたほうがいいと思うの。ええ、ミセス・ハリスにとっては不公平よね、それはわかっています。ショルトーを引きずりおろすこともできたのに、その自覚がなかったんですもの。それでも、このままにしておいたほうが、丸く収まるのよ。あなたの関与も伏せておけるし、あの人たちの仕事が必要以上にややこしくなるのは望んでいないし」

ロージーはうなずいた。「承知しました、陛下。ひとつ気がかりなことがあります。わたしがエリック・ファーガソンの嫌がらせの対象になったのが、じつはサー・ジェームズの試算を手伝うまえからだった件です。ストロング主任警部に気づかれたらどうしたものかと……」

「主任警部は、もう気づいていると思うわ」と女王は言った。「ただ、そのタイミングで嫌がらせが行われた理由がわからなくて困惑しているのではないかしら。それで、これ以上は探りを入れないことにした。だって、そのほうが主任警部としても楽でしょう？　そういうことだと思いますよ。結局、ふたつの殺人事件は解決したし、どちらの犯人も亡くなったわけですからね」

「そうですね」ロージーはそう言って、またうなずいた。いつになく口数が少ないのは、一連の事件に直接の責任があると感じているせいだろうか、と女王は思った。一九八六年に行方不明になった絵のことをエリック・ファーガソンに尋ね、彼を警戒させてしまったことを気に病んでいるにちがいなかった。そのぐらい丹念に、行方不明になった絵画の〝足取り〟をたどろうとしていた、ということでもある。それでファーガソンが浮き足立つのも、むべなるかな。死蔵品取引《ブレイキッジ・ビジネス》　史上初めての、そして唯一のあやまち——目先の利益に眼がくらんで、詳細を詰めず、危険性の評価も怠った結果を突きつけられも同然だったからである。ロージーがシンシア・ハリスにたどり着くのは時間の問題だった。たとえその家政婦《ハウスキーパー》が知りすぎていることに自覚がなかったとしても、ふたりして頭を寄せあい、過去をたどるうちに、いずれはショルトー・ハーヴィーに、シドニー・スマークに行きつき、気の毒なダニエル・ブレイクの件も解き明かしていただろう。とはいえ、ロージーが罪悪感にさいなまれるのは筋違いというものだった。

「サー・サイモンは、ほかにも勘違いしていたのよ」と女王は言った。「おかげで考えなおすきっかけになったわ」

「えっ、そんなことが？　どの部分でしょう、陛下？」

「覚えていますか、ファーガソンがショルトーに、監視カメラの映像についてのメッセージを送ったと言っていたでしょう？」

「ええ、覚えています」とロージーは答えた。「〝一九八六年関連、再燃の気配〟のつづきですね」

「それを聞いて、ぴんときたの。この夏のはじめのころ、ミスター・ファーガソンの存在を初めて意識したときのことを思い出したのよ。胸像製作のドキュメンタリーの撮影でわたしがモデルになっているところを撮影していたあいだ、撮影班を見張っていたの」

　ロージーの眼つきが鋭くなった。「そんなことが？」

「そう、今になって思い出したのだけれど。ラヴィニア・ホーソーン＝ホップウッドとおしゃべりしているところを撮影していて、これは自分でもはっきり覚えているのだけれど、たまたまポーツマスで自分のものだったはずの絵画を見かけたことを話題にしたの。あなたに調査を頼んだころだったけれど、あなたがファーガソンのところに話を聞きにいったのは、それからだいぶ時間が経ってからだった、ちがいますか？」

「とおっしゃられましても、どういうことか――」

「あら、ロージー、わからないとは言わせませんよ。わたしがその話をしたとき、ファーガソンは同じ部屋にいたのよ。つまりこの件で最初にファーガソンを警戒させたのは、あなたではなくわたしだったの。ショルトー・ハーヴィーに連絡したのも、おそらくそれがきっかけだったのではないかと思いますよ」

「たとえそうだったとしても、わたしは――」

「あなたは自分の仕事をしただけ」女王はきっぱりと言った。「今回のことは、故意ではなかったにせよ、わたしのあのときのひと言がきっかけだったのです。だから、あれ以上血を流さずに幕引きができたことには感謝しないといけないと思っていますよ。とはいえ、もちろん、ミセス・ハリスが巻き込まれてしまったのは、返す返すも残念だし、気の毒でならないけれど」

「そうですね、欠点もあった人でしたけれど」とロージーが慰めるように言った。

　女王には、ロージーの考えていることが手に取るようにわかった。ほかの大多数の職員同様、女王はあの老いた家政婦《ハウスキーパー》のこととなると、むやみやたらとセンチメンタルになる、と思っているのだ。そうではないのだ、と女王は思ったが、敢《あ》えてことばにはしないことにした。

　一週間が過ぎた。外交団レセプションの当日、宮殿ではもろもろの準備がいよいよ大詰めを迎えていた。女王はもうじき白と銀色のイヴニング・ドレスにサファイアのジュエリーを身に着けることになっていたが、準備が一段落して少しだけ時間の余裕ができたところで、セント・ジェームズ宮殿まで車を出すよう頼んだ。あまり時間は取れないけれど、会っておきたい相手が待っているからだった。

車内ではショルトー・ハーヴィーのことを考えた。あれこれ詮索《せんさく》されることがないよう、パリ郊外のむさくるしいホテルを選び、自ら薬物を過剰摂取することで死んでいったのだ。最期の日々をそんな場所で過ごすのは、さぞかし不本意だったことだろう。ショルトー・ハーヴィーは華やかさと栄光のために生きた人だったから。

手紙のなかで〝リザ〟に赦《ゆる》しを求めていたが、それが得られることはこの先もないものと思われた。ショルトーは自分の利益に固執し、夢と野望をはちきれんばかりに抱いてロンドンにやってきた若きシンシア・ハリスを、そのためだけに破滅させた。狡猾《こうかつ》で乱暴な男に引き渡し、彼女のキャリアだけでなく、人生まで奪った。それでもシンシアは耐えに耐えて働きつづけたが、周囲の評価は得られなかった。払われて当然の敬意さえ払ってもらえなかった。シンシア・ハリスは一筋縄ではいかない人物で、恨みを募らせ、復讐心を燃やしつづけていた、とサー・サイモンは言っていた。けれども、ミセス・ハリスは本当は復讐心を燃やしつづけたりはしていなかった。自分自身への恨みを抱きつづけていただけで。ひとりきりで孤独に生きて、ひとりきりで孤独に死んでいったのだ。そんな女性に心を寄せないわけにはいかなかった。

ショルトーに赦しが与えられることはない、と女王にはわかっていた。〝リザ〟が何者なのか、知っているからだ。ショルトーが王室付きの絵画副監理官として働いていたとき、女王のことをたびたび〝モナ・リザ〟と呼んでいた。リザはエリザベッタの愛称だから、とダ・ヴィンチの専門家らしい理由をつけて。その気取っていて優雅な口調が、またいかにもショルトーらしかった。本来なら〝女王陛下《ユア・マジェスティ》〟と呼ぶべきだから、思いあがりも甚だしく、不敬すれすれの行為だったが、そんなことがどうでもよくなってしまうような魅力が彼にはあった。その魅力で、どんな悪行も許されると思っていたのだろうけれど、それは大間違いというものだった。

　ロイヤル・コレクション・トラストに到着すると、女王はニール・ハドソンに付き添われ、煌々《こうこう》と明かりのついた修復作業室に入った。眼のまえに並んだイーゼルに、今回新たに〝再発見〟されてショルトー宅の来客用寝室のベッドのしたから救い出された二点のジェンティレスキの絵画が、それぞれ立てかけられていた。

「このふたりはどちらも芸術の女神《ミューズ》です、陛下。アルテミジアはほかにも芸術の女神《ミューズ》を主題にした作品を遺《のこ》しています。今の時点では確実とは言えませんが、こちらの笛を手にしているのは音楽の女神エウテルペ、そちらの花冠を載せているのが舞踊の女神テルプシコラと思われます。残り二点については現在の所有者に返却を求めているところです。四点揃うには、しばらくかかりそうですが、この二点だけでも、現在企画中の女性画家の展覧会の目玉には充分なると思います。いかがでしょうか？」

　その二枚の真作のまえにしばらくたたずみながら、女王は以前はこんなにじっくり鑑賞しなかったことを思い出した――クリーニングがすめば、すぐにまた見られるだろうと思い込んでいたからでもあった。複製画と判明したものは、予想以上に平凡でつまらない作品だった。今ならその理由がわかる。この二点は、その対極にあった。見る者の眼を釘《くぎ》づけにして陶然とさせるほどの魅力にあふれていた。まだすすまみれだったが、女神たちの顔は光り輝き、ひとりは正面を向いて豊満な胸をさらしながら、もうひとりは横を向いて肩ごしに、どちらも挑むように大きく角度をつけて頭を反らしていた。その眼は挑戦を投げかけてきているようにも見えた――〝あなたがわたしを見ているのではなく、わたしがあなたを見ているのよ〟。女王はその無言の主客転倒が気に入った。相手は半裸の女神かもしれないけれど、ふたりのどちらにも仲間意識を感じた――なによりも、自分が描かれていることにこだわっちゃいられない、ほかに注意を向けるべきことがいくらでもあるんだから、と言いたげなところに。

「見ていて心が弾むようだわ」と女王は言った。「すばらしいのひと言に尽きますね。関係者一同の尽力の賜物だと思っています。なによりですよ、こうしてまた手元に戻ってきてくれて」

49

それからさらに一週間が過ぎた。バッキンガム宮殿ウェスト・ウィングの最上階の屋根裏区画にあるロージーの部屋で、ロージーと妹のフリスは職員のクリスマス・パーティーのために身支度を整えているところだった。数日後には王室ご一家が参加するフォーマルなクリスマス・パーティーが控えていたが、職員のためのクリスマス・パーティーは一同が仮装して参加するのが前提の陽気なお祭り騒ぎで、各職員はそれぞれ一名ずつ同行者を招待でき、ゴシップが広まるよりも速いスピードでワインが消費され、壁に並んだカラヴァッジオの絵を意識しているわけではないだろうが、毎年バッカスの祝祭的な盛りあがりをみせる。

寝室には煙草とラム酒と反逆の香りが漂っていた。フリスは紫のジャケットとペイズリー柄のタイトなパンツ姿で、ベッド脇のテーブルの拡大鏡をのぞき込みながら、アイラインの仕上げのひと筆を引いていた。ロージーはクロゼットの姿見のまえであぐらをかき、顔半分を覆っている赤いグリッターに、青い縁取りを描き足していた。

「サー・サイモンはどのヒーローになるつもりなんだろ」フリスが思案顔で言った。

「誰だと思う?」とロージーは言った。

「まさか、まじで? ほんとのほんとに? 誰バージョンだと思う?」

「ショーン・コネリーだと思う。それか、ピアース・ブロスナンかな。洗練された二枚目路線を追求するんじゃないかな」

「舞いあがったまま、まだ降りてこられてないんだ?」

「うーん、そうでもないかな。だいぶ落ち着いてきてるよ」ロージーは言った。「そもそもが〝ミスター・謙遜《けんそん》〟だもの。パブリック・スクールで徹底的に叩《たた》き込まれるからね。けど、まわりは〝ご褒美〟の話題で持ち切り。陛下は秘書官に今度はどんな名誉を授けるんだろうって」

「うわあ! 〝サー〟よりもうひとつ偉いのってなに?」フリスが訊《き》いた。「卿《ロード》?」

「陛下は隠し玉として、王室に代々伝わる誰も聞いたことのないような名前の勲章を繰り出すことができるからね。たぶん、サー・サイモンはロイヤル・ヴィクトリア勲章勲二等《KCVO》から勲一等《GCVO》になるんじゃないかな。それってけっこう大事《おおごと》なんだよ」

「へえ、そうなんだ」

「それに夫婦でゆっくり骨休めができるようにってことで、クリスマスにはバルモラル城のコテッジに滞在できるようにしたみたい」

「うん、それは気がきいてるね。ところで……」フリスはメイクを終えて顔をあげた。「だいぶ元気になったみたいだね。もう大丈夫？」

「うん、もう大丈夫」ロージーはすなおに認めた。「王室職員のなかにも、ろくでもない人間がいないわけじゃないけど、全体的にはみんないい人たちなの。高給取りってわけじゃないのに、みんな職務熱心だしね。銀行時代の同僚たちに引けを取らないぐらい、みんな遅くまで働いてる。自分の仕事に誇りを持ってるってことだよ。このあいだまでの重苦しいというか、ええと、なんて言えばいいかな……ゴシック風？　そんな雰囲気もきれいさっぱり一掃されたしね」

「たったひとりかふたりの影響で、そんなに変わっちゃうとはね」フリスは言った。「変えようと思っても変えられないこともあるって思ってたんでしょ？　でも、病的なひねくれ者がいなくなってみたら……あらっ、なんだかやけに風通しがよくなったんじゃありません？　ってことだよね」

　ロージーは同意した。今でもまだときどき、あの折りたたまれた小さな手紙のことを思い出して、胸の奥でくすぶっている怒りが不意に燃えあがることがあった。それでも、あの手紙は、肌の色がちがうだけでなく、ロージーが立派に職務を果たしているから、書かれたものなのだ。

怯《おび》えて逃げだすよう仕向ける目的で。今では意識しない言動にあらわれる差別意識のあれこれを思い返しても、そういう言動を示す男たちのことを、たとえばニール・ハドソンのことを、気の毒な人だと思えるようにもなった。あの〝ヌビアの女王〟発言は当人としてはお世辞のつもりだったのだろうが、そこには何百年ものあいだ相手をもの扱いしてきた悪しき伝統が付随している。そのことに気づいたら、あの人のことだ、深く恥じ入るにちがいなかった。とはいえ、ニール・ハドソンは歴《れっき》とした学者なのだ。もっと慎重であってしかるべきだろう。そういう人もいれば、そうでない人もいることに、ロージーはつねづね驚かされる。たとえば、サー・サイモンは見るからに優雅で、見方によってはきざで、おまけに白人で、パブリック・スクール出身だし、いかにも支配階級《エスタブリッシュメント》の人間なのに、どんなときでも百パーセント紳士として振る舞ってくれる。

　フリスは別のことを思いついたようだった。「考えてみたら、あの晩、わたしが電話したとき、殺人犯の家にまっすぐ向かってるとこだったんだね」

「そういうことになるね。ついでに言うと、盗まれた絵画作品二点のうえで寝ようとしているとこでもあった」

「で、のちにそれとは別の作品を受け取ることになる。人殺しからね。そういうものは早いとこ手放したほうがいいと思うよ。けど、少なくともマークの魔の手からは逃れられたってことだね」

「えっ、どういうこと?」ロージーはすばやく振り返って尋ねた。

「やだ、嘘、知ってると思ってた。わたしはジョジョから聞いたよ。結婚式の話」

「どんな話？」

「マークがクレアと寝たって話、聞いてない？　待って、その顔はぜったいに知ってるって顔だよね。クレアはジョジョの妹で、ボーイフレンドは出張で来てなかったから」

「うーん、マークはそんなことしないと思うけど」

「それがね、したんだって」フリスは自信ありげに言った。「ばっちり現場を見られちゃったらしいよ、部屋をまちがえた招待客に。しかも、まわりの眼をごまかすために披露パーティーが終わってからずっとブライズメイドのひとりをやけに熱心に口説いてたんだって。早めに退散して正解だったよ、残ってたらめくらましに利用されてたかもしれないじゃん？」

「そうなんだ……」ロージーはそう言って、小さく首を横に振った。あの晩はストレスに押しつぶされそうでいらいらしながら、ひたすらミニを走らせた。そのことを思い出し、あの道中にはあのときには気づきもしなかった意味があったことを悟った。そう、人生にはその直後は失敗したと思っても、あとになって大正解だったとわかることもある。ロージーは鏡でメイクの仕上がり具合を確かめた。稲妻は完璧《かんぺき》な位置に収まっていた。あとは赤いブーツを履けば完成だった。「うん、だったら、ついてたってことだね」

「あいつのこと、じつはまえまえから気に入らなかったんだよね」フリスが続けた。「確かにセクシーだけど……ひっぱたきたくなるようなやつ《バックファイフンガジヒト》だし。ねえ！　そのブーツ、めちゃくちゃ似合う。これっきりじゃもったいないよ。普段も履けばいいのに」

フリスと連れ立ってロージーも舞踏室《ボールルーム》に向かった。同じ方向をめざす、何人ものウェリントン公爵やネルソン提督やアイアンマンやワンダーウーマンに交じって。途中のピクチャー・ギャラリーでサー・サイモン夫妻と行きあった。サー・サイモンは白粉《おしろい》をはたいたかつらを被《かぶ》り、薄黄緑色の半ズボンを穿《は》き、白いクラヴァットを首に結び、前身頃の裾《すそ》を斜め裁ちした赤いフロックコートをはおっていた。レディ・ホルクロフトはゆったりした宮廷風のシルクのドレスを着ていた。どう見てもジェームズ・ボンドとボンド・ガールではなかった。

「全然わかりません」ロージーは白状した。「教えてください」

「『紅はこべ《スカーレット・ピンパーネル》』だよ」サー・サイモンはそう言ってにやりとした。「少年時代の愛読書だったんだ。サー・パーシーになるチャンスを逃すわけにはいかないからね。ラーはマルグリット・サン・ジュスト、賢いわが奥方だよ」

「憧《あこが》れのヒロインだったの」レディ・ホルクロフトが言った。「お互いの好みが一致してよかったと思ってるの。似たもの夫婦よね、わたしたち」

「ところできみの扮《ふん》するヒーローは誰だね？」サー・サイモンがロージーの赤く染めた髪とキャットスーツとブーツを見ながら尋ねた。「ああ、デヴィッド・ボウイか！　なるほど。《アラジン・セイン》のジャケット写真だね。お見事。それから……？」と言いながら問いかけるような顔をフリスに向けた。

「やだ、プリンスですよ。誰が見てもわかると思ったんだけどな」

「おっと、確かにそうだね。申し訳ない。ポップスよりもロックが好みでね」

「厳密にはファンクだけど。細かいことはこの際抜きで。ボウイと同じで、ついこのあいだ亡くなったんです。ご存じでしたか？」フリスは溜《た》め息をついた。「四月二十一日でした。今年は悲しいことだらけの一年でした」

「ということは陛下の誕生日だ」サー・サイモンが気づいて言った。「われわれはウィンザー城ですばらしい一日を満喫したけど、ファンク界にとってはかけがえのないスターを失った日だったということか。いや、言われて見ると、よく特徴をとらえているよ。正真正銘のプリンスだ。さて、そろそろ入ろうか？」

　四人は腕を組み、ずらりと並んだルーベンスやフェルメールやヴァン・ダイクやカナレットの絵画のまえを進んだ。周囲の絵画を眼でたどりながら、ロージーは自分が今はセザンヌの作品の所有者だという晴れがましい事実を噛《か》みしめた。フリスには黙っているつもりだが、遺贈されたものを手元に置いておくことにしたのだ。確かに、まえの持ち主は殺人犯であり、おまけに窃盗犯でもあったけれど、少なくともその作品については正当に譲り受けたものだった。ロージーが受け取りを拒んだ場合、オークションにかけられることになるだけだ。そうなれば、あの作品をすばらしいと感じる度合いでは、ロージーよりもはるかに思い入れのとぼしい人の手に渡ってしまうこともありえるということだった。あの絵が手元に届いたら、寝室の壁にかけるつもりだった。自分なりの倫理基準が変わりでもしたら、はずせばいいだけのことだ。コッツウォルズで過ごした週末は、いい思い出として残っていた。今でもときどき、懐かしく思い返すこともある。そんな気持ちで思い返すのは不適切だとわかってはいても、思い返さずにはいられなかった。

舞踏室《ボールルーム》は陽気で騒々しいぐらい賑《にぎ》やかな笑い声と、地鳴りのような重低音でどよめいていた。DJがローリング・ストーンズをかけると宣言すると、まもなく室内は《ジャンピン・ジャック・フラッシュ》のリズムに合わせて揺れはじめた。かつらをひょこひょこ上下させているサー・サイモンにつづいて、ロージーもダンスフロアに足を踏みだした。

50

メイドと衣装係《ドレッサー》は、手まわしよくサンドリンガム・ハウスに移動するための荷造りをはじめていた。誰もが静かなクリスマスを待ち望んでいた。それぞれがそれぞれなりにこの一年を過ごしてきたのだ、誰しもがやすらげる時間を必要としていた。

数日後にはいよいよサンドリンガムに移動するというある日、国防省のスタンプが押された女王宛ての荷物が秘書室に届いた。開封したのはロージーだった。中身はロイヤル・ヨットのブリタニア号が小さな帆船に囲まれている、極彩色の絵画だった。海軍軍令部次長の丁寧な書状も同封されていて、返却が遅くなったことを衷心から詫《わ》びていた。

ロージーはすぐさま女王の書斎に持参した。

「届いたらすぐにご覧になられるだろうと思いましたので」

「あら、まあ、届いたのね。ありがとう、ロージー」

退出を求められているような気がして、ロージーは〝ボス〟と絵画を残して御前を退いた。

女王は椅子から立ちあがり、机に置いたその小さな作品をしばらく眺めた。ともに力をあわせて乗り越えてきたあれこれを思うと、ロージーもこの場に立ち会いたいと思っていたかもしれないが、この瞬間はひとりで迎えたかったのだ。

額縁が変わっていた。以前の金泥の額縁ではなく、地味な木目の枠に取りかえられていた。女王からこの絵を盗んだホワイトホールの憎き官僚が、絵の出所をごまかすために取りかえたものだと思われた。両手の指先で絵の両側をそっと押さえ、ゆっくりと、というよりも、こわごわと屈《かが》み込んで、遠近両用眼鏡のレンズ越しにキャンヴァスの表面をじっくり観察した。海軍軍令部次長は〝修復〟すると言っていた。たしかに、女王の記憶にあるよりもずいぶん色鮮やかに見えた。

あれはあそこにあるだろうか？　確かめるのが怖かった。

まずマストのあいだで風になびいている旗を確認して、それからメインデッキに視線を移した。胸の鼓動が少し速くなっていた。果たして……あった。目当てのものは、確かにそこにあった。あの大切な、油絵具の点々が、五十年以上の時を経て、一度盗難に遭ってもなお残っていた。

こういうものをなんと呼んだだろう？　と女王は記憶を手繰った。たしか決まった呼びかたがあったはずだ。海軍軍令部次長からの直筆の手紙を見返したところ、修復士がタイプしたメモが添付されていた。「……保存状態は比較的良好。ニスは未塗布。完成後しばらくして軽く上塗りされた部分があり、作者によるペンティメントの可能性が……」

ペンティメント。そうそう、そうだった。後悔《リペンタンス》ということばと似た響きのことば。作者の気が変わって、完成後に変更を加えること。

　じつは手を加えたのは、腹立ちを抑えきれなかったフィリップだった。作品を受け取ってから半年ほどたったときのことだった。

「あのオーストラリア人がよこした例の悪趣味で、見られたもんじゃない小品だが、まだどこに飾るか決めかねているだろう」

「ブリタニア号の絵のこと？」

「うむ」

「けっこう気に入っているのだけれど」

「あれは駄作以下だ、我慢ならん。描いたやつは風というものがわかっとらん。そうは思わんかね？　小さい船の帆は全部同じ方向を向いているだろう？　つまり風は、旗がなびいている向きとは反対の側から強く吹いてきている、ということだ。そうでなければ自然の摂理に反するからな。ところが、ブリタニア号の旗はだらりと垂れ下がっている。あれでは、まったくの無風状態だよ。ちぐはぐもいいところだ。なのに、きみはどうして我慢できるんだか、理解に苦しむね」

「わたしは船乗りではないし、画家でもないもの。でもあなたはその両方ですものね。そんなに気になるのなら、ご自分で手を入れてみるというのはどうかしら？」

「ちょうど、いっそのことそうするか、と思っていたんだ」

そしてフィリップは実行に移した。書斎の机に油絵具のチューブを散乱させ、筆を立てた多種多様な壺《つぼ》に囲まれて、満ち足りた午後のひとときを送った。納得のいくまで手を入れ、旗の向きを調整し、最終的に満足のいくものに仕上げた。とはいえ、女王の眼には言われて見なければわからないぐらい、わずかな差異だった。それより気になっていたのが、フィリップが絵筆を動かしていたあいだに、デッキに白い点を三つ描き加えていたことだった。どういうわけか少し離れたところから見ると、ちょうど誰かが手を振っているように見えた。

「これはわたし？」

「決まっているだろうが。ほかに誰がいる？」

「まあ、嬉《うれ》しいこと」

　フィリップの表情がわやらぎ、口元がほころんだ。「ぼくが一日釣りに出かけるとか、それ以外にもまあ、あれやこれやで一日出かけて船に戻るとき、きみはデッキでサングラスをかけてカメラを手にして出迎えるだろ？　しゃかりきになってぶんぶん手を振って」

「しゃかりきになんてなっていません」

「いや、なっているよ。二度と会えないんじゃないかと思ってた相手に再会でもしたみたいに、ぼくの姿を見て大歓《おおよろこ》びしているように見える。きみがこっちに向かって風車みたいに腕をぐるぐる回している姿を見るのを、まあまあ愉《たの》しみにしているんだがね」

　女王は前屈みになると、椅子に坐《すわ》ったままの夫と視線を合わせ、青や白の絵具が付いたままの顔を見つめ、このまえの周遊の愉しい思い出にひたりながらキスをした。

フィリップ謂《い》うところの〝悪趣味で、見られたもんじゃない小品〟と、そこに描き加えられた小さな点々を見るたびに、女王はそのときのキスを思い出し、そこから引き出されるいくつもの思い出にひたることができた。そして、それは百歩と離れていないところにあるものでもあった。

ポーツマスの海軍基地にあるべきものではなかった——女王の寝室を出たところの廊下の壁が定位置だった。五十年以上前のあの日、女王がその絵を飾ると決めて以来。フィリップはそのまえを通っては言ったものだ——「こいつのどこに見どころがあるのか、さっぱりわからない」。作品が行方不明になるまで、何年もそう言いつづけていた。当の本人は忘れていたが、その場所に絵を掛けたのは誰あろう、フィリップだったのだ。

女王は作品のなかに描き込まれた自分自身の姿を見た。それから海のうえで陽に灼《や》けた顔に満面の笑みを浮かべてこちらに向かってくる夫の姿も。この記憶があったからこそ、あらゆることを乗り越えられたのだ。これよりも大切なものなど、あるだろうか？

謝辞

作家活動においてもそれ以外のことでも、つねにインスピレーションの源でいてくださるエリザベス女王に、今一度感謝を申しあげます。それから故エディンバラ公フィリップ殿下にも、生涯にわたり女王を支え、励まされたことに、そしてこのシリーズの人気キャラクターになってくださったことに感謝を申しあげます。

チャーリー・キャンベルは前作につづいて今作でも凄腕《すごうで》の代理人っぷりを発揮してくれました。出版マネジメント会社〈フレッチャー＆カンパニー〉のグラーニア・フォックスと関係者の方々、著作権エージェント〈ＩＬＡ〉のニッキー・ケネディ、サム・エデンボローと関係者の方々にも、心から感謝しています。担当編集者、イギリス版のベン・ウィリス、アメリカ版のデイヴィッド・ハイフィル、おふたりに出会えたことは著者としてなによりの幸運でした。〈ザッファー・ブックス〉社、〈ウィリアム・モロー〉社と〈ハーパー・コリンズ〉社の担当チームのみなさんは、未曾有《みぞう》の危機が訪れた時期にも、このシリーズを磨きあげ、世に拡めるために全力を尽くしてくれました。感謝しかありません。

以下の方々の友情と惜しみない助言や助力にも――アリス・ヤング、ルーシー・ヴァン＝ホーソェ、アニー・マウ、マイケル・ハロウズ、ルパート・フェザーストーン、フラン・フナ、オインダ・バンブーシェ、リリー・ダニエル、アビンボラ・ファショラ、そして匿名希望の方々にも。本作中のミス、および事実から故意に逸脱した点は、すべて著者であるわたしに責任があります。

ザ・プレイス、ザ・シスターフッド、ザ・マスターマインズ、ザ・ブック・クラブの女性たちにも感謝しています。彼女たちとはともに良書を読みあう以上の付き合いです。

両親には数々の物語に彩られた人生を与えてくれたことに感謝します。エミリー、ソフィー、フレディ、トムにも、まだ王室ご一家のメンバーの顔と名前が一致していないけれど、わたしたち家族を、わたしの大切な場所にしてくれてありがとう。そして、わたしに活力を与え、すべてにおいて心の支えでいてくれるアレックスに、心からのありがとうを。

原著者あとがき

こんにちは！

『エリザベス女王の事件簿　バッキンガム宮殿の三匹の犬』を手に取ってくださって、ありがとうございます。

　前作の『エリザベス女王の事件簿　ウィンザー城の殺人』はもう読んでいただけたでしょうか？　エリザベス女王が探偵として活躍する、このシリーズの一作目です――ただし今後の作品で明らかになるはずですが、女王が隠密に探偵役を務めるのはその事件が初めてではありません。まだ読んでいないという方、どうぞご心配なく。もう一冊分の愉《たの》しみが書店で待っている、と思っていただければ嬉《うれ》しいです。

　このシリーズを書きはじめるにあたって、最初に、それぞれの作品で舞台となる場所を順番に変えていくという妙案を思いつきました。第一作でウィンザー城での女王の暮らしを描いたので、次はやはりバッキンガム宮殿でしょう。そうしてこの作品『エリザベス女王の事件簿　バッキンガム宮殿の三匹の犬』が誕生しました。タイトルの『A Three Dog Problem（犬三匹分の問題）』は天体力学から、それとサー・アーサー・コナン・ドイルの作ったことばに由来します。三体問題《スリー・ボディ・プロブレム》が古典力学の有名な問題であることは、みなさんご存じかと思いますが……というのは冗談です。わたしにはなんのことやらさっぱりわかりませんが、ともかくそういう問題があるというのは事実です。それよりも、ぜひお伝えしておきたいのが、かの名探偵シャーロック・ホームズは難題を解くときはいつも、パイプを三本連続で吸って考えるので、そういう問題を〝パイプ三本分の問題《スリー・パイプ・プロブレム》〟と表現したことです。それはわたしのお気に入りの表現でもありました。それで、女王がいつになく難しい事件に直面した場合は、三匹の愛犬を連れてバッキンガム宮殿の庭園を散歩しながら考えなくてはならない、つまり〝スリー・ドッグ・プロブレム〟ということにしました。この場合の三匹は、ドーギー二匹とコーギー一匹を指します。というのも、残念なことに二〇一六年に女王のコーギーは最後の一匹になってしまったからで、この物語はちょうどその時期を舞台にしています。

　その秋になにが起こったのでしょう？　本シリーズは、多忙な君主が実際の謁見や懸案事項に取り組むなかで事件が発生する、という設定です。女王は九十歳の誕生日祝いのあと、少しは静かな時間を過ごせたのではないかと思いきや、そうはいかなかったのです。この時期にはちょうどブレグジットの国民投票の余波がまだおさまっておらず、アメリカ大統領選もあり、さらにはバッキンガム宮殿を崩壊の危機から救うため、大規模な改修計画が始動するのです。そんなこんなで多忙を極め、時間も充分に取れないなか、女王とロージーは果たして、ロンドンの〝女王の家〟で起こったふたつの殺人事件を解決に導くことができたのでしょうか？　読者のみなさん、ぜひ作品にどっぷり浸かって、結末をご自身で確かめてください。

最後にもうひとつ。わたしの作品について広く意見交換してみたい、と思われたら、ぜひ〈アマゾン〉をはじめとするオンライン書店や〈グッドリーズ〉をふくむ書評サイト、あるいはあなた自身のブログやソーシャル・メディアに、本作『エリザベス女王の事件簿　バッキンガム宮殿の三匹の犬』のレビューを投稿してください。お友だちやご家族や読書仲間と語りあっていただけるのも嬉しいです。

この本を選んでくださったことに、あらためてお礼を申しあげます。今後の作品も愉しんでいただけることを願っています。

感謝の思いとともに

S．J．ベネット

解説　英国王室を知り尽くした作家による究極のミステリー

君《きみ》塚《づか》直《なお》隆《たか》（関東学院大学教授）

「エリザベス女王の事件簿」シリーズの著者Ｓ・Ｊ・ベネットは、まさに英国王室を知り尽くしたミステリー作家である。本書の舞台となったバッキンガム宮殿はもとより、エリザベス女王一家が毎年七月から九月にかけて過ごすスコットランド北部のバルモラル城の詳細も実によく描かれている。ベネット女史は、これ以外にもウィンザー城やサンドリンガム別邸など、物語の舞台となっている各地に足繁《あししげ》く通い、細部まで調査されたに違いない。

ここで女王陛下とともに「謎解き」に挑戦している「秘書官」たちについて簡単に触れておきたい。英国王室にこんにちのような「秘書官」が登場するのはそれほど古い話ではない。いまから二〇〇年前に、ときの国王ジョージ三世（在位一七六〇～一八二〇年）の眼の病気が進み、各種の文通が難しくなったのが発端だった。国王に届けられる政府などからの書簡を朗読し、その返信を代筆する「秘書官」がここに登場する。しかし、当時の大臣たちは王と政府のあいだに第三者が入ることを嫌い、これ以後はしばらく「秘書官」もなりを潜めてしまう。次に登場するのは、ジョージ三世の孫のヴィクトリア女王（在位一八三七～一九〇一年）の時代からで、以後は君主の秘書官は王室と政府をつなぐ極めて重要な役職として、英国政治史の舞台裏を支えていくことになるのである。

　やがて秘書官事務局も時代とともに大きくなり、エリザベス二世（在位一九五二〜二〇二二年）はその七〇年にわたる治世を九人の秘書官、一〇人の副秘書官らとともに歩んだ。本書の主人公ともいうべきロージーは、その秘書官を支える「秘書官補」である。秘書官補からのちに秘書官に昇格した人物は多数おり、シリーズが進むとともに、もしかするとロージーが「女王秘書官」になる可能性もあるかも？

　このシリーズが人々を引きつけてやまないのは、ロージーやサー・サイモンなど女王の身の回りのお世話をする秘書官や女王手許《てもと》金会計長官などはすべて「架空の人物」たちであるが、首相や外国元首、さらに王族たちはすべて実名で登場するからであろう。このようにリアルとフィクションが交叉《こうさ》するあたりが本書の魅力のひとつである。

　本巻の場合には、英国を未曾有《みぞう》の混乱に巻き込んだ「ブレグジット（ヨーロッパ連合からの離脱）」国民投票（二〇一六年六月二三日）直後の設定で描かれており、これに苦悩したテリーザ・メイ首相がバルモラルで女王一家に接遇される様子や、同年にアメリカでおこなわれた大統領選挙の様子も「トランプ旋風」とともにしっかりと登場している。

　この翌年の二〇一七年三月に、英国のEU離脱は本決まりとなったが、その直後にメイ首相はバッキンガム宮殿を訪れ、女王陛下に懇願している。「王族のすべてを総動員してEU加盟国を廻《まわ》ってください！」。王族らが女王や政府の親書を携えて各国の首脳を訪ね、これに随行する外交官や官僚らが相手国の政府と離脱交渉を円滑に進めていくためだ。

特にドイツの鉄腕宰相アンゲラ・メルケル女史は、面倒をすべて自分たちに押しつけてEUから出て行く英国の態度にはらわたが煮えくり返っていた。そこいらの外交官が訪独したところで首相は会ってはくれまい。

　そこで白羽の矢が立てられたのが、英国王室でいちばんの人気者ウィリアム王子とキャサリン妃である。しかも今回は三歳のジョージ王子と二歳のシャーロット王女まで同伴した。さすがの強面《こわもて》のメルケル女史もこの二人には目尻《めじり》が下がりっぱなし。そのすきに父のウィリアムが首相に女王からの親書を渡し、あとは英独の外交官や官僚が離脱交渉をスムーズに進めていく。エリザベス女王陛下の持つ「ソフト外交」の威力は健在であった。

　一方の女王はすでに九〇歳を超えた身である。自らヨーロッパを廻《めぐ》るわけにはいかない。本書（二七三頁）にもあるとおり、二〇一六年にはコロンビアの大統領が訪英されたが、この年から高齢の女王に配慮して、英国への国賓の招待は「年にひと組」となった。

　二〇一七年にはスペインのフェリーペ六世国王夫妻が、一八年にはオランダのウィレム・アレクサンダー国王夫妻がそれぞれ訪英し、「ブレグジット」に関わる協力体制が築かれた。そして二〇一九年には「ポスト・ブレグジット」を見越し、アメリカとの「特別な関係」を強化する意味でドナルド・トランプ大統領が招かれる。メルケルでさえ辟易《へきえき》させられたトランプも、自身が生まれるはるか前からアメリカの歴代大統領と深い関わりのある英国王室、さらには女王陛下には頭が上がらなかった。女王が初めて接遇された大統領はトルーマンであり、「アイク」ことアイゼンハワー大統領は女王にとっては第二次世界大戦時の「戦友」なのだ。トランプが教科書でしか知らない歴史上の偉人をよく知る女王陛下には、いつもの居丈高な態度は通用しないことをよく心得ていたのだろう。

そして二〇二〇年の賓客は、わが日本の天皇皇后両陛下になるはずであったが、残念ながら同年から世界を席巻《せっけん》したコロナ禍により延期され、二〇二二年九月八日の女王陛下の崩御をむかえてしまったのである。ウィンザー城で歓待される天皇皇后両陛下を登場させての、女王とロージーの冒険譚《だん》も著者の手で是非とも読んでみたかった。

コロナ禍にあって「またみんな会える」と国民を励ました女王であったが、本書（三三五、五一四頁）にも出てくるとおり、肉親や親友たちが次々と亡くなり、晩年は寂しい思いをされていたはずだ。その決定打となったのが、二〇二一年四月九日のエディンバラ公の逝去であろう。翌五月には気丈に議会開会式をこなしておられたが、同年秋ぐらいから体調を崩されてしまう。それでも二〇二二年六月には国民とともに、「プラチナ・ジュビリー（在位七〇周年記念式典）」を盛大に祝った女王であったが、その三ヶ月後にはついに帰らぬ人となってしまった。本書締めくくりの場面で、女王と老公との仲睦《なかむつ》まじい姿を見れば想像がつくとおり、お二人は本当になくてはならないパートナーであった。

女王の国葬には、訪英がかなわなかった天皇皇后両陛下をはじめ、世界中から貴顕らが駆けつけた。そして国内からも、ウェストミンスター・ホールでの女王の正装安置を訪れ、女王に最後のお別れをしたいという人々の列がやむことがなかった。その数は四日間で、実に五〇万人以上にも達したとされる。その生涯を国や世界のために尽くしたエリザベス女王は、国民から真に愛された君主であった。

わが国なら、皇室をフィクションに登場させるなど考えられないかもしれないが、そこは「ミステリー小説の母国」であり、女王ご自身がジェームズ・ボンド（００７）やくまのパディントンと共演するほどの王室である。このあたりに女王と国民の懐の深さというものも垣間《かいま》見《み》ることができよう。

その女王が有した無限の叡智《えいち》によって解決されていくミステリーを、これからも数多く残してくれることを切に望んでいる。

本書は訳し下ろしです。

地図／杉浦のぼる

地図デザイン／八木麻祐子（デジカル）

エリザベス女《じよ》王《おう》の事《じ》件《けん》簿《ぼ》
バッキンガム宮《きゆう》殿《でん》の三《さん》匹《びき》の犬《いぬ》

S・J・ベネット　芹《せり》澤《ざわ》 恵《めぐみ》=訳

令和5年 2月25日　初版発行

発行者●山下直久

発行●株式会社KADOKAWA
〒102-8177　東京都千代田区富士見2-13-3
電話　0570-002-301(ナビダイヤル)

角川文庫 23559

印刷所●株式会社暁印刷
製本所●本間製本株式会社

表紙画●和田三造

ISBN 978-4-04-111020-1　C0197

◇◇◇

角川文庫発刊に際して

角川源義

第二次世界大戦の敗北は、軍事力の敗北であった以上に、私たちの若い文化力の敗退であった。私たちの文化が戦争に対して如何に無力であり、単なるあだ花に過ぎなかったかを、私たちは身を以て体験し痛感した。西洋近代文化の摂取にとって、明治以後八十年の歳月は決して短かすぎたとは言えない。にもかかわらず、近代文化の伝統を確立し、自由な批判と柔軟な良識に富む文化層として自らを形成することに私たちは失敗して来た。そしてこれは、各層への文化の普及滲透を任務とする出版人の責任でもあった。

一九四五年以来、私たちは再び振出しに戻り、第一歩から踏み出すことを余儀なくされた。これは大きな不幸ではあるが、反面、これまでの混沌・未熟・歪曲の中にあった我が国の文化に秩序と確たる基礎を齎らすためには絶好の機会でもある。角川書店は、このような祖国の文化的危機にあたり、微力をも顧みず再建の礎石たるべき抱負と決意とをもって出発したが、ここに創立以来の念願を果すべく角川文庫を発刊する。これまで刊行されたあらゆる全集叢書文庫類の長所と短所とを検討し、古今東西の不朽の典籍を、良心的編集のもとに、廉価に、そして書架にふさわしい美本として、多くのひとびとに提供しようとする。しかし私たちは徒らに百科全書的な知識のジレッタントを作ることを目的とせず、あくまで祖国の文化に秩序と再建への道を示し、この文庫を角川書店の栄ある事業として、今後永久に継続発展せしめ、学芸と教養との殿堂として大成せんことを期したい。多くの読書子の愛情ある忠言と支持とによって、この希望と抱負とを完遂せしめられんことを願う。

一九四九年五月三日

角川文庫海外作品

犬の力（上）（下）

ドン・ウィンズロウ
東江一紀＝訳

血みどろの麻薬戦争に巻き込まれた、DEAの捜査官、ドラッグの密売人、コールガール、殺し屋、そして司祭。戦火は南米のジャングルからカリフォルニアとメキシコの国境へと達し、地獄絵図を描く。

ザ・カルテル（上）（下）

ドン・ウィンズロウ
峯村利哉＝訳

麻薬王アダン・バレーラが脱獄し、身を潜めるDEA捜査官アート・ケラーも動きはじめた。宿命の対決、再び。圧倒的な怒りの熱量で、読む者を容赦なく打ちのめす。21世紀クライム・サーガの最高峰。

1984

ジョージ・オーウェル
田内志文＝訳

ビッグ・ブラザーが監視する近未来世界。過去の捏造に従事するウィンストンは若いジュリアとの出会いをきっかけに密かに日記を密かに書き始めるが……人間の自由と尊厳を問うディストピア小説の名作。

不思議の国のアリス

ルイス・キャロル
河合祥一郎＝訳

ある昼下がり、アリスが土手で遊んでいると、チョッキを着た兎が時計を取り出しながら、生け垣の下の穴にぴょんと飛び込んで……個性豊かな登場人物たちとユーモア溢れる会話で展開される、児童文学の傑作。

鏡の国のアリス

ルイス・キャロル
河合祥一郎＝訳

ある日、アリスが部屋の鏡を通り抜けると、そこはおしゃべりする花々やたまごのハンプティ・ダンプティたちが集う不思議な国。そこでアリスは女王を目指すのだが……永遠の名作童話決定版！

角川文庫海外作品

ダークタワー Ⅰ　ガンスリンガー
スティーヴン・キング
風間賢二＝訳

すべてが奇妙に歪み、変転する世界。この世ならぬ異境で、最後の拳銃使いローランドは、宿敵である黒衣の男を追いつづけていた。途中で不思議な少年ジェイクと出会い、ともに旅を続けるのだが……。

オリエント急行殺人事件
アガサ・クリスティ
田内志文＝訳

豪華高級寝台列車で起きた殺人事件の容疑者は、目的地以外は共通点のない乗客たち。世界一の名探偵、エルキュール・ポアロが導き出した真実とは——。〝ミステリの女王〟の代表作が読みやすい新訳で登場！

Xの悲劇
エラリー・クイーン
越前敏弥＝訳

結婚披露を終えたばかりの株式仲買人が満員電車の中で死亡。ポケットにはニコチンの塗られた無数の針が刺さったコルク玉が入っていた。元シェイクスピア俳優の名探偵レーンが事件に挑む。決定版新訳！

Yの悲劇
エラリー・クイーン
越前敏弥＝訳

大富豪ヨーク・ハッターの死体が港で発見される。毒物による自殺だと考えられたが、その後、異形のハッター一族に信じられない惨劇がふりかかる。ミステリ史上最高の傑作が、名翻訳家の最新訳で蘇る。

グッド・オーメンズ (上)(下)
ニール・ゲイマン
テリー・プラチェット
金原瑞人・石田文子＝訳

黙示録に記されたハルマゲドンを実現すべく、悪魔が、この世を滅ぼすことになる赤ん坊を外交官の一家に生まれた赤ん坊とすり替えた。しかし11年後様子を見に行くと、子どもがいない⁉　人類の命運やいかに？